Knochenarbeit

KATHY REICHS

KNOCHEN ARBEIT

ROMAN

Aus dem Amerikanischen
von Klaus Berr

WELTBILD

Die amerikanische Originalausgabe erschien unter dem Titel
Death du Jour bei Scribner, New York.

Genehmigte Lizenzausgabe für Verlagsgruppe Weltbild GmbH,
Steinerne Furt, 86167 Augsburg

Übersetzung: Klaus Berr
Umschlaggestaltung: Studio Höpfner-Thoma, München
Umschlagmotiv: Mauritius, Mittenwald
Gesamtherstellung: Clausen & Bosse, Birkstraße 10, 25917 Leck
Printed in Germany
ISBN 3-8289-0465-3

2004 2003 2002

Die letzte Jahreszahl gibt
die aktuelle Lizenzausgabe an.

Für alle, die
den großen Schneesturm
1998 in Quebec
überlebt haben.

Nous nous souvenons

ANMERKUNG DER AUTORIN

Die Figuren und Ereignisse in diesem Buch sind frei erfunden und entstammen der Phantasie der Autorin. Die Geschichte spielt in Montreal, Kanada, in Charlotte, North Carolina, und an einigen anderen Schauplätzen. Gewisse reale Orte und Institutionen werden erwähnt, aber die dargestellten Figuren und Ereignisse sind rein fiktiv.

1

Wenn die Leichen an dieser Stelle waren, konnte ich sie nicht finden.

Draußen heulte der Wind. Im Inneren der alten Kirche waren nur das Scharren meiner Kelle und das Brummen eines tragbaren Generators mit Heizlüfter zu hören. Hoch über uns kratzten Zweige an vernagelten Fenstern wie knotige Finger auf Sperrholztafeln.

Die Gruppe stand hinter mir, dicht beieinander, aber ohne sich zu berühren, die Hände fest geballt in den Taschen. Ich hörte, wie sie von einem Fuß auf den anderen traten. Stiefel knirschten auf gefrorener Erde. Niemand sagte etwas. Die Kälte hatte uns zum Schweigen gebracht.

Langsam sickerte ein Erdhäufchen durch das grobe Netz meines Siebes. Der körnige Untergrund war eine angenehme Überraschung gewesen. Eigentlich hatte ich angesichts der gefrorenen Oberfläche mit Dauerfrostboden für die gesamte Tiefe der Ausgrabung gerechnet. Doch in den letzten beiden Wochen war es in Quebec für die Jahreszeit ungewöhnlich warm gewesen, der Schnee war geschmolzen und die Erde getaut. Wieder mal Glück gehabt, Tempe. Obwohl diese Vorahnung des Frühlings kürzlich von einem arktischen Wind davongeblasen worden war, hatte das milde Intermezzo die Erde weich gemacht und das Graben erleichtert. Gut. Letzte Nacht war das Thermometer wieder auf unter minus zehn Grad Celsius gefallen. Nicht gut. Die Erde war zwar nicht wieder gefroren, aber die Luft war eisig. Meine Finger waren so kalt, daß ich sie kaum bewegen konnte.

Es war bereits unser zweiter Graben, aber im Sieb fand sich noch immer nichts außer Kieseln und Steinsplittern. Bei dieser Tiefe hatte ich zwar noch nicht viel erwartet, aber man konnte nie wissen. Eine Exhumierung, bei der alles so lief wie geplant, hatte ich bis jetzt noch nicht erlebt.

Ich drehte mich zu einem Mann in schwarzem Parka und Zipfelmütze um. Er trug lederne, bis unter die Knie geschnürte Stiefel, aus denen zwei Paar über die Schäfte gekrempelte Strümpfe herauslugten. Sein Gesicht hatte die Farbe von Tomatensuppe.

»Nur noch ein paar Zentimeter.« Ich machte eine beschwichtigende Bewegung mit der Hand, als würde ich eine Katze streicheln. Langsam. Ganz langsam arbeiten.

Der Mann nickte und stieß seinen langstieligen Spaten in den flachen Graben. Dabei grunzte er wie die Seles beim Aufschlag.

»Par pouces!« schrie ich und packte die Schaufel. Zentimeter für Zentimeter! Ich wiederholte die flach schneidende Bewegung, die ich ihm schon den ganzen Vormittag gezeigt hatte. »Wir wollen das Erdreich in dünnen Schichten abtragen.« Ich sagte es noch einmal, in langsamem, bemühtem Französisch.

Der Mann war allem Anschein nach nicht meiner Meinung. Vielleicht war es die mühselige Eintönigkeit der Arbeit, vielleicht der Gedanke, Tote auszugraben. Jedenfalls wollte Tomatensuppe es hinter sich haben.

»Bitte, Guy, wollen Sie es nicht noch einmal probieren?« fragte eine männliche Stimme hinter mir.

»Ja, Hochwürden.« Ein Murmeln.

Kopfschüttelnd nahm Guy die Arbeit wieder auf, doch diesmal trug er die Erde in flachen Schichten ab, wie ich es ihm gezeigt hatte, und warf sie gegen das Sieb. Immer auf der Suche nach Hinweisen, daß wir uns endlich einem Grab näherten, wanderte mein Blick vom Sieb zu der Grube.

Wir arbeiteten schon seit Stunden, und hinter mir konnte ich die Anspannung spüren. Ich drehte mich um und warf der Gruppe einen, wie ich hoffte, ermutigenden Blick zu. Meine Lippen waren so steif, daß ich nicht wußte, ob er mir gelang.

Sechs Gesichter starrten mich an, verkniffen vor Kälte und banger Erwartung. Eine kleine Dampfwolke stieg vor jedem hoch und löste sich auf. Sechs Münder lächelten in meine Richtung. Ich spürte, daß heftig gebetet wurde.

Neunzig Minuten später waren wir einen Meter fünfzig tief. Wie schon aus der ersten hatten wir auch aus dieser Grube nur Erde herausgeholt. Ich war mir sicher, daß ich Frostbeulen an jedem Zeh hatte, und Guy hätte wahrscheinlich am liebsten mit einem Schaufelbagger weitergemacht. Zeit für eine Neubesinnung.

»Hochwürden, ich glaube, wir müssen uns die Bestattungsunterlagen noch einmal ansehen.«

Er zögerte einen Augenblick. Dann: »Ja, natürlich. Natürlich. Und ich glaube, Kaffee und Sandwiches könnten wir jetzt alle gut gebrauchen.«

Der Priester ging auf die Flügeltür am anderen Ende der Kirche zu, und die Nonnen folgten ihm, mit gesenktem Kopf vorsichtig über den unebenen Boden trippelnd. Ihre weißen Schleier breiteten sich in genau gleichen Fächern auf den Rücken ihrer schwarzen Wollmäntel aus. Pinguine. Wer hatte das gesagt? Die Blues Brothers.

Ich schaltete die Flutlichtstrahler aus und folgte ihnen. Den Blick ebenfalls gesenkt, staunte ich über die Knochenfragmente, die hier überall in dem Lehmboden eingebettet waren. Klasse. Wir hatten an der einzigen Stelle in der ganzen Kirche gegraben, an der es keine Gräber gab.

Father Ménard stieß einen Flügel auf, und wir traten im Gänsemarsch ans Tageslicht. Man brauchte einen Moment, um sich an die Helligkeit zu gewöhnen. Der Himmel war bleigrau und lag schwer auf den Giebeln und Türmen des Klosters. Ein beißender Wind blies von den Laurentian Mountains herunter und fuhr in Kragen und Schleier.

Unsere kleine Gruppe stemmte sich gegen den Wind und marschierte zu einem Nachbargebäude, aus grauem Stein wie die Kirche, nur etwas kleiner. Wir stiegen die Stufen hoch zu einem reich mit Schnitzwerk verzierten hölzernen Portal und traten durch eine Seitentür ein.

Drinnen war es warm und trocken, angenehm nach der bitteren Kälte. Ich roch Tee und Mottenkugeln und den Bratgeruch von Jahren.

Wortlos zogen die Frauen ihre Stiefel aus, lächelten mich eine nach der anderen an und verschwanden durch eine Tür auf der rechten Seite, während eine winzige Nonne in einem riesigen Skipullover ins Foyer schlurfte. Flauschige braune Rentiere trabten über ihre Brust und verschwanden unter ihrem Schleier. Sie blinzelte mich durch dicke Brillengläser an und streckte die Hand nach meinem Parka aus. Ich zögerte, denn ich befürchtete, sein Gewicht würde sie aus dem Gleichgewicht bringen und sie auf den Fliesenboden schleudern. Doch sie nickte und wedelte beinahe ungeduldig mit den Fingern, und so zog ich die Jacke aus, legte sie ihr über die Arme und fügte Mütze und Handschuhe hinzu. Sie war die älteste Frau, die ich je lebend gesehen hatte.

Ich folgte Father Ménard über einen langen, düsteren Gang in ein kleines Arbeitszimmer. Hier roch es nach altem Papier und Schulkleister. Über einem Schreibtisch hing ein Kruzifix, das so riesig war, daß ich mich fragte, wie man es durch die Tür gebracht hatte. Dunkle Eichentäfelung reichte fast bis zur Decke, von wo aus Statuen auf uns herabstarrten, mit Gesichtern so düster wie das des Mannes auf dem Kruzifix.

Father Ménard setzte sich auf einen der Holzstühle vor dem Schreibtisch und bedeutete mir, auf dem anderen Platz zu nehmen. Das Rascheln seiner Kutte. Das Klimpern seiner Rosenkranzperlen. Einen Augenblick lang war ich wieder in St. Barnabas. Im Büro des Ehrwürdigen Vaters. Wieder mal in Schwierigkeiten. Laß das, Brennan. Du bist über vierzig und Akademikerin. Forensische Anthropologin. Man hat dich hierhergerufen, weil dein Fachwissen gefragt ist.

Der Priester nahm einen ledergebundenen Folianten vom Schreibtisch, schlug ihn bei der mit einem grünen Lesebändchen markierten Seite auf und schob ihn zwischen uns. Er holte tief Luft, spitzte die Lippen und atmete durch die Nase wieder aus.

Der Lageplan war mir inzwischen vertraut. Ein Gitternetz mit regelmäßigen Reihen rechteckiger Felder, einige mit Nummern, andere mit Namen. Stundenlang hatten wir die Zeichnung tags zuvor angestarrt und die Daten und Beschreibung der Gräber mit ihrer Lage auf dem Gitternetz verglichen. Dann waren wir das Gelände abgeschritten und hatten die genaue Stelle markiert.

Élisabeth sollte eigentlich, von der Nordwand aus gerechnet, in der dritten Reihe liegen, im dritten Grab vom westlichen Ende her. Genau neben Mère Aurelie. Aber dort lag sie nicht. Und auch Aurelie war nicht dort, wo sie sein sollte.

Ich deutete auf ein Grab im selben Quadranten, aber einige Reihen weiter unten und ein Stückchen weiter rechts. »Okay, Raphaël scheint hier zu liegen.« Dann weiter die Reihe entlang. »Und Agathe, Véronique, Clément, Marthe und Éléonore. Das sind die Grabstellen aus den 1840ern, richtig?«

»C'est ça.«

Ich schob den Zeigefinger zu dem Teil der Zeichnung, der dem südwestlichen Winkel der Kirche entsprach. »Und das sind die jüngsten Gräber. Die Indizien, die wir gefunden haben, passen zu Ihren Aufzeichnungen.«

»Ja. Das waren die letzten, kurz bevor die Kirche aufgegeben wurde.«

»Sie wurde 1914 geschlossen.«

»1914. Ja. 1914.« Er hatte eine merkwürdige Art, Namen und Begriffe zu wiederholen.

»Élisabeth starb 1888?«

»C'est ça. 1888. Mère Aurelie 1894.«

Es ergab keinen Sinn. Wir hätten an dieser Stelle Hinweise auf die beiden Gräber finden müssen. Von den Gräbern aus den 1840er Jahren waren noch Artefakte vorhanden. Eine Testgrabung in diesem Teil hatte Holz- und Metallteile von Särgen zutage gefördert. In der geschützten Umgebung im Inneren der Kirche und in dieser Art von Erdreich erwartete ich eigentlich relativ gut erhaltene Skelette. Wo waren also Élisabeth und Aurelie?

Die alte Nonne kam mit einem Tablett mit Kaffee und Sandwiches ins Zimmer geschlurft. Dampf aus den Tassen hatte ihr die Brille beschlagen, und so ging sie mit kurzen, schleifenden Schritten, ohne die Füße je richtig vom Boden zu heben.

Father Ménard stand auf, um ihr das Tablett abzunehmen. »*Merci*, Schwester Bernard. Das ist sehr freundlich. Sehr freundlich.«

Die Nonne nickte und schlurfte davon, ohne sich die Brille abzuwischen. Ich nahm mir eine Tasse und sah der Ordensfrau nach. Ihre Schultern schienen so schmal wie mein Handgelenk

»Wie alt ist Schwester Bernard?« fragte ich, während ich nach einem belegten Hörnchen griff. Marinierter Lachs und welke Salatblätter.

»Wir sind nicht ganz sicher. Sie war schon hier, als ich als Junge zum ersten Mal hierherkam, vor dem Krieg. Vor dem Zweiten Weltkrieg, meine ich. Dann ging sie als Lehrerin in Missionen in Übersee. Sie war lange in Japan und dann in Kamerun, glaube ich. Erst seit ein paar Wochen ist sie wieder da. Wir glauben, daß sie in den Neunzigern ist.« Er trank einen Schluck Kaffee. Schlürfend. »Sie wurde in einem kleinen Dorf am Saguenay geboren und sagt, daß sie zwölf war, als sie in den Orden eintrat.« Schlürfen. »Zwölf. Die Aufzeichnungen im ländlichen Quebec waren zu der Zeit nicht so gut. Nicht so gut.«

Ich biß in mein Croissant und legte die Finger dann wieder um die Kaffeetasse. Die Wärme tat gut.

»Hochwürden, gibt es noch irgendwelche anderen Aufzeichnungen? Alte Briefe, Dokumente, irgend etwas, das wir uns noch nicht angesehen haben?« Ich wackelte mit den Zehen. Kein Gefühl.

Er deutete auf die Unterlagen auf dem Schreibtisch und zuckte die Achseln. »Das ist alles, was Schwester Julienne mir gegeben hat. Sie ist die Archivarin des Konvents, wie Sie wissen.«

»Ja.«

Schwester Julienne und ich hatten ausführlich miteinander gesprochen und korrespondiert. Sie war es gewesen, die sich wegen des Projekts mit mir in Verbindung gesetzt hatte. Der Fall hatte mich von Anfang an fasziniert. Er war ganz anders als meine übliche forensische Arbeit mit Verstorbenen, die in der Gerichtsmedizin landen. Die Erzdiözese wollte, daß ich die Überreste einer Heiligen exhumierte und untersuchte. Nun ja, eigentlich war sie noch keine richtige Heilige. Aber darauf lief es hinaus. Élisabeth Nicolet war für die Seligsprechung vorgeschlagen worden. Ich sollte ihr Grab finden und nachprüfen, ob die Knochen wirklich die ihren waren. Der Rest war dann Sache des Vatikans.

Schwester Julienne hatte mir versichert, daß zuverlässige Aufzeichnungen vorhanden seien. Alle Gräber in der alten Kirche waren katalogisiert und kartographiert. Das letzte Begräbnis hatte

1911 stattgefunden. 1914 war die Kirche nach einem Feuer aufgegeben und geschlossen worden. Als Ersatz wurde eine größere erbaut, und das alte Gebäude wurde nie mehr benutzt. Geschlossene Grabungsstätte. Gute Dokumentation. Eigentlich ein Kinderspiel.

Aber wo war Élisabeth Nicolet?

»Fragen kann nicht schaden. Vielleicht findet sich ja noch etwas, das Schwester Julienne Ihnen nicht gegeben hat, weil sie es für unwichtig hielt.«

Er wollte etwas erwidern, schien es sich dann aber anders zu überlegen. »Ich bin mir ziemlich sicher, daß sie mir alles gegeben hat, aber ich werde sie trotzdem fragen. Schwester Julienne hat viel Zeit mit der Recherche in dieser Angelegenheit verbracht. Sehr viel Zeit.«

Ich sah ihm nach, wie er durch die Tür verschwand, aß mein erstes Hörnchen auf und dann ein zweites. Gut. Das Gefühl in meinen Zehen kehrte zurück. Während ich an meinem Kaffee nippte, nahm ich einen Brief vom Schreibtisch.

Ich hatte ihn schon einmal gelesen. Vom 4. August 1885. Damals wüteten in Montreal die Pocken. Élisabeth Nicolet hatte an Bischof Edouard Fabre geschrieben und ihn gebeten, für alle Gemeindemitglieder, die nicht infiziert waren, eine Impfung anzuordnen und die Infizierten ins städtische Krankenhaus einzuweisen. Die Handschrift war präzise, das Französisch drollig und altmodisch.

Im Konvent *Notre Dame de L'Immaculée Conception* war es absolut still. Meine Gedanken schweiften ab. Ich dachte an andere Exhumierungen. Der Polizist in Saint-Gabriel zum Beispiel. Auf jenem Friedhof waren die Särge dreifach übereinandergestapelt gewesen; schließlich hatten wir Monsieur Beaupré vier Gräber von der in den Unterlagen verzeichneten Stelle entfernt gefunden, in unterster, nicht in oberster Position. Und dann der Mann in Winston-Salem, der nicht in seinem eigenen Sarg lag. In dem befand sich eine Frau in einem langen, blumengemusterten Kleid. Worauf der Friedhof ein doppeltes Problem gehabt hatte. Wo war der Verstorbene? Und wer die Leiche in dem Sarg? Die Familie war nie in der Lage gewesen, ihrem Großvater in Polen eine letzte Ruhestätte zu schenken, und die Anwälte hatten sich für einen Kampf gerüstet, als ich den Schauplatz verließ.

Weit weg hörte ich eine Glocke läuten und dann, im Korridor, ein Schlurfen. Die alte Nonne kam wieder ins Zimmer.

»Serviettes«, kreischte sie. Ich schrak hoch und schüttete mir Kaffee auf den Ärmel. Wie konnte eine so zierliche Person eine solche Lautstärke produzieren?

»Merci.« Ich griff nach den Servietten.

Sie ignorierte mich, kam näher und fing an, an meinem Ärmel zu reiben. Ein winziges Hörgerät ragte hinter ihrem rechten Ohr hervor. Ich spürte ihren Atem und sah feine weiße Haare auf ihrem Kinn. Sie roch nach Wolle und Rosenwasser.

»Eh voilà. Waschen Sie es, wenn Sie nach Hause kommen. Mit kaltem Wasser.«

»Ja, Schwester.« Ein Reflex.

Ihr Blick fiel auf den Brief in meiner Hand. Zum Glück war kein Kaffee darauf. Sie beugte sich über das Schreiben.

»Élisabeth Nicolet war eine großartige Frau. Eine Frau Gottes. Eine solche Reinheit. Ein solcher Ernst.« *Pureté. Austérité.* Ihr Französisch klang, wie ich mir Élisabeths Briefe gesprochen vorstellte.

»Ja, Schwester.« Ich war wieder neun Jahre alt.

»Sie wird eine Heilige.«

»Ja, Schwester. Deswegen versuchen wir ja, ihre Knochen zu finden. Damit sie eine angemessene Behandlung erfahren können.« Ich wußte nicht so recht, was eine angemessene Behandlung für eine Heilige war, aber es klang irgendwie richtig.

Ich zog den Lageplan hervor und zeigte ihn ihr. »Das ist die alte Kirche.« Ich fuhr die Reihe an der Nordwand nach und deutete auf ein Rechteck. »Das ist ihr Grab.«

Die alte Nonne musterte, die Brille nur Millimeter von dem Blatt entfernt, die Zeichnung.

»Dort liegt sie nicht.«

»Wie bitte?«

»Sie liegt nicht dort.« Ein knotiger Finger tippte auf das Rechteck. »Das ist die falsche Stelle.«

In diesem Augenblick kehrte Father Ménard zurück. Eine Erklärung war nicht nötig. Offensichtlich hatte er schon im Korridor gehört, was die alte Frau gesagt hatte. Wahrscheinlich hatte man sie bis Ottawa gehört.

»Das ist die falsche Stelle. Sie suchen an der falschen Stelle.«

»Was meinen Sie damit, Schwester Bernard?«

»Sie suchen an der falschen Stelle«, wiederholte sie. »Sie liegt nicht dort.«

Father Ménard und ich warfen uns einen Blick zu.

»Wo ist sie dann, Schwester?« fragte ich.

Sie beugte sich noch einmal über den Lageplan und tippte dann auf den südöstlichsten Winkel der Kirche. »Da ist sie. Zusammen mit Mère Aurelie.«

»Aber Schwes-«

»Man hat sie verlegt. Hat ihnen neue Särge gegeben und sie unter einem speziellen Altar vergraben. Dort.«

Wieder deutete sie auf die südöstliche Ecke.

»Wann?« fragten wir gleichzeitig.

Schwester Bernard schloß die Augen. Die runzligen Lippen bewegten sich in stummer Berechnung.

»1911. Das Jahr, in dem ich als Novizin hierherkam. Ich erinnere mich noch daran, weil ein paar Jahre später die Kirche niederbrannte und geschlossen wurde. Und ich hatte die Aufgabe, den Altar mit Blumen zu schmücken. Ich mochte das gar nicht. Es war unheimlich ganz allein da drin. Aber ich habe es für Gott getan.«

»Was ist mit dem Altar passiert?«

»Wurde irgendwann in den Dreißigern ausgebaut. Er ist jetzt in der Kapelle zum Jesuskind in der neuen Kirche.« Sie faltete die Serviette zusammen und sammelte das Geschirr ein. »Früher war da eine Tafel, die die Gräber kennzeichnete, aber jetzt nicht mehr. Es geht ja niemand mehr da rein. Die Tafel ist seit Jahren verschwunden.«

Father Ménard und ich sahen uns an. Er zuckte leicht die Achseln.

»Schwester«, sagte ich, »glauben Sie, Sie könnten uns zeigen, wo Élisabeths Grab ist?«

»Bien sûr.«

»Jetzt gleich?«

»Warum nicht?« Porzellan klapperte.

»Kümmern Sie sich nicht um das Geschirr«, sagte Father Ménard. »Bitte ziehen Sie Mantel und Stiefel an, Schwester, und dann gehen wir hinüber.«

Zehn Minuten später waren wir alle wieder in der alten Kirche versammelt. Das Wetter hatte sich nicht gebessert, es war höchstens noch kälter und feuchter als am Vormittag. Der Wind heulte noch immer. Die Zweige kratzten wie zuvor.

Von Father Ménard und mir gestützt, tapste Schwester Bernard durch die Kirche. Durch die vielen Kleiderschichten hindurch fühlte sie sich zerbrechlich und federleicht an.

Die Schwestern folgten uns, aufgeregt schnatternd in ihrer Rolle als Zaungäste, Schwester Julienne mit gezücktem Stenoblock und Stift. Guy bildete das Schlußlicht.

Vor einer Nische in der südöstlichen Ecke blieb Schwester Bernard stehen. Sie hatte sich eine hellgrüne, unter dem Kinn geknüpfte Strickhaube über den Schleier gezogen. Wir sahen zu, wie sie den Kopf hin und her drehte, sich orientierte, nach Hinweisen suchte. Alle Augen waren auf den einen Klecks Farbe in dem düsteren Kircheninneren gerichtet.

Ich bedeutete Guy, einen Strahler neu auszurichten. Schwester Bernard achtete nicht darauf. Nach einer Weile trat sie ein Stück von der Wand zurück. Kopf nach links, Kopf nach rechts, Kopf nach links. Nach oben. Nach unten. Sie kontrollierte noch einmal ihre Position und zog dann mit dem Absatz eine Linie in die Erde. Oder versuchte es zumindest.

»Hier ist sie.« Die schrille Stimme hallte von den Wänden wider.

»Sind Sie sicher?«

»Hier ist sie.« An Selbstvertrauen mangelte es Schwester Bernard nicht.

Wir alle starrten die Markierung an, die sie gezogen hatte.

»Sie liegen in kleinen Särgen. Keine normalen. Es waren ja nur noch Knochen, deshalb hat alles in kleine Särge gepaßt.« Sie streckte die Arme aus, um die Größe eines Kindersargs anzudeuten. Ihre Hände zitterten. Guy richtete den Strahler auf die Stelle zu ihren Füßen.

Father Ménard dankte der uralten Ordensfrau und bat zwei der Nonnen, sie in den Konvent zurückzubringen. Ich sah ihnen nach. Schwester Bernard wirkte wie ein Kind zwischen den beiden, so klein, daß der Saum ihres Mantels durch den Staub schleifte.

Ich bat Guy, den zweiten Strahler an die neue Stelle zu bringen. Dann holte ich meine Sonde von unserer ersten Ausgrabungsstätte, plazierte die Spitze an der Stelle, die Schwester Bernard markiert hatte, und drückte auf den T-förmigen Griff. Nichts bewegte sich. Diese Stelle war offenbar weniger aufgetaut. Ich benutzte eine Rohrsonde, um im Untergrund nichts zu beschädigen, und die abgerundete Spitze konnte die teilweise gefrorene obere Schicht kaum durchdringen. Ich versuchte es noch einmal, diesmal mit mehr Kraft.

Immer mit der Ruhe, Brennan. Es gefällt ihnen bestimmt nicht, wenn du eine Namenstafel auf dem Sarg zertrümmerst. Oder der guten Schwester ein Loch in den Schädel bohrst.

Ich zog meine Handschuhe aus, legte die Finger fest um den Griff und drückte noch einmal. Diesmal durchbrach ich die Oberfläche und spürte, wie die Sonde durch das Erdreich drang. Ich mußte mich beherrschen, um nicht in Hast zu verfallen. Mit geschlossenen Augen sondierte ich das Erdreich, tastete nach Unterschieden in der Dichte. Weniger Widerstand konnte einen Hohlraum bedeuten, wo etwas verfault war. Mehr Widerstand konnte bedeuten, daß sich ein Knochen oder ein Artefakt im Erdreich befand. Nichts. Ich zog die Sonde heraus und wiederholte den Vorgang an anderer Stelle.

Beim dritten Versuch spürte ich Widerstand. Ich zog den Stab heraus und stieß ihn fünfzehn Zentimeter daneben wieder in die Erde. Dasselbe. Knapp unter der Oberfläche war etwas Festes.

Ich zeigte dem Priester und den Nonnen den erhobenen Daumen und bat Guy, das Sieb zu bringen. Dann legte ich die Sonde weg, nahm einen Spaten und begann, dünne Schichten Erde abzutragen. Ich schälte das Erdreich Zentimeter um Zentimeter ab und warf es durch das Sieb, wobei mein Blick zwischen Schaufelfüllung und Grube hin- und herwanderte. Nach dreißig Minuten sah ich, wonach ich gesucht hatte. Die letzten Häufchen auf dem Spaten waren dunkel, schwarz im Gegensatz zur rötlichbraunen Erde unter dem Sieb.

Ich wechselte vom Spaten zur Kelle, bückte mich in die Grube, schabte behutsam über den Boden und entfernte lose Partikel, um die Oberfläche zu glätten. Fast sofort wurde ein dunkles Oval sichtbar. Der Fleck schien etwa einen Meter lang zu sein. Die Breite konnte ich nur schätzen, da er noch halb unter Erde verborgen war.

»Hier ist etwas«, sagte ich und richtete mich auf.

Priester und Nonnen rückten näher und spähten in die Grube. Ich markierte den Umriß des Ovals mit der Kelle. In diesem Augenblick kehrten Schwester Bernards Begleiterinnen zurück.

»Es könnte ein Grab sein, obwohl es ziemlich klein aussieht. Ich habe ein Stückchen links davon gegraben, also muß ich jetzt hier weitermachen.« Ich deutete auf die Stelle, über der ich kauerte. »Ich werde mich neben dem eigentlichen Grab in die Tiefe arbeiten. So bekommen wir eine Profilansicht der Grabstätte. Es ist auch besser für den Rücken, wenn man auf diese Art gräbt. Außerdem können wir so, wenn nötig, den Sarg auch seitlich herausziehen.«

»Was ist das für ein Fleck?« fragte eine junge Nonne mit einem Gesicht wie eine Pfadfinderin.

»Wenn etwas mit hohem organischen Gehalt zerfällt, färbt es die Erde dunkler. Ein solcher Fleck ist fast immer der erste Hinweis auf eine Grabstätte.«

Zwei Nonnen bekreuzigten sich.

»Ist es Élisabeth oder Mère Aurelie?« fragte eine ältere Nonne. Eins ihrer Unterlider zuckte ein wenig.

Ich hob die Hände – keine Ahnung. Dann zog ich die Handschuhe wieder an und entfernte mit der Kelle die Erde über der rechten Hälfte des Flecks. Ich vergrößerte die Grube, so daß das ganze Oval und ein etwa sechzig Zentimeter breiter Streifen rechts davon freigelegt wurden.

Wieder waren nur Scharren und das Rieseln von Erde durch das Sieb zu hören.

Dann: »Ist das etwas?« Die größte Nonne deutete auf das Sieb.

Ich stand auf, um nachzusehen, dankbar für diese Gelegenheit, mich strecken zu können.

Die Nonne zeigte mir ein kleines, rötlichbraunes Fragment.

»Himmel, Ar... Ja, Schwester. Sieht aus wie Sargholz.«

Ich holte einen Stapel Papiertüten aus meinem Ausrüstungskoffer, beschriftete eine mit Datum, Ort und anderen wichtigen Informationen, stellte sie auf das Sieb und legte die anderen auf den Boden. Meine Finger waren inzwischen völlig taub.

»An die Arbeit, Ladys. Schwester Julienne, Sie registrieren alles, was wir finden. Schreiben Sie es auf die Tüte und tragen Sie es in das Buch ein, wie wir es besprochen haben. Wir sind bei ...« Ich sah in die Grube. »... etwa sechzig Zentimeter Tiefe. Schwester Marguerite, machen Sie ein paar Fotos?«

Schwester Marguerite nickte und hielt den Apparat in die Höhe.

Froh, nach den langen Stunden des Zusehens endlich etwas zu tun zu haben, machten sich alle eifrig an die Arbeit. Ich schaufelte, Schwester Lid und Schwester Pfadfinderin siebten. Immer mehr Fragmente tauchten auf, und bald konnten wir in der verfärbten Erde einen Umriß erkennen. Holz. Stark verfallen. Nicht gut.

Mit Kelle und bloßen Händen legte ich nun frei, was, wie ich hoffte, ein Sarg war. Aber zu wem gehörte er? Nach den Aufzeichnungen war in diesem Teil der Kirche niemand begraben. Obwohl die Temperatur unter dem Gefrierpunkt lag und meine Finger und Zehen völlig gefühllos waren, schwitzte ich in meinem Parka. Bitte, laß das Élisabeth sein. Und wer betete jetzt?

Während ich die Grube Stück für Stück nach Norden vergrößerte, wurde immer mehr Holz sichtbar, das Objekt verbreiterte sich. Langsam wurde die Form erkennbar: sechseckig. Eine Sargform. Am liebsten hätte ich laut »Halleluja!« gerufen. Würde zwar in den Rahmen passen, war aber unprofessionell, sagte ich mir.

Handvoll um Handvoll entfernte ich vorsichtig Erde, bis der Deckel des Objekts ganz freilag. Es war ein kleiner Sarg, und ich bewegte mich vom Fußende zum Kopf. Ich legte die Kelle weg und griff nach einem Pinsel. Dabei kreuzte ich den Blick mit einer der siebenden Schwestern. Ich lächelte. Sie lächelte. Ihr rechtes Lid tanzte einen Jitterbug.

Immer und immer wieder bürstete ich über das Holz, bis alle anhaftenden Erdpartikel entfernt waren. Jeder hielt inne, um mir zu-

zusehen. Allmählich wurde auf dem Sargdeckel ein erhabenes Objekt erkennbar. Knapp oberhalb der breitesten Stelle. Genau dort, wo man die Namenstafel erwarten würde. Mein Herz fing ebenfalls an zu tanzen.

Ich bürstete Erde von dem Objekt, bis es wirklich als Tafel erkennbar wurde. Sie war oval, aus Metall, mit einem filigran verzierten Rand. Mit einer Zahnbürste säuberte ich behutsam die Oberfläche. Buchstaben wurden sichtbar.

»Schwester, könnten Sie mir meine Taschenlampe geben? Aus meinem Koffer?«

Alle beugten sich über die Grube. Pinguine an einem Wasserloch. Ich richtete den Strahl auf die Tafel. *»Élisabeth Nicolet. 1846–1888. Femme contemplative.«*

»Wir haben sie«, rief ich in die kalte Kirche.

»Halleluja!« rief Schwester Pfadfinderin. Soviel zu kirchlicher Etikette.

In den nächsten zwei Stunden exhumierten wir Élisabeths Überreste. Die Nonnen und sogar Father Ménard stürzten sich in die Arbeit wie Anfangssemester bei ihrer ersten Ausgrabung. Schwesterntracht und die Soutane raschelten und wehten, während Erde durchgesiebt, Tüten gefüllt, beschriftet und gestapelt und die einzelnen Arbeitsschritte auf Film festgehalten wurden. Auch Guy half, wenn auch noch immer etwas widerwillig. Es war die merkwürdigste Crew, die ich je gehabt hatte.

Den Sarg herauszuheben war nicht einfach. Obwohl er nur klein war, war das Holz stark beschädigt, so daß Erde ins Innere gerieselt war, was das Gewicht auf fast eine Tonne erhöhte. Der seitliche Graben war eine gute Idee gewesen, obwohl ich den Platz unterschätzt hatte, den wir brauchen würden. Wir mußten den Graben noch um etwa sechzig Zentimeter verbreitern, um Sperrholz unter den Sarg schieben zu können. Schließlich konnten wir das Ganze mit Hilfe eines Polypropylenseils herausheben.

Um halb sechs Uhr abends tranken wir Kaffee in der Küche des Konvents, erschöpft, mit langsam wieder auftauenden Fingern, Zehen und Gesichtern. Élisabeth Nicolet und ihr Sarg ruhten zusammen mit meiner Ausrüstung auf der Ladefläche des klostereigenen Transporters. Tags darauf würde Guy sie ins *Laboratoire de Médecine Légale* in Montreal bringen, wo ich als forensische Anthropologin für die Provinz Quebec arbeite. Da historische Tote nicht als forensische Fälle gelten, war vom *Bureau du Coroner* eine spezielle Genehmigung eingeholt worden, die Untersuchung dort durchzuführen.

Ich stellte meine Tasse auf den Tisch und verabschiedete mich. Die Schwestern dankten mir noch einmal und lächelten mit angespannten Gesichtern, denen die Nervosität wegen meiner bevorstehenden Befunde anzumerken war. Sie waren große Lächler.

Father Ménard brachte mich zum Auto. Es war dunkel geworden und schneite leicht. Die Flocken fühlten sich auf meinen Wangen merkwürdig warm an.

Der Priester fragte mich noch einmal, ob ich nicht lieber im Konvent übernachten wolle. Der Schnee funkelte im Lichtkegel der Portalbeleuchtung. Und ich lehnte wieder ab. Noch eine kurze Wegbeschreibung, und ich war unterwegs.

Nach zwanzig Minuten auf der zweispurigen Straße begann ich meine Entscheidung zu bedauern. Die Flocken, die anfangs träge im Licht meiner Scheinwerfer getanzt hatten, fielen jetzt in dichten, diagonalen Schwaden. Die Straße und die Bäume zu beiden Seiten waren bedeckt von einer weißen Membran, die immer undurchsichtiger wurde.

Ich packte das Lenkrad mit beiden Händen, und meine Handflächen waren feuchtkalt in den Handschuhen. Ich bremste ab auf fünfundsechzig Stundenkilometer. Fünfundfünfzig. Alle paar Minuten testete ich die Bremsen. Obwohl ich schon seit Jahren immer wieder in Quebec lebe, habe ich mich ans Autofahren im Winter nie gewöhnt. Ich halte mich zwar selber für hart im Nehmen, aber auf verschneiter Straße bin ich ein Hasenfuß. Ich zeige noch immer die typisch südliche Reaktion auf Winterstürme. Oh, Schnee – dann gehen wir natürlich nicht aus! *Les Québecois* schauen mich bloß an und lachen.

Angst hat etwas Erlösendes. Sie vertreibt die Erschöpfung. Müde wie ich war, blieb ich doch wachsam, hielt die Zähne zusammengebissen, den Hals gereckt, die Muskeln angespannt. Die Eastern Townships Autoroute war in einem etwas besseren Zustand als die Nebenstraßen, aber auch nicht sehr. Von Memphrémagog bis Montreal dauerte es normalerweise zwei Stunden. Ich brauchte fast vier.

Kurz nach zehn stand ich in meiner dunklen Wohnung und war froh, zu Hause zu sein. In meinem Quebecer Zuhause. *Bienvenue.* Mein Denken hatte bereits auf Französisch umgeschaltet.

Ich drehte die Heizung auf und schaute in den Kühlschrank. Trübe Aussichten. Ich wärmte mir ein tiefgefrorenes Burrito in der Mikrowelle auf und spülte es mit zimmerwarmer Kräuterlimonade hinunter. Keine *haute cuisine,* aber nahrhaft.

Das Gepäck, das ich am Dienstag abend hier abgestellt hatte, lag noch ungeöffnet im Schlafzimmer. Ich dachte nicht einmal ans Auspacken. Morgen. Mit dem festen Wunsch, mindestens neun Stunden zu schlafen, fiel ich ins Bett. Das Telefon weckte mich nach weniger als vier.

»*Oui,* ja«, murmelte ich.

»Temperance, Pierre LaManche hier. Es tut mir sehr leid, Sie um diese Zeit stören zu müssen.«

Ich wartete. In den sieben Jahren, seit ich für den Direktor des Gerichtsmedizinischen Instituts arbeitete, hatte er mich noch nie um drei Uhr morgens angerufen.

»Ich hoffe, in Memphrémagog ging alles gut.« Er räusperte sich. »Ich habe eben einen Anruf aus dem Büro des Leichenbeschauers erhalten. In St. Jovite hat es in einem Privathaus einen Brand gegeben. Die Feuerwehr versucht noch immer, das Feuer unter Kontrolle zu bringen. Die Brandstiftungsspezialisten werden gleich morgen früh die Ermittlungen aufnehmen, und der Leichenbeschauer will uns ebenfalls an Ort und Stelle haben.« Wieder ein Räuspern. »Ein Nachbar sagt, daß die Bewohner zu Hause waren. Ihre Autos stehen noch in der Auffahrt.«

»Wozu brauchen Sie mich?« fragte ich.

»Offensichtlich ist es ein ziemlich starkes Feuer. Wenn es Leichen gibt, dürften die stark verbrannt sein. Vielleicht nur noch kalzinierte Knochen und Zähne. Es könnte eine schwierige Bergung werden.«

Verdammt. Nicht morgen.

»Wann?«

»Kann ich Sie um sechs abholen?«

»Okay.«

»Temperance. Das könnte ziemlich übel werden. In dem Haus haben Kinder gewohnt.«

Ich stellte den Wecker auf halb sechs.

Bienvenue.

2

Ich habe mein ganzes Leben im Süden verbracht. Mir kann es gar nicht warm genug sein. Ich liebe den Strand im August, Sommerkleider, Deckenventilatoren, den Geruch schweißfeuchter Kinderhaare, das Geräusch von Insekten an Fliegengittern. Und doch verbringe ich den Sommer und die Semesterferien in Quebec. In den meisten Monaten während des akademischen Jahres pendele ich zwischen Charlotte, North Carolina, wo ich an der Anthropologischen Fakultät der Universität unterrichte, und Montreal, wo ich im gerichtsmedizinischen Institut arbeite, hin und her. Das ist eine Entfernung von fast zweitausend Kilometern.

Wenn es tiefer Winter ist, muß ich mir oft selbst gut zureden, bevor ich aus dem Flugzeug steige. Es ist kalt, schärfe ich mir ein. Es ist sehr kalt. Aber du brauchst dich nur entsprechend anzuziehen und dich darauf einzustellen. Ja. Ich stelle mich darauf ein. Darauf vorbereitet bin ich dennoch nicht. Es ist immer ein Schock, wenn ich den Terminal verlasse und zum ersten Mal die kalte Luft einatme.

Um sechs Uhr morgens am zehnten Tag des März zeigte das Thermometer auf meiner Terrasse zwei Grad Fahrenheit. Minus siebzehn Grad Celsius. Ich hatte mir angezogen, soviel ich nur konnte. Lange Unterwäsche, Jeans, zwei Pullover, Wanderstiefel und Wollsocken. In den Socken trug ich funkelnde Isolier-Innenstrümpfe, die eigentlich Astronauten auf dem Pluto die Füße wärmen sollten. Dieselbe sexy Kombination wie am Tag zuvor. Die mich vermutlich genausowenig warm halten würde.

Als LaManche hupte, zog ich den Reißverschluß meines Parkas zu und rannte aus der Lobby. So wenig Begeisterung ich für diesen Ausflug aufbringen konnte, wollte ich Pierre doch nicht warten lassen.

Ich hatte eine dunkle Limousine erwartet, doch das Fahrzeug, aus dem er mir zuwinkte, war eine Art sportiver Geländewagen. Vierradantrieb, knallrot, Rennstreifen.

»Nettes Auto«, sagte ich beim Einsteigen.

»Merci.« Er deutete auf ein Haltegestell auf der Mittelkonsole. Es enthielt zwei Styroporbecher und eine Tüte mit Dunkin' Donuts. Sehr aufmerksam. Ich nahm mir einen mit Apfelfüllung.

Auf der Fahrt nach St. Jovite berichtete mir LaManche, was er wußte. Es war nur wenig mehr als das, was ich schon um drei Uhr gehört hatte. Von der anderen Straßenseite aus hatten Nachbarn gesehen, daß die Bewohner um neun das Haus betraten. Die Nachbarn waren danach losgefahren, um Freunde zu besuchen, die in einiger Entfernung wohnten, und waren lange ausgeblieben. Als sie gegen zwei zurückkehrten, bemerkten sie auf der anderen Straßenseite einen rötlichen Schein und dann Flammen, die aus dem Haus schossen. Eine andere Nachbarin meinte, irgendwann nach Mitternacht ein Knallen gehört zu haben, war sich aber nicht sicher und war wieder zu Bett gegangen. Die Gegend ist abgelegen und dünn besiedelt. Die Freiwillige Feuerwehr traf um zwei Uhr dreißig ein und rief sofort Verstärkung, als sie sah, womit sie es zu tun hatte. Um fünf Uhr vierzig hatte LaManche mit dem Leichenbeschauer gesprochen. Zwei Tote waren bereits bestätigt, weitere wurden noch vermutet. Einige Bereiche des Hauses waren noch zu heiß oder zu gefährlich für eine Durchsuchung. Es bestand der Verdacht auf Brandstiftung.

In der Dunkelheit kurz vor Tagesanbruch fuhren wir nach Norden, in die Ausläufer der Laurentian Mountains. LaManche redete wenig, was mir nur recht war. Ich bin ein Morgenmuffel. Allerdings ist er ein Musiknarr, und so spielte er ununterbrochen Kassetten. Klassik, Pop, sogar Country and Western, alles in Easy-Listening-Versionen. Vielleicht sollte das beruhigend wirken, wie das Gedudel in Aufzügen und Wartezimmern. Mich machte es nervös.

»Wie weit ist es nach St. Jovite?« Ich nahm mir einen Donut mit Honig und Schokoglasur.

»Ungefähr fünfundzwanzig Kilometer; auf unserer Seite des Mont Tremblant. Sind Sie hier schon mal Ski gefahren?« Er trug einen knielangen, armeegrünen Parka mit pelzgefütterter Kapuze. Von der Seite sah ich von ihm nichts außer der Nase.

»Mmh. War sehr schön.«

Am Mont Tremblant hätte ich mir beinahe Erfrierungen geholt. Es war das erste Mal, daß ich in Quebec beim Skilaufen gewesen war, und ich war angezogen wie für die Blue Ridge Mountains. Der Wind am Gipfel war so kalt gewesen, daß man flüssigen Wasserstoff hätte einfrieren können.

»Wie war's in Memphrémagog?«

»Das Grab war nicht dort, wo wir es erwartet hatten, aber das ist ja nichts Neues. Offensichtlich wurde sie 1911 exhumiert und neu begraben. Das Komische war nur, daß es keine Aufzeichnungen davon gab.« Sehr komisch, dachte ich und trank einen Schluck des lauwarmen Kaffees. Bruce Springsteen instrumental. »Born in the U.S.A.« Ich versuchte, nicht hinzuhören. »Auf jeden Fall haben wir sie gefunden. Die Überreste werden heute ins Labor geliefert.«

»Wirklich schade mit diesem Feuer. Ich weiß, daß Sie auf eine freie Woche gehofft haben, um sich auf diese Untersuchung konzentrieren zu können.«

In Quebec kann es im Winter für einen forensischen Anthropologen ziemlich gemächlich zugehen. Die Temperatur steigt nur selten über den Gefrierpunkt. Flüsse und Seen frieren zu, der Boden wird steinhart, und Schnee verhüllt alles. Die Insekten verschwinden, und viele Raubtiere graben sich für den Winterschlaf ein. Das Ergebnis: Tote im Freien verwesen nicht. Aus dem St. Lawrence werden keine Wasserleichen gezogen. Auch die Menschen verkriechen sich. Jäger, Wanderer und Picknicker streifen nicht mehr durch Feld und Wald, und einige Leichen des Herbstes werden erst bei der Schneeschmelze im Frühling entdeckt. Folglich liegt die Zahl der Fälle, die mir zugewiesen werden – die Gesichtslosen auf der Suche nach einem Namen – zwischen November und April deutlich niedriger.

Die einzige Ausnahme bilden Brände in Privathäusern. Sie nehmen in den kalten Monaten zu. Die meisten verbrannten Leichen kommen zum Odontologen und werden anhand ihrer Zähne identifiziert; da Adresse und Bewohner meistens bekannt sind, kann man antemortale zahnärztliche Unterlagen zum Vergleich heranziehen. Erst wenn verkohlte Unbekannte auftauchen, kann es sein, daß meine Hilfe erforderlich wird.

Oder in schwierigen Bergungssituationen. LaManche hatte recht. Ich hatte auf eine geruhsame Woche gehofft, und dieser Ausflug nach St. Jovite paßte mir ganz und gar nicht.

»Vielleicht braucht man mich für die Untersuchung gar nicht.« Eine Million und eine Geige intonierten »I'm Sitting on the Top of the World«. »Wahrscheinlich gibt es Unterlagen über die Familie.«

»Wahrscheinlich.«

Nach knapp zwei Stunden hatten wir St. Jovite erreicht. Die Sonne war aufgegangen und tauchte den Ort und die Landschaft in eisige, frühmorgendliche Farbtöne. Wir bogen nach Westen auf eine kurvige zweispurige Nebenstraße ab. Fast sofort kamen uns zwei Sattelschlepper entgegen. Der eine transportierte einen zerbeulten grauen Honda, der andere einen roten Plymouth Voyager.

»Wie ich sehe, hat man die Fahrzeuge sichergestellt.«

Ich sah den Transportern im Seitenspiegel nach. Der Voyager hatte Kindersitze auf der Rückbank und einen gelben Smiley-Sticker auf der hinteren Stoßstange. Ich stellte mir ein Kind im Fenster vor, die Zunge herausgestreckt, die Finger in den Ohren, der Welt Grimassen schneidend. Glubschaugen, hatten meine Schwester und ich es genannt. Vielleicht lag dieses Kind bis zur Unkenntlichkeit verkohlt in einem Schlafzimmer im Obergeschoß.

Nach wenigen Minuten sahen wir, wonach wir suchten. Polizeiautos, Löschfahrzeuge, LKWs, mobile Übertragungswagen der Medien, Krankenwagen und Zivilfahrzeuge säumten die Straße und beide Seiten einer langen Kiesauffahrt.

Reporter standen in Gruppen zusammen, einige unterhielten sich, andere kontrollierten ihre Geräte. Wieder andere saßen im Auto, um sich warmzuhalten, während sie auf ihre Geschichte warteten. Dank der Kälte und der frühen Stunde gab es überraschend wenige Schaulustige. Hin und wieder fuhr ein Auto vorbei und wendete, um ein zweites Mal am Tatort vorbeizuzockeln. Gaffer. Später würden es sehr viel mehr sein.

LaManche blinkte und bog in die Auffahrt ein, wo ein uniformierter Beamter uns mit einer Handbewegung stoppte. Er trug eine olivgrüne Jacke mit schwarzem Pelzkragen, einen dunkeloliven Schal und eine olivfarbene Kappe mit aufgestellten Ohrenklappen. Ohren und Nase waren himbeerrot, und beim Sprechen quoll weißer Dampf aus seinem Mund. Ich wollte ihm sagen, er solle sich die Ohren bedecken, kam mir aber sofort vor wie meine Mutter und tat es nicht. Er ist ein großer Junge. Wenn ihm die Ohrläppchen abfallen, muß er damit zurechtkommen.

LaManche zeigte ihm seinen Ausweis, und der Beamte wies uns hinter dem blauen Bergungsfahrzeug ein. SECTION D'IDENTITÉ JUDICIAIRE stand in schwarzen Blockbuchstaben darauf. Die Spurensicherung war also bereits da. Und ich vermutete, die Brandstiftungsspezialisten ebenfalls.

LaManche und ich zogen uns Mützen und Handschuhe an und stiegen aus. Der Himmel war jetzt azurblau, die Sonne funkelte im Schnee der vergangenen Nacht. Die Luft war so kalt, daß sie sich fast kristallin anfühlte und alles scharf und klar machte. Autos, Gebäude und Leitungsmasten warfen dunkle Schatten auf den schneebedeckten Boden, so klar umrissen wie Bilder auf einem kontraststarken Film.

Ich sah mich um. Die schwarzen Überreste eines Hauses, eine noch intakte Garage und ein kleineres Nebengebäude drängten sich am Ende der Auffahrt, alles im billigen alpinen Stil. Trampelpfade zwischen den drei Gebäuden bildeten ein Dreieck im Schnee. Fichten umstanden die Überreste des Hauses, und ihre Äste waren so schneeschwer, daß die Spitzen sich nach unten bogen. Ich sah ein Eichhörnchen, das über einen Zweig huschte und sich dann in Stammnähe in Sicherheit brachte. Hinter ihm her rieselten Schneeklumpen zu Boden und sprenkelten die weiße Decke.

Das Haus hatte ein spitzgiebeliges Dach mit orangeroten Ziegeln, das verkohlt und eisverkrustet nur noch halb aufragte. Der Teil der

Außenwand, der nicht verbrannt war, war mit cremefarbenen Platten verkleidet. Die Fenster waren schwarze, leere Höhlen, das Glas war gesprungen, die türkisfarbenen Rahmen rußgeschwärzt.

Die linke Hälfte des Hauses war verkohlt, die Rückseite größtenteils zerstört. Auf der anderen Seite konnte ich die Reste von Dachbalken erkennen, die schwarz verbrannt auf den Außenmauern auflagen. Von irgendwo im hinteren Teil des Hauses stiegen noch Rauchfahnen auf.

Die Vorderseite war weniger stark beschädigt. Eine hölzerne Veranda lief die gesamte Front entlang, vor den Fenstern im Obergeschoß befanden sich kleine Balkone. Veranda und Balkone bestanden aus rosafarbenen Holzlatten mit abgerundeten Spitzen und herzförmigen Ausschnitten in unregelmäßigen Abständen.

Ich drehte mich um und sah die Auffahrt hinunter. Auf der anderen Straßenseite stand ein ähnliches Chalet, Rahmen und Verzierungen jedoch in Rot und Blau. Ein Mann und eine Frau standen mit verschränkten Armen, die behandschuhten Hände unter die Achseln gesteckt, davor. Sie sahen schweigend zu, die Augen gegen die Morgensonne zugekniffen, die Gesichter verbissen unter identischen orangefarbenen Jagdkappen. Die Nachbarn, die das Feuer gemeldet hatten. Ich schaute die Straße entlang. In Sichtweite gab es keine anderen Häuser. Die Frau, die geglaubt hatte, ein gedämpftes Knallen gehört zu haben, mußte gute Ohren haben.

LaManche und ich gingen auf das Haus zu. Wir kamen an Dutzenden von Feuerwehrmännern vorbei, farbenfrohe Gestalten in ihren gelben Anzügen, roten Helmen, blauen Koppeln und schwarzen Gummistiefeln. Einige hatten Sauerstoffflaschen auf den Rücken geschnallt. Die meisten schienen Ausrüstung und Gerätschaften einzusammeln.

Wir gingen zu einem uniformierten Beamten, der vor der Veranda stand. Wie der Posten in der Auffahrt war auch er von der *Sûreté du Québec,* wahrscheinlich vom Revier in St. Jovite oder einer Nachbarstadt. Die SQ, oder auch *Quebec Provincial Police,* ist zuständig für die gesamte Provinz, ausgenommen nur die Insel Montreal selbst und einige Städte, die eigene Polizeieinheiten unterhalten. St. Jovite ist zu klein dafür, deshalb wurde die SQ gerufen, vielleicht vom Einsatzleiter der Feuerwehr, vielleicht vom Nachbarn. Und die SQ hatte die Brandstiftungsspezialisten unseres Instituts alarmiert. *Section d'Incendie et Explosif.* Ich fragte mich, wer die Entscheidung getroffen hatte, den Leichenbeschauer zu rufen. Wie viele Opfer würden wir finden? In welchem Zustand würden sie sein? In keinem guten, da war ich mir sicher. Mein Herzschlag beschleunigte sich.

Wieder zeigte LaManche seine Marke, und der Mann inspizierte sie.

»Un instant, Docteur, s'il vous plaît«, sagte er und hob die behandschuhte Hand. Er rief einen Feuerwehrmann, sagte etwas zu ihm und deutete auf seinen Kopf. Augenblicke später hatten wir Helme und Masken. Erstere setzten wir auf, letztere hängten wir uns über den Arm.

»Attention!« warnte der Beamte und deutete mit dem Kopf auf das Haus. Dann trat er beiseite, um uns vorbeizulassen. O ja, ich würde aufpassen.

Die Haustür war weit offen. Als wir über die Schwelle und aus der Sonne traten, fiel die Temperatur um fünf Grad. Die Luft im Inneren war feucht und roch nach verkohltem Holz, durchweichtem Putz und Gewebe. Schwarzer, feuchter Ruß bedeckte die Oberflächen.

Direkt vor uns führte eine Treppe ins Obergeschoß, links und rechts gähnten dunkle Höhlen; hier mußten Wohn- und Eßzimmer gewesen sein. Was von der Küche noch übrig war, befand sich auf der Rückseite.

Ich hatte schon einige Brandstätten gesehen, aber nur wenige waren so verwüstet gewesen wie diese. Überall lagen verkohlte Bretter, wie Treibholz an einer Kaimauer. Kreuz und quer türmten sie sich auf den durcheinandergeworfenen Rahmen einer Sitzgruppe, lehnten an Treppen, Wänden und Türen. Überreste des häuslichen Mobiliars lagen in geschwärzten Haufen auf dem Boden. Aus Wänden und Decken hingen Kabel, Rohre standen von ihren Befestigungen ab. Fensterrahmen, Treppengeländer, Gesimse, alles war mit schwarzer Eiszapfenspitze verziert.

Im Haus wimmelte es von Leuten in Helmen, die sich unterhielten, vermaßen, fotografierten und filmten, Spuren sammelten und sich auf Klemmbrettern Notizen machten. Ich erkannte zwei Brandstiftungsspezialisten aus unserem Institut. Sie hatten ein Maßband zwischen sich gespannt, und der eine kauerte an einem festen Punkt, während der andere im Kreis herumging und sich alle paar Schritte Abstände notierte.

LaManche entdeckte einen aus dem Team des Leichenbeschauers und bahnte sich einen Weg zu ihm. Ich folgte ihm, wobei ich mich zwischen verbogenen Metallregalen, Glassplittern und etwas, das aussah wie ein verhedderter roter Schlafsack, hindurchschlängeln mußte. Aus dem Sack quoll die Füllung wie Holzkohlegedärm.

Der Leichenbeschauer war sehr dick und rotgesichtig. Er richtete sich leicht auf, als er uns sah, stieß geräuschvoll Luft aus und deutete mit behandschuhtem Daumen auf die Verwüstung um uns herum.

»Und, Monsieur Hubert, es gibt also zwei Tote?«

LaManche und Hubert waren absolute Gegensätze, wie kontrastierende Schattierungen auf einem Farbkreis. Der Pathologe war groß und sehnig, mit einem langen Bluthundgesicht. Der Leichenbeschauer war in jeder Hinsicht rund. Hubert war für mich horizontale Ausdehnung, LaManche vertikale.

Hubert nickte, und über seinem Schal schwabbelten drei Kinnlappen. »Oben.«

»Andere?«

»Noch nicht, aber sie sind mit der unteren Etage noch nicht fertig. Das Feuer war im hinteren Teil sehr viel intensiver. Die Feuerwehr glaubt, daß es wahrscheinlich in einem Raum neben der Küche anfing. Dieser Bereich ist völlig ausgebrannt, und der Boden ist in den Keller gestürzt.«

»Haben Sie die Leichen schon gesehen?«

»Noch nicht. Ich warte noch auf die Freigabe durch die Feuerwehr, damit ich nach oben kann. Der Einsatzleiter will sichergehen, daß es unbedenklich ist.«

Ich teilte die Gefühle des Einsatzleiters.

Dann standen wir schweigend da und betrachteten die Verwüstung. Die Zeit verging. Ich beugte und streckte die Finger und Zehen, um sie beweglich zu halten. Schließlich kamen drei Feuerwehrmänner herunter. Sie trugen Helme und Gesichtsmasken und sahen aus, als hätten sie nach chemischen Waffen gesucht.

»Jetzt ist es okay«, sagte der letzte, während er den Gurt seiner Maske löste und sie abnahm. »Sie können nach oben. Aber passen Sie auf, wohin Sie treten, und behalten Sie Ihre Helme auf. Die ganze verdammte Decke könnte herunterkommen. Aber der Boden scheint okay zu sein.« Er ging auf die Tür zu und drehte sich dann noch einmal um. »Sie sind in dem Zimmer auf der linken Seite.«

Glassplitter und verkohltes Kleinzeug knirschten unter unseren Sohlen, als Hubert, LaManche und ich uns einen Weg nach oben bahnten. Schon jetzt spürte ich, wie mein Magen sich zusammenzog und in meiner Brust sich ein Gefühl der Leere ausbreitete. Obwohl es mein Beruf ist, habe ich mich an den Anblick gewaltsamen Todes noch immer nicht gewöhnt.

Vom Treppenabsatz ging links eine Tür ab, eine rechts, und direkt vor uns lag ein Bad. Obwohl vom Rauch stark beschädigt, schien der erste Stock im Vergleich zum Erdgeschoß noch einigermaßen intakt zu sein.

Durch die linke Tür sah ich einen Sessel, ein Bücherregal und das Fußende eines Betts. Darauf ein Paar Beine. LaManche und ich betraten das linke Zimmer, Hubert sah im rechten nach.

Die hintere Wand war zum Teil verbrannt, an einigen Stellen waren die Balken hinter der gemusterten Tapete zu erkennen. Das Holz war pechschwarz, die Oberfläche rauh und geschuppt, wie die Haut eines Krokodils. »Alligatorisiert«, würden die Brandstiftungsspezialisten schreiben. Verkokelter und gefrorener Schutt lag auf dem Boden, und alles war rußbedeckt.

LaManche sah sich eingehend um und zog dann ein winziges Diktaphon aus seiner Tasche. Er nannte Datum, Zeit und Ort und begann dann, die Opfer zu beschreiben.

Die Leichen lagen auf zwei Einzelbetten, die in der entfernten Ecke des Zimmers, von einem Tischchen getrennt, im rechten Winkel zueinander standen. Merkwürdigerweise schienen beide völlig bekleidet zu sein. Das Opfer an der hinteren Wand trug Turnschuhe, das an der Seitenwand war in Strumpfsocken gestorben. Ich bemerkte, daß eine Sportsocke zum Teil heruntergezogen war und einen rauchfleckigen Knöchel entblößte. Die Sockenspitze hing schlaff von den Zehen. Beide Opfer waren Erwachsene. Der eine wirkte etwas kräftiger als der andere.

»Opfer Nummer eins ...«, fuhr LaManche fort.

Ich zwang mich, genauer hinzusehen. Opfer Nummer eins hatte die Arme erhoben und abgewinkelt, als wollte es kämpfen. Boxerpose. Das Feuer war nicht heiß oder lang genug gewesen, um sämtliches Fleisch zu vernichten, hatte aber doch so viel Hitze entwickelt, daß die Haut an den Oberarmen verbrannt war und die Muskeln sich zusammengezogen hatten. Unter den Ellbogen waren die Arme steckendünn. Klumpen versengten Gewebes hingen an den Knochen. Die Hände waren geschwärzte Stümpfe.

Das Gesicht erinnerte mich an Ramses' Mumie. Die Lippen waren verbrannt und entblößten Zähne mit dunklem und gesprungenem Schmelz. Eine Schneidezahn war dünn in Gold gefaßt. Auch die Nase war verbrannt und eingedrückt, die Nasenlöcher wiesen nach oben wie die Schnauze einer Fledermaus. Ich konnte einzelne Muskelfasern erkennen, die die Augenhöhlen umgaben und sich über Wangenknochen und Unterkiefer erstreckten, wie auf einer Strichzeichnung in einem Anatomiebuch. Jede Höhle enthielt einen vertrockneten und verschrumpelten Augapfel. Die Haare waren verschwunden. Die Schwarte am Schädeldach ebenso.

Opfer Nummer zwei war genauso tot, aber besser erhalten. Teile der Haut waren geschwärzt und aufgeplatzt, der Großteil jedoch nur rußgeschwärzt. Feine weiße Linien gingen von den Augenwinkeln aus, und die Ohren waren an den Innenseiten und unter den Läppchen blaß. Von den Haaren war nur noch eine krause Kappe übrig. Ein Arm lag flach am Körper an, der andere war nach rechts weggestreckt, als hätte das Opfer im Tod nach seinem Partner gegriffen. Die ausgestreckte Hand war nur noch eine knochige, geschwärzte Klaue.

Mit düster monotoner Stimme fuhr LaManche fort, das Zimmer und seine leblosen Bewohner zu beschreiben. Ich hörte nur halb zu, erleichtert, daß ich hier wohl nicht gebraucht würde. Oder doch? Angeblich hatten hier Kinder gewohnt. Wo waren sie? Durch das offene Fenster sah ich Sonnenschein, Fichten und glitzernden weißen Schnee. Draußen ging das Leben weiter.

Plötzliche Stille riß mich aus meinen Gedanken. LaManche hatte aufgehört zu diktieren und die Wollhandschuhe mit solchen aus Latex vertauscht. Er begann nun, Opfer Nummer zwei zu untersuchen, hob die Augenlider an und inspizierte Nasenhöhlen und Mundraum. Dann drehte er die Leiche zur Wand und hob das Hemd an.

Die äußere Hautschicht war aufgeplatzt, die Ränder rollten sich auf. Die abstehende Epidermis wirkte durchscheinend, wie der zarte Film in einem Ei. Das Gewebe darunter war hellrot und an den Stellen, wo es Kontakt mit dem zerdrückten Laken gehabt hatte, weiß gesprenkelt. LaManche drückte einen latexgeschützten Finger in den Rückenmuskel, und in dem scharlachroten Fleisch erschien ein weißer Fleck.

Hubert gesellte sich zu uns, als LaManche die Leiche wieder in die Ursprungsposition zurückdrehte. Wir beiden sahen ihn fragend an.

»Leer.«

Unsere Mienen blieben, wie sie waren.

»Da drinnen stehen zwei Bettchen. Muß das Kinderzimmer gewesen sein. Die Nachbarn sagen, daß es zwei Babys gab.« Er atmete schwer. »Zwillingsjungen. Aber da drin sind sie nicht.«

Hubert zog ein Taschentuch heraus und wischte sich über das Gesicht. Seine Haut war aufgesprungen; Schweiß und arktische Luft sind keine gute Kombination. »Was gibt's hier?«

»Natürlich ist eine volle Autopsie nötig«, erwiderte LaManche mit seinem melancholischen Baß. »Aber ausgehend von meiner vorläufigen Untersuchung würde ich sagen, daß diese Personen noch am Leben waren, als das Feuer ausbrach. Zumindest diese da.« Er deutete auf Opfer Nummer zwei.

»Ich dürfte hier noch ungefähr dreißig Minuten zu tun haben, dann können Sie sie wegbringen.«

Hubert nickte und ging davon, um sein Transportteam zu informieren.

LaManche ging noch einmal zur ersten Leiche und kehrte dann zur zweiten zurück. Ich sah stumm zu und blies mir Wärme auf meine behandschuhten Finger. Schließlich war er fertig. Ich mußte nicht lange fragen.

»Rauch«, sagte er. »Um die Nasenflügel, in der Nase selbst und in den Atemwegen.« Er sah mich an.

»Sie atmeten noch, als es brannte.«

»Ja. Sonst noch was?«

»Die kirschrote Verfärbung der Leichenflecken. Das deutet auf Kohlenmonoxid im Blut hin.«

»Und...«

»Das Abblassen, wenn man Druck anwendet. Die Leichenflecken sind noch wegzudrücken. Solche hellen Stellen entstehen nur vier bis fünf Stunden nach dem Herz-Kreislauf-Stillstand.«

»Ja.« Er sah auf die Uhr. »Jetzt ist es kurz nach acht. Dieses Opfer könnte um drei oder vier Uhr noch am Leben gewesen sein.« Er zog seine Latexhandschuhe aus. »Könnte. Leichenflecken sind variabel. Was sonst noch?«

Die Frage blieb unbeantwortet. Unten hörten wir einen Tumult, dann Füße, die die Treppe hochpolterten. Ein Feuerwehrmann erschien in der Tür, sein Gesicht war gerötet, er atmete schwer.

»Estidecolistabernac!«

Ich ging meinen Wortschatz des *Québécois* durch. Nichts zu finden. Ich sah LaManche an. Bevor er übersetzen konnte, fuhr der Mann fort.

»Jemand hier mit dem Namen Brennan?« fragte er LaManche.

Das Gefühl der Leere breitete sich auf meine Eingeweide aus.

»Wir haben eine Leiche im Keller. Es heißt, wir brauchen diesen Kerl Brennan.«

»Ich bin Tempe Brennan.«

Der Mann sah mich lange an, den Helm unter dem Arm, den Kopf schräg gelegt. Dann wischte er sich mit dem Handrücken die Nase und sah wieder LaManche an.

»Sie kommen besser runter. Und bringen Sie einen Löffel mit. Von dem ist nicht viel übrig.«

3

Der Mann der Freiwilligen Feuerwehr führte uns die Treppe hinunter und in den hinteren Teil des Hauses. Hier war ein Großteil des Dachs verschwunden, Sonnenlicht fiel in das geschwärzte Innere. Staub- und Rußpartikel tanzten in der Winterluft.

Am Eingang zur Küche blieben wir stehen. Links von mir konnte ich die Überreste einer Anrichte, eines Spülbeckens und einiger großer Haushaltsgeräte erkennen. Der Geschirrspüler war offen, sein Inhalt schwarz und geschmolzen. Überall lagen verkohlte Bretter, dieselben riesigen Mikado-Stäbchen wie in den vorderen Zimmern.

»Bleiben Sie in der Nähe der Wände«, sagte der Feuerwehrmann und verschwand um den Türstock.

Augenblicke später kehrte er wieder zurück und drückte sich an der Westwand entlang. Die Arbeitsfläche der Anrichte hinter ihm war aufgerollt wie eine riesige Lakritzschnecke. Darin eingebettet waren Fragmente von zerplatzten Weinflaschen und unidentifizierbaren Klumpen verschiedener Größe.

LaManche und ich folgten ihm, zuerst dicht an der vorderen Wand und dann an der Anrichte entlang. Wir hielten uns so weit wie möglich von der Mitte des Zimmers entfernt und bahnten uns einen Weg durch verbrannten Schutt, implodierte Metallbehälter und angesengte Propangasflaschen.

Neben dem Feuerwehrmann blieb ich mit dem Rücken zur Anrichte stehen und betrachtete den Schaden. Die Küche und ein angrenzendes Zimmer waren völlig verbrannt. Die Decken waren verschwunden, von der Trennwand nur noch ein paar verkohlte Balken übrig. Wo der Boden gewesen war, klaffte jetzt ein schwarzes Loch. Eine Ausziehleiter ragte aus dem Loch in unsere Richtung. Durch die Öffnung konnte ich Männer in Helmen sehen, die Schutt aufhoben und irgendwohin warfen oder trugen.

»Dort unten ist eine Leiche«, sagte der Feuerwehrmann und deutete mit dem Kopf in die Öffnung. »Haben sie gefunden, als wir anfingen, den Schutt vom Einsturz der Decke wegzuräumen.«

»Nur eine oder mehrere?« fragte ich.

»Keine Ahnung. Sieht ja kaum noch menschlich aus.«

»Erwachsener oder Kind?«

»Sind Sie bescheuert, Lady?« schien sein Blick zu sagen.

»Wann kann ich da runter?«

Sein Blick huschte zu LaManche, dann zurück zu mir. »Das muß der Chef entscheiden. Im Augenblick räumen sie noch auf. Wir wollen doch nicht, daß Ihnen irgendwas den hübschen Schädel zertrümmert.«

Er blickte mich mit einem, wie er wohl dachte, gewinnenden Lächeln an. Wahrscheinlich hatte er es vor dem Spiegel geübt.

Wir sahen zu, wie die Feuerwehrleute unter uns Stützpfosten einschlugen und mit Armen voller Schutt hin und her trotteten. Von einer Stelle, die ich nicht einsehen konnte, war Geklapper zu hören und das Geräusch von Sachen, die losgerissen und weggeschleift wurden.

»Haben die Männer sich schon mal überlegt, daß sie Spuren vernichten könnten?« fragte ich.

Der Feuerwehrmann sah mich an, als hätte ich behauptet, das Haus sei von einem Kometen getroffen worden.

»Das sind doch nur Bodendielen und Zeug, das von dieser Etage hinuntergekracht ist.«

»Dieses ›Zeug‹ kann vielleicht helfen, die Reihenfolge der Ereignisse zu rekonstruieren«, sagte ich, mit einer Stimme so kalt wie die Eiszapfen hinter uns an der Anrichte. »Oder die Lage der Leiche.«

Seine Miene wurde starr.

»Da unten könnte es noch immer Brandherde geben, Lady. Sie wollen doch nicht, daß Ihnen die plötzlich ins Gesicht lodern, oder?«

Ich mußte zugeben, daß ich das nicht wollte.

»Und dem Typen ist es sowieso egal.«

Unter meinem Helm spürte ich ein Pulsieren an der Schläfe meines hübschen Schädels.

»Wenn das Opfer so stark verbrannt ist, wie Sie behaupten, könnten Ihre Kollegen wichtige Körperteile unkenntlich machen.«

Seine Kiefermuskeln verkrampften sich, als er sich an mir vorbei nach Unterstützung umsah. LaManche sagte nichts.

»Der Chef wird Sie da wahrscheinlich sowieso nicht runterlassen«, sagte er.

»Ich muß jetzt sofort runter, um zu stabilisieren, was noch da ist. Vor allem die Zähne.« Ich dachte an die kleinen Jungs, von denen die Rede gewesen war. Und ich hoffte auf Zähne. Viele. Am besten von einem Erwachsenen. »Falls noch welche übrig sind.«

Der Feuerwehrmann bedachte meine einhundertfünfundsechzig Zentimeter und vierundfünfzig Kilo mit einem abschätzenden Blick. Obwohl die Winterkleidung meine Figur verhüllte und der Helm die langen Haare verbarg, schien er genug zu sehen, um überzeugt zu sein, daß ich nicht hierhergehörte.

»Sie will doch nicht wirklich da runter, oder?« Er suchte immer noch in LaManche einen Verbündeten.

»Dr. Brennan wird die Bergung übernehmen.«

»Estidecolistabernac!«

Diesmal brauchte ich keine Übersetzung. Feuerwehrmann Macho dachte, daß diese Aufgabe Mumm – vulgo Eier – erforderte.

»Brandherde sind kein Problem«, sagte ich und sah ihm dabei unverwandt in die Augen. »Um ehrlich zu sein, ich arbeite am liebsten direkt in den Flammen. Dort finde ich's nämlich wärmer.«

Daraufhin packte er die Seitenholme, schwang sich auf die Leiter und glitt nach unten, ohne daß seine Füße auch nur ein einziges Mal eine Stufe berührten.

Na klasse. Akrobatische Kunststückchen kann er also auch noch. Ich konnte mir lebhaft vorstellen, was er sich für seinen Chef zurechtlegte.

»Das sind Freiwillige«, sagte LaManche und zeigte den Ansatz eines Lächelns. Er sah aus wie Mr. Ed mit Schutzhelm. »Ich muß oben noch fertigmachen, aber ich bin bald bei Ihnen.«

Ich sah ihm nach, wie er sich, den großen, kapuzenverhüllten Körper leicht gebückt vor Konzentration, einen Weg zur Tür bahnte. Sekunden später erschien der Einsatzleiter der Feuerwehr auf der Leiter. Es war der Mann, der uns zu den Leichen im ersten Stock geführt hatte.

»Sie sind Dr. Brennan?« fragte er auf englisch.

Ich nickte einmal und machte mich auf einen Streit gefaßt.

»Luc Grenier. Ich bin der Leiter der Freiwilligen Feuerwehr von St. Jovite.« Er öffnete den Kinnriemen seines Helms und ließ ihn baumeln. Er war älter als sein frauenfeindlicher Kollege.

»Wir brauchen noch ungefähr zehn, fünfzehn Minuten, um das Untergeschoß zu sichern. Das ist der letzte Abschnitt, den wir gelöscht haben, es könnte also immer noch Brandherde geben.« Sein Kinnriemen hüpfte beim Reden. »Das war ein richtiges Höllenfeuer, und wir wollen nicht, daß es noch einmal auflodert.« Er deutete hinter mich. »Sehen Sie dieses Vordach da draußen?«

Ich drehte mich um. Durch den leeren Fensterrahmen sah ich eine Platte gewellten Metalls. Sie war aufgeplatzt und verbogen, die Kanten waren eingerollt und schwarz wie verbrannte Löckchen.

»Das ist Aluminium. Um Aluminium zu schmelzen, braucht man mindestens elfhundert Grad Celsius.« Er schüttelte den Kopf, und sein Riemen baumelte hin und her. »Das meine ich mit Höllenfeuer.«

»Wissen Sie, was den Brand ausgelöst hat?« fragte ich.

Er zeigte auf einen Propangasbehälter neben meinen Füßen. »Bis jetzt haben wir zwölf von diesen Scheißdingern gefunden. Entweder jemand wußte genau, was er tat, oder einer von den Wichsern hatte keine Ahnung vom Grillen.« Er errötete leicht. »'tschuldigung.«

»Brandstiftung?«

Feuerwehrhauptmann Grenier zuckte die Achseln und hob abwehrend die Hände. »Das habe ich nicht zu entscheiden.« Er schnallte sich den Kinnriemen wieder zu und packte die Leiterholme. »Wir wollen nur noch den Schutt beiseite räumen, um sicherzugehen, daß wirklich nirgendwo mehr etwas schwelt. Bei den Knochen sind wir extra vorsichtig. Ich pfeife, wenn's sicher ist.«

»Spritzen Sie kein Wasser auf die Überreste«, sagte ich.

Er legte die Hand an den Helm und verschwand die Leiter hinunter.

Es dauerte dreißig Minuten, bis man mich in den Keller ließ. In dieser Zeit ging ich zum Bergungswagen der Spurensicherung, um meine Ausrüstung zu holen und einen Fotografen zu suchen. Ich fand Pierre Gilbert und bat ihn, im Keller ein Erdsieb und einen Strahler aufstellen zu lassen.

Der Keller bestand nur aus einem einzigen Raum, dunkel, feucht und kälter als der Yellowknife-Nationalpark im Januar. Am entfernten Ende stand ein Heizbrenner, von dem Rohre schwarz und knorrig in die Höhe stiegen wie die Äste einer riesigen toten Eiche. Das Bild erinnerte mich an einen anderen Keller, den ich vor nicht allzu langer Zeit besucht hatte. In dem hatte sich ein Serienmörder versteckt.

Die Wände bestanden aus Schlackenstein. Die meisten der großen Trümmer waren beiseite geräumt und an den Wänden gestapelt, so daß jetzt der Lehmboden zu sehen war. An einigen Stellen hatte das Feuer ihn rötlichbraun verfärbt, an anderen war er schwarz und steinhart, wie im Ofen gebrannte Keramikfliesen. Alles war mit einer dünnen Eismembran überzogen.

Hauptmann Grenier führte mich zu einer Stelle am rechten Rand des Deckeneinbruchs. Er sagte, daß sonst nirgendwo mehr Opfer gefunden worden seien. Ich hoffte, daß er recht behielt. Bei dem Gedanken, den ganzen Keller durchsuchen zu müssen, wären mir fast die Tränen gekommen. Grenier wünschte mir viel Glück und kehrte zu seinen Männern zurück.

In diesen Winkel drang kaum noch etwas von dem Sonnenlicht, das die Küche erhellte, ich zog deshalb eine Hochleistungsstablampe aus meinem Ausrüstungskoffer und leuchtete die Umgebung ab. Ein Blick, und das Adrenalin schoß mir durch den Kopf. So etwas hatte ich nicht erwartet.

Die Überreste lagen in einem Umkreis von mindestens drei Metern verstreut. Sie waren zum Großteil skelettiert und wiesen unterschiedliche Grade der Hitzeeinwirkung auf.

In einem Häufchen erkannte ich einen Schädel, umgeben von Fragmenten unterschiedlicher Form und Größe. Einige waren schwarz und glänzend wie der Schädel. Andere waren kalkweiß und sahen aus, als würden sie gleich zerbröseln. Und genau das würden sie auch, wenn man sie nicht richtig behandelte. Kalzinierter Knochen ist federleicht und sehr zerbrechlich. Ja. Das würde eine schwierige Bergung werden.

Eineinhalb Meter südlich des Schädels lag eine Ansammlung von Wirbeln, Rippen und langen Knochen in anatomisch annähernd korrekter Position. Ebenfalls weiß und völlig kalziniert. Ich prägte mir die Ausrichtung der Wirbel und die Lage der Armknochen ein. Die Überreste lagen mit dem Gesicht nach oben, ein Arm auf der Brust, der andere über dem Kopf.

Unter den Oberarmen und dem Brustkorb lag eine herzförmige schwarze Masse, aus der distal zwei gebrochene lange Knochen herausragten. Das Becken. Darunter sah ich die verkohlten, fragmentierten Knochen von Beinen und Füßen.

Ich empfand Erleichterung, aber auch eine gewisse Verwirrung. Hier handelte es sich um ein einzelnes, voll ausgewachsenes Opfer. Wirklich? Knochen von Kleinkindern sind winzig und extrem zerbrechlich. Sie konnten leicht darunter versteckt sein. Ich betete, daß ich keine finden würde, wenn ich Asche und Sediment durchsuchte.

Ich machte mir Notizen, schoß Polaroids und begann dann, mit einem weichen Haarpinsel Erde und Asche wegzubürsten. Während ich den Abraum untersuchte und für ein späteres Durchsieben sammelte, legte ich langsam immer mehr Knochen frei.

LaManche kehrte zurück, als ich eben den Rest des Unrats wegbürstete, der direkten Kontakt mit den Knochen hatte. Er sah schweigend zu, wie ich vier Pflöcke, eine Rolle Spagat und drei Maßbänder aus meinem Koffer nahm.

Den ersten Pflock hämmerte ich direkt über dem Häufchen mit dem Schädel in den Boden und hakte die Enden von zwei Maßbändern in den Nagel an der Spitze des Pflocks. Dann ging ich mit dem ersten Maßband drei Meter nach Süden und schlug dort den zweiten Pflock ein.

LaManche hielt das Band am zweiten Pflock, während ich zum ersten zurückkehrte und mit dem zweiten Band im rechten Winkel zum ersten drei Meter nach Osten ging. Mit dem dritten Band maß ich nun eine Hypothenuse von 4,24 Metern von LaManches Pflock zur nordöstlichen Ecke ab. Wo das zweite und das dritte Band sich trafen, schlug ich den dritten Pflock ein. Dank Pythagoras hatte ich nun ein perfektes rechtwinkliges Dreieck mit zwei je drei Meter langen Katheten.

Ich nahm das zweite Band vom ersten Pflock, hakte es am nordöstlichen Pflock ein und ging damit drei Meter nach Süden. LaManche ging mit seinem Band drei Meter nach Osten. Wo die Bänder sich trafen, schlug ich den vierten Pflock ein.

Nun spannte ich den Spagat um diese vier Pflöcke, so daß die Überreste in einem abgegrenzten Quadrat mit drei Metern Seitenlänge und vier präzise rechtwinkligen Ecken lagen. Zur Vermessung des Skeletts würde ich von den Pflöcken aus triangulieren. Wenn nötig, konnte ich das Quadrat auch in Quadranten unterteilen oder für noch genauere Beobachtungen ein Gitternetz darüberlegen.

Zwei Teams der Spurensicherung trafen ein, als ich eben einen nach Norden gerichteten Pfeil an den Schädel legte. Sie trugen dunkelblaue, gefütterte Winteroveralls mit der Aufschrift *Section d'Identité Judiciaire* auf dem Rücken. Ich beneidete sie. Die feuchte Kälte im Keller war wie ein Messer, das mir durch die Kleidung ins Fleisch stach.

Mit Claude Martineau hatte ich bereits gearbeitet. Den zweiten Techniker kannte ich noch nicht. Wir stellten uns vor, während der Strahler und das Sieb aufgestellt wurden.

»Es wird eine Weile dauern, bis ich das hier bearbeitet habe«, sagte ich und deutete auf das abgegrenzte Quadrat. »Ich will alle Zähne finden, die das Feuer überstanden haben, und sie, wenn nötig, stabilisieren. Vielleicht muß ich auch das Schambein und die Rippenenden, falls ich welche finde, entsprechend behandeln. Wer macht die Fotos?«

»Halloran kommt«, sagte Sincennes, der zweite Techniker.

»Okay. Hauptmann Grenier sagte zwar, daß hier unten niemand mehr ist, aber es dürfte nichts schaden, den Keller noch einmal abzusuchen.«

»Es heißt doch, daß Kinder in diesem Haus gewohnt haben«, sagte Martineau mit düsterem Gesicht. Er hatte selbst zwei.

»Ich würde eine Durchsuchung nach Planquadraten vorschlagen.«

Ich sah LaManche an. Er nickte zustimmend.

»Wird erledigt«, sagte Martineau. Er und Sincennes schalteten die

Lampen auf ihren Helmen ein und gingen zum anderen Ende des Kellers. Sie würden in parallelen Linien auf und ab gehen, zuerst von Norden nach Süden, dann über Kreuz dazu von Osten nach Westen. So würde jeder Zentimeter des Bodens zweimal abgesucht werden.

Ich schoß noch einige Polaroids und begann dann, das Quadrat zu säubern. Mit einer Kelle, einem Zahnstocher und einer Plastikkehrschaufel lockerte und entfernte ich den Dreck, der das Skelett umgab, wobei ich darauf achtete, die Knochen nicht zu verrücken. Jede Schaufel Aushub warf ich in das Sieb. Dort trennte ich Erdpartikel, Asche, Gewebe, Nägel, Holz und Putzstückchen von den Knochenfragmenten. Letztere packte ich in sterile Baumwolle, steckte sie in verschließbare Plastikbehälter und notierte mir ihren Fundort. Irgendwann traf Halloran ein und fing an zu fotografieren.

Hin und wieder warf ich LaManche einen Blick zu. Er beobachtete mich stumm, sein Gesicht wie üblich eine ernste Maske. Seit ich meinen Chef kannte, hatte er kaum einmal eine Regung gezeigt. LaManche hatte sich im Verlauf der Jahre so viel ansehen müssen, vielleicht wollte er sich einfach keine Gefühle mehr erlauben. Nach einer Weile öffnete er den Mund.

»Wenn hier für mich nichts zu tun ist, Temperance, dann gehe ich jetzt nach oben.«

»Natürlich«, sagte ich und dachte an die wärmende Sonne. »Das hier wird noch eine Weile dauern.«

Ich sah auf die Uhr. Zehn nach elf. Hinter LaManche sah ich Sincennes und Martineau, die Schulter an Schulter mit gesenkten Köpfen vorwärts krochen, wie Bergleute, die eine Goldader suchen.

»Brauchen Sie irgend etwas?«

»Ich werde einen Leichensack mit einem sauberen weißen Tuch darin brauchen. Sorgen Sie dafür, daß er auf einem flachen Brett oder in einer Leichenwanne liegt. Ich will nicht, daß beim Abtransport alles durcheinandergeschüttelt wird.«

»Natürlich.«

Ich machte mich wieder ans Schaufeln und Sieben. Ich fror so sehr, daß ich am ganzen Körper zitterte, und mußte immer wieder unterbrechen, um mir die Hände zu wärmen. Irgendwann wurden Wanne und Leichensack gebracht. Der letzte Feuerwehrmann ging. Es wurde sehr still im Keller.

Schließlich hatte ich das ganze Skelett freigelegt. Ich machte mir Notizen und skizzierte seine Lage, während Halloran eifrig fotografierte.

»Haben Sie etwas dagegen, wenn ich mir einen Kaffee hole?« fragte er, als wir fertig waren.

»Nein, ich rufe, wenn ich Sie brauche. Ich werde jetzt für eine Weile einsammeln.«

Als er ging, fing ich an, die Überreste in den Leichensack zu legen, wobei ich bei den Füßen anfing und mich zum Kopf vorarbeitete. Das Becken war in gutem Zustand. Ich hob es auf und legte es auf das Tuch. Die Schambeinfuge war in verkohltes Gewebe eingebettet. Die brauchte ich nicht zu stabilisieren.

Die Bein- und Armknochen ließ ich so sedimentverkrustet, wie sie waren. Das würde sie zusammenhalten, bis ich sie im Autopsieraum säubern und sortieren konnte. Dasselbe machte ich mit der Thoraxregion, deren einzelne Teile ich behutsam mit einer flachen Schaufel vom Boden hob. Vom vorderen Brustkorb war nichts mehr übrig, ich mußte mir also keine Gedanken wegen einer Beschädigung der Rippenenden machen. Den Schädel ließ ich vorerst noch, wo er war.

Nachdem ich das Skelett entfernt hatte, machte ich mich daran, die obersten fünfzehn Zentimeter Sediment durchzusieben. Am südwestlichen Pflock fing ich an und arbeitete mich nach Nordosten vor. Ich war in der letzten Ecke angelangt, als ich ihn entdeckte, ungefähr fündundvierzig Zentimeter östlich des Schädels, in einer Tiefe von sechs Zentimetern. Mein Magen machte einen kleinen Satz. Ja!

Der Unterkiefer. Behutsam löste ich Erde und Asche und legte so einen kompletten rechten aufsteigenden Ast, ein Fragment des linken Astes und einen Teil des Unterkieferkörpers frei. Letzterer enthielt sieben Zähne.

Das Knochenäußere war mit einem Geflecht aus Rissen überzogen. Es war dünn und pulverig weiß. Das schwammige Innere sah blaß und spröde aus, als wäre jede Faser von einer Liliput-Spinne gesponnen und dann luftgetrocknet worden. Der Zahnschmelz splitterte bereits, und ich wußte, daß das ganze Ding zerbröseln würde, wenn ich es bewegte.

Ich holte mir eine Flasche mit Flüssigkeit aus meiner Tasche und schüttelte die Lösung, damit sich etwaige Kristallpartikel auflösten. Dann legte ich mir eine Handvoll Fünf-Millimeter-Einwegpipetten zurecht.

Auf allen vieren kauernd, öffnete ich die Flasche, zog eine Pipette aus der Verpackung und tauchte sie in die Flüssigkeit. Dann drückte ich auf den Sauggummi, um Lösung in das Röhrchen zu ziehen, und träufelte die Flüssigkeit auf den Unterkiefer. Tropfen um Tropfen benetzte ich jedes Fragment, immer darauf achtend, daß die Lösung gut in den Knochen eindrang. Ich verlor jedes Gefühl für die Zeit.

»Schöner Anblick.« Englisch.

Ich zuckte zusammen und spritzte mir VINAC auf den Jackenärmel. Mein Rücken war steif, Knie und Gelenke angespannt, es war also unmöglich, schnell den Hintern zu senken. So hob ich langsam den Oberkörper und setzte mich auf die Fersen. Ich mußte nicht nachsehen, wer es war.

»Vielen Dank, Detective Ryan.«

Er ging um das Quadrat herum und schaute auf mich herunter. Trotz des trüben Lichts sah ich, daß seine Augen genauso blau waren, wie ich sie in Erinnerung hatte. Er trug einen schwarzen Kaschmirmantel und einen roten Wollschal.

»Lange nicht gesehen.«

»Ja. Keine Zeit. Wann war es?«

»Im Gerichtsgebäude.«

»Der Fortier-Prozeß.« Wir waren beide als Zeugen geladen gewesen.

»Immer noch mit Perry Mason liiert?«

Ich ignorierte die Frage. Im vergangenen Herbst war ich kurz mit einem Verteidiger ausgegangen.

»Ist das nicht Verbrüderung mit dem Feind?«

Ich antwortete noch immer nicht. Offensichtlich war das ganze Morddezernat an meinem Sexualleben interessiert.

»Wie geht's?«

»Gut. Und Ihnen?«

»Kann mich nicht beklagen. Und wenn ich es täte, würde keiner zuhören.«

»Schaffen Sie sich ein Haustier an.«

»Wäre einen Versuch wert. Sind das Augentropfen da in dem Röhrchen?« fragte er und deutete mit lederbehandschuhtem Finger auf meine Hand.

»Das ist eine Lösung aus Polyvinylazetatharz und Methanol. Der Kieferknochen ist spröde wie Toast, und ich versuche, ihn intakt zu halten.«

»Und damit geht das?«

»Wenn der Knochen trocken ist, dringt die Lösung ein und hält alles ziemlich gut zusammen.«

»Und wenn er nicht trocken ist?«

»VINAC ist nicht wasserlöslich, das heißt, es bleibt einfach an der Oberfläche und wird weiß. Die Knochen sehen dann aus wie mit Latex besprüht.«

»Wie lange dauert es, bis es trocken ist?«

Ich kam mir vor wie bei einer Prüfung.

»Durch die Alkoholverdunstung trocknet es ziemlich schnell, normalerweise in dreißig bis sechzig Minuten. Subarktische Bedingungen beschleunigen den Vorgang allerdings nicht gerade.«

Ich kontrollierte die Kieferfragmente, spritzte auf eins noch ein paar Tropfen und legte die Pipette dann auf den Deckel der Lösungsflasche. Ryan kam wieder zu mir und streckte mir die Hand entgegen. Ich faßte sie, stand auf, verschränkte die Arme und steckte die Hände in die Achselhöhlen. Meine Finger waren völlig taub, und meine Nase hatte die Farbe von Ryans Schal. Und sie lief.

»Wirklich arschkalt hier unten«, sagte er und sah sich im Keller um. Einen Arm hielt er auf merkwürdige Art hinter dem Rücken verschränkt. »Wie lange sind Sie schon hier unten?«

Ich sah auf die Uhr. Kein Wunder, daß ich schon völlig unterkühlt war. Viertel nach eins.

»Über vier Stunden.«

»O Mann. Da brauchen Sie ja eine Transfusion.«

Plötzlich dämmerte es mir. Ryan arbeitete im Morddezernat.

»Es ist also Brandstiftung?«

»Wahrscheinlich.«

Er holte eine weiße Tüte hinter dem Rücken hervor, zog einen Styroporbecher und ein verschweißtes Sandwich heraus und hielt mir beides hin.

Ich machte einen Satz darauf zu. Er wich zurück.

»Dann habe ich aber was gut.«

»Ich schick's mit der Post.«

Durchweichtes Mortadella-Sandwich und lauwarmer Kaffee. Wunderbar. Wir redeten, während ich aß.

»Sagen Sie mir, warum Sie es für Brandstiftung halten?« fragte ich im Kauen.

»Sagen Sie mir, was Sie hier haben.«

Okay. Er hatte ein Sandwich gut.

»Eine Person. Könnte jung sein, aber kein kleines Kind.«

»Keine Babys?«

»Keine Babys. Sie sind dran.«

»Sieht aus, als hätte jemand den altbewährten Trick benutzt. Das Feuer brannte in Rinnsalen durch die Bodendielen. Das sieht man zumindest dort, wo noch Bodendielen übrig sind. Das bedeutet, daß ein flüssiger Brandbeschleuniger verwendet wurde, wahrscheinlich Benzin. Wir haben Dutzende leerer Benzinkanister gefunden.«

»Das ist alles?« Ich schluckte den letzten Bissen.

»Das Feuer hatte mehr als einen Ausgangspunkt. Nach dem Anzünden brannte es los wie der Teufel, weil es nämlich auf die weltgrößte Sammlung von Propangasflaschen innerhalb von vier Wänden traf. Großer Knall, jedesmal wenn eine explodierte. Die nächste Flasche, der nächste Knall.«

»Wie viele?«

»Vierzehn.«

»Es fing in der Küche an?«

»Und im angrenzenden Zimmer. Was immer das war. Läßt sich jetzt nur noch schwer sagen.«

Ich dachte nach.

»Das erklärt den Kopf und den Unterkiefer.«

»Was ist mit Kopf und Unterkiefer?«

»Sie lagen ungefähr eineinhalb Meter vom übrigen Körper entfernt. Wenn eine Gasflasche zusammen mit dem Opfer in den Keller gestürzt und erst danach explodiert ist, hätte das den Kopf nach der Verbrennung vom Torso trennen können. Dasselbe trifft auf den Unterkiefer zu.«

Ich trank den Kaffee aus und wünschte mir ein zweites Sandwich.

»Könnten sich die Flaschen zufällig entzündet haben?«

»Alles ist möglich.«

Ich schnippte mir ein paar Brösel von der Jacke und dachte an LaManches Donuts. Ryan zog eine Serviette aus der Tüte und gab sie mir.

»Okay. Das Feuer hatte mehrere Ausgangspunkte, und es gibt Hinweise auf einen Brandbeschleuniger. Es ist Brandstiftung. Aus welchem Grund?«

»Keine Ahnung.« Er deutete auf den Leichensack. »Wer ist das?«

»Keine Ahnung.«

Ryan ging nach oben, und ich machte mich wieder an die Bergung. Der Unterkiefer war noch nicht ganz trocken, deshalb wandte ich mich dem Schädel zu.

Das Gehirn enthält eine große Menge Wasser. Wenn es Hitze ausgesetzt wird, kocht es und dehnt sich aus, was den hydrostatischen Druck im Schädel erhöht. Bei genügend Hitze kann das Schädeldach aufreißen oder sogar explodieren. Dieser Kopf war jedoch in ziemlich gutem Zustand. Obwohl das Gesicht nicht mehr existierte und die Knochenaußenseite verkohlt war und abblätterte, waren große Teile des Schädels intakt. Bei der Intensität des Feuers überraschte mich das.

Als ich Schlamm und Asche entfernt hatte und mir den Schädel genauer anschaute, sah ich warum. Einen Augenblick lang starrte ich nur darauf. Dann drehte ich den Schädel um und inspizierte das Stirnbein.

O Gott.

Ich stieg die Leiter hinauf und streckte den Kopf in die Küche. Ryan stand an der Anrichte und unterhielt sich mit Halloran.

»Sie kommen besser mal runter.«

Beide hoben die Augenbrauen und tippten sich fragend an die Brust.

»Beide.«

Ryan stellte den Styroporbecher, den er in der Hand hielt, auf die Anrichte.

»Was ist denn?«

»Dieses Opfer da hat das Feuer vielleicht gar nicht mehr mitbekommen.«

4

Es wurde später Nachmittag, bis der letzte Knochen eingepackt und transportbereit war. Ryan sah zu, wie ich behutsam die Schädelfragmente vom Boden auflas, einwickelte und in Plastikbehälter legte. Ich würde die Überreste im Labor analysieren. Der Rest der Ermittlung war seine Aufgabe.

Es dämmerte bereits, als ich aus dem Keller kam. Mir war so kalt, daß ich glaubte, nie mehr warm werden zu können. Zum zweiten Mal hintereinander hatte ich am Ende eines Nachmittags nicht mehr das geringste Gefühl in den Fingern. Ich hoffte, daß keine Amputation nötig sein würde.

Da LaManche bereits verschwunden war, fuhr ich mit Ryan und seinem Partner Jean Bertrand nach Montreal zurück. Ich saß bibbernd im Fond und bat sie, die Heizung mehr aufzudrehen, während sie schwitzend vorne saßen und sich Stück um Stück aus ihren Kleidern schälten.

Ihre Unterhaltung drang nur gelegentlich zu mir durch. Ich war völlig erschöpft und sehnte mich nur noch nach einem heißen Bad und meinem Flanellnachthemd. Einen ganzen Monat lang. Oder ich würde es wie die Bären machen. Ja, das wäre eine gute Idee. Sich einrollen und schlafen bis zum Frühling.

Manche Bilder gingen mir nicht aus dem Kopf. Das Opfer im

Keller. Eine Socke, die von versengten, steifen Zehen baumelte. Eine Namenstafel auf einem winzigen Sarg. Ein Smiley-Aufkleber.

»Brennan.«

»Was ist?«

»Guten Morgen, Sternenlicht. Die Erde sagt ›Hallo‹.«

»Was ist?«

»Sie sind zu Hause.«

Ich hatte tief geschlafen.

»Danke. Ich melde mich am Montag bei Ihnen.«

Ich torkelte aus dem Auto und die Stufen hoch zu meinem Wohnblock. Eine dünne Schneeschicht bestäubte die Nachbarschaft wie Puderzucker einen Kuchen. Wo kam nur der ganze Schnee her?

Meine Vorratslage hatte sich nicht gebessert, also aß ich Cracker mit Erdnußbutter und spülte sie mit Muschelsuppe aus der Dose hinunter. In der Speisekammer fand ich eine alte Packung Turtles, dunkle Schokolade, meine Lieblingssorte. Sie waren alt und hart, aber in meiner Lage konnte ich nicht wählerisch sein.

Wenigstens das Bad war genau so, wie ich es mir erhofft hatte. Danach beschloß ich, ein Feuer im Kamin anzuzünden. Nun wurde mir endlich warm, doch ich war sehr müde und fühlte mich mutterseelenallein. Die Schokolade war ein kleiner Trost gewesen, aber ich brauchte mehr.

Meine Tochter fehlte mir. Katys Studienjahr war in Viertel unterteilt, und meine Universität hatte ein Semester-System, deshalb fielen unsere Frühlingsferien nicht zusammen. Sogar Birdie war diesmal im Süden geblieben. Er haßte Flugzeuge und tat dies bei jedem Flug lautstark kund. Und da ich nur knapp zwei Wochen in Quebec bleiben würde, hatte ich beschlossen, sowohl der Katze als auch der Fluggesellschaft diese Tortur zu ersparen.

Ich hielt das Streichholz an den Anzündwürfel. Feuer. Der *Homo erectus* war der erste gewesen, der es gezähmt hatte, und seit fast einer Million Jahren benutzten wir es schon zum Jagen und Kochen, um uns zu wärmen und die Welt zu erhellen. Das war meine letzte Lektion am Semesterende gewesen.

Während ich nach Élisabeth Nicolet gesucht hatte, hatten meine

Studenten über ihren Semesteraufgaben gebrütet. Morgen würden die kleinen blauen Hefte per Expreßpost eintreffen, dann begannen die Ferien, und die meisten Studenten waren auf dem Weg ans Meer.

Ich schaltete das Licht aus und sah den Flammen zu, die zuckend an den Scheiten leckten. Schatten tanzten durchs Zimmer. Ich roch Fichtenduft und hörte die Feuchtigkeit im Holz zischen und verdampfen. Das war der Grund für die Faszination des Feuers: Es sprach alle Sinne an.

Ich dachte zurück an die Weihnachtsabende und Ferienlager meiner Kindheit. Ein zweischneidiges Schwert, das Feuer. Es konnte trösten und zärtliche Erinnerungen wachrufen. Es konnte aber auch töten. Doch ich wollte an diesem Abend nicht mehr an St. Jovite denken.

Schnee sammelte sich auf dem Fensterbrett. Meine Studenten planten inzwischen wahrscheinlich ihren ersten Tag am Strand. Während ich gegen Frostbeulen ankämpfte, schützten sie sich vor Sonnenbrand. Auch darüber wollte ich nicht nachdenken.

Plötzlich fiel mir wieder Élisabeth Nicolet ein. Sie hatte offenbar in Klausur gelebt. *»Femme contemplative«* stand auf der Namenstafel. Aber diese Kontemplation lag nun auch schon mehr als ein Jahrhundert zurück. Was, wenn wir den falschen Sarg ausgegraben hatten? Das war auch etwas, worüber ich nicht nachdenken wollte. Zumindest an diesem Abend hatten Élisabeth und ich wenig gemeinsam.

Ich sah auf die Uhr. Halb zehn. Katy anrufen? In ihrem zweiten Jahr am College hatte man sie zu einer der »Schönheiten Virginias« gewählt, und obwohl sie in ihrem Doppelstudium Englisch und Psychologie immer gute Noten hatte, war sie, was Freizeitaktivitäten anging, durchaus keine Kostverächterin. An einem Freitagabend wie heute war sie bestimmt nicht zu Hause. Aber optimistisch, wie ich nun einmal bin, holte ich mir das Telefon an den Kamin und wählte Charlottesville.

Katy antwortete nach dem dritten Läuten.

Da ich ihren Anrufbeantworter erwartet hatte, stammelte ich etwas Unverständliches.

»Mom? Bist du das?«

»Ja. Hallo. Was tust du denn zu Hause?«

»Ich habe einen Pickel auf der Nase, groß wie ein Hamster. Ich bin zu häßlich zum Ausgehen. Was tust du denn zu Hause?«

»Häßlich kannst du gar nicht sein. Kein Kommentar zum Pickel.« Ich lehnte mich in ein Kissen und streckte die Füße zum Feuer. »Ich habe zwei Tage lang Tote ausgegraben und bin zu müde zum Ausgehen.«

»Da frag ich lieber nicht nach.« Ich hörte Zellophan rascheln. »Dieser Pickel ist echt übel.«

»Der geht auch wieder weg. Wie geht's Cyrano?« Katy hat zwei Katzen, Templeton und Cyrano de Bergerac.

»Inzwischen wieder besser. Ich habe mir in der Tierhandlung eine Medizin besorgt und sie ihm mit einer Pipette eingeträufelt. Jetzt niest er fast gar nicht mehr.«

»Gut. Er war schon immer mein Liebling.«

»Ich glaube, Templeton weiß das.«

»Dann werde ich versuchen, das nächste Mal taktvoller zu sein. Was gibt's sonst Neues?«

»Nicht viel. Ich war mit einem Typ namens Aubrey aus. Er war ziemlich cool. Hat mir am nächsten Tag Rosen geschickt. Und morgen fahre ich mit Lynwood zum Picknick. Lynwood Deacon. Er studiert Jura im ersten Jahr.«

»Suchst du sie dir danach aus?«

»Was?«

»Nach den Namen.«

Sie ignorierte das. »Tante Harry hat übrigens angerufen.«

»Oh?« Beim Namen meiner Schwester bekam ich immer ein komisches Gefühl, wie bei einem Eimer voller Nägel, der zu nahe an einer Kante steht.

»Sie scheint ihr Ballongeschäft verkaufen zu wollen. Eigentlich hat sie angerufen, weil sie wissen wollte, wo du steckst. Klang irgendwie ein bißchen durchgedreht.«

»Durchgedreht?« Schon an normalen Tagen klang meine Schwester ein bißchen durchgedreht.

»Ich habe ihr gesagt, daß du in Quebec bist. Sie wird wahrscheinlich morgen anrufen.«

»Okay.« Genau das, was ich brauchte.

»Übrigens. Dad hat sich einen Mazda RX7 gekauft. Ein tolles Ding. Aber er läßt mich nicht dran.«

»Ja, ich weiß.« Mein Mann, von dem ich getrennt lebte, machte gerade eine leichte Midlife-crisis durch.

Ein kurzes Zögern am anderen Ende. »Eigentlich wollten wir gerade zum Pizzaessen gehen.«

»Und was ist mit dem Pickel?«

»Ich male mir Ohren und einen Schwanz dran und sage, es ist ein Tattoo.«

»Könnte funktionieren. Wenn man dich erwischt, gib einen falschen Namen an.«

»Ich liebe dich, Mom.«

»Ich dich auch. Bis dann.«

Ich aß die restlichen Turtles und putzte mir die Zähne. Zweimal. Dann fiel ich ins Bett und schlief elf Stunden.

Das Wochenende verbrachte ich mit Auspacken, Putzen, Einkaufen und Korrigieren. Am Sonntag nachmittag rief meine Schwester an und sagte, daß sie ihren Heißluftballon verkauft habe. Ich war erleichtert. Drei Jahre lang hatte ich mit allen möglichen Ausflüchten versucht, Katy am Boden zu halten, jetzt konnte ich diese Energie für etwas anderes verwenden.

»Bist du zu Hause?« fragte ich.

»Ja.«

»Ist es warm?« Ich schaute zu der Schneeverwehung auf dem Fensterbrett. Sie wuchs immer noch.

»In Houston ist es immer warm.«

Dumme Kuh.

»Und warum verkaufst du dein Geschäft?«

Harry war schon immer eine Suchende gewesen, wenn auch mit wechselnden Vorstellungen vom Heiligen Gral. Vor drei Jahren hatte sie sich das Ballonfahren in den Kopf gesetzt. Wenn sie keine Luftsafaris über Texas veranstaltete, beluden sie und ihre Crew einen alten Pick-up und fuhren kreuz und quer durchs Land zu Ballonrallyes.

»Ich trenne mich von Striker.«

»Oh.«

Auch Striker hatte sie sich in den Kopf gesetzt. Sie hatten sich bei einer Rallye in Albuquerque kennengelernt und drei Tage später geheiratet. Das war vor zwei Jahren gewesen.

Lange sagte keiner etwas. Schließlich brach ich das Schweigen.

»Und jetzt?« fragte ich.

»Vielleicht mache ich was Therapeutisches.«

Das überraschte mich. Meine Schwester tat nur selten das Naheliegende.

»Vielleicht hilft's dir, drüber wegzukommen.«

»Nein, nein. Striker hat nur Seifenblasen im Hirn. Ich weine ihm nicht nach. Krieg ich nur Tränensäcke davon.« Ich hörte wie sie sich eine Zigarette anzündete, einen tiefen Zug nahm, ausatmete. »Ich habe da von so einem Kurs gehört. Wenn man den gemacht hat, kann man Berater werden für ganzheitliche Lebensweise und Streßbewältigung und so. Ich habe schon Bücher gelesen über Kräuter und Meditation und Metaphysik, und das ist alles ziemlich cool. Ich glaube, ich könnte das gut.«

»Harry. Das klingt ein bißchen nach Hirngespinst.« Wie oft hatte ich das schon gesagt.

»Ach was. Natürlich schau ich mir das erst mal genau an. Ich bin doch nicht blöd.«

Nein. Blöd war sie nicht. Aber wenn Harry etwas will, dann will sie es mit aller Macht. Dann kann sie nichts mehr davon abbringen.

Als ich auflegte, war ich ein wenig verunsichert. Der Gedanke, daß Harry Leuten mit Problemen Ratschläge gab, war beunruhigend.

Gegen sechs machte ich mir ein Abendessen aus gebratener Hühnerbrust, roten Pellkartoffeln mit Butter und Schnittlauch und gedämpftem Spargel. Ein Glas Chardonnay hätte das Mahl abgerundet. Aber nicht für mich. Dieser Schalter stand seit sieben Jahren auf Aus, und dort sollte er auch bleiben. Ich bin doch nicht blöd. Zumindest nicht, wenn ich nüchtern bin. Das Essen war auch so noch Klassen besser als die Cracker vom Abend zuvor.

Beim Essen dachte ich über meine kleine Schwester nach. Harry und eine formale Ausbildung waren noch nie kompatibel gewesen.

Sie hatte ihren High-School-Liebsten drei Tage vor der Abschlußprüfung geheiratet, und danach noch drei andere. Sie hatte Bernhardiner gezüchtet, eine Filiale von Pizza Hut gemanagt, Designer-Sonnenbrillen verkauft, Reisegruppen durch Yucatan geführt, PR für die Houston Astros gemacht, eine Teppichreinigungsfirma eröffnet und wieder verloren, Immobilien verkauft und in letzter Zeit Fahrten in ihrem Heißluftballon veranstaltet.

Als ich drei und Harry eins war, hatte ich sie mit einem Dreirad überrollt und ihr das Bein gebrochen. Doch das konnte sie nicht bremsen. Gehen lernte sie mit einem Gipsfuß. Was sie so unerträglich und gleichzeitig so liebenswürdig machte, war die Tatsache, daß sie ihren Mangel an Ausbildung und Konzentration mit reiner Energie wettmachte. Ich empfinde sie als äußerst anstrengend.

Um halb zehn schaltete ich das Eishockeyspiel ein. Es war das Ende des zweiten Drittels und die Habs lagen gegen St. Louis null zu vier hinten. Don Cherry schwadronierte über die Unfähigkeit des kanadischen Managements. Mit seinem aufgedunsenen, roten Gesicht über dem Stehkragen wirkte er eher wie ein Tenor beim Friseur als wie ein Sportkommentator. Wenn man ihn so sah, wunderte man sich, daß Millionen ihm jede Woche zuhörten. Um Viertel nach zehn schaltete ich den Fernseher aus und ging ins Bett.

Am nächsten Morgen stand ich früh auf und fuhr ins Labor. Montag ist für die meisten Leichenbeschauer ein hektischer Tag. Die willkürlichen Akte der Brutalität, der sinnlose Wagemut, der einsame Selbstüberdruß und das fatal schlechte Timing, die in einem gewaltsamen Tod enden, nehmen übers Wochenende immer zu. Die Opfer werden herangekarrt und in der Leichenhalle aufbewahrt, um am Montag obduziert zu werden.

Dieser Montag war keine Ausnahme. Ich holte mir einen Kaffee und ging zur morgendlichen Besprechung in LaManches Büro. Natalie Ayers war bei einem Mordprozeß in Val d'Or, aber alle anderen Pathologen waren anwesend. Jean Pelletier war eben von einer Zeugenaussage in Kuujjuaq zurückgekehrt. Er zeigte Emily Santangelo und Marcel Morin seine Schnappschüsse. Ich stellte mich dazu.

Kuujjuaq sah aus, als wäre es erst am Abend zuvor herangeschafft und zusammengebaut worden.

»Was ist das?« fragte ich und deutete auf ein Fertigteilgebäude mit Kunststoffaußenhaut.

»Das Aqua-Center.« Er zeigte auf ein sechseckiges Schild mit fremden Schriftzeichen oben und der Aufschrift *Arrêt* in fetten weißen Buchstaben darunter. »Alle Schilder sind in Französisch und Inuktituk.« Sein Akzent war so stark, daß er für meine Ohren ebensogut letzteres hätte sprechen können. Ich kannte ihn seit Jahren und hatte noch immer Probleme, sein Französisch zu verstehen.

Pelletier deutete auf ein anderes Fertighaus. »Das ist das Gerichtsgebäude.«

Es sah aus wie das Schwimmbad, nur ohne Kunststoff. Hinter der Stadt erstreckte sich grau und öde die Tundra, eine Serengeti aus Steinen und Moos. Ein ausgebleichtes Karibu-Skelett lag am Straßenrand.

»Kommt das häufig vor?« fragte Emily und betrachtete das Karibu.

»Nur wenn sie tot sind.«

»Wir haben heute acht Autopsien«, sagte LaManche und verteilte den Dienstplan. Dann ging er einen Fall nach dem anderen durch. Ein Neunzehnjähriger war von einem Zug überrollt und zweigeteilt worden. Passiert war es an einer verbarrikadierten Eisenbahnbrücke, einem beliebten Treffpunkt von Teenagern.

Ein Schneemobil war auf dem Lac Megantic durch die Eisdecke gebrochen. Zwei Leichen wurden geborgen. Verdacht auf Alkoholeinfluß.

Ein Kleinkind war tot und verwest in seinem Bettchen aufgefunden worden. Mama, die unten fernsah, als die Polizei eintraf, sagte, daß Gott ihr vor zehn Tagen befohlen habe, das Baby nicht mehr zu füttern.

Auf dem McGill-Campus war hinter einem Müllcontainer ein nicht identifizierter weißer Mann gefunden worden. Und drei Leichen waren nach einem Brand in einem Wohnhaus in St. Jovite geborgen worden.

Pelletier erhielt das Kleinkind zugewiesen. Er ließ durchblicken, daß er möglicherweise eine anthropologische Konsultation benötigen werde. Die Identität des Babys stand zwar außer Frage, Ursache und Zeitpunkt des Todes konnten jedoch problematisch werden.

Santangelo erhielt die Leichen aus dem Lac Megantic, Morin den Zug- und den Müllcontainerfall. LaManche würde die Autopsien an den Leichen aus dem Schlafzimmer in St. Jovite durchführen. Und ich sollte mich um die Knochen aus dem Keller kümmern.

Nach der Besprechung ging ich in mein Büro und legte eine Akte an, indem ich die Informationen der Aufnahmekarte auf ein Fallformular der anthropologischen Abteilung übertrug. Name: *Inconnu*. Unbekannt. Geburtsdatum: leer. *Laboratoire de Médecine Légale*-Nummer: 31013. Leichenhalle-Nummer: 375. Polizei-Aktenzeichen: 89041. Pathologe: Pierre LaManche. Amtlicher Leichenbeschauer: Jean-Claude Hubert. Ermittler: Andrew Ryan und Jean Bertrand, *Escouade de Crimes Contre La Personne, Sûreté du Québec.*

Ich fügte das Datum hinzu und heftete das Formular in einen Aktenordner. Jeder von uns benutzt eine andere Farbe. Pink ist Marc Bergeron, der Odontologe. Grün ist Martin Levesque, der Radiologe. LaManche benutzt rot. Ein leuchtend gelber Ordner bedeutet Anthropologie.

Nachdem ich den Zugangscode eingetippt hatte, stieg ich in den Aufzug und fuhr in den Keller. Dort bat ich eine Autopsietechnikerin, LML 31013 in Saal 3 zu bringen, und ging mich umziehen.

Die vier Autopsiesäle des *Laboratoire du Médecine Légale* grenzen an die Leichenhalle an. Das LML ist zuständig für erstere, das *Bureau du Coroner* für letztere. Der Autopsiesaal 2 ist der größte und enthält drei Tische. Die anderen haben jeweils einen. Nummer 4 ist mit einem speziellen Lüftungssystem ausgestattet. Ich arbeite oft dort, weil viele meiner Fälle alles andere als frisch sind. An diesem Tag überließ ich Nummer 4 Pelletier und dem Baby. Verkohlte Leichen riechen nicht besonders streng.

Als ich Saal 3 betrat, lagen einen schwarzer Leichensack und vier Plastikbehälter auf einer Bahre. Ich zog den Deckel von einer der Dosen, entfernte das Polstermaterial und kontrollierte die Schädelstücke. Sie hatten den Transport schadlos überstanden.

Ich füllte eine Fallkarte aus, zog den Reißverschluß des Leichensacks auf und zog das Tuch zurück, in dem Knochen und Kleinzeug eingeschlagen waren. Dann machte ich ein paar Polaroids und schickte alles zum Röntgen. Wenn Zähne oder Metallteile vorhanden waren, wollte ich ihre genaue Position wissen, bevor ich die Anordnung des Sackinhalts durcheinanderbrachte.

Während ich wartete, dachte ich an Élisabeth Nicolet. Ihr Sarg stand in einem Kühlfach nur gute drei Meter von mir entfernt. Ich war neugierig auf den Inhalt. Eine der Nachrichten von heute morgen stammte von Schwester Julienne. Auch die Nonnen waren ungeduldig.

Nach dreißig Minuten brachte Lisa die Knochen zurück und gab mir einen Umschlag mit Röntgenaufnahmen. Ich zog sie heraus und klemmte die Serie vom Fußende des Sacks auf den Sichtschirm.

»Sind sie okay?« fragte Lisa. »Bei all dem Schrott da drin wußte ich nicht so recht, welche Einstellung ich nehmen sollte, deshalb habe ich von jeder mehrere Belichtungen gemacht.«

»Sie sind gut.«

Vor uns sahen wir eine amorphe Masse, umgeben von zwei schmalen weißen Eisenbahnschienen: der Sackinhalt und die beiden Metallreißverschlüsse. Der Inhalt war gesprenkelt von Bauschutt, und hier und dort hoben sich Knochenfragmente bleich und wabenartig vom neutralen Hintergrund ab.

»Was ist das?« Lisa deutete auf etwas Weißes.

»Sieht aus wie ein Nagel.«

Ich klemmte drei neue Bilder auf den Schirm. Auch hier Erde, Kiesel, Holzteile und Nägel. Wir erkannten die Bein- und Hüftknochen mit anhängenden verkohlten Fleischresten. Das Becken schien intakt zu sein.

»Sieht aus wie Metallfragmente im rechten Femur«, sagte ich und deutete auf einige weiße Punkte im Oberschenkelknochen. »Da müssen wir beim Herausnehmen besonders aufpassen. Von dem machen wir später noch eine Aufnahme.«

Die nächsten Bilder zeigten, daß die Rippen so fragmentiert waren, wie ich sie in Erinnerung hatte. Die Armknochen waren besser erhalten, allerdings gebrochen und durcheinandergeworfen. Einige Wirbel machten einen verwertbaren Eindruck. Ein weiteres Metallteil war links des Brustkorbs zu erkennen. Es sah nicht aus wie ein Nagel.

»Auf das müssen wir auch aufpassen.«

Lisa nickte.

Als nächstes untersuchten wir die Röntgenbilder der Plastikbehälter. Sie zeigten nichts Ungewöhnliches. Der Kieferknochen hatte gut zusammengehalten, die schlanken Zahnwurzeln waren noch fest im Knochen verankert. Sogar die Kronen waren noch intakt. In zwei Backenzähnen sah ich helle Kleckse. Bergeron würde sich freuen. Falls es zahnärztliche Aufzeichnungen gab, wären die Füllungen für eine eindeutige Identifikation sehr nützlich.

Dann fiel mein Blick auf das Stirnbein. Es war gesprenkelt mit winzigen weißen Punkten, als hätte man es mit Salz gewürzt.

»Von dem brauche ich auch noch eine Aufnahme«, sagte ich leise und starrte die strahlendichten Partikel über der linken Augenhöhle an.

Lisa sah mich komisch an.

»Okay, dann wollen wir ihn rausholen«, sagte ich.

»Oder sie.«

»Oder sie.«

Lisa breitete ein Tuch über den Autopsietisch und stellte ein Sieb auf das Spülbecken. Ich zog eine Papierschürze aus einer der Edelstahlschubladen, zog sie mir über den Kopf und knotete sie im Rücken zu. Dann setzte ich mir eine Gesichtsmaske auf, streifte sterile Handschuhe über und öffnete den Leichensack.

Von den Füßen zum Kopf arbeitend, entfernte ich die größten und am einfachsten zu identifizierenden Gegenstände und Knochenteile. Dann kehrte ich zurück und suchte im verbliebenen Sackinhalt nach Kleinteilen und Knochenfragmenten, die mir beim ersten Mal entgangen waren. Lisa siebte jede Handvoll unter einem sanften Wasserstrahl. Sie wusch die Artefakte und legte sie auf die Anrichte, während ich die Skeletteile in anatomisch korrekter Anordung auf dem Tuch plazierte.

Um zwölf Uhr ging Lisa in die Mittagspause. Ich arbeitete durch, und um vierzehn Uhr dreißig war der mühselige Prozeß abgeschlossen. Eine Sammlung aus Nägeln, Metallkappen und einer explodierten Patrone lag auf der Anrichte, neben einem kleinen Plastikfläschchen mit etwas, das ich für einen Stoffetzen hielt. Auf dem Tisch lag ein verkohltes und zerlegtes Skelett, die Schädelknochen aufgefächert wie die Blütenblätter eines Gänseblümchens.

Über eine Stunde brauchte ich, um ein Inventar zu erstellen, jeden Knochen zu identifizieren und zu bestimmen, von welcher Seite er stammte. Dann konzentrierte ich mich auf die Fragen, die Ryan stellen würde. Alter. Geschlecht. Rasse. Wer ist das?

Ich nahm mir die Masse vor, die das Becken und die Oberschenkelknochen enthielt. Das Feuer hatte das weiche Gewebe verkokelt, es schwarz und ledrig hart gemacht. Das war eine zweischneidige Sache: So waren zwar die Knochen geschützt worden, es konnte aber auch schwierig werden, sie herauszubekommen.

Ich drehte das Becken. Das Fleisch auf der linken Seite war weggebrannt, was eine Spaltung des Femur verursacht hatte. So konnte ich einen perfekten Querschnitt durch Kugel und Pfanne des Hüftgelenks sehen. Ich maß den Durchmesser des Femurkopfs. Er war sehr klein, was ihn am unteren Ende der weiblichen Bandbreite plazierte.

Ich studierte die innere Struktur des Oberschenkelkopfs knapp unterhalb der Gelenkfläche. Die Knochenbälkchen zeigten die typische Wabenstruktur eines Erwachsenen, ohne die dichte Linie, die auf eine kürzlich geschlossene Wachstumsfuge hindeuten würde. Das paßte zu den vollständig ausgebildeten Backenzahnwurzeln, die mir vorher im Kieferknochen aufgefallen waren. Das Opfer war kein Kind.

Ich sah mir die äußeren Ränder der Hüftgelenkspfanne an und den unteren Rand des Femurkopfs. An beiden schien der Knochen nach unten zu tropfen, wie überfließendes Wachs an einer Kerze. Arthritis. Die Person war also auch nicht jung.

Ich vermutete bereits, daß es sich bei dem Opfer um eine Frau handelte. Die Überreste der langen Knochen hatten einen geringen Durchmesser, die Muskelansätze waren glatt. Ich wandte mich den Schädelfragmenten zu.

Kleine Warzenfortsätze, kleine Brauenwülste. Scharf begrenzte Augenhöhlen. Der Knochen der Schädelrückseite war glatt, und an diesen Stellen wären männliche Knochen rauh und höckerig gewesen.

Ich untersuchte das Stirnbein. Die oberen Enden der Nasenbeine waren noch vorhanden. Sie stießen im spitzen Winkel an der Mittellinie zusammen, wie eine Kirchturmspitze. Ich fand zwei Fragmente des Oberkiefers. Der untere Rand der Nasenöffnung endete in einem scharfen Grat, von dem in der Mitte ein Knochendorn nach oben ragte. Die Nase war schmal und vorspringend gewesen, das Gesicht in der Seitenansicht gerade. Ich bemerkte ein Fragment des Schläfenbeins und leuchtete mit einer Stablampe in die Ohröffnung. Ich sah eine winzige runde Öffnung, das ovale Fenster des Innenohres. Alles eindeutig kaukasische Charakteristika.

Weiblich. Weiß. Erwachsen. Alt.

Nun wandte ich mich wieder dem Becken zu, weil ich hoffte, dort eine weitere Bestätigung des Geschlechts und präzisere Hinweise auf das Alter zu finden. Vor allem interessierte mich der Bereich, wo die beiden Hälften zusammenstießen.

Behutsam entfernte ich das verkohlte Gewebe und legte die Naht zwischen den beiden Schambeinen frei, die Symphyse oder Schambeinfuge. Die Schambeine selbst waren breit, der Winkel darunter stumpf. Jedes hatte einen deutlich ausgeprägten Höcker. Der untere Ast jedes Schambeins war zart und leicht nach außen geschwungen. Typisch weibliche Charakteristika. Ich notierte alles auf meinem Fallformular und schoß noch ein paar Polaroids.

Die starke Hitze hatte das Bindegewebe schrumpfen lassen und die Schambeine in der Mitte auseinandergezogen. Ich drehte und wendete die verkohlte Masse und versuchte, in die Lücke zu spähen. Es sah aus, als wären die Symphysenflächen intakt, Details konnte ich jedoch nicht erkennen.

»Nehmen wir das Schambein heraus«, sagte ich zu Lisa.

Der Geruch nach verbranntem Fleisch wurde stärker, als die Säge die Verbindung zwischen den Schambeinen und dem restlichen Becken durchtrennte. Es dauerte nur Sekunden.

Die Schambeinfuge war versengt, aber noch gut beurteilbar. Keine der beiden Oberflächen wies Furchen oder Grate auf. Sie waren beide porös, die äußeren Ränder unregelmäßig aufgeworfen. Vereinzelte Knochensporne standen von der Vorderseite jeder Schambeinhälfte ab, Verknöcherungen, die in das umgebende Gewebe ragten. Die Dame war sehr alt geworden.

Ich drehte das Schambein um. Tiefe Gräben auf beiden Innenflächen. Und sie hatte Kinder geboren.

Ich griff noch einmal zum Stirnbein. Einen Augenblick lang stand ich nur da, und das Neonlicht zeigte in grausigem Detail, was ich bereits im Keller vermutet und was die Metallsplitter auf dem Röntgenbild bestätigt hatten.

Bis dahin hatte ich meine Gefühle im Zaum gehalten, jetzt aber gestattete ich mir, um dieses verwüstete menschliche Wesen auf meinem Tisch zu trauern. Und mich zu fragen, was wohl mit ihr passiert war.

Die Frau war mindestens siebzig gewesen, mit Sicherheit Mutter und wahrscheinlich Großmutter.

Warum hatte ihr jemand in den Kopf geschossen und sie dann in einem Haus in den Laurentians den Flammen überlassen?

5

Am Dienstag mittag war mein Bericht fertig. Am Abend zuvor hatte ich bis nach neun gearbeitet, weil ich wußte, daß Ryan auf Antworten wartete. Überraschenderweise war er noch nicht aufgetaucht.

Ich las mir noch einmal durch, was ich geschrieben hatte, und suchte nach Fehlern. Manchmal glaube ich, daß Genuskongruenz und Akzentzeichen frankophone Geißeln sind, die den einzigen Zweck haben, mich zu quälen. Ich gebe mir die größte Mühe, aber ein paar Fehler schleichen sich immer ein.

Zusätzlich zum biologischen Profil der Unbekannten enthielt der Bericht eine Analyse der Verletzungen. Bei der Sektion hatte ich festgestellt, daß die strahlendichten Partikel im Oberschenkelknochen Resultat eines postmortalen Aufpralls waren. Die kleinen Metallteile waren wahrscheinlich durch die Explosion einer Gasflasche in den Knochen getrieben worden. Ein Großteil der anderen Schädigungen war ebenfalls eine Folge des Feuers.

Aber nicht alle. Ich las meine Zusammenfassung.

> Wunde A ist ein kreisrunder Defekt, von dem nur die obere Hälfte erhalten ist. Sie befindet sich etwa in der Stirnmitte, ungefähr zwei Zentimeter oberhalb der Glabella und 1,2 Zentimeter links der Mittellinie. Der Defekt mißt 1,4 Zentimeter im Durchmesser und zeigt eine charakteristische trichterförmige Erweiterung nach innen. Die Ränder des Defekts sind verkohlt. Wunde A ist vereinbar mit der Einschußöffnung.
>
> Wunde B ist ein kreisrunder Defekt mit einer trichterförmigen Erweiterung nach außen. Ihr Durchmesser beträgt 1,6 Zentimeter endokranial und 4,8 Zentimeter ektokranial. Der Defekt befindet sich am Hinterhauptsbein, 2,6 Zentimeter oberhalb des Opisthion und 0,9 Zentimeter links der Pfeilnaht. Am linken, rechten und unteren Rand sind fokale Verkohlungen festzustellen. Wunde B ist vereinbar mit der Ausschußöffnung.

Auch wenn die Schäden durch das Feuer eine vollständige Rekonstruktion unmöglich machten, konnte ich doch genug Substanz des Schädeldachs wieder zusammensetzen, um die Knochenbruchlinien zwischen Ein- und Ausschußöffnung zu interpretieren.

Das Muster war klassisch. Man hatte der alten Frau in den Kopf geschossen. Die Kugel war in der Mitte der Stirn eingedrungen, hatte das Gehirn durchquert und war am Hinterkopf wieder ausgetreten. Das erklärte, warum der Schädel in den Flammen nicht zerplatzt war. Die Schußlöcher hatten Ventile für den interkranialen Druck geschaffen, bevor die Hitze zum Problem wurde.

Ich brachte den Bericht ins Schreibbüro, und als ich zurückkehrte, saß Ryan auf dem Stuhl vor meinem Schreibtisch und starrte aus dem Fenster. Seine ausgestreckten Beine nahmen die ganze Breite meines Zimmers ein.

»Schöne Aussicht.«

Fünf Stockwerke unter uns spannte sich die Cartier Bridge über den St. Lawrence. Ich sah winzige Autos über die Brücke kriechen. Es war wirklich eine schöne Aussicht.

»Sie lenkt mich von der Enge meines Büros ab.« Ich drückte mich an ihm vorbei und setzte mich auf meinen Stuhl.

»Ein abgelenkter Verstand kann gefährlich sein.«

»Meine angeschlagenen Schienbeine bringen mich wieder in die Wirklichkeit zurück.« Ich drehte mich zur Seite, legte die Beine auf das Fensterbrett und schlug sie an den Knöcheln übereinander.

»Es ist eine alte Frau, Ryan. Mit einer Schußwunde im Kopf.«

»Wie alt?«

»Mindestens siebzig, würde ich sagen. Vielleicht sogar fünfundsiebzig. Ihre Schambeinfuge hatte eine Menge Meilen auf dem Buckel, aber in dem Bereich ist die Variationsbreite ziemlich groß. Sie hatte fortgeschrittene Arthritis und Osteoporose.«

Er senkte das Kinn und hob die Augenbrauen. »Bitte Französisch oder Englisch, Brennan, kein Medizinerkauderwelsch«. Seine Augen waren so blau wie eine Windows-95-Oberfläche.

»Os-te-o-po-ro-se.« Ich sprach jede Silbe langsam und deutlich. »Auf dem Röntgenbild konnte ich feststellen, daß ihr Kortikalis, die Knochenrinde, sehr dünn ist. Brüche waren keine zu erkennen, aber ich hatte nur Teile der langen Knochen. Die Hüfte ist bei älteren Frauen sehr anfällig für Brüche, weil eine Menge Gewicht darauf lastet. Aber die ihren waren okay.«

»Kaukasisch?«

Ich nickte.

»Sonst noch was?«

»Sie hatte vermutlich mehrere Kinder.« Die Laserblauen waren auf mein Gesicht fixiert. »Sie hat einen Graben von der Größe des Orinoko auf der Innenfläche jedes Schambeins.«

»Großartig.«

»Noch was. Ich glaube, sie war bereits im Keller, als das Feuer ausbrach.«

»Warum das?«

»Auf dem Boden unter der Leiche war absolut kein Schutt zu

finden. Aber zwischen ihr und dem Lehm waren ein paar winzige Stoffetzen eingebettet. Sie muß direkt auf dem Boden gelegen haben.«

Er überlegte kurz.

»Sie wollen mir also sagen, daß irgend jemand Granny erschoß, sie in den Keller schleifte und sie dort den Flammen überließ.«

»Nein. Ich sage nur, daß Granny eine Kugel in den Kopf bekommen hat. Ich habe keine Ahnung, wer sie abgefeuert hat. Vielleicht sie selber. Das müssen Sie herausfinden.«

»Haben Sie in ihrer Nähe eine Waffe gefunden?«

»Nein.«

In diesem Augenblick tauchte Bertrand in der Tür auf. Während Ryan nur ordentlich und gut gepflegt aussah, waren die Bügelfalten seines Partners so scharf, daß man damit Diamanten hätte schneiden können. Er trug ein malvenfarbenes Hemd, passend zu den Schattierungen seiner blumengemusterten Krawatte, ein grau und lavendelfarbenes Tweed-Sakko und eine Wollhose, die präsize einen Halbton dunkler war als das Grau im Tweed.

»Bonjour, Dr. Brennan. Comment ça va?«

»Ça va bien.«

»Was hast du?« fragte Ryan seinen Partner.

»Nichts, was wir nicht schon wissen. Es ist, als hätte man diese Leute aus dem Weltraum heruntergebeamt. Niemand weiß genau, wer dort eigentlich wohnte. Wir versuchen immer noch, den Kerl in Europa aufzuspüren, dem das Haus gehört. Die Nachbarn von der anderen Straßenseite sagen, daß das Paar mit den Kindern erst ein paar Monate dort gewohnt hat. Sie haben sie kaum gesehen, nie ihre Namen erfahren. Eine Frau ein Stückchen weiter oben an der Straße glaubt, daß sie irgendeiner fundamentalistischen Gruppe angehörten.«

»Brennan sagt, daß unser Mr. X eine Missis war. Mit über siebzig Lenzen.«

Bertrand sah ihn verständnislos an.

»Eine Madame Mitte Siebzig.«

»Eine alte Dame?«

»Mit einer Kugel im Kopf.«

»Im Ernst?«

»Im Ernst.«

»Jemand hat sie erschossen und das Haus angesteckt?«

»Oder Granny hat sich die Kugel selbst verpaßt, nachdem sie den Grill angezündet hatte. Aber wo ist dann die Waffe?«

Als sie gegangen waren, ging ich meine Gutachteranfragen durch. Ein Gefäß mit Asche war in Quebec City eingetroffen, die kremierten Überreste eines alten Mannes, der in Jamaica gestorben war. Die Familie beschuldigte das Krematorium des Betrugs und hatte die Asche im Büro des Leichenbeschauers abgegeben. Er wollte wissen, was ich davon hielt.

In einer Schlucht außerhalb des Côte-de-Neiges-Friedhofs war ein Schädel gefunden worden. Er war trocken und ausgebleicht und stammte wahrscheinlich aus einem alten Grab. Der Leichenbeschauer brauchte eine Bestätigung.

Pelletier wollte, daß ich das Baby nach Anzeichen des Verhungerns untersuchte. Dazu war Mikroskopie nötig. Dünne Knochenabschnitte mußten zermahlen und zwischen Objektträger gelegt werden, damit ich die Zellen in Vergrößerung untersuchen konnte.

Gewebeproben waren bereits ins Histologielabor geschickt worden. Ich mußte außerdem das Skelett untersuchen, aber das lag noch im Einweichbad, damit man das verweste Fleisch besser entfernen konnte. Babyknochen sind zu zerbrechlich zum Abkochen.

Gut. Nichts Dringendes. Ich konnte Élisabeth Nicolets Sarg öffnen.

Nach einem eiskalten Sandwich und einem Joghurt in der Cafeteria fuhr ich hinunter in die Leichenhalle, bestellte mir die Überreste in Autopsieraum 3 und ging mich dann umziehen.

Der Sarg war kleiner, als ich ihn in Erinnerung hatte, nur knapp neunzig Zentimeter lang. Die linke Seite war verrottet, so daß der Deckel eingebrochen war. Ich bürstete lose Erde weg und machte einige Fotos.

»Brauchen Sie ein Brecheisen?« Daniel, der älteste der Autopsietechniker, stand in der Tür.

Da dies kein Fall des LML war, mußte ich allein arbeiten, aber mir fehlte es nicht an Hilfsangeboten. Offensichtlich war ich nicht die einzige, die Élisabeth faszinierte.

»Bitte.«

Den Deckel zu entfernen dauerte weniger als eine Minute. Das Holz war weich und bröselig, und die Nägel gaben sofort nach. Nachdem ich weiter Erde abgebürstet hatte, kam eine Bleiverkleidung zum Vorschein und darunter ein weiterer Holzsarg.

»Warum sind sie so klein?« fragte Daniel.

»Das ist nicht der Originalsarg. Élisabeth Nicolet wurde um die Jahrhundertwende exhumiert und neu begraben, und da brauchten sie nur noch Platz für ihre Knochen.«

»Glauben Sie, daß sie es ist?«

Ich durchbohrte ihn mit einem Blick. Seine Augen zuckten so heftig, daß ihm die Brille auf der Nase hüpfte.

»Sagen Sie mir Bescheid, wenn Sie was brauchen.«

Ich entfernte weiter Erde, bis ich den Deckel des Innensargs freigelegt hatte. Er trug zwar keine Namenstafel, war aber reicher verziert als der äußere, mit einem kunstvoll geschnitzten Schmuckband, das parallel zum sechseckigen Deckelrand verlief. Wie der äußere Sarg war auch der innere eingebrochen und voller Erde.

Nach zwanzig Minuten kam Daniel zurück.

»Falls Sie Röntgenbilder brauchen, ich wäre gerade frei.«

»Das geht nicht wegen der Bleiverkleidung«, sagte ich.

Daniel verlagerte sein Gewicht. Er stand nie auf beiden Beinen, sondern hatte immer eins abgespreizt, wie ein Strandvogel, der sich gegen eine Welle stemmt.

»Ich wäre jetzt soweit, den inneren Sarg zu öffnen.«

»Kein Problem.«

Auch hier war das Holz weich und die Nägel leicht herauszuziehen.

Noch mehr Erde. Ich hatte erst zwei Handvoll entfernt, als ich den Schädel entdeckte. Ja. Hier war jemand zu Hause.

Langsam kam das Skelett zum Vorschein. Die Knochen lagen nicht in anatomischer Anordnung, sondern parallel zueinander, als hätte man sie zusammengebunden, bevor man sie in den Sarg legte. Das erinnerte mich an die archäologischen Ausgrabungen, bei denen ich zu Beginn meiner Karriere mitgearbeitet hatte. In präkolumbianischer Zeit hatten einige Eingeborenengruppen ihre Toten auf Gerüsten aufgebahrt, bis die Knochen blank waren, und sie dann fürs Begräbnis gebündelt. So war auch Élisabeth beerdigt worden.

Ich hatte die Archäologie geliebt. Und tat es immer noch. Es ist schade, daß ich in dieser Richtung nur noch so wenig arbeite, aber im letzten Jahrzehnt hat meine Karriere eine andere Richtung eingeschlagen. Unterrichten und forensische Arbeit nehmen jetzt meine gesamte Zeit in Anspruch. Élisabeth Nicolet gestattete mir einen kurzen Ausflug zu meinen Ursprüngen, und ich genoß ihn sehr.

Ich nahm die Knochen heraus und arrangierte sie so, wie ich es am Tag zuvor getan hatte. Sie waren trocken und zerbrechlich, aber diese Person war in einem viel besseren Zustand als gestern die Dame aus St. Jovite.

Mein Skelettinventar zeigte, daß nur ein Mittelfußknochen und sechs Zehenglieder fehlten. Sie tauchten auch nicht auf, als ich die Erde durchsiebte, aber immerhin fand ich einige Schneide- und einen Eckzahn, die ich in ihre Höhlen zurücksteckte.

Ich folgte meiner gewohnten Prozedur und füllte ein Formular aus, so wie ich es für einen Fall des Leichenbeschauers getan hätte. Ich fing mit dem Becken an. Die Knochen waren die einer Frau. Ihre Schambeinfuge deutete auf ein Alter zwischen fünfunddreißig und fünfundvierzig Jahren hin. Das würde die guten Schwestern glücklich machen.

Beim Ausmessen der Knochen fiel mir eine ungewöhnliche Abflachung an der Vorderseite der Schienbeine knapp unterhalb der Knie auf. Ich sah mir die Mittelfußknochen an. An der Verbindung zwischen Zehen und Fuß zeigte sich Arthritis. Juhuu! Ständig wiederholte Bewegungsmuster hinterlassen am Skelett Spuren. Élisabeth hatte angeblich Jahre im Gebet auf dem Steinboden ihrer Klosterzelle zugebracht. Beim Knien erzeugen der Druck auf die Knie und die Überdehnung der Zehen genau die Befunde, die ich vor mir sah.

Ich erinnerte mich an etwas, das mir aufgefallen war, als ich einen Zahn aus dem Sieb klaubte, und ich nahm den Unterkiefer zur

Hand. Die beiden unteren mittleren Schneidezähne zeigten eine kleine, aber erkennbare Furche auf der Bißfläche. Ich untersuchte die oberen. Die gleichen Furchen. Wenn Élisabeth nicht betete oder Briefe schrieb, nähte sie. Ihre Stickereien hingen noch immer im Konvent in Memphrémagog. Ihre Zähne waren gekerbt, weil sie jahrelang Nadel oder Faden zwischen ihnen durchgezogen hatte. Mir gefiel das sehr.

Dann drehte ich den Schädel mit dem Gesicht nach oben und stutzte. Ich stand da und starrte ihn an, als LaManche den Raum betrat.

»Na, ist das unsere Heilige?« fragte er lachend.

Er stellte sich neben mich und betrachtete den Schädel.

»Mon Dieu.«

»Ja, die Untersuchung kommt gut voran.« Ich saß in meinem Büro und telefonierte mit Father Ménard. Der Schädel aus Memphrémagog ruhte in einem Korkring auf meinem Arbeitstisch. »Die Knochen sind erstaunlich gut erhalten.«

»Werden Sie bestätigen können, daß es sich um Élisabeth handelt? Um Élisabeth Nicolet?«

»Hochwürden, ich wollte Ihnen noch ein paar Fragen stellen.«

»Gibt es ein Problem?«

Ja. Könnte sein.

»Nein, nein. Ich brauche nur noch ein paar Zusatzinformationen.«

»Ja?«

»Haben Sie irgendein offizielles Dokument, das angibt, wer Élisabeths Eltern waren?«

»Ihr Vater war Alain Nicolet und ihre Mutter Eugénie Bélanger, eine zu der Zeit sehr bekannte Sängerin. Ihr Onkel, Louis-Philippe Bélanger, war Stadtrat und ein sehr renommierter Arzt.«

»Ja. Gibt es einen Geburtsschein?«

Er schwieg einen Augenblick. Dann: »Einen Geburtsschein konnten wir leider nicht ausfindig machen.«

»Wissen Sie, wo Élisabeth geboren wurde?«

»Ich bin mir sicher, daß sie in Montreal geboren wurde. Ihre Familie lebte seit Generationen dort. Élisabeth ist eine Nachfahrin von Michel Bélanger, der 1758 nach Kanada kam, in den letzten Tagen des Neuen Frankreich. Die Familie Bélanger war in der Stadt schon immer sehr angesehen.«

»Ja. Gibt es irgendwelche Krankenhausunterlagen oder einen Taufschein oder sonst irgendwelche offiziellen Aufzeichnungen über ihre Geburt?«

Wieder Schweigen.

»Sie wurde vor über eineinhalb Jahrhunderten geboren.«

»Gab es damals Aufzeichnungen?«

»Ja. Schwester Julienne hat recherchiert. Aber in einer so langen Zeit geht schon einmal etwas verloren. Eine so lange Zeit.«

»Natürlich.«

Einen Augenblick lang schwiegen wir beide. Ich wollte ihm eben danken, als er fragte: »Warum wollen Sie das alles wissen, Dr. Brennan?«

Ich zögerte. Noch nicht. Ich könnte mich ja täuschen. Oder ich könnte auch recht haben, und es bedeutete trotzdem nichts.

»Ich wollte nur ein bißchen mehr Hintergrundinformation.«

Ich hatte kaum den Hörer aufgelegt, als es schon wieder klingelte.

»Oui, Brennan.«

»Ryan.« Ich hörte Anspannung in seiner Stimme. »Es war wirklich Brandstiftung. Und wer das plante, hat dafür gesorgt, daß das Haus wirklich in Flammen aufgeht. Einfach, aber wirkungsvoll. Man hat eine Kochplatte mit einem Timer verbunden, einem, wie Sie ihn benutzen, um Ihr Licht ein- und auszuschalten, wenn Sie auf Kur gehen.«

»Ich gehe nicht auf Kur, Ryan.«

»Wollen Sie die Geschichte hören?«

Ich erwiderte nichts.

»Der Timer hat die Kochplatte angeschaltet. Dadurch entstand ein Feuer, das eine Propanflasche entzündete. Die meisten Timer wurden zerstört, aber ein paar konnten wir sicherstellen. Sieht aus, als hätte man sie so eingestellt, daß sie in Abständen losgehen, aber als das Feuer erst mal brannte, war es sowieso eine bombensichere Sache.«

»Wie viele Gasflaschen?«

»Vierzehn. Draußen im Garten haben wir noch einen unbeschädigten Timer gefunden. Dürfte ein Blindgänger gewesen sein. Es ist der Typ, den man in jedem Haushaltswarenladen kaufen kann. Wir untersuchen ihn auf Fingerabdrücke, aber das dürfte ein ziemlicher Schuß ins Blaue sein.«

»Was für ein Brandbeschleuniger?«

»Benzin, wie ich vermutet hatte.«

»Warum beides?«

»Weil der Betreffende das Haus unbedingt bis auf die Grundmauern niederbrennen und auf keinen Fall einen Fehler machen wollte. Hat sich wahrscheinlich gedacht, daß er keine zweite Chance bekommt.«

»Wie kommen Sie darauf?«

»LaManche konnte an einer der Leichen eine toxikologische Untersuchung durchführen. Und hat dabei gigantische Mengen Rohypnol gefunden.«

»Rohypnol?«

»Das soll er Ihnen genauer erklären. Man nennt es die Vergewaltigungspille, weil es kaum nachweisbar ist und das Opfer für Stunden aus dem Verkehr zieht.«

»Ich weiß, was Rohypnol ist, Ryan. Es überrascht mich nur. Das bekommt man nicht so leicht.«

»Ja. Das könnte unsere Chance sein. In den USA und Kanada ist es verboten.«

Crack ebenfalls, dachte ich.

»Da ist noch was Komisches. Die Opfer in dem Schlafzimmer waren nicht Ward und June Cleaver. LaManche sagt, daß der Kerl wahrscheinlich Mitte Zwanzig war, die Frau knapp unter Fünfzig.«

Das wußte ich bereits. LaManche hatte mich während der Autopsie um Rat gefragt.

»Und jetzt?«

»Wir fahren noch einmal da raus, um uns die beiden anderen Gebäude vorzunehmen. Wir warten noch immer auf Nachricht vom Besitzer. Das ist so 'ne Art Einsiedler, der sich irgendwo in der belgischen Provinz versteckt.«

»Viel Glück.«

Rohypnol. Das entzündete etwas tief unten in meinen Gedächtniszellen, aber als ich versuchte, es an die Oberfläche zu bringen, ging der Funke wieder aus.

Ich sah nach, ob die Objektträger für Pelletiers Baby schon fertig waren. Denis sagte mir, daß sie erst morgen soweit seien.

Danach beschäftigte ich mich eine Stunde lang im Histologielabor mit der Kremationssache. Sie befand sich in einem Marmeladenglas mit einem handgeschriebenen Aufkleber, auf dem der Name des Verstorbenen, der Name des Krematoriums und das Datum der Verbrennung aufgezeichnet waren. Keine typische Verpackung für Nordamerika, aber ich hatte keine Ahnung von den Praktiken in der Karibik.

Kein Partikel war größer als einen Zentimeter. Nur wenige Knochenfragmente überstehen die Pulverisierer, die in modernen Krematorien verwendet werden. Mit Hilfe einer Sezierlupe konnte ich einige Dinge identifizieren, darunter ein vollständiges Ohrknöchelchen. Außerdem entdeckte ich einige kleine Stücke verbogenen Metalls, die ich für Teile einer Zahnprothese hielt. Ich hob sie für den Zahnspezialisten auf.

In Normalfall bleiben von einem Erwachsenen nach Kremation und Pulverisierung ungefähr 3 500 Kubikzentimeter Asche übrig. Das Glas enthielt etwa 360. Ich schrieb einen kurzen Vermerk mit den Angaben, daß es sich bei den Überresten um die eines erwachsenen Menschen handle und daß sie unvollständig seien. Jede Hoffnung auf eine eindeutige Identifikation lag nun bei Bergeron.

Um halb sieben packte ich zusammen und ging nach Hause.

6

Élisabeths Skelett ging mir nicht mehr aus dem Kopf. Was ich gesehen hatte, war so gut wie unmöglich, aber sogar LaManche hatte es bemerkt. Ich hätte mich sehr gern weiterhin mit dieser Frage beschäftigt, aber am nächsten Morgen verlangte ein Satz winziger Knochen neben meinem Spülbecken im Histologielabor meine Aufmerksamkeit. Die Objektträger waren ebenfalls fertig, und so widmete ich mich einige Stunden lang Pelletiers Baby.

Da ich um halb elf keine weiteren Anfragen auf meinem Schreibtisch vorfand, rief ich Schwester Julienne an, um so viel wie möglich über Élisabeth Nicolet herauszufinden. Ich stellte ihr dieselben Fragen, die ich schon Father Ménard gestellt hatte, mit ähnlichen Resultaten. Élisabeth war *pure laine.* Reine Quebecer Wolle. Aber es gab keine Unterlagen, in denen ihre Geburt oder ihre Eltern offiziell vermerkt waren.

»Was ist mit Dokumenten außerhalb des Konvents, Schwester? Haben Sie auch andere Sammlungen überprüft?««

»*Ah, oui.* Meine Recherchen erstreckten sich auf sämtliche Archive der Erzdiözese. Wir haben Bibliotheken überall in der Provinz, müssen Sie wissen. Ich habe mir Material aus vielen Konventen und Klöstern besorgt.«

Einiges von diesem Material hatte ich gesehen. Der Großteil bestand aus Briefen und persönlichen Tagebüchern, die Hinweise auf die Familie enthielten. Ein paar davon waren Versuche historischer Abrisse, allerdings nicht das, was mein Dekan als »epochen- und schichtimmanent verifiziert« nennen würde. Viele waren reine Anekdotensammlungen, in denen sich Hörensagen auf Hörensagen türmte.

Ich versuchte eine andere Richtung. »Bis vor kurzem war doch die Kirche verantwortlich für alle Geburtsscheine in Quebec, nicht?« Das wußte ich von Father Ménard.

»Ja. Bis vor ein paar Jahren.«

»Aber für Élisabeth ist keiner zu finden?«

»Nein.« Eine Pause enstand. »Wir hatten im Lauf der Jahre einige tragische Brände. 1880 bauten die Schwestern von Notre Dame ein wunderschönes Mutterhaus am Fuß des Mount Royal. Leider brannte das dreizehn Jahre später bis auf die Grundmauern ab. Unser eigenes Mutterhaus wurde 1897 zerstört. Hunderte von unschätzbaren Dokumenten gingen bei diesen Bränden verloren.«

Einen Augenblick lang schwiegen wir beide.

»Schwester, was meinen Sie, wo könnte ich sonst noch Informationen über Élisabeths Geburt finden? Oder über ihre Eltern?«

»Ich ... nun, ich schätze, Sie könnten es in den weltlichen Bibliotheken versuchen. Oder bei der Historischen Gesellschaft. Oder vielleicht in einer der Universitäten. Die Familien Nicolet und Bélanger haben einige für die frankokanadische Geschichte wichtige Persönlichkeiten hervorgebracht. Ich bin mir sicher, daß sie in historischen Abrissen erwähnt werden.«

»Vielen Dank, Schwester, das werde ich tun.«

»Es gibt da eine Professorin an der McGill, die in unseren Archiven recherchiert hat. Meine Nichte kennt sie. Sie beschäftigt sich hauptsächlich mit religiösen Bewegungen, interessiert sich aber auch für die Quebecer Geschichte. Ich weiß nicht mehr, ob sie Anthropologin oder Historikerin oder sonst was ist. Aber sie kann Ihnen vielleicht weiterhelfen.« Sie zögerte. »Natürlich sind ihre Quellen andere als die unseren.«

Dessen war ich mir ziemlich sicher, aber ich sagte nichts.

»Erinnern Sie sich an ihren Namen?«

Es gab eine lange Pause. In der Leitung hörte ich andere Stimmen, von weit weg, als würden sie über einen See kommen. Jemand lachte.

»Das ist schon lange her. Tut mir leid.«

»Vielen Dank, Schwester. Ich werde dem nachgehen.«

»Dr. Brennan, was glauben Sie, wann Sie mit den Knochen fertig sind?«

»Bald. Wenn nichts mehr dazwischenkommt, sollte ich meinen Bericht am Freitag abschließen können.«

»Und Sie rufen uns an?«

»Natürlich. Sobald ich fertig bin.« Eigentlich war ich bereits fertig, und ich wußte auch, was in meinem Bericht stehen würde. Warum sagte ich es ihr nicht gleich?

Wir verabschiedeten uns, dann unterbrach ich die Verbindung, wartete auf das Freizeichen und wählte noch einmal. Am anderen Ende der Stadt läutete das Telefon.

»Mitch Denton.«

»Hallo Mitch. Tempe Brennan.«

»Hallo, hallo. Von wo aus rufst du an?«

»Aus Montreal. Bist du noch immer Chef in deinem Laden?«

Mitch war Dekan der Anthropologischen Fakultät und hatte mich zu Beginn meiner Zeit in Montreal als Teildozentin engagiert. Seitdem waren wir Freunde. Sein Spezialgebiet war das französische Paläolithikum.

»Ich klebe noch immer auf dem Stuhl. Willst du für uns im Sommer einen Kurs übernehmen?«

»Nein, danke. Ich habe eine Frage.«

»Schieß los.«

»Erinnerst du dich an diesen historischen Fall, von dem ich dir erzählt habe? Den ich im Auftrag der Erzdiözese bearbeite?«

»Die Heilige in spe?«

»Genau die.«

»Klar. Ist mal was ganz anderes als das Zeug, das du sonst so machst. Hast du sie gefunden?«

»Ja. Aber mir ist da was Komisches aufgefallen, und ich möchte gern mehr über sie erfahren.«

»Was Komisches?«

»Was Unerwartetes. Hör zu, eine der Nonnen hat mir von einer Frau an der McGill erzählt, die über Religion und Quebecer Geschichte arbeitet. Klingelt da was bei dir?«

»Dingdong. Das ist unsere Daisy Jean.«

»Daisy Jean?«

»Für dich Dr. Jeannotte. Professorin für Religiöse Studien und beste Freundin der Studenten.«

»Klartext, Mitch.«

»Ihr Name ist Daisy Jeannotte. Offiziell gehört sie zur Fakultät für Religiöse Studien, aber sie gibt auch einige Geschichtskurse. ›Religiöse Bewegungen in Quebec‹. ›Alte und moderne Glaubenssysteme‹. So in der Richtung.«

»Daisy Jean?« Ich wiederholte die Frage.

»Das ist ein interner Kosename. Damit anreden sollte man sie nicht.«

»Warum?«

»Sie kann ein bißchen … komisch sein, um deinen Begriff zu benutzen.«

»Komisch?«

»Unerwartet. Sie ist aus den Südstaaten, mußt du wissen.«

Ich ignorierte das. Mitch stammte aus Vermont. Und konnte sich eine Spitze gegen meine südliche Heimat nie verkneifen.

»Warum sagst du, daß sie die beste Freundin der Studenten ist?«

»Daisy verbringt ihre gesamte Freizeit mit Studenten. Sie macht mit ihnen Ausflüge, berät sie, verreist mit ihnen, lädt sie zu sich zum Abendessen ein. Die Schlange armer Seelen vor ihrer Haustür, die Trost und Rat suchen, reißt nie ab.«

»Klingt bewundernswert.«

Er wollte etwas sagen, verkniff es sich aber. »Vermutlich.«

»Könnte es sein, daß Dr. Jeannotte etwas über Élisabeth Nicolet oder ihre Familie weiß?«

»Wenn dir jemand helfen kann, dann Daisy Jean.«

Er gab mir ihre Telefonnummer, und wir vereinbarten, uns bald einmal zu treffen.

Eine Sekretärin sagte mir, daß Dr. Jeannotte zwischen ein und drei Uhr Bürostunden abhalte, und ich beschloß, nach dem Mittagessen dort vorbeizuschauen.

Man braucht schon die analytischen Fähigkeiten eines Stadtplanungsingenieurs, um zu begreifen, wann und wo man in Montreal sein Auto abstellen darf. Die McGill University liegt direkt im Stadtzentrum, und auch wenn man versteht, wo Parken erlaubt ist, ist es einem so gut wie unmöglich, einen freien Platz zu finden. Ich entdeckte schließlich eine Lücke an der Stanley, die ich als legal interpretierte von neun bis fünf, vom 1. April bis zum 31. Dezember, ausgenommen Dienstag und Donnerstag nachmittags von eins bis zwei. Eine Anwohnerlizenz war nicht erforderlich.

Unter fünfmaligem Vor- und Zurückrangieren und mit heftigem Kurbeln am Lenkrad schaffte ich es, den Mazda zwischen einen Toyota Pick-up und ein Oldsmobile Cutlass zu quetschen. Keine schlechte Leistung an einem so steilen Hügel. Als ich ausstieg, schwitzte ich trotz der Kälte. Ich sah mir die Abstände zwischen den Stoßstangen an. Mindestens siebzig Zentimeter. Insgesamt.

Das Wetter war nicht mehr so eisig wie noch vor ein paar Tagen, aber der bescheidene Temperaturanstieg hatte auch eine erhöhte Luftfeuchtigkeit mit sich gebracht. Eine Wolke aus kalter, feuchter Luft drückte auf die Stadt, und der Himmel hatte die Farbe alten Zinns. Schneetreiben setzte ein, als ich den Hügel hinunter zur Sherbrooke ging und dann nach Osten abbog. Die ersten schweren, nassen Flocken schmolzen, als sie den Asphalt berührten, die nächsten blieben schon länger liegen. Bald würde es eine geschlossene Schneedecke sein.

Auf der Mansfield stapfte ich hügelan und betrat das McGill-Gelände durch das Westtor. Der Campus lag über und unter mir, die grauen Steingebäude kletterten von der Sherbrooke zur Docteur Penfield den Hügel hoch. Menschen eilten umher, die Schultern eingezogen gegen die feuchte Kälte, Bücher und Pakete vor dem Schnee schützend. Ich ging an der Bibiliothek vorbei und hinten um das Redpath-Museum herum. Durch das Osttor verließ ich den Campus wieder, wandte mich nach links und ging die Rue University hoch. Meine Waden fühlten sich an wie nach drei Stunden Skilanglauf. Vor der Birks Hall wäre ich beinahe mit einem großen jungen Mann zusammengestoßen, der mit gesenktem Kopf, Haare und Brille voller Schneeflocken von der Größe von Schmetterlingen, dahintrottete.

Birks Hall mit seinem gotisierenden Gemäuer, den geschnitzten Eichentäfelungen und -möbeln und den riesigen Kathedralenfenstern stammt aus einer anderen Zeit. Es ist ein Ort, der zum Flüstern einlädt und nicht zum Plappern und Notizentauschen wie die meisten anderen Universitätsgebäude. Die Eingangshalle gleicht einer geräumigen Höhle, an den Wänden hängen Porträts würdevoller Männer, die in gelehrter Überheblichkeit auf den Betrachter herabstarren.

Ich stellte meine Stiefel zu der Reihe Fußbekleidung, die matschtropfend auf dem Marmorboden stand, und sah mir die erhabenen Kunstwerke genauer an. *Thomas Cranmer, Erzbischof von Canterbury.* Gute Arbeit, Tom. *John Bunyan, Unsterblicher Träumer.* Wie die Zeiten sich ändern. Als ich studierte, wurde ein Träumer, sofern ertappt, aufgerufen und wegen Unaufmerksamkeit getadelt.

Ich stieg eine Wendeltreppe hoch, ging im ersten Stock an zwei Türen vorbei, die in die Kapelle und die Bibliothek führten, und stieg dann weiter in den zweiten. Hier machte die Eleganz der Eingangshalle Spuren des Alterns Platz. Die Farbe blätterte von Wänden und Decke, hier und dort fehlte eine Bodenfliese.

Am Treppenabsatz blieb ich stehen, um mich zu orientieren. Hier war es merkwürdig still und düster. Links sah ich eine Nische, in der eine Flügeltür auf die Kapellenempore führte. Links und rechts der Nische befanden sich zwei Gänge, in die in Abständen hölzerne Türen eingelassen waren. Ich ging an der Kapelle vorbei und bog in den zweiten Gang ein.

Das letzte Büro auf der linken Seiten war offen, aber leer. Auf einem Schild über der Tür stand in zarter Schrift »Jeannotte«. Verglichen mit meinem Büro war dieses Zimmer riesig wie das Oratorium in St. Joseph. Es war lang und schmal und hatte ein glockenförmiges Fenster am entfernten Ende. Durch das bleigefaßte Glas sah ich das Verwaltungsgebäude und die Auffahrt, die zum *Strathcona Medical-Dental Complex* führte. Der Boden bestand aus Eichendielen, gelb poliert von eifrigen Füßen unzähliger Jahre.

Regale säumten jede Wand, vollgestopft mit Büchern, Zeitschriften, Notizbüchern, Videobändern, Diamagazinen und Stapeln von Seminararbeiten und Kopien. Ein Holzschreibtisch stand vor dem Fenster, eine Computer-Workstation rechts davon.

Ich sah auf die Uhr. Zwölf Uhr fünfundvierzig. Ich war zu früh dran. So schlenderte ich den Gang entlang und betrachtete die Fotos an den Wänden. *School of Divinity,* Abschlußjahrgänge 1937, 1938 und 1939. Steife Posen. Ernste Gesichter.

Ich war bei 1942 angelangt, als eine junge Frau auftauchte. Sie trug Jeans, einen Rollkragenpullover und ein kariertes Wollhemd, das ihr bis zu den Knien reichte. Ihre blonden Haare waren kinnlang geschnitten, ein dichter Pony reichte ihr bis über die Augenbrauen. Sie trug kein Make-up.

»Kann ich Ihnen helfen?« fragte sie. Sie legte den Kopf schräg, und der Pony fiel zur Seite.

»Ja. Ich suche Dr. Jeannotte.«

»Dr. Jeannotte ist noch nicht da, aber ich erwarte sie jeden Augenblick zurück. Ich bin ihre Assistentin.« Mit einer schnellen Bewegung schob sie sich die Haare hinter das rechte Ohr.

»Vielen Dank; ich möchte gern Dr. Jeannotte ein paar Fragen stellen. Wenn es Ihnen nichts ausmacht, warte ich.«

»Ähm, oh, na ja. Okay. Ich schätze, das ist okay. Sie ist nur, ich bin mir nicht sicher. Sie läßt niemanden in ihr Büro.« Sie sah mich an, warf einen kurzen Blick durch die offene Tür, sah mich wieder an. »Ich war am Kopierer.«

»Ist schon gut. Ich warte hier draußen.«

»Hm, nein, es könnte noch eine Weile dauern. Sie kommt oft zu spät. Ich ...« Sie drehte den Kopf und sah den Korridor entlang. »Sie könnten sich in ihr Büro setzen.« Wieder schob sie die Haare hinters Ohr. »Aber ich weiß nicht, ob ihr das recht wäre.«

Anscheinend war sie unfähig, eine Entscheidung zu treffen.

»Es macht mir nichts aus, hier zu warten. Wirklich.«

Ihr Blick huschte an mir vorbei, dann wieder zu meinen Gesicht. Sie biß sich auf die Unterlippe und strich noch einmal die Haare zurück. In diesem Augenblick wirkte sie nicht einmal alt genug, um eine Studentin zu sein. Sie sah aus wie zwölf.

»Wie war der Name gleich wieder?«

»Dr. Brennan. Tempe Brennan.«

»Sind Sie eine Professorin?«

»Ja, aber nicht hier. Ich arbeite am *Laboratoire de Médecine Légale.*«

»Ist das die Polizei?« Eine Falte zeigte sich zwischen ihren Augen.

»Nein. Das Gerichtsmedizinische Institut.«

»Ach so.« Sie leckte sich die Lippen, sah dann auf ihre Armbanduhr. Sie war der einzige Schmuck, den sie trug.

»Na, dann kommen Sie rein und setzen Sie sich. Ich bin hier, also dürfte das schon okay sein. Ich war nur kurz am Kopierer.«

»Ich wollte Ihnen keine Umstä ...«

»Nein. Kein Problem.« Mit einem Kopfnicken bedeutete sie mir, ihr zu folgen, und betrat das Büro. »Kommen Sie.«

Ich trat ein und nahm auf dem kleinen Sofa Platz, das sie mir zuwies. Sie ging an mir vorbei zum anderen Ende des Zimmers und fing an, Zeitschriften in die Regale zu sortieren.

Ich hörte das Summen eines Elektromotors, konnte aber nirgends die Quelle des Geräusches entdecken. Ich sah mich um. Noch nie hatte ich ein Zimmer gesehen, das so vollgestopft war mit Büchern. Ich überflog die Titel mir direkt gegenüber.

Die Elemente der keltischen Tradition. Die Qumranrollen und das Neue Testament. Die Geheimnisse des Freimaurertums. Schamanismus: Archaische Ekstasetechniken. Rituale des Königtums in Ägypten. Peakes Bibelkommentar. Kirchen, die mißbrauchen. Gedankenreform und die Psychologie des Totalitarismus. Armageddon in Waco. Wenn die Zeit aufhört zu sein: Prophezeiungsglauben im modernen Amerika. Eine eklektische Kollektion.

Die Minuten schleppten sich dahin. Es war unangenehm warm im Büro, an meiner Schädelbasis meldete sich Kopfweh. Ich zog meine Jacke aus.

Hmmm.

Ich betrachtete einen Druck an der Wand. Nackte Kinder, die sich an einer Feuerstelle wärmten, Haut, die im Schein der Flammen glühte. Darunter stand »Nach dem Bad«, Robert Peel, 1892. Das Bild erinnerte mich an eins im Musikzimmer meiner Großmutter.

Ich sah auf die Uhr. Zehn nach eins.

»Wie lange arbeiten Sie schon für Dr. Jeannotte?«

Sie stand über den Tisch gebeugt, richtete sich aber sofort auf, als sie meine Stimme hörte.

»Wie lange?« Verwirrt.

»Sind Sie eine ihrer Doktorandinnen?«

»Examenskandidatin.« Sie stand als dunkle Silhouette im Licht des Fensters. Ihr Gesicht konnte ich nicht erkennen, aber ihre Körperhaltung wirkte angespannt.

»Wie ich gehört habe, gibt sie sich viel mit ihren Studenten ab.«

»Warum fragen Sie mich das?«

Merkwürdige Antwort. »Ich war nur neugierig. Irgendwie bleibt mir nie genug Zeit, um meine Studenten nebenher zu treffen. Ich bewundere sie.«

Das schien sie zufriedenzustellen.

»Dr. Jeannotte ist für viele von uns mehr als nur eine Lehrerin.«

»Wie sind Sie eigentlich zu Religiösen Studien als Hauptfach gekommen?«

Eine Weile antwortete sie nicht. Als ich schon dachte, sie würde es gar nicht mehr tun, sagte sie sehr langsam: »Ich habe Dr. Jeannotte kennengelernt, als ich mich für ihr Seminar einschrieb. Sie ...« Noch eine längere Pause. Im Gegenlicht war ihr Gesichtsausdruck kaum zu erkennen. »... hat mich inspiriert.«

»Inwiefern?«

Wieder eine Pause.

»Sie brachte mich dazu, alles richtig machen zu wollen. Zu lernen, wie man alles richtig macht.«

Ich wußte nicht, was ich darauf erwidern sollte, aber diesmal war eine weitere Ermunterung zum Reden gar nicht nötig.

»Sie hat mich zu der Erkenntnis gebracht, daß viele Antworten bereits niedergeschrieben sind und daß wir nur lernen müssen, sie zu sehen.« Sie atmete tief durch. »Es ist schwer, es ist wirklich schwer, aber mit der Zeit habe ich begriffen, was für ein Chaos die Menschen auf dieser Welt angerichtet haben und daß nur einige wenige Erleuchtete ...«

Sie drehte sich ein wenig, und ich konnte ihr Gesicht wieder erkennen. Sie hatte die Augen weit aufgerissen, ihr Mund war angespannt.

»Dr. Jeannotte. Wir haben uns nur unterhalten.«

Eine Frau stand in der Tür. Sie war nur gut einen Meter fünfzig groß und hatte dunkle, straff zurückgekämmte und am Hinterkopf zu einem Knoten zusammengefaßte Haare. Ihre Haut hatte dieselbe Eierschalenfarbe wie die Wand hinter ihr.

»Ich war eben am Kopierer. Ich habe das Büro nur für ein paar Sekunden verlassen.«

Die Frau blieb absolut still.

»Sie war nicht allein hier drin. Ich hätte das nie zugelassen.« Die Studentin biß sich auf die Lippen und senkte den Blick.

Daisy Jeannotte verzog keine Miene.

»Dr. Jeannotte, sie wollte Ihnen ein paar Fragen stellen, und deshalb habe ich mir gedacht, es ist okay, wenn sie hier wartet. Sie ist Gerichtsmedizinerin.« Ihre Stimme zitterte beinahe.

Jeannotte sah nicht in meine Richtung. Ich hatte keine Ahnung, was hier vor sich ging.

»Ich… ich sortiere die Zeitschriften wieder ein. Wir haben uns nur unterhalten.« Ich erkannte Schweißtropfen auf ihrer Oberlippe.

Einen Augenblick lang starrte Jeannotte noch ihre Studentin an, dann wandte sie sich langsam mir zu.

»Sie haben sich einen etwas unpassenden Zeitpunkt ausgesucht, Miss…?« Weicher Akzent. Tennessee, vielleicht Georgia.

»Dr. Brennan.« Ich stand auf.

»Dr. Brennan.«

»Es tut mir leid, daß ich unangekündigt hier auftauche. Ihre Sekretärin hat mir gesagt, daß Sie jetzt Ihre Bürostunden haben.«

Sie musterte mich gründlich. Ihre Augen lagen tief in den Höhlen, die Iriden waren so hell, daß sie beinahe farblos wirkten.

Jeannotte betonte dies noch, indem sie Wimpern und Brauen tuschte. Auch ihre Haare waren von einem unnatürlichen, satten Schwarz.

»Nun gut«, sagte sie schließlich, »da Sie schon mal hier sind. Was suchen Sie denn?« Sie blieb bewegungslos in der Tür stehen. Daisy Jeannotte gehörte zu jenen Menschen, die eine scheinbar absolute Ruhe ausstrahlen.

Ich erläuterte, daß Schwester Julienne mich auf sie gebracht habe, und sprach mein Interesse für Élisabeth Nicolet an, ohne jedoch den eigentlichen Grund dafür zu nennen.

Jeannotte überlegte einen Augenblick lang und sah dann zu ihrer Assistentin hinüber. Ohne ein Wort legte die junge Frau die Zeitschriften weg und eilte aus dem Büro.

»Sie müssen meine Assistentin entschuldigen. Sie ist sehr nervös.« Sie lachte leise auf und schüttelte den Kopf. »Aber sie ist eine ausgezeichnete Studentin.«

Jeannotte ging zu einem Sessel gegenüber meinem Sofa. Wir setzten uns.

»Diese Nachmittagsstunden habe ich normalerweise für meine Studenten reserviert, aber heute scheint niemand da zu sein. Darf ich Ihnen Tee anbieten?« Ihre Stimme klang süß schmelzend wie Honig, sie erinnerte mich an die der Country-Club-Ladies zu Hause.

»Nein, vielen Dank. Ich habe eben zu Mittag gegessen.«

»Sie sind Gerichtsmedizinerin?«

»Nicht genau. Ich bin forensische Anthropologin an der University of North Carolina in Charlotte. Außerdem bin ich als Gutachterin für das Büro des Quebecer Leichenbeschauers tätig.«

»Charlotte ist eine wunderbare Stadt. Ich habe sie schon oft besucht.«

»Danke. Unser Campus ist ganz anders als der McGill, sehr modern. Ich beneide Sie um dieses wunderbare Büro.«

»Ja. Es ist bezaubernd. Birk Hall stammt aus dem Jahr 1931 und hieß ursprünglich Divinity Hall. Das Gebäude gehörte den Joint Theological Colleges, bis McGill es 1948 erwarb. Haben Sie gewußt, daß die School of Divinity eine der ältesten Fakultäten der McGill ist?«

»Nein, das wußte ich nicht.«

»Heute nennen wir uns natürlich Fakultät für Religiöse Studien. Und Sie interessieren sich also für die Familie Nicolet.« Sie schlug die Beine übereinander und lehnte sich zurück. Ich fand den Mangel an Farbe in ihren Augen beunruhigend.

»Ja, vor allem möchte ich wissen, wo Élisabeth geboren wurde und was ihre Eltern zu der Zeit taten. Schwester Julienne konnte nirgendwo einen Geburtsschein finden, aber sie ist sicher, daß sie in Montreal geboren wurde. Sie war der Meinung, daß Sie mir vielleicht Hinweise auf weiterführende Quellen geben könnten.«

»Schwester Julienne.« Sie lachte noch einmal, ein Geräusch wie Wasser, das über Steine rieselt. Dann wurde ihr Gesicht wieder ernst. »Es gibt eine Menge, was von den Angehörigen der Familien Nicolet und Bélanger und über sie geschrieben wurde. Unsere eigene Bibliothek hat ein umfangreiches Archiv historischer Dokumente. Ich bin mir sicher, daß Sie dort fündig werden. Sie könnten es außerdem in den Archiven der Provinz Quebec, bei der Kanadischen Historischen Gesellschaft und in den öffentlichen Archiven Kanadas probieren.« Der weiche, südliche Tonfall bekam nun etwas beinahe Mechanisches. Ich war eine Studentin die für ein Projekt recherchierte.

»Sie könnten in Periodika nachlesen wie dem *Report of the Canadian Historical Society, The Canadian Annual Review, The Canadian Archives Report, The Canadian Historical Review, The Transactions of the Quebec Literary and Historical Society, The Report of the Archives of the Province of Quebec* oder *The Transactions of the Royal Society of Canada.*« Sie klang wie ein Tonband. »Und natürlich gibt es Hunderte von Büchern. Ich selbst weiß nur sehr wenig über diese Zeit.«

Anscheinend spiegelten sich meine Gedanken in meiner Miene wider, denn sie fügte hinzu: »Machen Sie nicht so ein erschrockenes Gesicht. Es erfordert einfach nur Zeit.«

Aber die Zeit, um mich durch diese Unmengen von Material zu arbeiten, würde ich nie aufbringen. Ich versuchte eine andere Richtung: »Sie sind vertraut mit den Umständen von Élisabeths Geburt?«

»Eigentlich nicht. Wie gesagt, über diese Periode habe ich nicht gearbeitet. Ich weiß natürlich, wer sie ist, und ich kenne ihre Arbeit während der Pockenepidemie von 1885.« Sie hielt einen Augenblick inne, um sich die nächste Formulierung gut zu überlegen. »Meine Arbeit konzentriert sich auf messianische Bewegungen und neue Glaubenssysteme, nicht auf die traditionellen ekklesiastischen Religionen.«

»In Quebec?«

»Nicht ausschließlich.« Dann wandte sie sich wieder den Nicolets zu. »Die Familie war zu ihrer Zeit sehr bekannt, vielleicht wäre es da für Sie interessanter, alte Zeitschriften durchzusehen. Damals gab es vier Tageszeitungen in englischer Sprache, *Gazette, Star, Herald* und *Witness.*«

»Und die sind in der Bibliothek zu finden?«

»Ja. Und natürlich gab es die französische Presse, *La Minerve, Le Monde, La Patrie, L' Etendard* und *La Presse.* Die französichen Zeitungen waren nicht ganz so verbreitet und etwas dünner als die englischen, aber soweit ich weiß, veröffentlichen sie alle Geburtsanzeigen.«

An Presseberichte hatte ich überhaupt nicht gedacht. Diese Arbeit schien mir eher zu bewältigen zu sein.

Sie erklärte mir, wo die auf Mikrofilm gespeicherten Zeitungen zu finden waren, und versprach, eine Liste mit weiteren Quellen zusammenzustellen. Eine Weile sprachen wir von anderen Dingen. Offenbar war sie neugierig auf meine Arbeit, und wir verglichen Erfahrungen, zwei Professorinnen in der männlich dominierten Welt der Universitäten. Bald darauf erschien eine Studentin in der Tür. Jeannotte klopfte auf ihre Uhr und hielt fünf Finger in die Höhe, und die junge Frau verschwand.

Wir standen gleichzeitig auf. Ich dankte ihr, zog Jacke, Mütze und Schal an. Ich war schon halb zur Tür draußen, als sie mir noch eine Frage nachrief.

»Haben Sie eine Religion, Dr. Brennan?«

»Ich wurde im römisch-katholischen Glauben erzogen, aber im Augenblick gehöre ich keiner Kirche an.«

»Glauben Sie an Gott?«

»Dr. Jeannotte, es gibt Tage, da glaube ich nicht an den nächsten Morgen.«

Danach setzte ich mich für eine Stunde in die Bibliothek, blätterte in Geschichtsbüchern und suchte in den Registern nach den Namen Nicolet oder Bélanger. Ich fand mehrere Titel, in denen der eine oder der andere auftauchte, und lieh sie mir aus, denn zum Glück stand mir als Gastdozentin der Universität dieses Privileg zu.

Es dunkelte bereits, als ich nach draußen trat. Weil es heftig schneite, mußten die Fußgänger entweder auf der Straße gehen oder auf schmalen Trampelpfaden auf dem Bürgersteig, wobei sie vorsichtig einen Fuß vor den anderen setzten, um nicht im tieferen Schnee zu versinken. Ich trottete hinter einem Pärchen her, das Mädchen vorneweg, der Junge hintendrein, seine Hände auf ihren Schultern. Die Kordeln an ihren Rucksäcken baumelten hin und her, während die beiden sich mit wippenden Hüften bemühten, die

Füße auf die schmale schneefreie Spur zu setzen. Hin und wieder blieb das Mädchen stehen, um mit der Zunge eine Schneeflocke aufzufangen.

Mit Einbruch der Dämmerung war die Temperatur wieder gefallen, und als ich zu meinem Auto kam, war die Windschutzscheibe mit Eis überzogen. Ich kramte meinen Kratzer hervor und verfluchte mal wieder meinen Wandertrieb, während ich schabte. Jeder mit einem Funken Verstand wäre jetzt am Strand.

Während der kurzen Fahrt nach Hause spielte ich die Szene in Jeannottes Büro noch einmal durch und versuchte, mir das merkwürdige Verhalten der Assistentin zu erklären. Warum war sie so nervös gewesen? Sie schien einen Heidenrespekt vor Jeannotte zu haben, viel mehr, als man von einer Examenskandidatin erwarten würde. Dreimal hatte sie ihren Gang zum Kopierer erwähnt, doch auf dem Korridor hatte ich sie mit leeren Händen angetroffen. Mir fiel auf, daß ich noch nicht einmal ihren Namen erfahren hatte.

Und auch Dr. Jeannotte selbst gab mir zu denken. Sie wirkte so herablassend, so völlig in sich ruhend, als wäre sie es gewöhnt, jedes Publikum unter Kontrolle zu haben. Ich rief mir ihre durchdringenden Augen in Erinnerung, die in einem solchen Kontrast zu ihrem zierlichen Körper und ihrer sanften, weichen Stimme standen. In ihrer Gegenwart war ich mir vorgekommen wie eine Studentin. Warum? Dann fiel es mir ein. Während unseres Gesprächs hatte Daisy Jean nie den Blick von meinem Gesicht abgewandt. Keine Sekunde lang hatte sie den Augenkontakt unterbrochen. Das und die unheimlichen Iriden ergaben eine verstörende Mischung.

Zu Hause waren zwei Nachrichten auf meinem Anrufbeantworter. Die erste beunruhigte mich ein wenig. Harry hatte sich in ihren Kurs eingeschrieben und wurde offenbar ein Guru ganzheitlichen Lebens.

Der zweite jagte mir einen eisigen Schauder duch die Seele. Während ich zuhörte, sah ich nach draußen, wo sich Schnee an meiner Gartenmauer sammelte. Die neuen Flocken türmten sich weiß auf das darunterliegende Grau, wie neugeborene Unschuld auf die Sünden des vergangenen Jahres.

»Brennan, wenn Sie da sind, heben Sie ab. Es ist wichtig.« Pause. *»In St. Jovite hat es eine neue Entwicklung gegeben.«* Ryans Stimme klang gepreßt. *»Bei der Durchsuchung der Nebengebäude haben wir unter einer Treppe vier weitere Leichen gefunden.«* Ich hörte, wie er sich Rauch tief in die Lungen zog und langsam wieder ausblies. *»Zwei Erwachsene und zwei Babys. Sie sind nicht verbrannt, aber es ist grausig. Ich habe so etwas noch nie gesehen. Ich will nicht groß ins Detail gehen, aber wir haben jetzt eine ganz neue Lage, und zwar eine ziemlich ekelhafte. Bis morgen.«*

7

Ryan war nicht allein mit seinem Abscheu. Ich habe schon einige mißbrauchte und verhungerte Kinder gesehen. Ich habe sie gesehen, nachdem man sie verprügelt, vergewaltigt, erwürgt, zu Tode geschüttelt hatte, aber ich habe noch nie etwas gesehen wie das, was den Babys in St. Jovite angetan wurde.

Auch andere hatten am Abend zuvor Anrufe erhalten. Als ich um acht Uhr fünfzehn ankam, standen schon einige Pressefahrzeuge mit beschlagenen Windschutzscheiben und qualmenden Auspuffrohren vor dem Gebäude der *Sûreté du Québec.*

Obwohl der Arbeitstag normalerweise erst um acht Uhr dreißig beginnt, herrschte bereits rege Betriebsamkeit im großen Autopsiesaal. Bertrand war da, zusammen mit einigen anderen Detectives der SQ und einem Fotografen der LSI, *Section d'Identité.* Ryan war noch nicht eingetroffen.

Die äußere Untersuchung war bereits im Gange, und auf einem Tisch in der Ecke lag ein Satz Polaroids. Die Leiche war zum Röntgen gebracht worden, und LaManche machte sich eben Notizen, als ich eintrat. Er hielt inne und hob den Kopf.

»Temperance, ich bin froh, Sie zu sehen. Kann sein, daß ich Hilfe brauche bei der Bestimmung des Alters der Kinder.«

Ich nickte.

»Und es kann sein, daß ein ungewöhnliches ...«, das lange Basset-Gesicht angespannt, suchte er nach dem passenden Wort, »Instrument verwendet wurde.«

Ich nickte und ging mich umziehen. Ryan, den ich im Gang traf, grinste und grüßte mit einer knappen Handbewegung. Seine Augen waren feucht, Nase und Wangen waren kirschrot, als wäre er in der Kälte spazierengegangen.

Im Umkleideraum sammelte ich mich für das, was mir bevorstand. Zwei ermordete Babys waren entsetzlich genug. Aber was meinte LaManche mit dem ungewöhnlichen Instrument?

Fälle mit Kindern sind immer schwierig für mich. Als meine Tochter noch klein war, war ich bei jedem Kindermord in Versuchung, Katy an mich zu ketten, um sie immer in meiner Nähe zu haben. Ich mußte mir ihrer Sicherheit gewiß sein.

Katy ist inzwischen erwachsen, aber noch immer schrecken mich Bilder toter Kinder. Von allen Opfern sind sie die wehrlosesten, die vertrauensseligsten und die unschuldigsten. Jedesmal, wenn ein neues in der Leichenhalle abgeliefert wird, gibt es mir einen Stich ins Herz. Die nackte Wahrheit entehrten Menschseins starrt mich an. Und Mitleid ist nur ein geringer Trost.

Als ich in den Autopsiesaal zurückkehrte, glaubte ich auf das Bevorstehende gefaßt zu sein. Dann sah ich den kleinen Körper, der auf der Edelstahlplatte lag.

Eine Puppe. Das war mein erster Eindruck. Ein lebensgroßes Latexbaby, mit den Jahren grau geworden. Als Kind hatte ich so eine Puppe gehabt, ein rosiges Neugeborenes, das süß nach Gummi roch. Ich fütterte es durch ein kleines, rundes Loch zwischen den Lippen und wechselte die Windeln, wenn das Wasser durchgelaufen war.

Aber das hier war kein Spielzeug. Das Baby lag auf dem Bauch, die Arme seitlich, die winzigen Hände zu Fäustchen geballt. Der Hintern war plattgedrückt, weiße Streifen liefen kreuz und quer durch die blau-lividen Leichenflecken am Rücken. Ein feiner roter Flaum bedeckte den Kopf. Das Kleinkind war nackt bis auf ein Armband aus winzigen Klötzchen direkt am Handgelenk. Neben dem linken Schulterblatt sah ich zwei Wunden.

Auf dem Nebentisch lag ein Strampelanzug, blaue und rote Lastwagen grinsten mir von dem Flanellstoff entgegen. Daneben lagen ausgebreitet eine beschmutzte Windel, ein Baumwolleibchen mit

Druckknöpfen im Schritt, ein langärmeliger Pullover und ein Paar weiße Socken. Alles war blutfleckig.

LaManche sprach in einen Kassettenrecorder.

»Bébe de race blanche, bien développé et bien nourri ...«

Gut entwickelt und gut genährt, aber tot, dachte ich, und meine Empörung wuchs.

»Le corps est bien préservé, avec une légère macération épidermique ...«

Ich starrte die kleine Leiche an. Ja, sie war gut erhalten, mit nur geringer Hautablösung an den Händen.

»Ich schätze, nach Abwehrverletzungen brauchen wir nicht zu suchen.«

Bertrand hatte sich neben mich gestellt. Ich sagte nichts. Für Leichenhallenhumor war ich nicht in Stimmung.

»Da liegt noch eins im Kühlfach«, fuhr er fort.

»Das wissen wir bereits«, erwiderte ich spitz.

»Ja, aber mein Gott, das sind Babys.«

Ich sah ihm in die Augen und bekam ein schlechtes Gewissen. Bertrand wollte überhaupt nicht witzig sein. Er sah aus, als wäre sein eigenes Kind gestorben.

»Babys. Jemand hat sie umgebracht und in einem Keller verstaut. Kalt wie ein Eisblock. Schlimmer noch. Der Mistkerl kannte diese Kinder wahrscheinlich.«

»Warum sagen Sie das?«

»Würde einen Sinn ergeben. Zwei Kinder, zwei Erwachsene, die wahrscheinlich die Eltern sind. Jemand hat die ganze Familie ausgelöscht.«

»Und das Haus nur als Tarnung angesteckt?«

»Möglich.«

»Hätte auch ein Fremder sein können.«

»Möglich, aber ich bezweifle es. Warten Sie ab. Sie werden sehen.« Er wandte sich wieder dem Tisch zu und verfolgte mit hinter dem Rücken verkrampften Händen die Autopsie.

LaManche hörte auf zu diktieren und sprach mit der Autopsietechnikerin. Lisa nahm ein Maßband von der Anrichte und hielt es an die Kinderleiche.

»Cinquante-huit centimètres.« Achtundfünfzig Zentimeter.

Ryan sah von der Tür aus zu. Er hatte die Arme verschränkt, mit dem rechten Daumen rieb er über den Tweed an seinem linken Bizeps. Hin und wieder sah ich seine Kiefermuskeln und seinen Adamsapfel hüpfen.

Lisa spannte das Maßband um Kopf, Brust und Bauch des Babys und nannte LaManche die Maße. Dann hob sie die Leiche hoch und legte sie auf eine Waage. Normalerweise wird das Gerät zum Wiegen einzelner Organe verwendet. Der Korb schwang leicht hin und her, und sie stabilisierte ihn mit einer Hand. Das Bild war herzzerreißend. Ein lebloses Kind in einer Edelstahlkrippe.

»Six kilos.«

Sechs Kilo hatte das Kleine bei seinem Tod gewogen.

LaManche sprach das Gewicht in den Recorder, und Lisa nahm den winzigen Körper aus der Schale und legte ihn wieder auf den Autopsietisch. Als sie zurücktrat, stockte mir der Atem. Ich sah Bertrand an, aber der starrte nun auf seine Schuhe.

Die Leiche war die eines kleinen Jungen. Jetzt lag er auf dem Rücken, Arme und Beine ausgestreckt. Die Augen waren weit aufgerissen und knopfrund, die Iriden zu einem rauchigen Grau getrübt. Sein Kopf war auf die Seite gekippt, das dicke Bäckchen ruhte auf dem linken Schlüsselbein.

Direkt unter der Wange erkannte ich in der Brust ein Loch ungefähr von der Größe meiner Faust. Der Wundrand war ausgefranst, die Umgebung tief dunkelrot verfärbt. Ein Gewirr von Stichen, zwischen einem und zwei Zentimetern lang, umgab die Höhlung. Einige trafen sich zu L- oder V-förmigen Mustern.

Ich fuhr mir mit der Hand ans Herz und spürte, wie mein Magen sich verkrampfte. Ich drehte mich zu Bertrand um, brachte aber kein Wort heraus.

»Können Sie das glauben?« fragte er traurig. »Der Mistkerl hat ihm das Herz herausgeschnitten.«

»Es ist weg?«

Er nickte.

Ich schluckte. »Und das andere Kind?«

Er nickte noch einmal. »Wenn man meint, man hat schon alles gesehen, merkt man plötzlich, daß das nicht stimmt.«

»O Gott.«

Ich sah zu Ryan hinüber. Mit bewegungslosem Gesicht starrte er den Obduktionstisch an.

»Was ist mit den Erwachsenen?«

Bertrand schüttelte den Kopf. »Wie es aussieht, wurde mehrfach auf sie eingestochen, und die Kehlen wurden ihnen durchgeschnitten, aber die Organe sind unangetastet.«

Mit monotoner Stimme beschrieb LaManche die äußere Beschaffenheit der Wunden, aber ich brauchte nicht zuzuhören. Ich wußte, was das Vorhandensein von Hämatomen bedeutete. Gewebe verfärbt sich nur, wenn das Blut noch fließt. Das Baby hatte folglich noch gelebt, als das Loch geschnitten wurde. *Die* Babys.

Ich schloß die Augen und mußte mich beherrschen, um nicht aus dem Raum zu stürzen. Reiß dich zusammen, Brennan. Tu deine Arbeit.

Ich ging zu dem mittleren Tisch und untersuchte die Kleidung. Alles war so winzig, so vertraut. Ich sah mir den Strampelanzug mit den winzigen Füßchen, dem flauschigen Kragen und den weichen Bündchen an. Katy hatte Dutzende davon getragen. Ich erinnerte mich, wie ich damals Druckknöpfe öffnete und schloß, um die Windeln zu wechseln, und wie sie dabei mit ihren dicken kleinen Beinchen strampelte. Wie nannte man diese Dinger gleich wieder? Sie hatten einen speziellen Namen. Ich versuchte mich zu erinnern, konnte mich aber nicht konzentrieren. Vielleicht war das ein Schutzmechanismus, etwas, das mich drängte, dies hier nicht persönlich zu nehmen, sondern mich an die Arbeit zu machen, bevor ich anfing zu weinen oder völlig taub wurde.

Das Baby hatte auf der linken Seite gelegen, als das Blut aus den Wunden gequollen war. Der rechte Ärmel und die Schulter des Strampelanzugs hatten ein paar Spritzer abbekommen, aber die linke Seite war blutdurchtränkt, so daß der Flanell stumpfrot und braun verfärbt war. Unterhemd und Pullover wiesen ähnliche Flecken auf.

»Drei Schichten«, sagte ich zu niemandem im besonderen. »Und Socken.«

Bertrand kam zum Tisch.

»Jemand hat sich darum gekümmert, daß es das Kind auch warm hatte.«

»Ja, sieht so aus«, entgegnete Bertrand.

Ryan kam dazu, und zu dritt starrten wir die Kleidung an. Jedes Teil wies ein gezacktes Loch auf, umgeben von einem Gewirr aus kleinen Rissen, genaue Entsprechungen der Wunden auf der Brust des Babys.

Ryan sprach als erster. »Der kleine Kerl war angezogen.«

»Ja«, sagte Bertrand. »Sieht aus, als hätte die Kleidung bei diesem scheußlichen Ritual nicht gestört.«

Ich sagte nichts.

»Temperance«, rief LaManche, »bitte holen Sie eine Lupe und kommen Sie hier rüber. Ich habe etwas entdeckt.«

Wir drängten uns um den Pathologen, und er deutete auf eine kleine Verfärbung links unterhalb des Lochs in der Brust. Als ich ihm die Lupe gab, studierte er die Quetschung und gab mir dann das Glas.

Ich stutzte, als ich mich darüberbeugte. Der Fleck zeigte nicht die für normale Quetschungen typische unregelmäßige Sprenkelung. In der Vergrößerung konnte ich deutlich eine Struktur auf der Haut des Babys erkennen, eine T-Form mit einer Schlaufe am oberen Ende, umgeben von einem rechteckigen geriffelten Rand. Ich gab Ryan die Lupe und sah LaManche fragend an.

»Temperance, das ist ganz offensichtlich eine strukturierte Verletzung. Das Gewebe muß konserviert werden. Da Dr. Bergeron heute nicht hier ist, hätte ich es gerne, wenn Sie mir helfen.«

Marc Bergeron, der Odontologe am LML, hatte eine Technik zum Abheben und Fixieren von Verletzungen in weichem Gewebe entwickelt. Ursprünglich war sie nur gedacht gewesen zum Konservieren von Bißspuren an Leichen von Vergewaltigungsopfern. Aber die Methode hatte sich auch als nützlich erwiesen zur Konservierung von Tätowierungen und strukturierten Verletzungen auf der Haut. Ich hatte Marc schon Hunderte Male dabei zugesehen und ihm in einigen Fällen assistiert.

Ich holte Bergerons Ausrüstung aus einem Schrank im ersten Autopsiesaal und breitete dann die Gerätschaften auf einem Edelstahlrollwagen aus. Als ich mir die Handschuhe übergestreift hatte, war der Fotograf bereit, und LaManche nickte mir zu, daß ich anfangen könne. Ryan und Bertrand sahen zu.

Ich maß fünf Löffel eines rosafarbenen Pulvers ab, schüttete sie in ein Glasschälchen und goß zwanzig Kubikzentimeter eines klaren flüssigen Monomers hinzu. Ich rührte um, und nach einer Minute hatte sich die Mischung zu einer Masse verdickt, die aussah wie rosafarbenes Plastilin. Ich formte daraus einen Ring und legte ihn so auf die winzige Brust, daß er die Quetschung völlig umschloß. Das Acryl fühlte sich warm an, als ich es festdrückte.

Um das Aushärten zu beschleunigen, legte ich ein feuchtes Tuch über den Ring und wartete. In weniger als einer Minute war das Acryl ausgekühlt. Ich griff nach einer Tube und drückte eine klare Flüssigkeit um den Rand des Rings.

»Was ist das?« fragte Ryan.

»Zyanoacrylat.«

»Riecht wie Sekundenkleber.«

»Ist es auch.«

Ich wartete einige Augenblicke und zog dann sanft an dem Ring, um zu sehen, ob der Kleber schon hart war. Noch ein paar Tropfen, ein wenig Warten, und der Ring hielt. Ich beschriftete ihn mit dem Datum, der Fall- und der Leichenhallennummer und markierte Oben und Unten, Links und Rechts im Verhältnis zur Brust des Babys.

»Fertig«, sagte ich und trat zurück.

Mit einem Skalpell durchtrennte LaManche die Haut um den Ring, wobei er so tief schnitt, daß sich auch das darunterliegende Fettgewebe löste. Als er den Ring abhob, klebte das verletzte Hautstück straff und fest daran, wie ein winziges Gemälde in einem runden, rosafarbenen Rahmen. LaManche legte das Beweisstück in ein Gefäß mit einer klaren Flüssigkeit, das ich bereithielt.

»Was ist das?« fragte Ryan noch einmal.

»Eine zehnprozentige, gepufferte Formalinlösung. In zehn bis zwölf Stunden ist das Gewebe fixiert. Der Ring wird dafür sorgen, daß es keine Verzerrungen gibt, so daß wir später, falls wir eine Waffe haben, diese mit der Verletzung vergleichen können. Und natürlich haben wir auch noch die Fotos.«

»Warum benutzen Sie nicht einfach nur die Fotos?«

»Mit dem hier können wir eine Transillumination durchführen.«

»Eine Transillumination?«

Da ich im Augenblick wenig Lust auf einen naturwissenschaftlichen Vortrag hatte, hielt ich die Erklärung einfach. »Man kann das Gewebe durchleuchten, um zu sehen, was sich unter der Haut befindet. Das fördert oft Details zutage, die auf der Oberfläche nicht sichtbar sind.«

»Was meinen Sie, womit das gemacht wurde?« fragte Bertrand.

»Keine Ahnung«, sagte ich, verschraubte das Glas und gab es Lisa.

Als ich mich abwandte, spürte ich eine große Traurigkeit, und ich konnte nicht anders, ich mußte die winzige Hand anheben. Sie fühlte sich weich und kalt in meinen Fingern an. Ich drehte die Klötzchen am Handgelenk. M-A-T-H-I-A-S.

Es tut mir leid, Mathias.

Als ich den Kopf hob, sah LaManche mich direkt an. In seinen Augen schien sich die Verzweiflung zu spiegeln, die ich empfand. Ich trat zurück, und er begann die innere Untersuchung. Er würde die Endstücke aller Knochen, die der Mörder durchtrennt hatte, auslösen und zu mir nach oben schicken, aber ich war nicht sehr optimistisch. Obwohl ich noch nie nach Waffenspuren an einem so jungen Opfer gesucht hatte, befürchtete ich, daß die Rippen dieses Babys zu winzig waren, um solche Details zu bewahren.

Ich zog die Handschuhe aus und drehte mich zu Ryan um, als Lisa zu einem Y-förmigen Schnitt auf der Brust des Kleinen ansetzte.

»Sind die Tatortfotos hier?«

»Nur die Reservebilder.«

Er gab mir einen großen braunen Umschlag mit einer Serie Polaroids. Ich ging damit zum Ecktisch.

Das erste zeigte das größte Nebengebäude des Chalets in St. Jovite. Der Baustil war der des Haupthauses: alpiner Schund. Das nächste war drinnen aufgenommen worden, von einem Treppenabsatz nach unten. Es war ein dunkler, schmaler Schacht mit Wänden auf beiden Seiten, hölzernen Handläufen und Gerümpel an den Stufenrändern.

Dann kamen mehrere Aufnahmen eines Kellers aus verschiedenen Blickwinkeln. Der Raum war düster, die einzige Helligkeit kam von einem Fenster knapp unter der Decke. Linoleumboden. Wandverkleidung aus Astfichte. Waschwannen. Ein Heißwasserboiler. Noch mehr Gerümpel.

Einige Fotos zeigten den Boiler in Großaufnahme, dann die Nische zwischen ihm und der Wand. Sie war vollgestopft mit etwas, das aussah wie alte Teppiche und Plastiksäcke. Die nächsten Bilder zeigten diese Gegenstände nebeneinander auf dem Boden, zuerst ungeöffnet, dann offen, um ihren Inhalt zu präsentieren.

Die Erwachsenen waren in große Bahnen transparenter Plastikfolie gewickelt und dann in Teppiche eingerollt, die man hinter dem Boiler verstaut hatte. Ihre Leichen waren aufgebläht und wiesen Hautablösungen auf, waren aber ansonsten gut erhalten.

Ryan kam zu mir.

»Der Boiler war offensichtlich ausgeschaltet«, sagte ich und gab ihm das Bild. »Wenn er in Betrieb gewesen wäre, hätte die Wärme stärkere Verwesung verursacht.«

»Wir glauben, daß dieses Gebäude nicht benutzt wurde.«

»Was war es denn?«

Er zuckte die Achseln.

Ich wandte mich wieder den Polaroids zu.

Der Mann und die Frau waren vollständig bekleidet, allerdings barfuß. Man hatte ihnen die Kehlen durchgeschnitten, Blut hatte die Kleidung durchtränkt und die Plastikfolie befleckt. Ein Arm des Mannes lag über dem Kopf, ich konnte tiefe Schnitte in seiner Handfläche erkennen. Abwehrverletzungen. Er hatte versucht, sich zu retten. Oder seine Familie.

O Gott. Ich schloß kurz die Augen.

Bei den Kindern war das Verpacken einfacher gewesen. Man hatte sie in Folie eingewickelt, in Müllsäcke gestopft und dann auf die Erwachsenen gestapelt.

Ich betrachtete die kleinen Hände, die fleischigen Fingerchen. Bertrand hatte recht. An den Babys würden wir keine Abwehrverletzungen finden. Eine Mischung aus Wut und Trauer durchströmte mich.

»Ich will diesen Scheißkerl haben.« Ich sah Ryan in die Augen.

»Ja.«

»Ich will, daß Sie ihn schnappen, Ryan. Ich meine es ernst. Ich will ihn haben. Bevor wir noch ein abgeschlachtetes Baby sehen. Wozu sind wir denn gut, wenn wir so etwas nicht stoppen können?«

Die Stahlblauen erwiderten meinen Blick. »Wir kriegen ihn, Brennan. Darauf können Sie Gift nehmen.«

Den Rest des Tages fuhr ich im Aufzug zwischen meinem Büro und den Autopsien hin und her. Die ganze Prozedur würde mindestens zwei Tage dauern, da LaManche alle vier Opfer obduzierte. Das ist üblich bei mehrfachen Morden. Nur einen Pathologen mit der Arbeit zu betrauen bedeutet eine stärkere Kohärenz des Falles und eine erhöhte Stimmigkeit der Zeugenaussage vor Gericht.

Als ich um ein Uhr vorbeischaute, war Mathias bereits wieder im Kühlfach, und die Autopsie des zweiten Babys hatte begonnen. Einen Augenblick lang kam ich mir vor wie Bill Murray in *Und täglich grüßt das Murmeltier.* Die Szene vom Vormittag wiederholte sich. Dieselben Schauspieler. Derselbe Schauplatz. Dasselbe Opfer. Nur daß dieses Opfer ein Armband mit der Klötzchenreihe M-A-L-A-C-H-Y trug.

Um halb fünf war Malachys Bauch wieder geschlossen, das winzige Schädeldach aufgesetzt, das Gesicht wieder an Ort und Stelle. Bis auf den Y-Schnitt und die Verwüstung des Brustkorbs waren die Babys bereit für die Beerdigung. Bis jetzt hatten wir keine Ahnung, wo die stattfinden würde. Oder wer sich darum kümmern würde.

Auch Ryan und Bertrand kamen und gingen. Man hatte den Jungen Fußabdrücke abgenommen, aber die Kleckse auf den Geburtsunterlagen der Krankenhäuser sind notorisch unidentifizierbar, und Ryan war nicht sehr optimistisch.

Die Knochen in Hand und Handgelenk stellen über fünfundzwanzig Prozent des Gesamtskeletts dar. Ein Erwachsener hat siebenundzwanzig in jeder Hand, ein Kleinkind viel weniger, je nach Alter. Ich hatte die Röntgenaufnahmen untersucht, um festzustellen, welche Knochen vorhanden und wie gut sie ausgebildet waren.

Nach meiner Schätzung waren Mathias und Malachy etwa vier Monate alt, als sie ermordet wurden.

Diese Information wurde an die Medien weitergegeben, aber abgesehen von den üblichen Anrufen von Verrückten gab es kaum Reaktionen. Unsere größte Hoffnung setzten wir auf die Leichen der Erwachsenen im Kühlraum. Wir waren sicher, wenn wir die Erwachsenen erst einmal identifiziert hatten, würden die Kinder folgen. Für den Augenblick blieben sie Baby Mathias und Baby Malachy.

8

Am Freitag sah ich weder Ryan noch Bertrand. LaManche verbrachte den ganzen Tag im Keller mit den Leichen der Erwachsenen aus St. Jovite. Ich hatte die Rippen der Babys in Glasgefäßen im Histologielabor eingeweicht. Falls irgendwelche Kerben oder Riefen vorhanden waren, wollte ich nicht, daß sie durch Auskochen oder Abkratzen beschädigt wurden, und da auch die Verwendung von Skalpell oder Schere zu riskant war, blieb mir nichts anderes übrig, als hin und wieder das Wasser zu wechseln und behutsam das Fleisch abzulösen.

Ich war froh um diese kurze Flaute in all der Hektik, und ich nutzte die Zeit, um den Bericht über Élisabeth Nicolet abzuschließen, den ich für diesen Tag versprochen hatte. Da ich am Montag nach Charlotte zurückkehren mußte, hatte ich vor, die Rippen übers Wochenende zu untersuchen, und hoffte, alles Dringende bis zum Montag erledigen zu können, wenn sonst nichts dazwischenkam. Mit dem Anruf, den ich um halb elf erhielt, hatte ich nicht gerechnet.

»Bitte entschuldigen Sie, daß ich Sie schon wieder anrufe, Dr. Brennan.« Englisch, sehr langsam, jedes Wort mit Bedacht gewählt.

»Schwester Julienne, freut mich, von Ihnen zu hören.«

»Bitte. Ich muß mich wirklich für die Anrufe entschuldigen.«

»Die Anrufe?« Ich wühlte in den rosa Zetteln auf meinem Schreibtisch. Ich wußte, daß sie am Mittwoch noch einmal angerufen hatte, dachte aber, sie hätte nur unsere vorangegangene Unterhaltung fortsetzen wollen. Doch es lagen noch andere Zettel mit ihrem Namen und ihrer Telefonnummer auf meinem Tisch.

»Ich bin diejenige, die sich entschuldigen muß. Ich war gestern den ganzen Tag so beschäftigt, daß ich keine Zeit hatte, meine Nachrichten durchzusehen. Tut mir leid.«

Keine Antwort.

»Ich bin gerade dabei, den Bericht abzuschließen.«

»Darum geht es nicht. Ich meine, natürlich ist das sehr wichtig. Wir sind alle schon sehr gespannt …«

Sie zögerte, und ich konnte mir vorstellen, wie ihre dunklen Brauen sich zusammenzogen und das Stirnrunzeln, das sie beständig trug, noch vertieften. Schwester Julienne war immer besorgt.

»Mir ist das sehr peinlich, aber ich weiß nicht, an wen ich mich sonst wenden soll. Ich habe natürlich gebetet, und ich weiß, daß Gott mir zuhört, aber ich habe das Gefühl, daß ich selbst auch etwas tun sollte. Ich widme mich ganz meiner Arbeit, der Verwaltung von Gottes Archiven, aber … nun, ich habe auch eine irdische Familie.« Sie formulierte sehr präzise, gestaltete ihre Sätze wie ein Bäcker, der Teig formt.

Wieder eine lange Pause. Ich wartete.

»Er hilft denen, die sich selber helfen.«

»Ja.«

»Es geht um meine Nichte, Anna. Anna Goyette. Sie ist diejenige, von der ich am Mittwoch erzählt habe.«

»Ihre Nichte?« Ich konnte mir gar nicht vorstellen, worauf sie hinauswollte.

»Die Tochter meiner Schwester.«

»Verstehe.«

»Sie ist … Wir wissen nicht, wo sie ist.«

»Aha.«

»Sie ist normalerweise ein sehr rücksichtsvolles Kind, sehr verläßlich, bleibt nie weg, ohne Bescheid zu sagen.«

»Aha.« Allmählich begriff ich.

Schließlich rückte sie damit heraus. »Anna war seit Mittwoch nicht mehr zu Hause, und meine Schwester ist verzweifelt. Ich habe ihr natürlich geraten zu beten, aber, nun ja …« Sie beendete den Satz nicht.

Ich wußte nicht so recht, was ich sagen sollte. Daß das Gespräch diese Richtung nahm, hatte ich nicht erwartet.

»Ihre Nichte ist verschwunden?«

»Ja.«

»Wenn Sie sich Sorgen machen, sollten Sie zur Polizei gehen.«

»Meine Schwester hat schon zweimal angerufen. Man hat ihr gesagt, daß die Polizei bei jemandem in Annas Alter üblicherweise erst nach achtundvierzig bis zweiundsiebzig Stunden etwas unternimmt.«

»Wie alt ist Ihre Nichte?«

»Anna ist neunzehn.«

»Sie ist diejenige, die an der McGill studiert?«

»Ja.« Ihre Stimme klang äußerst angespannt.

»Schwester, es gibt da vermutlich wirklich keinen Grund …«

Ich hörte, wie sie ein Schluchzen unterdrückte. »Ich weiß, ich weiß, und es ist mir auch sehr unangenehm, Sie zu belästigen, Dr. Brennan.« Sie stieß die Worte zwischen heftigen Atemzügen hervor, wie bei einem Schluckauf. »Ich weiß, daß Sie sehr beschäftigt sind, ich weiß das, aber meine Schwester ist hysterisch, und ich weiß einfach nicht, was ich ihr sagen soll. Vor zwei Jahren hat sie ihren Mann verloren, und jetzt hat sie das Gefühl, daß Anna das einzige ist, was sie noch hat. Virginie ruft mich jede halbe Stunde an und bettelt, ich soll ihr doch helfen, ihre Tochter zu finden. Ich weiß, daß das nicht Ihre Aufgabe ist, und ich würde Sie nie anrufen, wenn ich nicht so verzweifelt wäre. Ich habe gebetet, aber, oh …«

Ich erschrak, als ich sie plötzlich in Tränen ausbrechen hörte. Ihre Stimme versagte, der Satz ging in Schluchzen unter. Verwirrt wartete ich. Was sollte ich ihr sagen?

Dann ließ das Schluchzen nach, ich hörte, wie Papiertaschentücher aus einer Box gezogen wurden, dann Schneuzen.

»Ich … ich … Bitte verzeihen Sie mir.« Ihre Stimme zitterte.

Trösten ist noch nie meine Stärke gewesen. Auch bei Leuten, die mir nahestehen, werde ich in gefühlsgeladenen Situationen verlegen, komme mir unzulänglich vor. Ich halte mich lieber ans Praktische.

»Ist Anna früher schon einmal verschwunden?«

»Ich glaube nicht. Meine Schwester und ich, wir ... stehen nicht immer im besten Einvernehmen.« Sie hatte sich offenbar etwas beruhigt und jonglierte nun wieder mit den Wörtern.

»Hat sie Probleme im College?«

»Ich glaube nicht.«

»Mit Freunden? Einem Mann vielleicht?«

»Ich weiß nicht.«

»Sind Ihnen in letzter Zeit irgendwelche Veränderungen an ihr aufgefallen?«

»Was meinen Sie damit?«

»Hat sie ihre Eßgewohnheiten verändert? Schläft sie mehr oder weniger als sonst? Ist sie verschlossener geworden?«

»Ich ... tut mir leid. Seit Anna auf der Universität ist, sehe ich sie nicht mehr so häufig wie früher.«

»Besucht sie ihre Kurse?«

»Ich bin mir nicht sicher.« Ihre Stimme verklang beim letzten Wort. Sie schien völlig erschöpft.

»Versteht sich Anna mit ihrer Mutter?«

Eine lange Pause entstand.

»Es gibt die üblichen Spannungen, aber ich weiß, daß Anna ihre Mutter liebt.«

Bingo.

»Schwester, vielleicht braucht Ihre Nichte einfach Zeit für sich. Ich bin sicher, wenn Sie noch einen oder zwei Tage warten, dann kommt sie zurück oder ruft wenigstens an.«

»Ja, Sie haben wahrscheinlich recht, aber ich komme mir so hilflos vor wegen Virginie. Sie ist völlig außer sich. Ich kann nicht vernünftig mit ihr reden, und ich habe mir gedacht, wenn ich ihr sagen könnte, daß die Polizei sich darum kümmert, dann ... würde sie das vielleicht beruhigen.«

Ich hörte, wie ein neues Tuch aus der Box gezogen wurde, und befürchtete eine neue Runde Tränen.

»Lassen Sie mich mal telefonieren. Ich weiß nicht, ob es etwas bringt, aber ich kann's ja mal versuchen.«

Sie dankte mir, und ich legte auf. Einen Augenblick lang saß ich da und überlegte mir, was ich tun konnte. Ich dachte an Ryan, aber die McGill liegt auf der Insel Montreal.

Zuständigkeitsbereich der *Communauté Urbain de Montreal Police. CUM.* Die Vermittlungsdame meldete sich, und ich nannte ihr einen Namen.

»Monsieur Charbonneau, s'il vous plaît.«

»Un instant, s'il vous plaît.«

Kurz darauf meldete sie sich wieder und sagte, daß Charbonneau den ganzen Nachmittag außer Haus sei.

»Wollen Sie Monsieur Claudel?«

»Ja.« So wie ich Milzbrand wollte. Verdammt.

»Claudel«, sagte die nächste Stimme.

»Monsieur Claudel. Tempe Brennan hier.«

Im ersten Augenblick hörte ich gar nichts. Ein Gespräch mit diesem Detective war mir so angenehm wie ein Furunkel. Aber da ich mit jugendlichen Ausreißern nichts zu tun hatte, wußte ich nicht, mit wem ich sonst sprechen könnte. Claudel und ich hatten schon öfters in CUM-Fällen zusammengearbeitet, inzwischen tolerierte er mich immerhin, und deshalb hoffte ich, daß er mir wenigstens sagen würde, an wen ich mich wenden sollte.

»Oui?«

»Monsieur Claudel, ich habe ein ziemlich eigenartiges Anliegen. Ich weiß, daß das strenggenommen nicht Ihr –«

»Worum geht's, Dr. Brennan?« Abrupt. Claudel war einer der wenigen, aus deren Mund die französische Sprache kalt klingen konnte. Nur die Fakten, Ma'am.

»Ich habe eben einen Anruf von einer Frau erhalten, die sich Sorgen um ihre Nichte macht. Das Mädchen ist Studentin an der McGill, und die Familie hat sie seit Mittwoch nicht mehr gesehen. Ich habe mich gefra –«

»Dann sollten Sie eine Vermißtenanzeige aufgeben.«

»Der Mutter wurde gesagt, daß die Polizei erst nach achtundvierzig bis zweiundsiebzig Stunden in Aktion treten könne.«

»Alter?«

»Neunzehn.«

»Name.«

»Anna Goyette.«

»Wohnt sie auf dem Campus?«

»Das weiß ich nicht. Es klang nicht so. Ich glaube, sie wohnt bei ihrer Mutter.«

»War sie am Mittwoch in ihren Kursen?«

»Ich weiß es nicht.«

»Wo wurde sie das letzte Mal gesehen?«

»Ich weiß es nicht.«

Noch eine Pause. Und dann: »Sie wissen eine Menge nicht, wie es aussieht. Es kann sein, daß es überhaupt kein Fall fürs CUM ist, und im Augenblick ist es mit Sicherheit kein Fall fürs Morddezernat.« Ich konnte mir vorstellen, wie er mit irgendeinem Gegenstand auf etwas klopfte, das Gesicht verkniffen vor Ungeduld.

»Ja. Ich möchte einfach nur wissen, an wem ich mich wenden muß«, blaffte ich. Er gab mir deutlich das Gefühl, schlecht vorbereitet zu sein, und das machte mich wütend. Und vermasselte mir meine Grammatik. Wie immer brachte Claudel nicht gerade das Beste in mir zum Vorschein, vor allem, wenn seine Kritik an meiner Vorgehensweise zum Teil berechtigt war.

»Versuchen Sie es bei der Vermißtenstelle.«

Und dann lauschte ich einer toten Leitung.

Ich kochte noch vor Wut, als das Telefon klingelte.

»Dr. Brennan«, bellte ich.

»Rufe ich zu einem ungelegenen Zeitpunkt an?« Das weiche Südstaatenenglisch war ein scharfer Kontrast zu Claudels barschem, nasalem Französisch.

»Dr. Jeannotte?«

»Ja. Bitte nennen Sie mich Daisy.«

»Bitte entschuldigen Sie, Daisy. Ich … ich habe ein paar anstrengende Tage hinter mir. Was kann ich für Sie tun?«

»Nun, ich habe interessantes Material über die Nicolets für Sie gefunden. Ich schicke es nur nicht gerne mit Kurier, weil einiges alt und wahrscheinlich ziemlich wertvoll ist. Könnten Sie vielleicht vorbeikommen und es abholen?«

Ich sah auf die Uhr. Kurz nach elf. Verdammt, warum nicht? Und wenn ich schon auf dem Campus war, konnte ich mich vielleicht auch nach Anna erkundigen. Dann hätte ich zumindest etwas, das ich Schwester Julienne sagen könnte.

»Ich könnte gegen Mittag bei Ihnen sein. Wäre Ihnen das recht?«

»Das wäre großartig.«

Wieder war ich zu früh dran. Wieder war die Tür offen und das Büro leer bis auf eine junge Frau, die Zeitschriften in Regale räumte. Ich fragte mich, ob es derselbe Stapel war, den Jeannottes Assistentin am Mittwoch sortiert hatte.

»Hallo. Ich suche Dr. Jeannotte.«

Die Frau drehte sich um. Sie war groß, etwa einsachtzig, und hatte sehr kurz geschnittene dunkle Haare. Das Verblüffende an ihr waren die Augen. Sie waren riesig und von einem dunklen Blauviolett.

»Sie ist nur eben nach unten gegangen. Haben Sie einen Termin?«

»Ich bin ein bißchen früh dran. Kein Problem.«

Das Büro war so warm und so vollgestopft wie bei meinem ersten Besuch. Ich zog die Jacke aus und steckte die Handschuhe in die Tasche. Die Frau deutete auf einen hölzernen Garderobenständer, und ich hängte die Jacke auf. Sie sah mir wortlos zu.

»Sie hat aber viele Zeitschriften«, sagte ich und deutete auf den Stapel auf dem Schreibtisch.

»Ich glaube, ich tue mein ganzes Leben nichts anderes, als diese Dinger zu sortieren.« Sie streckte sich und stellte eine Zeitschrift auf ein Regal über ihrem Kopf.

»Ich schätze, groß zu sein ist dafür nicht schlecht.«

»Das ist für einiges nicht schlecht.«

»Am Mittwoch habe ich Dr. Jeannottes Assistentin kennengelernt. Auch sie hat Regale eingeräumt.«

»Hm-hm.« Die Frau griff nach dem nächsten Band und las das Rückenetikett.

»Ich bin Dr. Brennan«, sagte ich.

Sie stellte die Zeitschrift auf ein Brett in Augenhöhe.

»Und Sie ...«, fragte ich.

»Sandy O'Reilly«, erwiderte sie, ohne sich umzudrehen. Ich

fragte mich, ob meine Bemerkung über ihre Größe sie beleidigt hatte.

»Freut mich, Ihre Bekanntschaft zu machen, Sandy. Erst als ich am Mittwoch schon weg war, ist mir aufgefallen, daß ich die andere Assistentin gar nicht nach ihrem Namen gefragt habe.«

Sie zuckte die Achseln. »Anna hat das bestimmt nichts ausgemacht.«

Der Name traf mich wie ein Schlag. So viel Glück konnte es doch gar nicht geben.«

»Anna?« fragte ich. »Anna Goyette?«

»Ja.« Endlich drehte sie sich zu mir um. »Kennen Sie sie?«

»Nein, eigentlich nicht. Eine Studentin dieses Namens ist verwandt mit einer Bekannten von mir, und ich habe mich nur gefragt, ob es dieselbe ist. Ist sie heute hier?«

»Nein, ich glaube, sie ist krank. Darum arbeite ich ja. Ich habe freitags keinen Dienst, aber Anna konnte nicht, und deshalb hat Dr. Jeannotte mich gebeten, heute einzuspringen.«

»Sie ist krank?«

»Ja, glaube ich zumindest. Eigentlich weiß ich es nicht. Ich weiß nur, daß sie mal wieder nicht da ist. Ist aber okay. Ich kann das Geld gut gebrauchen.«

»Wieder mal?«

»Na ja. Sie fehlt ziemlich oft. Meistens springe ich dann ein. Das Geld ist nicht schlecht, aber meiner Dissertation hilft es nicht.« Sie lachte kurz auf, aber ich hörte Verärgerung in ihrer Stimme.

»Hat Anna gesundheitliche Probleme?«

Sandy legte den Kopf schief und sah mich an. »Warum sind Sie so an Anna interessiert?«

»Das bin ich eigentlich gar nicht. Ich bin hier, um ein paar Bücher abzuholen, die Dr. Jeannotte für mich herausgesucht hat. Aber ich bin eine Freundin von Annas Tante, und ich weiß, daß ihre Familie sich Sorgen macht, weil sie seit Mittwoch nicht mehr gesehen wurde.«

Sie schüttelte den Kopf und griff nach der nächsten Zeitschrift. »Sie tun gut daran, sich Sorgen um Anna zu machen. Sie ist ein komisches Mädchen.«

»Komisch?«

Sie stellte die Zeitschrift ins Regal und drehte sich zu mir um. Sie sah mich lange und prüfend an.

»Sie sind eine Freundin der Familie?«

»Ja.« In gewisser Weise.

»Sie sind keine Ermittlerin oder Reporterin oder sonst was?«

»Ich bin Anthropologin.« Wahr, aber nicht ganz präzise. Ich dachte mir nur, daß ein Vergleich mit Margaret Mead oder Jane Goodall vielleicht vertrauenerweckender wirken würde. »Ich frage nur, weil Annas Tante mich heute vormittag angerufen hat. Und als sich dann herausstellte, daß wir beide über dieselbe Person sprechen ...«

Sandy ging durchs Büro, schaute kurz in den Korridor und lehnte sich dann neben der Tür an die Wand. Es war offensichtlich, daß ihre Größe sie keineswegs verlegen machte. Sie hielt den Kopf hoch erhoben und bewegte sich mit langen, trägen Bewegungen.

»Ich will nichts sagen, was Anna den Job kosten könnte. Oder mich den meinen. Bitte sagen Sie niemandem, woher Sie das haben, vor allem Dr. Jeannotte nicht. Sie hätte es bestimmt nicht gern, wenn ich über ihre Studentinnen rede.«

»Sie haben mein Wort.«

Sie atmete tief durch. »Ich glaube, daß Anna völlig durcheinander ist und Hilfe braucht. Und das sage ich nicht nur, weil ich dauernd für sie einspringen muß. Anna und ich waren befreundet, zumindest waren wir letztes Jahr ziemlich oft zusammen. Dann veränderte sie sich. Ist irgendwie durchgeknallt. Ich überlege mir schon eine ganze Weile, ob ich ihre Mutter anrufen soll. Irgend jemand sollte Bescheid wissen.«

Sie schluckte und verlagerte das Gewicht auf den anderen Fuß. »Anna verbringt ihre halbe Zeit drüben im Beratungszentrum, weil sie so unglücklich ist. Tagelang läßt sie sich überhaupt nicht sehen, und wenn sie mal da ist, ist sie total verschlossen und hängt nur hier rum. Und sie wirkt immer wahnsinnig angespannt, als würde sie gleich von der Brücke springen.«

Sie hielt inne und sah mir unverwandt in die Augen, als müßte sie eine Entscheidung treffen. Dann: »Ich habe wirklich keine

Ahnung, ob es stimmt oder ob ich es überhaupt sagen sollte. Es ist absolut nicht meine Art zu tratschen, aber falls Anna Probleme hat, würde ich mir es nie verzeihen, wenn ich den Mund gehalten hätte.«

Sie schluckte noch einmal und sah über die Schulter zur Tür hinaus.

»Eine Freundin hat mir gesagt, daß Anna sich mit einem Satanskult eingelassen hat. Ich weiß nicht, ob …«

Bei dem Geräusch knarzender Bodendielen ging Sandy sofort wieder ans andere Ende des Büros und nahm einige Zeitschriften in die Hand. Als Daisy Jeannotte eintrat, war sie schon wieder mit Einsortieren beschäftigt.

9

»Bitte entschuldigen Sie«, sagte Daisy und lächelte herzlich. »Ich scheine Sie immer warten zu lassen. Haben Sie und Sandy sich schon bekannt gemacht?« Ihre Haare waren zum gleichen makellosen Knoten zusammengefaßt wie beim ersten Mal.

»Ja, das haben wir. Wir haben uns über die Freuden des Einsortierens unterhalten.«

»Ich verlange das wirklich häufig von ihnen. Kopieren und Einsortieren. Sehr langweilig, ich weiß. Aber Forschungsarbeit ist oft langweilig. Meine Studenten und Helfer sind sehr geduldig mit mir.«

Sie lächelte Sandy an, die nun ebenfalls ein paar Worte über unsere Unterhaltung sagte und sich dann wieder den Zeitschriften zuwandte. Ich war verblüfft, wie anders Jeannotte sich gegenüber dieser Studentin verhielt, verglichen mit dem, was ich in bezug auf Anna gesehen hatte.

»Nun, dann will ich Ihnen zeigen, was ich gefunden habe. Ich glaube, es wird Ihnen gefallen.« Sie deutete zum Sofa.

Nachdem wir uns gesetzt hatten, nahm sie einen Stapel Material von einem kleinen Kupfertisch rechts von ihr und beugte sich über einen zweiseitigen Ausdruck. Ihr Scheitel war eine grellweiße Linie, die ihr Schädeldach in zwei Hälften teilte.

»Das sind Titel von Büchern über Quebec im neunzehnten Jahrhundert. Ich bin mir sicher, daß Sie in vielen davon die Familie Nicolet erwähnt finden.«

Sie gab mir die Liste, und ich sah sie an, aber meine Gedanken waren nicht bei Élisabeth Nicolet. Sie waren noch immer bei dem, was Sandy gesagt hatte.

»Und dieses Buch hier ist über die Pockenepidemie von 1885. Es kann gut sein, daß Sie darin etwas über Élisabeth Nicolet oder ihre Arbeit finden. Und wenn nicht, vermittelt es Ihnen wenigstens einen Eindruck der Zeit und des enormen Leids, das damals in Montreal herrschte.«

Das Buch war neu und in perfektem Zustand, als hätte es noch nie jemand gelesen. Ich blätterte ein wenig darin, ohne etwas zu sehen. Was hatte Sandy noch sagen wollen?

»Aber ich glaube, die hier werden Ihnen besonders gefallen.« Sie gab mir drei Bände, die aussahen wie alte Kassenbücher. Dann lehnte sie sich mit einem Lächeln auf den Lippen zurück und sah mich gespannt an.

Die Einbände waren grau, mit purpurfarbenen Rücken und Prägungen. Behutsam schlug ich den ersten Band auf und blätterte darin. Er roch moderig, als wäre er jahrelang in einem Keller oder auf dem Dachboden aufbewahrt worden. Es war kein Kassenbuch, sondern ein Tagebuch, mit Eintragungen in markanter, klarer Schrift. Ich sah mir den ersten Eintrag an. 1. Januar 1844. Dann blätterte ich zum letzten. 23. Dezember 1846.

»Geschrieben wurden sie von Louis-Philippe Bélanger, Élisabeths Onkel. Es ist bekannt, daß er ein herausragender Tagebuchschreiber war, und so habe ich auf gut Glück bei unserer Abteilung für seltene Dokumente nachgefragt. Und tatsächlich besitzt die McGill einen Teil der Sammlung. Ich weiß nicht, wo die übrigen Tagebücher sind oder ob sie überhaupt erhalten sind, aber ich könnte versuchen, es herauszufinden. Ich mußte meine Seele verpfänden, um die zu bekommen«, lachte sie. »Ich habe mir die ausgeliehen, die aus der Zeit von Élisabeths Geburt und früher Kindheit stammen.«

»Das ist zu schön, um wahr zu sein«, sagte ich und hatte Anna

Goyette für einige Augenblicke vergessen. »Ich weiß nicht, was ich sagen soll.«

»Sagen Sie, daß Sie sie hüten werden wie Ihren Augapfel.«

»Darf ich sie wirklich mitnehmen?«

»Ja. Ich vertraue Ihnen. Ich bin mir sicher, daß Sie ihren Wert zu schätzen wissen und sie entsprechend behandeln werden.«

»Daisy, ich bin überwältigt. Das ist mehr, als ich mir erhofft hatte.«

Sie machte eine wegwerfende Geste und legte dann die Hand wieder in den Schoß. Einen Augenblick lang schwiegen wir beide. Ich konnte es kaum erwarten, von dort wegzukommen und mich in die Tagebücher zu vertiefen. Dann fiel mir Schwester Juliennes Nichte wieder ein. Und Sandys Worte.

»Daisy, ob ich Sie wegen Anna Goyette etwas fragen dürfte?«

»Ja.« Sie lächelte noch immer, aber ihr Blick wurde argwöhnisch.

»Wie Sie wissen, habe ich mit Schwester Julienne zusammengearbeitet, und sie ist Annas Tante.«

»Ich wußte gar nicht, daß die beiden Verwandte sind.«

»Ja. Schwester Julienne hat mich angerufen, weil Anna seit ein paar Tagen nicht mehr nach Hause gekommen ist und ihre Mutter sich große Sorgen macht.«

Während der Unterhaltung mit Jeannotte waren mir Sandys Bewegungen beim Einsortieren der Zeitschriften immer bewußt gewesen. Jetzt wurde es sehr still am anderen Ende des Büros. Auch Jeannotte bemerkte es.

»Sandy, Sie sind sicher schon sehr müde. Machen Sie doch mal eine kleine Pause.«

»Ich bin schon fast fe-«

»Jetzt, bitte.«

Sandys Blick traf den meinen, als sie an uns vorbei zur Tür ging. Ihr Gesichtsausdruck war unergründlich.

»Anna ist eine sehr intelligente junge Frau«, fuhr Jeannotte fort. »Ein bißchen kapriziös, aber von hellem Verstand. Ich bin mir sicher, daß es ihr gutgeht.« Sehr entschieden.

»Ihre Tante sagt, es paßt überhaupt nicht zu Anna, daß sie so einfach verschwindet.«

»Vermutlich hat Anna nur ein bißchen Zeit zum Nachdenken

gebraucht. Ich weiß, daß sie gewisse Unstimmigkeiten mit ihrer Mutter hatte. Sie ist wahrscheinlich für ein paar Tage weggefahren.«

Sandy hatte angedeutet, daß Jeannotte ihren Studenten gegenüber sehr beschützend war. Erlebte ich sie nun in dieser Rolle? Wußte die Professorin etwas, das sie mir nicht sagte?

»Wahrscheinlich bin ich einfach eine größere Schwarzseherin als die meisten. Aber in meiner Arbeit sehe ich viele junge Frauen, denen es nicht gutgeht.«

Jeannotte betrachtete ihre Hände. Einen Augenblick lang herrschte absolutes Schweigen. Dann sagte sie mit demselben Lächeln wie zuvor: »Anna Goyette versucht, sich aus dem Einflußbereich einer unmöglichen häuslichen Situation zu lösen. Das ist alles, was ich sagen kann, aber ich kann Ihnen versichern, daß sie wohlauf und glücklich ist.«

Warum so sicher? Sollte ich? ZumTeufel. Ich sagte es, nur um ihre Reaktion zu sehen. »Daisy, ich weiß, daß das bizarr klingt, aber ich habe gehört, daß Anna sich mit einem Satanskult eingelassen hat.«

Das Lächeln verschwand. »Ich will Sie gar nicht fragen, woher Sie diese Information haben. Es überrascht mich nicht.« Sie schüttelte den Kopf. »Kinderschänder. Psychopathische Mörder. Satanisten. Die bösen Nachbarn, die Kindern an Halloween Arsenbonbons schenken.«

»Aber diese Gefahren existieren doch«, sagte ich mit fragend hochgezogenen Augenbrauen.

»Wirklich? Oder sind es nur urbane Legenden? Memorata der modernen Zeit?«

»Memorata?« Ich fragte mich, was das mit Anna Goyette zu tun hatte.

»Ein Begriff, den Volkskundler benutzen, um zu beschreiben, wie Leute ihre Ängste mit populären Legenden verarbeiten. Diese liefern Möglichkeiten zur Erklärung verstörender Erlebnisse.«

Mein Gesicht sagte ihr, daß ich noch immer verwirrt war.

»Jede Kultur hat Geschichten, Volkssagen, die verbreitete Ängste zum Ausdruck bringen. Die Angst vor dem schwarzen Mann, vor Außenseitern, vor Fremden. Dem Verlust von Kindern. Wenn etwas passiert, das wir nicht verstehen, aktualisieren wir alte Märchen. Die Hexe hat sich Hänsel und Gretel geschnappt. Der Mann im Einkaufszentrum hat sich das davongelaufene Kind geschnappt. Es ist eine Möglichkeit, verwirrende Erfahrungen plausibel zu machen. Und deshalb erzählen die Leute Geschichten über Entführungen durch Außerirdische, Elvis-Erscheinungen, Halloween-Vergiftungen. Es ist immer dem Freund eines Freundes, einem Cousin oder dem Sohn des Chefs passiert.«

»Sind die Vergiftungen mit Halloween-Bonbons denn nicht wirklich passiert?«

»Ein Soziologe hat die entsprechenden Zeitungsmeldungen aus den siebziger und achtziger Jahren überprüft und festgestellt, daß in dieser Zeit nur zwei Todesfälle auf den Genuß von vergifteten Bonbons zurückgeführt werden konnten, und in beiden Fällen waren Familienangehörige die Täter. Nur sehr wenige andere Fälle sind dokumentiert. Aber die Legende wuchs, weil sie tiefsitzende Ängste formulierte: die Angst vor dem Verlust der Kinder, die Angst vor der Nacht, die Angst vor Fremden.«

Ich ließ sie weiterreden und wartete auf die Verbindung zu Anna.

»Sie haben doch sicher schon von Subversionsmythen gehört. Ein Lieblingsthema der Anthropologen.«

Ich kramte in meiner Erinnerung an ein Seminar über Mythologie. »Schuldzuweisungen. Geschichten, die Sündenböcke für komplizierte Probleme produzieren.«

»Genau. Für gewöhnlich sind die Sündenböcke Außenseiter – rassische, ethnische oder religiöse Gruppen, die anderen unheimlich sind. Die Römer beschuldigten die frühen Christen der Unzucht und der Kinderopfer. Tausende starben wegen dieser Art von Aberglauben. Denken Sie an die Hexenprozesse. Aber es gibt nicht nur alte Geschichten. Nach den Studentenunruhen in Frankreich Ende der Sechziger wurden jüdische Ladenbesitzer beschuldigt, sie würden junge Mädchen aus Umkleidekabinen entführen.«

Ich erinnerte mich schwach daran.

»Und in jüngster Zeit sind es türkische und nordafrikanische Einwanderer. Vor einigen Jahren behaupteten Hunderte von französischen Eltern, ihre Kindern seien von Immigranten entführt, getötet und ausgeweidet worden, obwohl in Frankreich so gut wie keine Kinder als vermißt gemeldet worden waren. Und dieser Mythos besteht fort, sogar hier in Montreal, nur daß es jetzt neue schwarze Männer gibt, die rituelle Kindermorde praktizieren.« Sie beugte sich vor, riß die Augen weit auf und zischte das letzte Wort beinahe. »Satanisten.«

Es war die heftigste Gefühlsregung, die ich an ihr bisher gesehen hatte.

»Eigentlich gar nicht überraschend«, fuhr sie fort. »In Zeiten sozialen Wandels ist immer eine verstärkte Beschäftigung mit Dämonologie festzustellen. Und am Ende eines Jahrtausends. Aber jetzt kommt die Bedrohung von Satan.«

»Hat denn nicht Hollywood einen Großteil davon erzeugt?«

»Natürlich nicht absichtlich, aber dazu beigetragen hat es. Hollywood will einfach nur kommerziell erfolgreiche Filme machen. Aber das ist eine uralte Frage: Formt die Kunst die Zeit, oder reflektiert sie sie nur? *Rosemarys Baby, Das Omen, Der Exorzist.* Was machen diese Filme? Sie erklären gesellschaftliche Ängste mit Hilfe einer Bildersprache des Dämonischen. Und das Publikum hört und sieht zu. 1964 wurde bei einer landesweiten Umfrage festgestellt, daß siebenunddreißig Prozent der Amerikaner an Satan glaubten. 1975 war diese Zahl auf über 50 Prozent geschnellt. Wer weiß, wie hoch der Prozentsatz heute ist.«

»Aber ist denn das nicht nur Teil des wachsenden Interesses am Mystizismus in der amerikanischen Kultur im Verlauf der letzten dreißig Jahre?«

»Natürlich. Und welcher andere Trend hat sich in der letzten Generation manifestiert?«

Ich hatte das Gefühl, ausgefragt zu werden. Was hatte das alles mit Anna zu tun? Ich schüttelte den Kopf.

»Der Anstieg der Popularität des fundamentalistischen Christentums. Natürlich hat die Wirtschaft viel damit zu tun. Entlassungen. Firmenschließungen. Produktionsverschlankungen. Armut und wirtschaftliche Unsicherheit sind sehr belastend. Aber das ist nicht die einzige Ursache für derartige Ängste. Menschen auf jedem wirtschaftlichen Niveau sind verunsichert angesichts des Wandels sozialer Normen. Die Beziehungen zwischen Männern und Frauen haben sich verändert, die Beziehungen innerhalb der Familien und zwischen den Generationen.«

Sie zählte die Punkte an ihren Fingern ab.

»Die alten Erklärungen greifen nicht mehr, neue haben sich noch nicht etabliert. Die fundamentalistischen Kirchen bieten Trost, indem sie einfache Antworten auf komplexe Fragen liefern.«

»Satan.«

»Satan. Satan ist der Ursprung alles Bösen auf dieser Welt. Teenager werden zur Teufelsanbetung verleitet. Kinder werden entführt und in dämonischen Ritualen getötet. Satanisch motivierte Viehschlachtungen greifen um sich. Das Proctor-and-Gamble-Logo enthält ein geheimes satanisches Symbol. Und die frustrierte Masse stürzt sich auf diese Gerüchte und nährt sie, so daß sie immer weiter um sich greifen können.«

»Wollen Sie damit andeuten, daß Satanskulte überhaupt nicht existieren?«

»Nein. Es gibt einige wenige, sagen wir mal, in der Öffentlichkeit präsente, straff organisierte Satanistengruppen, wie zum Beispiel die von Anton LaVey.«

»Die Kirche Satans, drüben in San Francisco.«

»Ja, aber das ist eine sehr kleine Gruppe. Die meisten ›Satanisten‹«, sie malte mit den Zeigefingern Anführungsstriche in die Luft, »sind wahrscheinlich einfach nur Kinder, die Teufelsanbetung spielen. Es handelt sich vorwiegend um Jungen und Mädchen aus der weißen Mittelschicht der Vorstädte, die sich treffen und praktizieren, was sie für schwarze Magie halten. Gelegentlich schlagen diese Kinder über die Stränge, sie schänden Kirchen oder Friedhöfe, sie quälen Tiere, aber meistens vollziehen sie nur irgendwelche Rituale oder gehen auf Legendentrips.«

»Legendentrips?«

»Ich glaube, der Begriff stammt von den Soziologen. Ausflüge zu unheimlichen Orten wie Friedhöfen oder Spukhäusern. Sie zünden Lagerfeuer an, erzählen sich Geistergeschichten, sprechen Flüche aus, verwüsten vielleicht irgend etwas. Das ist so ziemlich alles. Und wenn die Polizei dann später Graffiti findet oder einen umgestürzten Grabstein, eine Feuerstelle, vielleicht eine tote Katze, dann geht sie einfach davon aus, daß die gesamte örtliche Jugend einem Satanskult angehört. Die Presse nimmt es auf, der Pfarrer läutet die Alarmglocken, und schon ist eine neue Legende geboren.«

Sie war wie immer völlig gelassen, aber ihre Nasenlöcher flatterten beim Reden, was eine Anspannung verriet, die ich an ihr zuvor noch nicht gesehen hatte. Ich sagte nichts.

»Ich will andeuten, daß die Bedrohung durch den Satanismus stark überzeichnet ist. Noch ein Subversionsmythos, wie Ihre Kollegen sagen würden.«

Unvermittelt war ihre Stimme lauter und schärfer geworden, so daß ich beinahe erschrak.

»David! Sind Sie das?«

Ich hatte nichts gehört.

»Ja, Ma'am.« Gedämpft.

Ein großer junger Mann erschien in der Tür, das Gesicht verborgen unter der Kapuze seines Parkas und hinter einem riesigen Schal, den er um den Hals geschlungen hatte. Die leicht gebückte Gestalt kam mir irgendwie bekannt vor.

»Entschuldigen Sie mich einen Augenblick.«

Jeannotte stand auf und verließ das Büro. Ich bekam von ihrem Gespräch nur wenig mit, aber der junge Mann klang erregt, seine Stimme stieg und fiel wie das Heulen eines Kindes. Jeannotte unterbrach ihn häufig. Sie sprach in knappen Sätzen, und ihre Stimme war so ruhig wie die seine sprunghaft. Ich verstand nur ein einziges Wort. »Nein.« Sie wiederholte es mehrmals.

Dann herrschte Schweigen. Kurz darauf kehrte Jeannotte zurück, setzte sich aber nicht mehr.

»Studenten«, sagte sie lachend und schüttelte den Kopf.

»Lassen Sie mich raten. Er braucht mehr Zeit für seine Seminararbeit.«

»Es ist immer dasselbe.« Sie sah auf die Uhr. »Nun, Tempe, ich hoffe, Ihr Besuch hat Ihnen weitergeholfen. Sie passen doch gut auf die Tagebücher auf? Sie sind sehr kostbar.« Die Audienz war zu Ende.

»Natürlich. Ich bringe sie spätestens am Montag zurück.« Ich stand auf, steckte Jeannottes Material in meine Aktentasche und holte mir Jacke und Handtasche.

»Das wäre sehr nett. Alles Gute.«

Und mit einem Lächeln entließ sie mich.

Im Winter zeigt der Himmel über Montreal vorwiegend Grautöne, von Taubengrau über Eisen zu Blei und Zink. Als ich Birks Hall verließ, hatten nasse Wolken den Tag zu stumpfem Zinn verfärbt.

Ich hängte mir Handtasche und Aktentasche über die Schulter, steckte die Fäuste in die Taschen und stapfte den Hügel hinunter. Es blies ein unangenehmer, feuchter Wind, und nach kaum zwanzig Schritten stiegen mir die Tränen in die Augen, ich sah kaum noch etwas. Im Gehen blitzte ein Bild von Fripp Island vor mir auf. Fächerpalmen. Riedgras. Sonnenlicht, das auf den Marschen funkelt.

Laß das, Brennan. Im März ist es in vielen Winkeln dieses Planeten windig und kalt. Hör auf, Carolina als Meßlatte für das Wetter der Welt zu benutzen. Es könnte schlimmer sein. Es könnte schneien. In diesem Augenblick traf mich die erste Flocke auf die Wange.

Als ich die Wagentür öffnete, blickte ich auf und sah einen jungen Mann, der auf der anderen Straßenseite stand und zu mir herüberschaute. Parka und Schal kamen mir bekannt vor. Es war die leicht gebückte Gestalt von David, Jeannottes unglückseligem Besucher.

Unsere Blicke trafen sich, und der Ausdruck offener Wut in seinen Augen erschreckte mich. Dann drehte sich der Student um, ohne ein Wort zu sagen, und lief die Straße hinunter davon. Irritiert stieg ich ins Auto und verriegelte die Türen. Er war Jeannottes Problem und nicht meins, und dafür war ich sehr dankbar.

Auf der Fahrt zurück ins Labor ging ich, wie ich es immer tat, das eben Erlebte noch einmal durch und überlegte mir, was noch alles zu tun war. Wo war Anna? Sollte man Sandys Bemerkung über einen Kult ernst nehmen? Hatte Dr. Jeannotte recht? Oder waren Satanskulte doch viel mehr als harmlose Jugendclubs? Warum hatte ich Jeannotte nicht gebeten, mir Gründe für ihre Überzeugung zu nennen, daß Anna wohlauf war? Unser Gespräch hatte mich dermaßen fasziniert, daß es mich von Anna völlig abgelenkt hatte. War das Absicht gewesen? Verheimlichte mir Jeannotte etwas? Wenn ja, was und warum? Oder beschützte die Professorin nur ihre Studenten vor Fremden, die ihr Privatleben ausspionieren wollten? Wie sah Annas »unmögliche häusliche Situation« aus?

Wie sollte ich es schaffen, die Tagebücher übers Wochenende durchzusehen? Mein Flug ging Montag um fünf. Konnte ich die Berichte über die Babys und Élisabeth Nicolet am Samstag abschließen und die Kladden am Sonntag durcharbeiten? Kein Wunder, daß ich kein Privatleben hatte...

Als ich die Rue Parthenais erreichte, fiel der Schnee so dicht, daß er auf der Straße liegenblieb. Ich fand einen Parkplatz direkt vor der Tür und betete darum, daß der Schneepflug mein Auto bis zu meiner Rückkehr nicht zuschütten würde.

Die Luft in der Halle war dampfig und roch nach feuchter Wolle. Ich trat meine Stiefel ab, was die bereits vorhandene, glitschige Pfütze geschmolzenen Schnees noch ein wenig vergrößerte, und drückte den Aufzugknopf. Auf der Fahrt nach oben versuchte ich, meine Unterlider von zerlaufenem Mascara zu säubern.

Zwei rosa Zettel lagen auf meinem Schreibtisch. Schwester Julienne hatte angerufen. Bestimmt wollte sie Neues über Anna und Élisabeth erfahren. In beiden Fällen war ich noch nicht soweit. Der nächste. Ryan.

Ich wählte, und er hob ab.

»Lange Mittagspause.«

Ich sah auf die Uhr. Viertel vor zwei.

»Ich werde stundenweise bezahlt. Was gibt's?«

»Wir haben endlich den Besitzer des Hauses in St. Jovite ausfindig gemacht. Jacques Guillion heißt der Kerl. Er stammt aus Quebec City, ist aber schon vor Jahren nach Belgien gezogen. Sein augenblicklicher Aufenthaltsort ist noch unbekannt, aber eine Nachbarin sagt, daß Guillion das Haus in Quebec einer alten Dame namens Patrice Simonnet vermietet hat. Angeblich ist sie Belgierin, aber die Nachbarin ist sich da nicht ganz sicher. Außerdem sagt sie, daß Guillion ihr Autos zur Verfügung stellt. Wir überprüfen das gerade.«

»Ziemlich gut informierte Nachbarin.«

»Anscheinend waren die beiden befreundet.«

»Die verbrannte Leiche aus dem Keller könnte Simonnet sein.«

»Könnte, ja.«

»Bei der Autopsie haben wir Röntgenaufnahmen der Zähne gemacht. Sie sind bei Bergeron.«

»Wir haben den Namen an die RCMP weitergegeben. Die arbeiten mit Interpol zusammen. Wenn sie tatsächlich Belgierin ist, finden die sie auch.«

»Was ist mit den jungen Erwachsenen und den Babys?«

»Daran arbeiten wir noch.«

Einen Augenblick lang überlegten wir beide.

»Ziemlich großes Haus für eine alleinstehende alte Dame.«

»Wie's aussieht, war sie gar nicht so allein.«

In den nächsten zwei Stunden löste ich das restliche Gewebe von den Rippen und untersuchte sie unter dem Mikroskop. Wie ich befürchtet hatte, waren auf den Knochen keine charakteristischen Kerben oder Muster zu finden. Ich konnte nichts anderes feststellen, als daß der Mörder ein sehr scharfes Messer mit nicht gezackter Klinge benutzt hatte. Schlecht für die Ermittlung. Gut für mich. Der Bericht würde sehr kurz werden.

Ich war noch kaum in mein Büro zurückgekehrt, als Ryan wieder anrief.

»Wie sieht's mit 'nem Bier aus?« fragte er.

»Ich habe kein Bier in meinem Büro, Ryan. Wenn ich eins hätte, würde ich es trinken.«

»Sie trinken doch sowieso nicht.«

»Warum fragen Sie mich dann nach einem Bier?«

»Ich frage Sie, ob Sie eins wollen. Könnte auch grün sein.«

»Was?«

»Sie sind doch Irin, Brennan, oder?«

Ich sah auf meinen Wandkalender. 17. März. Der Jahrestag einiger meiner besten Vorstellungen. Ich wollte mich nicht daran erinnern.

»Ich darf nicht mehr, Ryan.«

»War ja auch eher als Umschreibung für ›Wie wär's mit 'nem fröhlichen Abend‹ gedacht.

»Soll das eine Verabredung werden?«

»Ja.«

»Mit Ihnen?«

»Nein, mit meinem Beichtvater.«

»Wow. Und was ist mit seinem Gelübde?«

»Brennan, wollen Sie heute abend mit mir auf ein Getränk ausgehen? Alkoholfrei?«

»Ryan, ich –«

»Heute ist St. Patrick's Day. Es ist Freitag abend, und es schneit auf Teufel komm raus. Haben Sie ein besseres Angebot?«

Hatte ich nicht. Genaugenommen hatte ich überhaupt keine Angebote. Aber Ryan und ich arbeiteten häufig zusammen, und ich hatte mir geschworen, Arbeit und Privatleben immer auseinanderzuhalten.

Immer. Genau. In meinem gesamten Erwachsenenleben war ich weniger als zwei Jahre Single gewesen. Und auch dann war männliche Gesellschaft nicht absolut verboten.

»Ich halte das nicht für eine gute Idee.«

Es gab eine kurze Pause. Dann sagte er: »Wir hatten übrigens Glück mit der Simonnet. Der Interpol-Computer hat sie ausgespuckt. Geboren in Brüssel, lebte dort bis 93. Zahlt noch immer Steuern für ein Grundstück auf dem Land. Treues altes Mädchen, ging ihr ganzes Leben zum selben Zahnarzt. Der Kerl praktiziert seit der Steinzeit und hebt alles auf. Sie faxen uns die Befunde, und wenn sie passen, lassen wir uns die Originale schicken.«

»Wann ist sie geboren?«

Ich hörte Papierrascheln.

»1916.«

»Paßt. Familie?«

»Das überprüfen wir noch.«

»Warum hat sie Belgien verlassen?«

»Vielleicht brauchte sie einen Ortswechsel. Aber jetzt hören Sie mal, Madame, falls Sie es sich doch noch anders überlegen, ich bin ab neun im Hurley's. Wenn's an der Tür 'ne Schlange gibt, nennen Sie meinen Namen.«

Dann saß ich da und überlegte mir, warum ich nein gesagt hatte. Pete und ich hatten eine Übereinkunft getroffen. Wir liebten uns noch immer, aber wir konnten nicht zusammenleben. Mit räumlicher Distanz konnten wir Freunde sein, und tatsächlich war unsere Beziehung so gut wie seit Jahren nicht mehr. Pete hatte seine Rendezvous, und ich konnte dasselbe tun. O Gott. *Rendezvous.* Das Wort beschwor Bilder von Akne und Zahnspangen herauf.

Um ehrlich zu sein, fand ich Andrew Ryan außergewöhnlich attraktiv. Keine Pickel, keine Gebißregulatorien. Und strenggenommen arbeiteten wir auch nicht zusammen. Aber ich fand ihn auch außergewöhnlich irritierend. Und unberechenbar. Nein. Ryan bedeutete Probleme.

Ich schloß eben meinen Bericht über Malachy und Mathias ab, als das Telefon schon wieder klingelte. Ich lächelte. Okay, Ryan, du hast gewonnen.

Die Stimme des Wachmanns am Empfang meldete mir, daß ich Besuch habe. Ich sah auf die Uhr. Zwanzig nach vier. Wer konnte so spät noch etwas von mir wollen? Ich konnte mich nicht erinnern, irgendwelche Termine vereinbart zu haben.

Ich fragte nach dem Namen. Als ich ihn hörte, wurde mir flau.

»O nein.« Ich konnte nicht anders.

»Est-ce qu'il y a un problème?«

»Non. Pas de problème.« Ich sagte ihm, ich käme gleich runter. Kein Problem. Wem machte ich da was vor?

Im Aufzug sagte ich es noch einmal.

O nein.

10

»Was tust du denn hier?«

»Na, du könntest dich aber auch freuen, mich zu sehen, große Schwester.«

»Ich – natürlich freue ich mich, Harry. Ich bin nur überrascht.«

Ich hätte nicht erstaunter sein können, wenn der Wachmann Teddy Roosevelt angekündigt hätte.

Sie schnaubte. »Ich glaub's dir aufs Wort.«

Meine Schwester saß in der Halle des SQ-Gebäudes, umgeben von Einkaufstaschen von Nieman Marcus und Leinensäcken unterschiedlicher Formen und Größen. Sie trug rote Cowboystiefel mit schwarzen und weißen Verzierungen und eine dazu passende Lederjacke mit Fransen. Ihre Jeans waren so eng, daß sie ihr den Blutkreislauf abdrücken konnten. Und ich war nicht die einzige, die das sah.

Harry umarmte mich. Wie sie auf andere wirkte, vor allem auf die anderen mit Y-Chromosomen, war ihr einerseits völlig bewußt, andererseits nahm sie es mit größter Unbefangenheit hin.

»Mann, das ist vielleicht arschkalt hier. Ich bin so eisig, daß ich Tequila einfrieren könnte.« Sie hob die Schultern und schlang die Arme um sich.

»Ja.« Wie sie das mit dem Tequila meinte, war mir nicht ganz klar.

»Meine Maschine sollte eigentlich schon mittags landen, aber der verdammte Schnee hat uns aufgehalten. Na ja, aber jetzt bin ich da, große Schwester.«

Sie ließ die Schultern sinken und streckte die Arme aus. Die Fransen an ihrer Jacke baumelten. Harry wirkte so fehl am Platze, daß es schon fast surreal war. Amarillo kommt in die Tundra.

»Okay. Großartig. Was für eine Überraschung. Nun, ich ... Was führt dich denn nach Montreal?«

»Ich muß dir alles ganz genau erzählen. Es ist unglaublich. Als ich es hörte, hab ich meinen Ohren kaum getraut. Ich meine, hier in Montreal und alles.«

»Was ist ›es‹, Harry?«

»Das Seminar. Ich hab dir doch davon erzählt, Tempe. Ich hab's gemacht. Ich habe mich für diesen Trainingskurs in Houston angemeldet, und jetzt bin ich voll eingestiegen. Ich war noch nie im Leben so gut drauf. Die erste Ebene habe ich mit links geschafft. Mit *links.* Einige Leute brauchen Jahre, um ihr eigentliches Sein zu begreifen, und ich hab's in ein paar Wochen geschafft. Natürlich hatte ich ein bißchen Insider-Hilfe. Von Danny erzähle ich dir später. Ich meine, ich lerne jetzt einige sehr effektive therapeutische Strategien, und ich nehme mein Leben wirklich selbst in die Hand. Und als Danny mir dann eine Einladung für diesen Ebene-zwei-Workshop besorgt hat, und dann noch genau hier, wo meine große Schwester wohnt, na, da hab ich meine Sachen gepackt, und nichts wie ab nach Norden.«

Harry strahlte mich mit klaren blauen, dick mit Mascara umrandeten Augen an.

»Du bist hier für einen Workshop?«

»Exactamundo. Und er kostet mich gar nichts. Na ja, fast nichts.«

»Das mußt du mir alles ganz genau erzählen«, sagte ich und hoffte, daß der Kurs kurz sein würde. Ich war mir nicht sicher, ob die Provinz Quebec und Harry einander überleben konnten.

»Die Sache ist echt total unglaublich«, sagte sie – eine hübsche Ausschmückung ihrer ursprünglichen Bewertung, allerdings mit nur geringem zusätzlichem Informationsgehalt.

»Laß uns nach oben gehen, ich packe nur schnell zusammen. Oder willst du lieber hier warten?«

»Auf keinen Fall. Ich will doch sehen, wo der große Leichendoktor arbeitet. Du gehst voraus.«

»Du mußt ihm ein Paßfoto für einen Besucherausweis geben«, sagte ich und deutete zum Wachmann am Empfang.

Er beobachtete uns mit einem kleinen amüsierten Grinsen auf dem Gesicht und sprach, bevor wir uns bewegen konnten.

»Votre sœur?« rief er quer durch die Halle und tauschte dabei Blicke mit den anderen Posten.

Ich nickte. Offensichtlich wußte jeder, daß Harry meine Schwester war, und alle fanden es schrecklich amüsant.

Der Wachmann winkte uns zu den Aufzügen.

»Merci«, murmelte ich und warf ihm einen vernichtenden Blick zu.

»Mercy«, nuschelte Harry und bedachte jeden Wachmann mit einem strahlenden Lächeln.

Wir nahmen ihr Gepäck und fuhren in den vierten Stock, wo ich alles im Gang vor meinem Büro aufstapelte, denn drinnen hätte ich es einfach nicht untergebracht. Angesichts der Menge ihrer

Sachen meldeten sich bei mir Befürchtungen bezüglich der Länge ihres Aufenthalts.

»He, das Büro sieht aus, als wäre da grad ein Wirbelsturm durchgerast.« Obwohl sie nur einssiebzig groß und schlank wie ein Model war, schien Harry den beengten Raum auszufüllen.

»Im Augenblick ist es ein bißchen unaufgeräumt. Laß mich nur schnell den Computer ausschalten und ein paar Sachen zusammenpacken. Dann gehen wir.«

»Laß dir Zeit, ich hab's nicht eilig. Ich unterhalte mich ein bißchen mit deinen Freunden.« Sie sah hoch zu einer Reihe Schädel, den Kopf dabei so weit in den Nacken gelegt, daß ihre Haarspitzen den unteren Fransenrand ihrer Jacke berührten. Die Haare sahen blonder aus, als ich sie in Erinnerung hatte.

»Hallo«, sagte sie zum ersten Schädel. »Ziemlich kopflastig, das Leben nach dem Tod, was?«

Ich mußte lächeln. Ihr knöcherner Freund tat es nicht. Während Harry sich am Regal entlangarbeitete, speicherte ich ab und sammelte die Kladden und Bücher von Daisy Jeannotte zusammen. Meine unfertigen Berichte ließ ich liegen, da ich vorhatte, gleich morgen früh wieder herzukommen.

»Und, was ist mit dir los?« Harry redete eben mit dem vierten Schädel. »Keine Lust auf Reden? Du bist ja so sexy, wenn du mürrisch bist.«

»Sie ist immer mürrisch.« Andrew Ryan stand in der Tür.

Harry drehte sich um und musterte den Detective von oben bis unten. Langsam. Dann trafen blaue Augen auf blaue Augen.

»Na, aber hallo.«

Das Lächeln meiner Schwester für die Wachmänner war nichts im Vergleich zu dem, das sie nun Ryan schenkte. In diesem Augenblick wußte ich, daß ein Unglück vorprogrammiert war.

»Wir sind gerade am Gehen«, sagte ich und klappte meinen Laptop zu.

»Und?«

»Was und, Ryan?«

»Besuch von außerhalb?«

»Ein guter Detective bemerkt immer das Offensichtliche.«

»Harriet Lamour«, sagte meine Schwester und streckte die Hand aus. »Ich bin Tempes jüngere Schwester.« Wie üblich betonte sie die Geburtsreihenfolge.

»Schätze, Sie sind nicht aus der Gegend«, bemerkte Ryan. Die Fransen traten in Aktion, als sie sich die Hände schüttelten

»Lamour?« fragte ich ungläubig.

»Aus Houston. Das ist in Texas. Waren Sie schon mal dort?«

»Lamour?« wiederholte ich. »Was ist mit Crone passiert?«

»Ein- oder zweimal. Sehr ansehnliche Gegend.« Ryan spielte noch immer Brett Maverick.

»Oder Dawood?«

Damit hatte ich ihre Aufmerksamkeit wieder.

»Also, warum sollte ich den Namen dieser Dumpfbacke je wieder verwenden? Kannst du dich überhaupt noch an Esteban erinnern? Der einzige Mensch, der je gefeuert wurde, weil er zu blöd war, ein Supermarktregal aufzufüllen?«

Esteban Dawood war ihr dritter Ehemann gewesen. Ich versuchte vergeblich, mich an sein Gesicht zu erinnern.

»Bist du von Striker schon geschieden?«

»Nein. Aber ich habe ihm den Laufpaß gegeben und mir diesen lächerlichen Namen vom Hals geschafft. Crone? Was hatte ich mir bloß dabei gedacht? Ich weiß ja nicht, wie's bei euch hier in Kanada ist, aber bei uns ist eine Crone ein altes Weib. Und wer läßt sich gern so betiteln? Was für ein Name ist denn das für die Nachkommen? Misses Crone? Cousine Crone? Urgroßoma Crone?«

»Die Urgroßoma hätte Ihnen aber keiner abgenommen«, bemerkte Ryan.

Harry kicherte. »Stimmt. Meinem Ex schon eher.«

»Jetzt reicht's. Wir gehen.« Ich griff nach meiner Jacke.

»Bergeron sagt, wir haben eine Übereinstimmung«, sagte Ryan.

Ich hielt inne und sah ihn an. Sein Gesicht war ernst geworden.

»Simonnet?«

Er nickte.

»Was Neues über die Leichen aus dem ersten Stock?«

»Bergeron glaubt, daß sie wahrscheinlich auch Europäer sind. Zumindest haben sie sich drüben bohren und füllen lassen. Die haben da eine spezielle Form der Zahnbehandlung. Wegen der Simonnet-Verbindung haben wir Interpol noch einmal Belgien absuchen lassen, aber das hat nichts ergeben. Die alte Dame hatte keine Familie, das ist also eine Sackgasse. Die RCMP hat in Kanada ebenfalls nur Nieten gezogen. Die NCIC ebenso. Keine Entsprechungen in den Staaten.«

»Rohypnol ist hier bei uns kaum zu bekommen, und die beiden waren abgefüllt damit. Eine Verbindung nach Europa könnte das erklären.«

»Könnte.«

»LaManche sagte, die Leichen im Nebengebäude waren negativ, was Medikamente und Alkohol angeht. Simonnet war zu stark verbrannt für einen Test.«

Ryan wußte das. Ich dachte nur laut.

»Mein Gott, Ryan, das ist jetzt eine Woche her, und wir haben noch immer keine Ahnung, wer diese Leute sind.«

»Ja.« Er lächelte Harry an, die interessiert zuhörte. Ihr Flirten ging mir allmählich auf die Nerven.

»Sonst haben Sie im Haus keine Hinweise gefunden?«

»Haben Sie zufällig von dieser kleinen Auseinandersetzung am Dienstag auf West Island gehört? Die Rock Machine hat zwei Hells Angels das Licht ausgeknipst. Die Angels haben das Feuer erwidert und einen Rocker getötet und drei andere schwer verletzt. Ich hatte also noch was anderes zu tun.«

»Patrice Simonnet hat eine Kugel in den Kopf bekommen.«

»Die Motorradjungs haben außerdem einen zwölfjährigen Jungen erschossen, der zufällig auf dem Weg zum Eishockeytraining war.«

»O Gott. Hören Sie, ich will ja nicht sagen, daß Sie Ihre Arbeit schleifen lassen, aber irgend jemand muß diese Leute doch vermissen. Wir reden schließlich von einer ganzen Familie. Und noch zwei anderen. In dem Haus muß doch einfach was sein, das uns einen Hinweis liefert.«

»Die Spurensicherung hat siebenundvierzig Kartons mit Zeug rausgeschleppt. Wir gehen das alles durch, aber bis jetzt nichts. Keine Briefe. Keine Schecks. Keine Fotos. Keine Einkaufslisten.

Keine Adreßbücher. Strom-, Wasser- und Telefonrechnungen wurden von Simonnet bezahlt. Heizöl wurde einmal im Jahr geliefert, und sie hat immer im voraus bezahlt. Wir können niemanden finden, der in dem Haus war, seit Simonnet es gemietet hat.«

»Was ist mit der Grundsteuer?«

»Guillion. Zahlt mit einem Scheck der Citicorp in New York.«

»Wurden irgendwelche Waffen sichergestellt?«

»Nein.«

»Was Selbstmord so ziemlich ausschließt.«

»Ja. Und daß die Oma die Familie abgestochen hat, ist unwahrscheinlich.«

»Haben Sie die Adresse durch den Computer laufen lassen?«

»Negativ. Die Polizei wurde noch nie dorthin gerufen.«

»Haben Sie sich die Telefonaufzeichnungen besorgt?«

»Sind angefordert.«

»Was ist mit den Autos? Waren die nicht registriert?«

»Beide auf Guillion. Und die Adresse in St. Jovite. Die Versicherung bezahlt er ebenfalls per Scheck.«

»Hatte Simonnet einen Führerschein?«

»Ja, einen belgischen. Keine Eintragungen.«

»Krankenversicherungskarte?«

»Nein.«

»Sonst irgendwas?«

»Hat sich noch nichts ergeben.«

»Wer hat die Autos gewartet?«

»Anscheinend hat Simonnet sie in eine Werkstatt in der Stadt gebracht. Die Beschreibung paßt. Sie hat bar bezahlt.«

»Und das Haus? Eine neunundsiebzigjährige Frau wird ihre Reparaturen kaum selber machen.«

»Offensichtlich haben auch andere Leute dort gewohnt. Die Nachbarn sagen, daß das Paar mit den Babys schon einige Monate dort war. Sie haben auch andere Autos vorfahren sehen, manchmal mehrere gleichzeitig.«

»Vielleicht hatte sie Pensionsgäste.«

Wir drehten uns beide zu Harry um.

»Ihr wißt schon. Vielleicht hat sie Zimmer vermietet.«

Ryan und ich ließen sie weiterreden.

»Ihr könntet die Zeitungen auf Anzeigen überprüfen. Oder die Kirchenblättchen.«

»Sie scheint keine große Kirchgängerin gewesen zu sein.«

»Vielleicht hat sie einen Drogenring geleitet. Zusammen mit diesem Guillion. Deswegen wurde sie umgebracht. Und deshalb gibt's auch keine Daten über sie.« Harrys Augen waren rund vor Aufregung. Sie redete sich richtig in Fahrt. »Vielleicht hat sie sich da draußen versteckt.«

»Wer ist dieser Guillion?« fragte ich.

»Die Polizei hat weder hier noch dort was über ihn. Die belgischen Kollegen überprüfen ihn gerade. Der Kerl lebt ziemlich für sich, also weiß kaum jemand was über ihn.«

»Wie die alte Dame.«

Ryan und ich starrten sie an. Gut kombiniert, Harry.

Ein Telefon klingelte, was bedeutete, daß die Anlage bereits auf Nachtmodus geschaltet war.

»Na, ich hoffe, man sieht sich heute abend.« Maverick meldete sich zurück.

»Wahrscheinlich nicht. Ich muß diesen Nicolet-Bericht endlich fertigkriegen.«

Harry öffnete den Mund, doch als sie meinen Blick sah, schloß sie ihn wieder.

»Trotzdem vielen Dank, Ryan.«

»Enchanté«, sagte er zu Harry, drehte sich dann um und ging den Korridor hinunter.

»Wenn das kein gutaussehender Cowboy ist.«

»Den brauchst du gar nicht ins Visier zu nehmen. Sein kleines schwarzes Buch hat mehr Einträge als das Telefonbuch von Omaha.«

»Ich schau doch nur, Herzchen. Das kostet nichts.«

Obwohl es erst fünf Uhr war, war es bereits dunkel, als wir ins Freie traten. Scheinwerfer und Straßenlaternen strahlten durch fallenden Schnee. Ich schloß das Auto auf, ließ den Motor an und war dann mehrere Minuten mit Scheibenkratzen beschäftigt, während

Harry die Radiosender absuchte. Als ich einstieg, hatte sie mein gewohntes Vermont Public Radio mit einem lokalen Rockmusiksender vertauscht.

»Das ist echt cool.« Harry schien Mitsou zu mögen.

»Sie ist *québécoise*«, sagte ich, während ich vor und zurück stieß, um den Mazda aus der Schneefurche herauszubugsieren. »Seit Jahren groß im Geschäft.«

»Ich meine Rock 'n' Roll auf französisch. Das ist echt cool.«

»Ja.« Die Vorderräder fanden Halt auf dem Asphalt, und ich reihte mich in den Verkehr ein.

Harry lauschte dem Text, während wir langsam auf das Stadtzentrum zurollten.

»Singt sie von einem Cowboy? *Mon cowboy?*«

»Ja«, sagte ich und bog auf die Viger ein. »Ich glaube, sie mag den Kerl.«

Wir verloren Mitsou, als wir in den Ville-Marie-Tunnel hineinfuhren.

Zehn Minuten später schloß ich die Tür zu meiner Wohnung auf. Ich zeigte Harry das Gästezimmer und ging in die Küche, um meinen Essensvorrat zu kontrollieren. Da ich vorgehabt hatte, am Wochenende auf den Atwater Market zu gehen, war nicht viel da. Als Harry in die Küche kam, wühlte ich gerade in dem winzigen Wandschrank, den ich Speisekammer nannte.

»Ich lade dich zum Essen ein, Tempe.«

»Du?«

»Genaugenommen lädt Inner Life Empowerment dich zum Essen ein. Ich hab's dir doch gesagt. Sie übernehmen alle meine Kosten. Zumindest bis zu zwanzig Dollar für ein Abendessen. Howies Diners-Club-Karte übernimmt den Rest.«

Howie war ihr zweiter Gatte und vermutlich auch der Finanzier der Sachen in ihren Nieman-Marcus-Tüten.

»Warum bezahlt Inner Life für diese Reise?«

»Weil ich so gut war. Genaugenommen ist es eine Sondervereinbarung.« Sie zwinkerte mir übertrieben zu und verzog das Gesicht zu einem verschwörerischen Grinsen. »Normalerweise tun die so was nicht, aber sie wollen unbedingt, daß ich weitermache.«

»Na, wenn du sicher bist. Wonach ist dir?«

»Nach Action!«

»Ich meine das Essen.«

»Alles außer Grillfleisch.«

Ich überlegte kurz. »Inder?«

»Solange sie mir keinen fetten Brahmanen vorsetzen.«

Harry johlte. Ihre eigenen Witze hatten ihr schon immer am besten gefallen.

»Das Étoile des Indes ist nur ein paar Blocks von hier. Die machen ausgezeichnetes Khorma.«

»Toll. Aber ich dachte, Karma kann man nicht essen?«

Ich konnte nur den Kopf schütteln.

»Ich sehe aus wie fünfzig Kilometer schlechte Straße«, sagte Harry und zog sich prüfend einige lange Haarsträhnen vor die Augen. »Ein paar Ausbesserungsarbeiten müssen schon sein.«

Ich ging in mein Schlafzimmer, zog Jeans an und setzte mich dann mit Papier und Bleistift aufs Bett. Ich öffnete das erste Tagebuch und sah mir das Datum des ersten Eintrags an: 1. Januar 1844. Dann nahm ich eins der Nachschlagewerke aus der Bibliothek zur Hand, blätterte über Élisabeth Nicolet und suchte mir ihren Geburtstag heraus: Januar 1846. Ihr Onkel hatte dieses Tagebuch genau zwei Jahre vor ihrer Geburt begonnen.

Obwohl Louis-Philippe Bélanger mit kräftiger Hand geschrieben hatte, waren die Einträge mit den Jahren verblaßt. Die Tinte war stumpfbraun, und einige Wörter waren so verwischt, daß sie nicht mehr zu entziffern waren. Außerdem war das Französisch antiquiert und strotzte vor unvertrauten Wendungen. Nach dreißig Minuten pochten mir die Schläfen, und ich hatte noch kaum etwas notiert.

Ich lehnte mich zurück und schloß die Augen. Aus dem Bad war noch immer Wasserrauschen zu hören. Ich war müde und mutlos. In zwei Tagen würde ich das nie alles durcharbeiten können. Es war wohl besser, wenn ich ein paar Stunden am Kopierer zubrachte und mir die Tagebucheintragungen dann vornahm, wenn ich Zeit hatte.

Jeannotte hatte nicht gesagt, daß ich das Material nicht kopieren dürfe. Und außerdem war es vermutlich sogar besser für die Originale.

Ich mußte die Antworten ja nicht sofort finden. Schließlich mußte mein Bericht keine Erklärungen beinhalten. Ich sah an den Knochen, was zu sehen war. Ich würde Bericht erstatten über meine Befunde und dann die guten Schwestern mit ihren Hypothesen zu mir kommen lassen. Oder mit ihren Fragen.

Vielleicht würden sie es nicht verstehen. Vielleicht würden sie mir nicht glauben. Froh würden sie über diese Nachricht sicher nicht sein. Aber das konnte ich nicht ändern. Ich war mir sicher, daß ich recht hatte mit meinem Befund über Élisabeth. Ich konnte mir nur nicht vorstellen, was er bedeutete.

11

Zwei Stunden später weckte mich Harry. Sie hatte gebadet, die Haare gefönt und was sonst noch zu den Ausbesserungsarbeiten gehörte. Wir zogen uns warm an und machten uns auf den Weg zur Rue Ste. Catherine. Es hatte aufgehört zu schneien, aber eine weiße Decke verhüllte alles und dämpfte ein wenig den Lärm der Stadt. Straßenschilder, Bäume, Briefkästen und geparkte Autos trugen flauschige weiße Hauben.

Das Restaurant war nicht überfüllt, und wir bekamen sofort einen Tisch. Nachdem wir bestellt hatten, fragte ich Harry nach ihrem Workshop.

»Es ist unglaublich. Ich habe völlig neue Denk- und Lebensweisen gelernt. Ich meine jetzt nicht irgendwelchen östlichen Mystikquatsch. Und ich rede nicht von Zaubertränken oder Kristallen oder dieser Astralleib-Scheiße. Ich meine, ich lerne, mein Leben in den Griff zu bekommen.«

»Wie?«

»Wie?«

»Wie.«

»Ich lerne Selbstidentität, ich erhalte Kraft durch spirituelle Erweckung. Ich gewinne inneren Frieden durch ganzheitliche Methoden der medizinischen Vorbeugung und Heilung.«

»Spirituelle Erweckung?«

»Versteh mich nicht falsch, Tempe. Das hat nichts mit Wiedergeburt zu tun, wie sie die verdammten Evangelisten zu Hause predigen. Bei uns gibt's kein Bereuen, kein freudvolles Ansingen des Herrn, kein rechtschaffenes Laufen über glühende Kohlen und das alles.«

»Inwiefern ist es anders?«

»Das hat ja alles mit Verdammnis und Schuld zu tun, und daß man sein Los als Sünder akzeptiert und sich in die Hände des Herrn begibt, damit Er sich um einen kümmert. Ich habe das damals den Nonnen schon nicht abgekauft, und achtunddreißig Lebensjahre haben meine Meinung nicht geändert.«

Harry und ich hatten unsere frühen Jahre in katholischen Schulen verbracht.

»Es hat damit zu tun, daß ich mich um mich selbst kümmere.« Sie deutete mit manikürtem Finger auf ihre Brust.

»Wie?«

»Tempe, willst du mich verarschen?«

»Nein. Ich will wissen, wie man das macht.«

»Es geht darum, den eigenen Geist und den eigenen Körper zu verstehen und sich dann selbst zu läutern.«

»Harry, das sind doch alles nur Schlagworte. Wie macht man das?«

»Na ja, indem man richtig ißt und richtig atmet – ist dir aufgefallen, daß ich kein Bier bestellt habe? Das ist Teil der Läuterung.«

»Hast du viel Geld für das Seminar bezahlt?«

»Ich hab's dir doch gesagt. Sie haben mir die Gebühren erlassen und mir das Flugticket einfach geschenkt.«

»Und in Houston?«

»Ja, natürlich habe ich ein paar Gebühren bezahlt. Ein bißchen was müssen sie ja verlangen. Das sind sehr prominente Leute.«

In diesem Augenblick kam unser Essen. Ich hatte mir Lamm-Khorma bestellt. Harry aß Gemüsecurry und Reis.

»Siehst du?« Sie deutete auf ihren Teller. »Für mich kein totes Fleisch mehr. Ich reinige mich.«

»Wo hast du diesen Kurs entdeckt?«

»Am North Harris Community College.«

Das klang seriös.

»Wann fängst du hier an?«

»Morgen. Das Seminar dauert fünf Tage. Ich werde dir alles erzählen, wirklich. Ich komme jeden Abend heim und berichte dir ganz genau, was wir gemacht haben. Ist doch okay, daß ich bei dir übernachte, oder?«

»Natürlich. Ich freue mich wirklich, dich zu sehen, Harry. Und ich bin sehr neugierig auf das, was du machst. Aber ich fliege am Montag nach Charlotte.« Ich suchte im hinteren Fach meiner Handtasche nach dem Reserveschlüssel, den ich dort aufbewahre, und gab ihn ihr. »Du bist herzlich eingeladen, so lange zu bleiben, wie du willst.«

»Keine wilden Partys«, sagte sie, beugte sich vor und drohte mir mit dem Finger. »Ich habe eine Dame, die auf das Haus aufpaßt.«

»Ja, Mom«, erwiderte ich. Die fiktive Hauswächterin war vermutlich unser ältester Familienwitz.

Sie schenkte mir ein strahlendes Harry-Lächeln und steckte die Schlüssel in ihre Jeanstasche.

»Danke. Aber jetzt genug von mir, ich will dir erzählen, was Kit sich in den Kopf gesetzt hat.«

In der nächsten halben Stunde redeten wir über das jüngste Projekt meines Neffen. Christopher »Kit« Howard war das Resultat ihrer zweiten Ehe mit Howie Howard. Er war gerade achtzehn geworden und hatte von seinem Vater ein beträchtliches Vermögen geerbt. Kit hatte sich eine Sechzehn-Meter-Segeljacht gekauft, die er jetzt restaurierte. Harry wußte nicht so recht, wozu.

»Erzähl mir doch noch einmal, wie Howie zu seinem Namen gekommen ist.«

»Howies Mutter hat sich gleich nach seiner Geburt aus dem Staub gemacht und sein Vater schon einige Zeit davor. Sie hat Howie vor die Tür eines Waisenhauses in Basic, Texas, gelegt und einen Zettel an seine Decke geheftet. Darauf stand, daß sie zurückkommen würde und daß der Name des Babys Howard sei. Die Leute im Waisenhaus wußten nicht so recht, ob Mama damit den Vor- oder den Familiennamen gemeint hatte, und gingen lieber auf Nummer Sicher. Sie tauften ihn Howard Howard.«

»Und was treibt Howie jetzt?«

»Verdient sich noch immer eine goldene Nase mit Öl und jagt jedem Rock in Texas nach. Aber er ist sehr großzügig mir und Kit gegenüber.«

Nachdem wir fertiggegessen hatten, räumte der Kellner den Tisch ab, und ich bestellte Kaffee. Harry verzichtete, da Stimulanzien ihren Läuterungsprozeß störten.

Eine Weile saßen wir schweigend da, dann fragte sie: »Und wo will sich dieser Cowboy mit dir treffen?«

Ich hörte auf zu rühren und überlegte, wen sie meinen konnte. Cowboy?

»Der Bulle mit dem tollen Hintern.«

»Ryan. Er geht in einen Laden namens Hurley's. Heute ist St. Pat –«

»Aber natürlich.« Ihr Gesicht wurde ernst. »Ich denke, wir sind es unserer Abstammung schuldig, unseren Teil zur Feier eines wirklich großen Schutzheiligen beizutragen, wie klein dieser Teil auch sein mag.«

»Harry, ich hatte einen langen –«

»Aber Tempe, wenn St. Pat nicht gewesen wäre, hätten die Schlangen unsere Vorfahren gefressen, und uns würde es gar nicht geben.«

»Ich will ja gar nicht sagen –«

»Und gerade jetzt, wo das irische Volk in einem solchen Aufruhr ist.«

»Darum geht es nicht, und das weißt du ganz genau.«

»Wie weit ist es bis Hurley's?«

»Ein paar Blocks.«

»Keine große Sache also.« Sie hob die Hände. »Wir gehen hin, hören uns ein paar Songs an und verschwinden wieder. Wir müssen uns ja nicht gleich die Nacht um die Ohren schlagen.«

»Das habe ich schon mal gehört.«

»Nein, versprochen. Sobald du genug hast, gehen wir wieder. Mann, ich muß ja morgen auch früh raus.«

Das Argument beeindruckte mich nicht. Harry gehörte zu den Leuten, die tagelang ohne Schlaf auskommen.

»Tempe. Du solltest dich ein bißchen mehr um dein Privatleben kümmern.«

Dieses Argument zeigte Wirkung.

»Na gut. Aber –«

Während sie nach der Rechnung winkte, spürte ich bereits den Knoten unter meinem Brustbein. Es hatte eine Zeit gegeben, da hatte ich irische Pubs geliebt. Pubs jeder Art. Für mich war dieses Kapitel abgeschlossen, und ich hatte nicht die Absicht, es noch einmal aufzuschlagen.

Mach mal halblang, Brennan. Wovor hast du denn Angst? Du warst doch schon im Hurley's, und du hast dich nicht in Bier ertränkt. Stimmt. Warum dann die Angst?

Harry plapperte munter, während wir die Ste. Catherine wieder hoch zur Crescent gingen. Um halb zehn war der Bürgersteig bereits voll, die bummelnden Paare und Nachtschwärmer vermischten sich mit den letzten Einkäufern und Touristen. Alle trugen warme Mäntel, Mützen und Schals. Die Leute sahen dick und unförmig aus, wie Sträucher, die man für den Winter eingepackt und verschnürt hat.

Der Teil der Crescent über der Ste. Catherine ist die englischsprachige »Straße der Träume«, an der sich zu beiden Seiten Single-Bars und In-Restaurants drängen. *The Hard Rock Cafe. Thursdays. Winston Churchill's.* Im Sommer sind die Terrassen voller Schaulustiger, die mit Drinks in den Händen das romantische Treiben auf der Straße beobachten. Im Winter verlagert sich das Leben nach drinnen.

Abgesehen von den Stammgästen des Hurley's, verirren sich nur wenige in die Crescent unterhalb der Ste. Catherine. Außer an St. Patrick's Day. Als wir ankamen, reichte die Schlange die Eingangsstufen herunter und fast bis zur Ecke.

»Verdammt, Harry. Ich will nicht hier draußen rumstehen und mir den Hintern abfrieren.«

»Kennst du niemanden, der hier arbeitet?«

»Ich bin kein Stammgast.«

Wir stellten uns in die Schlange und traten stumm von einem Fuß auf den anderen, um uns warm zu halten. Die Bewegung erinnerte mich an die Nonnen von Memphrémagog, und das brachte mich auf den unfertigen Nicolet-Bericht. Und auf die Kladden auf meinem Nachtkästchen. Und auf den Bericht über die toten Babys. Und auf die Seminare in Charlotte in der kommenden Woche. Und auf einen Vortrag, den ich auf der Tagung für Biologische Anthropologie halten wollte. Ich spürte, wie mein Gesicht in der Kälte taub wurde. Warum hatte ich mich nur von Harry überreden lassen?

Ab zehn verlassen nur noch wenige Gäste einen Pub. Nach fünfzehn Minuten waren wir ungefähr einen halben Meter vorangekommen.

»Ich komme mir vor wie eins dieser schockgefrorenen Desserts«, sagte Harry. »Bist du sicher, daß du da drinnen niemand kennst?«

»Ryan hat gesagt, wenn wir warten müssen, soll ich seinen Namen nennen.« Die beginnende Unterkühlung stellte meine egalitären Prinzipien auf eine harte Probe.

»Was überlegst du dann lange, große Schwester?«

Sie rannte den Bürgersteig hoch und verschwand an der Spitze der Schlange. Augenblicke später sah ich sie an einer Seitentür, in Begleitung eines besonders großen Vertreters des Irish National Football Club. Beide winkten mir zu. Den Blicken der anderen Wartenden ausweichend, eilte ich die Treppe hinunter und schlüpfte durch die Tür.

Ich folgte Harry und ihrem Beschützer durch das Labyrinth von Räumen, aus dem Hurley's Irish Pub besteht. Jeder Stuhl, jeder Sims, jeder Tisch, jeder Barhocker und jeder Quadratzentimeter Boden waren besetzt von grüngekleideten Gästen. Schilder und Spiegel priesen Bass, Guinness und Kilkenny Cream Ale an. Es roch nach Bier, und der Rauch war so dick, daß man die Ellbogen drauf stützen konnte.

Wir schlängelten uns an Steinmauern entlang, zwischen Tischen, Ledersesseln und Bierfässern hindurch und schließlich um einen messingbeschlagenen Eichentresen herum. Der Lärmpegel war höher als der, der auf Flughafenlandebahnen zulässig ist.

Als wir die Hauptbar erreichten, sah ich Ryan auf einem hohen Holzhocker am Eingang zu einem Hinterzimmer sitzen. Er lehnte mit dem Rücken an der Wand, einen Absatz hatte er in die unterste Sprosse des Hockers gehakt. Das andere Bein ruhte auf zwei leeren Hockern rechts neben ihm. Sein Kopf war eingerahmt von einer Maueröffnung mit geschnitztem, grünlackiertem Holzrahmen.

Durch die Öffnung sah ich ein Trio, das Geige, Flöte und Mandoline spielte. Die Tische waren an den Rand geschoben, und fünf Tänzer verrenkten sich auf einer unglaublich kleinen Fläche in der Mitte des Zimmers. Die drei Frauen zeigten recht passable Tanzschritte, aber die jungen Männer hüpften einfach nur von einem Fuß auf den anderen und verspritzten Bier auf alles und jeden im Umkreis von eineinhalb Metern. Keinem schien das etwas auszumachen.

Harry umarmte den Footballspieler, und der verschwand wieder in der Menge. Ich fragte mich, wie Ryan es geschafft hatte, die zwei Hocker freizuhalten. Und warum? Ich war mir unschlüssig, ob sein Selbstbewußtsein mich freute oder ärgerte.

»Na, so was«, sagte Ryan, als er uns entdeckte. »Freut mich, daß ihr es geschafft habt, Ladys. Setzt euch und ruht die müden Glieder aus.« Er mußte schreien, um sich verständlich zu machen. Mit dem freien Fuß zog er einen der leeren Hocker heraus und klopfte auf das Sitzkissen. Ohne zu zögern, zog Harry ihre Jacke aus, hängte sie über den Hocker und setzte sich.

»Unter einer Bedingung«, brüllte ich zurück.

Er hob die Brauen und sah mich mit seinen blauen Augen an.

»Lassen Sie die rustikale Masche.«

»Das ist ungefähr so nett wie Kiesel in der Erdnußbutter.« Ryan schrie so laut, daß die Adern an seinem Hals hervorquollen.

»Ich mein's ernst, Ryan.« Diese Lautstärke würde ich kaum lange aufrechterhalten können.

»Schon gut. Schon gut. Setzen Sie sich.«

Ich ging auf den zweiten Hocker zu.

»Und ich spendiere Ihnen eine Limo, Ma'am.«

Harry johlte.

Ich machte den Mund auf, doch Ryan war schon aufgesprungen und half mir aus der Jacke. Er legte sie auf den Hocker, und ich setzte mich.

Ryan winkte einer Kellnerin, bestellte ein Guinness für sich und ein Cola light für mich. Ich ärgerte mich schon wieder. War ich so berechenbar?

Er sah Harry an.

»Ich nehm dasselbe.«

»Cola light?«

»Nein. Das andere.«

Die Kellnerin verschwand.

»Was ist mit der Läuterung?« bellte ich Harry ins Ohr.

»Was?«

»Die Läuterung?«

»Ein Bier wird mich nicht gleich vergiften. Bin doch keine Fanatikerin.«

Da jede Unterhaltung Schreien erforderte, konzentrierte ich mich auf die Musik. Ich war mit irischer Musik aufgewachsen, und die alten Songs rufen immer Erinnerungen aus der Kindheit in mir wach. Das Haus meiner Großmutter. Alte Damen, irischer Akzent, Canasta. Das Klappbett. Danny Kaye im Schwarzweißfernseher. Einschlafen zu Platten von John Gary. Ich vermutete, daß die Musiker hier für Großmutters Geschmack ein wenig zu laut gewesen wären. Zu sehr verstärkt.

Der Sänger stimmte »I've been a wild rover fer many a year…« an. Ich erkannte den Song und wappnete mich. Beim Refrain klatschten Hände ein Fünf-Schlag-Stakkato. Peng! Peng! Peng! Peng! Peng! Beim letzten Schlag kam die Kellnerin zurück.

Harry und Ryan unterhielten sich, doch ihre Worte gingen im Lärm unter. Ich trank einen Schluck und sah mich um. Hoch oben an der Wand hing eine Reihe geschnitzter hölzerner Schilde, die Wappentafeln der alten Geschlechter. Oder waren es Clans? Ich suchte nach einem Schild mit dem Namen Brennan, aber es war zu dunkel und zu rauchig, um sie zu entziffern. Crone? Nein.

Jetzt spielte die Band einen Song, der meiner Großmutter bestimmt gefallen hätte. Er handelte von einem Mädchen, das sich ein schwarzes Samtband ins Haar bindet.

Ich betrachtete eine Sammlung von Fotos in ovalen Rahmen, Nahaufnahmen von Männern und Frauen im Sonntagsstaat. Wann waren sie aufgenommen worden? 1890? 1910? Die Gesichter sahen so mürrisch aus wie die in Birks Hall. Vielleicht drückten die hohen Kragen.

Zwei Schuluhren zeigten die Zeit in Dublin und Montreal. Halb elf. Ich sah auf meine Armbanduhr. Korrekt.

Einige Songs später erregte Harry meine Aufmerksamkeit, indem sie mit den Armen wedelte. Sie sah aus wie ein Schiedsrichter beim Rugby, der einen inkorrekten Paß anzeigt. Ryan hielt seinen leeren Bierkrug in die Höhe.

Ich schüttelte den Kopf. Er redete mit Harry und hielt dann zwei Finger in die Luft.

Jetzt geht's los, dachte ich.

Als die Musiker einen Reel anstimmten, sah ich, daß Ryan in die Richtung deutete, aus der wir gekommen waren. Harry rutschte von ihrem Hocker und verschwand in der Masse der Leiber. Der Preis der engen Jeans. Ich wollte gar nicht daran denken, wie lange sie würde warten müssen. Noch so eine geschlechtsspezifische Ungerechtigkeit.

Ryan nahm Harrys Jacke, rutschte auf ihren Hocker und legte die Jacke auf den seinen. Dann beugte er sich zu mir und schrie mir ins Ohr: »Sind Sie sicher, daß Sie dieselbe Mutter haben?«

»Und denselben Vater.« Ryan roch nach Rum und Talkumpuder.

»Wie lange lebt sie schon in Texas?«

»Seit Moses und dem Exodus.«

»Moses Malone?«

»Seit neunzehn Jahren.« Ich wandte mich ab und starrte das Eis in meinem Cola an. Ryan hatte jedes Recht, sich mit Harry zu unterhalten. Ein Gespräch war sowieso unmöglich, warum war ich also sauer?

»Wer ist Anna Goyette?«

»Was?«

»Wer ist Anna Goyette?«

Die Musiker hörten mitten im Satz auf, und der Name dröhnte in die relative Stille.

»Mein Gott, Ryan, warum geben Sie nicht gleich eine Anzeige auf?«

»Wir sind ein bißchen nervös heute abend, was? Zuviel Koffein?« Er grinste.

Ich funkelte ihn böse an.

»Das ist nicht gut in Ihrem Alter.«

»Das ist in keinem Alter gut. Woher wissen Sie über Anna Goyette Bescheid?«

Die Kellnerin brachte die Getränke und zeigte Ryan so viele Zähne wie meine Schwester bei ihrem freundlichsten Lächeln. Er zahlte und blinzelte ihr zu.

Auch das noch.

»Sie sind nicht gerade ein Muster an Wortwitz und Gesprächigkeit«, sagte er, nachdem er ein Bier auf den Sims über Harrys Jacke gestellt hatte.

»Ich arbeite daran. Also woher wissen Sie über Anna Goyette Bescheid?«

»Ich habe Claudel wegen dieser Rockergeschichte getroffen, und wir haben uns drüber unterhalten.«

»Und warum haben Sie das getan?«

»Er hat mich danach gefragt.«

Aus Claudel wurde ich einfach nicht schlau. Erst zeigte er mir die kalte Schulter, dann redete er mit Ryan über meinen Anruf.

»Also, wer ist sie, Brennan?«

»Anna ist eine Studentin an der McGill. Ihre Tante hat mich gebeten, sie zu suchen. Insgesamt nicht besonders aufregend.«

»Claudel sagt, daß sie eine sehr interessante junge Dame ist.«

Genau in diesem Augenblick kam Harry zurück.

»Leute, Leute«, rief sie. »Falls ihr pinkeln müßt, solltet ihr das besser weit im voraus planen.«

Sie musterte die veränderte Sitzordnung und setzte sich dann auf den Hocker zu Ryans Linken. Wie aufs Stichwort begann die Band von einem Krug voll Whiskey zu singen. Harry bewegte den Oberkörper und klatschte, bis ein älterer Kerl mit karierter Kappe und grünen Hosenträgern zu ihr getänzelt kam und sie an der Hand faßte. Sie sprang auf und folgte ihm ins Hinterzimmer, wo zwei junge Männer wieder eine Reiherimitation aufführten. Harrys Partner hatte einen mächtigen Bauch und ein weiches, rundes Gesicht. Ich hoffte nur, daß sie den Kerl nicht umbrachte.

Ich sah auf die Uhr. Zwanzig vor zwölf. Meine Augen brannten vom Rauch, und ich war heiser vom Schreien.

Und ich amüsierte mich.

Und ich wollte einen Drink.

Dringend.

»Hören Sie, ich hab Kopfschmerzen. Sobald Ginger Rogers vom Tanzboden zurück ist, gehe ich.«

»Ganz wie Sie wollen. Fürs erste Mal haben Sie sich tapfer geschlagen.«

»Mein Gott, Ryan. Ich war schon mal hier.«

»Wegen dem Geschichtenerzähler?«

»Nein!« Daran hatte ich überhaupt nicht gedacht. Ich liebe irische Folklore.

Ich sah zu, wie Harry hüpfte und sich drehte, daß ihre langen blonden Haare flogen. Alle sahen ihr zu. Nach einer Weile schrie ich Ryan ins Ohr: »Weiß Claudel, wo Anna ist?«

Er schüttelte den Kopf.

Ich gab auf. Ein Gespräch war einfach unmöglich.

Harry und der Alte tanzten weiter. Sein Gesicht war rot und schweißüberströmt, und seine Ansteckkrawatte hing schief. Als Harry bei einer Drehung in meine Richtung schaute, fuhr ich mir mit dem Zeigefinger über die Kehle. Schluß. Wir gehen.

Sie winkte mir fröhlich zu.

Ich deutete mit dem Daumen zum Ausgang, aber sie hatte sich bereits wieder gedreht.

O Gott.

Ryan beobachtete mich mit einem amüsierten Grinsen.

Ich warf ihm einen Blick zu, der El Niño abgekühlt hätte, und er duckte sich und streckte mir abwehrend die Handflächen entgegen.

Als Harry sich mir das nächste Mal zudrehte, gestikulierte ich wieder, aber sie starrte mit merkwürdigem Blick etwas hinter meiner Schulter an.

Um viertel nach zwölf wurden meine Gebete erhört, denn die Band machte eine Pause. Harry kam zurück, leicht gerötet, aber strahlend. Ihr Partner sah aus, als bräuchte er ein Beatmungsgerät.

»Wow. Ich bin naß zum Auswringen.«

Sie strich sich mit dem Finger am Kragen entlang, hüpfte auf ihren Hocker und kippte das Bier, das Ryan ihr bestellt hatte. Als ihr Tanzpartner Anstalten machte, sich neben sie zu stellen, tätschelte sie ihm die Kappe.

»Vielen Dank, mein Großer. Bis später.«

Er legte den Kopf schief und sah sie treuherzig an.

»Bye-bye.« Harry wedelte mit den Fingern, und der Kerl zuckte die Achseln und verschwand in der Menge.

Harry beugte sich über Ryan. »Tempe, wer ist das da hinten?« Sie deutete mit dem Kopf die Bar entlang.

Ich wollte mich eben umdrehen.

»Schau jetzt nicht hin!«

»Was?«

»Der große Dünne mit der Brille.«

Ich verdrehte die Augen, was meinem Kopf nicht guttat. Harry hatte diesen Trick schon in unserer Schulzeit benutzt, wenn ich gehen und sie bleiben wollte.

»Ich weiß. Er ist süß und sehr an mir interessiert. Aber er ist schüchtern. Die Masche ist uralt, Harry.«

Die Band stimmte einen neuen Reel an. Ich stand auf und zog meine Jacke an.

»Zeit fürs Bett.«

»Nein. Ernsthaft. Der Kerl hat dich die ganze Zeit angestarrt, als ich beim Tanzen war. Ich konnte ihn durchs Fenster sehen.«

Ich sah in die Richtung, die sie mir gezeigt hatte. Auf keinen paßte die Beschreibung.

»Wo?«

Sie musterte die Gesichter an der Bar, drehte dann den Kopf und sah in die andere Richtung.

»Wirklich, Tempe.« Sie zuckte die Achseln. »Jetzt sehe ich ihn nicht mehr.«

»Er ist wahrscheinlich einer meiner Studenten. Sie wundern sich immer, wenn sie mich ohne Krückstock sehen.«

»Ja, wahrscheinlich. Der Kerl hat ziemlich jung für dich ausgesehen.«

»Danke.«

Ryan sah uns zu wie ein Großvater, der seine Enkel beobachtet.

»Bist du soweit?« Ich knöpfte meine Jacke zu. Und zog meine Handschuhe an.

Harry sah auf ihre Rolex und sagte genau, was ich erwartete.

»Es ist doch erst kurz nach Mitternacht. Könnten wir nicht –«

»Ich gehe, Harry. Die Wohnung ist nur vier Blocks von hier entfernt, und du hast einen Schlüssel. Du kannst noch bleiben, wenn du willst.«

Einen Augenblick lang schaute sie unentschlossen drein, dann wandte sie sich an Ryan. »Bleiben Sie noch?«

»Klar doch, Kleine.«

Sie sah mich genauso treuherzig an wie zuvor der Alte sie.

»Du hast wirklich nichts dagegen?«

»Natürlich nicht.« Und wie ich was dagegen hatte.

Ich erklärte ihr die Schlüssel, und sie umarmte mich.

»Ich werde Sie begleiten«, sagte Ryan und griff nach seiner Jacke. Mein Beschützer.

»Nein, danke. Ich bin schon ein großes Mädchen.«

»Dann rufe ich Ihnen wenigstens ein Taxi.«

»Ryan, ich kann gut auf mich allein aufpassen.«

»Wie Sie wollen.« Er setzte sich wieder und schüttelte den Kopf.

Nach der Hitze und dem Rauch im Pub tat die kalte Luft gut. Ungefähr eine Millisekunde lang. Die Temperatur war gefallen, und der Wind hatte zugenommen, was die Kälte fast unerträglich machte.

Schon nach wenigen Schritten traten mir Tränen in die Augen, und ich spürte, wie sich an meinen Nasenlöchern Eis bildete. Ich zog mir den Schal über Mund und Nase und verknotete ihn fest am Hinterkopf. So sah ich zwar unmöglich aus, aber wenigstens froren mir die Körperöffnungen nicht ein.

Ich steckte die Hände tief in die Taschen, zog den Kopf ein und stapfte weiter. So warm verpackt, aber mit stark eingeschränktem Gesichtsfeld ging ich schräg über die Crescent und zur Ste. Catherine. Kein Mensch war zu sehen.

Ich hatte gerade die McKay überquert, als ich spürte, wie mein Schal sich straffte und es mir den Boden unter den Füßen wegzog. Zuerst dachte ich, ich sei auf Eis ausgerutscht, aber dann merkte ich, daß ich nach hinten gerissen wurde. Jemand zerrte mich in eine Gasse an der Seite des alten York Theatres, wirbelte mich herum und drückte mich mit dem Gesicht gegen die Wand. Wehren konnte ich mich nicht, denn meine Hände steckten in den Taschen, und noch als mein Gesicht auf die Ziegel traf und ich nach unten glitt, versuchte ich vergeblich, sie herauszuziehen. Ich sank auf die Knie und wurde mit dem Gesicht in den Schnee gedrückt. Ein kräftiger Schlag traf meinen Rücken, als würde sich ein schwerer Mensch auf mein Rückgrat knien. Schmerz schoß mir den Rücken entlang, ich keuchte. Der Angreifer preßte mich bäuchlings auf den Boden. Ich konnte nichts sehen, ich konnte mich nicht rühren, und ich konnte nicht atmen. Panik kam in mir auf, die Gier nach Luft. Das Blut pochte mir in den Ohren.

Ich schloß die Augen und konzentrierte mich darauf, den Mund zur Seite zu drehen. Einen flachen Atemzug schaffte ich. Dann noch einen. Und noch einen. Das Brennen ließ nach, mein Luftaustausch funktionierte wieder.

Ich hatte Schmerzen am Kinn und im Gesicht. Mein Kopf war in einem verdrehten Winkel eingeklemmt, das rechte Auge in den gefrorenen Schnee gedrückt. Da lag etwas Sperriges unter mir – meine Handtasche. Sie war es, die mir die Luft abgedrückt hatte.

Gib ihm die Handtasche!

Ich wand mich, um freizukommen, aber Jacke und Schal engten mich noch immer ein wie eine Zwangsjacke. Ich spürte, wie sein Körper sich bewegte. Er schien sich auf mir zu strecken. Dann sein Atem in meinem Ohr. Obwohl durch den Schal gedämpft, klang er schwer und schnell. Verzweifelt, tierhaft in seiner Heftigkeit.

Jetzt bloß nicht ohnmächtig werden. Bewußtlosigkeit bei diesem Wetter bedeutet den Tod. Beweg dich. Tu irgendwas!

Unter meiner dicken Kleidung war ich schweißgebadet. Ich bewegte tastend die Hand in meiner Jackentasche. Meine Finger im Wollfäustling waren feucht.

Da!

Ich umklammerte meinen Schlüsselbund. Wenn er den Griff lockerte, war ich bereit. Hilflos wartete ich auf meine Chance.

»Laß das«, zischte mir eine Stimme ins Ohr.

Er hatte die Bewegung bemerkt!

»Du weißt ja nicht, was du tust. Laß die Finger davon!«

Von was die Finger lassen? Was glaubte er denn, was ich tat?

»Laß das«, wiederholte er, die Stimme zitternd vor Erregung.

Ich konnte nicht reden, und er schien keine Antwort zu erwarten. War er ein Verrückter und kein Räuber?

Es kam mir vor, als würden wir eine Ewigkeit so liegen. Autos rauschten vorbei. Mein Gesicht war völlig taub, und meine Halswirbel fühlten sich an, als würden sie gleich brechen. Ich atmete mit offenem Mund, der Speichel gefror auf dem Schal.

Bleib ruhig. Denk nach!

Was war das für ein Typ? War er betrunken? Bekifft? Unentschlossen? Oder brauchte er erst ein paar perverse Spielchen, bevor er sich über mich hermachte? Mein Herz klopfte so laut, daß ich fürchtete, das Geräusch könnte ihn erst recht anstacheln.

Dann hörte ich Schritte. Er mußte sie auch gehört haben, denn er zog den Schal noch straffer und legte mir eine behandschuhte Hand übers Gesicht.

Schrei! Tu irgendwas

Ich konnte ihn nicht sehen, und das machte mich wahnsinnig.

»Geh runter von mir, du verdammter Mistkerl!« schrie ich durch den Schal.

Aber meine Stimme klang durch das dicke Wollgewebe wie eine Million Kilometer entfernt.

Trotz der feuchten Finger in den dicken Handschuhen hielt ich meine Schlüssel fest umklammert und spannte die Muskeln an, um ihm das Metall ins Auge zu rammen, sobald ich Gelegenheit dazu bekam. Plötzlich spürte ich, wie der Schal noch straffer wurde und sein Körper sich bewegte. Er kniete nun wieder auf mir, sein gesamtes Gewicht drückte auf meinen Rücken. Sein Gewicht und meine Handtasche preßten mir die Lunge zusammen, ich rang wieder nach Luft.

Dann zerrte er meinen Kopf am Schal hoch und drückte ihn mit der Hand wieder nach unten. Mein Ohr schrammte über Eis und Kies, Sterne tanzten mir vor den Augen. Immer wieder riß er mir den Kopf hoch und drückte ihn nach unten, und die Sterne verschmolzen miteinander. Blut lief mir übers Gesicht, und ich schmeckte es im Mund. Ich glaubte, im Nacken etwas reißen zu spüren. Mein Herz hämmerte.

Geh runter von mir, du verrückter Scheißkerl!

Mir wurde schwindelig. Mein gemartertes Hirn sah den Autopsiebericht voraus. *Meine Autopsie. Nichts unter den Nägeln. Keine Abwehrverletzungen.*

Nicht ohnmächtig werden.

Ich wand mich und versuchte zu schreien, aber wieder war meine Stimme kaum hörbar.

Plötzlich ließ der Angreifer meinen Kopf los und beugte sich wieder über mich. Er sagte etwas, aber durch das Rauschen in den Ohren verstand ich nur wenige Wortfetzen.

Dann spürte ich, wie er mir eine Hand in den Rücken drückte und sein Gewicht sich von mir hob. Stiefel knirschten auf Kies, und er war verschwunden.

Benommen zog ich die Hände aus den Taschen, richtete mich auf, drehte mich in eine sitzende Position. Schwindel erfaßte mich, ich zog die Knie an und steckte den Kopf dazwischen. Meine Nase lief, und Blut oder Speichel tropften mir aus dem Mund. Meine Hände zitterten, als ich mir mit dem Schal über das Gesicht wischte, und ich wußte, ich war nur um Haaresbreite von Tränen entfernt.

Der Wind riß an den kaputten Fenstern des aufgegebenen Theaters. Wie hieß es gleich wieder? Yale? York? Das zu wissen schien plötzlich unglaublich wichtig. Wo war ich nur? Ich begann unkontrolliert zu zittern, vor Kälte, vor Angst und vielleicht auch vor Erleichterung.

Als das Schwindelgefühl nachließ, stand ich auf, drückte mich an dem Gebäude entlang und spähte um die Ecke. Es war niemand zu sehen.

Meine Beine waren wie Gummi, als ich nach Hause stolperte, und alle paar Schritte schaute ich über die Schulter. Die wenigen Fußgänger, denen ich begegnete, sahen weg und wichen mir aus. Nur eine Betrunkene.

Zehn Minuten später saß ich, inzwischen wieder etwas beruhigt und aufgewärmt, auf der Bettkante und untersuchte mich nach Verletzungen. Meine Pupillen waren normal und koordiniert. Kein Taubheitsgefühl. Keine Übelkeit.

Der Schal hatte mir genutzt und geschadet zugleich. Einerseits hatte er meinem Angreifer eine einfache Handhabe geboten, andererseits hatte er Stöße und Schläge gedämpft. Ich entdeckte einige Schnitte und Abschürfungen an der rechten Kopfseite, aber eine Gehirnerschütterung hatte ich offensichtlich nicht.

Nicht schlecht für das Opfer eines Raubüberfalls, dachte ich, als ich zwischen die Laken schlüpfte. Aber war es überhaupt ein Raubüberfall gewesen? Der Kerl hatte mir nichts abgenommen. Warum war er davongerannt? War er in Panik geraten? War er einfach nur betrunken gewesen? Hatte er plötzlich gemerkt, daß ich nicht diejenige war, für die er mich hielt? Temperaturen unter dem Gefrierpunkt inspirieren nicht gerade zu sexuellen Übergriffen. Was war sein Motiv?

Ich versuchte zu schlafen, aber in meinen Adern pulsierte noch das Adrenalin. Litt ich etwa doch an einem posttraumatischen Syndrom? Meine Hände zitterten immer noch, und bei jedem Geräusch schreckte ich hoch.

Kurze Zeit überlegte ich mir, ob ich die Polizei rufen sollte. Aber wozu? Ich war kaum verletzt, nichts war gestohlen worden. Und ich hatte den Kerl nie zu Gesicht bekommen. Sollte ich es Ryan sagen? Nach meinem großspurigen Abgang auf keinen Fall. Harry? Ebenfalls nicht.

Wo zum Teufel war Harry überhaupt?

Ich drehte mich um und sah auf die Uhr. Zwei Uhr siebenunddreißig. Ich berührte meine aufgeplatzte Lippe. Würde sie es bemerken? Wahrscheinlich. Harry hatte die Instinkte einer Wildkatze. Ihr entging nichts. Ich mußte mir nur eine Ausrede einfallen lassen – irgendwas von heimtückischen Türen oder einem Ausrutscher auf dem Eis mit den Händen in den Taschen.

Langsam fielen mir die Augen zu – und waren auf einen Schlag wieder offen, als ich noch einmal das Knie in meinem Rücken spürte, das keuchende Atmen hörte.

Wieder der Blick auf die Uhr. Viertel nach drei. Hatte das Hurley's so lange geöffnet? War Harry mit Ryan nach Hause gegangen?

»Wo bist du, Harry?« sagte ich zu den grünen Leuchtziffern.

Dann lag ich da und wünschte mir, sie würde endlich heimkommen und ich würde nicht mehr allein sein.

12

Als ich aufwachte, schien hell die Sonne, und es war absolut still. Ich hatte sehr unruhig geschlafen. Meine Gehirnzellen hatten eine nächtliche Konferenz einberufen, um den Input der letzten Tage zu bewältigen. Vermißte Studenten. Räuber. Heilige. Ermordete Babys und Omas. Harry. Ryan. Harry und Ryan. Erst gegen Morgen war die Konferenz vertagt worden – ohne nennbare Ergebnisse.

Ich drehte mich auf den Rücken, und ein stechender Schmerz im Nacken erinnerte mich an das Abenteuer der letzten Nacht. Ich beugte und streckte den Hals und jeden Arm und jedes Bein. Ziemlich gut. Im hellen Licht des Morgens kam mir der Überfall fast unwirklich und bar jeder Logik vor. Und doch war meine Erinnerung an die Angst sehr real.

Eine Weile lag ich still da, suchte mein Gesicht nach Verletzungen ab und horchte auf Geräusche. Nichts. Kein Mucks.

Um sieben Uhr vierzig hievte ich mich aus dem Bett, zog mir meinen schäbigen alten Bademantel über und stieg in die Hausschuhe. Die Tür zum Gästezimmer war offen, das Bett gemacht. War Harry letzte Nacht überhaupt zu Hause gewesen?

Auf dem Kühlschrank fand ich einen Post-it-Zettel, auf dem sie das Fehlen von zwei Joghurtbechern erklärte und ankündigte, daß sie nach sieben zurück sei. Okay. Sie war hiergewesen, aber hatte sie auch hier geschlafen?

»Na und?« sagte ich und griff nach den Kaffeebohnen.

In diesem Augenblick klingelte das Telefon.

Ich knallte die Dose auf den Tisch und stapfte zum Apparat im Wohnzimmer.

»Ja.«

»Hallo, Mom. Lange Nacht?«

»Tut mir leid, Liebling. Was gibt's denn?«

»Bist du übernächste Woche in Charlotte?«

»Ich komme am Montag und bleibe bis zum letzten Tag im März, dann muß ich zu dieser Tagung für Biologische Anthropologie nach Oakland. Warum?«

»Na ja, ich hab mir gedacht, ich komme für ein paar Tage nach Hause. Aus meinem Strandausflug wird wohl nichts.«

»Toll. Ich meine, toll, daß wir ein paar Tage miteinander verbringen können. Das mit dem Ausflug tut mir leid.« Ich fragte nicht, warum es mit dem Ausflug nichts gewesen war. »Willst du bei mir wohnen oder bei Dad?«

»Dreimal darfst du raten.«

»Schon gut, schon gut. Im College alles okay?«

»Ja. Abnorme Psychologie macht mir echt Spaß. Der Prof ist total cool. Und Kriminologie ist auch ziemlich gut. Wir müssen nie irgendwas rechtzeitig abgeben.«

»Hm. Wie geht's Aubrey?«

»Wem?«

»Schätze, das ist auch eine Antwort. Wie geht's dem Pickel?«

»Verschwunden.«

»Warum bist du am Samstag so früh auf?«

»Ich muß eine Arbeit für mein Kriminologie-Seminar schreiben. Ich will was über Täterprofile machen, vielleicht Sachen aus der abnormalen Psychologie mit aufnehmen.«

»Ich dachte, ihr müßt nie irgendwas rechtzeitig abgeben.«

»Die war schon vor zwei Wochen fällig.«

»Ach so.«

Ich hörte ein Piepsen.

»Ich habe noch einen Anruf, Katy. Sag mir Bescheid, wann du in Charlotte ankommst.«

»Mach ich.«

Ich schaltete auf die andere Leitung und war erstaunt, Claudels Stimme zu hören.

»Claudel ici.«

Wie gewöhnlich gab es keinen Gruß, und er entschuldigte sich auch nicht für den frühen Anruf am Samstagmorgen.

»Bonjour, Monsieur Claudel. Comment ça va?«

Er kam direkt zur Sache. »Ist Anna Goyette schon wieder zu Hause?«

Mir wurde flau. Claudel hatte mich noch nie zu Hause angerufen. Anna mußte tot sein.

Ich schluckte und antwortete: »Ich glaube nicht.«

»Sie ist neunzehn?«

»Ja.«

Ich sah Schwester Juliennes Gesicht vor mir. Ich könnte es nicht ertragen, es ihr zu sagen.

»... caractéristiques physiques?«

»Tut mir leid. Ich habe Sie nicht verstanden.«

Claudel wiederholte die Frage. Ich hatte keine Ahnung, ob Anna irgendwelche ungewöhnlichen körperlichen Merkmale hatte.

»Ich weiß es nicht. Da müßte ich erst die Familie fragen.«

»Wann wurde sie zum letzten Mal gesehen?«

»Mittwoch. Monsieur Claudel, warum fragen Sie mich das alles?«

Ich mußte eine Claudel-typische Pause abwarten. Im Hintergrund konnte ich Geräusche hören, und ich vermutete, daß er aus dem Bereitschaftszimmer des Morddezernats anrief.

»Heute früh wurde eine weiße Frau gefunden, nackt, bis jetzt noch nicht identifiziert.«

»Wo?« Das flaue Gefühl in meinem Magen wurde stärker.

»Île des Sœurs. Im hinteren Teil der Insel, wo es ein Waldgebiet und einen Teich gibt. Die Leiche wurde ...«, er zögerte, »... am Wasserrand gefunden.«

»Wie gefunden?« Er verschwieg mir etwas.

Claudel dachte einen Augenblick über die Frage nach. Ich sah seine Hakennase vor mir, seine nachdenklich zusammengekniffenen, engstehenden Augen.

»Das Opfer wurde ermordet. Die Umstände sind ...«, wieder zögerte er, »... ungewöhnlich.«

»Erzählen Sie.« Ich nahm den Hörer in die andere Hand und wischte mir die Handfläche am Bademantel ab.

»Die Leiche wurde in einer Truhe gefunden. Vielfältige Verletzungen. LaManche macht heute noch die Autopsie.«

»Welche Art von Verletzungen?« Ich starrte ein Fleckenmuster auf meinem Bademantel an.

Ich hörte ihn tief durchatmen. »Eine Vielzahl von Stichwunden und Druckstellen an den Handgelenken. LaManche vermutet außerdem einen Tierangriff.«

Ich fand Claudels unpersönliche Redeweise sehr ärgerlich. Eine weiße Frau. Das Opfer. Die Leiche. Die Handgelenke. Nicht einmal ein Personalpronomen.

»Und es kann sein, daß das Opfer verbrüht wurde«, fuhr er fort.

»Verbrüht?«

»In einigen Stunden wird LaManche mehr wissen. Er ist im Labor und macht die Autopsie.«

»O Gott.« Obwohl immer ein Gerichtsmediziner Dienst hat, wird an einem Wochenende nur selten eine Autopsie vorgenommen. Es mußte also ein außergewöhnlicher Fall vorliegen. »Wie lange ist sie schon tot?«

»Die Leiche war noch nicht ganz gefroren, also war sie vermutlich weniger als zwölf Stunden im Freien. LaManche versucht, den Todeszeitpunkt näher zu bestimmen.«

Alles in mir sträubte sich vor der nächsten Frage.

»Warum glauben Sie, daß es Anna Goyette sein könnte?«

»Alter und Beschreibung passen.«

Ich fühlte mich ein wenig schwach.

»Und welche körperlichen Merkmale meinen Sie?«

»Dem Opfer fehlen die unteren Backenzähne.«

»Wurden sie gezogen?« Kaum hatte ich die Frage ausgesprochen, kam ich mir blöd vor.

»Dr. Brennan, ich bin kein Zahnarzt. Außerdem hat die Leiche auf der rechten Hüfte eine kleine Tätowierung. Zwei Figuren, die ein Herz halten.«

»Ich rufe Annas Tante an und melde mich dann wieder bei Ihnen.«

»Ich kann – «

»Nein, ich mache das. Ich muß noch etwas anderes mit ihr besprechen.«

Er gab mir seine Pager-Nummer und legte auf.

Meine Hand zitterte, als ich die Nummer des Konvents wählte. Ich sah Annas Augen, die erschrocken unter einem blonden Pony hervorstarrten.

Bevor ich mir meine Fragen zurechtlegen konnte, meldete sich schon Schwester Julienne. In den ersten paar Minuten tat ich nichts anderes, als ihr für den Hinweis auf Daisy Jeannotte zu danken und ihr von den Tagebüchern zu erzählen. Mein eigentliches Anliegen schob ich vor mir her, aber sie durchschaute mich sofort.

»Ich weiß, daß etwas Schlimmes passiert ist.« Ihre Stimme war sanft, aber die Anspannung darin war deutlich zu erkennen.

Ich fragte sie, ob Anna schon wiederaufgetaucht sei. War sie nicht.

»Schwester, man hat eine junge Frau gefunden – «

Ich hörte Stoff rascheln und wußte, daß sie sich bekreuzigte.

»Ich muß Sie einige persönliche Dinge über Ihre Nichte fragen.«

»Ja.« Kaum hörbar.

Ich fragte nach den Backenzähnen und der Tätowierung.

Sie blieb nur etwa eine Sekunde stumm, dann hörte ich sie zu meiner Überraschung lachen.

»Ach du meine Güte, nein, nein, das ist nicht Anna. Allmächtiger, nein, sie würde sich nie tätowieren lassen. Und ich bin sicher, daß Anna noch alle Zähne hat. Sie redet nämlich sehr oft über ihre Zähne. Daher weiß ich das. Sie hat große Schwierigkeiten damit, klagt oft über Schmerzen, wenn sie was Kaltes ißt. Oder was Warmes.«

Die Worte sprudelten wie ein Wasserfall, und ich konnte fast spüren, wie ihre Erleichterung durch die Leitung strömte.

»Aber Schwester, es ist möglich – «

»Nein, ich kenne meine Nichte. Sie hat noch alle Zähne. Sie ist zwar nicht glücklich mit ihnen, aber sie hat sie noch.« Wieder das nervöse Auflachen. »Und keine Tätowierungen, dem Herrn sei Dank.«

»Ich bin froh, das zu hören. Diese junge Frau ist wahrscheinlich nicht Anna, aber vielleicht wäre es das beste, wenn die Polizei die zahnärztlichen Unterlagen Ihrer Nichte bekommt, nur um sicherzugehen.«

»Ich bin mir sicher.«

»Ja. Aber vielleicht will auch Detective Claudel sicher sein. Schaden kann es nicht.«

»Vermutlich. Und ich bete für die Familie dieses armen Mädchens.«

Sie gab mir den Namen von Annas Zahnarzt, und ich rief Claudel wieder an.

»Sie ist sicher, daß Anna keine Tätowierung hat.«

»Hallo, Tante«, äffte er. »Weißt du was? Ich habe mir letzte Woche den Hintern tätowieren lassen.«

»Akzeptiert. Ist nicht sehr wahrscheinlich.«

Er schnaubte.

»Aber sie ist sich absolut sicher, daß Anna noch alle Zähne hat. Sie erinnert sich, daß ihre Nichte beständig über Zahnschmerzen klagte.«

»Und wer läßt sich Zähne ziehen?«

Genau das hatte ich mir auch gedacht.

»Normalerweise nicht die Leute, die mit ihren Zähnen zufrieden sind.«

»Ja.«

»Und diese Tante glaubt auch, daß Anna nie weggegangen ist, ohne es ihrer Mutter zu sagen, oder?«

»Das hat sie gesagt.«

»Anna Goyette hatte bessere Tricks drauf als David Copperfield. Sie ist in den letzten achtzehn Monaten siebenmal verschwunden. Zumindest hat ihre Mutter sie so oft als vermißt gemeldet.«

»Oh.« Das flaue Gefühl in mir breitete sich vom Brustbein bis in die Magengrube aus.

Ich bat Claudel, mich auf dem laufenden zu halten, und legte auf. Daß er es tun würde, bezweifelte ich allerdings.

Um halb zehn war ich geduscht, angezogen und in meinem Büro. Ich schloß meinen Bericht über Élisabeth Nicolet ab, wobei ich all meine Beobachtungen sorgfältig darlegte und begründete, so wie ich es in jedem normalen gerichtsmedizinischen Fall auch getan hätte. Am liebsten hätte ich auch noch einige Informationen aus Bélangers Tagebüchern hinzugefügt, aber es war einfach nicht genug Zeit gewesen, darin weiterzulesen.

Nachdem ich den Bericht ausgedruckt hatte, verbrachte ich drei Stunden mit Fotografieren, aber ich war nervös und ungeschickt und hatte Schwierigkeiten, die Knochen in die richtige Lage zu bringen. Um zwei holte ich mir ein Sandwich aus der Cafeteria und aß es, während ich meinen Bericht über Mathias und Malachy korrigierte. Immer wieder wanderten meine Gedanken zum Telefon, und ich konnte mich nicht auf die Arbeit konzentrieren.

Ich stand gerade mit Bélangers Tagebüchern am Kopierer, als ich den Kopf hob und Claudel vor mir sah.

»Es ist nicht Ihre junge Dame.«

Ich starrte ihm in die Augen. »Wirklich?«

Er nickte.

»Wer ist es dann?«

»Sie heißt Carole Comptois. Als der Zahnstatus Anna Goyette ausschloß, haben wir die Fingerabdrücke durch den Computer laufen lassen und einen Treffer gelandet. Sie wurde ein paarmal wegen Prostitution verhaftet.«

»Alter?«

»Achtzehn.«

»Wie ist sie gestorben?«

»LaManche ist eben dabei, die Autopsie abzuschließen.«

»Irgendwelche Verdächtigen?«

»Viele.« Er starrte mir kurz ins Gesicht und ging ohne ein weiteres Wort.

Ich kopierte weiter, ein Roboter mit einem Sturm der Gefühle in seinem Inneren. Die Erleichterung, die ich verspürt hatte, als er mir sagte, daß es sich nicht um Anna handelte, verwandelte sich sehr schnell in ein schlechtes Gewissen. Immerhin lag im Keller des Instituts ein Mädchen auf dem Obduktionstisch. Eine Familie mußte informiert werden.

Deckel hochklappen. Umblättern. Deckel herunterklappen. Knopf drücken.

Achtzehn war sie gewesen.

Ich hatte keine Lust, die Autopsie zu sehen.

Um halb fünf war ich mit den Tagebüchern fertig und ging in mein Büro zurück. Ich brachte meine Berichte ins Sekretaritat und legte dann LaManche einen Zettel mit einer Erklärung für die vielen Fotokopien auf den Schreibtisch. Als ich wieder in den Gang trat, standen LaManche und Bergeron vor dem Büro des Odontologen und unterhielten sich. Beide Männer sahen müde und ernst aus. Als ich auf sie zuging, sahen sie mich an, sagten aber nichts.

»Schlimm?« fragte ich.

LaManche nickte.

»Was ist mit ihr passiert?«

»Was nicht?« entgegnete Bergeron.

Ich sah von einem zum anderen. Auch gebückt war der Zahnspezialist noch über einsachtzig groß, und ich mußte zu ihm hochschauen, um ihm in die Augen zu sehen. Sein weißes Kraushaar glitzerte im Licht einer Neonröhre. Ich erinnerte mich an Claudels Bemerkung über einen Tierangriff und wußte plötzlich, warum man auch ihm den Samstag verdorben hatte.

»Sieht aus, als wäre sie an den Handgelenken aufgehängt und geschlagen und dann von Hunden angegriffen worden. Marc meint, daß es mindestens zwei waren.«

Bergeron nickte. »Eine der größeren Rassen. Vielleicht Schäferhunde oder Dobermänner. Es sind über sechzig Bißwunden.«

»O Gott.«

»Eine kochende Flüssigkeit, wahrscheinlich Wasser, wurde ihr über den nackten Körper gegossen. Die Haut ist stark verbrüht, aber ich konnte nichts Identifizierbares finden«, fuhr LaManche fort.

»War sie da noch am Leben?« Meine Eingeweide zogen sich zusammen bei dem Gedanken an die Schmerzen, die dieses Mädchen erlitten haben mußte.

»Ja. Letztendlich war die Todesursache eine Vielzahl von Stichwunden in Brust und Unterleib. Wollen Sie die Polaroids sehen?«

Ich schüttelte den Kopf.

»Gibt es Abwehrverletzungen?« Ich dachte an mein eigenes Abenteuer von vergangener Nacht.

»Nein.«

»Wann starb sie?«

»Wahrscheinlich gestern am späten Nachmittag.«

Alle Details wollte ich gar nicht wissen.

»Noch eins.«

LaManches Blick war voller Trauer. »Sie war im vierten Monat schwanger.«

Ich ging schnell an ihnen vorbei und in mein Büro. Wie lange ich dort saß und den Blick über die vertrauten Gegenstände schweifen ließ, ohne etwas zu sehen, weiß ich nicht mehr. Obwohl ich eine gewisse, in Jahren des Umgangs mit Grausamkeit und Gewalt erworbene emotionale Abgehärtetheit besitze, gingen mir einige Fälle immer noch an die Nieren. Die Häufung des Grauens der letzten Tage erschien mir schlimmer als fast alles, woran ich mich erinnern konnte. Oder war ich einfach so überlastet, daß ich keine weiteren Abscheulichkeiten mehr ertragen konnte?

Carole Comptois war nicht mein Fall, ich hatte sie noch nie gesehen, aber ich konnte die Schreckensbilder nicht unter Kontrolle bringen, die aus der Tiefe meines Bewußtseins an die Oberfläche drängten. Ich sah sie in ihren letzten Augenblicken, das Gesicht verzerrt vor Schmerz und Entsetzen. Spürte, wie die kochende Flüssigkeit sich auf ihrer Haut ausbreitete. War sie wenigstens ohnmächtig geworden? Wehrte sie sich gegen die Hunde, die ihr das Fleisch vom Leib rissen? Bettelte sie um ihr Leben? Um das ihres ungeborenen Babys? Welche Ungeheuer bevölkerten diese Welt?

»Verdammte Scheiße!« rief ich ins leere Büro.

Ich steckte meine Unterlagen in die Aktentasche, schnappte mir meine Sachen und schlug die Tür hinter mir zu. LaManche sagte etwas, als ich an seinem Büro vorbeiging, aber ich blieb nicht stehen.

Die Sechs-Uhr-Nachrichten fingen eben an, als ich unter der Jacques-Cartier-Brücke durchfuhr, und der Comptois-Fall war der Aufmacher. Ich schaltete aus und wiederholte meinen letzten Gedanken.

»Verdammte Scheiße!«

Als ich nach Hause kam, hatte meine Wut sich wieder abgekühlt. Einige Gefühle sind zu intensiv, um lange anzuhalten. Ich rief Schwester Julienne an und beruhigte sie wegen Anna. Claudel hatte sie bereits informiert, aber ich wollte es ihr noch persönlich mitteilen. Sie taucht schon wieder auf, sagte ich. Ja, pflichtete sie mir bei. Aber beide glaubten wir nicht mehr so ganz daran.

Ich berichtete ihr, daß Élisabeths Skelett verpackt und transportbereit sei, auch der Bericht sei fertig. Sie versprach mir, die Knochen würden gleich am Montag morgen abgeholt.

»Vielen herzlichen Dank, Dr. Brennan. Wir sind schon sehr gespannt auf Ihren Bericht.«

Was ich sonst noch herausgefunden hatte, verschwieg ich ihr, denn ich hatte keine Ahnung, wie die Schwestern auf meine Ergebnisse reagieren würden.

Während ich das Abendessen vorbereitete, schob ich jeden Gedanken an Carole Comptois' Schicksal beiseite. Harry kam gegen halb acht, und beim Essen redeten wir über kaum mehr als über die Pasta mit Zucchini. Sie wirkte müde und abgelenkt und schien meine Ausrede des Ausrutschers auf Eis zu akzeptieren, und ich war völlig erschöpft von den Ereignissen des Tages. Weder fragte ich sie nach der vergangenen Nacht oder nach dem Seminar, noch erzählte sie von sich aus etwas. Ich glaube, wir waren beide froh, nicht zuhören oder reagieren zu müssen.

Nach dem Essen las Harry ihre Workshop-Unterlagen, und ich machte mich noch einmal an die Tagebücher. Das Kopieren hatte die Schriftqualität nicht gerade verbessert, und ich fand die Lektüre so entmutigend wie am Freitag. Außerdem war Louis-Philippe kein sehr aufregender Chronist. Als junger Arzt schrieb er lange Berichte über seine Tage im Hôtel-Dieu-Krankenhaus. Dagegen fand ich über vierzig Seiten hinweg kaum einen Hinweis auf seine Nichte. Er war anscheinend besorgt über Eugénies Pläne, nach ihrer Heirat mit Alain Nicolet weiter in der Öffentlichkeit zu singen. Außerdem mochte er ihren Friseur nicht. Summa summarum klang Louis-Philippe wie ein richtiger Spießer.

Am Sonntag war Harry schon wieder verschwunden, als ich aufstand. Ich wusch meine Wäsche, trainierte im Fitneß-Studio und überarbeitete eine Vorlesung über die Evolution des Menschen, die ich am Dienstag halten wollte. Am späten Nachmittag hatte ich endlich das Gefühl, alles Wichtige erledigt zu haben. Ich zündete ein Feuer an, machte mir eine Tasse Earl Grey und kuschelte mich mit meinen Büchern und Papieren auf die Couch.

Anfangs las ich weiter in den Bélanger-Tagebüchern, doch nach zwanzig Seiten legte ich sie weg und griff zu dem Buch über die Pockenepidemie. Es war so faszinierend wie Louis-Philippe langweilig.

Ich las von Straßen, durch die ich jeden Tag gehe. In den achtziger Jahren des letzten Jahrhunderts hatten Montreal und die Dörfer der Umgebung über zweihunderttausend Einwohner. Der Stadtkern erstreckte sich von der Sherbrooke Street im Norden am Fluß entlang zum Hafen im Süden. Im Osten war Montreal begrenzt von der Industriestadt Hochelega und im Westen von den Arbeiterdörfern Ste. Cunégonde und St. Henri, die knapp oberhalb des Lachine-Kanals lagen. Im letzten Sommer war ich den gesamten Radweg am Kanal entlanggefahren.

Damals wie heute hatte es Spannungen gegeben. Obwohl der Großteil Montreals westlich der Rue St. Laurent englischsprachig war, hatten die Franzosen zu dieser Zeit bereits in der Stadt als Ganzes die Mehrheit. Sie beherrschten die Stadtpolitik, die Engländer dagegen den Handel und die Presse.

Die Franzosen und die Iren waren katholisch, die Engländer Protestanten. Größtenteils waren die Gruppen getrennt geblieben, im Leben wie im Tod; jede hatte hoch oben auf dem Berg ihren eigenen Friedhof gehabt.

Noch heute sind Sprache und Religion in Montreal sehr bestimmend. Die katholische Schulbehörde. Die protestantische Schulbehörde. Die Nationalisten. Die Föderalisten. Ich fragte mich, welcher Seite Élisabeth Nicolet sich zugerechnet hatte.

Es wurde dunkel im Zimmer, draußen gingen die Straßenlampen an. Ich las weiter.

Im späten neunzehnten Jahrhundert war Montreal ein bedeutendes Handelszentrum mit einem großartigen Hafen gewesen, mit riesigen steinernen Lagerhäusern, Gerbereien, Seifensiedereien und Fabriken. Die McGill war damals bereits eine führende Universität. Aber wie andere viktorianische Städte war auch sie ein Ort der Kontraste gewesen, wo die Paläste der Handelsfürsten die Hütten des Lumpenproletariats überschatteten. Gleich neben den breiten, gepflasterten Prachtstraßen, hinter Sherbrooke und Dorchester, lagen Hunderte von Feldwegen und ungepflasterten Gassen.

Die Kanalisation der Stadt war ungenügend, auf Freiflächen verrotteten Abfälle und Tierkadaver, und überall lagen Exkremente. Der Fluß wurde als offener Abwasserkanal benutzt. Was im Winter der Frost bedeckte, verfaulte und stank in den wärmeren Monaten. Jedermann klagte über die üblen Gerüche.

Mein Tee war kalt geworden, und so stand ich auf, streckte mich und brühte mir eine neue Tasse auf. Als ich das Buch wieder aufschlug, blätterte ich zu dem Kapitel über Hygiene. Über die ungenügenden sanitären Verhältnisse im Hôtel-Dieu-Krankenhaus hatte sich Louis-Philippe in seinem Tagebuch immer wieder beklagt. Und natürlich wurde der alte Knabe in dem Kapitel erwähnt. Er hatte sich in den Gesundheitsausschuß des Stadtrats wählen lassen.

Ich las einen faszinierenden Bericht über eine Ratsdiskussion zum Thema menschliche Ausscheidungen. Einige Montrealer spülten ihre Exkremente in städtische Abwasserrohre, die direkt in den Fluß führten. Andere benutzten Trockenklosetts, wobei sie Erde über ihre Exkremente streuten und sie dann der Müllabfuhr zur Entsorgung überließen. Und wieder andere entleerten sich in primitive Plumpsklos.

Der Gesundheitsbeauftragte der Stadt berichtete, daß die Bewohner ungefähr einhundertsiebzig Tonnen Fäkalien pro Tag produzierten, über zweihundertfünfzehntausend Tonnen pro Jahr. Er warnte, daß die zehntausend Plumpsklos und Senkgruben der Stadt die Hauptursache für Infektionskrankheiten wie Typhus, Scharlach und Diphtherie seien. Schließlich hatte sich der Stadtrat für ein System der Fäkaliensammlung und -verbrennung entschieden. Louis-Philippe stimmte dafür. Das war am 28. Januar 1885.

Am Tag nach der Abstimmung fuhr der Westzug der Grand Trunk Railway in die Station Bonaventure ein. Ein Schaffner war krank, der Eisenbahnarzt wurde gerufen. Bei der Untersuchung des Mannes wurde eine Pockeninfektion festgestellt. Da er Protestant war, brachte man ihn ins Montreal General Hospital, doch dort wurde ihm die Aufnahme verweigert. Immerhin gestattete man dem Patienten, in einem Isolierzimmer auf der Infektionsstation zu warten. Schließlich nahm man ihn, auf Bitten des Eisenbahnarztes, widerwillig im katholischen Hôtel Dieu auf.

Ich stand auf, um das Feuer zu schüren. Während ich die Scheite umschichtete, stellte ich mir das weitläufige graue Steingebäude an der Ecke Avenue des Pins und Rue St. Urbain vor. Das Hôtel Dieu war noch immer als Krankenhaus in Betrieb. Ich war schon oft daran vorbeigefahren.

Ich kehrte zum Buch zurück. Zwar knurrte mir der Magen, aber ich wollte mit dem Essen auf Harry warten.

Die Ärzte im Montreal General dachten, ihre Kollegen im Hôtel Dieu hätten die Pocken den Gesundheitsbehörden gemeldet. Die im Hôtel Dieu dachten das Gegenteil. Niemand meldete es den Behörden, und niemand informierte das Personal der beiden Krankenhäuser. Am Ende der Epidemie waren über dreitausend Menschen tot, die meisten davon Kinder.

Ich schloß das Buch. Meine Augen brannten und meine Schläfen pochten. Wo war Harry?

Ich ging in die Küche, holte die Lachssteaks aus dem Kühlschrank und wusch sie. Während ich die Dillsauce zubereitete, versuchte ich, mir mein Viertel vor einem Jahrhundert vorzustellen. Wie reagierte man in dieser Zeit auf Pocken? Zu welchen Hausmitteln griff man? Über zwei Drittel der Toten waren Kinder gewesen. Wie war es, wenn man die Kinder der Nachbarn sterben sah? Wie kam man mit der Hilflosigkeit zurecht, wenn man ein zum Sterben verurteiltes Kind zu pflegen hatte?

Ich bürstete zwei große Kartoffeln und legte sie in den Ofen, wusch dann Salat, Tomaten und Gurke. Von Harry immer noch keine Spur.

Obwohl meine Lektüre mich eine Weile Mathias und Malachy und Carole Comptois vergessen ließ, war ich noch immer angespannt, und der Kopf tat mir weh. Ich ließ mir ein heißes Bad einlaufen und schüttete Aromasalze aus dem Meer hinzu. Schließlich legte ich eine Leonard-Cohen-CD auf und stieg in die Wanne.

Der Fall Élisabeth Nicolet war mir eine willkommene Ablenkung von meinen jüngsten Mordfällen. Bisher war dieser Ausflug in die Geschichte faszinierend gewesen, aber ich hatte nicht erfahren, was ich wissen wollte. Dank der umfangreichen Informationen, die Schwester Julienne mir schon vor der Exhumierung zugeschickt hatte, war ich bereits vertraut mit Élisabeths Arbeit während der Epidemie.

Élisabeth hatte jahrelang wie eine Einsiedlerin gelebt, doch als die Epidemie außer Kontrolle geriet, wurde sie zu einer Vorkämpferin moderner medizinischer Methoden. Sie schrieb Briefe an die Gesundheitsbehörde der Provinz, an den Gesundheitsausschuß des Stadtrats und an Honoré Beaugrand, den Bürgermeister von Montreal, in denen sie eine Verbesserung der hygienischen Verhältnisse forderte. Gleichzeitig bombardierte sie die englischen und französischen Zeitungen mit Leserbriefen, in denen sie die Wiedereröffnung des städtischen Pockenspitals forderte und für eine allgemeine Schutzimpfung eintrat.

Sie schrieb an ihren Bischof, wies ihn darauf hin, daß das Fieber sich vor allem dort ausbreitete, wo viele Menschen zusammenkamen, und bat ihn, vorübergehend die Kirchen zu schließen. Bischof Fabre weigerte sich mit der Begründung, daß eine Schließung der Kirchen eine Verhöhnung Gottes wäre. Im Gegenteil, er drängte seine Gemeinde sogar zum Kirchgang und redete den Gläubigen ein, gemeinsame Gebete seien wirkungsvoller als das Beten im stillen Kämmerlein.

Schön gedacht, Bischof. Deshalb starben die französischen Katholiken und die englischen Protestanten nicht. Die Heiden ließen sich impfen und blieben zu Hause.

Ich ließ heißes Wasser zulaufen und stellte mir vor, wie frustriert Élisabeth gewesen sein mußte und wieviel Takt *ich* an ihrer Stelle aufgebracht hätte.

Okay. Nun wußte ich also über ihre Arbeit Bescheid, und auch über ihren Tod gab es genügend Informationen, denn in dieser Hinsicht hatten sich die Nonnen besonders gern verbreitet. Über Élisabeths Krankheit und das anschließende Begräbnis hatte ich Unmengen gelesen.

Aber ich mußte etwas über ihre Geburt in Erfahrung bringen.

Ich griff zur Seife.

Diese Tagebücher mußte ich lesen, daran ging kein Weg vorbei.

Ich seifte mir die Schultern ein.

Aber ich hatte die Fotokopien, das konnte also warten, bis ich in Charlotte war.

Ich wusch mir die Füße.

Zeitungen. Das war Jeannottes Vorschlag gewesen. Ja. Die Zeit, die mir am Montag noch blieb, würde ich nutzen, um alte Zeitungen durchzusehen. Ich mußte sowieso zur McGill, um die Kladden zurückzugeben.

Ich sank wieder ins heiße Wasser und dachte an meine Schwester. Arme Harry. Ich hatte sie gestern ziemlich links liegengelassen. Ich war müde gewesen, aber war das der einzige Grund? Hatte es mit Ryan zu tun? Harry hatte jedes Recht, mit ihm zu schlafen, wenn sie wollte. Warum war ich dann so abweisend gewesen? Ich beschloß, an diesem Abend freundlicher zu ihr zu sein.

Ich trocknete mich eben ab, als ich das Piepsen der Alarmanlage hörte. Ich zog ein Flanellhemd mit Disney-Figuren, das Harry mir einmal zu Weihnachten geschenkt hatte, aus dem Schrank und streifte es mir über.

Ich fand sie ihm Wohnzimmer, wo sie, noch immer in Jacke, Mütze und Handschuhen, dastand und ins Leere starrte.

»Langer Tag, würde ich sagen.«

»Ja.« Ihr Blick kehrte ins Hier und Jetzt zurück, und sie schenkte mir ein dünnes Lächeln.

»Hunger?«

»Glaub schon. Aber laß mir noch ein paar Minuten Zeit.« Sie warf ihren Rucksack auf die Couch und ließ sich daneben fallen.

»Natürlich. Zieh die Jacke aus und mach's dir bequem.«

»Ja. Verdammt kalt ist das hier. Nur das kurze Stück von der Metro hierher, und ich komme mir vor wie ein Eis am Stiel.«

Nach ein paar Minuten hörte ich sie im Gästezimmer, dann kam sie zu mir in die Küche. Ich grillte den Lachs und mischte den Salat, während sie den Tisch deckte.

Als wir uns zum Essen setzten, fragte ich sie nach ihrem Tag.

»War ganz okay.« Sie schnitt ihre Kartoffel auf, zerdrückte sie und löffelte Sauerrahm darüber.

»Okay?« hakte ich nach.

»Ja. Wir haben einiges hinter uns gebracht.«

»Du siehst aus, als hättest du sechzig Kilometer schlechter Straße hinter dir.«

»Ja. Ich bin ziemlich fertig.« Sie lächelte nicht einmal über meine Wortwahl.

»Und was habt ihr getan?«

»Viele Vorträge, Übungen.« Sie löffelte Sauce auf ihren Fisch. »Was sind das für grüne Fädchen?«

»Dill. Was für Übungen?«

»Meditationen. Spiele.«

»Spiele?«

»Geschichtenerzählen. Gymnastik. Was man eben von uns verlangt.«

»Du tust alles, was man von dir verlangt?«

»Ich tu's, weil ich mich dafür entschieden habe, es zu tun«, blaffte sie.

Ich erschrak. Es kam selten vor, daß Harry mich so anblaffte.

»'tschuldigung. Ich bin einfach nur müde.«

Eine Weile aßen wir schweigend. Eigentlich interessierte mich ihre Kuschel-und-Quassel-Therapie nicht sonderlich, aber nach ein paar Minuten versuchte ich es noch einmal.

»Wie viele Leute seid ihr denn?«

»Einige.«

»Sind sie interessant?«

»Ich mache das nicht, um Freunde zu finden. Ich lerne, verantwortungsbewußt zu werden. Mein Leben ödet mich an, und ich versuche herauszufinden, wie ich es besser gestalten kann.«

Sie stocherte in ihrem Salat. Ich konnte mich nicht erinnern, sie je so niedergeschlagen gesehen zu haben.

»Und diese Übungen helfen dabei?«

»Tempe, du mußt das selber ausprobieren. Ich kann dir nicht genau sagen, was wir tun und wie es funktioniert.«

Sie schabte die Dillsoße vom Lachs und zerpflückte das Filet.

Ich sagte nichts.

»Ich glaube nicht, daß du es kapieren würdest. Du bist so steif.«

Sie nahm ihren Teller und trug ihn in die Küche. Soviel zu meinem Entschluß, Interesse zu zeigen.

Ich stellte mich zu ihr ans Spülbecken.

»Ich glaube, ich gehe jetzt einfach ins Bett«, sagte sie und legte mir eine Hand auf die Schulter. »Wir reden dann morgen.«

»Ich fliege am Nachmittag.«

»Ach so. Ich ruf dich an.«

Im Bett ging ich die Unterhaltung noch einmal durch. Ich hatte Harry noch nie so mutlos erlebt und so reizbar, wenn man sie ansprach. Offensichtlich war sie wirklich erschöpft. Vielleicht war es aber auch die Sache mit Ryan. Oder ihre Trennung von Striker.

Nachträglich fragte ich mich, warum ich die Zeichen nicht erkannt hatte. Dann wäre vieles anders gekommen.

13

Am Montag stand ich bei Tagesanbruch auf, weil ich für Harry und mich Frühstück machen wollte. Sie lehnte ab, weil an diesem Tag Fasten angesagt sei, wie sie sagte. Noch vor sieben verließ sie das Haus, im Trainingsanzug und ohne Make-up, ein Anblick, den ich bei ihr nie erwartet hätte.

Es gibt Bücher, in denen man den kältesten, den trockensten, den tiefsten Punkt der Erde nachschlagen kann. Der tristeste ist zweifelsohne die Periodika- und Mikrofilmabteilung der McLennan Library an der McGill. Es ist ein langer, schmaler Saal im ersten Stock mit Gußbetonwänden und Neonröhren und, in einem hübschen Kontrast dazu, einem blutroten Boden.

Den Anweisungen der Bibliothekarin folgend, ging ich an den Reihen der Periodika und Zeitungen vorbei zu den Regalen mit winzigen Pappkartonschachteln und runden Metalldosen. Ich fand diejenigen, die ich brauchte, und begab mich damit in den Lesesaal. Nachdem ich beschlossen hatte, mit der englischen Presse anzufangen, zog ich die entsprechende Rolle Mikrofilm heraus und legte sie ins Lesegerät ein.

1846 erschien die *Montreal Gazette* dreimal wöchentlich in einer Aufmachung wie die heutige *New York Times.* Schmale Spalten, wenige Bilder, zahlreiche Anzeigen. Mein Lesegerät war schlecht und der Film ebenfalls. Es war, als würde man versuchen, unter Wasser zu lesen. Immer wieder verschwamm die Schrift, und Haare und Schmutzpartikel wanderten über den Schirm.

Anzeigen warben für Pelzkappen, britische Schreibwaren und ungegerbte Schaffelle. Dr. Taylor wollte einem seinen Leberblümchenbalsam verkaufen, Dr. Berlin seine Gallenpillen. John Bower Lewis pries sich selbst als wackeren Anwalt und Rechtsvertreter an. Pierre Grégoire wäre es eine Ehre, Ihre Haare richten zu dürfen. Die Anzeige lautete folgendermaßen:

> Gentleman empfängt ehrbare männliche und weibliche Kunden. Mache Ihr Haar weich und glänzend, wie widerspenstig es auch sein mag. Benutze nur vorzügliche Präparate zur Creation prächtiger Locken und zur Wiederherstellung Ihrer Frisur. Vernünftige Preise. Nur ausgewählte Kundschaft.

Und nun zu den Nachrichten.

Antoine Lindsay starb, als sein Nachbar ihm mit einem Stück Holz auf den Kopf schlug. Wahrscheinlich vorsätzlicher Mord.

Ein junges englisches Mädchen, Maria Nash, erst seit kurzem in

Montreal, wurde gewaltsam entführt und dann im Stich gelassen. Sie starb im Zustand geistiger Umnachtung im Emigrant Hospital.

Als Bridget Clocone im *Women's Lying In Hospital* von einem Jungen entbunden wurde, stellten die Ärzte fest, daß die vierzig Jahre alte Frau erst kürzlich ein anderes Kind geboren hatte. Die Polizei durchsuchte das Haus ihres Arbeitgebers und fand die Leiche eines zweiten Jungen, versteckt unter Kleidung in einer Kiste. Das Baby zeigte »...Spuren der Gewalteinwirkung, wie verursacht durch den starken Druck von Fingern auf den Hals«.

Wahrscheinlich vorsätzlicher Mord.

Mein Gott. Ändert sich denn nie etwas?

Ich blätterte weiter, überflog eine Liste von Schiffen, die den Hafen verlassen hatten, und eine Liste von Passagieren, die von Montreal nach Liverpool aufbrachen. Ziemlich trockene Materie.

Preise für das Dampfschiff. Der Fahrplan der Postkutsche nach Ontario. Umzugsanzeigen. Nicht viele Leute, die in dieser Woche die Stadt verließen.

Schließlich fand ich es. Geburten, Eheschließungen, Todesfälle. In dieser Stadt am siebzehnten: Mrs. David Mackay, einen Sohn; Mrs. Marie-Claire Bisset, eine Tochter. Keine Erwähnung von Eugénie Nicolet und ihrem Baby.

Ich merkte mir die Position der Geburtsanzeigen in den Zeitungen und blätterte in den Ausgaben der folgenden Wochen gleich zu dieser Rubrik. Nichts. Ich kontrollierte jede Zeitung auf der Spule. Bis Ende 1846 wurde Élisabeths Geburt nirgendwo angezeigt.

Ich versuchte es mit den anderen englischsprachigen Zeitungen. Dasselbe. Keine Erwähnung von Eugénie Nicolet. Nichts über Élisabeths Geburt. Ich nahm mir die französische Presse vor. Auch dort nichts.

Um zehn Uhr brannten mir die Augen, Rücken und Schultern schmerzten. Ich lehnte mich zurück, streckte mich und massierte mir die Schläfen. Und jetzt?

Irgendwo im Saal drückte ein anderer Benutzer auf den Rückspulknopf. Gute Idee. Warum auch nicht? Ich gehe rückwärts. Élisabeth wurde im Januar geboren. Sehen wir uns doch einmal die Zeit an, als Sperma und Eizelle sich einander vorstellten.

Ich holte mir die Dosen und legte einen Film auf die Spulen. April 1845. Die gleichen Anzeigen. Die gleichen Umzugsankündigungen. Die gleichen Passagierlisten. Englische Presse. Französische Presse.

Als ich zu *La Presse* kam, konnte ich kaum noch klar sehen. Ich schaute auf die Uhr. Halb zwölf. Noch zwanzig Minuten.

Ich stützte das Kinn auf die Faust und drückte den Rückspulknopf. Als der Film stoppte, war ich im März. Von hier blätterte ich manuell vorwärts und überflog schnell die einzelnen Seiten als ich auf den Namen Bélanger stieß.

Ich setzte mich auf und stellte den Artikel scharf. Er war nur kurz. Eugénie Bélanger plante eine Reise nach Paris. Die berühmte Sängerin und Gattin von Alain Nicolet würde mit einer zwölfköpfigen Truppe reisen und nach der Saison zurückkehren. Bis auf einige Floskeln, wie sehr man sie vermissen würde, war das alles. Eugénie hatte die Stadt also verlassen. Wann war sie zurückgekehrt? Wo war sie im April? Hatte Alain sie begleitet? Oder war er ihr nach Paris nachgereist? Ich sah auf die Uhr. Scheiße.

Ich kramte in Geldbörse und Handtasche nach Münzen und druckte so viele Seiten aus, wie mein Kleingeld es erlaubte Dann spulte ich zurück, stellte die Filme wieder an ihren Platz und eilte über den Campus zu Birks Hall.

Da Dr. Jeannottes Tür verschlossen war, ging ich ins Fakultätsbüro. Die Sekretärin löste den Blick gerade lange genug vom Monitor, um mir zu versichern, daß die Tagebücher zuverlässig zurückgegeben würden. Ich heftete ein kurzes Dankschreiben daran und ging.

Auf dem Rückweg in meine Wohnung war ich in Gedanken noch immer im letzten Jahrhundert. Ich stellte mir vor, wie die großen alten Häuser, an denen ich vorbeiging, vor hundert Jahren ausgesehen haben mochten. Was hatten die Bewohner gesehen, wenn sie über die Sherbrooke schauten? Nicht das Musée des Beaux Arts oder das Ritz Carlton. Nicht die neuesten Angebote von Ralph Lauren, Giorgio Armani und Gianni Versace.

Ich fragte mich, ob ihnen so schicke Nachbarn gefallen hätten. Der Anblick dieser Boutiquen ist doch sicher erbaulicher als der des Pockenspitals, das damals nicht weit von ihren Hinterhöfen wiedereröffnet wurde.

Zu Hause hörte ich meinen Anrufbeantworter ab, weil ich befürchtete, Harrys Anruf verpaßt zu haben. Nichts. Ich machte mir schnell ein Sandwich und fuhr dann ins Labor, um die Berichte zu unterzeichnen. Bevor ich ging, legte ich LaManche noch einen Zettel mit dem Datum meiner Rückkehr auf den Tisch. Normalerweise verbringe ich fast den ganzen April in Charlotte, mit der Vereinbarung, daß ich für Auftritte vor Gericht oder bei dringenden Fällen sofort nach Montreal zurückkehre. Wenn der Mai kommt und das Frühlingssemester endet, bin ich wieder hier, um den Sommer in Kanada zu verbringen.

Wieder zu Hause, brachte ich eine Stunde mit Packen und dem Organisieren meiner Arbeitsunterlagen zu. Ich reise zwar nicht gerade mit leichtem Gepäck, aber Kleidung ist dabei nicht das Problem, denn nach Jahren des Pendelns zwischen zwei Ländern habe ich gemerkt, daß es einfacher ist, alles doppelt zu haben. Ich besitze den weltgrößten Koffer auf Rädern, und den stopfe ich voll mit Büchern, Akten, Zeitschriften, Manuskripten, Vorlesenotizen und allem anderen, woran ich gerade arbeite. Diesmal gehörten auch einige Pfund Fotokopien dazu.

Um halb vier nahm ich mir ein Taxi zum Flughafen. Harry hatte nicht angerufen.

Ich lebe in der wahrscheinlich ungewöhnlichsten Wohnung in Charlotte. Es ist die kleinste Einheit in einem Gebäudekomplex mit dem Namen Sharon Hall, ein etwa ein Hektar großes Grundstück an der Queens Road in Myers Park. Urkunden sagen nichts über die ursprüngliche Funktion des kleinen Gebäudes; die heutigen Bewohner nennen es, aus Mangel an einer anderen Bezeichnung, Coach House Annex – den Remisenanbau – oder einfach Annex.

Das Haupthaus von Sharon Hall wurde 1923 als Residenz für einen ortsansässigen Holzmagnaten erbaut. Nach dem Tod von dessen Frau im Jahr 1957 wurde der 700-Quadratmeter-Prachtbau dem Queens College gestiftet. Die Gebäude beherbergten die Philosophische Fakultät bis Mitte der Achtziger, als das gesamte Anwesen verkauft und Residenz und Remise in Eigentumswohnungen umgewandelt wurden. Zu dieser Zeit wurden Flügel und Anbauten mit insgesamt zehn Reihenhäusern hinzugefügt, alle im Stil der ursprünglichen Residenz. Alte Ziegel aus einer Hofmauer wurden für die neuen Gebäude verwendet, und Fenster, Stuckarbeiten und Holzböden wurden dem Original so weit wie möglich angeglichen.

Anfang der Sechziger wurde ein überdachter Freisitz mit Panoramafenstern an den Annex angebaut, und der winzige Bau diente als eine Art Sommerküche. Nach einer Weile kam er außer Gebrauch, und schließlich fungierte er zwei Jahrzehnte lang als Vorratskammer. 1993 kaufte ein Manager der NationsBank den Annex und wandelte ihn in das kleinste Reihenhaus der Welt um, wobei er den Freisitz in den Wohnbereich eingliederte. Der Manager wurde kurz darauf versetzt, genau zu der Zeit, als meine sich verschlechternde eheliche Lage mich zwang, mir eine neue Unterkunft zu suchen. Ich habe gut fünfundsiebzig Quadratmeter auf zwei Etagen, und so beengt die Wohnung auch sein mag, ich liebe sie.

Als ich die Tür aufschloß, war das einzige Geräusch das langsame, regelmäßige Ticken meiner alten Schuluhr. Pete war also hiergewesen; typisch für ihn, daß er sie für mich aufzog. Ich rief nach Birdie, aber der Kater tauchte nicht auf. Ich hängte meine Jacke in den Dielenschrank und schleppte meinen Koffer die schmale Treppe hoch ins Schlafzimmer.

»Bird?«

Kein Miauen und kein pelzig weißes Gesicht, das um eine Ecke lugte.

Unten fand ich dann einen Zettel auf dem Küchentisch. Pete hatte Birdie noch bei sich, aber er flog am Mittwoch nach Denver und wollte, daß ich den Kater spätestens am Dienstag abholte. Der Anrufbeantworter blinkte wie eine Warnlampe, und das war auch durchaus angemessen, dachte ich.

Ich sah auf die Uhr. Halb elf. Eigentlich wollte ich nicht mehr ausgehen.

Ich wählte Petes Nummer. *Meine Nummer* für so viele Jahre. Ich sah den Apparat an der Küchenwand vor mir, die V-förmige Kerbe an der rechten Seite des Gehäuses. Wir hatten gute Zeiten erlebt in diesem Haus, vor allem in der Küche mit ihrem riesigen offenen Kamin und dem großen alten Kieferntisch. Gäste zog es immer in die Küche, egal, wo ich sie hinzusteuern versuchte.

Der Anrufbeantworter sprang an, und Petes Stimme bat um eine kurze Nachricht. Ich hinterließ ihm eine. Ich versuchte es bei Harry. Das gleiche, meine Stimme.

Ich hörte meine Nachrichten ab. Pete. Mein Dekan. Zwei Studenten. Ein Freund, der mich zu einer Party am vergangenen Dienstag einladen wollte. Meine Schwiegermutter. Zwei, die wieder aufgelegt hatten. Meine beste Freundin Ann. Keine Landminen. Es ist immer eine Erleichterung, wenn die kurzen Monologe sich aneinanderreihen, ohne geschehene oder bevorstehende Katastrophen zu beschreiben.

Ich hatte eine Tiefkühlpizza aufgebacken und gegessen und war schon fast mit dem Auspacken fertig, als das Telefon klingelte.

»Gute Reise gehabt?«

»Nicht schlecht. So wie immer.«

»Bird sagt, er will dich verklagen.«

»Weswegen?«

»Wegen Vernachlässigung.«

»Da könnte er gute Chancen haben. Wirst du ihn vertreten?«

»Wenn er sich den Vorschuß leisten kann.«

»Was gibt's in Denver?«

»Muß eine eidliche Aussage aufnehmen. So wie immer.«

»Kann ich Birdie morgen abholen? Ich bin seit sechs auf und wirklich erschöpft.«

»Ich habe gehört, daß Harry dir einen Besuch abgestattet hat.«

»Das ist es nicht«, blaffte ich. Meine Schwester war immer ein Zankapfel zwischen mir und Pete gewesen.

»He, immer mit der Ruhe. Wie geht's ihr denn?«

»Großartig.«

»Morgen ist mir recht. Wann?«

»Es ist mein erster Tag hier, also komme ich vermutlich spät weg. Wahrscheinlich sechs oder sieben.«

»Kein Problem. Komm nach sieben, und ich mach dir was zu essen.«

»Ich – «

»Wegen Birdie. Er muß sehen, daß wir noch immer Freunde sind. Ich glaube, er hat das Gefühl, daß er an allem schuld ist.«

»Richtig.«

»Willst du vielleicht, daß er zu einem Tierpsychologen muß?«

Ich lächelte. Pete.

»Okay. Ich bring was mit.«

»Mir soll's recht sein.«

Der nächste Tag war noch hektischer, als ich erwartet hatte. Ich stand um sechs auf und war um halb acht auf dem Campus. Um neun hatte ich meine E-Mails und meine normale Post gelesen und meine Vorlesungsnotizen durchgesehen.

Da ich in meinen beiden Kursen Prüfungsarbeiten zurückgab, mußte ich meine Sprechstunde deutlich über die normale Zeit hinaus verlängern. Einige Studenten wollten über ihre Noten reden, andere baten um Nachsicht, weil sie den Test verpaßt hatten. Verwandte sterben immer zu Prüfungszeiten, oder andere persönliche Krisen machen den Kandidaten eine Teilnahme unmöglich. Auch diesmal war es so gewesen.

Um vier nahm ich an einer Sitzung des Lehrplanausschusses teil, in der wir neunzig Minuten darüber diskutierten, ob die philosophische Abteilung den Namen eines Hauptseminars über Thomas von Aquin ändern sollte. Als ich in mein Büro zurückkehrte, blinkte mein Anrufbeantworter. Zwei Nachrichten.

Noch ein Student mit einer toten Tante. Und eine Botschaft des Sicherheitsdienstes, in der vor Einbrüchen im Biologiegebäude gewarnt wurde.

Als nächstes suchte ich Diagramme, Greifzirkel und Gipsabdrücke zusammen und stellte eine Liste mit Materialien auf, die meine Assistentin für eine Laborübung am nächsten Tag herrichten sollte. Dann verbrachte ich eine Stunde im Labor und kontrollierte die Demonstrationsobjekte, die ich für diese Übung vorbereitet hatte.

Um sechs verschloß ich alle Schränke und die Tür zum Labor. Die Korridore des Colvard Building waren leer und still, aber als ich auf den Gang zu meinem Büro einbog, sah ich eine junge Frau an meiner Tür lehnen.

»Kann ich Ihnen helfen?«

Beim Klang meiner Stimme schrak sie hoch.

»Ich – nein. Tut mir leid. Ich habe geklopft.« Sie redete, ohne sich umzudrehen, so daß ich ihr Gesicht nicht erkennen konnte. »Ich habe das falsche Büro erwischt.« Und damit stürzte sie davon und verschwand um die Ecke.

Plötzlich fiel mir die Einbruchswarnung wieder ein.

Ganz ruhig, Brennan. Wahrscheinlich hat sie einfach nur an der Tür gehorcht.

Ich drehte den Knauf, und die Tür öffnete sich. Verdammt. Ich war mir sicher, daß ich sie verschlossen hatte. Oder nicht? Ich war so vollbepackt gewesen, daß ich die Tür mit dem Fuß zugezogen hatte. Vielleicht war sie nicht eingeschnappt.

Ich sah mich schnell im Zimmer um. Es sah alles unverändert aus. Auch meine Handtasche in der untersten Schublade schien unberührt. Geld. Schlüssel. Paß. Kreditkarten. Alles Wichtige war da.

Vielleicht war sie wirklich an der falschen Tür gewesen. Vielleicht hatte sie hineingeschaut, ihren Fehler erkannt und die Tür wieder zugezogen. Ich hatte nicht einmal gesehen, daß sie sie geöffnet hatte.

Wie auch immer.

Ich packte meine Aktentasche, schloß ab und kontrollierte, ob die Tür wirklich verriegelt war. Dann ging ich zum Parkplatz.

Charlotte hat mit Montreal so viel gemein wie Boston mit Bombay. Die Stadt ist wie ein Mensch mit multipler Persönlichkeit, zugleich anmutiger alter Süden und das zweitgrößte Finanzzentrum des Landes. Es ist die Heimat des Charlotte Motor Speedway und der NationsBank und der First Union, der Opera Carolina und von Coyote Joe's. Country-Clubs und Grillbuden, überfüllte Schnellstraßen und stille Sackgassen. Billy Graham wuchs auf einer Milchfarm auf, wo jetzt ein Einkaufszentrum steht, und Jim Bakker fing in einer örtlichen Kirche an und endete vor einem Bundesgericht in der Stadt. Charlotte ist die Stadt, die als erste Schülertransporte in andere Bezirke zwecks Herstellung eines rassischen Gleichgewichts in öffentlichen Schulen einführte, und Sitz zahlreicher privater Akademien, einige mit religiöser Ausrichtung, andere mit rein säkularer.

Bis in die Sechziger war Charlotte eine Stadt der Rassentrennung, aber dann begann eine außerordentliche Gruppe schwarzer und weißer Führer für die Integration in Restaurants, bei der Wohnungsvergabe, in Freizeiteinrichtungen und dem öffentlichen Transportsystem zu kämpfen. Als Judge James B. McMillan 1969 das Gesetz zum Schülertransport erließ, gab es keine Aufstände. Er geriet zwar in heftiges Kreuzfeuer, aber das Gesetz hatte Bestand, und die Stadt fügte sich.

Ich habe immer im südöstlichen Teil der Stadt gewohnt. Dillworth. Myers Park. Eastover. Foxcroft. Viertel, die zwar weit von der Universität entfernt, aber auch die ältesten und hübschesten sind, Labyrinthe aus verwinkelten Straßen, gesäumt von stattlichen Häusern in großen Gärten mit riesigen Ulmen und uralten Weideneichen. Die meisten von Charlottes Straßen sind, wie die meisten von Charlottes Bewohnern, freundlich und anmutig.

Ich kurbelte das Autofenster herunter und atmete die Luft des Märzabends ein. Es war ein typischer Übergangstag, noch nicht ganz Frühling, aber auch nicht mehr Winter, ein Tag, an dem man die Jacke mindestens ein dutzendmal an- und wieder auszieht. Schon schoben sich die Krokusse durch die Erde, und in ein paar Wochen würde die Luft üppig nach Hartriegeln, Eibensequoien und Azaleen riechen. Von wegen Paris: Im April und Mai ist Charlotte die schönste Stadt der Welt.

Ich habe mehrere Möglichkeiten, vom Campus nach Hause zu fahren. An diesem Abend beschloß ich, den Highway zu nehmen, deshalb verließ ich den Campus durch die hintere Ausfahrt und bog auf den Harris Boulevard ein. Auf der I-85 und I-77 kam ich gut voran, und so schaffte ich es in fünfzehn Minuten durch die Innenstadt und fuhr auf der Providence Road in Richtung Südosten. An der *Pasta and Provisions Company* hielt ich an, um Spaghetti, Caesar-Salat und Knoblauchbrot zu kaufen, und um kurz nach sieben klingelte ich an Petes Tür.

Er öffnete mir in ausgewaschenen Jeans und einem gelb und blau gestreiften Rugby-Hemd. Seine Haare standen ihm vom Kopf ab, als wäre er eben mit den Fingern durchgefahren. Er sah gut aus. Pete sieht immer gut aus.

»Warum hast du deinen Schlüssel nicht benutzt?«

Warum eigentlich nicht?

»Um dann eine Blondine in Reizwäsche im Wohnzimmer zu finden?«

»Ist eine da?« fragte er und drehte sich um, als wollte er wirklich nachsehen.

»Hättest du wohl gern. Da, setz Wasser auf.« Ich hielt ihm die Nudeln hin.

Als Pete die Tüte nahm, erschien Birdie. Er streckte erst einen Hinterlauf, dann den zweiten und setzte sich dann mit abgewinkelten Pfoten hin. Sein Blick suchte mein Gesicht, aber er kam nicht näher.

»He, Bird. Hast du mich vermißt?«

Die Katze rührte sich nicht.

»Du hast recht. Er ist sauer«, sagte ich.

Ich warf meine Handtasche auf die Couch und folgte Pete in die Küche. Auf den Stühlen am Tisch türmte sich Post, das meiste davon ungeöffnet. Dasselbe traf auf die Polsterbank unter dem Fenster zu und das Holzregal unter dem Telefon. Ich sagte nichts. Das war nicht mehr mein Problem.

Wir verbrachten eine angenehme Stunde mit Spaghetti-Essen und Reden über Katy und andere Familienmitglieder. Ich erzählte ihm, daß seine Mutter angerufen und sich über Vernachlässigung beklagt habe. Pete meinte, er würde sie und Birdie in einem Gemeinschaftsprozeß vertreten. Ich sagte ihm, er solle sie anrufen. Er versprach es.

Um halb neun trug ich Birdie zum Auto, und Pete folgte mit den Utensilien. Meine Katze reist mit mehr Gepäck als ich.

Als ich die Tür öffnete, legte Pete die Hand auf meine.

»Bist du sicher, daß du nicht bleiben willst?«

Er verstärkte den Griff und strich mir mit der anderen Hand sanft über die Haare.

Wollte ich? Seine Berührung fühlte sich gut an, und das Abendessen hatte so normal, so ungezwungen gewirkt. Ich spürte, daß etwas in mir schmolz.

Schalt dein Hirn ein, Brennan. Du bist müde. Du bist geil. Mach, daß du nach Hause kommst.

»Was ist mit Judy?«

»Eine vorübergehende Störung der kosmischen Ordnung.«

»Ich glaube nicht, Pete, das hatten wir doch schon. Der Abend war schön.«

Er zuckte die Achseln und ließ die Hände sinken.

»Du weißt ja, wo ich wohne«, sagte er und ging zum Haus zurück.

Ich habe irgendwo gelesen, daß das menschliche Gehirn aus zehn Milliarden Zellen besteht. In dieser Nacht waren in meinem Hirn sämtliche Zellen hellwach und stritten aufgeregt nur über ein Thema: Pete.

Warum hatte ich meinen Schlüssel nicht benutzt?

Grenzen, argumentierten die Zellen. Nicht das alte »Hier ist eine Linie im Sand, die du nicht überschreiten darfst«, sondern die Errichtung neuer territorialer Schranken, sowohl real wie symbolisch.

Warum überhaupt die Trennung? Es hatte eine Zeit gegeben, in der ich nichts mehr wollte, als Pete zu heiraten und den Rest meines Lebens mit ihm zu verbringen. Wie unterschied sich mein damaliges Ich von meinem jetzigen? Ich war sehr jung gewesen, als ich heiratete, aber war mein damals noch reifendes Ich so anders gewesen als mein heutiges? Oder hatten die beiden Petes verschiedene Wege eingeschlagen? War der Pete, den ich geheiratet hatte, so verantwortungslos gewesen? So unzuverlässig? Hatte ich früher geglaubt, das sei Teil seines Charmes?

Du klingst schon fast wie ein Song von Sammy Kahn, krähten die Zellen.

Was hatte zu unserem gegenwärtigen Getrenntsein geführt? Welche Entscheidungen hatten wir getroffen? Würden wir dieselben Entscheidungen noch einmal treffen? Lag es an mir? An Pete? War es Schicksal? Was war schiefgelaufen? Oder war es genau richtig so? War ich jetzt auf einem neuen, aber dem richtigen Weg, nachdem die Straße unserer Ehe mich so weit gebracht hatte, wie sie mich hatte bringen können?

Schwierige Fragen, sagten die Hirnzellen.

Wollte ich noch immer mit Pete schlafen?

Ein einstimmiges Ja von den Zellen.

Aber das letzte Jahr war, was Sex angeht, ziemlich mager gewesen.

Interessante Wortwahl, bemerkten die Vertreter meines Es. Mager. Kein Fleisch. Läßt auf Hunger schließen.

Da war doch dieser Anwalt in Montreal, protestierte ich.

Das war doch nichts, entgegnete die höhere Instanz. Bei dem Kerl hat sich die Nadel ja kaum gerührt. Aber bei Pete ist die Spannung im roten Bereich.

Mit dem Hirn ist nicht zu diskutieren, wenn es in einer solchen Stimmung ist.

14

Am Mittwoch morgen hatte ich gerade mein Büro an der Uni betreten, als das Telefon klingelte. Es überraschte mich, Ryans Stimme zu hören.

»Ich will keinen Wetterbericht«, sagte er zur Begrüßung.

»Knappe zwanzig Grad, man braucht schon Sonnencreme.«

»Sie haben wirklich eine gemeine Ader, Brennan.«

Ich sagte nichts.

»Lassen Sie uns über St. Jovite reden.«

»Schießen Sie los.« Ich nahm einen Stift zur Hand und fing an, Dreiecke zu kritzeln.

»Wir haben die Namen der vier im Nebengebäude.«

Ich wartete.

»Es war eine Familie. Mutter, Vater und zwei Kinder.«

»So weit waren wir doch schon, oder?«

Ich hörte Papier rascheln.

»Brian Gilbert, Alter dreiundzwanzig, Heidi Schneider, zwanzig, Malachy und Mathias Gilbert, beide vier Monate.«

Ich verband meine erste Dreiecksreihe mit einer zweiten.

»Die meisten Frauen wären beeindruckt von meiner Ermittlungsarbeit.«

»Die meisten, ja.«

»Sind Sie sauer auf mich?«

»Sollte ich das?«

Ich zwang meine Zähne auseinander und holte tief Luft. Er erwiderte lange Zeit gar nichts.

»Bell Canada hat sich Zeit gelassen wie immer, aber am Montag hatten wir die Telefonaufzeichnungen endlich vorliegen. Die einzige Nummer außerhalb des Ortsgebiets, die im letzten Jahr angerufen wurde, war eine mit einer 803-Vorwahl.«

Ich hielt mitten im Dreieck inne.

»Sieht so aus, als wären Sie nicht die einzige, deren Herz am Süden hängt.«

»Nett.«

»Wer einmal dort war, kann es nicht vergessen.«

»Wo?«

»Beaufort, South Carolina.«

»Im Ernst?«

»Die alte Dame war eine große Telefoniererin, aber im letzten Winter hörten die Anrufe plötzlich auf.«

»Wessen Nummer hat sie angerufen?«

»Ist wahrscheinlich ein Privathaus. Der Sheriff vor Ort wird das heute noch nachprüfen.«

»Hat die Familie dort gelebt?«

»Nicht unbedingt. Aber diese Beaufort-Verbindung hat mich nachdenklich gemacht. Die Anrufe waren ziemlich regelmäßig, und dann hörten sie am 12. Dezember plötzlich auf. Warum? Das war ungefähr drei Monate vor dem Feuer. Irgendwie hat mir das keine Ruhe gelassen. Die Sache mit den drei Monaten. Dann fiel es mir wieder ein. Genau so lange waren, nach Angaben der Nachbarn, das Paar und die Babys in St. Jovite. Sie haben gesagt, daß die

Babys vier Monate alt waren, also habe ich mir gedacht, vielleicht wurden die Kleinen in Beaufort geboren, und die Anrufe hörten auf, als sie in St. Jovite ankamen.«

Ich ließ ihn weiterreden.

»Ich habe im Beaufort Memorial Hospital angerufen, aber dort gab es Ende letzten Jahres keine Entbindung von Zwillingen. Als nächstes habe ich die Ambulanzen angerufen und einen Volltreffer gelandet. Man erinnerte sich an die Mutter in ... «, wieder Papierrascheln, » ... der Beaufort-Jasper Comprehensive Health Clinic auf St. Helena. Das ist eine Insel.«

»Ich weiß das, Ryan.«

»Es ist eine ländliche Ambulanz, vorwiegend schwarze Ärzte, vorwiegend schwarze Patienten. Ich habe mit einer der Gynäkologinnen gesprochen, und nach dem üblichen Blödsinn über Vertraulichkeit der Patientendaten hat sie zugegeben, eine Frau pränatal betreut zu haben, auf die meine Beschreibung zutraf. Die Frau war im vierten Monat, als sie in die Klinik kam, bei der Untersuchung wurde eine Zwillingsschwangerschaft festgestellt. Der errechnete Entbindungstermin war Ende November. Heidi Schneider. Die Ärtzin sagte, sie erinnere sich an Heidi, weil sie weiß war und wegen der Zwillinge.«

»Und sie hat dort entbunden?«

»Nein. Das war der andere Grund, warum die Ärztin sich an sie erinnerte. Sie verschwand nämlich. Die Frau nahm ihre Termine bis zum sechsten Monat wahr, tauchte dann aber nie mehr auf.«

»Das ist alles?«

»Das ist alles, was sie mir verriet, bis ich ihr das Autopsiefoto faxte. Ich fürchte, das wird sie noch eine Weile in ihren Träumen verfolgen. Als sie mich dann wieder anrief, war sie sehr viel kooperativer. Nicht, daß das Patientenblatt sehr hilfreich war. Heidi war nicht gerade mitteilsam, als sie das Formular ausfüllte. Sie nannte Brian Gilbert als Vater und gab eine Heimatadresse in Sugar Land, Texas, an, ließ aber die Spalten für augenblicklichen Wohnort und Telefonnummer leer.«

»Was ist mit Texas?«

»Wir überprüfen das noch, Ma'am.«

»Fangen Sie nicht schon wieder an, Ryan.«

»Wie gut sind die Beauforter Jungs in Blau?«

»Ich kenne die nicht besonders. Aber sie sind für St. Helena sowieso nicht zuständig. Es gehört nicht zur Stadtgemeinde, das heißt, es fällt in den Zuständigkeitsbereich des Sheriffs.«

»Na ja, den werden wir ja kennenlernen.«

Wir?

»Ich fliege am Montag runter und könnte einen Führer gebrauchen. Sie wissen schon, jemand, der die Sprache spricht und die örtlichen Sitten und Gebräuche kennt. Ich habe keine Ahnung, wie man Maisgrütze ißt.«

»Geht nicht. Katy kommt nächste Woche nach Hause. Außerdem ist Beaufort einer meiner Lieblingsplätze hier auf Erden. Selbst wenn ich Sie dort herumführe – was ich wahrscheinlich nicht tun werde –, dann ganz bestimmt nicht, solange Sie im Dienst sind.«

»Oder warum?«

»Was warum?«

»Warum man Maisbrei essen sollte.«

»Fragen Sie Martha Stewart.«

»Überlegen Sie es sich.«

Nicht nötig. Ich hatte so wenig vor, Ryan in Beaufort zu treffen, wie ich beabsichtigte, eine Kontaktanzeige aufzugeben.

»Was ist mit den verkohlten Leichen im ersten Stock?« Zurück zu St. Jovite.

»Wir arbeiten noch daran.«

»Ist Anna Goyette schon aufgetaucht?«

»Keine Ahnung.«

»Irgendwelche Entwicklungen in Claudels Mordfall?«

»In welchem?«

»Das verbrühte schwangere Mädchen.«

»Soweit ich weiß, nicht.«

»Sie sind ja der reinste Springquell an Information. Sagen Sie mir Bescheid, wenn Sie in Texas was finden.«

Ich legte auf, holte mir ein Cola light und wählte nun selber. Zu dem Zeitpunkt wußte ich es noch nicht, aber es sollte ein Tag intensiven Telefonierens werden.

Den ganzen Nachmittag arbeitete ich an einem Vortrag, den ich bei der Tagung der *American Association of Physical Anthropology* Anfang April halten wollte. Ich fühlte mich wie immer unter Druck, weil ich zuviel zu lange hinausgeschoben hatte.

Um halb vier, ich sortierte gerade CT-Aufnahmen, klingelte wieder das Telefon.

»Sie sollten mehr an die frische Luft.«

»Einige von uns haben zu arbeiten, Ryan.«

»Die Adresse in Texas ist die Heimatadresse der Schneiders. Nach Angaben ihrer Eltern, beide übrigens nicht gerade Intelligenzbestien, tauchten Heidi und Brian irgendwann im August auf und blieben, bis die Kleinen geboren waren. Heidi verweigerte pränatale Betreuung und entband zu Hause mit einer Hebamme. Einfache Geburt. Ohne Probleme. Glückliche Großeltern. Dann kam Anfang Dezember ein Mann zu Besuch, und eine Woche später fuhr eine ältere Dame mit einem Transporter vor, und sie machten sich mit ihr davon.«

»Wohin?«

»Die Eltern haben keine Ahnung. Danach gab es keinen Kontakt mehr.«

»Wer war der Kerl?«

»Wissen sie nicht, aber sie sagen, daß Heidi und Brian eine Heidenangst vor dem Kerl hatten. Nachdem er wieder verschwunden war, versteckten sie die Babys und weigerten sich, das Haus zu verlassen, bis die alte Dame kam. Papa Schneider mochte ihn auch nicht besonders.«

»Warum nicht?«

»Dem hat sein Aussehen nicht gefallen. Sagte, bei dem Kerl mußte er immer ... Lassen Sie mich das wörtlich zitieren.« Ich konnte mir vorstellen, wie Ryan in seinem Notizbuch blätterte. »›An ein gottverdammtes Stinktier denken‹. Irgendwie poetisch, nicht?«

»Ein richtiger Yeats, dieser Dad. Sonst noch was?«

»Das Gespräch mit den beiden war zwar ungefähr so, als würde ich mit meinem Papagei reden, aber etwas ist doch noch dabei rausgekommen.«

»Sie haben einen Vogel?«

»Mama sagte, daß Heidi und Brian Mitglieder irgendeiner Gruppe gewesen seien. Daß sie alle zusammengelebt hätten. Und jetzt kommt's. Sind Sie bereit dafür?«

»Ich habe eben vier Valium geschluckt. Raus damit.«

»In Beaufort, South Carolina.«

»Das paßt. Und was haben sie sonst noch gesagt?«

»Nichts Brauchbares.«

»Was ist mit diesem Brian Gilbert?«

»Er und Heidi lernten sich vor zwei Jahren im College kennen, und beide brachen kurz darauf das Studium ab. Mama Schneider meinte, er sei aus Ohio. Sagte, daß er irgendwie komisch redete. Wir prüfen das nach.«

»Haben Sie es ihnen gesagt?«

»Ja.«

Einen Augenblick lang schwiegen wir. Hinterbliebene von einem Mord zu benachrichtigen ist der schlimmste Teil der Arbeit eines Detectives, der Teil, den alle am meisten fürchten.

»Ich könnte Sie in Beaufort gut gebrauchen.«

»Ich komme trotzdem nicht. Das ist Polizeiarbeit, keine forensische.«

»Vieles geht schneller, wenn man das Pflaster kennt.«

»Weiß gar nicht, ob's in Beaufort Pflaster gibt.«

Zehn Minuten später klingelte es schon wieder.

»Bonjour, Temperance. *Comment ça va?«*

LaManche. Ryan hatte keine Zeit verschwendet, und er hatte seinen Fall sehr überzeugend dargestellt. Ob ich Detective Lieutenant Ryan wohl bei der Angelegenheit in Beaufort helfen könne? Es sei eine sehr heikle Ermittlung, und die Medien würden allmählich unruhig. Natürlich könne ich meine Stunden in Rechnung stellen, die Spesen würden erstattet.

Das Licht am Apparat blinkte, während wir redeten, was bedeutete, daß ich einen Anruf verpaßt hatte. Ich versprach LaManche, ich würde versuchen, es einzurichten, und legte auf.

Die Nachricht war von Katy. Ihre Pläne für nächste Woche hatten eine etwas andere Gestalt angenommen. Sie wollte zwar noch immer übers Wochenende nach Hause kommen, dann aber zu Freunden auf Hilton Head Island.

Als ich mich zurücklehnte, um mir zu überlegen, was ich tun sollte, fiel mein Blick auf den Monitor mit dem unfertigen Vortrag. Katy und ich könnten übers Wochenende nach Beaufort fahren, und ich könnte dort daran arbeiten. Dann würde sie nach Hilton Head weiterfahren, und ich würde bleiben und Ryan helfen. La-Manche wäre zufrieden. Ryan wäre zufrieden. Und natürlich konnte ich das zusätzliche Einkommen gut gebrauchen.

Aber ich hatte auch gute Gründe, nicht zu fahren.

Seit Ryans Anruf hatte ich immer wieder ein Bild Malachys vor Augen. Ich sah seine halb geöffneten Augen, seine verwüstete Brust, seine winzigen, im Tod verkrampften Finger. Ich dachte an seinen toten Zwillingsbruder und seine toten Eltern und seine trauernden Großeltern. Das Nachdenken über diesen Fall stürzte mich in Melancholie, und gerade der wollte ich eine Weile entkommen.

Als nächstes nahm ich mir meinen Lehrplan für die kommende Woche vor. Für den Kurs in menschlicher Evolution hatte ich für Donnerstag einen Film geplant. Den konnte ich vorverlegen. Don Johanson würde am Dienstag nicht weniger erhellend sein.

Ein Knochenquiz im Osteologie-Kurs, danach offenes Labor. Ein kurzer Anruf. Kein Problem. Alex würde übernehmen, wenn ich alles für sie vorbereitete.

Ich schlug meinen Terminkalender auf. Keine Ausschußsitzungen mehr in diesem Monat. Und nach dem morgigen Tag keine Studententermine mehr bis Ende nächster Woche. Wie auch: Ich war mir ziemlich sicher, daß ich gestern jeden Studenten an der Universität gesehen hatte.

Es könnte funktionieren.

Und tief drinnen spürte ich, daß ich die Pflicht hatte zu helfen, wenn ich helfen konnte. Wie klein mein Beitrag auch sein mochte. Ich konnte keine Farbe mehr auf Malachys Wangen zurückzaubern, konnte auch die schreckliche Wunde in seiner Brust nicht schließen. Ich konnte den Schmerz der alten Schneiders nicht tilgen, konnte ihnen ihr Kind und ihre Enkelkinder nicht zurückgeben. Aber vielleicht konnte ich dazu beitragen, den Psychopathen zu fangen, der sie getötet hatte. Und vielleicht konnte ich einen künftigen Malachy retten.

Wenn du das vorhast, Brennan, dann denk nicht lang drüber nach, sondern mach.

Ich rief Ryan an und sagte ihm, daß ich ihm Montag und Dienstag zur Verfügung stünde. Ich würde ihm noch Bescheid sagen, wo er mich finden konnte.

Es gab noch etwas, das ich unbedingt tun wollte, und deshalb erledigte ich erst noch einen anderen Anruf, bevor ich Katys Nummer wählte. Ich erklärte ihr, was ich vorhatte, und sie war vollauf begeistert. Sie würde mich am Freitag zu Hause abholen, und wir würden in meinem Auto hinfahren.

»Geh jetzt sofort in die Ambulanz und laß einen TB-Test machen«, sagte ich ihr. »Subdermal, nicht nur den Kratzer. Und laß den Befund ablesen, bevor du am Freitag losfährst.«

»Warum?«

»Weil ich eine tolle Idee für dein Projekt habe, und dafür ist das Voraussetzung. Und wenn du schon in der Ambulanz bist, laß dir eine Kopie deiner Impfunterlagen geben.«

»Warum denn das?«

»Eine Aufstellung deiner sämtlichen Impfungen. Du mußtest das bei deiner Immatrikulation angeben.«

»Warum?«

»Du wirst schon sehen.«

15

Den Donnerstag verbrachte ich mit Unterrichten und Studentenberatung. Nach dem Abendessen rief ich Pete an und bat ihn übers Wochende nach Birdie zu sehen. Harry rief an und erzählte, daß das Seminar zu Ende sei. Sie sei ausgewählt worden, sich persönlich mit dem Professor zu treffen, und werde am Freitag bei ihm zu Hause zu Abend essen. Sie wollte noch übers Wochenende in meiner Wohnung bleiben.

Ich sagte ihr, sie könne bleiben, so lange sie wolle. Ich fragte sie nicht, wo sie die ganze Woche gewesen war oder warum sie nicht angerufen hatte. Ich hatte es ein paarmal probiert, aber nie eine Antwort erhalten, zweimal sogar nach Mitternacht. Aber ich sagte auch das nicht.

»Und du triffst dich nächste Woche mit Ryan im Land der Baumwolle?« fragte sie.

»Sieht so aus.« Ich spürte, wie meine Backenzähne sich wieder aufeinanderpreßten. Woher wußte sie das?

»Dürfte amüsant werden.«

»Es ist rein beruflich, Harry.«

»Ja, richtig. Trotzdem ist er süß, so ein richtiger Knuddelbär.«

»Seine Vorfahren hat man noch zum Trüffelsuchen abgerichtet.«

»Was?«

»Egal.«

Am Freitag vormittag suchte ich Knochenfragmente aus, schrieb Fragen auf Kärtchen und arrangierte die Versuchsanordnung auf Schälchen. Alex würde Knochenstücke und Fragenkärtchen in numerischer Reihenfolge ordnen und die Zeit stoppen, die die Studenten zur Lösung der einzelnen Aufgaben brauchten. Das allseits beliebte Knochenquiz.

Katy erschien genau zur vereinbarten Zeit, und mittags waren wir bereits unterwegs in Richtung Süden. Die Temperatur lag um die zwanzig Grad, und der Himmel war wie in der Fremdenverkehrswerbung. Wir setzten unsere Sonnenbrillen auf und kurbelten die Fenster herunter, um den Wind in unseren Haaren spielen zu lassen. Ich fuhr, und Katy suchte die Musik aus.

Auf der I-77 fuhren wir in südlicher Richtung durch Columbia, dann auf der I-26 nach Südosten und auf der I-95 wieder nach Süden. Bei Yemassee verließen wir die Interstate und brausten auf schmalen Landstraßen weiter. Wir redeten und lachten und hielten an, wann wir Lust dazu hatten. Barbecue bei Maurice's Piggy Park. Ein Schnappschuß vor den Ruinen der Old Sheldon-Prince Williams Church, der Kirche, die Sherman auf seinem Marsch zum Meer niedergebrannt hatte. Es war wunderbar, keinen Termindruck zu haben, mit meiner Tochter zusammenzusein und an den Ort zu fahren, den ich auf der ganzen Welt am meisten liebe.

Katy erzählte mir von ihren Kursen und von den Männern, mit denen sie ausging. Sie berichtete mir von dem inzwischen beigelegten Streit, der beinahe ihre Pläne für die Frühlingsferien durchkreuzt hätte. Sie beschrieb die Mädchen, mit denen sie die Wohnung auf Hilton Head teilen wollte, und ich lachte, bis es weh tat. Ja, das war meine Tochter, mit einem Humor, so trocken, daß es staubte. Ich hatte mich ihr nie näher gefühlt, und eine Zeitlang war ich jung und frei und dachte nicht an die ermordeten Babys.

In Beaufort fuhren wir am Luftstützpunkt der Marine vorbei, hielten kurz am Bi-Lo und rollten dann durch die Stadt und über die Woods Memorial Bridge nach Lady's Island. Am Scheitelpunkt der Brücke hielt ich an, und wir schauten noch einmal zurück zum Hafenviertel von Beaufort, ein Anblick, der mich immer in gute Laune versetzt.

Ich hatte die Sommer meiner Kindheit in Beaufort verbracht und auch die meisten meines Erwachsenenlebens, eine Kette, die erst kürzlich unterbrochen worden war, als ich anfing, in Montreal zu arbeiten. Ich hatte mitbekommen, wie Fast-food-Läden Pilzen gleich aus dem Boden schossen und das Verwaltungszentrum der Bezirksregierung errichtet wurde, das die Einheimischen »Tadsch Mahal« nennen. Die Straßen wurden verbreitert, der Verkehr wurde dichter. Die Inseln beherbergen jetzt Golf-Clubs und Eigentumswohnanlagen. Aber die Bay Street ist unverändert. Die Herrenhäuser stehen noch in alter Pracht, beschattet von louisianamoosverhangenen Mooreichen. So wenig hat Bestand im Leben, daß mir der gemächliche Rhythmus des Lebens in Beaufort immer Ruhe gibt. Die Strömung der Zeit schwappt träge ans ewige Meer.

Als wir uns dem anderen Ende der Brücke näherten, sah ich links vor uns eine Kolonie von Booten, die am Factory Creek vertäut lagen, einem kleinen Nebenarm des Beaufort River. Die Nachmittagssonne funkelte auf ihren Fenstern und ließ Masten und Decks weiß erstrahlen. Ich fuhr noch einen Kilometer auf dem Highway 21 und bog dann auf den Parkplatz vor Ollie's Seafood Restaurant ein. Unter immergrünen Eichen fuhr ich bis zum hinteren Ende und stellte das Auto am Wasser ab.

Katy und ich nahmen unserer Vorräte und Matchbeutel und gingen auf einem Fußweg von Ollie's zu Lady's Island Marina, dem Yachthafen der Insel. Zu beiden Seiten des Wegs lag eine Schlammzone, frisches Frühlingsgrün ragte aus den dunklen Stoppeln des vergangenen Jahres hervor. Sumpfzaunkönige flatterten zwischen Spartgras und Rohrkolben hin und her und klagten krächzend, als wir vorbeigingen. Ich atmete die sanfte Mischung aus Brackwasser, Chlorophyll und verfaulender Vegetation ein und war froh, wieder im Tiefland zu sein.

Der Fußweg zum Strand führte wie ein Tunnel durch das Gebäude der Hafenverwaltung, einen rechteckigen weißen Bau mit einem schmalen Obergeschoß und einem Durchgang zu ebener Erde. Rechts von uns führten Türen in Waschräume, Toiletten und eine Reinigung. Links lagen die Büros von Apex Realty, einem Segelmacher, und dem Hafenmeister.

Nach dem Tunnel stiegen wir eine hölzerne Laufplanke hinunter und gingen bis zum Ende des Kais. Katy musterte die Boote, an denen wir vorbeikamen. Die *Ecstasy,* eine vierzehn Meter lange Morgan aus Norfolk, Virginia. Die *Blew Palm,* eine achtzehn Meter lange Sonderanfertigung mit Stahlrumpf und genügend Takelage für eine Weltumsegelung. Die *Hillbilly Heaven,* eine klassische Motoryacht aus den dreißiger Jahren, einst elegant, jetzt aber verwittert und nicht mehr seetüchtig. Die *Melanie Tess* war das letzte Boot auf der rechten Seite. Katy betrachtete die fünfzehn Meter lange Chris Craft, sagte aber nichts.

»Warte mal 'nen Augenblick«, sagte ich und warf mein Gepäck auf den Pier.

Ich sprang aufs Heck, kletterte auf die Brücke und holte einen Schlüssel aus einem kleinen Holzkästchen rechts des Kapitänssessels. Dann schloß ich die Hecktür auf, klappte die Luke zurück und stieg drei Stufen in die Hauptkabine hinunter. Die Luft im Inneren war kühl und roch nach Holz und Moder und Desinfektionsmittel mit Fichtennadelduft. Ich schloß die Backbordtür auf, und Katy reichte mir unseren Proviant und die Matchsäcke und kam an Bord.

Ohne ein Wort ließen meine Tochter und ich alles in der Hauptkabine liegen und erkundeten erst einmal das Boot. Es war etwas, das wir uns angewöhnt hatten, als sie noch sehr jung war, und wie alt ich auch werden mag, es wird immer meine Lieblingsbeschäftigung bei der Ankunft an einem unbekannten Ort bleiben. Die *Melanie Tess* war mir zwar nicht gerade unbekannt, aber ich war seit fünf Jahren nicht mehr auf der Yacht gewesen und deshalb neugierig auf die Änderungen, die Sam mir beschrieben hatte.

Eine Stufe unterhalb der Hauptkabine fanden wir auf der Bugseite eine Kombüse. Sie war ausgestattet mit einem Zwei-Platten-Herd, einem Spülbecken und einem holzverkleideten Kühlschrank mit klassischem Schnappgriff aus Metall. Der Boden war mit Parkett belegt, die Wände bestanden, wie in allen Räumen, aus Teak. Auf der Steuerbordseite befand sich eine Eßnische mit Polstern in leuchtenden Pink- und Grüntönen. An die Kombüse schloß sich eine Vorratskammer, eine Bugtoilette und eine V-Kajüte mit zwei Kojen an.

Achtern lag die Kapitänskajüte mit einem breiten Doppelbett und verspiegelten Wandschränken. Wie die Hauptkabine und die Eßnische war sie mit Teakverkleidung und leuchtendfarbiger Baumwollpolsterung ausgestattet. Katy war erleichtert, als sie sah, daß es in der Kapitänstoilette eine Dusche gab.

»Echt klasse«, sagte Katy. »Kann ich die Bugkajüte haben?«

»Bist du sicher?« fragte ich.

»Absolut. Die sieht so gemütlich aus! Außerdem bleibe ich sowieso nur zwei Nächte hier, da kannst du ruhig das große Bett haben.«

»Na gut.«

»Schau, ein Kommuniqué mit deinem Namen drauf.«

Ich riß den Umschlag auf und schüttelte einen Zettel heraus.

Wasser und Elektrizität sind angeschlossen, es dürfte Euch also an nichts fehlen. Ruft mich an, wenn Ihr Euch eingerichtet habt. Ich will Euch zum Essen ausführen. Viel Spaß.

Sam

Wir verstauten unseren Proviant, und dann kümmerte Katy sich um ihr Zeug, während ich Sams Nummer wählte.

»Hallo, meine Liebe, habt ihr es euch schon bequem gemacht?«

»Wir sind seit ungefähr zwanzig Minuten hier. Das ist ja eine richtige Schönheit geworden, Sam. Ich kann gar nicht glauben, daß es dasselbe Boot ist.«

»Es gibt nichts, was ein wenig Geld und Muskelkraft nicht schaffen könnten.«

»Wie man sieht. Bist du auch ab und zu mal an Bord?«

»Natürlich. Deshalb sind ja auch Telefon und Anrufbeantworter dort. Ist zwar ein bißchen übertrieben für ein Boot, aber ich kann es mir nicht leisten, irgendwelche Nachrichten zu verpassen. Der Anschluß steht dir natürlich zur Verfügung.«

»Danke, Sam. Ich weiß das wirklich zu schätzen.«

»Verdammt, ich nutze sie einfach nicht genug. Irgend jemand sollte es tun.«

»Noch einmal, danke.«

»Wie wär's mit Abendessen?«

»Ich will mich wirklich nicht aufdrängen –«

»Mann, ich muß schließlich auch was essen. Weißt du was? Ich gehe jetzt zum Gay Seafood Market, um Barsch für so ein Essen zu kaufen, das Melanie morgen veranstalten will. Wir wär's, wenn wir uns im Factory Creek Landing treffen? Das ist rechts, gleich nach Ollie's und kurz vor der Brücke. Ist nichts Besonderes, aber die machen dort tolle Shrimps.«

»Wann?«

»Es ist jetzt sechs Uhr vierzig, wie wär's mit halb acht? Ich will noch an der Werkstatt vorbei und die Harley abholen.«

»Unter einer Bedingung. Ich zahle.«

»Du bist eine harte Nuß, Tempe.«

»Leg dich nicht mit mir an.«

»Und morgen wie besprochen?«

»Wenn's dir recht ist. Ich will nicht –«

»Ja, ja. Hast du es ihr schon gesagt?«

»Noch nicht. Aber wenn sie dich kennenlernt, wird sie schnell draufkommen. Bis in einer Stunde dann.«

Ich warf meinen Sack aufs Bett und stieg zur Brücke hoch. Die Sonne ging eben unter, die letzten Strahlen tauchten die Welt in ein warmes Karmesinrot. Sie ließ das Marschland rechts von mir auflodern und färbte einen weißen Ibis, der im Gras stand. Die Brücke nach Beaufort stand schwarz vor dem rosafarbenen Himmel, wie das Rückgrat eines Urzeitmonsters. Die Boote im Yachthafen der Stadt blinkten über den Fluß zu unserem kleinen Kai herüber.

Obwohl es etwas kühler geworden war, fühlte die Luft sich noch immer an wie Satin. Eine Brise fuhr in meine Haare und wehte mir sanft eine Strähne ins Gesicht.

»Was steht an?«

Katy stand neben mir. Ich sah auf die Uhr.

»Wir treffen uns in einer halben Stunde mit Sam Rayburn zum Abendessen.«

»*Der* Sam Rayburn? Ich dachte, der ist schon tot.«

»Ist er auch. Der hier ist der Bürgermeister von Beaufort und ein alter Freund von mir.«

»Wie alt?«

»Älter als ich. Aber noch recht gut zu Fuß. Du wirst ihn mögen.«

»Moment mal.« Sie zeigte mit dem Finger auf mich, und ich sah ihren Augen an, wie es in ihrem Hirn arbeitete. Dann eine Synapse. »Ist das der Kerl mit den Affen?«

Ich lächelte und nickte.

»Und da fahren wir morgen hin, nicht? Nein, sag nichts. Natürlich. Deswegen mußte ich den Test machen lassen.«

»Du hast ihn doch gemacht, oder?«

»Du kannst das Bett im Sanatorium wieder abbestellen«, sagte sie und streckte den Arm aus. »Ich bin hundertprozentig TB-frei.«

Als wir vor dem Restaurant ankamen, stand Sams Motorrad auf dem Parkplatz. Im vergangenen Sommer hatte es sich zu dem Lotus, dem Segelboot und dem Ultraleichtflugzeug gesellt, als neueste Errungenschaft auf einer langen Liste von Spielzeugen. Ich weiß nicht so recht, ob diese Geräte Sams Methode sind, gegen das Altern anzukämpfen, oder sein Versuch, nach Jahren der Konzentration auf die Aktivitäten von Primaten nun an den Aktivitäten von Menschen teilzunehmen.

Obwohl er zehn Jahre älter ist als ich, sind Sam und ich seit über zwanzig Jahren Freunde. Als wir uns am College kennenlernten, war ich ein Anfangssemester und er Diplomand im zweiten Jahr. Ich vermute, wir fühlten uns zueinander hingezogen, weil unser Leben bis zu diesem Zeitpunkt so unterschiedlich verlaufen war.

Sam ist Texaner, das einzige Kind von jüdischen Pensionsbesitzern. Als er fünfzehn war, wurde sein Vater getötet, weil er versuchte, eine Geldkassette mit zwölf Dollar Inhalt zu verteidigen. Nach dem Tod ihres Gattens sank Mrs. Rayburn in eine tiefe Depression, aus der sie nie mehr auftauchte. Sam nahm die Last auf sich, die Pension zu führen und gleichzeitig die High-School abzuschließen und sich um seine Mutter zu kümmern. Nach ihrem Tod sieben Jahre später verkaufte er die Pension und ging zu den Marines. Er war ruhelos, zornig und an nichts interessiert.

Das Leben beim Militär hatte Sams Zynismus nur noch verstärkt. In der Grundausbildung fand er die Mätzchen seiner Mitrekruten höchst ärgerlich, und er zog sich immer tiefer in sich zurück. Während seines Einsatzes in Vietnam brachte er Stunden mit der Beobachtung von Vögeln und anderen Tieren zu, es war für ihn eine Flucht vor dem Grauen, das ihn umgab. Er war entsetzt über das Gemetzel des Krieges, und er fühlte sich schuldig wegen seiner Teilnahme daran. Im Vergleich dazu wirkten die Tiere unschuldig, nicht angetrieben von raffinierten Strategien zur Tötung von Artgenossen. Vor allem die Affen faszinierten ihn, das Geordnete ihres Zusammenlebens und die Art, wie sie Streitereien mit minimalem Einsatz von Gewalt bereinigten. Zum ersten Mal hatte Sam etwas gefunden, das ihn wirklich interessierte.

Als Sam in die Vereinigten Staaten zurückkehrte, schrieb er sich an der University of Illinois in Champaign-Urbana ein. Nach drei Jahren hatte er seinen Bachelor, und als ich ihn kennenlernte, gab er als Assistent einen Kurs für einführende Zoologie, den auch ich belegt hatte. Unter den Studenten war er berüchtigt für sein hitziges Temperament, seine spitze Zunge und seine Reizbarkeit. Vor allem, wenn es um Studenten ging, die schwer von Begriff und schlecht vorbereitet waren. Er war penibel und anspruchsvoll, aber ausgesprochen fair in seiner Bewertung studentischer Leistungen.

Als ich Sam kennenlernte, merkte ich, daß er nur sehr wenige Leute mochte, aber jenen, die er in seinen kleinen Kreis einließ, standhaft die Treue hielt. Er hatte mir einmal gestanden, daß er, nachdem er so viele Jahre mit Primaten zugebracht hatte, das Gefühl habe, nicht mehr so recht in die menschliche Gesellschaft zu passen. Die Affenperspektive, wie er es nannte, habe ihm die Lächerlichkeit menschlichen Verhaltens gezeigt.

Schließlich verlegte Sam sich auf biologische Anthropologie, er betrieb Feldforschung in Afrika und schloß seine Promotion ab. Nach Lehraufenthalten an verschiedenen Universitäten landete er schließlich in Beaufort als wissenschaftlicher Leiter der Primatenabteilung.

Obwohl das Alter Sam milder gemacht hatte, bezweifelte ich, daß es je seine Verlegenheit im menschlichen Umgang mildern würde. Dabei war es nicht so, daß er nicht daran teilnehmen wollte. Das will er nämlich durchaus. Seine Kandidatur für das Amt des Bürgermeisters hat das bewiesen. Das Leben funktioniert für Sam einfach nicht so, wie es für andere funktioniert. Sam Rayburn ist einer der kompliziertesten und intelligentesten Menschen, die ich je kennengelernt habe.

Seine bürgermeisterliche Gnaden saßen an der Bar, sahen sich ein Basketballspiel an und tranken Bier vom Faß.

Ich stellte die beiden einander vor, und dann nahm Sam, wie gewohnt, das Ruder in die Hand. Er bestellte ein neues Bier für sich, Cola light für mich und Katy und führte uns dann zu einer Sitznische im hinteren Teil des Restaurants.

Meine Tochter kam sofort zur Sache. Sie ließ sich bestätigen, was sie in bezug auf den nächsten Tag vermutete, und bestürmte Sam dann mit Fragen.

»Wie lange leiten Sie dieses Primatenzentrum schon?«

»Länger, als mir lieb ist. Bis vor ungefähr zehn Jahren habe ich für jemand anderen gearbeitet, aber dann habe ich die verdammte Firma übernommen. Hat mich fast ins Armenhaus gebracht, aber ich bin froh, daß ich es getan habe. Es gibt einfach nichts Besseres, als sein eigener Herr zu sein.«

»Wie viele Affen leben auf der Insel?«

»Im Augenblick ungefähr viertausendfünfhundert.«

»Woher kommen sie?«

»Sie wurden aus einer Forschungskolonie in Puerto Rico nach Murtry Island gebracht. Deine Mom und ich, wir haben beide dort gearbeitet, irgendwann in der frühen Bronzezeit. Aber urspünglich stammen sie aus Indien. Es sind Rhesusaffen.«

»Macaca mulatta.« Gattung und Spezies kamen Katy flüssig über die Lippen.

»Sehr gut. Wo hast du Primatensystematik gelernt?«

»Ich studiere Psychologie im Hauptfach. Und da wird viel Forschung mit Rhesusaffen betrieben. Sie wissen schon, Harry Harlow und seine Schüler?«

Sam wollte eben etwas entgegnen, als die Kellnerin mit Platten voller gebratener Muscheln und Austern, gekochter Shrimps, Hush Puppies und Krautsalat an unseren Tisch kam. Wir konzentrierten uns darauf, Saucen auf unsere Teller zu löffeln, Zitronen auszudrücken und Shrimps zu schälen.

»Was gibt's da draußen sonst noch?« Meine Tochter hatte keine Skrupel, mit vollem Mund zu reden.

»Nicht viel. Die Affen sind absolut frei, sie machen, was sie wollen. Sie bilden ihre eigenen sozialen Gruppen, stellen ihre eigenen Regeln auf. Es gibt Fütterungsstationen und Pferche, falls wir mal welche einfangen müssen, aber außerhalb des Lagers sind die Affen die Herren der Insel.«

»Was ist das Lager?«

»So nennen wir den Bereich direkt am Pier. Wir haben dort unseren Stützpunkt, eine tierärztliche Klinik, vorwiegend für Notfälle, einige Lagerschuppen für das Affenfutter und einen Wohnwagen, wo Studenten und Forscher übernachten können.«

Er tauchte eine Auster in Cocktailsauce, legte den Kopf in den Nacken und ließ sie sich in den Mund fallen.

»Im neunzehnten Jahrhundert befand sich eine Plantage auf der Insel.« Kleine Tropfen roter Sauce hingen ihm im Bart. »Gehörte der Familie Murtry. Daher hat die Insel ihren Namen.«

»Und wer darf auf die Insel?« Sie schälte sich noch einen Shrimp.

»Absolut niemand. Diese Affen sind virusfrei und ziemlich wertvoll. Jeder, und ich meine jeder, der einen Fuß auf die Insel setzen will, braucht dazu meine Erlaubnis und muß eine ganze Latte von

Impfungen über sich ergehen lassen. Außerdem braucht er einen negativen TB-Test, der nicht älter als sechs Monate ist.«

Sam sah mich fragend an, und ich nickte.

»Ich dachte, TB kann man gar nicht mehr kriegen.«

»Der Test ist nicht zu deinem Schutz, junge Lady. Die Affen sind sehr anfällig für TB. Ein Ausbruch kann eine solche Kolonie in Null Komma nichts vernichten.«

Katy drehte sich mir zu. »Mußten deine Studenten den Test auch machen?«

»Jedesmal.«

Am Anfang meiner Karriere, bevor ich den Verlockungen der Forensik erlag, beschäftigte ich mich unter anderem auch mit Affen, um den Alterungsprozeß des Skeletts zu studieren. Ich hatte alle Primatologiekurse an der UNCC geleitet, darunter auch ein praktisches Seminar auf Murtry Island. Vierzehn Jahre lang hatte ich Studenten auf die Insel gebracht.

»Hm«, sagte Katy und schob sich eine Muschel in den Mund. »Ich glaube, das wird interessant.«

Um halb acht am nächsten Morgen standen wir auf einem Pier an der Nordspitze von Lady's Island. Die Fahrt war wie eine Reise durch ein Terrarium gewesen. Ein dichter Nebel umhüllte alles, die Konturen verschwammen, die ganze Welt wirkte etwas unscharf. Obwohl die Insel nur etwas mehr als einen Kilometer vom Festland entfernt war, starrte ich ins Nichts, als ich übers Wasser schaute. In der Nähe regte sich ein Ibis und flog auf, die langen schlanken Beine hinter sich herziehend.

Die Besatzung belud die beiden offenen Boote der Forschungseinrichtung. Es dauerte nicht lange, und dann verschwanden die Männer wieder. Katy und ich tranken Kaffee und warteten auf Sams Signal. Schließlich pfiff er und winkte uns. Wir zerdrückten unsere Styroporbecher, warfen sie in ein Ölfaß, das als Abfalltonne diente, und liefen zur Anlegestelle hinunter.

Sam half uns an Bord, löste dann die Leinen und sprang ins Boot. Er nickte dem Mann am Steuer zu, und wir tuckerten aus der Hafeneinfahrt.

»Wie lange dauert die Fahrt?« fragte Katy.

»Wir haben Flut, das heißt, wir nehmen den Parrot Creek und dann die hintere Fahrrinne durch die Marsch. Dürfte nicht länger als vierzig Minuten dauern.«

Katy setzte sich im Schneidersitz auf den Bootsboden.

»Es ist besser, wenn du aufstehst und dich an die Bootswand lehnst«, schlug Sam vor. »Wenn Joey das Gas aufdreht, macht der Kahn einen Satz. Die Vibration ist so stark, daß sie dir die Wirbel stauchen kann.«

Katy stand auf, und er gab ihr ein Seil.

»Halt dich daran fest. Willst du eine Schwimmweste?«

Katy schüttelte den Kopf. Sam sah mich an.

»Sie ist eine gute Schwimmerin«, sagte ich.

In dem Augenblick gab Joey Gas, und das Boot erwachte zum Leben. Wir rasten über offenes Wasser, der Wind zerrte an Haaren und Kleidern und riß uns die Worte von den Lippen. Nach einer Weile tippte Katy Sam auf die Schulter und deutete auf eine Boje.

»Hummerkorb«, schrie Sam.

Ein Stückchen weiter zeigte er ihr ein Fischadlernest auf einer Fahrrinnenmarkierung. Katy nickte heftig.

Kurz darauf verließen wir das offene Wasser und fuhren in die Marsch ein. Joey stand breitbeinig, den Blick starr nach vorn gerichtet, da, während er das Steuerrad nach links und rechts einschlug, um das Boot durch die schmalen Wasserbänder zu manövrieren. Keine der Rinnen war viel breiter als drei Meter. Das Boot kippte auf seinem Schlingerkurs hin und her, und unsere Gischt spritzte auf das Gras zu beiden Seiten.

Katy und ich klammerten uns am Boot aneinander fest, unsere Körper wurden hin und her gerissen von den Zentrifugalkräften scharfer Kurven, und wir genossen den Reiz der Geschwindigkeit und die Schönheit des Tages. Sosehr ich diese Insel liebe, ich glaube, die Überfahrt habe ich immer noch mehr geliebt. Und meiner Tochter gefiel sie offensichtlich auch.

Als wir Murtry erreichten, hatte sich der Nebel aufgelöst. Sonnenlicht wärmte den Pier und sprenkelte das Schild am Eingang zur Insel. Eine leichte Brise raschelte im Laub, das ein Spiel aus Licht und Schatten über das Schild schickte: REGIERUNGSEIGENTUM. ZUTRITT STRENGSTENS VERBOTEN.

Als die Boote entladen waren und alle sich im Stützpunkt versammelt hatten, stellte Sam Katy die Belegschaft vor. Ich kannte die meisten noch, es gab allerdings auch einige neue Gesichter. Joey war vor zwei Sommern eingestellt worden. Fred und Hank waren noch in der Ausbildung. Sam nutzte die Vorstellung, um einen Überblick über das Projekt zu geben.

Joey, Larry, Tommy und Fred waren Techniker, deren Hauptaufgaben die Wartung und Instandhaltung der Anlage und der Transport von Vorräten und Gerätschaften waren. Sie erledigten Maler- und Reparaturarbeiten, reinigten die Pferche und die Fütterungsstation und versorgten die Tiere mit Wasser und Futter.

Jane, Chris und Hank hatten direkter mit den Affen zu tun, sie überwachten die Gruppen und sammelten verschiedene Arten von Daten.

»Welche zum Beispiel?« fragte Katy.

»Trächtigkeit, Geburten, Todesfälle, gesundheitliche Probleme. Wir überwachen die Population sehr genau. Außerdem gibt es Forschungsprojekte. Jane zum Beispiel arbeitet an einer Serotonin-Studie. Sie geht jeden Tag raus, um bestimmte Verhaltensweisen aufzuzeichnen und zu beobachten, welche Affen aggressiver, impulsiver sind. Diese Daten vergleichen wir dann mit ihrem Serotoninspiegel. Außerdem berücksichtigen wir die Stellung der Tiere in der Gruppe. Janes Affen tragen Telemetriekragen, die Signale aussenden, damit wir sie leichter finden können. Du wirst sicher bald einen sehen.«

»Serotonin ist eine Chemikalie im Hirn«, warf ich dazwischen.

»Ja«, sagte Katy. »Ein Neutrotransmitter, von dem man annimmt, daß er die Aggression steuert.«

Sam und ich lächelten uns an. Was für ein Mädchen.

»Wie kann man denn feststellen, ob ein Affe impulsiv ist?« fragte Katy.

»Er geht größere Risiken ein. Macht zum Beispiel hoch oben in den Bäumen weitere Sprünge. Oder verläßt schon sehr früh sein Zuhause.«

»Er?«

»Das ist ein Pilotprojekt. Keine Mädchen.«

»Vielleicht siehst du einen meiner Jungs im Lager«, sagte Jane und schnallte sich ein Kästchen mit einer langen Antenne um die Taille. »J-7. Er gehört zur O-Gruppe. Die hängen ziemlich oft hier rum.«

»Ist das der Kleptomane?« fragte Hank.

»Ja. Er klaut alles, was nicht niet- und nagelfest ist. Letzte Woche hat er sich mal wieder einen Kugelschreiber geschnappt. Und Larrys Armbanduhr. Larry hätte fast einen Herzinfarkt bekommen, als er ihm nachjagte.«

Nachdem jeder seine Ausrüstung verstaut, seinen Tagesplan noch einmal kontrolliert und sich auf den Weg gemacht hatte, lud Sam Katy zu einer Besichtigungstour der Insel ein. Ich ging mit und sah zu, wie meine Tochter zu einer Affenbeobachterin wurde.

Während wir über die Pfade schlenderten, zeigte Sam ihr die Fütterungsstationen und erklärte ihr, welche Gruppen welche Stationen besuchten. Er redete über Territorien, Dominanzstrukturen und mütterliche Abstammungslinien, während Katy mit einem Fernglas die Bäume absuchte.

An der Fütterungsstation E warf Sam getrocknete Maiskörner auf das Wellblechdach.

»Verhalt dich still und schau zu«, sagte er.

Bald hörten wir Blätterrascheln und sahen eine Gruppe, die sich der Lichtung näherte. Innerhalb weniger Minuten waren wir von Affen umgeben, von denen einige noch in den Bäumen blieben, während andere zu Boden sprangen, zum Futterplatz rannten und Mais aufklaubten.

»Das ist die F-Gruppe«, sagte Sam. »Es ist nur eine kleine Gruppe, aber sie wird angeführt von einem der ranghöchsten Weibchen auf der Insel. Das ist 'ne echte Xanthippe.«

Nachdem wir ins Lager zurückgekehrt waren, fragte Katy, ob sie noch einmal allein losziehen dürfe. Sam gab ihr einen Sack mit Mais, und sie verschwand, mit Kamera und Fernglas bewaffnet, in einem Tunnel aus Eichen.

Sam und ich setzten uns auf die Veranda und unterhielten uns eine Weile, dann machte er sich an seine Arbeit, und ich nahm mir meine CT-Auswertung vor. Ich bemühte mich zwar, aber es fiel mir schwer, mich zu konzentrieren. Sinus-Kurven sind ziemlich langweilig, wenn man nur den Kopf zu heben braucht, um die Sonne auf der Marsch glitzern zu sehen und salz- und kiefernwürzige Luft zu schnuppern.

Mittags kehrte die Belegschaft zurück und Katy ebenfalls. Nach Sandwiches und Fritos kehrte Sam zu seinen Daten zurück, und Katy verschwand wieder im Wald.

Auch ich beugte mich wieder über meine Papiere, aber es hatte keinen Zweck. Nach drei Seiten döste ich ein.

Ein vertrautes Geräusch weckte mich auf.

Tonk! Rat a tat a tat a tat a tat. Tonk. Rat a tat a tat tat tat.

Zwei Affen waren von den Bäumen heruntergesprungen und rannten über das Dach der Veranda. So unauffällig wie möglich öffnete ich das Fliegengitter und schlich hinaus auf die Stufen. Die O-Gruppe war ins Lager eingefallen und hockte in den Ästen über dem Stützpunkt. Die beiden Affen, die mich geweckt hatten, sprangen vom Stützpunkt auf den Wohnwagen und ließen sich auf den entgegengesetzten Enden des Daches nieder.

»Das ist er.« Ich hatte Sam gar nicht kommen gehört. »Schau.«

Er gab mir sein Fernglas.

»Ich kann die Tätowierungen erkennen«, sagte ich, das Fernglas auf die Brusthöhe der beiden gerichtet. »J-7 und GN-9. J-7 hat einen Kragen.«

Ich gab Sam das Fernglas zurück, und er musterte die beiden.

»Was zum Teufel hat der denn da? Der kleine Scheißer wird doch nicht etwa immer noch Larrys Uhr mit sich herumschleppen.«

Er gab mir noch einmal das Glas.

»Es glänzt. Wenn die Sonne drauffällt, sieht es aus wie Gold.«

In diesem Augenblick machte GN-9 einen Satz und drohte seinem Gegenüber mit weitaufgerissenem Maul. J-7 kreischte auf, sprang vom Dach in die Bäume und hangelte sich von Ast zu Ast, bis er hinter dem Wohnwagen verschwunden war. Sein Schatz kullerte vom Dach und landete in der Regenrinne.

»Dann wollen wir mal nachschauen!«

Sam zog eine Leiter unter dem Stützpunkt hervor und lehnte sie gegen den Wohnwagen. Er wischte einige Spinnweben weg, prüfte die erste Sprosse mit seinem Gewicht und stieg dann hinauf.

»Was zum Teufel ...«

»Was ist?«

»Dieser Hurensohn.«

»Was ist es denn?«

Er drehte etwas in seiner Hand.

»Das ist doch ...«

»Was ist es denn?« Ich versuchte zu sehen, was der Affe fallen gelassen hatte, aber Sam verdeckte mir die Sicht.

Mit gesenktem Kopf stand er bewegungslos auf der Leiter.

»Sam, was ist es?«

Er stieg wortlos von der Leiter und hielt mir den Gegenstand hin. Ich sah sofort, was es war und was es bedeutete, und ich spürte, wie der Tag sich verdüsterte.

Ich suchte Sams Augen, und wir starrten uns wortlos an.

16

Mit dem Ding in der Hand stand ich da und wollte einfach nicht glauben, was ich sah.

Sam sprach als erster.

»Das ist ein menschlicher Kieferknochen.«

»Ja.« Ich sah Blätterschatten über sein Gesicht huschen.

»Vermutlich aus einer alten indianischen Begräbnisstätte.«

»Bei den Kronen wohl kaum.« Ich drehte den Unterkiefer, und Gold funkelte im Sonnenlicht.

»Die haben wahrscheinlich J-7 neugierig gemacht«, sagte er und starrte die Kronen an.

»Und das da ist Fleisch«, ergänzte ich und zeigte auf einen braunen Klumpen am Gelenk.

»Was heißt das?«

Ich hob den Kiefer und schnupperte daran. Er hatte den dumpfen, farblosen Geruch des Todes.

»Bei dem Klima hier und abhängig davon, ob die Leiche vergraben war oder über der Erde lag, würde ich sagen, das Opfer ist weniger als ein Jahr tot.«

»Verdammt noch mal, wie gibt's denn so was?« An seiner Schläfe pochte eine Ader.

»Schrei mich nicht an. Anscheinend gibt's doch Leute, die ohne deine Genehmigung auf die Insel kommen.«

Ich wandte den Blick ab.

»Wo hat er den bloß her?«

»Es ist dein Affe, Sam. Das mußt du herausfinden.«

»Da kannst du Gift drauf nehmen.«

Er ging zum Stützpunkt, sprang, zwei Stufen auf einmal nehmend, die Treppe hoch und verschwand im Haus. Durch das offene Fenster hörte ich ihn nach Jane rufen.

Einen Augenblick lang stand ich nur da, hörte das Rascheln von Palmzweigen. All das kam mir völlig irreal vor. War wirklich der Tod in meine Insel des Friedens eingedrungen.

Nein! schrie eine Stimme in meinem Kopf. *Nicht hier!*

Ich hörte das Ächzen einer Feder, die Fliegengittertür sprang auf. Sam kam mit Jane heraus und rief nach mir.

»Komm, Quincy. Schnappen wir uns die üblichen Verdächtigen. Jane weiß, wo die O-Gruppe hingeht, wenn sie nicht im Lager ist, wir dürften J-7 deshalb anhand seines Kragens aufspüren können. Vielleicht verrät uns der kleine Scheißer ja was.«

Ich rührte mich nicht.

»Verdammt, tut mir leid. Ich hab's einfach nicht gerne, wenn auf meiner Insel Leichenteile auftauchen. Du kennst doch mein Temperament.«

Das kannte ich wirklich. Aber es war nicht Sams Ausbruch, der mich zögern ließ. Ich wußte, was da draußen lag, und ich wollte es nicht finden. In letzter Zeit hatte ich zu viele Leichenteile gesehen.

»Na komm.«

Ich atmete tief durch, aber mein Enthusiasmus war der einer Frau, die von ihrem Onkologen zu einem Termin bestellt wird.

»Warte.«

Ich suchte in der Küche des Stützpunkts nach einer Plastikdose.

Dann legte ich den Knochen hinein, verschloß den Behälter, versteckte ihn in einem Schrank im hinteren Zimmer und schrieb Katy einen Zettel.

Auf dem Pfad, der hinter dem Stützpunkt wegführte, folgten wir Jane ins Zentrum der Insel. Sie geleitete uns in eine Gegend, wo die Bäume hoch wie Bohrtürme waren und das Laubwerk ein dichtes Dach über unseren Köpfen bildete. Der Boden war weich von Humus und Kiefernadeln, die Luft schwer vor Fäulnis und tierischen Exkrementen. Ein Rascheln im Geäst sagte mir, daß Affen in der Nähe waren.

»Da ist was«, sagte Jane, die ihren Empfänger eingeschaltet hatte.

Sam suchte die Bäume mit dem Feldstecher ab und fahndete nach tätowierten Codes.

»Es ist die A-Gruppe«, sagte er.

»Hunh!«

Ein junges Männchen kauerte auf einem Ast direkt über mir, die Schultern gesenkt, den Schwanz in der Luft, den Blick direkt auf mein Gesicht gerichtet. Das scharfe, kehlige Bellen war seine Art, »Verschwinde!« zu sagen.

Als ich seinen Blick erwiderte, richtete der Affe sich auf, senkte den Kopf und hob ihn in einer diagonalen Bewegung von links unten nach rechts oben. Er wiederholte dieses schiefe Nicken ein paarmal, wirbelte dann herum und sprang in den nächsten Baum.

Mit geschlossenen Augen, das Gesicht angespannt vor Konzentration, drehte Jane an ihrem Regler. Nach einer Weile schüttelte sie den Kopf und ging weiter den Pfad entlang.

Sam suchte die Baumwipfel ab, als Jane wieder stehenblieb und sich, völlig auf die Signale in ihrem Kopfhörer konzentriert, im Uhrzeigersinn drehte.

Schließlich: »Ich bekomme ein sehr schwaches Signal.«

Sie drehte sich in die Richtung, in die der junge Affe verschwunden war, blieb kurz stehen und drehte sich weiter.

»Ich glaube, es ist drüben bei Alcatraz.«

Zwar waren die meisten Pferche auf der Insel mit Buchstaben gekennzeichnet, doch einige der älteren trugen noch Namen wie O.K. Corral oder Alcatraz.

Wir bewegten uns auf Alcatraz zu, aber kurz vor dem Pferch verließ Jane den Pfad und verschwand zwischen den Bäumen. Die Vegetation war hier dichter und der Boden unter den Füßen schwammig.

Sam drehte sich zu mir um. »Am Teich mußt du aufpassen. Alice hatte letzte Saison einen Wurf Junge, und ich fürchte, sie ist nicht sehr gesellig.«

Alice ist eine über vier Meter lange Alligatordame, die seit Menschengedenken auf Murtry lebt. Keiner weiß mehr, wer sie so getauft hat. Die Belegschaft respektiert ihr Recht, hier zu sein, und läßt sie an ihrem Tümpel in Frieden.

Ich zeigte Sam den hochgereckten Daumen. Ich habe zwar keine Angst vor Alligatoren, reiße mich aber auch nicht unbedingt um ihre Gesellschaft.

Wir hatten uns nur wenige Meter vom Pfad entfernt, als ich ihn bemerkte, zuerst nur schwach, nur eine Variation des dunklen, organischen Waldgeruchs. Anfangs war ich mir nicht sicher, doch als wir näherrückten, wurde der Geruch immer stärker, und ich spürte, wie sich mir ein kaltes, enges Band um die Brust legte.

Jane wandte sich nach Norden, vom Tümpel weg, und Sam folgte ihr, das Fernglas auf die Baumwipfel gerichtet. Ich blieb zurück. Der Geruch wehte mir direkt von vorne entgegen.

Einem umgestürzten Tupelobaum ausweichend, blieb ich stehen. Direkt vor mir lag das mit Gestrüpp und Zwergpalmen bewachsene Ufer des Tümpels. Das Rascheln von Janes und Sams Schritten verlor sich in der Entfernung, es wurde still im Wald.

Der Geruch verwesenden Fleisches ist wie kein anderer. Ich hatte ihn an dem Kieferknochen gerochen, und jetzt schwängerte der süßliche Gestank die Nachmittagsluft. Ich war nahe dran. Flach atmend drehte ich mich, wie Jane es getan hatte, mit geschlossenen Augen, ganz auf den Geruchssinn konzentriert. Dieselbe Bewegung, ein anderes Organ. Jane hatte mit ihren Ohren gesucht, ich jagte mit meiner Nase.

Der Geruch kam aus der Richtung des Tümpels, und ich bewegte mich darauf zu. Meine Nase folgte dem Geruch, während meine Augen nach dem Alligator Ausschau hielten. Über mir bellte ein Affe, Urin plätscherte zu Boden. Zweige raschelten, Blätter trudelten herunter. Mit jedem Schritt wurde der Geruch stärker.

Ich näherte mich dem Tümpel bis auf drei Meter, blieb dann stehen und richtete mein Fernglas auf das Gestrüpp aus Zwerg- und Stechpalmen, das mich vom Wasserrand trennte. Eine irisierende Wolke waberte darüber.

Behutsam einen Fuß vor den anderen setzend, schlich ich vorwärts. Am Rand des Gestrüpps war der Gestank überwältigend. Ich horchte. Stille. Ich suchte das Unterholz ab. Nichts. Mein Herz raste, Schweiß lief mir übers Gesicht.

Beweg dich, Brennan. Für Alligatoren bist du zu weit weg vom Tümpel.

Ich zog ein Halstuch aus der Tasche, hielt es mir vor Mund und Nase und kauerte mich hin, um nachzuschauen, was die Fliegen so attraktiv fanden.

Der Schwarm erhob sich und umschwirrte mich. Ich wedelte sie weg, aber sie kamen sofort zurück. Während ich mit der einen Hand Fliegen verscheuchte, wickelte ich mir das Tuch um die andere und hob die Stechpalmzweige an. Aufgeregt summende und flatternde Insekten prallten mir gegen Gesicht und Arme.

Die Fliegen wurden angezogen von einem flachen Grab, das unter dem dichten Laubwerk versteckt war. Ein menschliches Gesicht starrte daraus hervor, dessen Züge im Dämmerlicht zu verschwimmen, sich zu verändern schienen. Ich beugte mich darüber, wich dann aber entsetzt zurück.

Was ich sah, war kein Gesicht mehr, sondern ein von Aasfressern kahlgenagter Schädel. Was aussah wie Augen, Nase und Lippen, waren in Wirklichkeit Häufchen winziger Krebse, Teile einer brodelnden Masse, die den Schädel bedeckte und sein Fleisch fraß.

Als ich mich umsah, bemerkte ich, daß auch andere hier geäst hatten. Rechts von mir lag ein zerfetztes Stück Brustkorb. In eineinhalb Metern Entfernung ragten Armknochen, die noch von vertrockneten Bändern zusammengehalten wurden, aus dem Unterholz.

Ich ließ den Busch los und hockte mich, wie gelähmt von einem Gefühl der Kälte und Übelkeit, auf die Fersen. Aus den Augenwinkeln heraus sah ich Sam näher kommen. Er sagte etwas, aber seine Worte drangen nicht zu mir durch. Irgendwo, eine Million Kilometer entfernt, wurde ein Motor zuerst lauter und stoppte dann.

Ich wollte woanders sein. Ich wollte eine andere sein. Jemand, der nicht seit Jahren den Tod roch und die Entwürdigung sah, die er mit sich brachte. Jemand, der nicht Tag für Tag damit beschäftigt war, die menschlichen Überreste von Blutbädern wieder zusammenzusetzen, die brutale Zuhälter, wütende Ehemänner, zugedröhnte Kokser und Psychopathen angerichtet hatten. Ich war auf die Insel gekommen, um der Brutalität meines Arbeitsalltags zu entgehen. Aber sogar hier hatte der Tod mich gefunden. Ich war überwältigt. Ein neuer Tag. Ein neuer Tod. Mein Gott, wie viele solcher Tage würden noch kommen?

»Was ist es?«

Ich nickte in Richtung des Busches, und Sam bog ihn mit seinem Stiefel zurück.

»Verdammte Scheiße.«

Ich mußte ihm zustimmen.

»Wie lange liegt das schon hier?«

Ich zuckte die Achseln.

»Tage? Wochen? Jahre?«

»Das Grab hier war zwar eine Fundgrube für deine Inselfauna, aber der Großteil der Leiche sieht unberührt aus. Ich kann so nicht feststellen, in welchem Zustand sie ist.«

»Die Affen haben sie nicht ausgegraben. Die rühren Fleisch nicht an. Müssen die verdammten Raubvögel gewesen sein.«

»Raubvögel?«

»Truthahngeier. Die lieben Affenkadaver.«

»Ich würde auch die Waschbären verhören.«

»Meinst du? Waschbären lieben Stechpalmen, aber ich dachte, sie fressen kein Aas.«

Ich sah mir das Grab noch einmal an.

»Die Leiche liegt auf der Seite, mit der rechten Schulter knapp unter der Oberfläche. Sicher hat der Geruch Aasfresser angezogen. Geier und Waschbären haben wahrscheinlich erst mal gegraben und gefressen und dann den Arm und den Kiefer herausgezogen, als die Verwesung die Gelenkverbindungen geschwächt hatte.« Ich deutete auf die Rippen. »Sie haben auch einen Teil des Brustkorbs abgenagt und den dann ebenfalls herausgezerrt. Der Rest der Leiche war wahrscheinlich zu tief oder zu schwer zu erreichen, deshalb haben sie ihn gelassen, wo er ist.«

Mit einem Stock zog ich mir den Arm heran. Die Ellbogenverbindung war zwar noch intakt, aber die Enden der langen Knochen fehlten, an den rauhen, abgenagten Bruchstellen war das schwammartige Innere zu sehen.

»Siehst du die Bißspuren an den Enden? Das waren Tiere. Und das da?« Ich deutete auf ein kleines rundes Loch. »Das ist eine Zahnmarke. Von was Kleinem, wahrscheinlich einem Waschbär.«

»Verdammt.«

»Und natürlich haben auch Krebse und Insekten ihren Teil dazu beigetragen.«

Er richtete sich auf, machte eine halbe Drehung und rammte wütend seinen Absatz in die Erde. »O Gott. Und jetzt?«

»Jetzt rufst du den zuständigen Leichenbeschauer, und er oder sie ruft seinen oder ihren zuständigen Anthropologen.« Ich erhob mich ebenfalls und wischte mir Erde von den Jeans. »Und natürlich muß auch der Sheriff informiert werden.«

»Mensch, das ist ein Alptraum! Ich kann doch nicht zulassen, daß die Leute meine Insel überrennen.«

»Sie müssen sie ja nicht gleich überrennen, Sam. Sie müssen nur herkommen, die Leiche bergen und vielleicht einen Leichenhund herumführen, um zu kontrollieren, ob hier sonst noch jemand vergraben ist.«

»Aber wie zum –? Scheiße. Das ist unmöglich.« Schweiß lief ihm an der Schläfe herab. Seine Kiefermuskeln arbeiteten.

Einen Augenblick lang sagte keiner etwas. Die Fliegen summten und schwirrten.

Schließlich brach Sam das Schweigen. »Du mußt es tun.«

»Was?«

»Was eben getan werden muß. Das Zeug da ausgraben.« Er deutete auf das Grab.

»Auf keinen Fall. Ich bin hier nicht zuständig.«

»Es ist mir scheißegal, wer hier zuständig ist. Ich werde nicht zulassen, daß eine Horde Trottel hier rumrennt, meine Insel zertrampelt, meinen Arbeitsplan durcheinanderbringt und höchstwahrscheinlich auch meine Affen infiziert. Das kommt gar nicht in Frage. Und es wird auch nicht passieren. Ich bin verdammt noch mal der Bürgermeister, und das hier ist meine Insel. Lieber setze ich mich mit 'ner Schrotflinte an den Pier, bevor ich das zulasse.«

Auf seiner Stirn pochte wieder die Ader, und die Sehnen in seinem Hals traten vor wie Spanndrähte. Er stocherte mit dem Zeigefinger in die Luft, um seinen Worten Nachdruck zu verleihen.

»Das war eine oscarreife Vorstellung, Sam, aber ich tu's trotzdem nicht. Dan Jaffer ist an der USC in Columbia. Er ist der zuständige Anthropologe für South Carolina, und ihn wird der Leichenbeschauer wahrscheinlich rufen. Dan hat die amtliche Zulassung, und er ist sehr gut.«

»Dein blöder Dan Jaffer könnte verdammt noch mal TB haben.«

Ich erwiderte nichts, weil es mir sinnlos erschien.

»Du machst so was doch die ganze Zeit. Du könntest die Leiche ausgraben und dann alles diesem Jaffer übergeben.«

Sinnlos.

»Warum denn nicht, Tempe?« Er starrte mich an.

»Du weißt, daß ich wegen eines anderen Falles in Beaufort bin. Ich habe diesen Jungs versprochen, daß ich ihnen helfe, und ich muß am Mittwoch wieder in Charlotte sein.«

Der wahre Grund für meine Ablehnung war jedoch ein anderer. Ich war nicht bereit, mein Inselparadies zu entweihen, indem ich meinen Arbeitsalltag und mit ihm die ganze Häßlichkeit des Todes hierherbrachte. Seit ich den Kieferknochen zum ersten Mal gesehen hatte, gingen mir Bilderfetzen durch den Kopf, splitterhafte Erinnerungen an frühere Fälle. Erdrosselte Frauen, abgeschlachtete Babys, junge Männer mit durchschnittenen Kehlen und stumpfen, blicklosen Augen. Wenn die Gewalt auch vor dieser Insel nicht haltmachte, wollte ich jedenfalls nichts damit zu tun haben.

»Wir reden im Lager drüber«, sagte Sam. »Aber sag keinem was von Leichen.«

Ohne auf seine diktatorische Art einzugehen, band ich mein Halstuch an die Stechpalme. Dann machten wir uns auf den Rückweg.

Als wir den Pfad erreichten, sah ich an der Stelle, wo wir in den Wald abgebogen waren, einen zerbeulten Pick-up stehen. Der Transporter war beladen mit Affenfutter, ein Anhänger mit einem 1000-Liter-Wassertank war hinten angekuppelt. Joey inspizierte eben den Tank.

Sam rief ihn.

»Wart mal.«

Joey wischte sich mit dem Handrücken über den Mund und verschränkte dann die Arme. Er trug Jeans und ein Sweatshirt ohne Ärmel und Kragen. Seine fettigen blonden Haare hingen ihm wie Linguine ins Gesicht. Die Augen hinter einer Sonnenbrille verborgen, den Mund zu einem schmalen Strich zusammengekniffen, erwartete er uns. Sein Körper wirkte angespannt, verkrampft.

»Ich will nicht, daß irgend jemand in die Nähe des Tümpels geht«, sagte Sam zu Joey.

»Hat Alice sich wieder einen Affen geschnappt?«

»Nein.« Sam ging nicht näher darauf ein. »Wohin soll das Futter?«

»Station sieben.«

»Laß es und fahr sofort zurück.«

»Was ist mit dem Wasser?«

»Mach die Tanks voll und komm dann ins Lager. Wenn du Jane siehst, schick sie zurück.«

Joeys Brille wanderte zu meinem Gesicht, und er schien mich lange zu mustern. Dann stieg er in den Pick-up und fuhr davon, den klappernden Anhänger im Schlepptau.

Sam und ich gingen schweigend weiter. Mir graute vor der Szene, die sich in Kürze abspielen würde, und ich beschloß, mich nicht von ihm herumkommandieren zu lassen. Ich erinnerte mich an seine Worte, sah sein Gesicht, als er das Grab entdeckt hatte. Dann fiel mir noch etwas anderes ein. Kurz bevor Sam zu mir gekommen war, hatte ich geglaubt, einen Motor zu hören. War das der Pick-up gewesen? Ich fragte mich, wie lange Joey schon auf dem Pfad gestanden hatte. Und warum gerade dort?

»Wann hat Joey angefangen, für dich zu arbeiten?« fragte ich.

»Joey?« Er überlegte einen Augenblick. »Vor knapp zwei Jahren.«

»Ist er verläßlich?«

»Sagen wir einfach, Joeys Mitgefühl ist stärker als sein gesunder Menschenverstand. Er ist einer der Typen mit blutendem Herzen, redet dauernd von Tierrechten und darüber, daß die Affen nicht gestört werden dürfen. Er hat zwar keinen blassen Schimmer von Tieren, aber er ist ein guter Arbeiter.«

Als wir ins Lager zurückkehrten, fand ich eine Nachricht von Katy. Sie war an den Pier gegangen, um zu lesen. Während Sam sein Funktelefon hervorholte, ging ich zum Wasser. Meine Tochter saß in einem Boot, die Schuhe ausgezogen, die Beine ausgestreckt, Ärmel und Hosenbeine so weit hochgekrempelt, wie es nur ging. Ich winkte, und sie winkte zurück und deutete fragend auf das Boot. Ich schüttelte den Kopf und hob beide Hände, um ihr anzudeuten, daß es noch nicht Zeit für die Rückfahrt sei. Sie lächelte und wandte sich wieder ihrem Buch zu.

Als ich zum Stützpunkt zurückkehrte, saß Sam am Küchentisch und telefonierte. Ich setzte mich ihm gegenüber auf die Bank.

»Wann kommt er zurück?« fragte er eben in die Sprechmuschel. Ich hatte ihn schon lange nicht mehr so aufgeregt gesehen.

Eine Pause. Immer wieder klopfte er mit einem Bleistift, den er durch seine Finger wandern ließ, auf den Tisch.

»Ivy Lee, ich muß jetzt sofort mit ihm sprechen. Können Sie ihn nicht irgendwie erreichen?«

Noch eine Pause. Tap. Tap. Tap.

»Nein, ein Deputy reicht mir nicht. Ich brauche Sheriff Baker.«

Eine lange Pause. Tap. Ta–. Die Mine brach, und Sam warf den Stift in einen Mülleimer am anderen Ende der Küche.

»Ist mir egal, was er gesagt hat, versuchen Sie es weiter. Sagen Sie ihm, er soll mich hier auf der Insel anrufen. Ich warte darauf.«

Er knallte den Hörer auf die Gabel.

»Wie können der Sheriff und der Leichenbeschauer gleichzeitig nicht erreichbar sein?« Er fuhr sich mit beiden Händen durch die Haare.

Ich drehte mich auf meiner Bank zur Seite, legte die Beine auf die Sitzfläche und lehnte mich an die Wand. Im Lauf der Jahre hatte ich gelernt, daß es am sinnvollsten war, Sams Temperamentsausbrüche einfach zu ignorieren. Sie lodern auf und verlöschen wieder wie Strohfeuer.

Er sprang auf und tigerte wütend in der Küche auf und ab. »Wo zum Teufel ist Harley?«

Er sah auf die Uhr. »Zehn nach vier. Klasse. In zwanzig Minuten sind sie alle da, weil sie zurück in die Stadt wollen. Verdammt, eigentlich sollten sie an einem Samstag überhaupt nicht hier sein. Wir wollten heute nur schlechtes Wetter hereinarbeiten.«

Er kickte ein Stück Kreide quer durch die Küche.

»Ich kann sie nicht zwingen hierzubleiben. Oder sollte ich es vielleicht? Vielleicht sollte ich ihnen von der Leiche erzählen, sagen: ›Niemand verläßt die Insel‹, und dann mit jedem Verdächtigen einzeln ins Hinterzimmer gehen und ihn verhören, wie dieser blöde Hercule Poirot!«

Und wieder ging er auf und ab. Sah auf die Uhr. Ging auf und ab. Schließlich ließ er sich auf die Bank mir gegenüber fallen und stützte die Stirn auf die Fäuste.

»Ist dein Koller jetzt vorbei?«

Keine Antwort.

»Darf ich einen Vorschlag machen?«

Er sah nicht einmal hoch.

»Ich mache ihn trotzdem. Die Leiche ist auf der Insel, weil jemand nicht will, daß sie gefunden wird. Offensichtlich hat derjenige nicht mit J-7 gerechnet.«

Ich sprach zu seinem Schädeldach.

»Ich sehe verschiedene Möglichkeiten. Erstens. Sie wurde von einem deiner Angestellten hierhergebracht. Zweitens. Ein Außenstehender hat sie mit einem Boot hergeschafft, vermutlich einer aus der Gegend, der deinen Tagesablauf kennt. Wenn die Belegschaft geht, ist die Insel unbewacht, oder?«

Er nickte, ohne den Kopf zu heben.

»Drittens. Es könnte einer der Drogenschmuggler sein, die diese Gegend hier unsicher machen.«

Keine Antwort.

»Sag mal, du bist doch Wildhüter, oder?«

Er hob den Kopf. Auf seiner Stirn glitzerte der Schweiß

»Wenn du den Leichenbeschauer oder Sheriff Baker nicht erreichen kannst, dann ruf deine Wildhüterkollegen. Die sind doch zuständig für den Küstenbereich, nicht? Sie zu rufen erregt keinen Verdacht, und sie können jemanden herschicken, der die Fundstelle abriegelt, bis du mit dem Sheriff gesprochen hast.«

Er schlug auf den Tisch. »Kim.«

»Egal, wer es ist. Du mußt sie nur bitten, sich bedeckt zu halten, bis du mit Baker geredet hast. Ich habe dir ja schon gesagt, was er tun wird.«

»Kim Waggoner arbeitet für die Naturschutzbehörde von South Carolina. Sie hat mir früher schon mal geholfen, als wir hier draußen Probleme mit Kriminellen hatten. Kim kann ich vertrauen.«

»Bleibt sie auch über Nacht?« Ich bin zwar keine ängstliche Frau, trotzdem hätte ich keine Lust, mich mit Mördern oder Drogendealern herumschlagen zu müssen.

»Kein Problem.« Er wählte bereits. »Kim ist eine Ex-Marine.«

»Sie wird mit Eindringlingen fertig?«

»Sie ißt Nägel zum Frühstück.«

Jemand meldete sich, und er fragte nach Officer Waggoner.

»Warte, bis du sie siehst«, sagte er, die Hand über der Sprechmuschel.

Als die Belegschaft sich wieder im Stützpunkt versammelt hatte, war alles bereits arrangiert. Das Team nahm Katy in seinem Boot mit, während Sam und ich auf der Insel blieben. Kurz nach fünf traf Kim ein, und sie war genau so, wie Sam angedeutet hatte. Sie trug eine Armeehose, Springerstiefel und einen australischen Buschhut und hatte genug Munition für eine Nashornjagd bei sich. Die Insel würde sicher sein.

Auf der Rückfahrt bat Sam mich noch einmal, die Bergung zu übernehmen. Ich wiederholte, was ich ihm schon gesagt hatte. Sheriff. Leichenbeschauer. Jaffer.

»Wir reden morgen weiter«, sagte ich, als er zur Anlegestelle steuerte. »Danke, daß du uns heute mitgenommen hast. Ich weiß, daß es Katy sehr gut gefallen hat.«

»Kein Problem.«

Wir sahen zu, wie ein Pelikan übers Wasser segelte, dann die Flügel anlegte und kopfüber in ein Wellental tauchte. Mit einem Fisch tauchte er wieder auf, die feuchten Schuppen glitzerten metallisch im Nachmittagslicht. Dann änderte der Pelikan plötzlich die Richtung, der Fisch glitt ihm aus dem Schnabel und trudelte wie eine silbrige Bombe zurück ins Meer.

»Mein Gott, warum mußten sie sich ausgerechnet meine Insel aussuchen?« Sam klang müde und mutlos.

Ich öffnete die Tür meines Autos. »Laß mich wissen, was Baker sagt.«

»Werde ich.«

»Du verstehst doch, warum ich mich nicht um diese Fundstelle kümmern kann, nicht?«

»*Fundstelle,* mein Gott.«

Als ich die Tür hinter mir zuzog und mich aus dem offenen Fenster lehnte, fing er mit einem neuen Argument an. »Tempe, stell dir doch mal vor: die Affeninsel; eine vergrabene Leiche; der Bürgermeister des Ortes. Wenn irgendwas durchsickert, wird sich die Presse darauf stürzen wie die Geier, und du weißt doch, was für ein heikles Thema der Tierschutz ist. Ich will nicht, daß die Medien Murtry entdecken.«

»Das könnte immer passieren, egal, wer den Fall bearbeitet.«

»Ich weiß. Es ist nur –«

»Laß es gut sein, Sam.«

Als er davonfuhr, kehrte der Pelikan zurück und schwebte tief über dem Boot. In seinem Schnabel glitzerte ein neuer Fisch.

Sam hatte dieselbe Beharrlichkeit. Ich bezweifelte, daß er es gut sein lassen würde, und ich sollte recht behalten.

17

Nach dem Abendessen in Steamers Oyster Bar besuchten Katy und ich eine Galerie auf St. Helena. Wir schlenderten durch die Zimmer des knarzenden alten Wirtshauses, betrachteten Arbeiten lokaler Gullah-Künstler und staunten über diese neue Sicht auf einen Ort, den wir zu kennen glaubten. Doch während ich über Collagen, Gemälde und Fotos redete, sah ich vor meinem inneren Auge Knochen und Krebse und schwirrende Fliegen.

Katy kaufte einen winzigen, aus Rinde geschnitzten und irisierend blau lackierten Reiher. Unterwegs besorgten wir uns Mokkaeis, das wir auf dem Deck der *Melanie Tess* aßen. Wir unterhielten uns und lauschten dem Klicken der Takelage auf den Booten in unserer Nachbarschaft. Der Mond trug einen luftigen Schleier und warf ein schimmerndes Dreieck über die Marsch in Richtung Horizont. Während wir redeten, ließ ich den Blick über den fahlgelben Schein wandern, der auf der schwappenden Schwärze flimmerte.

Meine Tochter vertraute mir an, daß sie sich als Psychologin auf Täterprofile spezialisieren wolle, aber nicht so recht wisse, ob sie es auch schaffe. Sie staunte über Murtrys Schönheit und beschrieb die Mätzchen der Affen, die sie beobachtet hatte. Zwischendurch überlegte ich mir, ob ich ihr von unserer Entdeckung erzählen sollte, ließ es dann aber sein, weil ich ihr die Erinnerung an den Besuch nicht verderben wollte.

Um elf ging ich ins Bett, doch ich lag lange wach, lauschte dem Knarzen der Halteleinen und versuchte verzweifelt, Schlaf zu finden. Schließlich döste ich ein, doch als ich zu träumen begann, vermischte sich der vergangene Tag mit den Geschehnissen der letzten Wochen. Ich fuhr zu einem Boot mit Mathias und Malachy und versuchte verzweifelt zu verhindern, daß sie über Bord gingen. Ich wischte Krebse von einer Leiche und mußte zusehen, wie die brodelnde Masse sich so schnell wieder formierte, wie ich sie auseinandertrieb. Der Schädel der Leiche verwandelte sich in Ryans Gesicht, dann in die verkohlten Züge von Patrice Simonnet. Sam und

Harry schrien mich an, und ihre Worte waren unverständlich, ihre Gesichter hart und wütend.

Als das Telefon klingelte, war ich anfangs desorientiert, ich wußte nicht, wo ich war und warum. Ich stolperte in die Kombüse.

»Guten Morgen.« Es war Sam, und er klang angespannt.

»Wie spät ist es?«

»Kurz vor sieben.«

»Wo bist du?«

»Im Büro des Sheriffs. Dein Plan funktioniert nicht.«

»Mein Plan?« Mein Hirn versuchte hektisch, den Anschluß zu finden.

»Dein Typ ist in Bosnien.«

Ich spähte durch die Jalousien. Am Innenpier saß ein grauhaariger alter Mann auf dem Deck seines Segelboots. Als ich die Lamellen wieder losließ, legte er eben den Kopf in den Nacken und leerte eine Dose Old Milwaukee.

»Bosnien?«

»Jaffer. Der Anthropologe an der USC. Er ist nach Bosnien geflogen, um im Auftrag der UNO Massengräber zu untersuchen. Niemand weiß, wann er zurückkommt.«

»Wer vertritt ihn hier?«

»Das ist egal. Baxter will, daß du die Bergung übernimmst.«

»Wer ist Baxter?«

»Baxter Colker ist der Leichenbeschauer des Beaufort County. Er will, daß du es tust.«

»Warum?«

»Weil ich es will.«

Eine klare Antwort.

»Wann?«

»So bald wie möglich. Harley hat einen Detective und einen Deputy für den Fall abgestellt. Baxter trifft uns hier um neun. Er hat ein Transport-Team in Bereitschaft. Wenn wir auf Murtry fertig sind, ruft er an, und sie warten auf uns am Pier von Lady's Island, um die Leiche ins Beaufort Memorial zu schaffen. Aber er will, daß du die Ausgrabung übernimmst. Sag uns einfach, was du an Ausrüstung brauchst, und wir besorgen es.«

»Ist Colker forensischer Anthropologe?«

»Baxter ist Wahlbeamter und hat keine medizinische Ausbildung. Er betreibt ein Bestattungsinstitut. Aber er ist sehr gewissenhaft und will, daß hier alles richtig gemacht wird.«

Ich überlegte kurz. »Hat Sheriff Baker irgendeine Ahnung, wer da draußen begraben sein könnte?«

»Hier in der Gegend läuft eine Menge mit Drogen. Er hat vor, mit den Leuten vom Zoll und von der örtlichen Drogenfahndung zu reden. Und mit den Wildhütern. Harley hat mir gesagt, daß sie in den letzten Monaten das Marschland im Coosaw River überwacht haben. Aber er glaubt, daß die Drogenbrüder unsere wahrscheinlichsten Kandidaten sind, und ich stimme ihm zu. Für die ist ein Menschenleben ungefähr so viel wert wie ein gebrauchtes Wattestäbchen. Du hilfst uns doch, oder?«

Widerwillig stimmte ich zu. Ich sagte ihm, welche Ausrüstung ich brauchte, und er versprach, sich sofort darum zu kümmern. Ich solle um zehn fertig sein, fügte er hinzu.

Einige Minuten stand ich nur da und überlegte mir, was ich mit Katy machen sollte. Ich konnte ihr die Situation erklären und ihr die Entscheidung überlassen; schließlich gab es keinen Grund, warum sie nicht mit uns auf die Insel kommen sollte. Oder aber ich sagte ihr einfach, daß etwas passiert sei und Sam mich um Hilfe gebeten hätte. Katy könnte dann den Tag hier verbringen oder früher als geplant nach Hilton Head fahren. Ich wußte zwar, daß letzteres die bessere Idee war, beschloß aber, es ihr trotzdem zu sagen.

Ich aß eine Portion Raisin Bran und spülte dann Schüssel und Löffel. Ich schaffte es einfach nicht stillzusitzen, also zog ich mir Shorts und ein T-Shirt an und ging nach draußen, um die Taue und den Wassertank zu kontrollieren, rückte die Stühle auf der Brücke gerade. Wieder unten, machte ich mein Bett und ordnete die Handtücher in der Naßzelle. Ich klopfte die Sofakissen im Salon auf und klaubte Flusen vom Teppich. Als ich die Uhr aufzog, bemerkte ich, daß es erst sieben Uhr fünfzehn war. Katy würde erst in ein paar Stunden aufstehen. Ich zog meine Laufschuhe an und verließ leise das Boot.

Ich fuhr auf der Route 21 nach Osten über St. Helena zu Harbor Island und Hunting Island und bog dann in den Staatspark ein. Die schmale Asphaltstraße schlängelte sich durch Sumpfland, das still und dunkel war wie ein unterirdischer See. Fächerpalmen und Mooreichen wuchsen aus dem schlammigen Boden. Hier und dort brach ein Sonnenstrahl durch das Blätterdach und färbte das Wasser honiggolden.

Ich parkte am Leuchtturm und ging auf einem Plankenweg zum Strand. Es war Ebbe, der feuchte Sand glitzerte wie ein Spiegel, ein Strandläufer flitzte von Gezeitentümpel zu Gezeitentümpel, auf seinen langen Stelzenbeinen, die mit ihrem eigenen Spiegelbild verschmolzen. Es war ein kühler Morgen, und ich bekam eine Gänsehaut an Armen und Beinen, während ich meine Aufwärmübungen machte.

Meine Füße sanken kaum in den zusammengebackenen Sand ein, während ich Richtung Osten am Atlantik entlanglief. Die Luft war absolut still. Ich kam an einer Gruppe Pelikane vorbei, die auf dem sanft schaukelnden Wasser dümpelten. Das Riedgras stand bewegungslos in den Dünen.

Während ich rannte, betrachtete ich die Geschenke des Meeres. Treibholz, geriffelt und glatt und mit Entenmuscheln bedeckt. Tanggewirr. Die glänzende braune Schale einer Königskrabbe. Eine Meeräsche, Augen und Innereien von Krebsen und Möwen weggefressen.

Ich lief, bis mir die Lunge brannte. Dann lief ich noch ein Stückchen weiter. Als ich zum Plankenweg zurückkehrte, trugen meine zitternden Beine mich kaum die Stufen hoch. Aber im Kopf fühlte ich mich verjüngt. Vielleicht war es der Anblick des toten Fisches oder der Krabbe gewesen, vielleicht hatte ich einfach meinen Endorphinpegel erhöht, aber mir graute plötzlich nicht mehr vor dem Tag, der vor mir lag. Der Tod ereignete sich in jeder Minute jeden Tages an jedem Ort der Erde. Ich war ein Teil des Lebenszyklus, und zu dem gehörte auch Murtry Island. Ich würde diese Leiche ausgraben und sie den Verantwortlichen übergeben. Das war meine Arbeit.

Als ich aufs Boot zurückkam, schlief Katy noch immer. Ich machte Kaffee, stellte mich dann unter die Dusche und hoffte, daß das Geräusch der Pumpe sie nicht wecken würde. Als ich mich angezogen hatte, toastete ich zwei English Muffins, bestrich sie mit Butter und Brombeermarmelade und trug sie in den Salon. Freunde haben mir gesagt, daß körperliche Anstrengung ein Appetitzügler ist. Bei mir nicht. Nach jedem Training könnte ich mein Körpergewicht in Essen verdrücken.

Ich schaltete den Fernseher an, zappte durch die Kanäle und entschied mich für einen aus dem halben Dutzend Prediger, die sonntagmorgendliche Erbauung anbieten. Gerade berichtete ein gewisser Reverend Eugene Hightower von den »unerschöpflichen Wohltaten, die die Rechtschaffenen erwarten«, als Katy hereinstolperte und sich auf die Couch warf. Ihr Gesicht war zerknittert und aufgedunsen vom Schlaf, und ihre Haare sahen aus wie das Tanggestrüpp, das ich am Strand gesehen hatte. Sie trug ein Hornets-T-Shirt, das ihr bis zu den Knien reichte.

»Guten Morgen. Du siehst wunderbar aus.«

Keine Antwort von meiner Tochter.

»Kaffee?«

Sie nickte, ohne die Augen zu öffnen.

Ich ging in die Kombüse, goß einen Becher voll und stellte ihn ihr hin. Katy brachte sich in eine halb aufrechte Position, öffnete vorsichtig die Lider und griff nach dem Kaffee.

»Ich habe bis zwei gelesen.«

Sie trank einen Schluck, streckte dann die Hand mit der Tasse aus und schlug die Beine unter. Ihr schlaftrüber Blick fiel auf Reverend Hightower.

»Warum hörst du dir diesen Trottel an?«

»Ich will wissen, wie man zu diesen ›unerschöpflichen Wohltaten‹ kommt.«

»Stell ihm einen Scheck aus, und er schickt dir einen Viererpack.«

Barmherzigkeit gehörte nicht zu den frühmorgendlichen Tugenden meiner Tochter.

»Welcher Idiot hat denn schon in aller Frühe angerufen?«

Takt ebenfalls nicht.

»Sam.«

»Oh. Und was wollte er?«

»Katy, gestern ist etwas passiert, das ich dir noch nicht erzählt habe.«

Ihr Blick war plötzlich hellwach und gespannt auf mich gerichtet.

Ich zögerte erst, berichtete ihr dann aber von der Entdeckung des vergangenen Tages. Ohne ins Detail zu gehen, beschrieb ich die Leiche, und wie J-7 uns zu ihr geführt hatte, und erzählte kurz von meinem Telefongespräch mit Sam.

»Dann fährst du also heute wieder auf die Insel.« Sie trank einen Schluck.

»Ja. Mit dem Leichenbeschauer und einem Team aus dem Büro des Sheriffs. Sam holt mich um zehn ab. Tut mir leid, daß ich dir den Tag versaut habe. Du kannst natürlich gern mitkommen, aber ich verstehe, wenn du lieber nicht willst.«

Lange Zeit sagte sie gar nichts. Der Reverend plapperte von Jesus.

»Weiß man schon, wer es ist?«

»Der Sheriff meint, daß es mit Drogen zu tun hat. Die Dealer benutzen die Flußmündungen und Meeresarme hier in der Gegend, um den Stoff an Land zu bringen. Er vermutet, daß eine Aktion in die Hose gegangen ist und irgend jemand plötzlich eine Leiche zu entsorgen hatte.«

»Und was hast du da draußen zu tun?«

»Wir bergen die Leiche, nehmen Proben und machen jede Menge Fotos.«

»Nein, nein. Ich will ganz genau wissen, was du tust.«

»Schritt für Schritt?«

Sie nickte und lehnte sich in die Kissen zurück.

»Sieht ziemlich routinemäßig aus. Erst räumen wir die Vegetation ab und legen ein Gitternetz an mit einem Bezugspunkt für Zeichnungen und Messungen.« Bilder des Kellers in St. Jovite schossen mir durch den Kopf. »Wenn die Spurensicherung an der Oberfläche abgeschlossen ist, öffne ich das Grab. Einige Bergungsteams gehen dabei lagenweise vor, damit sie Schichtungen und ähnliches feststellen können, aber ich glaube nicht, daß das hier nötig ist. Wenn jemand ein Loch gräbt, eine Leiche hineinwirft und es dann wieder zuschüttet, gibt es kaum Stratifikation. Aber ich werde eine Seite des Grabens sauberhalten, damit ich beim Ausheben ein Tiefenprofil bekomme. So kann ich feststellen, ob es Werkzeugspuren in der Erde gibt.«

»Werkzeugspuren?«

»Abdrücke im Erdreich, die eine Schaufel oder ein Spaten oder ein Pickel hinterlassen hat. Ich habe so was noch nie gesehen, aber einige Kollegen schwören, sie hätten schon welche entdeckt. Sie behaupten, daß man davon Abdrücke machen kann und die mit verdächtigen Werkzeugen vergleichen kann. Was ich gesehen habe, sind Sohlenabdrücke am Boden eines Grabes, vor allem, wenn es viel Lehm und Schlick gibt. Nach solchen werde ich auf jeden Fall Ausschau halten.«

»Von dem Kerl, der gegraben hat.«

»Ja. Wenn der Gräber eine gewisse Tiefe erreicht hat, kann es sein, daß er ins Loch springt und von unten weiterarbeitet. Wenn er das tut, kann es sein, daß er Schuhabdrücke hinterläßt. Außerdem werde ich Bodenproben nehmen. Manchmal kann man Erde aus einem Grab mit Erdspuren vergleichen, die man an einem Verdächtigen gefunden hat.«

»Oder auf dem Boden seines Schranks.«

»Genau. Außerdem sammle ich Insekten.«

»Insekten?«

»Dieses Grab wimmelt vor Insekten. Zum einen ist es sehr flach, und Truthahngeier und Waschbären haben die Leiche zum Teil schon ausgegraben. Die Fliegen feiern da ein Festmahl. Und die können uns helfen, die PML zu bestimmen.«

»PML?«

»Die postmortale Liegezeit. Wie lange das Opfer schon tot ist.«

»Wie?«

»Entomologen haben aasfressende Insekten studiert, vorwiegend Fliegen und Käfer. Sie haben festgestellt, daß der Befall einer Leiche durch die verschiedenen Arten einer bestimmten, genau festgelegten Zeitsequenz folgt und daß dann jede Art ihren gewohnten Lebenszyklus durchmacht. Einige Fliegen kommen schon nach wenigen Minuten. Andere erst später. Die Erwachsenen legen ihre Eier, aus den Eiern schlüpfen Larven. Das sind die Maden, nichts anderes als Fliegenlarven.«

Katy schnitt eine Grimasse.

»Nach einer gewissen Zeit verlassen die Larven die Leiche und schließen sich in eine Art harte Außenhülle ein, die man Puppe nennt. Schließlich schlüpfen daraus erwachsene Insekten, und der Zyklus beginnt von vorn.«

»Warum kommen nicht alle Insekten gleichzeitig?«

»Verschiedene Arten haben verschiedene Ernährungsgewohnheiten. Einige fressen das Fleisch der Leiche, andere bevorzugen die Eier und Larven ihrer Vorgänger.«

»Eklig.«

»Es gibt für jeden eine Nische.«

»Was machst du mit den Insekten?«

»Ich werde einige Larven und Puppen einsammeln und dann versuchen, ein paar erwachsene Insekten mit dem Netz zu fangen. Abhängig vom Zustand der Leiche kann es auch sein, daß ich Messungen der Körpertemperatur vornehme. Wenn Maden in Massen auftreten, kann das die Temperatur einer Leiche beträchtlich erhöhen. Auch das kann helfen bei der Bestimmung der Liegezeit.«

»Und dann?«

»Alle ausgewachsenen Insekten und die Hälfte der Larven werden in Alkohol konserviert. Die anderen Larven kommen in Behälter mit Leber und Vermiculit. Der Entomologe züchtet sie, bis sie schlüpfen, und bestimmt dann die Art.«

Ich fragte mich, wo Sam an einem Sonntag morgen Netze, Eiskrembehälter, Vermiculit und Thermometer herbekam. Ganz zu schweigen von den Sieben, Kellen und den anderen Ausgrabungswerkzeugen, die ich verlangt hatte. Aber das war sein Problem.

»Was ist mit der Leiche?«

»Das hängt vom Zustand ab. Wenn sie noch einigermaßen intakt ist, hebe ich sie einfach heraus und stecke sie in einen Leichensack. Ein Skelett dauert länger, weil ich erst ein Knocheninventar erstellen muß, um sicherzugehen, daß ich alles habe.«

Sie überlegte. »Wie lange wird das bestenfalls dauern?«

»Den ganzen Tag.«

»Und schlimmstenfalls?«

»Länger.«

Stirnrunzelnd fuhr sie sich mit den Fingern durch die Haare und faßte sie dann im Nacken zu einem losen Knoten zusammen.

»Fahr du zu deiner Verabredung auf die Insel. Ich glaube, ich bleibe hier und lasse mich später nach Hilton Head mitnehmen.«

»Deinen Freunden macht es nichts aus, wenn sie dich früher abholen müssen?«

»Nö. Liegt ja auf dem Weg.«

»Gute Entscheidung.« Ich meinte es ernst.

Es lief genau so, wie ich es Katy beschrieben hatte, bis auf einen Unterschied. Es gab eine Stratifikation. Unter der Leiche mit dem Krebsgesicht fand ich einen zweiten verwesenden Kadaver. Er lag auf dem Boden der einen Meter zwanzig tiefen Grube, mit dem Gesicht nach unten, die Arme unter dem Bauch, in einem Winkel von zwanzig Grad zur Leiche darüber.

Tiefe hat ihr Vorzüge. Während von dem oberen Opfer nur noch Knochen und Bindegewebe übrig waren, waren vom unteren noch große Mengen Fleisch und breiige Eingeweide erhalten. Ich arbeitete, bis es dunkel wurde, siebte penibel jede Schaufel Erde durch, nahm Erd-, Pflanzen- und Insektenproben und verstaute die Opfer in Leichensäcken. Der Detective des Sheriffs filmte und fotografierte.

Sam, Colker und Baker sahen aus einiger Entfernung zu und ließen gelegentlich eine Bemerkung fallen oder traten einen Schritt näher, um besser zu sehen. Der Deputy des Sheriffs suchte mit einem speziell auf Verwesungsgerüche abgerichteten Hund die Umgebung ab. Kim sah sich nach materiellen Indizien um.

Alles ohne Erfolg. Bis auf die zwei Leichen war nichts zu finden. Die Opfer waren ausgezogen und vergraben worden, man hatte ihnen alles genommen, was auf ihre Identität hätte hindeuten können. Und sosehr ich auch alle Details studierte: Weder die Position der Leichen noch sonst etwas an der Anlage oder der Füllung des Grabes gab einen Hinweis darauf, ob die Opfer gleichzeitig begraben worden waren oder das obere später hinzugekommen war.

Es war fast acht, als Baxter Colker die Tür des Transporters zuknallte und verriegelte. Der Leichenbeschauer, Sam und ich standen an der Asphaltstraße oberhalb des Piers, wo unsere Boote vertäut lagen.

Colker in seinem ordentlich gebügelten Anzug samt Fliege und weit über die Taille reichender Hose sah aus wie eine Karikatur. Obwohl Sam mich vor seiner Pingeligkeit gewarnt hatte, war ich nicht vorbereitet gewesen auf diese Art der Berufskleidung, in der der Leichenbeschauer von Beaufort County zur Exhumierung erschienen war. Ich fragte mich, was er zu einer Dinnerparty trug.

»Also, das wär's«, sagte er und wischte sich die Hände mit einem Leinentaschentuch ab. Hunderte von geplatzten Äderchen in seinen Wangen gaben seinem Gesicht eine rötlichblaue Tönung. Er wandte sich mir zu.

»Ich sehe Sie dann wohl morgen im Krankenhaus?« Es war mehr eine Feststellung als eine Frage.

»Moment mal. Ich dachte, diese Fälle gehen an den forensischen Pathologen in Charleston.«

»Nun, natürlich kann ich diese Fälle der medizinischen Fakultät überstellen, Ma'am, aber ich weiß, was dieser Gentleman mir sagen wird.« Colker hatte mich den ganzen Tag über mit Ma'am tituliert.

»Sie meinen Axel Hardaway?«

»Ja, Ma'am. Und Dr. Hardaway wird mir sagen, daß ich einen Anthropologen brauche, weil er keine Ahnung von Knochen hat. Das wird er mir sagen. Und soweit ich weiß, ist Dr. Jaffer, unser sonstiger Anthropologe, nicht verfügbar. Und was bedeutet das für diese armen Leute hier?« Er deutete mit knochiger Hand auf den Transporter.

»Egal, wer die Skelettanalyse macht, sie brauchen auf jeden Fall eine vollständige Autopsie der unteren Leiche.«

Etwas regte sich im Fluß, das Mondlicht auf der Oberfläche zerbrach in tausend Splitter. Wind war aufgekommen, ich roch Regen in der Luft.

Colker klopfte auf die Seitenwand des Transporters, ein Arm erschien im Fenster, winkte, und der Transporter fuhr los. Colker sah ihm eine Weile nach.

»Da heute Sonntag ist, werden diese beiden im Beaufort Memorial übernachten. Ich werde mich unterdessen mit Dr. Hardaway in Verbindung setzen und mich nach seinen Wünschen erkundigen. Darf ich fragen, wo Sie die Nacht verbringen, Ma'am?«

Während ich es ihm sagte, kam der Sheriff zu uns.

»Ich möchte Ihnen noch einmal danken, Dr. Brennan. Sie haben hervorragende Arbeit geleistet.«

Baker war gut dreißig Zentimeter größer als der Leichenbeschauer, und Sam und Colker erreichten selbst zusammengenommen kaum seine Körpermasse. Unter dem Uniformhemd wirkten Brust und Arme des Sheriffs wie aus Eisen geschmiedet. Sein Gesicht war kantig, seine Haut hatte die Farbe starken Kaffees. Harley Baker sah aus wie ein Schwergewichtsboxer und redete wie ein Harvard-Absolvent.

»Danke, Sheriff. Ihr Deputy und Ihr Detective haben mir sehr geholfen.«

Als wir uns die Hände schüttelten, lag meine blaß und zierlich in der seinen. Mit diesem Griff konnte er wahrscheinlich Granit zermalmen.

»Noch einmal vielen Dank. Ich sehe Sie dann morgen mit Detective Ryan. Und ich werde gut auf Ihre Fliegen aufpassen.«

Baker und ich hatten uns bereits über die Insekten unterhalten, und ich hatte ihm den Namen eines Entomologen genannt. Nachdem ich ihm erklärt hatte, wie er sie transportieren und wie er die Erd- und Samenproben lagern sollte, hatte er alles in die Obhut des Detectives gegeben, der unterwegs ins Verwaltungszentrum der Bezirksregierung war.

Baker schüttelte Colker die Hand und gab Sam einen freundschaftlichen Klaps auf die Schulter.

»Wir sehen uns sowieso, Alter«, sagte er zu Sam im Weggehen. Kurz darauf fuhr er in seinem Streifenwagen auf dem Weg nach Beaufort an uns vorbei.

Sam fuhr mich zur *Melanie Tess* zurück, und ich besorgte mir unterwegs etwas zum Essen. Wir redeten kaum etwas. Meine Kleider und meine Haare rochen nach Tod, und ich wollte nichts anderes als duschen, essen und dann in ein achtstündiges Koma fallen. Und Sam wollte mich wahrscheinlich aus seinem Auto haben.

Um halb zehn waren meine Haare in ein Handtuch gewickelt, und ich roch nach White-Diamonds-Pflegebalsam. Ich hob eben den Deckel von meinem Abendessen, als Ryan anrief.

»Wo sind Sie?« fragte ich und drückte Ketchup auf meine Pommes.

»In einem bezaubernden Hotel namens The Lord Carteret.«

»Und was paßt Ihnen dort nicht?«

»Es gibt keinen Golfplatz.«

»Wir sollen uns morgen um neun mit dem Sheriff treffen.« Ich schnupperte an den Pommes.

»Neun Uhr auf die Sekunde, Dr. Brennan. Was essen Sie?«

»Ein Salami-Sandwich mit Garnitur.«

»Um zehn Uhr abends.«

»Es war ein langer Tag.«

»Meiner war auch nicht gerade ein Spaziergang.« Ich hörte ein Streichholz, dann ein langes Ausatmen. »Drei Flüge, dann im Auto von Savannah nach Tara, und dann konnte ich diesen Trottel von Sheriff nicht erreichen. Er war wegen irgendwas unterwegs, und keiner wollte mir sagen, wohin oder warum. Alles sehr heimlichtuerisch. Er und Aunt Bee sind wahrscheinlich Undercover-Agenten der CIA.«

»Sheriff Baker ist okay.« Ich aß eine Gabel voll Krautsalat.

»Sie kennen ihn?«

»Ich habe den ganzen Tag mit ihm verbracht.«

Jetzt war das Hush Puppy dran.

»Das klingt nach was anderem.«

»Ein Hush Puppy.«

»Was ist ein Hush Puppy?«

»Wenn Sie zahlen, besorg ich Ihnen morgen eins.«

»Prima. Und was haben Sie den ganzen Tag mit Baker gemacht?«

Ich berichtete ihm kurz von der Leichenbergung.

»Und Baker verdächtigt die Drogenjungs?«

»Ja. Aber ich glaube es nicht.«

»Warum nicht?«

»Ryan, ich bin müde, und Baker erwartet uns sehr früh. Ich sag's Ihnen morgen. Finden Sie Lady's Island Marina?«

»Wird wohl irgendwo auf Lady's Island sein.«

Ich beschrieb ihm den Weg und legte auf. Dann aß ich zu Ende und fiel ins Bett, ohne mir einen Pyjama anzuziehen. Ich schlief nackt und wie ein Stein und träumte acht Stunden lang nichts, woran ich mich erinnern konnte.

18

Am Montag morgen um acht Uhr herrschte dichter Verkehr auf der Woods Memorial Bridge. Der Himmel war bedeckt, der Fluß kabbelig und schiefergrün. Die Nachrichten im Radio sagten leichten Regen voraus und eine Höchsttemperatur von zweiundzwanzig Grad. Ryan sah in Wollhose und Tweedsakko etwas deplaziert aus, wie ein Arktisbewohner, den es in die Tropen verschlagen hatte. Er schwitzte bereits.

Während wir nach Beaufort hineinfuhren, erklärte ich ihm die polizeilichen Zuständigkeiten im County. Das Beaufort Police Department operiere nur innerhalb der Stadtgrenzen, von den drei anderen Stadtgemeinden, Port Royal, Bluffton und Hilton Head, besitze jede eine eigene Polizeitruppe.

»Der Rest von Beaufort County ist nicht eingemeindet und deshalb Sheriff Bakers Amtsbezirk«, ergänzte ich. »Und seine Einheit greift außerdem den Jungs auf Hilton Head Island unter die Arme. Hilft zum Beispiel mit Detectives aus.«

»Klingt wie in Quebec.«

»Ist es auch. Man muß nur wissen, in wessen Revier man sich befindet.«

»Simonnets Anrufe gingen nach St. Helena. Das wäre also Baker.«

»Ja.«

»Sie sagen, er ist okay.«

»Bilden Sie sich Ihre eigene Meinung.«

»Erzählen Sie mir von den Leichen, die Sie ausgegraben haben.«

Das tat ich.

»Mein Gott, Brennan, wie geraten Sie nur immer in solche Geschichten?«

»Das ist mein Job, Ryan.« Die Frage ärgerte mich. In letzter Zeit ärgerte mich alles an Ryan.

»Aber Sie waren doch in Urlaub.«

Ja. Auf Murtry. Mit meiner Tochter.

»Muß meine rege Phantasie sein«, blaffte ich. »Ich träume mir Leichen zusammen, und peng, da sind sie auch schon. Dafür lebe ich.«

Mir reichte es. Ich biß die Zähne zusammen und sah zu, wie sich auf der Windschutzscheibe winzige Tropfen sammelten. Wenn Ryan Unterhaltung wollte, sollte er Selbstgespräche führen.

»Ich könnte hier ein wenig ortskundige Führung gebrauchen«, sagte er, als wir am Campus der USC Beaufort vorbeikamen.

»Die Carteret macht da vorne eine scharfe Linkskurve und geht in die Boundary über. Bleiben Sie drauf.«

Wir fuhren nach Westen an den Wohnanlagen von Pigeon Point vorbei und schließlich zwischen den Backsteinmauern hindurch, die den National Cemetery zu beiden Seiten der Straße begrenzen. An der Ribault sagte ich ihm, er solle links abbiegen.

Ryan blinkte und fuhr dann Richtung Süden. Linker Hand kamen ein Maryland Fried Chicken, die Feuerwache und die Second Pilgrim Baptist Church. Rechts von uns breitete sich das Verwaltungszentrum des Bezirks aus. Die vanillefarbenen Stuckgebäude beherbergten die Bezirksregierung, das Gericht, die Büros der Anwälte, verschiedene Strafverfolgungsbehörden und das Gefängnis. Die falschen Säulen und Bogengänge sollten ein Südstaatenambiente vermitteln, tatsächlich aber sah der Komplex eher aus wie ein Ärztezentrum im Art-déco-Stil.

An der Kreuzung Ribault und Duke deutete ich auf einen von Virginia-Eichen und Louisiana-Moos beschatteten Sandplatz. Ryan bog ein und parkte zwischen einem Streifenwagen der Beaufort City Police und dem Gefahrguttransporter des Bezirks. Sheriff Baker war eben angekommen und suchte etwas im Kofferraum seines Wagens. Als er mich sah, winkte er, knallte den Deckel zu und wartete auf uns.

Ich stellte die beiden Männer vor, und sie gaben sich die Hand. Aus dem Regen war ein feines Nieseln geworden.

»Tut mir leid, daß ich Sie belästigen muß«, sagte Ryan. »Ich bin mir sicher, Sie haben genug zu tun, ohne daß Fremde Ihnen auf die Pelle rücken.«

»Überhaupt kein Problem«, erwiderte Baker. »Ich hoffe, wir können was für Sie tun.«

»Nette Hütte«, sagte Ryan und nickte in die Richtung des Gebäudes, in dem das Sheriff's Department untergebracht war

Während wir die Straße überquerten, erklärte der Sheriff uns kurz den Komplex.

»Anfang der Neunziger beschloß der Bezirk, daß er alle Behörden unter einem Dach haben wollte, und baute deshalb dieses Zentrum für ungefähr dreißig Millionen Dollar. Wir haben unsere eigenen Büros, wie die Stadtpolizei, aber wir teilen uns die Infrastruktur, zum Beispiel Kommunikation, Funkbereitschaft und Archive.«

Zwei Deputies auf dem Weg zum Parkplatz kamen uns entgegen. Sie winkten, und Baker nickte ihnen zu, öffnete dann die Glastür und hielt sie für uns auf.

Die Büros des Sheriff's Department von Beaufort lagen auf der rechten Seite, neben einem Schaukasten voller Uniformen und Plaketten. Die Stadtpolizei befand sich links, hinter einer Tür mit der Aufschrift »Für Unbefugte Zutritt verboten«. Neben dieser Tür zeigte ein weiterer Glaskasten FBI-Steckbriefe der zehn meistgesuchten Verbrecher, Fotos von Vermißten aus der Gegend und ein Plakat des Zentrums für verschwundene und mißhandelte Kinder. Direkt vor uns führte ein Gang an einem Aufzug vorbei ins Innere des Gebäudes.

Als wir den Korridor des Sheriffs betraten, bemerkten wir eine Frau, die eben einen Regenschirm an einen Garderobenständer hängte. Obwohl schon deutlich über Fünfzig, sah sie aus wie direkt aus einem Madonna-Video entsprungen. Sie hatte lange, pechschwarze Haare und trug ein pfauenblaues Minikleid mit einem Spitzenüberwurf und darüber ein violettes Bolerojäckchen. Plateausandalen machten sie fast zehn Zentimeter größer. Sie wandte sich an den Sheriff.

»Mr. Colker hat eben angerufen. Und gestern hat dauernd ein

Detective angerufen, dem irgendwas unter den Nägeln brannte. Liegt alles auf Ihrem Schreibtisch.«

»Danke, Ivy Lee. Das ist Detective Ryan.« Baker deutete auf uns beide. »Und Dr. Brennan. Wir werden sie in einer Angelegenheit unterstützen.«

Ivy Lee musterte uns.

»Kaffee, Sir?«

»Ja. Vielen Dank.«

»Also drei.«

»Ja.«

»Sahne?«

Ryan und ich nickten.

Wir betraten das Büro des Sheriffs und setzten uns. Baker warf seinen Hut auf einen Aktenschrank hinter seinem Schreibtisch.

»Ivy Lee ist ein bunter Vogel«, sagte er lächelnd. »Sie war zwanzig Jahre bei den Marines und ist nach ihrer Rückkehr zu uns gekommen.« Er überlegte kurz. »Das ist jetzt ungefähr neunzehn Jahre her. Die Dame schmeißt den Laden mit der Effizienz eines Turboladers. Im Augenblick betreibt sie einige ...«, er suchte nach der angemessenen Formulierung, »... Modeexperimente.«

Baker lehnte sich zurück und verschränkte die Arme hinter dem Kopf. Sein Ledersessel keuchte wie ein Dudelsack.

»Also, Mr. Ryan, erzählen Sie mir, was Sie brauchen.«

Ryan berichtete von den Toten in St. Jovite und den Anrufen nach St. Helena. Er hatte eben seine Gespräche mit der Geburtshelferin der Beaufort-Jasper Clinic und mit Heidi Schneiders Eltern skizziert, als Ivy Lee klopfte. Sie stellte Baker eine Tasse hin und zwei andere auf einen Tisch zwischen Ryan und mir und ging dann wieder ohne ein Wort.

Ich trank einen Schluck. Dann einen zweiten.

»Macht *sie* den?« fragte ich. Der Kaffee war, wenn nicht der beste, den ich je getrunken hatte, dann ziemlich weit oben auf der Liste.

Baker nickte.

Ich trank noch einmal und versuchte, die Aromen zu identifizieren. Im Vorzimmer hörte ich ein Telefon klingeln, dann Ivy Lees Stimme.

»Was ist da drin?«

»Bei Ivy Lees Kaffee halten wir uns an das Motto ›Der Kenner schweigt und genießt.‹ Ich gebe ihr jeden Monat Geld, und sie kauft die Zutaten. Angeblich kennen das Rezept nur ihre Schwestern und ihre Mama.«

»Kann man sie bestechen?«

Lachend legte Baker seine Unterarme auf den Schreibtisch und stützte sein Gewicht darauf. Seine Schultern waren breiter als ein Betonlaster.

»Ich möchte nicht riskieren, Ivy Lee zu beleidigen«, sagte er. »Und auf keinen Fall ihre Mama.«

»Gute Taktik«, bemerkte Ryan. »Nie die Mamas beleidigen.«

Er zog das Gummiband von einem braunen Aktendeckel, blätterte im Inhalt und zog ein Papier hervor.

»Die Nummer, die von St. Jovite aus angerufen wurde, gehört zu der Adresse 435 Adler Lyons Road.«

»Das ist auf St. Helena, da haben Sie recht«, sagte Baker.

Er drehte sich zu den Metallschränken um, öffnete eine Schublade und zog eine Akte heraus. Dann legte er die Mappe auf den Tisch und überflog das einzige Blatt darin.

»Wir haben die Adresse überprüft, aber ohne Ergebnis. Kein einziger Anruf in den letzten fünf Jahren.«

»Ist das ein Privathaus?«

»Wahrscheinlich. In diesem Teil der Insel gibt es fast nur Wohnwagen und kleine Häuschen. Ich habe so ziemlich mein ganzes Leben hier in der Gegend verbracht, und trotzdem brauchte ich eine Karte, um die Adler Lyons zu finden. Ein paar von diesen Feldwegen auf den Inseln sind kaum mehr als Zufahrten. Ich erkenne sie vielleicht, wenn ich sie sehe, aber ich kenne die Namen nicht immer. Wenn sie überhaupt Namen haben.«

»Wem gehört das Anwesen?«

»Das weiß ich nicht, aber das finden wir schon heraus. Unterdessen könnten wir ja einfach mal vorbeifahren.«

»Mir soll's recht sein«, sagte Ryan, legte das Blatt wieder in seinen Aktendeckel und zog den Gummi darüber.

»Wir könnten auch mal bei der Klinik vorbeischauen.«

»Ich will Ihnen nicht mit meinem Problem die Zeit stehlen. Ich weiß, daß Sie viel zu tun haben.« Ryan stand auf. »Wenn Sie uns nur sagen, wohin wir müssen, kommen wir sicher auch allein zurecht.«

»Nein, nein. Ich bin Dr. Brennan wegen gestern was schuldig. Und ich bin mir sicher, daß auch Baxter Colker noch was von ihr will. Weil wir gerade dabei sind, würden Sie einen Augenblick warten, während ich was nachprüfe?«

Er verschwand im Vorzimmer und kam einen Augenblick später mit einem Zettel zurück.

»Colker hat noch einmal angerufen, wie ich vermutet habe. Er hat die Leichen nach Charleston geschickt, aber er will mit Dr. Brennan reden.« Er lächelte mir zu. Seine Wangenknochen und Brauenwülste waren so ausgeprägt und seine Haut so glänzend schwarz, daß sein Gesicht im Neonlicht aussah wie eine Keramik.

Ich sah Ryan an. Er zuckte die Achseln und setzte sich wieder. Baker wählte eine Nummer, fragte nach Colker und gab mir dann den Hörer. Ich hatte ein ungutes Gefühl.

Colker sagte genau das, was ich befürchtet hatte. Axel Hardaway würde zwar die Autopsien der Murtry-Leichen durchführen, weigerte sich aber, die Skelettuntersuchung zu machen. Dan Jaffer war nicht zu erreichen. Hardaway würde die Überreste in seinem Universitätslabor genau nach meinen Spezifikationen behandeln, und Colker würde dann die Knochen in mein Labor in Charleston transportieren, falls ich mich bereit erklärte, die Untersuchung durchzuführen.

Ich stimmte widerwillig zu und versprach, mich direkt mit Hardaway in Verbindung zu setzen. Colker gab mir die Nummer, und ich legte auf.

»Allons-y«, sagte ich zu den anderen.

»Allons-y«, wiederholte der Sheriff, griff nach seinem Hut und setzte ihn auf.

Wir fuhren auf dem Highway 21 von Beaufort nach Lady's Island, überquerten den Cowan's Creek nach St. Helena und fuhren einige Kilometer geradeaus weiter. Bei der Eddings Point Road bogen wir links ab und fuhren an langen Reihen von verwitterten Holzhäusern und aufgebockten Wohnwagen vorbei. Plastikfolie war vor Fensteröffnungen gespannt, und Veranden hingen durch unter dem Gewicht mottenzerfressener Sessel und alter Gerätschaften. In den Höfen sah man Schrottautos und Ersatzteilstapel, provisorische Schuppen und verrostete Faulbehälter. Hier und dort boten handgeschriebene Schilder Kohl, Wachsbohnen oder Ziegen an.

Bald darauf beschrieb die Asphaltstraße eine scharfe Linkskurve, und vor uns lagen zwei sandige Feldwege, der eine geradeaus, der andere nach rechts. Baker bog ab, und wir fuhren in einen langen, schattigen Tunnel. Virginia-Eichen mit moosbewachsenen Borken und Ästen, die sich wie die Kuppel einer grünen Kathedrale über uns wölbten, säumten die Straße. Links und rechts verliefen schmale Gräben mit algenbedecktem Wasser.

Mit leise knirschenden Reifen fuhren wir vorbei an weiteren Wohnwagen und heruntergekommenen Häusern, einige mit Windrädchen aus Plastik oder Holz, andere mit Hühnern, die in den Höfen scharrten. Bis auf die Baujahre der zerbeulten Autos sah die ganze Gegend so aus, wie sie in den Dreißigern ausgesehen haben mußte. Und in den Vierzigern. Und den Fünfzigern.

Nach fünfhundert Metern ging links die Adler Lyons ab. Baker bog ab und fuhr fast bis zum Ende. Auf der linken Straßenseite standen moosbewachsene Grabsteine im Schatten von Eichen und Magnolien. Hier und dort glänzte weiß ein Holzkreuz aus dem Halbdunkel.

Rechts von uns standen zwei Gebäude, das größere ein zweigeschossiges Farmhaus mit dunkelgrüner Seitenwandung, das kleinere ein Bungalow, dessen früher weiße Tünche jetzt in grauen Schuppen abblätterte. Hinter den Häusern waren Wohnwagen und eine Schaukel zu sehen.

Eine niedrige Mauer trennte das Grundstück von der Straße. Sie bestand aus auf die Seitenflächen gekippten und aufeinandergestapelten Schlackesteinen, deren Mittelöffnungen Reihen und Schichten kleiner Tunnels bildeten. Aus jeder dieser Öffnungen quollen Ranken und Kletterpflanzen, purpurfarbene Glyzinien wucherten die ganze Mauer entlang. Ein rostiges Metallschild an der Einfahrt verkündete in grell orangefarbenen Buchstaben »Privatbesitz«.

Knapp fünfzig Meter hinter der Mauer endete die Straße an einem Streifen Marschgras. Hinter dem Gestrüpp lag Wasser von der Farbe stumpfen Zinns.

»Das dürfte Nr. 435 sein«, sagte Sheriff Baker und deutete auf das größere Haus. »Es war vor Jahren mal ein Anglercamp.« Er nickte in Richtung des Wassers. »Das da ist Eddings Point Creek. Der mündet ein Stückchen weiter oben in den Sund. Ich habe das Grundstück völlig vergessen. Es war jahrelang unbewohnt.«

Das Anwesen hatte wirklich schon bessere Zeiten gesehen. Die Seitenwandung des Farmhauses war fleckig und mit Schimmel überzogen. Die ehemals weißen Verzierungen blätterten ab und zeigten eine darunterliegende hellblaue Schicht. Eine vergitterte Veranda erstreckte sich über die gesamte Front, und die Gaubenfenster des Obergeschosses ahmten den Winkel des Dachgiebels in verkleinerter Form nach.

Wir stiegen aus, gingen an der Mauer entlang zurück und traten in die Einfahrt. Dunst hing in der Luft wie Rauch. Ich roch Schlamm und verfaulendes Laub und von weit weg die Andeutung eines Feuers.

Der Sheriff stieg die Verandastufen hoch, während Ryan und ich auf dem Rasen warteten. Die Innentür war offen, aber es war zu dunkel, um durch das Fliegengitter etwas zu sehen. Baker trat einen Schritt zur Seite und klopfte so heftig, daß die Tür im Rahmen klapperte. Über uns mischte sich Vogelgesang mit dem Rascheln von Palmwedeln. Drinnen glaubte ich ein Baby schreien zu hören.

Baker klopfte noch einmal.

Einen Augenblick später hörten wir Schritte, dann erschien ein junger Mann an der Tür. Er hatte Sommersprossen und rote, lockige Haare und trug eine blaue Latzhose und ein kariertes Hemd. Willkommen in Hillbilly Country.

»Ja?« Er sprach durch das Fliegengitter, sein Blick huschte zwischen uns dreien hin und her.

»Wie geht's?« fragte Baker.

»Gut.«

»Schön. Ich bin Harley Baker.« Seine Uniform machte deutlich, daß es sich nicht um einen Höflichkeitsbesuch handelte. »Dürfen wir reinkommen?«

»Warum?«

»Wir würden Ihnen gern ein paar Fragen stellen.«

»Fragen?«

»Wohnen Sie hier?«

Hillbilly nickte.

»Dürfen wir reinkommen?«

»Brauchen Sie dazu nicht einen Durchsuchungsbefehl oder so was?«

»Nein.«

Ich hörte eine Stimme, und Hillbilly drehte den Kopf und rief etwas über die Schulter. Kurz darauf trat eine Frau mittleren Alters mit breitem Gesicht und dauergewelltem Haar neben ihn. Sie hatte ein Baby auf dem Arm und klopfte und streichelte ihm abwechselnd den Rücken. Das Fleisch an ihrem Oberarm schwabbelte bei jeder Bewegung.

»Da ist ein Bulle«, sagte er zu ihr und trat zurück.

»Ja?«

Noch einmal derselbe B-Movie-Dialog, diesmal zwischen Baker und der Frau. Dann sie:

»Im Augenblick ist niemand da. Sie müssen ein andermal wiederkommen.«

»Sie sind doch hier, Ma'am.«

»Wir sind mit dem Baby beschäftigt.«

»Wir gehen hier nicht weg, Ma'am«, sagte der Sheriff von Beaufort County.

Die Frau verzog das Gesicht, schob sich das Baby ein Stückchen höher auf die Schulter und stieß die Gittertür auf. Ihre Schlappen machten leise patschende Geräusche, als wir ihr über die Veranda und in eine kleine Diele folgten.

Das Haus war düster und roch leicht säuerlich, wie Milch, die über Nacht in einem Glas stehengelassen wurde. Direkt vor uns führte eine Treppe in den ersten Stock, links und rechts öffneten sich Durchgänge in große Zimmer voller Sofas und Sessel.

Die Frau führte uns in das Zimmer auf der linken Seite und deutete auf eine Rattan-Sitzgruppe. Als wir uns setzten, flüsterte sie Hillbilly etwas zu, und er verschwand nach oben. Sie setzte sich zu uns.

»Ja?« fragte sie leise und sah von Baker zu Ryan.

»Mein Name ist Harley Baker.« Der Sheriff legte seinen Hut auf den Couchtisch und beugte sich, die Hände auf den Oberschenkeln, die Arme abgespreizt, nach vorne. »Und Sie sind?«

Sie legte einen Arm um den Rücken des Babys, stützte den Kopf mit der Hand und hob in einer abwehrenden Geste die andere. »Ich will nicht unhöflich sein, Sheriff, aber ich muß wissen, was Sie wollen.«

»Wohnen Sie hier, Ma'am?«

Sie zögerte kurz und nickte dann. Ein Vorhang am Fenster hinter mir bewegte sich, und ich spürte eine feuchte Brise im Nacken.

»Wir interessieren uns für gewisse Anrufe, die dieses Haus erreichten«, fuhr Baker fort.

»Telefonanrufe?«

»Ja, Ma'am. Im letzten Herbst. Waren Sie in dieser Zeit hier?«

»Es gibt hier kein Telefon.«

»Kein Telefon?«

»Nur ein Bürotelefon. Keins, das wir benutzen können.«

»Verstehe.« Er wartete.

»Wir bekommen keine Anrufe.«

»Wir?«

»Wir sind neun Leute in diesem Haus, vier nebenan. Und natürlich die Wohnwagen. Aber wir telefonieren nicht. Es ist nicht erlaubt.«

»Nicht erlaubt?«

»Wir sind eine Gemeinschaft. Wir leben sauber und machen keine Probleme. Keine Drogen, nichts in der Richtung. Wir bleiben für uns und folgen unserem Glauben. Das ist doch nicht gegen das Gesetz, oder?«

»Nein, Ma'am, ist es nicht. Wie groß ist Ihre Gruppe?«

Sie überlegte einen Augenblick. »Insgesamt sind wir hier sechsundzwanzig.«

»Wo sind die anderen?«

»Einige sind arbeiten gegangen. Diejenigen, die sich integrieren. Der Rest ist beim Morgentreffen nebenan. Jerry und ich passen auf die Babys auf.«

»Sind Sie eine religiöse Gruppe?« fragte Ryan.

Sie sah ihn an und dann wieder Baker.

»Wer sind die beiden?« Sie deutete mit dem Kinn auf Ryan und mich.

»Das sind Beamte des Morddezernats.« Der Sheriff sah sie mit hartem, ernstem Gesicht an. »Was für eine Gruppe sind Sie, Ma'am?«

Sie spielte mit der Decke des Babys. Irgendwo in der Ferne hörte ich einen Hund bellen.

»Wir wollen keine Probleme mit dem Gesetz«, sagte sie. »Das können Sie mir glauben.«

»Befürchten Sie ein Problem?« Ryan.

Sie warf ihm einen merkwürdigen Blick zu und sah dann auf ihre Uhr. »Wir sind Leute, die nur nach Frieden und Gesundheit streben. Wir haben genug von all den Drogen und den Verbrechen, deshalb leben wir hier draußen ganz für uns. Wir tun niemandem etwas. Mehr habe ich nicht zu sagen. Reden Sie mit Dom. Er wird bald hier sein.«

»Dom?«

»Er kann Ihnen mehr sagen.«

»Das wäre gut.« Bakers dunkle Augen durchbohrten sie noch einmal. »Ich will doch nicht, daß jeder von Ihnen die lange Fahrt in die Stadt machen muß.«

In diesem Augenblick hörte ich Stimmen und sah, daß ihr Blick von Bakers Gesicht zum Fenster wanderte. Wir drehten uns alle um.

Durch das Fliegengitter sah ich, daß vor dem Nachbarhaus etwas im Gange war. Fünf Frauen standen auf der Veranda, zwei mit Babys im Arm, und eine bückte sich eben, um ein Kind auf den Boden zu stellen. Das Kleine watschelte auf unsicheren Beinen davon, und die Frau folgte ihm über den Hof. Einer nach dem anderen tauchten etwa ein Dutzend Erwachsene auf und verschwanden hinter dem Haus. Sekunden später kam ein großer Mann heraus und steuerte auf das Farmhaus zu.

Unsere Gastgeberin entschuldigte sich und ging in die Diele. Gleich darauf hörten wir die Gittertür, dann gedämpfte Stimmen.

Ich sah die Frau die Treppe hinaufsteigen, dann erschien der Mann aus dem Nachbarhaus im Durchgang. Ich schätzte ihn auf Mitte Vierzig. Durch seine blonden Haare zogen sich graue Strähnen, Gesicht und Arme waren tief gebräunt. Er trug eine Khakihose, ein blaßgelbes Golfhemd und Slipper ohne Socken. Er sah aus wie ein alternder Verbindungsstudent.

»Bitte entschuldigen Sie«, sagte er. »Ich wußte nicht, daß wir Besucher haben.«

Ryan und Baker erhoben sich.

»Bitte, bitte, bleiben Sie sitzen.« Er kam zu uns und streckte die Hand aus. »Ich bin Dom.«

Nach der Begrüßung setzte sich Dom zu uns auf eins der Sofas.

»Darf ich Ihnen Saft oder Limonade anbieten?«

Wir lehnten ab.

»Sie haben also bereits mit Helen gesprochen. Sie sagt, daß Sie einige Fragen über unsere Gruppe haben?«

Baker nickte.

»Ich schätze, wir sind, was Sie eine Kommune nennen würden.« Er lachte. »Aber nicht das, woran man bei dem Begriff normalerweise denkt. Wir sind weit entfernt von den Hippies der sechziger Jahre. Wir sind gegen Drogen und umweltschädigende Chemikalien und haben uns der Reinheit, der Kreativität und der Selbsterkenntnis verschrieben. Wir leben und arbeiten in Harmonie zusammen. Zum Beispiel haben wir eben unser Morgentreffen beendet. Da besprechen wir, was jeden Tag anliegt, was getan werden muß und wer es tut. Essensvorbereitungen, Putzen, vorwiegend Haushalt eben.« Er lächelte. »Montags kann es immer länger dauern, weil wir Unstimmigkeiten besprechen.« Noch ein Lächeln. »Aber es gibt selten Unstimmigkeiten.« Der Mann lehnte sich zurück und faltete die Hände im Schoß. »Helen sagt mir, daß Sie sich für gewisse Telefonanrufe interessieren.«

Der Sheriff stellte sich vor. »Und Sie sind Dom ...«

»Nur Dom. Wir benutzen keine Nachnamen.«

»Wir schon«, erwiderte Baker ohne jeden Humor in der Stimme.

Nach einer langen Pause sagte Dom: »Owens. Aber der ist schon lange tot. Dominick Owens bin ich schon seit Jahren nicht mehr.«

»Vielen Dank, Mr. Owens.« Baker notierte sich den Namen in sein winziges Spiralnotizbuch. »Detective Ryan untersucht einen Mordfall in Quebec, und er hat Grund für die Annahme, daß das Opfer jemanden unter dieser Adresse kannte.«

»Quebec?« Dom riß die Augen auf, winzige weiße Fältchen zeigten sich in seiner braunen Haut. »In Kanada?«

»Der Telefonanschluß hier wurde von einem Haus in St. Jovite angerufen«, sagte Ryan. »Das ist ein Dorf in den Laurentian Mountains nördlich von Montreal.«

Dom hörte ihm mit verwirrter Miene zu.

»Sagt Ihnen der Name Patrice Simonnet etwas?«

Er schüttelte den Kopf.

»Heidi Schneider?«

Noch ein Kopfschütteln. »Tut mir leid.« Dom lächelte und streckte die Handflächen nach oben. »Wie gesagt. Wir benutzen keine Nachnamen. Und viele Mitglieder ändern ihren Taufnamen. In unserer Gruppe darf jeder den Namen führen, den er will.«

»Und wie ist der Name Ihrer Gruppe?«

»Namen. Etiketten. Titel. *Die* Gemeinde Christi. *Der* Volkstempel. *Der* Rechte Weg. Was für eine Egomanie. Wir ziehen es vor, keinen zu benutzen.«

»Wie lange lebt Ihre Gruppe schon hier, Mr. Owens?« Ryan.

»Bitte nennen Sie mich Dom.«

Ryan wartete.

»Fast acht Jahre.«

»Waren Sie letzten Sommer und Herbst hier?«

»Hin und wieder. Ich war ziemlich viel unterwegs.«

Ryan zog ein Foto aus der Tasche und legte es auf den Tisch.

»Wir versuchen herauszufinden, wo sich diese junge Frau aufgehalten hat.«

Dom beugte sich über das Foto und strich mit den Fingern die

Kanten glatt. Sie waren lang und schlank, zwischen den Knöcheln wuchsen goldene Haarbüschel.

»Ist das diejenige, die ermordet wurde?«

»Ja.«

»Wer ist der Junge?«

»Brian Gilbert.«

Owens betrachtete lange die Gesichter. Als er den Kopf wieder hob, hatten seine Augen einen Ausdruck, den ich nicht deuten konnte.

»Ich würde Ihnen sehr gerne helfen. Wirklich. Vielleicht könnte ich bei unserem Erfahrungsaustausch heute abend mal herumfragen. Das sind die Treffen, bei denen wir Selbsterforschung und die Erweiterung des inneren Bewußtseins fördern. Es wäre der angemessene Rahmen.«

Mit unbewegtem Gesicht begegnete Ryan Doms Blick.

»Ich bin nicht sehr spirituell gestimmt, Mr. Owens, und es ist mir ziemlich egal, was Sie für die angemessene Zeit halten. Ich will Ihnen sagen, worum es mir geht. Wir wissen, daß diese Nummer von dem Haus angerufen wurde, in dem Heidi Schneider ermordet wurde. Ich weiß, daß das Opfer im letzten Sommer in Beaufort war. Und ich werde die Zusammenhänge herausfinden.«

»Ja, natürlich. Wie schrecklich. Es ist genau diese Art von Gewalt, die uns dazu gebracht hat, so zu leben, wie wir es tun.«

Er schloß die Augen, als würde er um göttliche Führung bitten, öffnete sie dann wieder und sah jeden einzelnen von uns eindringlich an.

»Ich will es Ihnen erklären. Wir züchten unser eigenes Gemüse, halten Hühner für die Eier, wir fischen und sammeln Muscheln. Einige unserer Mitglieder arbeiten in der Stadt und bringen ihren Lohn in die Gruppe ein. Wir haben ein Glaubenssystem, das uns zwingt, die Gesellschaft abzulehnen, aber wir wollen anderen nichts Böses. Wir leben einfach und still.«

Er atmete tief durch.

»Wir haben einen Kern von altgedienten Mitgliedern, aber es gibt auch viele, die kommen und gehen. Unser Lebensstil ist nichts für jeden. Es ist möglich, daß Ihre junge Frau bei uns zu Besuch war, vielleicht während meiner Abwesenheit. Sie haben mein Wort – ich werde mit den anderen reden«, sagte Dom.

»Ja«, erwiderte Ryan. »Und ich ebenfalls.«

»Natürlich. Und bitte lassen Sie es mich wissen, falls ich sonst noch was für Sie tun kann.«

In diesem Augenblick stürmte eine junge Frau durch die Gittertür, ein Kleinkind auf der Hüfte. Sie lachte und kitzelte den Jungen. Er kicherte und patschte mit seinen Wurstfingerchen nach ihr. Malachys blasse kleine Hände kamen mir in den Sinn.

Als die Frau uns sah, zog sie die Schultern hoch und schnitt eine Grimasse.

»Ups. 'tschuldigung«, lachte sie. »Ich wußte nicht, daß jemand hier ist.« Der Kleine schlug ihr auf den Kopf, und sie kitzelte ihm den Bauch. Er kreischte und strampelte.

»Komm rein, Kathryn«, sagte Dom. »Ich glaube, wir sind hier fertig.«

Er sah Baker und Ryan fragend an. Der Sheriff nahm seinen Hut, und wir standen auf.

Das Kind drehte sich nach Doms Stimme um, sah ihn und begann zu zappeln. Als Kathryn ihn absetzte, trippelte er mit ausgestreckten Armen auf ihn zu, und Dom bückte sich, um ihn aufzuheben. Die Arme des Jungen lagen milchig weiß um Doms sonnenverbrannten Hals.

Kathryn kam zu uns.

»Wie alt ist Ihr Baby?« fragte ich.

»Vierzehn Monate. Nicht, Carlie?« Sie streckte einen Finger aus, und Carlie griff danach und breitete dann die Arme aus. Dom gab den Kleinen seiner Mutter zurück.

»Entschuldigen Sie uns«, sagte Kathryn. »Ich muß ihm die Windeln wechseln.«

»Darf ich Ihnen noch eine Frage stellen, bevor Sie gehen?« Ryan zog das Foto wieder heraus. »Kennen Sie die beiden?«

Kathryn hielt das Foto so, daß Carlie nicht drankam, und betrachtete die Gesichter. Ich musterte Doms Gesicht. Sein Ausdruck veränderte sich nicht.

Kathryn schüttelte den Kopf und gab das Foto zurück. »Nein.

Tut mir leid.« Sie fächelte sich Luft zu und rümpfte die Nase. »Ich muß gehen.«

»Die Frau war schwanger«, sagte Ryan.

»Tut mir leid«, sagte Kathryn.

»Ihr Baby ist wunderschön«, sagte ich.

»Danke.« Sie lächelte und verschwand im hinteren Teil des Hauses.

Dom sah auf die Uhr.

»Wir melden uns wieder«, sagte Baker.

»Ja. Gut. Und viel Glück.«

Kurz darauf saßen wir wieder im Auto und betrachteten das Anwesen. Ich hatte mein Fenster heruntergekurbelt, Dunst wehte herein und legte sich auf mein Gesicht. Die Erinnerung an Malachy hatte mich traurig gemacht, und das feuchte, graue Wetter war ein Spiegel meiner Stimmung.

Ich schaute die Straße in beiden Richtungen entlang und dann noch einmal zum Haus zurück. In einem Gemüsegarten hinter dem Bungalow sah ich Leute arbeiten, Samenpäckchen auf Stöcken markierten die einzelnen Beete. Ansonsten waren keine Lebenszeichen zu entdecken.

»Was halten Sie davon?« fragte ich keinen im besonderen.

»Wenn sie seit acht Jahren hier sind, haben sie sich sehr bedeckt gehalten«, sagte Baker. »Ich habe noch nie was von ihnen gehört.«

Wir sahen zu, wie Helen das Farmhaus verließ und zu einem der Wohnwagen ging.

»Aber jetzt wird man sich mit ihnen beschäftigen«, fügte er hinzu und griff nach dem Zündschlüssel.

Einige Kilometer sagte keiner etwas. Wir überquerten die Brücke nach Beaufort hinein, als Ryan das Schweigen brach.

»Es muß eine Verbindung geben. Das kann kein Zufall sein.«

»Es gibt Zufälle«, sagte Baker.

»Ja.«

»Eine Sache beschäftigt mich«, sagte ich.

»Und was?«

»Als Heidi aufhörte, in die Klinik zu gehen, war sie im sechsten

Monat. Ihre Eltern sagten, daß sie Ende August oder Anfang September in Texas auftauchte. Richtig?«

»Ja.«

»Aber die Anrufe an diese Nummer gingen weiter bis Dezember.«

»Ja«, sagte Ryan. »Das ist das Problem.«

19

Aus dem Nieseln wurde wieder Regen, als wir zur Beaufort-Jasper Comprehensive Health Clinic fuhren. Das Wasser färbte die Bäume dunkel und glänzend und ließ den Asphalt schimmern. Als ich das Fenster öffnete, roch ich Gras und feuchte Erde.

Wir fanden die Ärztin, mit der Ryan telefoniert hatte, und er zeigte ihr das Foto. Sie glaubte, Heidi als ihre Patientin wiederzuerkennen, war sich aber nicht ganz sicher. Die Schwangerschaft sei normal verlaufen. Sie habe ihr die üblichen pränatalen Medikamente verschrieben. Darüber hinaus konnte sie uns nichts sagen. An Brian erinnerte sie sich nicht.

Mittags verließ uns Sheriff Baker, um sich um einen häuslichen Streit auf Lady's Island zu kümmern. Wir vereinbarten, uns um sechs Uhr wieder in seinem Büro zu treffen, und er hoffte, bis dahin nähere Informationen über das Anwesen an der Adler Lyons zu haben.

Ryan und ich kehrten im Sgt. White's Diner ein und brachten dann den Nachmittag damit zu, Heidis Foto in der Stadt herumzuzeigen und die Leute nach der Kommune an der Adler Lyons Road zu fragen.

Um vier wußten wir zwei Dinge: Niemand hatte von Dom Owens und seiner Gefolgschaft gehört. Und niemand erinnerte sich an Heidi Schneider und Brian Gilbert.

Wir saßen in Ryans Mietwagen und blickten die Bay Street entlang. Rechts von mir betraten und verließen Kunden das Palmetto Federal Banking Center. Ich schaute auf die andere Straßenseite zu den Läden, die wir eben überprüft hatten. The Cat's Meow. Stones and Bones. In High Cotton. Ja. In Beaufort hatte der Tourismus Einzug gehalten.

Es hatte aufgehört zu regnen, aber der Himmel war noch dunkel und schwer. Ich fühlte mich müde und mutlos und war mir nicht mehr sicher, ob es wirklich eine Verbindung zwischen Beaufort und St. Jovite gab.

Vor dem Lipsitz Department Store schwenkte ein Mann mit einem speckigen Hut und einem Gesicht wie Brotteig eine Bibel und predigte über Jesus. Der März war tote Saison für Straßenmissionare, und der Mann hatte die Bühne für sich allein.

Sam hatte mir von seinem Krieg gegen die ambulanten Prediger erzählt. Seit zwanzig Jahren kamen sie nun schon nach Beaufort, sie fielen in die Stadt ein wie Pilger auf der Hadsch. 1993 hatte er den Reverend Isaac Abernathy verhaften lassen, weil er Frauen in Shorts belästigte, sie als Huren beschimpfte und ihnen ewige Verdammnis androhte. Es wurden Prozesse gegen den Bürgermeister und die Stadt angestrengt, und die amerikanische Bürgerrechtsvereinigung warf sich zur Verteidigerin der Evangelisten auf, denn schließlich gehe es um das Grundrecht auf freie Religionsausübung und freie Meinungsäußerung. Derzeit stand der Fall zur Verhandlung vor dem Appellationsgericht in Richmond, und die Prediger kamen noch immer in die Stadt.

Ich hörte zu, wie der Mann über Satan und Heiden und Juden schwadronierte, und spürte, wie sich mir die Nackenhaare aufstellten. Ich habe etwas gegen Leute, die sich zum Sprachrohr Gottes oder zu seinem Stellvertreter aufschwingen, und es stört mich, wenn das Evangelium zu politischen Zwecken mißbraucht wird.

»Was halten Sie von unserer Südstaaten-Kultur?« fragte ich Ryan, ohne den Prediger aus den Augen zu lassen.

»Klingt nach einer guten Idee.«

»Na, na. Sie kennen Gandhi?« sagte ich und schaute ihn überrascht an.

»Einige Mordermittler *können* lesen.« Ich hörte eine gewisse Gereiztheit in seiner Stimme.

Schuldig, Brennan. Anscheinend ist der Reverend nicht der einzige mit kulturellen Vorurteilen.

Ich sah zu, wie eine alte Frau einen großen Bogen um den Prediger machte, und fragte mich, welche Art von Heil Dom Owens seinen Anhängern wohl versprach. Ich sah auf die Uhr.

»Langsam ist Abendessenszeit.«

»Wir können die Leute ja beim Tofuburger-Braten überraschen.«

»Baker treffen wir aber erst in neunzig Minuten wieder.«

»Wie wär's denn mit einem Überraschungsbesuch, Skipper?«

»Besser, als hier rumzusitzen.«

Ryan streckte die Hand nach dem Zündschlüssel aus, hielt aber mitten in der Bewegung inne. Ich folgte seinem Blick und sah Kathryn mit Carlie auf dem Rücken den Bürgersteig hochkommen. Eine ältere Frau mit langen, dunklen Zöpfen ging neben ihr. Der feuchte Wind blies ihnen die Röcke nach hinten, so daß sich Hüften und Beine im Stoff abzeichneten. Sie blieben stehen, Kathryns Begleiterin sprach mit dem Prediger, und dann gingen die beiden weiter in unsere Richtung.

Ryan und ich wechselten Blicke, stiegen dann aus und gingen auf die Frauen zu. Sie hörten auf zu reden, als sie uns näher kommen sahen, und Kathryn lächelte mich an.

»Wie geht's?« fragte sie und wischte sich eine Locke aus der Stirn.

»Nicht so gut«, sagte ich.

»Kein Glück bei Ihrer Suche nach dem Mädchen?«

»Kein Mensch kann sich an sie erinnern. Ich finde das merkwürdig, da sie mindestens drei Monate hier verbracht hat.«

Ich beobachtete ihre Reaktion, aber ihr Ausdruck änderte sich nicht.

»Wo haben Sie gefragt?« Carlie bewegte sich, und Kathryn griff nach hinten, um den Sitz des Tragegurts zu korrigieren.

»In Supermärkten, Lebensmittelgeschäften, Drogerien, Tankstellen, Restaurants, in der Bibliothek. Wir haben es sogar bei Boombears versucht.«

»Ja. Gute Idee. Wenn sie schwanger war, ist sie vielleicht in einen Spielzeugladen gegangen.«

Das Baby wimmerte, hob dann die Arme und streckte sich, die Füße gegen den Rücken der Mutter gestemmt.

»Na, wer ist denn da aufgewacht?« sagte Kathryn und griff nach hinten, um ihren Sohn zu beruhigen. »Und niemand hat sie auf diesem Foto erkannt?«

»Kein Mensch.«

Carlies Wimmern wurde schriller, und die ältere Frau stellte sich hinter Kathryn und nahm den Kleinen aus dem Tragegurt.

»Ah, Entschuldigung. Das ist Ellie, aber wir nennen sie El.« Kathryn deutete auf ihre Begleiterin.

Ryan und ich stellten uns vor. El nickte nur schweigend und bemühte sich weiter um Carlie.

»Könnten wir den Damen vielleicht ein Cola oder eine Tasse Kaffee spendieren?« fragte Ryan.

»Nee. Das Zeug schädigt die Gene.« Kathryn rümpfte die Nase und lächelte dann. »Aber einen Saft könnte ich schon vertragen. Und Carlie ebenfalls.« Sie verdrehte die Augen und griff nach der Hand ihres Jungen. »Er kann ganz schön lästig sein, wenn er unzufrieden ist. Und Dom holt uns ja erst in dreißig Minuten ab, oder, El?«

»Wir sollten auf Dom warten.« Die Frau sprach so leise, daß ich sie kaum verstehen konnte.

»Ach, El, du weißt doch, daß er immer zu spät kommt. Wir können uns ja den Saft holen und draußen sitzen. Ich will nicht, daß Carlie auf der Rückfahrt die ganze Zeit quengelt.«

El öffnete den Mund, aber bevor sie etwas sagen konnte, wand Carlie sich und stieß einen Schrei aus.

»Saft«, sagte Kathryn, die jetzt das Baby wieder an sich nahm und es auf ihrer Hüfte schaukelte. »Blackstone's hat jede Menge Auswahl. Ich habe die Karte im Fenster gesehen.«

Wir betraten den Laden, und ich bestellte ein Cola light. Die anderen nahmen Saft, und dann setzten wir uns mit unseren Drinks auf eine Bank vor der Tür. Kathryn zog eine kleine Decke aus ihrer Tasche, breitete sie zu ihren Füßen aus und legte Carlie darauf. Dann holte sie eine Wasserflasche und einen kleinen gelben Becher heraus. Der Becher hatte einen runden Boden und einen abnehmbaren Deckel mit Trinkschnabel. Sie füllte ihn zur Hälfte mit Beerensaft, goß Wasser dazu und gab ihn Carlie. Er griff mit beiden

Händen danach und begann sofort, an dem Schnabel zu saugen. Ich sah zu, und wieder überkam mich die Erinnerung, die ich schon auf der Insel gehabt hatte.

Ich hatte das Gefühl, irgendwie nicht mehr im Einklang mit der Welt zu stehen. Die Leichen auf Murtry. Erinnerungen an Katy als Baby. Ryan in Beaufort, mit seiner Waffe und seinem Nova-Scotia-Akzent. Die Welt um mich herum wirkte fremd, der Raum, in dem ich mich bewegte, wie von einem anderen Ort oder einer anderen Zeit hierherversetzt, und doch irgendwie gegenwärtig und verstörend real.

»Erzählen Sie mir von Ihrer Gruppe«, sagte ich, nachdem ich meine Gedanken ins Hier und Jetzt zurückgeholt hatte.

El sah mich an, sagte aber nichts.

»Was wollen Sie wissen?« fragte Kathryn.

»Woran glauben Sie?«

»Daß wir auf unseren Geist und unseren Körper hören müssen. Und unsere kosmische und molekulare Energie rein halten müssen.«

»Und was tun Sie?«

»Tun?« Die Frage schien sie zu verwirren. »Wir produzieren unsere Nahrung selbst, und wir essen nichts, das die Umwelt zerstört.« Sie zuckte leicht die Achseln. »Wir studieren. Wir arbeiten. Wir singen und spielen. Manchmal hören wir Vorträge. Dom ist unglaublich klug. Er ist völlig klar –«

El tippte ihr auf den Arm und deutete auf Carlies Becher, der heruntergefallen war. Kathryn nahm ihn, wischte den Schnabel an ihrem Rock ab und gab ihn ihrem Sohn zurück. Der Junge nahm den Becher und schlug damit seiner Mutter auf den Fuß.

»Wie lange leben Sie schon in der Gruppe?«

»Neun Jahre.«

»Wie alt sind Sie?« Ich konnte die Verwunderung in meiner Stimme nicht unterdrücken.

»Siebzehn. Meine Eltern sind dazugestoßen, als ich acht war.«

»Und davor?«

Sie bückte sich und hielt Carlie den Becher wieder an den Mund. »Ich weiß noch, daß ich viel geweint habe. Ich war viel allein. Ich war immer krank. Meine Eltern haben sich die ganze Zeit gestritten.«

»Und?«

»Als wir zu der Gruppe kamen, haben wir eine Verwandlung durchgemacht. Durch Läuterung.«

»Sind Sie glücklich?«

»Der Sinn des Lebens ist nicht das Glück.« Es war das erste, was El sagte. Ihre Stimme war tief und flüsternd und hatte einen leichten Akzent, den ich jedoch nicht zuordnen konnte.

»Was dann?«

»Frieden und Gesundheit und Harmonie.«

»Kann das nicht erreicht werden, ohne daß man sich aus der Gesellschaft zurückzieht?«

»Wir glauben nicht.« Els Gesicht war bronzefarben und tief gefurcht, ihre Augen hatten die Farbe von Mahagoni. »In der Gesellschaft lenken uns zu viele Dinge ab. Drogen. Fernsehen. Besitztümer. Die Gier zwischen den Menschen. Unser Glauben steht da im Weg.«

»El kann diese Sachen viel besser beschreiben als ich«, sagte Kathryn.

»Aber warum die Kommune?« fragte Ryan. »Warum nicht einfach alles hinter sich lassen und in einen Orden eintreten?«

Kathryn gab die Frage mit einer Handbewegung an El weiter.

»Das Universum ist ein organisches Ganzes, das aus vielen voneinander abhängigen Elementen besteht. Jeder Teil ist untrennbar mit jedem anderen verbunden und interagiert mit ihm. Indem wir isoliert leben, ist unsere Gruppe ein Mikrokosmos dieser Realität.«

»Würden Sie mir das bitte erklären?« Ryan.

»Indem wir von der Welt isoliert leben, wehren wir uns gegen die Schlachthäuser und Chemiefabriken, die Bierdosen und Reifenhalden und gegen die ungeklärten Abwässer. Indem wir als Gruppe zusammenleben, unterstützen wir uns gegenseitig und geben uns Nahrung, sowohl seelisch wie körperlich.«

»Alle für einen.«

El lächelte dünn. »All die alten Mythen müssen elimiert werden, bevor wahres Bewußtsein möglich ist.«

»Alle?«

»Ja.«

»Auch seiner?« Ryan nickte in die Richtung des Predigers.

»Alle.«

Ich versuchte, das Gespräch zum Ausgangspunkt zurückzuführen.

»Kathryn, angenommen, Sie suchen Informationen über jemanden, wo würden Sie fragen?«

»Hören Sie«, sagte sie lächelnd. »Sie werden sie nicht finden.« Sie bückte sich noch einmal nach Carlies Becher. »Wahrscheinlich liegt sie jetzt an der Riviera und schmiert ihre Babys mit Sonnencreme ein.«

Ich sah sie lange an. Sie wußte nicht Bescheid. Dom hatte es ihr nicht gesagt. Sie war bei der Vorstellung nicht dabeigewesen und hatte keine Ahnung, warum wir nach Heidi und Brian fragten. Ich atmete tief durch.

»Heidi Schneider ist tot, Kathryn. Und Brian Gilbert ebenfalls.«

Sie sah mich an, als wäre ich verrückt geworden.

»Tot? Das kann doch nicht sein.«

»Kathryn!« Els Stimme klang plötzlich scharf.

Kathryn ignorierte sie.

»Ich meine, sie ist doch noch so jung. Und sie ist schwanger. Oder war es.« Ihre Stimme klang flehend, wie die eines Kindes.

»Sie wurde vor weniger als drei Wochen ermordet.«

»Dann sind Sie also gar nicht hier, um sie nach Hause zu holen?« Sie schaute von Ryan zu mir. Ich sah kleine gelbe Sprenkel in ihren grünen Augen. »Sind Sie nicht ihre Eltern?«

»Nein.«

»Sie sind tot?«

»Ja.«

»Die Babys?«

Ich nickte.

Ihre Hand schnellte zum Mund, flatterte dann in ihren Schoß, wie ein Schmetterling, der nicht weiß, wo er landen soll. Carlie zupfte an ihrem Rock, und ihre Hand wanderte zu seinem Kopf.

»Wie kann jemand nur so etwas tun? Ich meine, ich kannte sie nicht, aber wie kann jemand eine ganze Familie umbringen? Babys umbringen?«

»Wir alle müssen einmal abtreten«, sagte El und legte dem Mädchen den Arm um die Schultern. »Der Tod ist nur ein Übergang im Wachstumsprozeß.«

»Ein Übergang wozu?« fragte Ryan.

Die Frage blieb unbeantwortet. In diesem Augenblick hielt ein weißer Transporter vor der People's Bank auf der anderen Seite der Bay Street. El drückte Kathryns Schulter und nickte in die Richtung. Dann hob sie Carlie auf, erhob sich und streckte die Hand aus. Kathryn faßte sie und richtete sich ebenfalls auf.

»Ich wünsche Ihnen viel Glück«, sagte El, und die beiden Frauen gingen auf den Transporter zu.

Ich sah ihnen nach und leerte dann meine Dose. Als ich mich nach einem Abfallkorb umsah, fiel mir etwas auf, das unter der Bank lag. Der Deckel von Carlies Becher.

Ich zog eine Visitenkarte aus der Tasche, schrieb eine Nummer darauf und griff dann nach dem Deckel. Ryan machte ein amüsiertes Gesicht, als ich losrannte.

Sie stieg eben in den Transporter.

»Kathryn«, rief ich ihr von der Straßenmitte aus nach.

Sie hob den Kopf, und ich winkte mit dem Deckel. Die Uhr auf dem Bankgebäude hinter ihr zeigte auf fünf Uhr fünfzehn.

Sie sagte etwas in den Transporter hinein und kam dann auf mich zu. Als sie die Hand ausstreckte, gab ich ihr den Deckel mit der hineingesteckten Karte.

Unsere Blicke trafen sich.

»Rufen Sie mich an, wenn Sie reden wollen.«

Sie drehte sich wortlos um, ging zum Transporter zurück und stieg ein. Als sie über die Bay Street davonfuhren, erkannte ich Doms blonden Schopf hinter dem Steuer.

Ryan und ich zeigten unser Foto noch in einer anderen Apotheke und einigen Fast-food-Restaurants und fuhren dann zu Sheriff Bakers Büro. Ivy Lee berichtete uns, daß sich aus dem häuslichen Streit eine Geiselnahme entwickelt hatte. Ein arbeitsloser Müllmann hatte sich mit seiner Frau und seiner drei Jahre alten

Tochter in seinem Haus verbarrikadiert und drohte, alle zu erschießen. Baker würde sich an diesem Abend nicht mehr mit uns treffen können.

»Und jetzt?« fragte ich Ryan. Wir standen auf dem Parkplatz an der Duke Street.

»Ich glaube nicht, daß Heidi eine große Nachtschwärmerin war, wir dürften also wenig erreichen, wenn wir Bars und Clubs abklappern.«

»Nein.«

»Dann machen wir Schluß für heute. Ich fahre Sie zu Ihrem Love Boat zurück.«

»Es heißt *Melanie Tess*.«

»*Tess*? Ist das was, das man mit Maisbrot und Gemüse ißt?«

»Gepökelte Schweinsfüße mit Süßkartoffeln.«

»Soll ich Sie jetzt fahren?«

»Ja.«

Wir schwiegen den größten Teil der Strecke. Ich hatte mich den ganzen Tag über Ryan geärgert und konnte es kaum erwarten, ihn loszuwerden. Wir waren schon auf der Brücke, als er das Schweigen brach.

»Ich glaube kaum, daß sie Schönheitssalons oder Sonnenstudios besucht hat.«

»Erstaunlich. Jetzt verstehe ich, warum Sie es zum Detective gebracht haben.«

»Vielleicht sollten wir uns auf Brian konzentrieren. Vielleicht hat er eine Zeitlang gearbeitet.«

»Sie haben ihn doch schon überprüft. Es gibt keine Steuerdaten über ihn, oder?«

»Nichts.«

»Vielleicht wurde er ja bar bezahlt.«

»Das schränkt die Möglichkeiten ein.«

Wir bogen bei Ollies's auf den Parkplatz ein.

»Und was machen wir jetzt?« fragte ich.

»Ich warte noch immer auf dieses Hush Puppy.«

»Ich meine die Ermittlung. Um Ihr Abendessen müssen Sie sich schon selber kümmern. Ich gehe jetzt nach Hause, dusche und genehmige mir einen üppigen Teller Fertigmakkaroni. In der Reihenfolge.«

»Mein Gott, Brennan, in dem Zeug sind mehr Konservierungsstoffe als in Lenins Leiche.«

»Ich habe das Etikett gelesen.«

»Da können Sie ja gleich Industrieabfall essen. Das Zeug...«, er ahmte Kathryn nach, »... schädigt die Gene.«

Irgendein halb vergessener Gedanke drang mir ins Bewußtsein, formlos, wie Morgennebel. Ich konzentrierte mich darauf, doch je mehr ich ihn zu fassen versuchte, desto weniger greifbar wurde er.

»... Owens muß aufpassen. Ich werde ihm im Nacken sitzen wie Fliegen auf der Marmelade.«

»Was meinen Sie, was für eine Religion der predigt?«

»Klingt wie eine Mischung aus ökologischem Armageddon und Bewußtseinserweiterung durch Müsli.«

Als er am Pier anhielt, klarte der Himmel über der Marsch auf. Gelbe Streifen erhellten den Horizont.

»Kathryn weiß etwas«, sagte ich.

»Tun wir das nicht alle?«

»Sie können einem wirklich auf die Nerven gehen, Ryan.«

»Danke, daß Sie das endlich bemerken. Wie kommen Sie drauf, daß sie was verschweigt?«

»Sie sagte Babys.«

»Und?«

Ich sah es hinter seinen Augen arbeiten. Dann: »Verdammt.«

»Wir haben ihr nie gesagt, daß Heidi Zwillinge hatte.«

Vierzig Minuten später klopfte es an der Backbordtür. Ich trug das Hornets-T-Shirt, das Katy dagelassen hatte, keinen Slip, aber einen Handtuchturban auf dem Kopf. Ich spähte durch die Jalousie.

Ryan stand mit zwei Sechserpacks und einer wagenradgroßen Pizza auf dem Pier. Er hatte Sakko und Krawatte abgelegt und die Hemdsärmel bis zu den Ellbogen hochgekrempelt

Scheiße.

Ich ließ die Lamellen los und trat einen Schritt zurück. Ich könnte das Licht ausschalten und nicht reagieren. Ich könnte ihn einfach ignorieren. Ich könnte ihm sagen, er solle verschwinden.

Ich spähte noch einmal hinaus und zwang mich, direkt in Ryans Augen zu sehen.

»Ich weiß, daß Sie da sind, Brennan. Ich bin Detective, wissen Sie noch?«

Er schwenkte einen Sechserpack vor meinen Augen. »Cola Light.«

Verdammt.

Eigentlich war es nicht so, daß ich Ryan nicht mochte. Genaugenommen war mir seine Gesellschaft sogar lieber als die der meisten Leute. Lieber, als ich mir selber einzugestehen wagte. Ich mochte das Engagement, das er in seine Arbeit legte, und das Mitgefühl, das er Opfern und deren Familien gegenüber zeigte. Ich mochte seine Intelligenz und seine Schlagfertigkeit. Und mir gefiel Ryans Biographie: die Geschichte des Collegejungen, der auf die schiefe Bahn geraten und von einem zugekoksten Rocker zusammengeschlagen worden war und der dann die Seiten gewechselt hatte. Ein taffer Bursche, aus dem ein taffer Polizist geworden war. Es hatte irgendwie poetische Symmetrie.

Und sein Aussehen gefiel mir sowieso, aber mein Verstand sagte mir, daß ich mich besser auf nichts einlassen sollte.

Ach, verdammt. Besser als Nudeln mit Industriekäse war es auf jeden Fall.

Ich verschwand in meiner Kabine, zog mir eine abgeschnittene Jeans über und fuhr mir mit der Bürste durch die Haare.

Ich zog die Jalousie hoch und schob die Gittertür zurück, um ihn einzulassen. Er gab mir die Getränke und die Pizza, drehte sich dann um und kletterte rückwärts an Bord.

»Cola habe ich selber«, sagte ich.

»Cola kann man nie zuviel haben.«

Ich deutete zur Kombüse, und er stellte die Pizza auf den Tisch, zog eine Dose für sich aus dem Bierkarton und ein Cola für mich aus dem anderen und stellte den Rest in den Kühlschrank. Ich holte Teller, Servietten und ein großes Messer aus dem Schrank, während er den Pizzakarton öffnete.

»Und Sie meinen, das ist nahrhafter als Nudeln?«

»Das ist eine Gemüse-Deluxe.«

»Und was ist das?« Ich deutete auf einen knusprig braunen Streifen.

»Extraportion gebratener Speck. Ich wollte alle Nährstoffgruppen haben.«

»Bringen wir es in den Salon«, schlug ich vor.

Wir stellten das Essen auf den niedrigen Tisch und setzten uns auf die Couch. Der Geruch der Marsch und von feuchtem Holz wehte herein und vermischte sich mit dem Duft von Tomatensauce und Basilikum. Während des Essens redeten wir über die Morde und spekulierten über die Wahrscheinlichkeit, daß die Opfer in St. Jovite etwas mit Dom Owens zu tun hatten.

Schließlich wandten wir uns persönlicheren Themen zu. Ich beschrieb ihm das Beaufort meiner Kindheit und erzählte ihm von meinen Sommern am Strand. Ich redete über Katy und über meine Entfremdung von Pete. Ryan erzählte mir Geschichten aus seiner Jugend in Nova Scotia und gestand mir seine Gefühle über eine kürzliche Trennung.

Das Gespräch war locker und natürlich, und ich gab mehr von mir preis, als ich mir je vorgestellt hätte. In den Pausen lauschten wir dem Wasser und dem Rascheln des Spartgrases in der Marsch. Ich dachte nicht mehr an Gewalt und Tod und tat etwas, das ich schon sehr lange nicht mehr getan hatte. Ich entspannte mich.

»Ich kann nicht glauben, daß ich so viel rede«, sagte ich und fing an, Teller und Servietten einzusammeln.

Ryan griff nach den leeren Dosen. »Ich helfe Ihnen.«

Unsere Arme berührten sich, und ich spürte Hitze über meine Haut rasen. Wortlos sammelten wir die Reste ein und trugen sie in die Kombüse.

Als wir zur Couch zurückkehrten, stand Ryan einen Augenblick lang vor mir, setzte sich dann dicht neben mich, legte mir beide Hände auf die Schultern und drehte mich von sich weg. Ich wollte eben etwas einwenden, als er anfing, die Muskeln an meinem Nacken, an den Schultern und den Armen bis zu den Ellbogen zu massieren. Seine Hände wanderten meinen Rücken hinunter und arbeiteten sich dann wieder hoch, wobei die Daumen sich in kleinen Kreisen an meinen Schulterblättern entlangbewegten. Am Haaransatz angelangt, machten seine Finger dieselben Kreisbewegungen in den Kuhlen knapp unterhalb des Schädels.

Ich schloß die Augen.

»Mmmmm.«

»Sie sind sehr verspannt.«

Das war zu schön, um es mit Reden zu verderben.

Ryans Hände wanderten zu meinem Kreuz, seine Daumen kneteten, sich Zentimeter um Zentimeter hocharbeitend, die Muskeln entlang des Rückgrats. Mein Atem wurde langsamer, und ich spürte, wie ich weich wurde.

Dann dachte ich an Harry. Und daran, daß ich keine Unterwäsche trug.

Ich drehte mich zu ihm um, wollte der Sache ein Ende machen, doch in dem Moment trafen sich unsere Blicke. Ryan zögerte einen Augenblick, nahm dann mein Gesicht in beide Hände und drückte seine Lippen auf die meinen. Er strich mit den Fingern an meinem Unterkiefer entlang und dann rückwärts durch die Haare, schließlich legte er mir die Arme um die Schultern und zog mich an sich. Ich wollte ihn wegstoßen, hielt aber inne, die Hände fest auf seine Brust gepreßt. Er fühlte sich hart und straff an, die Muskeln wölbten sich unter der Haut.

Ich spürte die Hitze seines Körpers und roch seine Haut, und meine Brustwarzen unter der dünnen Baumwolle wurden hart. Ich sank an seine Brust, schloß die Augen und erwiderte den Kuß.

Er drückte mich fest an sich, und wir küßten uns lange. Als ich ihm die Arme um den Hals legte, schob er die Hand unter mein Hemd und ließ seine Finger über meine Haut gleiten. Seine Berührungen waren fein wie Spinnweben, Schauder jagten mir den Rücken hoch bis zum Scheitel. Ich drückte mich gegen seine Brust und küßte ihn heftiger, öffnete und schloß den Mund zum Rhythmus seines Atems.

Er ließ die Hand sinken, seine Finger wanderten über Taille und Bauch zu meinen Brüsten, die er sanft wie eine Feder umkreiste. Meine Warzen pochten, Feuer loderte durch meinen Körper. Er stieß mir die Zunge in den Mund, und ich schloß die Lippen darum. Er nahm meine linke Brust in die Hand und hob sie sanft an. Dann nahm er die Warze zwischen Daumen und Zeigefinger und drückte sie im Rhythmus unserer saugenden Münder.

Ich strich ihm mit den Fingern am Rückgrat entlang, und seine Hand wanderte wieder nach unten zur Wölbung meiner Taille. Er streichelte meinen Bauch, umkreiste den Nabel und hakte dann seine Finger in den Bund meiner Shorts. Stromstöße schossen mir durch den Unterleib.

Schließlich trennten sich unsere Lippen, und Ryan küßte mein Gesicht und schob mir die Zunge ins Ohr. Dann drückte er mich in die Kissen und legte sich neben mich, und seine unglaublich blauen Augen bohrten sich in die meinen. Er drehte sich auf die Seite, faßte mich bei den Hüften und drückte mich an sich. Ich spürte seine Härte, und wir küßten uns wieder.

Nach einer Weile löste er sich, zog das Knie an und schob seinen Schenkel zwischen meine Beine. Ich spürte eine Explosion in meinen Lenden, die mir den Atem nahm. Wieder schob Ryan eine Hand unter mein T-Shirt und ließ sie zu meiner Brust wandern. Er ließ die Handfläche kreisen und strich mir dann mit dem Daumen über die Warze. Ich drückte den Rücken durch und stöhnte, während die Welt um mich herum in dem Gefühl versank. Ich verlor jede Zeitempfindung.

Augenblicke oder Stunden später ließ er die Hand sinken, und ich spürte, daß er an meinem Reißverschluß nestelte. Ich vergrub das Gesicht an seinem Hals und wußte nur eins mit Sicherheit: Trotz Harry würde ich nicht nein sagen.

Dann klingelte das Telefon.

Ryan drückte mir die Hände auf die Ohren und küßte mich heftig auf den Mund. Ich erwiderte den Kuß, die Finger in den Haaren an seinem Hinterkopf vergraben, und verfluchte Southern Bell. Es klingelte viermal.

Als der Anrufbeantworter ansprang, hörte ich eine Stimme, die leise und kaum zu verstehen war, als würde sie vom anderen Ende eines langen Tunnels sprechen. Wir sprangen beide auf, aber es war zu spät.

Kathryn hatte aufgelegt.

20

Nach Kathryns Anruf war die Situation nicht mehr zu retten. Während Ryan Lust hatte, es noch einmal zu versuchen, hatte bei mir die Vernunft wieder eingesetzt, und ich war nicht gerade bester Laune. Nicht nur, daß ich die Gelegenheit verpaßt hatte, mit Kathryn zu reden – ich wußte auch, daß ich nun mit Detective Dicks neuem Gefühl sexueller Macht würde leben müssen. Ein Orgasmus war zwar überfällig und wäre mehr als willkommen gewesen, aber ich befürchtete, daß der Preis schon jetzt zu hoch war.

Ich schickte Ryan weg und fiel ohne Zähneputzen und die übliche abendliche Routine ins Bett. Mein letztes Bild vor dem Einschlafen stammte aus der siebten Klasse. Schwester Luke, die uns einen Vortrag über den Preis der Sünde hielt. Ich nahm an, daß mein Techtelmechtel mit Ryan ihn ganz schön in die Höhe treiben würde.

Sonnenlicht und Möwengeschrei weckten mich, und sofort war die Erinnerung an die Eskapade auf der Couch wieder da. Ich zuckte zusammen und bedeckte das Gesicht mit den Händen, fühlte mich wie ein Teenager, der sich in einem Pontiac hingegeben hat

Brennan, was hast du dir nur dabei gedacht?

Um acht rief Sam an, um mir zu sagen, daß es im Murtry-Fall keine Fortschritte gebe. Niemand hatte etwas Ungewöhnliches bemerkt. Es waren in den letzten Wochen keine fremden Boote gesehen worden, die die Insel ansteuerten oder verließen. Er wollte wissen, ob ich schon etwas von Hardaway gehört hatte.

Ich verneinte. Sam sagte, er müsse für ein paar Tage nach Raleigh und wolle sich nur versichern, daß es mir auch gutgehe.

O ja.

Er erklärte mir, wie ich das Boot abschließen und wo ich den Schlüssel hinterlassen sollte, und dann verabschiedeten wir uns.

Als ich gerade Pizzareste in den Abfall kratzte, klopfte es an der Backbordtür. Ich hatte eine Ahnung, wer es war, und reagierte nicht. Doch das Klopfen ging weiter, und schließlich hielt ich es nicht mehr aus. Ich hob die Jalousien und sah Ryan, der genau an derselben Stelle stand wie am Abend zuvor.

»Guten Morgen.« Er hielt eine Tüte Donuts in die Höhe.

»Machen Sie jetzt auf Lieferservice?« Ich schob die Gittertür auf. *Eine* dumme Bemerkung, und ich drehe dir den Hals um.

Er kam an Bord und bot mir grinsend seine hochkalorischen, nährstoffarmen Leckerbissen an. »Die passen gut zu Kaffee.«

Ich ging in die Kombüse, goß zwei Tassen ein und gab in meine Milch dazu.

»Es ist wunderschön heute.« Er griff nach dem Milchkarton.

»Mm.«

Ich nahm mir ein Donut mit Schokoglasur und lehnte mich gegen das Spülbecken. Auf die Couch setzen würde ich mich vorerst nicht.

»Ich habe bereits mit Baker gesprochen«, sagte Ryan.

Ich wartete.

»Er will sich um drei mit uns treffen.«

»Um drei bin ich schon unterwegs.« Ich griff nach einem zweiten Donut.

»Ich glaube, wir sollten noch einmal da rausfahren«, sagte Ryan.

»Ja.«

»Vielleicht erwischen wir Kathryn ja allein.«

»Das scheint ja Ihr Spezialgebiet zu sein.«

»Wollen Sie den ganzen Tag so weitermachen?«

»Wahrscheinlich fange ich an zu singen, wenn ich erst mal auf der Straße bin.«

»Ich bin gestern nicht hergekommen mit der Absicht, Sie zu verführen.«

Das ärgerte mich noch mehr.

»Anscheinend kann ich's mit meiner Schwester nicht aufnehmen.«

»Was?«

Wir tranken schweigend, dann schenkte ich mir nach und stellte die Kanne dezidiert wieder auf die Wärmeplatte. Ryan sah zu, ging zur Kaffeemaschine und goß sich selbst eine zweite Tasse ein.

»Glauben Sie, daß Kathryn uns wirklich etwas zu sagen hat?«

»Sie hat wahrscheinlich angerufen, um mich zu einem Thunfischauflauf einzuladen.«

»Na, wer ist jetzt die Nervensäge?«

»Vielen Dank, daß Sie es bemerken.«

»Hören Sie, wenn Ihnen der gestrige Abend peinlich ist ...«

»Sollte er das?«

»Natürlich nicht.«

»Was für eine Erleichterung.«

»Brennan, ich werde nicht im Autopsiesaal über Sie herfallen oder Sie bei einer Überwachung betatschen. Unsere persönliche Beziehung wird keine Auswirkungen auf unsere Zusammenarbeit haben.«

»Wohl kaum. Heute trage ich Unterwäsche.«

»Verstehe.« Er grinste.

Ich ging nach achtern, um meine Sachen zu holen.

Eine halbe Stunde später parkten wir vor dem Farmhaus. Dom Owens saß auf der Veranda und unterhielt sich mit einer Gruppe Leute. Durch das Gitter war nichts zu erkennen außer dem Geschlecht. Alle vier waren männlich.

Im Garten hinter dem Bungalow arbeitete ein Trupp, und zwei Frauen schubsten Kinder auf den Schaukeln neben den Wohnwagen an, während ein paar andere Wäsche aufhängten. In der Auffahrt stand ein blauer Transporter, von dem weißen war nichts zu sehen.

Ich musterte die Frauen bei den Schaukeln. Kathryn war nicht darunter, aber eins der Kinder sah aus wie Carlie. Eine Frau in einem blumengemusterten Rock schubste den Kleinen mit flüssigen, rhythmischen Bewegungen an.

Ryan und ich gingen zur Tür, und ich klopfte. Die Männer hörten auf zu reden und drehten sich in unsere Richtung.

»Kann ich Ihnen helfen?« fragte eine schrille Stimme.

Owens hob die Hand. »Ist schon in Ordnung, Jason.«

Er stand auf, kam zur Tür und stieß das Fliegengitter auf.

»Detective Ryan. Und Dr. Brennan, nicht?« Er lächelte und trat heraus.

Ich nickte und gab ihm die Hand. Die Männer auf der Veranda wurden sehr still.

»Was kann ich heute für Sie tun?«

»Wir versuchen noch immer herauszufinden, wo Heidi Schneider und Brian Gilbert den letzten Sommer verbracht haben. Haben Sie es bei Ihrer Zusammenkunft nicht zur Sprache gebracht?« Ryans Stimme klang kalt.

Owens lächelte noch einmal. »Bei unserem Erfahrungsaustausch. Ja, wir haben darüber gesprochen. Leider wußte niemand etwas über die beiden. Es tut mir wirklich leid. Ich hatte gehofft, wir könnten Ihnen weiterhelfen.«

»Wir würden gern mit Ihren Leuten reden, wenn wir dürfen.«

»Es tut mir leid, aber das kann ich nicht gutheißen.«

»Und warum nicht?«

»Unsere Mitglieder leben hier, weil sie Frieden und Geborgenheit suchen. Viele wollen nichts mit dem Schmutz und der Gewalt der modernen Gesellschaft zu tun haben. Sie, Detective Ryan, stellen die Welt dar, die sie zurückgelassen haben. Wenn ich sie bitten würde, mit Ihnen zu reden, würde ich diesen Rückzug in Frage stellen.«

»Einige Ihrer Mitglieder arbeiten in der Stadt.«

Owens legte den Kopf in den Nacken und schien den Himmel um Geduld anzuflehen. Dann lächelte er Ryan wieder an.

»Eine der Fähigkeiten, die wir zu kultivieren versuchen, ist die zur Einkapselung. Nicht jeder hat das gleiche Talent dafür, aber einige unsere Mitglieder lernen, in der säkularen Welt zu funktionieren, ohne sich von ihr beeinflussen, ohne sich von der moralischen und materiellen Verschmutzung verderben zu lassen.« Wieder das geduldige Lächeln. »Wir lehnen zwar die Profanität unserer Kultur ab, Mr. Ryan, aber wir sind keine Narren. Wir wissen, daß der Mensch nicht vom Geist allein lebt. Wir brauchen auch Brot.«

Während Owens redete, musterte ich die Gärtner. Keine Kathryn.

»Kann hier jeder kommen und gehen, wie er will?« fragte ich und drehte mich wieder zu Owens um.

»Natürlich«, lachte er. »Wie könnte ich die Leute denn davon abhalten?«

»Was passiert, wenn jemand die Gruppe endgültig verlassen will?«

»Dann geht er.« Er zuckte die Achseln und breitete die Hände aus.

Einen Augenblick lang sagte niemand etwas. Das Quietschen der Schaukeln wehte über den Hof.

»Ich dachte, daß Ihr junges Paar vielleicht kurz bei uns war, möglicherweise während meiner Abwesenheit«, fuhr Owens schließlich fort. »Das kommt zwar nicht oft vor, aber es ist schon passiert. Doch ich fürchte, das war nicht der Fall. Keiner hier kann sich an die beiden erinnern.«

In diesem Augenblick kam Hillbilly hinter dem Nachbarhaus hervor. Als er uns entdeckte, zögerte er kurz, drehte sich dann um und verschwand in der Richtung, aus der er gekommen war.

»Ich würde trotzdem gern mit ein paar Leuten reden«, sagte Ryan. »Es könnte ja sein, daß jemand etwas weiß, das er gar nicht für wichtig hält. Das kommt dauernd vor.«

»Mr. Ryan, ich werde nicht zulassen, daß meine Leute belästigt werden. Ich habe sie nach Ihrem jungen Paar gefragt, und niemand kennt sie. Was gibt es sonst noch zu sagen? Ich fürchte, ich kann wirklich nicht zulassen, daß Sie unser Leben stören.«

Ryan legte den Kopf schief und schnalzte mit der Zunge. »Ich fürchte, Sie werden es zulassen müssen, Dom.«

»Und warum?«

»Weil ich nicht weggehen werde. Ich habe einen Freund namens Baker. Erinnern Sie sich an ihn? Und der hat Freunde, die ihm etwas besorgen werden, was man richterliche Verfügung nennt.«

Owens und Ryan starrten einander an, und einen Augenblick lang sagte niemand etwas. Ich hörte, daß die Männer auf der Veranda aufstanden, und in der Ferne bellte ein Hund.

»Jason, bitte sag allen, sie sollen ins Haus kommen.« Owens' Stimme war leise und ruhig.

Dann trat er einen Schritt zurück, und ein großer Mann in einem roten Trainingsanzug schob sich an ihm vorbei und schlenderte auf das Nachbargrundstück zu. Er war weich und übergewichtig und sah ein bißchen aus wie die Fernsehköchin Julia Child. Ich sah, wie er sich bückte, um eine Katze zu streicheln, und dann in Richtung Garten weiterging.

»Bitte kommen Sie herein«, sagte Owens und hielt die Gittertür auf. Wir folgten ihm in das Zimmer, in dem wir auch tags zuvor gewesen waren, und setzten uns auf dieselbe Rattancouch. Es war sehr still im Haus.

»Wenn Sie mich entschuldigen, ich bin gleich zurück. Kann ich Ihnen irgend etwas anbieten?«

Wir verneinten, und er verließ das Zimmer. An der Decke surrte leise ein Ventilator.

Bald darauf hörte ich Stimmen und Gelächter, dann das Quietschen der Gittertür. Als Owens' Anhänger hereinströmten, musterte ich sie einen nach dem anderen. Ich spürte, daß Ryan dasselbe tat.

Nach wenigen Minuten war der Raum gesteckt voll, und mir blieb nur eine Schlußfolgerung übrig. Die Versammlung sah total unauffällig aus. Ebensogut hätten sie eine Baptistengruppe auf ihrem alljährlichen Sommerausflug sein können. Sie scherzten und lachten und sahen alles andere als unterdrückt aus.

Es gab Babys, Erwachsene, mindestens einen Siebzigjährigen, aber keine Jugendlichen oder Kinder. Ich zählte sie schnell durch: sieben Männer, dreizehn Frauen, drei Babys. Helen hatte gesagt, daß sechsundzwanzig in der Kommune lebten.

Hillbilly und Helen erkannte ich wieder. El stand an der Tür, mit Carlie auf der Hüfte. Sie sah mich aufmerksam an. Ich lächelte ihr zu, dachte an unser Zusammentreffen gestern nachmittag. Sie verzog keine Miene.

Mein Blick wanderte suchend über die anderen Gesichter. Kathryn war nicht dabei.

Als Owens zurückkehrte, wurde es still im Zimmer. Er stellte uns vor und erklärte dann, warum wir hier waren. Die Erwachsenen hörten aufmerksam zu, traten einen Schritt näher. Ryan gab das Foto von Brian und Heidi einem Mann mittleren Alters, der links von ihm stand, und skizzierte den Fall, ohne unnötig ins Detail zu gehen. Der Mann sah das Foto an und gab es weiter. Während das Bild die Runde machte, studierte ich jedes Gesicht und suchte nach kleinen Veränderungen im Ausdruck, die auf ein Wiedererkennen hätten hindeuten können. Doch ich sah nur Verwirrung und Mitleid.

Als Ryan geendet hatte, forderte Owens seine Anhänger auf, etwas zu dem Paar oder den Anrufen zu sagen. Niemand reagierte.

»Mr. Ryan und Dr. Brennan haben um die Erlaubnis gebeten, einzeln mit euch sprechen zu dürfen.« Owens sah von einem Gesicht zum anderen. »Ihr könnt ohne Scheu mit ihnen reden. Wenn euch etwas durch den Kopf geht, teilt es ihnen aufrichtig und hilfsbereit mit. Wir haben diese Tragödie nicht verursacht, aber wir sind Teil des kosmischen Ganzen und sollten tun, was in unserer Macht steht, um diese Störung der universellen Ordnung zu beheben. Tut es im Namen der Harmonie.«

Alle Blicke waren auf ihn gerichtet, und ich spürte eine merkwürdige Intensität im Zimmer.

»Diejenigen unter euch, die nicht sprechen können, sollten deswegen weder Schuld noch Scham empfinden.« Er klatschte in die Hände. »Okay. Arbeitet und laßt es euch gutgehen. Ganzheitliche Vervollkommnung durch kollektive Verantwortlichkeit!«

Verschone mich, dachte ich.

Nachdem sie gegangen waren, dankte ihm Ryan.

»Hier ist nicht Waco, Mr. Ryan. Wir haben nichts zu verbergen.«

»Wir hatten gehofft, mit der jungen Frau sprechen zu können, die wir gestern kennengelernt haben«, sagte ich.

Er sah mich an und sagte dann: »Junge Frau?«

»Ja. Sie kam mit einem Kind herein. Ich glaube, Carlie hieß der Kleine.«

Owens sah mich so lange an, daß ich schon dachte, er würde sich nicht mehr erinnern. Dann lächelte er.

»Sie meinen wohl Kathryn. Sie hat heute einen Termin.«

»Einen Termin?«

»Warum interessieren Sie sich gerade für Kathryn?«

»Sie scheint ungefähr so alt zu sein wie Heidi. Ich dachte, vielleicht kannten sich die beiden.« Irgend etwas sagte mir, daß es besser war, unsere Saftparty in Beaufort nicht zu erwähnen.

»Kathryn war im letzten Sommer nicht hier. Sie war zu Besuch bei ihren Eltern.«

»Verstehe. Wann kommt sie zurück?«

»Das weiß ich nicht genau.«

Die Gittertür ging auf, und ein großer Mann erschien in der Diele. Er war dünn wie eine Vogelscheuche, und quer über seine rechte Augenbraue und die rechten Wimpern verlief ein weißer Streifen, der ihm ein merkwürdig schiefes Aussehen gab. Ich erinnerte mich an ihn. Er hatte während der Versammlung neben dem Durchgang gestanden und mit einem der Kinder gespielt. Owens hob den Zeigefinger, die Vogelscheuche nickte und zeigte zum hinteren Teil des Hauses. Der Mann trug einen wuchtigen Ring, der an seinem langen, knochigen Finger völlig fehl am Platze wirkte.

»Es tut mir leid, aber ich habe noch einiges zu erledigen«, sagte Owens. »Reden Sie, mit wem Sie wollen, aber bitte respektieren Sie unseren Wunsch nach Harmonie.«

Er führte uns zur Tür und streckte die Hand aus. Ein großer Händeschüttler war Dom auf jeden Fall. Er sagte, er sei froh über unseren Besuch und wünsche uns Glück. Dann verschwand er.

Den Rest des Vormittags unterhielten Ryan und ich uns mit den Gläubigen. Sie waren freundlich, hilfsbereit und total harmonisch. Und sie wußten rein gar nichts. Nicht einmal, wo und mit wem Kathryn einen Termin hatte.

Um halb zwölf waren wir nicht schlauer als bei unserer Ankunft.

»Kommen Sie, lassen Sie uns dem Reverend danken«, sagte Ryan und zog einen Satz Schlüssel aus der Tasche. Sie hingen an einer großen Plastikscheibe und waren nicht die seines Mietwagens.

»Wofür denn?« fragte ich. Ich war hungrig und schwitzte und wollte endlich von hier weg.

»Das gehört sich einfach.«

Ich verdrehte die Augen, aber Ryan war schon unterwegs über den Hof. Ich sah, wie er klopfte und dann mit dem Mann mit der weißen Augenbraue redete. Kurz darauf erschien Owens. Ryan sagte etwas und streckte die Hand aus, und wie Marionetten bückten sich die drei Männer plötzlich und standen gleich wieder auf. Ryan sagte noch etwas, drehte sich dann um und ging zum Auto.

Nach dem Mittagessen versuchten wir es in einigen Drogerien und fuhren dann zum Verwaltungszentrum. Ich zeigte Ryan das Archiv, und dann gingen wir über den Hof zu den Dienststellen der Vollzugsbehörden. Ein Schwarzer in Unterhemd und Filzhut fuhr auf einem kleinen Traktormäher kreuz und quer über den Rasen, seine knochigen Knie standen ab wie die Beine eines Grashüpfers.

»Wie geht's?« fragte er und tippte sich mit dem Zeigefinger an die Krempe.

»Gut.« Ich atmete den Duft frisch gemähten Grases ein und wünschte mir, ich hätte die Wahrheit gesagt.

Baker telefonierte, als wir sein Büro betraten. Er deutete auf zwei Stühle, sagte noch ein paar Worte in den Apparat und legte dann auf.

»Und, wie läuft's?« fragte er.

»Gar nicht«, erwiderte Ryan. »Keiner weiß irgendwas.«

»Wie können wir helfen?«

Ryan lüpfte sein Jackett, zog einen Plastikbeutel aus der Tasche und legte ihn Baker auf den Tisch. In dem Beutel befand sich die Plastikscheibe.

»Die könnten Sie auf Fingerabdrücke überprüfen.«

Baker sah ihn an.

»Ich habe sie zufällig fallen gelassen. Owens war so freundlich, sie für mich aufzuheben.«

Baker zögerte einen Augenblick und schüttelte dann grinsend den Kopf. »Sie wissen, daß die Abdrücke vor Gericht wahrscheinlich nicht verwertbar sind?«

»Ich weiß. Aber vielleicht verraten sie uns, wer der Kerl ist.«

Baker legte den Beutel beiseite. »Sonst noch was?«

»Wie wär's mit Telefonüberwachung?«

»Unmöglich. Sie haben nicht genug Anhaltspunkte.«

»Durchsuchungsbefehl?«

»Mit welcher Begründung?«

»Die Anrufe?«

»Reicht nicht.«

»Habe ich mir fast gedacht.«

Ryan stieß einen Seufzer aus und streckte die Beine.

»Dann mach ich's eben auf die umständliche Tour. Ich nehme mir die Grundbücher vor, um rauszufinden, wem der Luxusschuppen an der Adler Lyons gehört. Ich frage bei den Stadtwerken nach, wer die Rechnungen bezahlt. Ich rede mit den Leuten von der Post, vielleicht hat jemand den *Hustler* abonniert oder bekommt Päckchen von irgendeinem obskuren Versandhaus. Ich checke Owens in bezug auf Sozialversicherungsnummer, frühere Ehen und solche Sachen. Ich nehme an, er hat einen Führerschein, vielleicht bringt mich das weiter. Wenn der Reverend auch nur mal irgendwo illegal gepinkelt hat, kriege ich ihn. Vielleicht überwache ich den Laden ein bißchen, schaue mir die Autos an, die raus- und reinfahren, überprüfe die Nummern. Ich hoffe, Sie haben nichts dagegen, wenn ich hier noch ein bißchen herumhänge.«

»Sie sind in Beaufort willkommen, solange Sie hier zu tun haben, Mr. Ryan. Ich werde einen Detective für Sie abstellen. Und Dr. Brennan, wie sehen Ihre Pläne aus?«

»Ich werde in Kürze aufbrechen. Ich muß noch Kurse vorbereiten und mir außerdem Mr. Colkers Fälle ansehen.«

»Das wird Baxter aber freuen. Er hat angerufen und läßt Ihnen ausrichten, daß Dr. Hardaway Sie so bald wie möglich sprechen will. Genaugenommen hat er schon dreimal angerufen. Wollen Sie vielleicht meinen Apparat benutzen, um sich bei Hardaway zu melden?«

Niemand kann sagen, daß ich einen Wink nicht verstehe.

Baker bat Ivy Lee, die Verbindung zu Hardaway herzustellen. Einen Augenblick später klingelte das Telefon, und ich hob ab.

Der Pathologe hatte offenbar getan, was er konnte. Er berichtete, er habe feststellen können, welches Geschlecht die untere Leiche hatte und daß sie vermutlich der weißen Rasse zuzurechnen sei. Seines Erachtens sei das Opfer an Schnittwunden gestorben, für eine genaue Feststellung sei die Leiche jedoch zu stark verwest.

Das Grab sei so flach gewesen, daß Insekten an die Leiche gelangt waren, wobei sie wahrscheinlich die darüberliegende als Durchgang benutzt hatten. Die offenen Wunden hätten die Besiedelung ebenfalls begünstigt. Schädel und Brust hätten die größte Anhäufung von Maden enthalten, die er je gesehen habe. Das Gesicht sei nicht mehr zu erkennen, und er könne auch keine Altersangabe machen. Aber er glaube, verwertbare Fingerabdrücke zu haben.

Im Hintergrund hörte ich Ryan und Baker über Dom Owens sprechen.

Hardaway fuhr fort. Der Oberkörper sei größtenteils skelettiert, allerdings seien noch Reste des Bindegewebes erhalten. Er könne wenig damit anfangen und bitte mich deshalb um eine vollständige Analyse.

Ich wies ihn an, mir den Schädel, die Hüftknochen, die Schlüsselbeine und die vorderen Enden der dritten bis fünften Rippen zu schicken. Von der oberen Leiche bräuchte ich das vollständige Skelett. Außerdem bat ich ihn um Röntgenaufnahmen von jedem Opfer, eine Kopie seines Berichts und einen vollständigen Satz Autopsiefotos.

Schließlich erklärte ich ihm, wie er die Knochen behandeln sollte. Hardaway war vertraut mit der Vorgehensweise und versprach, sowohl die Überreste als auch die Unterlagen bis Freitag in mein Labor zu schicken.

Ich legte auf und sah auf die Uhr. Wenn ich je vor meiner Reise nach Oakland fertig werden wollte, mußte ich mich jetzt auf den Weg machen.

Ryan und ich überquerten den Parkplatz zu meinem Auto, das ich am Morgen dort abgestellt hatte. Die Sonne schien heiß, und der Schatten tat gut. Ich öffnete die Tür und stützte den Arm auf den Rahmen.

»Wie wär's mit Abendessen?« fragte Ryan.

»Klar. Und dann ziehe ich mir ein Negligé an, und wir machen Fotos für die *New York Times.*«

»Brennan, seit zwei Tagen behandeln Sie mich wie den letzten Dreck. Und wenn ich es mir genau überlege, haben Sie schon seit Wochen was gegen mich. Na schön. Ich kann damit leben.«

Er nahm mein Kinn in die Hand und sah mir direkt in die Augen.

»Aber ich will, daß Sie eins wissen. Das gestern abend waren nicht nur die Hormone. Ich mag Sie sehr gern, und ich habe es sehr genossen. Es tut mir nicht leid, daß es passiert ist. Und ich kann nicht versprechen, daß ich es nicht wieder versuchen werde. Aber denken Sie daran, ich bin vielleicht der Wind, aber Sie sind diejenige, die den Drachen lenkt. Fahren Sie vorsichtig.«

Damit ließ er mein Kinn los und ging zu seinem Auto. Er schloß die Tür auf, warf sein Jackett auf den Beifahrersitz und drehte sich dann noch einmal zu mir um.

»Übrigens, Sie haben mir nie gesagt, warum Sie nicht glauben, daß die Opfer auf Murtry Dealer waren.«

Im ersten Augenblick konnte ich ihn nur anstarren. Ich wäre so gern geblieben, aber ich wollte auch Kontinente von ihm entfernt sein. Dann riß ich mich zusammen.

»Was?«

»Die Leichen von der Insel. Warum bezweifeln Sie die Drogentheorie?«

»Weil beide Mädchen waren.«

21

Auf der Fahrt spielte ich einige Kassetten, aber auch der schönste Schmachtfetzen konnte mich nicht fesseln. Ich hatte eine Million Fragen und kaum Antworten. War Anna Goyette wieder nach Hause zurückgekehrt? Wer waren die Frauen, die man auf Murtry Island verscharrt hatte? Was würden ihre Knochen mir verraten? Wer hatte Heidi und ihre Babys ermordet? Gab es eine Verbindung zwischen St. Jovite und der Kommune auf St. Helena? Wer war Dom Owens? Wohin war Kathryn verschwunden? Und wo zum Teufel war Harry?

Im Geiste ging ich durch, was ich alles zu tun hatte. Und was ich tun wollte. Seit der Abreise aus Montreal hatte ich keine Zeile über Élisabeth Nicolet gelesen.

Um halb neun war ich wieder in Charlotte. In meiner Abwesenheit hatten die Ländereien von Carol Hall ihr festliches Frühlingsgewand angezogen. Azaleen und Hartriegel waren voll erblüht, und auch einige Bradford-Birnen und Holzäpfel hatten noch Blüten. Die Luft roch nach Kiefernnadeln und Rindenschnipseln. Meine Ankunft im Annex war eine Wiederholung der Woche zuvor. Die Uhr tickte. Der Anrufbeantworter blinkte. Der Kühlschrank war leer.

Birdies Schüsseln standen an ihrem gewohnten Platz unter dem Panoramafenster. Komisch, daß Pete sie nicht geleert hatte. So unordentlich mein ehemaliger Gatte mit allem anderen war, so pingelig war er mit Lebensmitteln. Ich machte einen kurzen Kontrollgang, um nachzusehen, ob der Kater sich unter einem Sessel oder in einem Schrank versteckte. Kein Bird.

Ich rief Pete an, aber er war, wie beim letzten Mal, nicht zu Hause. Harry ebenfalls nicht. Weil mir der Gedanke kam, daß sie vielleicht nach Hause geflogen war, wählte ich ihre Nummer in Texas. Auch dort keine Antwort.

Nach dem Auspacken machte ich mir ein Thunfisch-Sandwich und aß es mit Dillgurken und Chips, während ich mir das Ende eines Spiels der Hornets anschaute. Um zehn schaltete ich den Fernseher aus und versuchte es noch einmal bei Pete. Wieder keine Antwort. Ich überlegte, ob ich zu ihm fahren sollte, um Birdie abzuholen, beschloß aber, es bis zum Morgen sein zu lassen.

Ich duschte und machte es mir dann mit den Bélanger-Kopien im Bett gemütlich. Die Unterbrechung hatte Louis-Philippe nicht interessanter gemacht, und nach einer Stunde fielen mir die Augen zu. Ich schaltete das Licht aus, kuschelte mich in die Kissen und hoffte, daß einige Stunden Schlaf in meinem Kopf wieder Ordnung schaffen würden.

Zwei Stunden später saß ich aufrecht im Bett, mein Herz raste, und mein Kopf versuchte verzweifelt herauszufinden, warum. Ich drückte mir die Decke an die Brust und wagte kaum zu atmen. Was war los, um Gottes willen?

Stille. Das einzige Licht im Zimmer kam von meinem Wecker.

Das Krachen splitternden Glases stellte mir die Härchen auf Armen und Nacken auf. Die Erinnerung an einen anderen Einbruch blitzte vor mir auf, reptilische Augen, ein im Mondlicht funkelndes Messer. Ein einziger Gedanke knisterte in meinem Gehirn.

Nicht schon wieder!

Krach. peng.

Ja, wieder!

Das Geräusch kam nicht von draußen! Es kam von unten! Es war in meinem Haus! Was tun? schoß es mir durch den Kopf. Die Schlafzimmertür zusperren? Nachsehen? Die Polizei rufen?

Dann roch ich Rauch.

Scheiße!

Ich warf die Decke zurück, und während ich durchs Zimmer taumelte, versuchte ich, in all meiner Angst einen klaren Gedanken zu fassen. Eine Waffe. Ich brauchte eine Waffe. Warum hatte ich mich nur immer geweigert, eine Pistole zu führen?

Ich torkelte zum Toilettentisch und tastete nach einer großen Schneckenmuschel, die ich auf den Outer Banks gefunden hatte. Sie würde zwar nicht töten, aber sie würde ins Fleisch eindringen und Schaden anrichten. Ich drehte die scharfe Spitze nach vorne, schob die Finger in die Öffnung und drückte den Daumen gegen die Schale.

Kaum atmend, schlich ich zur Tür. Mit der freien Hand tastete ich mich an vertrauten Oberflächen entlang, als wären sie Richtungsweiser in Blindenschrift. Toilettentisch. Türknauf. Gang.

Am Treppenabsatz blieb ich stehen und spähte in die Dunkelheit. Das Blut rauschte mir in den Ohren, als ich, die Muschel fest umklammernd, dastand und lauschte. Von unten kein Ton. Wenn jemand da unten war, blieb ich besser oben und rief die Polizei. Doch wenn es unten brannte, mußte ich hinaus.

Ich atmete tief durch und stellte einen Fuß auf die erste Stufe. Dann die zweite. Die dritte. In der Hocke, die Muschel auf Schulterhöhe, kroch ich nach unten. Der beißende Geruch wurde stärker. Rauch. Benzin. Und noch etwas. Etwas Vertrautes.

Unten verharrte ich, die Szene vor Augen, die sich vor kaum einem Jahr in Montreal abgespielt hatte. Damals hatte mir ein Killer aufgelauert, in meinem eigenen Haus.

Das wird nicht noch einmal passieren. Ruf die Polizei. Mach, daß du rauskommst!

Ich umrundete den Geländerpfosten und spähte ins Eßzimmer.

Schwärze. Dann drehte ich mich zum Wohnzimmer um. Dunkelheit, aber merkwürdig verändert.

Das andere Ende des Zimmers war in einen bräunlichen Schimmer getaucht. Der Kamin, die Queen-Anne-Sessel, alle Einrichtungsgegenstände und Bilder flimmerten leicht, wie in einer Fata Morgana. Durch die Küchentür sah ich orangefarbenes Licht, das vor dem Kühlschrank flackerte.

Iiiiiieeeeeeeeeeeeee!

Mir stockte der Atem, als ein schrilles Jaulen die Stille zerriß. Ich zuckte zusammen, die Muschel traf auf Verputz. Zitternd lehnte ich mich gegen die Wand.

Der Lärm kam vom Rauchmelder!

Ich suchte nach Anzeichen von Bewegung. Nichts außer Dunkelheit und das unheimliche Flackern.

Das Haus brennt! Beweg dich!

Mit hämmerndem Herzen und stoßweiße atmend stürzte ich in die Küche. Mitten im Raum brannte ein Feuer, das die Luft mit Rauch erfüllte und sich in jeder glänzenden Fläche spiegelte.

Mit zitternder Hand tastete ich nach dem Lichtschalter und drückte ihn. Mein Blick huschte nach links und nach rechts. Das brennende Bündel lag in der Mitte des Fußbodens. Die Flammen hatten sich noch nicht ausgebreitet.

Ich legte die Muschel weg, hielt mir den Saum meines Nachthemds vor Mund und Nase und ging tief gebückt um das Feuer herum zur Abstellkammer. Dort zog ich den kleinen Feuerlöscher vom obersten Regal. Obwohl Rauch mir in den Lungen brannte und Tränen mir die Sicht nahmen, schaffte ich es, auf den Hebel zu drücken. Der Löscher zischte nur.

Verdammt!

Hustend und würgend drückte ich noch einmal. Noch ein Zischen, dann spritzte ein Strahl aus Kohlendioxid und weißem Pulver aus der Düse.

Ja!

Ich richtete den Strahl auf die Flammen, und in weniger als einer Minute war das Feuer gelöscht. Der Rauchmelder heulte immer noch; der Lärm stach mir wie Metallsplitter in Ohren und Hirn.

Ich öffnete die Hintertür und das Fenster über dem Spülbecken und ging dann zu dem Fenster hinter dem Tisch. Das brauchte ich nicht zu öffnen. Die Scheibe war zerbrochen, Scherben und Holzsplitter bedeckten Fensterbrett und Boden. Der Wind fuhr in die Vorhänge und zog sie durch die schartige Öffnung.

Ich umkreiste das Ding auf dem Boden, schaltete den Deckenventilator ein, schnappte mir dann ein Geschirrtuch und fächelte den Rauch aus der Küche. Langsam wurde die Luft wieder klar.

Ich wischte mir die Augen und bemühte mich, meine Atmung wieder unter Kontrolle zu bringen.

Weiterfächeln!

Der Rauchmelder heulte noch immer.

Ich ließ das Tuch sinken und sah mich um. Unter dem Tisch lag ein Schlackenstein, ein anderer lehnte an dem Schränkchen unter dem Waschbecken. Dazwischen lagen die verkohlten Überreste des Bündels, das gebrannt hatte. Der Raum roch nach Rauch und Benzin. Und da war auch noch ein anderer Gestank, den ich kannte.

Mit zitternden Knien ging ich zu dem schwelenden Haufen. Ich starrte ihn verständnislos an, als der Alarm verstummte. Die Stille wirkte unnatürlich.

Wähl die Notrufnummer.

Es war nicht mehr nötig. Als ich nach dem Hörer griff, hörte ich in der Entfernung eine Sirene. Sie wurde lauter, sehr laut und verstummte dann. Einen Augenblick später erschien ein Feuerwehrmann an der Hintertür.

»Alles in Ordnung mit Ihnen, Ma'am?«

Ich nickte und verschränkte die Arme vor der Brust, verlegen wegen meines halbbekleideten Zustands.

»Ihre Nachbarin hat angerufen.« Sein Kinnriemen baumelte.

»Oh.« Ich vergaß mein Nachthemd. Ich war wieder in St. Jovite.

»Alles unter Kontrolle?«

Noch ein Nicken. St. Jovite. Fast eine Synapse.

»Was dagegen, wenn ich mal nachschaue?«

Ich trat zurück.

Er besah sich den Schaden.

»Ziemlich übler Scherz. Haben Sie ’ne Ahnung, wer Ihnen das Zeug da durchs Fenster geschmissen hat?«

Ich schüttelte den Kopf.

»Sieht aus, als hätten sie die Scheibe mit den Steinen zerdeppert und dann das Ding da hinterhergeworfen.« Er ging zu dem schwelenden Haufen. »Anscheinend wurde es in Benzin getränkt angezündet und dann reingeschleudert.«

Ich hörte seine Worte, konnte aber nichts erwidern. Mein Körper hatte sich eingekapselt, während mein Verstand versuchte, eines formlosen Gedankens habhaft zu werden, der in den Tiefen meines Hirns schlummerte.

Der Feuerwehrmann zog einen Spaten aus seinem Gürtel, klappte das Blatt auf und stocherte in dem Haufen auf meinem Küchenboden. Schwarze Flocken stiegen in die Höhe und sanken wieder zu Boden. Er schob das Blatt unter das Objekt, drehte es um und beugte sich darüber.

»Sieht aus wie ein Rupfensack. Vielleicht ein Saatgutbeutel. Keine Ahnung, was drin ist.«

Er kratzte mit der Spatenspitze an dem Ding, und weitere Aschepartikel flogen auf. Dann stieß er fester zu und drehte den Sack hin und her.

Der Gestank wurde stärker. St. Jovite. Autopsiesaal drei. Die Erinnerung brach durch, und mir lief es kalt den Rücken hinunter.

Mit zitternden Händen öffnete ich eine Schublade und holte eine Haushaltsschere heraus. Ohne noch einen Gedanken an mein Nachthemd zu verschwenden, kauerte ich mich hin und schnitt den Rupfen auf.

Der Kadaver war klein, der Rücken durchgedrückt, die Beine von der Hitze der Flammen kontrahiert. Ich sah ein verschrumpeltes Auge, einen winzigen Kiefer mit geschwärzten Zähnen. Mir wurde schwindelig, als mir dämmerte, was dieser Sack enthielt.

Nein! Bitte nicht!

Als ich mich darüberbeugte, stieg mir der widerliche Gestank versengten Fleisches und verbrannten Fells in die Nase. Zwischen den Hinterläufen sah ich einen verkohlten Schwanz, dessen Wirbel abstanden wie Dornen.

Tränen liefen mir über die Wangen, als ich weiterschnitt. In der Nähe des Knotens sah ich Haare, zwar versengt, aber an Stellen noch weiß.

Die halbvollen Schüsseln.

»Neeeiiiiin!«

Ich hörte eine Stimme, brachte sie aber nicht mit mir in Verbindung.

»Nein! Nein! Nein! Birdie. O Gott, bitte nicht!«

Ich spürte Hände auf meinen Schultern, dann auf meinen Händen. Sie nahmen mir die Schere weg und zogen mich sanft in die Höhe. Stimmen.

Dann saß ich im Wohnzimmer, in eine Decke gewickelt. Ich weinte, zitterte, mein Körper schmerzte.

Ich weiß nicht, wie lange ich schon schluchzte, als ich den Kopf hob und meine Nachbarin sah. Sie deutete auf eine Tasse Tee.

»Was ist das?« fragte ich mit bebender Brust.

»Pfefferminz.«

»Danke.« Ich trank die lauwarme Flüssigkeit. »Wie spät ist es?«

»Kurz nach zwei.« Sie trug Hausschuhe und einen Trenchcoat, der ihr Flanellnachthemd nicht ganz bedeckte. Obwohl wir uns manchmal im Garten zuwinkten und auf der Straße grüßten, kannte ich sie kaum.

»Tut mir leid, daß Sie mitten in der Nacht aus dem Bett mußten –«

»Ich bitte Sie, Dr. Brennan. Wir sind Nachbarn. Ich weiß, daß Sie dasselbe für mich tun würden.«

Ich trank noch einen Schluck. Meine Hände waren eiskalt, zitterten aber nicht mehr so stark.

»Ist die Feuerwehr noch da?«

»Schon weg. Sie haben gesagt, sie nehmen Ihre Aussage auf, wenn Sie sich wieder besser fühlen.«

»Haben Sie den Sack mit –« Mir versagte die Stimme, Tränen stiegen mir in die Augen.

»Ja. Kann ich sonst noch was für Sie tun?«

»Nein, vielen Dank. Ich komme schon zurecht. Sie waren sehr freundlich.«

»Tut mir leid wegen des Schadens. Wir haben ein Brett vor das Fenster genagelt. Ist zwar nicht gerade elegant, hält aber den Wind ab.«

»Vielen Dank. Ich –«

»Ich bitte Sie. Jetzt schlafen Sie einfach noch ein wenig. Vielleicht sieht morgen schon wieder alles ganz anders aus.«

Ich dachte an Birdie, und mir graute vor dem Morgen. In meiner Verzweiflung griff ich zum Telefon und wählte Petes Nummer. Keine Antwort.

»Und Sie kommen wirklich zurecht? Soll ich Ihnen nach oben helfen?«

»Nein, vielen Dank. Ich schaff das schon.«

Nachdem sie gegangen war, kroch ich ins Bett und weinte mich in den Schlaf.

Ich erwachte mit dem Gefühl, daß etwas nicht stimmte. Etwas war anders. Verloren. Dann volles Bewußtsein und mit ihm die Erinnerung.

Es war ein warmer Frühlingsmorgen. Durchs Fenster sah ich blauen Himmel und Sonnenschein und roch den Duft der Blumen. Aber die Schönheit des Tages konnte meine Niedergeschlagenheit nicht vertreiben.

Als ich bei der Feuerwehr anrief, erfuhr ich, daß man die Beweisstücke ins Forensiklabor geschickt hatte. Bleischwer machte ich mich an meine morgendlichen Verrichtungen. Ich zog mich an, schminkte mich, kämmte mir die Haare und fuhr in die Stadt.

Der Sack enthielt nichts als die Katze. Kein Halsband. Keine Anhänger. In einem der Schlackensteine hatte man einen handgeschriebenen Zettel gefunden. Ich las ihn durch die Plastiktüte hindurch.

Das nächste Mal ist es keine Katze.

»Und jetzt?« fragte Ron Tillman, der Direktor des Forensiklabors. Er war ein großer, gutaussehender Mann mit silbergrauen Haaren und einer unvorteilhaften Lücke zwischen den Schneidezähnen.

»Wir haben die Beweisstücke bereits auf Fingerabdrücke untersucht. Fehlanzeige auf dem Zettel mit den Steinen. Die Spurensicherung wird noch in Ihre Wohnung fahren, aber Sie wissen so gut wie ich, daß man dort nicht viel finden wird. Ihr Küchenfenster ist so nah an der Straße, daß die Täter wahrscheinlich nur aus dem Auto gestiegen sind, den Sack angezündet und dann alles vom Bürgersteig aus durchs Fenster geworfen haben. Wir suchen natürlich nach Fußabdrücken und befragen die Nachbarn, aber es ist unwahrscheinlich, daß um halb zwei noch jemand wach war.«

»Tut mir leid, daß ich nicht am Wilkinson Boulevard wohne.«

»So was kann passieren, egal wo man wohnt.«

Ron und ich arbeiteten schon seit Jahren zusammen. Er wußte von dem Serienmörder, der in meine Wohnung in Montreal eingebrochen war.

»Ich lasse die Spurensicherung Ihre Küche untersuchen, aber da diese Kerle nicht im Haus waren, dürfte es keine Spuren geben. Ich nehme an, Sie haben nichts berührt?«

»Nein.« Seit der vergangenen Nacht war ich nicht mehr in der Küche gewesen. Ich konnte den Anblick von Birdies Schüsseln einfach nicht ertragen.

»Arbeiten Sie gerade an etwas, das irgend jemand sauer machen könnte?«

Ich erzählte ihm von den Morden in Quebec und den Leichen auf Murtry Island.

»Was glauben Sie, wie sind die an Ihre Katze gekommen?«

»Vielleicht ist er weggelaufen, als Pete kam, um ihn zu füttern. Das macht er ab und zu.« Ein Stich. »Hat er gemacht.«

Weine nicht. Wage es nicht zu weinen.

»Oder ...«

»Ja?«

»Na ja, ich bin mir nicht sicher. Es kann sein, daß letzte Woche jemand in mein Büro in der Uni eingebrochen ist. Vielleicht nicht gerade eingebrochen. Möglicherweise habe ich vergessen, die Tür abzuschließen.«

»Ein Student?«

»Keine Ahnung.«

Ich beschrieb ihm den Vorfall.

»Mein Hausschlüssel war zwar noch in der Tasche, aber die Person hätte sich ja einen Abdruck machen können.«

»Sie sehen ein bißchen mitgenommen aus.«

»Ein bißchen. Aber es geht schon wieder.«

Erst sagte er gar nichts. Dann: »Tempe, als ich es erfuhr, dachte ich erst, das war ein verärgerter Student.« Er kratzte sich die Nase. »Aber das könnte mehr als nur ein übler Scherz sein. Passen Sie auf sich auf. Und vielleicht sollten Sie es Pete sagen.«

»Das will ich nicht. Er würde sich verpflichtet fühlen, den Babysitter zu spielen, und er hat nicht die Zeit dafür. Das hatte er nie.«

Nach der Unterhaltung gab ich Ron einen Schlüssel für den Annex, unterschrieb den Bericht und ging.

Obwohl nur wenig Verkehr herrschte, kam mir die Fahrt zur UNCC länger vor als sonst. Eine eisige Faust hatte meine Eingeweide gepackt und wollte sie nicht mehr loslassen.

Den ganzen Tag verging das Gefühl nicht. Immer wieder lenkten mich Bilder der ermordeten Katze von der Arbeit ab. Birdie als Kätzchen, wie er noch ein bißchen wacklig dasaß, wie ein kleiner Spatz auf einem Zaun. Birdie flach auf dem Rücken unter dem Sofa. Wie er mir um die Knöchel strich. Oder mich anstarrte, weil er den Rest meines Müslis wollte. Die Traurigkeit, die mich seit Wochen plagte, vertiefte sich zu klinischer Melancholie.

Nach der Arbeit ging ich auf den Sportplatz und zog mir Laufkleidung an. Ich würde mich erst mal so richtig auspumpen, weil ich hoffte, daß die körperliche Erschöpfung den Kummer in meinem Herzen und die Verspannung in meinen Gliedern lindern würde.

Während ich meine Runden drehte, bewegten sich meine Gedanken langsam in eine andere Richtung. Vielleicht hatte Ron Tillman recht. Ein Tier umzubringen ist zwar grausam, aber amateurhaft. War es wirklich nur ein unzufriedener Student? Oder konnte Birdies Tod eine ernsthafte Drohung sein? Von wem? Die Murtry-Geschichte? War ich in etwas hineingezogen worden, das größer war, als ich wußte?

Ich legte noch einen Zahn zu, und allmählich löste sich meine Verkrampfung.

Nach sechs Kilometern ließ ich mich auf den Rasen fallen. Schwer atmend starrte ich den Regenbogen an, der im Sprühnebel eines Rasensprengers schimmerte. Es hatte funktioniert. Mein Kopf war leer.

Als Puls und Atmung sich wieder beruhigt hatten, ging ich in den Umkleideraum, duschte und zog frische Sachen an. Ich fühlte mich schon deutlich besser, als ich den Hügel zum Colvard Building hochging.

Das Gefühl war nur von kurzer Dauer.

Mein Anrufbeantworter blinkte. Ich schaltete auf Abhören und wartete.

Verdammt.

Ich hatte Kathryn schon wieder verpaßt. Wie beim ersten Mal hatte sie mir keine Informationen hinterlassen, nur die Aussage, daß sie angerufen habe. Ich spulte zurück und hörte mir die Nachricht ein zweites Mal an. Sie klang atemlos, ihre Stimme angespannt und fahrig.

Immer und immer wieder spielte ich die Nachricht ab, aber ich wurde aus den Hintergrundgeräuschen einfach nicht schlau. Kathryns Stimme klang gedämpft, als würde sie in einem beengten Raum sprechen. Ich stellte mir vor, daß sie die Hand über den Hörer hielt und beim Sprechen verstohlen ihre Umgebung musterte.

Bildete ich mir etwas ein? Hatte der Vorfall der letzten Nacht meine Phantasie überhitzt? Oder war Kathryn wirklich in Gefahr?

Die Sonne warf helle Streifen durch die Jalousien auf meinen Schreibtisch. Irgendwo auf dem Gang knallte eine Tür. Langsam nahm ein Gedanke Gestalt an.

Ich griff zum Telefon.

»Danke, daß Sie so spät am Nachmittag noch Zeit für mich haben. Es überrascht mich, daß Sie um diese Zeit noch auf dem Campus sind.«

»Wollen Sie damit andeuten, daß Anthropologen härter arbeiten als Soziologen?«

»Überhaupt nicht«, lachte ich und setzte mich auf den schwarzen Plastikstuhl, den er mir anbot. »Red, ich brauche einfach Ihre Hilfe. Was können Sie mir über Kulte hier in der Gegend sagen?«

»Was meinen Sie mit dem Begriff ›Kult‹?«

Red Skyler lümmelte schief hinter seinem Schreibtisch. Obwohl seine Haare inzwischen grau geworden waren, verriet sein rostroter Bart immer noch den Ursprung seines Spitznamens. Er blinzelte mich hinter seiner Drahtgestellbrille hervor an.

»Randgruppen. Weltuntergangssekten. Satanische Zirkel.«

Er lächelte und forderte mich mit einer Handbewegung zum Weiterreden auf.

»Die Manson-Familie. Hare Krishna. MOVE. Der Volkstempel. Synanon. Sie wissen schon. Kulte eben.«

»Sie benutzen da ein ziemliches Reizwort. Was Sie Kult nennen, sieht ein anderer vielleicht als Religion. Oder als Familie. Oder als politische Partei.«

Plötzlich fiel mir Daisy Jeannotte wieder ein. Auch sie hatte Einwände gegen diesen Begriff erhoben, aber damit endeten die Gemeinsamkeiten. Bei dem Gespräch mit ihr hatte ich einer winzigen Frau in einem riesigen Büro gegenübergesessen. Jetzt saß ich mit einem großen Mann in einer so klitzekleinen, vollgestopften Kammer, daß ich Platzangst bekam.

»Na gut. Was ist ein Kult?«

»Kulte sind nicht nur Gruppen von Spinnern, die einem durchgeknallten Führer folgen. Zumindest nach meiner Definition sind es Organisationen mit einer Reihe gemeinsamer Merkmale.«

»Ja.« Ich lehnte mich auf meinem Stuhl zurück.

»Ein Kult bildet sich um ein charismatisches Individuum, das etwas verspricht. Dieses Individuum behauptet, ein spezielles Wissen zu besitzen. Manchmal besteht dieses Wissen aus dem angeblichen Zugang zu uralten Geheimnissen, manchmal aus einer völlig neuen Entdeckung, die der- oder diejenige als einziger oder einzige gemacht hat. Manchmal ist es eine Mischung aus beidem. Der Führer bietet seinen Anhängern an, sie an diesem Wissen teilhaben zu lassen. Einige Führer versprechen Utopia. Oder einen Ausweg. Schließ dich mir an, folge mir. Ich treffe die Entscheidungen. Alles wird gut.«

»Was ist der Unterschied zu einem Priester oder Rabbi?«

»In einem Kult wird dieser charismatische Führer mit der Zeit zum Objekt der Anbetung, in einigen Fällen wird er sogar vergöttlicht. Und wenn das passiert, erhält der Führer eine außerordentliche Macht über seine Anhänger.«

Er nahm seine Brille ab und putzte die Gläser mit einem grünen Tuch, das er aus seiner Tasche gezogen hatte. Dann setzte er sie wieder auf und schob sich die Bügel hinter die Ohren.

»Kulte sind totalitär und autoritär. Der Führer ist über alles erhaben und gibt seine Macht nur an sehr wenige weiter. Die Moralität des Führers wird zur einzig akzeptierten Theologie. Zum einzig akzeptierten Verhalten. Und wie gesagt, mit der Zeit wird *er* zum Objekt der Verehrung, nicht irgendwelche höheren Wesen oder abstrakte Prinzipien.«

Ich wartete.

»Und oft gibt es auch eine Art von Doppelmoral. Die Anhänger werden dazu gedrängt, miteinander aufrichtig und liebevoll umzugehen, Außenstehende aber zu meiden und zu täuschen. Die etablierten Religionen bieten eher einen Verhaltenskodex an, der für alle gilt.«

»Wie erreicht ein Führer eine solche Macht?«

»Das ist ein weiterer wichtiger Faktor. Gedankenreform. Kultführer benutzen eine Reihe psychologischer Prozesse, um ihre Anhänger zu manipulieren. Einige sind noch relativ gutartig, andere aber beuten den Idealismus ihrer Anhänger richtiggehend aus.«

Wieder wartete ich, daß er fortfuhr.

»Meiner Ansicht nach gibt es im wesentlichen zwei Arten von

Kulten, die beide Gedankenreform benutzen. Die kommerziell orientierten ›Bewußtseinsprogramme‹«, er deutete mit den Fingern Anführungszeichen an, »benutzen sehr intensive Überredungstechniken. Diese Gruppen binden ihre Anhänger an sich, indem sie sie dazu bringen, immer neue Kurse zu belegen und zu bezahlen. Dann gibt es Kulte, die ihre Anhänger fürs ganze Leben rekrutieren. Diese Gruppen benutzen komplexe psychologische und soziale Überredungsstrategien, um eine extreme Veränderung der Lebenshaltung herbeizuführen. Als Folge davon erhalten sie eine enorme Kontrolle über das Leben ihrer Anhänger. Sie sind manipulativ, betrügerisch und in hohem Maß ausbeuterisch.«

»Und wie funktioniert die Gedankenreform?«

»Man beginnt mit einer Destabilisierung des Ich-Bewußtseins eines Menschen. Ich bin mir sicher, daß Sie das auch in Ihren Anthropologiekursen diskutieren. Isolieren. Dekonstruieren. Rekonstruieren.«

»Ich bin biologische Anthropologin.«

»Ach ja, richtig. Kulte schneiden Neuankömmlinge von jeglichen anderen Einflüssen ab und bringen sie dann dazu, alles in Frage zu stellen, woran sie bisher glaubten. Sie überreden sie, die Welt und ihre eigene Lebensgeschichte neu zu interpretieren. Sie erschaffen für den Betreffenden eine völlig neue Realität, und dadurch erzeugen sie eine Abhängigkeit von der Organisation und ihrer Ideologie.«

Ich erinnerte mich an die Vorlesungen in kultureller Anthropologie, die ich als Studentin gehört hatte.

»Aber wir reden hier nicht von Initiationsriten. Ich weiß, daß in einigen Kulturen Heranwachsende für eine bestimmte Zeit isoliert und einem Training unterzogen werden, aber dieser Prozeß dient ausschließlich dazu, jene Überzeugungen zu festigen, mit denen das Kind aufwuchs. Wir reden hier davon, daß man Leute dazu bringt, die Werte abzulegen, mit denen sie aufwuchsen, alles über Bord zu werfen, woran sie je glaubten. Und wie geht das?

Der Kult kontrolliert die Zeit und die Lebensbedingungen des neu Angeworbenen. Ernährung. Schlaf. Arbeit. Erholung. Geld. Alles. So wird ein Gefühl der Abhängigkeit erzeugt, ein Gefühl der

Hilflosigkeit außerhalb der Gruppe. Und gleichzeitig wird dem Betreffenden die neue Moralität, das Theoriegebäude, dem die Gruppe anhängt, eingeimpft. Die Welt, wie unser Führer sie sieht. Und dieses Gebäude ist ein hochgradig geschlossenes System. Keine Reflexion darüber ist gestattet. Keine Kritik. Keine Beschwerden. Die Gruppe unterdrückt alte Verhaltensweisen und Lebenshaltungen und ersetzt sie Stück für Stück durch die eigenen.«

»Warum lassen die Leute sich das gefallen?«

»Der Prozeß läuft so schleichend ab, daß dem Betreffenden gar nicht bewußt wird, was da passiert. Sie durchlaufen eine Reihe winziger Schritte, von denen jeder für sich genommen unwichtig erscheint. Andere Gruppenmitglieder lassen sich die Haare wachsen. Du läßt dir auch die Haare wachsen. Andere reden leise, und du senkst ebenfalls die Stimme. Alle lauschen brav dem Führer und stellen keine Fragen, und du machst es genauso. Es vermittelt das Gefühl, von der Gruppe anerkannt zu werden, in ihr aufgehoben zu sein. Der Neuankömmling merkt überhaupt nicht, was für ein doppeltes Spiel da mit ihm getrieben wird.«

»Aber erkennen die Leute nicht irgendwann, was da abläuft?«

»Normalerweise werden neue Mitglieder dazu gedrängt, jeden Kontakt mit Freunden und der Familie abzubrechen, sich aus dem Geflecht ihrer früheren Beziehungen zu lösen. Manchmal bringt man sie an isolierte Orte. Farmen. Kommunen. Landhäuser.

Diese physische und soziale Isolation beraubt sie jedes normalen Rückhalts und verstärkt das Gefühl der persönlichen Machtlosigkeit und das Verlangen nach Akzeptanz in der Gruppe. Außerdem eliminiert sie sämtliche Meßlatten, die wir alle benutzen, um das zu bewerten, was man uns sagt. Das Vertrauen des Betreffenden in das eigene Urteil und die eigene Wahrnehmung wird ausgehöhlt. Unabhängiges Handeln wird unmöglich.«

Ich dachte an Dom Owens und seine Gruppe auf St. Helena.

»Ich kann verstehen, daß ein Kult Kontrolle ausübt, wenn man vierundzwanzig Stunden am Tag unter seinem Dach lebt, aber was ist, wenn Mitglieder außerhalb arbeiten?«

»Ganz einfach. Die Mitglieder erhalten die Anweisung, zu singen oder zu meditieren, sobald sie einmal aufhören zu arbeiten. In der Mittagspause. Der Kaffeepause. Das Bewußtsein ist beschäftigt mit vom Kult dirigierten Verhaltensweisen. Und außerhalb der Arbeit müssen sie ihre ganze Zeit der Organisation widmen.«

»Aber was ist der Reiz daran? Was treibt jemanden dazu, die eigene Vergangenheit abzulegen und sich einer Sekte zu unterwerfen?«

Das ging mir einfach nicht in den Kopf. Waren Kathryn und die anderen Roboter, kontrolliert in allem, was sie taten?

»Es gibt ein System von Lohn und Strafe. Wenn das Mitglied sich entsprechend verhält, das Richtige sagt und denkt, wird es vom Führer oder der Gruppe geliebt. Und natürlich winkt dann die Erlösung. Die Erleuchtung. Der Übertritt in eine andere Welt. Was die Ideologie eben gerade verspricht.«

»Was versprechen sie denn?«

»Alles mögliche. Nicht alle Kulte sind Religionen. Es herrscht nur in der Öffentlichkeit dieser Eindruck vor, weil in den Sechzigern und Siebzigern viele dieser Gruppen sich aus steuerlichen Gründen als Kirchen registrieren ließen. Kulte gibt es in den unterschiedlichsten Spielarten, und sie versprechen alle möglichen Wohltaten. Gesundheit. Den Sturz der Regierung. Eine Reise ins All. Unsterblichkeit.«

»Aber auf so einen Unsinn können doch nur Spinner hereinfallen.«

»Ganz im Gegenteil.« Er schüttelte den Kopf. »Es sind nicht nur Randgruppen, die angelockt werden. In einigen Studien kamen ungefähr zwei Drittel der Befragten aus normalen Familien und wiesen vor dem Eintritt in den Kult ein völlig altersentsprechendes Verhalten auf.«

Ich betrachtete den winzigen Navajo-Teppich unter meinen Füßen. Die unbestimmte Ahnung meldete sich wieder. Was war es nur? Warum konnte ich es nicht an die Oberfläche bringen?

»Kann Ihre Forschung erklären, warum Leute sich diese Bewegungen aussuchen?«

»Oft tun sie das gar nicht. Diese Gruppen suchen sich die Leute. Und wie gesagt, die Führer können unglaublich charmant und überzeugend sein.«

Auf Dom Owens traf diese Beschreibung zu. Wer war er? Ein Ideologe, der seine Hirngespinste leicht formbaren Anhängern aufzwang? Oder nur ein Gesundheitsapostel, der Bio-Bohnen züchten wollte?

Wieder dachte ich an Daisy Jeannotte. Hatte sie recht? Hatte die Öffentlichkeit zuviel Angst vor Kulten?

»Wie viele Kulte gibt es in den USA?« fragte ich.

»Je nach Definition…«, er grinste und breitete die Hände aus, »zwischen drei- und fünftausend.«

»Im Ernst?«

»Eine meiner Kolleginnen schätzt, daß im Verlauf der letzten zwei Jahrzehnte an die zwanzig Millionen Leute mit Kulten zu tun hatten. Sie glaubt, daß es zu jeder beliebigen Zeit zwischen zwei und fünf Millionen sind.«

»Stimmen Sie ihr zu?« Ich war erstaunt.

»Das alles ist sehr schwer einzuschätzen. Einige Gruppen blähen ihre Zahlen auf, indem sie jeden als Mitglied zählen, der je eine Versammlung besucht oder sich Informationen geholt hat. Andere sind sehr verschwiegen und üben äußerste Zurückhaltung. Die Polizei wird auf einige Gruppen nur indirekt aufmerksam, wenn es Probleme gibt oder wenn ein Mitglied den Kult verläßt und Anzeige erstattet. Die kleinen Gruppen sind besonders schwer aufzuspüren.«

»Schon mal was von Dom Owens gehört?«

Er schüttelte den Kopf. »Wie heißt seine Gruppe?«

»Sie hat keinen Namen.«

Irgendwo sprang ein Drucker an.

»Gibt es in den Carolinas irgendwelche Organisationen, die die Polizei überwacht?«

»Das ist nicht mein Fachgebiet, Tempe. Ich bin Soziologe. Ich kann Ihnen sagen, wie diese Gruppen funktionieren, aber ich habe keinen Überblick über den aktuellen Stand der Dinge. Ich kann's allerdings rausfinden, falls es wichtig ist.«

»Ich versteh das einfach nicht, Red. Wie können die Leute nur so leichtgläubig sein?«

»Der Gedanke, zu einer Elite zu gehören, kann sehr verführerisch sein. Zu den Auserwählten. Die meisten Kulte trichtern ihren Anhängern ein, daß nur sie erleuchtet sind und der Rest der Welt nicht. Alle anderen sind irgendwie minderwertiger. So etwas wirkt.«

»Red, sind diese Gruppen gewalttätig?«

»Die meisten nicht, aber es gibt Ausnahmen. Denken Sie an Jonestown, Waco, die Sonnentempler, an Heaven's Gate. Deren Anhängern erging es ja offensichtlich nicht besonders gut. Erinnern Sie sich noch an den Rajneesh-Kult? Der versuchte, das Trinkwasser einer Stadt in Oregon zu vergiften, und bedrohte diverse Bezirksbeamte. Und Synanon? Diese wohlanständigen Bürger steckten einem Anwalt, der sie verklagt hatte, eine Giftschlange in den Briefkasten. Der Mann ist gerade noch mit dem Leben davongekommen.«

Ich konnte mich undeutlich an den Vorfall erinnern.

»Was ist mit kleinen Gruppen, solchen, die in der Öffentlichkeit weniger bekannt sind?«

»Die meisten sind harmlos, aber ein paar sind ziemlich raffiniert und potentiell gefährlich. Ich kann Ihnen nur einige wenige nennen, die in den letzten Jahren die Grenze zur Gewalt überschritten haben. Hat das alles denn mit einem Fall zu tun?«

»Ja. Nein. Ich bin mir nicht sicher.« Ich zupfte an einem Niednagel an meinem Daumen.

Er zögerte. »Geht es um Katy?«

»Was?«

»Hat sich Katy mit einer solchen ...«

»O nein, nichts in der Richtung. Es hat schon mit einem Fall zu tun. Ich bin da in Beaufort auf eine Kommune gestoßen, und die geht mir nicht mehr aus dem Kopf.«

Das Nagelbett begann zu bluten.

»Dom Owens.«

Ich nickte.

»Manches ist anders, als es auf den ersten Blick aussieht.«

»Stimmt.«

»Ich kann mich ja mal umhören, wenn Sie wollen.«

»Das wäre sehr nett.«

»Brauchen Sie ein Pflaster?«

Ich ließ die Hände sinken und stand auf.

»Nein, danke. Ich will Sie wirklich nicht länger aufhalten. Sie haben mir sehr geholfen.«

»Falls Sie noch Fragen haben, Sie wissen ja, wo ich zu finden bin.«

Kurz darauf saß ich in meinem Büro und sah zu, wie die Schatten länger wurden. Noch immer quälte mich diese unbestimmte Ahnung. Feierabendliche Ruhe lastete auf dem ganzen Gebäude.

War es Daisy Jeannotte? Ich hatte vergessen, Red zu fragen, ob er sie kenne. War es das?

Nein.

Was war es dann, das beständig aus dem Labyrinth meiner Nervenknoten Signale aussandte? Warum konnte ich es mir nicht ins Bewußtsein bringen? Was für eine Verbindung sah mein Unterbewußtes, die ich nicht sah?

Mein Blick fiel auf die kleine Sammlung Krimis, die ich im Büro hatte, um sie mit meinen Kollegen zu tauschen. Wie nannten es diese Autoren? Die »Hätte ich es nur gewußt«-Technik. War es also das? Drohte eine Tragödie, weil ich eine Botschaft des Unterbewußten nicht entschlüsseln konnte?

Was für eine Tragödie? Noch ein Tod in Quebec? Weitere Morde in Beaufort? War Kathryn in Gefahr? Oder drohte mir ein weiterer Anschlag, einer mit ernsteren Folgen?

Irgendwo klingelte und klingelte ein Telefon und hörte dann abrupt wieder auf.

Ich versuchte noch einmal Petes Nummer. Keine Antwort. Es machte nichts. Ich wußte ja, daß Birdie nicht dort war.

Ich stand auf und fing an, Unterlagen zu ordnen, sichtete einen Stapel Reprints und räumte Bücher in Regale. Ich wußte, das war eine Ersatzhandlung, aber ich konnte nicht anders. Der Gedanke, nach Hause zu gehen, war mir unerträglich.

Zehn Minuten hektische Betriebsamkeit, um nur ja nicht nachzudenken. Und plötzlich: »O verdammt, Birdie!«

Ich knallte das Buch, das ich gerade in der Hand hatte, auf den Tisch und ließ mich in meinen Sessel sinken.

»Warum mußtest du gerade in diesem Augenblick zu Hause sein? Es tut mir so leid. Es tut mir so furchtbar leid, Bird.«

Ich legte den Kopf auf die Schreibunterlage und weinte.

23

Der Donnerstag verlief täuschend angenehm.

Am Vormittag erlebte ich zwei kleine Überraschungen. Das Gespräch mit meinem Versicherungsagenten lief gut. Und beide Handwerker, die ich anrief, waren verfügbar und konnten sofort anfangen.

Tagsüber unterrichtete ich und redigierte mein CT-Paper. Am späten Nachmittag rief Ron Gillman an und berichtete, daß die Spurensicherung nichts gefunden hatte. Das überraschte mich nicht. Er hatte eine Polizeistreife gebeten, meine Wohnung im Auge zu behalten.

Auch Sam meldete sich. Er hatte zwar nichts Neues zu berichten, war aber mehr denn je davon überzeugt, daß die Toten auf seiner Insel von Drogendealern verscharrt worden waren. Er betrachtete das als persönliche Beleidigung und hatte sogar seine alte Schrotflinte hervorgeholt, die er jetzt unter einer Sitzbank im Stützpunkt aufbewahrte.

Auf dem Nachhauseweg von der Universität fuhr ich bei dem Supermarkt gegenüber des Southpark-Einkaufszentrums vorbei und kaufte mir alle meine Lieblingsspeisen. Dann trainierte ich im Harris-YMCA und kam gegen halb sieben im Annex an. Das Fenster war bereits repariert, und ein Arbeiter schliff eben den Boden ab. Jede Oberfläche in der Küche war mit einem feinen weißen Staub überzogen.

Ich putzte Herd und Anrichte, machte mir dann Krabbenpastete mit Ziegenkäsesalat und schaute mir während des Essens eine Wiederholung von *Murphy Brown* an. Murphy war eine taffe Frau. Ich beschloß, so zu werden wie sie.

Danach nahm ich mir noch einmal das CT-Paper vor, sah mir ein Spiel der Hornets an und dachte an meine Steuererklärung. Ich beschloß, auch die zu machen. Aber nicht diese Woche. Um elf schlief ich über den auf meinem Bett ausgebreiteten Kopien von Louis-Philippes Tagebuch ein.

Der Freitag war vom Teufel inszeniert. An diesem Tag bekam ich eine erste Ahnung davon, welche Entsetzlichkeiten noch auf mich warteten.

Früh am Morgen trafen die Murtry-Opfer aus Charleston ein. Um halb zehn stand ich mit Handschuhen und Schutzbrille vor den Tischen in meinem Labor, auf denen die Überreste lagen. Auf dem einen Tisch befanden sich der Schädel und die Knochenproben, die Hardaway bei seiner Autopsie der unteren Leiche für mich präpariert hatte. Auf dem anderen lag ein vollständiges Skelett. Die Techniker der medizinischen Fakultät hatten hervorragend gearbeitet. Alle Knochen sahen sauber und unbeschädigt aus.

Ich fing mit dem unteren Opfer an. Trotz fortgeschrittener Verwesung war noch genügend Bindegewebe für eine volle Autopsie vorhanden gewesen. Geschlecht und Rasse waren offensichtlich, nur bei der Altersbestimmung brauchte Hardaway meine Hilfe. Seinen Bericht und die Fotos hob ich mir für später auf, weil ich mir mein Urteil nicht durch seine Schlußfolgerungen beeinflussen lassen wollte.

Ich klemmte die Röntgenaufnahmen an den Lichtkasten. Nichts Ungewöhnliches. Die Schädelansichten zeigten mir, daß alle zweiunddreißig Zähne durchgebrochen, ihre Wurzeln voll ausgebildet waren. Es gab keine Füllungen, Kronen oder fehlenden Zähne. Ich notierte mir das auf ein Fallformular.

Dann ging ich zum ersten Tisch und sah mir den Schädel an. Die Wachstumsfuge an der Schädelbasis war geschlossen. Bei dem Opfer handelte es sich um eine Erwachsene.

Ich betrachtete die Rippen und die Oberflächenbeschaffenheit der Schambeinfuge. Die Rippen wiesen mäßig tiefe Einkerbungen auf, wo Knorpel sie mit dem Brustbein verbunden hatten. Wellige Grate zeigten sich an den Nahtstellen der Schambeinfuge, an den Rändern waren winzige Knochenknötchen zu erkennen.

Die inneren Enden der Schlüsselbeine waren verwachsen. Die

oberen Ränder der beiden Beckenschaufeln zeigten feine Reste von Wachstumsfugen.

Ich verglich die Befunde mit meinen Modellen und Histogrammen und schrieb dann meine Schätzung ins Formular. Die Frau war zum Zeitpunkt ihres Todes zwischen zwanzig und achtundzwanzig Jahre alt gewesen.

Hardaway wollte eine vollständige Analyse des oberen Skeletts. Wieder fing ich mit den Röntgenaufnahmen an. Auch sie waren unauffällig, bis auf das perfekte Gebiß.

Ich vermutete bereits, daß es sich bei diesem Opfer ebenfalls um eine Frau handelte. Schon beim Zurechtlegen der Knochen waren mir der glatte Schädel und die feine Gesichtsarchitektur aufgefallen. Das breite kurze Becken mit seinem deutlich weiblichen Schambereich bestätigte meinen ersten Eindruck.

Die Alterskriterien dieser Frau waren denen des ersten Opfers sehr ähnlich, nur die Schambeinfugen zeigten tiefere Kerben, und die Knötchen fehlten.

Ich schätzte, daß diese Frau bei ihrem Tod etwas jünger gewesen war, entweder knapp unter oder über zwanzig.

Für die Frage der Abstammung wandte ich mich wieder dem Schädel zu. Die Gesichtsmitte war klassisch, vor allem der Nasenbereich: hoher Rücken, schmale Öffnung, ausgeprägter unterer Rand und Dorn.

Ich vermaß den Schädel, um die Ergebnisse später statistisch analysieren zu können, wußte aber bereits jetzt, daß die Frau weiß war.

Ich maß die langen Knochen, gab die Daten in den Computer ein und ließ ihn die Regressionsgleichungen berechnen. Als ich gerade meine Größenschätzung in das Fallformular eintrug, klingelte das Telefon.

»Wenn ich noch einen Tag länger hierbleibe, brauche ich eine komplette sprachliche Umschulung«, sagte Ryan und fügte dann hinzu: »*Y'all.* Scheiß-Kauderwelsch.«

»Steigen Sie in den nächsten Bus nach Norden.«

»Erst dachte ich, nur Sie reden so komisch, aber jetzt merke ich, daß Sie gar nichts dafür können.«

»Seine Wurzeln wird man so leicht nicht los.«

»Wie wahr.«

»Haben Sie was Neues herausgefunden?«

»Ich habe heute früh einen tollen Autoaufkleber gesehen.«

Ich wartete.

»Jesus liebt dich. Jeder andere hält dich für ein Arschloch.«

»Ist das der Grund, warum Sie mich angerufen haben?«

»Sind wir nicht ein religiöses Völkchen?«

Ich sah auf die Uhr. Viertel nach zwei. Ich merkte, daß ich Hunger hatte, und griff nach der Banane und dem Moon Pie, die ich mir von zu Hause mitgebracht hatte.

»Ich habe Doms kleinen Ashram eine Weile beobachtet. Hat nicht viel gebracht. Am Donnerstag sind drei der Gläubigen in einen Transporter gestiegen und davongefahren. Ansonsten war verkehrsmäßig gar nichts los.«

»Kathryn?«

»Hab sie nicht gesehen.«

»Haben Sie die Nummernschilder überprüft?«

»Ja, Ma'am. Beide Transporter sind auf Dom Owens unter der Adler-Lyons-Adresse registriert.«

»Hat er einen Führerschein?«

»Ausgestellt in South-Carolina im Jahr 1988. Kein Hinweis auf einen früheren Schein. Anscheinend ist der Reverend einfach aufgetaucht und hat die Prüfung gemacht. Er zahlt seine Versicherung immer pünktlich. In bar. Keine Mahnungen. Keine Verkehrssünden, keine Vorladungen.«

»Strom, Wasser, Telefon und so weiter?«

»Ich habe alles überprüft. Owens zahlt bar.«

»Hat er eine Sozialversicherungsnummer?«

»Ausgegeben 1987. Aber seine Akte ist leer. Hat nie was eingezahlt, nie irgendwelche Leistungen beantragt.«

»Siebenundachtzig? Wo war er davor?«

»Eine intelligente Frage, Dr. Brennan.«

»Post?«

»Diese Leute sind keine großen Briefschreiber. Sie kriegen die üblichen personalisierten Wurfsendungen und Rechnungen, aber damit hat sich's. Owens hat kein Postfach, außer vielleicht unter einem anderen Namen. Ich habe eine Weile das Postamt überwacht, aber keinen aus der Kommune gesehen.«

Ein Student erschien in der Tür, doch ich schüttelte den Kopf.

»Gab es Fingerabdrücke auf Ihrem Schlüsselanhänger?«

»Drei wunderschöne, die uns aber nicht weiterbringen. Anscheinend ist Dom Owens ein Chorknabe.«

Schweigen.

»Es leben doch Kinder dort. Was ist mit dem Sozialamt?«

»Gar nicht schlecht, Brennan.«

»Ich sehe viel fern.«

»Ich habe beim Sozialamt nachgefragt. Vor ungefähr eineinhalb Jahren hat eine Nachbarin angerufen, eine Mrs. Joseph Espinoza, und sie haben eine Sozialarbeiterin hingeschickt, damit die sich mal umsieht. Sie hat ein sauberes Heim mit lächelnden, wohlgenährten Kindern vorgefunden, von denen noch keins schulpflichtig war. Sie sah keinen Grund für ein Eingreifen, empfahl aber einen Kontrollbesuch nach sechs Monaten. Der fand jedoch nicht statt.«

»Haben Sie mit der Nachbarin gesprochen?«

»Verstorben.«

»Was ist mit dem Grundstück?«

»Na ja, da ist was.«

Ein paar Sekunden vergingen.

»Ja?«

»Ich habe den Mittwoch nachmittag im Katasteramt verbracht und habe mir Grundbücher und Steuerverzeichnisse angesehen.« Er verstummte.

»Wollen Sie mich auf die Folter spannen?« fragte ich unwirsch.

»Das Stückchen Land hat eine bewegte Geschichte. Wußten Sie, daß von 1860 bis zur Jahrhundertwende da draußen eine Schule war? Eine der ersten öffentlichen Schulen in Nordamerika ausschließlich für Schwarze.«

»Das habe ich nicht gewußt.« Ich öffnete ein Cola Light.

»Und Baker hatte recht. Das Anwesen wurde von den Dreißigern bis Mitte der Siebziger tatsächlich als Anglercamp genutzt. Als die Besitzerin starb, ging das Grundstück an ihre Verwandten in Georgia. Ich vermute mal, die hatten es nicht so mit den Früchten des Meeres. Vielleicht wurde ihnen auch die Grundsteuer zuviel. Auf jeden Fall haben sie es 1986 verkauft.«

Diesmal wartete ich, bis er von allein weiterredete.

»Der Käufer war ein gewisser J. R. Guillion.«

Es dauerte eine Nanosekunde, bis bei mir der Groschen gefallen war.

»Jacques Guillion?«

»Oui, Madame.«

»*Der* Jacques Guillion?« Ich sagte es so laut, daß sich im Korridor ein Student umdrehte und mich anstarrte.

»Vermutlich. Die Steuer wird gezahlt ...«

»Mit einem Scheck der Citicorp in New York.«

»Genau.«

»Verdammte Scheiße.«

»Schön gesagt.«

Ich war bestürzt über diese Information. Dem Besitzer des Anwesens an der Adler Lyons gehörte auch das ausgebrannte Haus in St. Jovite.

»Haben Sie schon mit Guillion geredet?«

»Monsieur Guillion mimt noch immer den Eremiten.«

»Was?«

»Wir haben ihn noch nicht aufgespürt.«

»Mist. Es gibt also wirklich eine Verbindung.«

»Sieht so aus.«

Eine Glocke läutete.

»Da ist noch was.«

Der Gang füllte sich mit Studenten, die von einem Hörsaal zum nächsten gingen.

»Um meinem Ruf als Perverser gerecht zu werden, habe ich die Namen nach Texas geschickt. War 'ne Niete, was unseren Reverend Owens angeht, aber raten Sie mal, wer dort Rancher ist?«

»Nein.«

»Monsieur J. R. Guillion. Zwei Morgen im Fort Bend County. Zahlt seine Steuern ...«

»Per Bankscheck.«

»Ich werde irgendwann selber hinfahren, aber unterdessen lasse ich den örtlichen Sheriff mal ein bißchen herumschnüffeln. Und die Gendarmerie soll Guillion auftreiben. Ich will noch ein paar Tage hierbleiben und Owens unter Druck setzen.«

»Suchen Sie Kathryn. Ich bin mir sicher, daß sie was weiß.«

»Wenn sie noch hier ist, finde ich sie.«

»Sie könnte in Gefahr sein.«

»Wie kommen Sie drauf?«

Ich überlegte, ob ich ihm von meinem Gespräch mit Red Skyler erzählen sollte, aber da ich eher ins Blaue hinein gefragt hatte, wußte ich gar nicht, ob ich überhaupt etwas Relevantes erfahren hatte. Auch wenn Dom Owens eine Art Kult führte, war er kein Jim Jones oder David Koresh, da war ich mir sicher.

»Ich weiß nicht. Nur so ein Gefühl. Sie klang ziemlich nervös, als sie anrief.«

»Mein Eindruck ist, daß Miss Kathryn nicht alle Tassen im Schrank hat.«

»Sie ist eben anders.«

»Ihre Freundin Ellie sieht mir auch nicht gerade nach einer Intelligenzbestie aus. Und was liegt bei Ihnen so an?«

Ich zögerte kurz und erzählte ihm dann von dem Anschlag auf mich.

»Scheiße. Tut mir leid, Brennan. Ich mochte die Katze. Haben Sie eine Ahnung, wer es war?«

»Nein.«

»Hat man Ihr Haus unter Polizeischutz gestellt?«

»Sie fahren ab und zu mal vorbei. Ich komme schon zurecht.«

»Meiden Sie dunkle Gassen.«

»Die Murtry-Fälle sind heute morgen angekommen. Ich habe ziemlich viel im Labor zu tun.«

»Wenn's da wirklich eine Verbindung zum Drogenhandel gibt, könnte es sein, daß einige schwere Jungs ziemlich sauer auf Sie werden.«

»Was Sie nicht sagen, Ryan.« Ich warf die Bananenschale und die Moon-Pie-Tüte in den Abfallkorb. »Die Opfer sind beide jung, weiß und weiblich.«

»Nicht gerade typische Dealer.«

»Nein.«

»Schließt es aber nicht aus. Einige dieser Typen benutzen Frauen wie Kondome. Die Damen waren vielleicht zur falschen Zeit am falschen Ort.«

»Ja.«

»Todesursache?«

»Ich bin noch nicht fertig.«

»Dann mal los. Aber denken Sie dran, wir brauchen Sie bei den Schneider-Fällen, wenn ich mir diese Mistkerle geschnappt habe.«

»Welche Mistkerle?«

»Weiß ich noch nicht, werd's aber herausfinden.«

Nach dem Gespräch starrte ich meinen Bericht an. Dann stand ich auf und ging im Labor auf und ab. Setzte mich wieder. Und ging noch einmal auf und ab.

In meinem Kopf blitzten immer wieder Bilder aus St. Jovite auf. Teigig weiße Babys mit fahlblauen Lidern und Fingernägeln. Ein Schädel mit Schußlöchern. Aufgeschlitzte Kehlen, mit Abwehrverletzungen übersäte Hände. Verkohlte Leichen, die Glieder verdreht und verkrampft.

In welchem Zusammenhang standen die Quebecer Toten mit diesem Stück Land an der Adler Lyons Road? Warum Babys und schwächliche alte Frauen? Wer war Guillion? Was war in Texas? In welche abartigen Kreise waren Heidi und ihre Familie hineingestolpert?

Konzentriere dich, Brennan. Die jungen Frauen in diesem Labor sind ebenso tot. Überlaß die Quebecer Morde Ryan, und schließe diese Fälle hier ab. Sie verdienen deine Aufmerksamkeit. Finde heraus, wann sie gestorben sind. Und wie.

Ich zog frische Handschuhe an und untersuchte jeden Knochen des zweiten Opfers mit der Lupe. Ich fand nichts, was mir etwas über die Todesursache verraten hätte. Keine Hinweise auf Verletzungen mit einem stumpfen Gegenstand. Keine Ein- oder Ausschußlöcher. Keine Stichwunden. Kein gebrochenes Zungenbein, das auf eine Erdrosselung hingedeutet hätte.

Die einzigen Schäden, die ich feststellen konnte, waren die Fraßspuren von Tieren.

Als ich den letzten Fußknochen zurücklegte, kroch ein winziger schwarzer Käfer unter einem Wirbel hervor. Ich starrte ihn an und dachte dabei an einen Nachmittag in Montreal, als Birdie in meiner Küche einen Junikäfer gejagt hatte. Stundenlang hatte er mit dem Tierchen gespielt, bis er schließlich das Interesse verlor.

Tränen brannten mir in den Augen, aber ich gab meinem Kummer nicht nach.

Ich fing den Käfer und steckte ihn in einen Plastikbehälter. Keine Toten mehr. Ich wollte ihn freilassen, wenn ich das Gebäude verließ.

Okay, Käfer. Wie lange sind diese Damen schon tot? Daran arbeiten wir jetzt.

Ich sah auf die Uhr. Halb fünf. Spät genug. Ich blätterte in meinem Rolodex, fand die Nummer und wählte.

Fünf Zeitzonen entfernt wurde ein Hörer abgenommen.

»Dr. West.«

»Dr. Lou West?«

»Ja.«

»Alias Kaptain Kam?«

Schweigen.

»Mr. Dosenfleisch?«

»Es ist Thunfisch. Bist du das, Tempe?«

Ich sah ihn vor mir, mit seinen dichten Silberhaaren und dem Vollbart, die sein von hawaiischer Sonne gebräuntes Gesicht umrahmten. Jahre bevor ich ihn kennenlernte, hatte eine japanische Agentur ihn entdeckt und zum Werbeträger für eine Thunfischmarke gemacht. Sein Ohrring und der Pferdeschwanz paßten perfekt zu dem Image des Schiffskapitäns, das sie kreieren wollten. Die Japaner liebten Kaptain Kam. Niemand, den ich kannte, hatte je diese Anzeigen gesehen, aber wir alle hatten ihn erbarmungslos damit aufgezogen.

»Hast du die Käfer inzwischen aufgegeben und verhökerst bloß noch Thunfisch?«

Lou ist Doktor der Biologie und unterrichtet an der Universität von Hawaii. Meiner Meinung nach ist er der beste forensische Entomologe im Land.

»Nicht ganz«, lachte er. »Der Anzug kratzt.«

»Probier's im Adamskostüm.«

»Ich glaube nicht, daß die Japaner für so was schon bereit sind.«

»Hat dich das je von irgendwas abgehalten?«

Lou und ich und eine Handvoll anderer Forensikspezialisten geben einen Kurs über Leichenbergung an der FBI Academy in Quantico, Virginia. Es ist ein respektloser Haufen aus Pathologen, Entomologen, Anthropologen, Botanikern und Bodenexperten, die meisten mit akademischem Hintergrund. Vor einem Jahr hatte ein stockkonservativer Agent Lou zu verstehen gegeben, daß er den Ohrring für unangebracht halte. Lou hörte aufmerksam zu, und am nächsten Tag prangte in seinem Ohr anstelle des kleinen goldenen Reifens eine zwanzig Zentimeter lange Cherokee-Feder samt Perlen, Fransenbesatz und einer kleinen silbernen Glocke.

»Ich habe deine Käfer bekommen.«

»Sie sind unbeschädigt angekommen?«

»Ohne einen Kratzer. Du hast dich ja ziemlich angestrengt beim Sammeln. In den Carolinas gibt es über fünfhundertzwanzig Arten von verwesungsrelevanten Insekten. Ich glaube, du hast mir die meisten davon geschickt.«

»Und was kannst du mir darüber sagen?«

»Willst du die komplette Analyse hören?«

»Sicher.«

»Zuerst einmal glaube ich, daß deine Opfer tagsüber getötet wurden. Zumindest waren die Leichen einige Stunden lang dem Sonnenlicht ausgesetzt, bevor sie begraben wurden. Ich habe Larvenablage durch *Sarcophaga bullata* festgestellt.«

»Und was heißt das für den Laien?«

»Es ist eine Spezies von Fleischfliegen. Du hast leere Puppenhüllen und intakte Puppen von *Sarcophaga bullata* an beiden Leichen gefunden.«

»Und?«

»Die *Sarcophagidae* sind nach Sonnenuntergang nicht mehr besonders rege. Wenn man eine Leiche direkt neben sie legt, kommt es vielleicht zur Viviparie, aber ansonsten sind sie nachts nicht sehr aktiv.«

»Viviparie?«

»Insekten betreiben Viviparie oder Oviparie. Einige sind lebendgebärend, legen also Larven, andere legen Eier.«

»Insekten legen Larven?«

»Larven der ersten Erscheinungsform. Das ist das früheste Larvenstadium. Die *Sarcophagidae* sind vivipar. Das ist eine Strategie, die ihnen einen Vorsprung vor den anderen Maden gibt und außerdem einen gewissen Schutz vor eierfressenden Räubern bietet.«

»Warum legen dann nicht alle Insekten Larven?«

»Es gibt auch Nachteile. Die Weibchen können nicht annähernd so viele Larven produzieren, wie sie Eier legen können. Es ist ein Kompromiß.«

»Das ganze Leben ist ein Kompromiß.«

»Wie wahr. Ich vermute auch, daß die Leichen im Freien lagen, zumindest für kurze Zeit. Die *Sarcophagidae* dringen nicht so bereitwillig in Häuser ein wie andere Arten. Die *Calliphoridae* zum Beispiel.«

»Das ergibt einen Sinn. Sie wurden entweder auf der Insel getötet oder mit dem Boot dorthin transportiert.«

»Auf jeden Fall würde ich vermuten, daß sie tagsüber getötet wurden und dann einige Zeit draußen und über der Erde lagen, bevor sie begraben wurden.«

»Was ist mit den anderen Spezies?«

»Du willst die ganze illustre Gesellschaft?«

»Auf jeden Fall.«

»Bei beiden Leichen dürfte das Vergraben den normalen Insektenbefall verzögert haben. Aber nachdem die obere Leiche von Aasfressern wieder freigelegt wurde, war sie für die *Calliphoridae* ein unwiderstehlicher Anreiz zum Eierlegen.«

»Calliphoridae?«

»Schmeißfliegen. Die treffen normalerweise schon Minuten nach Eintritt des Todes ein, zusammen mit ihren Freunden, den Fleischfliegen. Sind beide gute Flieger.«

»Na toll.«

»Du hast mindestens zwei Spezies von Schmeißfliegen gesammelt, *Cochliomyia...*«

»Vielleicht sollten wir uns auf die Alltagsnamen beschränken.«

»Okay. Du hast Larven der ersten, zweiten und dritten Erscheinungsform sowie intakte und leere Puppenhüllen von mindestens zwei Schmeißfliegenarten gesammelt.«

»Und das heißt?«

»Aufgepaßt, Klasse. Sehen wir uns den Lebenszyklus der Fliege an. Wie wir sind auch erwachsene Fliegen vor allem darum bemüht, einen geeigneten Ort zu finden, wo sie ihre Jungen aufziehen können. Eine Leiche ist perfekt dafür. Eine geschützte Umgebung. Jede Menge zu fressen. Die perfekte Nachbarschaft, um Kinder großzuziehen. Leichen sind so attraktiv, daß sich Fleisch- und Schmeißfliegen schon Minuten nach dem Tod darauf stürzen. Das Weibchen legt entweder sofort die Eier, oder sie stärkt sich zuerst an den Flüssigkeiten, die aus dem Kadaver sickern, und legt dann ihre Eier.«

»Nett.«

»Heh, das Zeug ist sehr proteinreich. Wenn die Leiche Verletzungen hat, stürzen sie sich da drauf, wenn nicht, auf die normalen Körperöffnungen, Augen, Nase, Mund, Anus ...«

»Hab schon verstanden.«

»Schmeißfliegen legen riesige Eierhaufen, die natürliche Körperöffnungen und Wunden völlig ausfüllen können. Du sagst, es war kühl dort, deshalb waren es in deinem Grab vielleicht nicht ganz so viele.«

»Wenn die Eier reif sind, haben die Maden ihren großen Auftritt.«

»Genau. Der zweite Akt. Maden sind eigentlich ziemlich cool. Am vorderen Ende haben sie zwei Mundhaken, die sie zum Fressen und zur Fortbewegung benutzen. Sie atmen durch kleine flache Strukturen am hinteren Ende.«

»Sie atmen also durch den Hintern.«

»In gewisser Weise. Auf jeden Fall werden Eier, die zur selben Zeit gelegt wurden, zur selben Zeit reif, und die Maden entwickeln sich gemeinsam. Sie fressen auch gemeinsam, deshalb kommt es zu diesen riesigen Madenmassen, die sich über eine Leiche bewegen. Folge dieses Gruppenverhaltens sind die Verbreitung von Bakterien und die Produktion von Verdauungsenzymen, die es den Maden gestatten, fast das gesamte weiche Gewebe einer Leiche zu verarbeiten. Das ist alles sehr effizient.

Maden reifen sehr schnell, und wenn sie ihre Maximalgröße erreicht haben, kommt es zu einem dramatischen Wechsel im Verhalten. Sie hören auf zu fressen und suchen sich eine trockenere Unterkunft, meistens in einiger Entfernung von der Leiche.«

»Dritter Akt.«

»Ja. Die Larven graben sich ein, die Außenhaut verhärtet sich und bildet eine Schutzhülle, die man Puppe nennt. Sie sehen aus wie winzige Rugby-Bälle. Die Maden bleiben in der Puppe, bis ihre Zellen sich reorganisiert haben, und dann schlüpfen sie als Fliegen.«

»Ist das der Grund, warum die leeren Puppenhüllen so wichtig sind?«

»Ja. Du erinnerst dich noch an die Fleischfliegen?«

»Die *Sarcophagidae.* Die Larvenleger.«

»Sehr gut. Sie sind normalerweise die ersten, die als Erwachsene schlüpfen. Sie brauchen, zumindest bei Temperaturen um die fünfundzwanzig Grad, zwischen sechzehn und vierundzwanzig Tage zur Reifung. Unter Bedingungen, wie du sie beschrieben hast, verlangsamt sich der Prozeß.«

»Ja. So warm war es nicht.«

»Aber die leeren Puppenhüllen bedeuten, daß einige Fleischfliegen ihre Entwicklung bereits abgeschlossen haben.«

»Also geschlüpft sind.«

»Die Schmeißfliege braucht zwischen vierzehn und fünfundzwanzig Tage zur Reifung, in einer feuchten Umgebung wie auf deiner Insel wahrscheinlich länger.«

»Das paßt alles zusammen.«

»Du hast auch etwas gesammelt, von dem ich mir ziemlich sicher bin, daß es *Muscidae*-Larven sind, Maden der Stubenfliege und ihrer Verwandten. Diese Spezies erscheint üblicherweise erst fünf bis sieben Tage nach dem Tod. Sie warten gerne bis zum Auftreten früher Fäulniserscheinungen. Ach, und dann gab es noch Käsemaden.«

Käsemaden sind Maden, die hüpfen. Es ist zwar nicht immer einfach, aber ich habe gelernt, sie bei der Arbeit an verwesten Leichen zu ignorieren.

»Meine persönlichen Lieblinge.«

»Jeder muß sich seinen Lebensunterhalt verdienen, Dr. Brennan.«

»Ich schätze, man muß einen Organismus bewundern, der das Neunzigfache seiner eigenen Körperlänge springen kann.«

»Hast du es ausgemessen?«

»Mir kommt's so vor.«

»Ein für die Schätzung der Leichenliegezeit sehr nützliches Tierchen ist die schwarze Soldatenfliege. Sie zeigt sich normalerweise erst zwanzig Tage nach Eintritt des Todes und ist ziemlich beständig in diesem Verhalten, auch wenn der Kadaver vergraben ist.«

»Und solche hast du gefunden?«

»Ja.«

»Was sonst noch?«

»Die Auswahl an Käfern war etwas beschränkter, wahrscheinlich wegen der feuchten Umgebung. Aber die typischen Räuber waren vorhanden, und die dürften sich an den Maden und anderen Weichkörperformen sattgefressen haben.«

»Und, was schätzt du?«

»Ich würde sagen, wir reden von drei bis vier Wochen.«

»Beide Leichen?«

»Du hast einen Meter zwanzig bis zum Grubenboden gemessen und neunzig Zentimeter bis zur Oberseite der unteren Leiche. Über das Larvenlegen der Fleischfliegen vor dem Begräbnis haben wir ja bereits gesprochen, und das erklärt die Puppenhüllen, die du auf und über der unteren Leiche gefunden hast. In einigen habe ich halb geschlüpfte Erwachsene gefunden. Die wurden wohl mitten im Schlüpfen mit Erde zugeschüttet. Und *Piophilidae* waren ebenfalls vorhanden.«

»Lou?«

»Käsemaden. In den Bodenproben, die du aus der Schicht über der unteren Leiche genommen hast, habe ich ein paar Sargfliegen gefunden und einige Larven an der Leiche selbst. Diese Spezies ist bekannt dafür, daß sie sich zu Leichen durchgräbt, um ihre Eier abzulegen. Die Erdlockerung im Grab und das Vorhandensein der oberen Leiche dürften ihnen den Zugang erleichtert haben. Ich habe vergessen zu erwähnen, daß ich auch an der oberen Leiche Sargfliegen gefunden habe.«

»Haben die Bodenproben was gebracht?«

»Sehr viel sogar. Ich will jetzt gar nicht ins Detail gehen, was all die Tierchen angeht, die sich von Maden und Verwesungsprodukten ernähren, aber ich habe eine Art gefunden, die sehr nützlich ist zur Bestimmung der Leichenliegezeit. Bei der Untersuchung der Erde habe ich eine Reihe von Milben entdeckt, die auf eine Zeit von mindestens drei Wochen seit Eintritt des Todes schließen lassen.«

»Du gehst also von drei bis vier Wochen für beide Leichen aus.«

»Das ist meine vorläufige Schätzung.«

»Du hast mir sehr geholfen, Lou. Ihr Jungs erstaunt mich immer wieder.«

»Paßt das zum Zustand der Leichen?«

»Perfekt.«

»Da ist nur noch eins, was ich erwähnen wollte.«

Was er mir jetzt sagte, fuhr mir wie ein eisiger Wind in die Seele.

24

»'tschuldigung, Lou. Sag das noch mal.«

»Das ist nichts Neues. Der Anstieg von Todesfällen im Zusammenhang mit Drogen hat dazu geführt, daß Verfahren zum Nachweis von Pharmazeutika in aasfressenden Insekten entwickelt wurden. Ich muß dir ja nicht sagen, daß Leichen nicht immer sofort gefunden werden, und so kann es vorkommen, daß die Ermittler keine Stoffe mehr vorfinden, die sie für eine toxikologische Analyse brauchen. Du weißt schon, Blut, Urin, Organgewebe.«

»Ihr testet also Maden auf Drogen?«

»Man kann es, aber wir hatten mehr Glück mit Puppenhüllen. Wahrscheinlich wegen der im Vergleich zu den Larven längeren Freßzeit. Wir haben es auch mit Larvenkot und Käferexuvien probiert…«

»Mit was?«

»Mit abgestreiften Käferhäuten. Die höchsten Drogenpegel finden wir allerdings in Fliegenpuppen. Der Grund dafür dürften unterschiedliche Ernährungsgewohnheiten sein. Käfer bevorzugen getrocknete Haut, Fliegen dagegen weiches Gewebe. Und dort ist die Drogenkonzentration am höchsten.«

»Was hat man gefunden?«

»Die Liste ist ziemlich lang. Kokain, Heroin, Methamphetamin, Amitriptylin, Nortriptylin. In letzter Zeit arbeiten wir viel mit 3,4-Methylendioxymethamphetamin.«

»Wie heißt das auf der Straße?«

»Verkauft wird es als Ecstasy.«

»Und du findest diese Substanzen in Puppenhüllen?«

»Wir haben sowohl die Stammdroge wie ihre Metaboliten isoliert.«

»Wie?«

»Die Extraktionsmethode ist ähnlich wie bei normalen Pathologie-Proben, nur daß man die harte Chitin-Protein-Matrix der Insektenpuppen und -exuvien aufbrechen muß, um die Toxine freizusetzen. Das macht man, indem man die Hüllen zuerst zerdrückt und dann starke Säuren oder Basen verwendet. Nach der Prozedur und einem pH-Ausgleich kann man die üblichen Drogenscreening-Verfahren anwenden. Wir machen eine basische Extraktion, gefolgt von Flüssigkeitschromatographie und Massenspektrometrie. Die Ionenauszählung gibt dann Aufschluß darüber, was in der Probe ist und wieviel.«

Ich schluckte.

»Und du erzählst mir, daß du in den Puppenhüllen, die ich dir geschickt habe, Flunitrazepam gefunden hast?«

»Die Puppen von der oberen Leiche enthielten Flunitrazepam und zwei seiner Metaboliten, Desmethylflunitrazepam und 7-Amino-Flunitrazepam. Die Konzentration der Stammdroge war höher als die der Metaboliten.«

»Was eher auf eine einmalige Einnahme als auf chronischen Mißbrauch hindeutet.«

»Exactamundo.«

Ich dankte Lou und legte auf.

Einen Augenblick lang saß ich nur da. Der Schock dieser Entdeckung hatte sich mir auf den Magen geschlagen, und ich hatte das Gefühl, mich gleich übergeben zu müssen. Vielleicht war es aber auch der Moon Pie.

Flunitrazepam.

Das Wort holte endlich hervor, was die ganze Zeit in meinem Gedächtnis geschlummert hatte.

Flunitrazepam.

Rohypnol.

Das war der Weckruf, den mein Gehirn ausgeschickt hatte.

Mit zitternden Händen wählte ich die Nummer des Lord Cartaret Motel. Niemand antwortete. Ich wählte noch einmal und hinterließ auf Ryans Pager meine Nummer.

Dann wartete ich, und mein Sympathikus sandte leise Warnungen aus, riet mir zur Furcht. Aber Furcht wovor?

Rohypnol.

Als das Telefon klingelte, griff ich sofort danach.

Ein Student.

Ich fertigte ihn kurz ab und wartete dann wieder, kalte, dunkle Angst im Leib.

Rohypnol.

Gletscher bildeten sich. Meeresspiegel hoben und senkten sich. Irgendwo buk ein Stern Planeten aus Staub.

Elf Minuten später rief Ryan an.

»Ich glaube, sie hängen zusammen.«

»Wer?«

Immer mit der Ruhe. Laß dir von dem Schock nicht die Gedanken vernebeln.

»Die Toten auf Murtry Island und die in St. Jovite.«

Ich berichtete ihm von meinem Gespräch mit Lou West.

»Eine der Frauen auf Murtry hatte eine massive Dosis Rohypnol in ihrem Gewebe.«

»Wie die Leichen im oberen Schlafzimmer in St. Jovite.«

»Ja.«

Eine zweite Erinnerung war plötzlich an die Oberfläche gestiegen, als Lou den Namen der Droge nannte.

Ein alpiner Wald. Luftaufnahmen eines schwelenden Chalets. Eine Wiese, darauf ein Kreis aus verhüllten Leichen. Uniformierte. Bahren. Krankenwagen.

»Können Sie sich noch an den Orden des Sonnentempels erinnern?«

»Diese grün angehauchten Endzeitspinner, die sich letzten Herbst umgebracht haben?«

»Ja. Achtundvierzig Tote in Europa. Fünf in Quebec.«

Meine Stimme drohte mir zu versagen.

»Die Chalets in der Schweiz und das Haus in Morin Heights waren so präpariert, daß sie in die Luft gehen und niederbrennen mußten.«

»Ja. Daran habe ich auch eben gedacht.«

»An beiden Orten wurde Rohypnol gefunden. Viele der Opfer hatten die Droge kurz vor ihrem Tod eingenommen.«

Pause.

»Glauben Sie, daß Owens den Tempel wiederauferstehen lassen will?«

»Ich weiß es nicht.«

»Glauben Sie, daß sie dealen?«

Was dealen? Menschenleben?

»Ich schätze, das ist eine Möglichkeit.«

Einige Sekunden lang sagte keiner etwas.

»Ich lege das mal den Jungs vor, die Morin Heights bearbeitet haben. Und diesem Dom Owens mache ich die Hölle heiß.«

»Da ist noch mehr.«

Es summte leise in der Leitung.

»Hören Sie noch zu?«

»Ja.«

»West schätzt, daß die Frauen vor drei bis vier Wochen starben.«

Mein Atem klang laut im Hörer.

»Das Feuer in St. Jovite war am 10. März. Heute ist der 1. April.«

Ich lauschte dem Summen, während Ryan nachrechnete.

»Verdammt. Ungefähr drei Wochen.«

»Ich habe das Gefühl, daß etwas ganz Schreckliches bevorsteht, Ryan.«

»Da könnten Sie recht haben.«

Er legte auf.

Rückblickend habe ich immer den Eindruck, daß die Ereignisse sich nach dieser Unterhaltung zuspitzten, sich überstürzten und schließlich einen Strudel bildeten, der alles in sich hineinsaugte. Mich eingeschlossen.

An diesem Abend arbeitete ich lange. Hardaway ebenfalls. Er rief mich an, als ich eben seinen Autopsiebericht aus dem Umschlag zog.

Ich skizzierte kurz, was ich über die obere Leiche herausgefunden hatte, und nannte ihm meine Altersschätzung für die untere.

»Das paßt«, sagte er. »Sie war fünfundzwanzig.«

»Haben Sie sie identifizieren können?«

»Wir konnten ihr einen verwertbaren Fingerabdruck abnehmen. Keine Entsprechungen in den örtlichen und bundesstaatlichen Dateien, also haben wir den Abdruck ans FBI geschickt. Aber die hatten auch nichts in ihrem Computer.

Ist schon eine verrückte Geschichte. Weiß auch nicht, warum ich es getan habe, vielleicht weil ich weiß, daß Sie da oben arbeiten. Aber als der FBI-Typ meinte, wir sollten es bei den Kanadiern probieren, dachte ich mir, verdammt, warum eigentlich nicht? Wär doch 'n Ding, wenn sie sich als Kanadierin erweist.«

»Was haben Sie sonst noch über sie herausgefunden?«

»Moment mal.«

Ich hörte das Ächzen von Sprungfedern und das Rascheln von Papier.

»Ich habe das Fax erst heute nachmittag bekommen. Der Name ist Jennifer Cannon. Geboren 1970. Weiß. Eins dreiundsechzig groß, 60 Kilo schwer. Braune Haare. Grüne Augen. Alleinstehend. Zum letzten Mal lebendig gesehen … Moment … vor zwei Jahren und drei Monaten.«

»Woher stammt sie?«

»Mal sehen.« Eine Pause. »Calgary. Wo ist das?«

»Im Westen. Wer hat sie als vermißt gemeldet?«

»Sylvia Cannon. Es ist eine Adresse in Calgary, es dürfte also die Mutter sein.«

Ich gab Hardaway Ryans Pager-Nummer und bat ihn, ihn anzurufen. »Wenn Sie mit ihm reden, dann sagen Sie ihm bitte, er soll mich anrufen. Wenn ich nicht mehr hier bin, bin ich zu Hause.«

Ich packte die Murtry-Knochen ein und schloß sie weg. Dann stopfte ich meine Diskette und die Fallformulare, Hardaways Autopsiebericht und -fotos und das CT-Paper in meine Aktentasche, sperrte das Labor ab und verließ das Gebäude.

Der Campus war verlassen, der Abend still und schwül. Für die Jahreszeit zu warm, würden die Wetterfrösche sagen. Die Luft war schwer vom Geruch frisch gemähten Grases und des bevorstehenden Donners, und ich stellte mir vor, wie das Gewitter von den Smokies herunter und über das Piedmont Plateau trieb.

Am Selwyn Pub hielt ich an, um mir etwas zum Essen mitzunehmen. Die Leute, die auf einen Drink nach Feierabend vorbeigeschaut hatten, gingen eben wieder, und die Jüngeren aus dem Queens College waren noch nicht da. Sarge, der verschmitzte irische Mitbesitzer, saß auf seinem gewohnten Hocker in der Ecke und servierte Ansichten zu Sport und Politik, während Neal, der Barmann, mit einem Dutzend Faßbiersorten aufwartete. Sarge wollte über die Todesstrafe diskutieren, oder genauer, wollte sagen, was er über die Todesstrafe dachte, doch ich war nicht in Stimmung dafür. Ich nahm meinen Cheeseburger und ging schnell wieder.

Die ersten Tropfen sprenkelten die Magnolien, als ich den Schlüssel in die Tür des Annex steckte. Nichts begrüßte mich außer einem leisen, regelmäßigen Ticken.

Es war fast zehn, als Ryan sich meldete.

Sylvia Cannon wohnte seit zwei Jahren nicht mehr unter der Adresse, die in der Vermißtenanzeige angegeben war. Auch unter der Nachsendeadresse, die dem Postamt vorlag, war sie nicht zu finden.

Die Nachbarn der 92er Adresse erinnerten sich an keinen Ehemann und nur an eine einzige Tochter. Sie beschrieben Sylvia als still und zurückhaltend. Eine Einzelgängerin. Niemand wußte, wo sie gearbeitet hatte oder wohin sie gegangen war. Eine Frau meinte, es gebe noch irgendwo in der Gegend einen Bruder. Die Polizei von Calgary versuchte, sie aufzuspüren.

Später im Bett, in der Mansarde, hörte ich den Regen auf Dach und Blätter plätschern. Donner grollte, und Blitze ließen die Silhouette von Sharon Hall hervortreten. Der Deckenventilator saugte kühlen Dunst ins Zimmer, und mit ihm kam der Geruch von Petunien und nassen Fliegengittern.

Ich liebe Gewitter. Ich liebe die Urgewalt dieses Schauspiels: Hydraulik! Hochspannung! Trommelwirbel! Mutter Natur regiert, und jeder fügt sich ihren Launen.

Ich genoß die Show, solange ich konnte, stand dann auf und ging zum Fenster. Der Vorhang war feucht, und auf dem Fensterbrett hatten sich bereits Pfützen gebildet. Ich zog den linken Flügel zu und verriegelte ihn, griff dann nach dem rechten und atmete tief ein. Das Gewitter löste eine Flut von Erinnerungen an die Jugend aus. Sommernächte. Leuchtkäfer. Mit Harry auf Großmutters Veranda schlafen.

Denk *daran,* sagte ich mir. Hör auf diese Erinnerung, nicht auf die Stimmen der Toten, die in deinem Kopf lärmen.

Ein Blitz zuckte über den Himmel, und mir stockte der Atem. Bewegte sich da etwas unter der Hecke?

Wieder blitzte es.

Ich starrte nach unten, aber die Sträucher sahen still und leer aus.

Hatte ich es mir nur eingebildet?

Ich suchte die Dunkelheit ab. Grüner Rasen, grüne Hecken. Farblose Pfade. Blasse Petunien über der Schwärze von Kiefernspänen und Efeu.

Nichts rührte sich.

Wieder blitzte die Welt auf, ein lautes Krachen zerriß die Nacht.

Eine weiße Gestalt stürzte aus der Hecke und rannte über den Rasen. Ich strengte die Augen an, aber was sich bewegt hatte, war schon wieder verschwunden.

Mein Herz hämmerte so heftig, daß ich es im Schädel spürte. Ich riß das Fenster wieder auf, lehnte mich gegen das Fliegengitter und suchte die Dunkelheit ab, in der das Ding verschwunden war. Wasser durchtränkte mein Nachthemd, ich bekam eine Gänsehaut.

Zitternd starrte ich in den Garten.

Nichts rührte sich.

Ohne das Fenster wieder zu schließen, drehte ich mich um und rannte die Treppe hinunter. Ich wollte eben die Hintertür aufreißen, als das Telefon klingelte. Ich erschrak so sehr, daß mir das Herz in der Kehle hämmerte.

O Gott. Was jetzt?

Ich griff nach dem Hörer.

»Tempe, es tut mir leid.«

Ich sah auf die Uhr.

Ein Uhr vierzig.

Warum rief meine Nachbarin an?

»... anscheinend ist er reingekommen, als ich am Mittwoch die Wohnung hergezeigt habe. Sie ist leer, wissen Sie. Ich war jetzt gerade drüben, um alles zu kontrollieren, wegen dem Gewitter und so, und da ist er rausgerannt gekommen. Ich habe ihn gerufen, aber er ist auf und davon. Ich habe mir gedacht, ich sollte es Ihnen vielleicht sagen ...«

Ich ließ den Hörer fallen, riß die Küchentür auf und rannte nach draußen.

»He, Bird«, rief ich. »Komm her, mein Junge.«

Ich trat ins Freie. Binnen Sekunden waren meine Haare klatschnaß, und mein Nachthemd klebte an mir wie feuchter Zellstoff.

»Birdie! Bist du da?«

Wieder erhellte ein Blitz Wege, Büsche, Gärten und Gebäude.

»Birdie!« schrie ich. »Bird!«

Regentropfen prasselten auf Ziegel und klatschten auf Laub über meinem Kopf.

Ich rief noch einmal.

Keine Antwort.

Immer und immer wieder rief ich seinen Namen, eine Verrückte, die über die Ländereien von Sharon Hall irrte. Schon nach wenigen Minuten zitterte ich unkontrolliert.

Und dann sah ich ihn.

Er kauerte unter einem Busch, den Kopf gesenkt, die Ohren aufgestellt. Sein Fell war naß und klebte ihm an der Haut, die in blassen Streifen durchschien wie Risse auf einem alten Gemälde.

Ich ging zu ihm und kauerte mich hin. Er sah aus, als hätte man ihn paniert. Kiefernnadeln, Rindenschnipsel und Grünzeug klebten ihm auf Kopf und Rücken.

»Bird?« fragte ich leise und streckte die Arme aus.

Er hob den Kopf und suchte mit gelben, runden Augen mein Gesicht ab. Wieder blitzte es. Bird stand auf, machte einen Buckel und sagte: »Mrrrrp.«

Ich hielt ihm die Handflächen hin. »Komm, Bird«, flüsterte ich.

Er zögerte erst, kam dann zu mir, drückte sich an meinen Schenkel und machte noch einmal: »Mrrrrp.«

Ich nahm ihn in die Arme, drückte ihn an mich und rannte zur Küche zurück. Birdie legte mir die Vorderpfoten auf die Schulter und drückte sich an mich, wie ein junger Affe sich an seine Mutter klammert. Ich spürte seine Krallen durch das regennasse Nachthemd.

Zehn Minuten später hatte ich ihn trockengerubbelt. Weiße Katzenhaare kringelten sich auf mehreren Handtüchern und wirbelten durch die Luft. Dieses eine Mal hatte er nicht protestiert.

Birdie verschlang eine Schüssel Science Diet und eine Untertasse Vanilleeiskrem. Dann trug ich ihn hoch ins Bett. Er kroch unter die Decke und drückte sich mit seinem ganzen Körper an mein Bein. Ich spürte, wie seine Muskeln sich anspannten und erschlafften, während er die Tatzen streckte und es sich dann auf der Matratze bequem machte. Sein Fell war noch feucht, aber das machte mir nichts aus. Ich hatte meine Katze wieder.

»Ich liebe dich, Bird«, sagte ich in die Nacht.

Zu einem Duett aus gedämpftem Schnurren und plätscherndem Regen schlief ich ein.

25

Der nächste Tag war ein Samstag, und ich mußte nicht in die Universität. Ich hatte vor, Hardaways Befund zu lesen und dann meinen Bericht über die Murtry-Opfer zu schreiben. Anschließend wollte ich im Gartencenter Blumen kaufen, die ich in die großen Töpfe auf meiner Terrasse pflanzen wollte. Dann ein langes Gespräch mit Katy, ein wenig Zeit mit meiner Katze, das CT-Paper und ein Abend mit Élisabeth Nicolet.

Doch es sollte anders kommen.

Als ich aufwachte, war Birdie bereits verschwunden. Ich rief ihn, erhielt aber keine Antwort, und so zog ich mir Shorts und ein T-Shirt an und ging nach unten, um ihn zu suchen. Ich hatte ihn bald gefunden. Er hatte seine Schüssel geleert und schlief im Sonnenlicht auf der Couch vor dem Panoramafenster.

Der Kater lag auf dem Rücken, die Hinterläufe gespreizt, die Vorderläufe auf der Brust. Ich sah ihn an und lächelte dabei wie ein Kind am Weihnachtsmorgen. Dann ging ich in die Küche, machte mir Kaffee und einen Bagel, holte den *Observer* herein und setzte mich an den Küchentisch.

Im Myers Park war die Frau eines Arztes erstochen aufgefunden worden. Ein Kind war von einem Pitbull angegriffen worden. Die Eltern verlangten, daß das Tier eingeschläfert werden müsse, doch der Besitzer war empört über diese Forderung. Die Hornets hatten Golden State mit 101 zu 87 geschlagen.

Ich las den Wetterbericht. Sonnenschein und Höchsttemperaturen um die dreiundzwanzig Grad. In Montreal war das Thermometer am Freitag auf neun Grad geklettert. Kein Wunder, daß die Südstaatler etwas blasiert sind...

Ich las die Zeitung von vorne bis hinten. Die Leitartikel. Die Stellenangebote. Die Werbebeilagen. Es ist ein Wochenendritual, das ich sehr genieße, auf das ich aber in den letzten Wochen hatte verzichten müssen. Wie ein Junkie auf Entzug verschlang ich jedes gedruckte Wort.

Danach räumte ich den Tisch ab und nahm meine Aktentasche zur Hand. Ich stapelte die Autopsiefotos links von mir und legte Hardaways Bericht vor mich auf den Tisch. Mein Stift gab schon beim ersten Schreibversuch den Geist auf. Ich stand auf, um mir einen anderen zu holen.

Als ich die Gestalt vor meiner Haustür sah, setzte mein Herz einen Schlag aus. Ich hatte keine Ahnung, wer es war oder wie lange derjenige schon dort gestanden hatte.

Die Gestalt drehte sich zur Seite, kam zum Fenster und schaute herein. Als unsere Blicke sich trafen, starrte ich ungläubig in das Gesicht.

Dann ging ich sofort zur Tür und öffnete.

Mit vorgestreckten Hüften, die Hände an den Riemen ihres Rucksacks, stand sie da. Der Saum ihres Rocks umspielte die Schäfte ihrer Wanderstiefel. Die Morgensonne fing sich in ihren Haaren und umgab ihren Kopf mit einem kupferfarbenen Schein.

Mein Gott, dachte ich. Und jetzt?

Kathryn war die erste, die etwas sagte.

»Ich muß reden. Ich –«

»Ja, natürlich. Bitte, kommen Sie rein.« Ich trat zurück und streckte die Hand aus. »Geben Sie mir Ihren Rucksack.«

Sie trat ein, nahm den Rucksack ab und ließ ihn zu Boden sinken. Ihr Blick wich keinen Augenblick von meinem Gesicht.

»Ich weiß, daß ich Sie störe, und ich –«

»Kathryn, ich bitte Sie. Ich freue mich, Sie zu sehen. Ich war nur so überrascht, daß ich nicht wußte, wie ich reagieren sollte.«

Sie öffnete die Lippen, aber es kam kein Wort heraus.

»Wollen Sie was zu essen?«

Die Antwort lag in ihrem Gesicht.

Ich legte den Arm um sie und führte sie an den Küchentisch. Sie ließ es geschehen. Ich räumte Fotos und Bericht beiseite und setzte sie auf meinen Stuhl.

Während ich ein Bagel toastete und mit Frischkäse bestrich und ein Glas Orangensaft eingoß, musterte ich meine Besucherin verstohlen. Kathryn starrte auf die Tischplatte hinunter, während ihre Hände nicht existente Falten in dem Platzdeckchen glätteten, das ich vor ihr ausgebreitet hatte.

Mir wurde flau im Magen. Wie war sie hierhergekommen? War sie ausgerissen? Wo war Carlie? Ich hielt meine Fragen zurück, solange sie aß.

Als Kathryn zu Ende gegessen hatte und eine zweite Portion ablehnte, räumte ich das Geschirr ab und setzte mich zu ihr an den Tisch.

»Nun. Wie haben Sie mich gefunden?« Ich tätschelte ihr die Hand und lächelte sie aufmunternd an.

»Sie haben mir Ihre Karte gegeben.« Sie zog sie aus der Tasche und legte sie auf den Tisch. »Ich habe die Nummer in Beaufort ein paarmal angerufen, aber Sie waren nie da. Irgendwann hat dann ein Mann abgenommen und mir gesagt, daß Sie nach Charlotte zurückgefahren sind.«

»Das war Sam Rayburn. Ich habe auf seinem Boot übernachtet.«

»Jedenfalls habe ich beschlossen, aus Beaufort wegzugehen.« Sie sah mir kurz in die Augen und senkte den Blick gleich wieder. »Ich bin hierhergetrampt und dann gleich zur Universität gegangen, aber es dauerte länger, als ich gedacht hatte. Als ich ankam, waren Sie schon weg. Ich habe bei einer Frau übernachtet, und heute morgen hat sie mich auf dem Weg zur Arbeit hierhergefahren.«

»Woher wußte sie denn, wo ich wohne?«

»Sie hat in so einer Art Adreßbuch nachgeschaut.«

»Verstehe.« Ich war mir sicher, daß meine Privatadresse nicht im Fakultätsverzeichnis stand. »Ich bin jedenfalls froh, daß Sie hier sind.«

Kathryn nickte. Sie sah erschöpft aus. Ihre Augen waren gerötet und dunkel umrandet.

»Ich hätte Sie gern zurückgerufen, aber Sie haben keine Nummer hinterlassen. Als Detective Ryan und ich am Dienstag Ihre Kommune besuchten, haben wir Sie nirgends gesehen.«

»Ich war dort, aber –« Sie verstummte.

Ich wartete.

Birdie erschien in der Tür, doch die Spannung im Raum vertrieb ihn wieder. Die Uhr schlug die halbe Stunde.

Schließlich hielt ich es nicht länger aus.

»Kathryn, wo ist Carlie?« Ich legte meine Hand auf die ihre.

Sie sah mich an. Ihr Blick war trüb und leer.

»Sie kümmern sich um ihn.« Ihre Stimme war dünn, wie die eines Kindes, das auf einen Vorwurf antwortet.

»Wer?«

Sie zog ihre Hand aus der meinen, stützte die Ellbogen auf den Tisch und massierte sich mit den Fingern die Schläfen. Der Blick war wieder starr auf das Platzdeckchen gerichtet.

»Ist Carlie auf St. Helena?«

Sie nickte.

»Wollten Sie ihn dort zurücklassen?«

Sie schüttelte den Kopf.

»Geht es dem Baby gut?«

»Er ist mein Junge! Meiner!«

Kathryns Heftigkeit überraschte mich.

»Ich kann für ihn sorgen.« Als sie den Kopf hob, glitzerten Tränen auf ihren Wangen. Ihr Blick bohrte sich in meine Augen.

»Wer sagt, daß Sie es nicht können?«

»Ich bin seine Mutter.« Ihre Stimme zitterte. Warum? Vor Erschöpfung? Vor Angst? Vor Zorn?

»Wer kümmert sich um Carlie?«

»Aber was ist, wenn ich mich täusche? Wenn das alles stimmt?« Sie senkte den Blick wieder.

»Wenn *was* stimmt?«

»Ich liebe meinen Jungen. Ich will das Beste für ihn.«

Kathryns Antworten hatten mit meinen Fragen nichts zu tun. Offenbar wiederholte sie ein Selbstgespräch, das sie schon oft geführt hatte. Nur tat sie es diesmal in meiner Küche.

»Natürlich lieben Sie ihn.«

»Ich will nicht, daß mein Baby stirbt.« Mit zitternden Fingern streichelte sie die Fransen des Deckchens. Mit denselben Bewegungen hatte sie Carlie über den Kopf gestrichen.

»Ist Carlie krank?« fragte ich besorgt.

»Nein. Er ist völlig gesund.« Die Worte waren fast unhörbar. Eine Träne tropfte auf das Deckchen.

Als ich den kleinen dunklen Fleck anstarrte, stieg ein Gefühl völliger Hilflosigkeit in mir auf.

»Kathryn, ich weiß nicht, wie ich Ihnen helfen kann. Sie müssen mir sagen, was los ist.«

Das Telefon klingelte, aber ich ignorierte es. Aus dem anderen Zimmer hörte ich ein Klicken, dann meine Botschaft und schließlich ein Piepen, gefolgt von einer blechernen Stimme. Dann noch ein Klicken und wieder Stille.

Kathryn rührte sich nicht. Sie wirkte wie gelähmt von den Gedanken, die sie quälten. Durch das Schweigen hindurch spürte ich ihren Schmerz und wartete.

Sieben Punkte sprenkelten das blaue Leinen. Zehn. Dreizehn.

Nach einer Ewigkeit, wie es mir vorkam, hob Kathryn schließlich den Kopf. Sie wischte sich über die Wangen, strich die Haare zurück, verschränkte dann die Finger und legte die Hände genau in die Mitte des Deckchens. Sie räusperte sich zweimal.

»Ich weiß nicht, was es bedeutet, ein normales Leben zu führen.« Sie verzog das Gesicht zu einem verächtlichen Lächeln, eine Verachtung, die ihr selbst galt. »Bis vor kurzem wußte ich nicht einmal, daß meins nicht normal ist.«

Sie senkte den Blick.

»Ich schätze, es hatte damit zu tun, daß ich Carlie bekam. Vor seiner Geburt habe ich nie an irgendwas gezweifelt. Es kam mir nie in den Sinn, Fragen zu stellen. Ich wurde zu Hause unterrichtet, und was ich weiß ...«, wieder dieses Lächeln, »was ich von der Welt weiß, ist sehr begrenzt.« Sie überlegte kurz. »Was ich von der Welt weiß, ist das, was sie mich wissen lassen wollten.«

»Sie?«

Sie hielt ihre Hände so fest verklammert, daß die Knöchel weiß hervortraten.

»Wir dürfen nicht mit anderen über Gruppenangelegenheiten reden.« Sie schluckte. »Sie sind meine Familie. Sie sind meine Welt, seit ich acht Jahre alt bin. Er ist mein Vater und Ratgeber und Lehrer und –«

»Dom Owens?«

Ihr Blick huschte zu meinem Gesicht. »Er ist ein brillanter Mann. Er weiß alles über Gesundheit und Fortpflanzung und Umweltverschmutzung und wie man die spirituellen und biologischen und kosmischen Kräfte im Gleichgewicht hält. Er sieht und begreift Dinge, von denen wir anderen keine Ahnung haben. Es geht nicht um Dom. Ich vertraue Dom. Er würde Carlie nie etwas tun. Was er tut, tut er nur, um uns zu beschützen. Er wacht über uns. Ich bin mir nur nicht sicher –«

Sie schloß die Augen und legte den Kopf in den Nacken. Ein Äderchen pochte an ihrem Hals. Ihr Kehlkopf hob und senkte sich, dann atmete sie tief durch, senkte den Kopf wieder und sah mir in die Augen.

»Dieses Mädchen. Das Sie gesucht haben. Sie war bei uns.«

Ich mußte mich anstrengen, um sie zu verstehen.

»Heidi Schneider?«

»Ich kannte ihren Nachnamen nicht.«

»Erzählen Sie mir, was Sie über sie wissen.«

»Heidi ist irgendwo anders zu der Gruppe gestoßen. Ich glaube, in Texas. Auf St. Helena war sie zwei Jahre. Sie war älter als ich, aber ich mochte sie. Sie war immer bereit, mit mir zu reden oder mir weiterzuhelfen. Sie war lustig.« Kathryn hielt inne. »Heidi sollte sie mit Jason fortpflanzen –«

»Was?« Ich dachte, ich hätte mich verhört.

»Ihr Fortpflanzungspartner war Jason. Aber sie war verliebt in Brian, den Jungen, mit dem sie zusammen war, als sie beitrat. Er ist derjenige auf Ihrem Foto.«

»Brian Gilbert.« Mein Mund war trocken.

»Auf jeden Fall haben sie und Brian sich immer heimlich davongeschlichen.« Ihr Blick wanderte zu einem Punkt irgendwo in der Ferne. »Als Heidi schwanger wurde, bekam sie eine schreckliche Angst, weil das Baby nicht geweiht sein würde. Sie versuchte, es zu vertuschen, aber schließlich fanden sie es heraus.«

»Owens?«

Sie schaute mich wieder an, und jetzt sah ich echte Angst in ihren Augen.

»Es ist egal. Sie gilt für jeden.«

»Was?«

»Die neue Ordnung.« Sie strich mit den Handflächen über das Deckchen und faltete die Hände dann wieder. »Sachen, über die ich nicht reden kann. Soll ich von Heidi weitererzählen?« Ihre Augen füllten sich wieder mit Tränen.

»Fahren Sie fort.«

»Eines Tages kamen Heidi und Brian nicht zur Morgenversammlung. Sie waren verschwunden.«

»Wohin?«

»Das weiß ich nicht.«

»Glauben Sie, daß Owens jemanden ausgeschickt hat, um sie zu suchen?«

Ihr Blick wanderte zum Fenster, und sie biß sich auf die Lippe.

»Es geht noch weiter. Eines Nachts im letzten Herbst war Carlie sehr unruhig, also ging ich nach unten, um ihm etwas Milch zu holen. Im Büro hörte ich Geräusche, eine Frau redete, ganz leise, als wollte sie nicht gehört werden. So wie es klang, war sie am Telefon.«

»Haben Sie ihre Stimme erkannt?«

»Ja. Es war eine der Frauen, die im Büro arbeiteten.«

»Was sagte sie?«

»Sie erzählte jemandem, daß es jemand anderem gutgehe. Ich bin nicht lange genug geblieben, um mehr zu hören.«

»Fahren Sie fort.«

»Vor ungefähr drei Wochen ist das gleiche noch einmal passiert, nur habe ich diesmal Leute streiten hören. Sie waren wirklich wütend, aber die Tür war zu, so konnte ich nicht verstehen, was sie sagten. Es waren Dom und diese Frau.«

Sie wischte sich mit dem Handrücken eine Träne von der Wange. Sie sah mich noch immer nicht an.

»Am nächsten Tag war sie verschwunden, und ich habe sie nie mehr wiedergesehen. Sie und noch eine andere Frau. Sie sind einfach verschwunden.«

»Kommt es nicht öfters vor, daß Leute aus der Gruppe kommen und gehen?«

Sie sah mir in die Augen.

»Sie hat im Büro gearbeitet. Ich glaube, sie war diejenige, die diese Anrufe entgegengenommen hat, von denen Sie gesprochen haben.« Ich sah, wie ihr Brustkorb sich hob und senkte; sie kämpfte mit den Tränen. »Sie war Heidis beste Freundin.«

Mein Magen verkrampfte sich. »Hieß sie Jennifer?«

Kathryn nickte.

Ich atmete tief durch. Bleib ganz ruhig, sagte ich mir. Kathryn zuliebe.

»Wer war die andere Frau?«

»Ich weiß nicht so recht. Sie war nicht lange bei uns. Vielleicht war ihr Name Alice. Oder Anna.«

Mein Herz fing an zu rasen. O Gott, nein.

»Wissen Sie, woher Sie kam?«

»Von irgendwo aus dem Norden. Nein, vielleicht aus Europa. Manchmal redete sie mit Jennifer in einer anderen Sprache.«

»Glauben Sie, daß Dom Owens Heidi und ihre Babys töten ließ? Ist das der Grund, warum Sie Angst um Carlie haben?«

»Sie verstehen nicht. Es ist nicht Dom. Er versucht nur, uns zu schützen und uns hinüberzubringen.« Sie sah mich durchdringend an, als wollte sie meine Gedanken lesen. »Dom glaubt nicht an den Antichrist. Er will uns einfach nur aus der Zerstörung herausführen.«

Ihre Stimme stockte, kurze Schluchzer zerrissen die Sätze. Sie stand auf und ging zum Fenster.

»Es sind die anderen. Sie ist es. Dom will, daß wir alle ewig leben.«

»Wer?«

Wie ein gefangenes Tier ging Kathryn in der Küche auf und ab, ihre Hände kneteten den Baumwollstoff ihrer Bluse. Tränen liefen ihr die Wangen hinab.

»Aber nicht jetzt. Es ist zu früh. Es kann noch nicht soweit sein.« Flehend.

»Wozu ist es zu früh?«

»Was, wenn sie sich irren? Was, wenn es nicht genug kosmische Energie gibt? Was, wenn es da draußen gar nichts gibt? Was, wenn Carlie einfach stirbt? Was, wenn mein Baby stirbt?«

Erschöpfung. Angst. Schuldbewußtsein. Diese Mischung gewann die Oberhand, und Kathryn fing an, unkontrolliert zu weinen. Sie stammelte nur noch Zusammenhangloses, und ich wußte, daß ich von ihr nichts mehr erfahren würde.

Ich ging zu ihr und nahm sie in die Arme. »Kathryn, Sie müssen sich ausruhen. Bitte kommen Sie mit und legen Sie sich eine Weile hin. Wir reden dann später weiter.«

Sie gab ein Geräusch von sich, das ich nicht deuten konnte, und ließ sich von mir nach oben ins Gästezimmer bringen. Ich legte ihr Handtücher heraus und ging wieder nach unten, um ihren Rucksack zu holen. Als ich zurückkam, lag sie auf dem Bett, einen Arm über der Stirn, die Augen geschlossen, und Tränen liefen ihr in die Haare an den Schläfen.

Ich legte den Rucksack auf den Toilettentisch und ließ die Jalousien herunter. Als ich die Tür schloß, redete sie leise, die Lippen fast unbewegt, die Augen noch immer geschlossen.

Ihre Worte jagten mir mehr Angst ein als alles, was ich seit langer Zeit gehört hatte.

26

»Ewiges Leben? Waren das ihre genauen Worte?«

»Ja.« Ich hielt den Hörer so fest umklammert, daß die Sehnen in meinem Handgelenk schmerzten.

»Sagen Sie es noch einmal.«

»›Was, wenn sie gehen und uns zurücklassen? Was, wenn Sie Carlie das ewige Leben verweigern?‹«

Ich wartete, während Red sich Kathryns Worte durch den Kopf gehen ließ. Als ich den Hörer in die andere Hand nahm, sah ich den Abdruck, den meine schweißfeuchte Hand auf der Plastikoberfläche hinterlassen hatte.

»Ich weiß nicht so recht, Tempe. Das ist eine heikle Geschichte. Es ist immer schwer zu sagen, wann eine Gruppe gewalttätig wird. Einige dieser religiösen Randgruppen sind äußerst unberechenbar. Andere sind harmlos.«

»Gibt es denn keine Indikatoren?«

Was, wenn mein Baby stirbt?

»Es gibt eine Reihe von Faktoren, die sich gegenseitig bedingen. Zuerst einmal die Sekte selbst, ihre Glaubenssätze und Rituale, ihre Organisationsform und natürlich ihr Anführer. Dann gibt es äußere Faktoren. Wieviel Feindseligkeit richtet sich gegen die Anhänger? Wie stark werden sie von der Gesellschaft stigmatisiert? Und diese Art schlechter Behandlung muß nicht einmal real sein. Sogar eingebildete Verfolgung kann dazu führen, daß eine Organisation gewalttätig wird.«

Er will uns einfach nur aus der Zerstörung herausführen.

»Welche Art von Glauben verleitet diese Gruppen zu extremem Verhalten?«

»Das ist es, was mir an Ihrer jungen Dame Sorgen macht. Es klingt, als würde sie über eine Reise reden. Eine Reise ins ewige Leben. Das klingt apokalyptisch.«

Er versucht nur, uns zu beschützen und uns hinüberzubringen.

»Das Ende der Welt.«

»Genau. Die letzten Tage. Armageddon.«

»Das ist nichts Neues. Warum führt eine apokalyptische Weltsicht immer zu Gewalt? Warum verkriechen sich die Leute nicht einfach und warten ab?«

»Verstehen Sie mich nicht falsch. Es muß nicht immer so sein. Aber diese Gruppen glauben, daß die letzten Tage bevorstehen und daß ihnen eine Schlüsselrolle in den zu erwartenden Ereignissen zugewiesen ist. Sie sind die Auserwählten, die die neue Ordnung hervorbringen.«

Sie hatte eine Heidenangst, weil ihr Baby nicht geweiht sein würde.

»Und daraus entwickelt sich eine Art von Dualismus in ihrem Denken. Sie sind gut, und alle anderen sind hoffnungslos verdorben, ohne jede Moral. Außenstehende werden so dämonisiert.«

»Du bist entweder für mich oder gegen mich.«

»Genau. Nach diesen Visionen werden die letzten Tage bestimmt sein von Gewalt. Diese Gewalt wird gegen die Erleuchteten gerichtet sein, das heißt, sie müssen sich schützen. Einige Gruppen entwickeln eine typische Survival-Ideologie, sie decken sich mit Waffen ein und errichten hochkomplexe Überwachungssysteme als Schutz gegen die böse Gesellschaftsordnung, die es auf sie abgesehen hat. Oder gegen den Antichrist oder Satan oder was immer sie gerade als Bedrohung betrachten.«

Dom glaubt nicht an den Antichrist.

»Apokalyptische Glaubenssysteme können vor allem dann sehr unberechenbar sein, wenn sie auf einen charismatischen Führer fixiert sind. David Koresh zum Beispiel betrachtete sich als den von Gott Gesandten.«

»Erzählen Sie weiter.«

»Wissen Sie, eins der Probleme eines selbsternannten Propheten besteht darin, daß er sich ständig neu erfinden muß. Langfristig gibt es für seine Autorität keinen institutionellen Rückhalt. Es gibt aber auch keine institutionellen Beschränkungen für sein Verhalten. Der Führer sagt, wo's langgeht, aber nur solange seine Anhänger ihm folgen. Diese Kerle können deshalb sehr unberechenbar sein. Und innerhalb ihrer Machtsphäre können sie tun und lassen, was sie wollen.

Einige der stärker Paranoiden reagieren auf eingebildete Bedrohungen ihrer Autorität mit extrem diktatorischem Verhalten. Sie stellen immer bizarrere Forderungen und bestehen auf deren Erfüllung als Beweis der Loyalität ihrer Anhänger.«

»Zum Beispiel?«

»Jim Jones hatte Glaubensprüfungen, wie er das nannte. Mitglieder des Volkstempels wurden gezwungen, Geständnisse zu unterschreiben oder sich öffentlichen Demütigungen zu unterziehen, um ihre Hingabe zu beweisen. Ein kleines Ritual verlangte zum Beispiel vom Prüfling, eine nicht identifizierte Flüssigkeit zu trinken. Und wenn man ihm dann sagte, daß es Gift sei, durfte er keine Angst zeigen.«

»Reizend.«

»Vasektomie ist ebenfalls sehr beliebt. Angeblich beorderte die Leitung von Synanon einige der männlichen Anhänger unters Messer.«

Ihr Fortpflanzungspartner war Jason.

»Was ist mit arrangierten Ehen?«

»Jouret und DiMambro, Jim Jones, David Koresh, Charles Manson, Roch Thériault. Sie alle haben Kontrolle über das Sexualverhalten ihrer Gruppe ausgeübt. Ernährung, Sex, Kleidung, Zwangsabtreibung, Schlafentzug: Eigentlich ist es unwichtig, um welchen Kontrollmechanismus es sich handelt. Indem ein Führer seine Anhänger dazu bringt, seinen Regeln zu gehorchen, reißt er ihre Hemmungen ein. Letztendlich kann dieses kritiklose Akzeptieren bizarren Verhaltens dazu führen, daß die Anhänger sich an die Dimension der Gewalt gewöhnen. Anfangs sind es nur kleine Ergebenheitsbeweise, scheinbar harmlose Forderungen wie die nach Änderung der Frisur, Meditation um Mitternacht oder Sex mit dem Messias. Später können seine Anordnungen tödlich werden.«

»Klingt wie die Vergöttlichung des Wahnsinns.«

»Schön gesagt. Und dieser Prozeß bringt dem Führer noch einen weiteren Vorteil. Er sortiert die weniger Ergebenen aus, da die irgendwann die Nase voll haben und verschwinden.«

»Okay, bis dahin alles klar. Es gibt also Randgruppen, die ein Leben streng nach den Regieanweisungen eines Verrückten führen. Was bringt sie dazu, gerade zu einem bestimmten Zeitpunkt gewalttätig zu werden? Warum heute und nicht nächsten Monat?«

Es ist zu früh. Es kann noch nicht soweit sein.

»Die meisten Ausbrüche von Gewalt werden bedingt durch etwas, das Soziologen die ›Eskalation von Grenzspannungen‹ nennen.«

»Bitte kein Fachchinesisch, Red.«

»Okay. Diesen Randgruppen geht es normalerweise um zwei Dinge: das Anwerben von Anhängern und das Halten von Anhängern. Aber wenn ein Führer sich bedroht fühlt, kann es sein, daß der Schwerpunkt sich verlagert. Manchmal wird die Anwerbung eingestellt, dafür werden die existierenden Anhänger stärker überwacht. Die Forderung nach Erfüllung exzentrischer Vorschriften kann sich verstärken. Das Thema des Weltuntergangs rückt noch stärker in den Mittelpunkt. Die Gruppe wird mehr und mehr isoliert und immer paranoider. Es gibt Spannungen mit der unmittelbaren Umwelt, der Regierung oder der Polizei, die möglicherweise auch eskalieren.«

»Was könnte solche Größenwahnsinnigen denn überhaupt schrecken?«

»Ein Anhänger, der weggeht, könnte als Abtrünniger betrachtet werden.«

Als wir aufgewacht sind, waren Heidi und Brian verschwunden.

»Der Führer kann den Eindruck bekommen, daß er die Kontrolle verliert. Oder wenn der Kult an mehreren Orten existiert und er nicht immer überall sein kann, bekommt er vielleicht das Gefühl, daß ihm während seiner Abwesenheit die Autorität entgleitet. Mehr Angst. Mehr Isolation. Mehr Tyrannei. Es ist eine paranoide Spirale. Dann braucht es nur noch einen äußeren Faktor, um das Pulverfaß explodieren zu lassen.«

»Wie einschneidend müßte ein solches äußeres Ereignis denn sein?«

»Das ist unterschiedlich. In Jonestown genügte der Besuch eines Kongreßabgeordneten mit seinem Pressetroß und sein Versuch, mit einer Handvoll Abtrünniger in die USA zurückzukehren. In Waco brauchte es schon eine militärisch geplante Razzia durch das BATF, den Einsatz von CS-Gas und schließlich die Erstürmung der Anlage mit gepanzerten Fahrzeugen.«

»Warum diese Unterschiede?«

»Das hat mit Ideologie und Führerschaft zu tun. Die Siedlung in Jonestown war intern instabiler als die Gemeinde in Waco.«

Meine Finger am Hörer waren kalt geworden.

»Glauben Sie, daß man bei Owens auf Gewalt gefaßt sein muß?«

»Man sollte ihn auf jeden Fall im Auge behalten. Wenn er das Baby Ihrer Freundin gegen ihren Willen bei sich behält, sollte Ihnen das für einen Durchsuchungsbefehl reichen.«

»Es ist nicht klar, ob sie den Kleinen aus freien Stücken dort gelassen hat. Sie spricht nur sehr widerwillig über den Kult. Seit ihrem achten Lebensjahr wurde sie von diesen Leuten erzogen. Ich habe noch nie einen innerlich so zerrissenen Menschen gesehen. Aber die Tatsache, daß Jennifer Cannon bei Owens in der Kommune gelebt hat, sollte reichen.«

Eine Weile schwiegen wir beide.

»Könnte es sein, daß Heidi und Brian für Owens den Auslöser darstellten?« fragte ich. »Könnte er jemandem den Befehl gegeben haben, die beiden und ihre Babys zu töten?«

»Könnte sein. Und vergessen Sie nicht, er mußte noch einige andere Schläge einstecken. Es klingt so, als hätte Jennifer diese Anrufe verheimlicht und sich, als Owens es herausfand, geweigert, seine Befehle zu befolgen. Und dann natürlich Sie.«

»Ich?«

»Brian schwängert Heidi gegen die Anordnungen des Kults. Dann verduftet das Paar. Dann die Geschichte mit Jennifer. Dann tauchen Sie und Ryan auf. Übrigens eine merkwürdige Namensübereinstimmung.«

»Was?«

»Der Kongreßabgeordnete, der da in Jonestown aufgekreuzt ist. Er hieß auch Ryan.«

»Treffen Sie eine Voraussage, Red. Ausgehend von dem, was ich Ihnen erzählt habe, was sehen Sie in Ihrer Kristallkugel?«

Eine lange Pause entstand.

»Ausgehend von dem, was Sie mir gesagt haben, könnte auf Owens die Charakterisierung eines charismatischen Führers zutreffen. Und es klingt so, als hätten seine Anhänger diese Sicht akzeptiert. Owens hat vielleicht das Gefühl, daß er die Kontrolle über seine Anhänger verliert. Und es kann sein, daß er Ihre Ermittlungen als zusätzliche Bedrohung seiner Autorität betrachtet.«

Noch eine Pause.

»Und diese Kathryn redet vom Übertritt ins ewige Leben.«

Ich hörte, wie er tief einatmete.

»Unter Berücksichtigung all dessen würde ich sagen, daß das Gewaltpotential ziemlich hoch ist.«

Ich legte auf und wählte die Nummer von Ryans Pager Während ich auf seinen Rückruf wartete, wandte ich mich wieder Hardaways Bericht zu. Ich hatte ihn eben aus dem Umschlag gezogen, als das Telefon klingelte. Wäre ich nicht so aufgeregt gewesen, hätte ich mich darüber amüsiert. Es war mir allem Anschein nach nicht beschieden, jemals diesen Bericht zu lesen.

»Sie sind wohl heute mit den Hühnern aufgestanden.« Er klang müde.

»Ich bin immer früh wach. Ich habe Besuch.«

»Lassen Sie mich raten. Gregory Peck.«

»Kathryn ist heute morgen hier aufgetaucht. Sie behauptet, sie hätte bei jemandem auf dem Campus übernachtet und meine Adresse im Fakultätsverzeichnis gefunden.«

»Ziemlich unklug, dort die Privatadresse anzugeben.«

»Das habe ich nicht.«

Ich hielt kurz inne. Dann: »Jennifer Cannon hat in der Kommune auf St. Helena gewohnt.«

»Verdammt.«

»Kathryn hat einen Streit zwischen ihr und Owens mitbekommen. Am nächsten Tag war Jennifer verschwunden.«

»Nicht schlecht, Brennan.«

»Es kommt noch besser.« Ich berichtete ihm von Jennifers Zugang zum Telefon und ihrer Freundschaft mit Heidi.

Ryan revanchierte sich mit seinem eigenen Schocker. »Als Sie mit Hardaway telefonierten, haben Sie gefragt, wann Jennifer zum letzten Mal lebend gesehen wurde. Das war nicht in Calgary. Jennifer wohnte dort nicht mehr, seit sie die Schule besucht hatte. Nach Angaben ihrer Mutter hielt sie aber engen Kontakt bis kurz vor ihrem Verschwinden. Dann wurden die Anrufe ihrer Tochter immer seltener, und wenn sie miteinander redeten, wirkte Jennifer ausweichend.

Jennifer meldete sich zu Thanksgiving vor zwei Jahren noch einmal und dann nicht mehr. Die Mutter rief die Schule an, setzte sich mit den Freunden ihrer Tochter in Verbindung, besuchte sogar einmal den Campus, aber sie fand nie heraus, wohin Jennifer verschwunden war. Erst dann meldete sie sie als vermißt.«

»Und?«

Ich hörte, wie er tief einatmete.

»Jennifer wurde das letzte Mal lebendig gesehen, als sie an einem Wintertag vor zwei Jahren den Campus der McGill University verließ.«

»Nein.«

»Doch. Sie hat weder ihren Abschluß gemacht noch sich exmatrikuliert. Sie hat einfach ihre Sachen gepackt und sich aus dem Staub gemacht.«

»Ihre Sachen gepackt?«

»Ja. Das ist der Grund, warum die Polizei der Sache auch nicht allzu intensiv nachgegangen ist. Sie hat ihre Habseligkeiten eingepackt, ihr Bankkonto aufgelöst und ihrem Vermieter eine Nachricht hinterlassen und ist erst dann verschwunden. Es sah nicht aus wie eine Entführung oder dergleichen.«

Aus meinem Unterbewußtsein tauchte ein Bild auf, wollte aber nicht so recht klar werden. Ein Gesicht mit Pony. Eine nervöse Geste. Die nächsten Sätze kosteten mich Überwindung.

»Eine andere junge Frau ist zur gleichen Zeit wie Jennifer Cannon aus der Kommune verschwunden. Kathryn kannte sie nicht, da sie ein Neuankömmling war.« Ich schluckte. »Aber Kathryn meinte, sie hieß möglicherweise Anna.«

»Ich kann Ihnen nicht folgen.«

»Anna Goyette war …«, ich korrigierte mich, »… ist ebenfalls Mc-Gill-Studentin.«

»Anna ist ein häufiger Name.«

»Kathryn hörte Jennifer und dieses Mädchen in einer Fremdsprache miteinander reden.«

»Französisch?«

»Ich bin mir nicht sicher, ob Kathryn Französisch erkennen würde.«

»Sie glauben, daß Anna Goyette das zweite Murtry-Opfer sein könnte?«

Ich antwortete nicht.

»Brennan, nur weil auf St. Helena ein Mädchen aufgetaucht ist, das vielleicht Anna hieß, bedeutet das noch nicht, daß dort ein Mc-Gill-Klassentreffen stattgefunden hat. Cannon hat die Universität vor über zwei Jahren verlassen. Goyette ist neunzehn. Sie war damals noch gar nicht dort.«

»Stimmt. Aber sonst paßt alles.«

»Ich weiß nicht. Und auch wenn Jennifer Cannon bei Owens gelebt hat, heißt das noch nicht, daß er sie getötet hat.«

»Die beiden streiten sich. Sie verschwindet. Und dann taucht sie als Leiche wieder auf.«

»Vielleicht hatte sie ja mit Drogen zu tun. Oder ihre Freundin Anna. Vielleicht fand Owens das heraus und warf sie hinaus. Sie wissen nicht, wohin sie gehen sollen, also schröpfen sie ihre Geschäftspartner. Oder reißen sich eine Tüte Stoff unter den Nagel.«

»Glauben Sie, daß es so passiert ist?«

»Hören Sie, sicher wissen wir nur, daß Cannon Montreal vor ein paar Jahren verlassen hat und ihre Leiche auf Murtry Island gefunden wurde. Vielleicht hat sie einige Zeit in der Kommune auf St. Helena gelebt. Vielleicht hatte sie einen Streit mit Owens. Wenn ja, sind das Fakten, die etwas mit ihrem Tod zu tun haben können, es aber nicht unbedingt müssen.«

»Sie sind aber auf jeden Fall von Bedeutung für die Frage, wo sie sich in den letzten Jahren aufgehalten hat.«

»Ja.«

»Was wollen Sie jetzt tun?«

»Zuerst werde ich Sheriff Baker besuchen, um rauszufinden, ob das für einen Durchsuchungsbefehl reicht. Dann werde ich den Jungs in Texas ein bißchen Dampf machen. Ich will Bescheid wissen über jede Haarschuppe, die Owens je verloren hat. Und ich werde diese Insel der Glückseligen so überwachen, daß es jeder merkt. Ich will sehen, in welcher Farbe dieser Guru schwitzt, und ich habe nicht viel Zeit. Am Montag brauchen sie mich wieder in Montreal.«

»Ich glaube, er ist gefährlich, Ryan.«

Ich umriß ihm kurz meine Unterhaltung mit Red Skyler, und er hörte zu, ohne mich zu unterbrechen. Danach langes Schweigen, Ryan versuchte offenbar, die Worte des Soziologen mit dem in Einklang zu bringen, was wir eben besprochen hatten.

»Ich werde Claudel anrufen und mir den neuesten Stand in Sachen Anna Goyette durchgeben lassen.«

»Danke, Ryan.«

»Passen Sie auf Kathryn auf«, sagte er ernst.

»Werde ich.«

Doch dazu bekam ich keine Gelegenheit mehr. Als ich nach oben ging, war Kathryn verschwunden.

27

»Verdammt!« rief ich.

Birdie war mir nach oben gefolgt. Er erstarrte, als er meinen Wutausbruch hörte, senkte den Kopf und sah mich unverwandt an.

»Verdammt!«

Niemand antwortete.

Ryan hatte recht. Kathryn war labil. Ich wußte, ich konnte ihre Sicherheit nicht garantieren, auch die ihres Babys nicht, also warum fühlte ich mich verantwortlich?

»Sie ist abgehauen. Bird. Was soll man da machen?«

Da die Katze keine Vorschläge machte, tat ich, was ich in solchen Situationen immer tat. Wenn du Kummer hast, arbeite.

Ich kehrte in die Küche zurück. Die Tür stand einen Spalt offen, der Wind hatte die Autopsiefotos durcheinandergebracht.

Wirklich der Wind? Hardaways Bericht lag noch genau so, wie ich ihn zurückgelassen hatte.

Hatte Kathryn sich die Bilder angesehen? Hatte der grausige Anblick sie zu einer panischen Flucht getrieben?

Wieder regte sich mein schlechtes Gewissen, und ich setzte mich und sichtete den Stapel.

Von Maden und Erde gereinigt, schien Jennifer Cannons Leiche in einem besseren Zustand zu sein, als ich erwartet hatte. Obwohl die Verwesung Gesicht und Eingeweide zerstört hatte, waren in dem aufgeblähten und verfärbten Gewebe Wunden noch gut zu erkennen.

Schnittwunden. Hunderte. Einige kreisförmig, andere gerade, in einer Länge von einem bis zu mehreren Zentimetern. Sie häuften sich im Halsbereich und liefen an Armen und Beinen entlang. Über den ganzen Körper verteilt waren Verletzungen zu erkennen, die aussahen wie oberflächliche Kratzer, die Hautablösung machte eine Identifikation jedoch schwierig. Blutergüsse fanden sich überall.

Ich untersuchte verschiedene Großaufnahmen. Während die Wunden im Brustbereich glatte, saubere Ränder hatten, waren die anderen Schnitte schartig und unregelmäßig. Ein tiefer Riß verlief ringförmig um den rechten Oberarm, zerfetztes Fleisch und gesplitterter Knochen waren sichtbar.

Als nächstes die Schädelfotos. Obwohl die Hautablösung bereits eingesetzt hatte, waren die Haare größtenteils noch an Ort und Stelle. Merkwürdigerweise zeigte die Hinteransicht Knochen, der weiß durch die verfilzte Masse schien, als würde ein Teil der Kopfhaut fehlen.

Ich hatte so etwas schon einmal gesehen. Wo?

Ich sah mir die restlichen Fotos an und schlug dann Hardaways Bericht auf.

Zwanzig Minuten später lehnte ich mich zurück und schloß die Augen.

Wahrscheinliche Todesursache: Verbluten aufgrund der Stichwunden. Die glattrandigen Brustwunden waren mit einer Klinge zugefügt worden, die lebenswichtige Blutgefäße durchtrennt hatte. Wegen des fortgeschrittenen Verwesungszustands konnte der Pathologe keine gesicherten Aussagen über die Ursachen der anderen Wunden mehr treffen.

Den Rest des Tages verbrachte ich in einem Zustand nervöser Unruhe. Ich schrieb meine Berichte über Jennifer Cannon und das andere Murtry-Opfer, wandte mich dann den CT-Daten zu, hielt dabei aber immer wieder inne, um zu lauschen, ob Kathryn zurückkam.

Um zwei rief Ryan an, um mir zu sagen, aufgrund der Jennifer-Cannon-Verbindung sei ein Richter davon zu überzeugen gewesen, einen Durchsuchungsbefehl für das Adler-Lyons-Anwesen auszustellen. Er wolle mit Baker hinausfahren, sobald das Papier vorlag.

Ich berichtete ihm von Kathryns Verschwinden, und er versicherte mir, daß ich mir nichts vorzuwerfen brauchte. Außerdem erzählte ich ihm von Birdie.

»Wenigstens mal eine gute Nachricht.«

»Ja. Schon was Neues über Anna Goyette?«

»Nein.«

»Und Texas?«

»Ich warte noch darauf. Aber ich werde Sie auf dem laufenden halten.«

Als ich auflegte, spürte ich Fell an meinem Knöchel und sah Birdie, der um meine Füße strich.

»Hallo, Birdie. Wie wär's mit was Feinem?«

Mein Kater ist ganz versessen auf Kauspielzeug für Hunde. Ich habe ihm wiederholt erklärt, daß diese Produkte eher für seine Konkurrenz unter den Haustieren bestimmt sind, aber er läßt sich nicht davon abbringen.

Ich holte einen kleinen Knochen aus Rindsleder aus einer Küchenschublade und warf ihn ins Wohnzimmer.

Birdie rannte durchs Zimmer, stürzte sich auf seine Beute und rollte damit über den Boden. Dann richtete er sich auf, nahm den Knochen zwischen die Vorderpfoten und nagte daran herum.

Ich sah ihm zu und wunderte mich, was für einen Reiz ein solches schmieriges Stück Kuhhaut doch haben kann.

Die Katze nagte an einer Ecke, drehte das Spielzeug dann und fuhr mit den Zähnen an der Längsseite entlang. Der Knochen rutschte weg, Bird holte ihn sich wieder und stieß einen Eckzahn ins Leder.

Ich sah gebannt zu.

Was war das nur?

Ich ging zu Birdie, kauerte mich hin und nahm ihm seine Beute ab. Er stemmte die Vorderpfoten auf mein Knie, stellte sich auf die Hinterläufe und versuchte, sich sein Spielzeug zurückzuholen.

Mein Puls beschleunigte sich, als ich das zerbissene Leder anstarrte.

O Gott.

Das war es. Die Wunden in Jennifer Cannons Fleisch. Oberflächliche Kratzer. Schartige Risse.

Ich holte mir mein Vergrößerungsglas, rannte in die Küche und wühlte in Hardaways Fotos. Ich suchte die Kopfansichten heraus und betrachtete jede einzelne mit der Lupe.

Die kahle Stelle war keine Folge der Verwesung. Die noch verbliebenen Haarsträhnen waren fest verwurzelt. Die Lücke wies einen rechteckigen Umriß auf, die Ränder waren ausgefranst.

Jennifer Cannon war das Stück Kopfhaut vom Schädel gerissen worden.

Ich überlegte, was das bedeuten konnte.

Und dann fiel mir noch etwas anderes ein.

Konnte ich wirklich so begriffsstutzig gewesen sein? Hatte eine vorgefaßte Meinung mich blind gemacht für das Offensichtliche?

Ich schnappte mir Schlüssel und Handtasche und stürzte zur Tür hinaus.

Vierzig Minuten später war ich in der Universität. Die Knochen des unidentifizierten Murtry-Opfers starrten mir vorwurfsvoll vom Labortisch entgegen.

Wie hatte ich nur so nachlässig sein können?

»Gehen Sie nie von nur einer einzigen Verletzungsursache aus.«

Die Worte meines Mentors, vor Jahrzehnten ausgesprochen, kamen mir wieder in den Sinn.

Ich war in die Falle getappt. Als ich die Beschädigungen an den Knochen sah, hatte ich nur an Waschbären und Geier gedacht. Ich hatte nicht genau genug hingesehen. Ich hatte nicht nachgemessen.

Aber jetzt tat ich es.

Zwar wies das Skelett ausgedehnte Beschädigungen auf, die von Aasfressern verursacht worden waren, aber es gab auch Verletzungen, die von einem früheren Zeitpunkt stammten.

Die beiden Löcher im Hinterhauptsbein waren die aussagekräftigsten. Sie maßen jeweils fünf Millimeter im Durchmesser, der Abstand betrug fünfunddreißig. Diese Bißspuren stammten nicht von einem Truthahngeier, und der Abstand war zu groß für einen Waschbären.

Die Abmessungen deuteten auf einen großen Hund hin. Ebenso die parallelen Kratzer auf den Schädelknochen und ähnliche Spuren auf Schlüssel- und Brustbein.

Jennifer Cannon und ihre Begleiterin waren von Tieren angegriffen worden, wahrscheinlich großen Hunden. Zähne hatten sich in ihr Fleisch gegraben und die Knochen zerkratzt. Einige Bisse waren so kraftvoll gewesen, daß sie den dicken Knochen am Hinterkopf durchdrungen hatten.

Mein Verstand machte einen Satz.

Carole Comptois, das Mädchen aus Montreal, das man an den Händen aufgehängt und gequält hatte, war ebenfalls von Hunden zerfleischt worden.

Das ist zu weit hergeholt, Brennan.

Ja.

Es ist lächerlich.

Nein, sagte ich mir. Ist es nicht.

Bis dahin hatte mein altbekannter Hang zur Skepsis all diesen Opfern nichts gebracht. Ich war nachlässig bei der Begutachtung der von Tieren verursachten Schäden gewesen. Ich hatte die Verbindung zwischen Heidi Schneider und Dom Owens in Zweifel gezogen, und ich hatte auch den Zusammenhang zwischen ihm und Jennifer Cannon nicht erkannt. Ich hatte Kathryn oder Carlie nicht geholfen, und ich hatte nichts getan, um Anna Goyette aufzuspüren.

Von jetzt an würde ich, wenn nötig, auch Weithergeholtes in Betracht ziehen. Wenn es auch nur die entfernte Möglichkeit eines Zusammenhangs zwischen Carole Comptois und den Frauen auf Murtry Island gab, würde ich darüber nachdenken.

Ich rief Hardaway an, obwohl ich vermutete, daß er am Samstag nachmittag nicht mehr arbeitete. Was er auch nicht tat. Ebensowenig LaManche, der Pathologe, der die Comptois-Autopsie durchgeführt hatte. Ich hinterließ beiden Nachrichten.

Frustriert holte ich einen Notizblock hervor und begann aufzulisten, was ich wußte.

Jennifer Cannon und Carole Comptois waren beide aus Montreal. Beide waren nach einem Tierangriff gestorben.

Das mit Jennifer Cannons Leiche vergrabene Skelett wies ebenfalls Spuren von Tierzähnen auf. Das Opfer starb mit einem Rohypnol-Pegel, der auf eine akute Vergiftung hindeutete.

Rohypnol wurde in zweien der Opfer nachgewiesen, die man mit Heidi Schneider und ihrer Familie in St. Jovite gefunden hatte.

Rohypnol war auch an den Schauplätzen der Morde/Selbstmorde der Sonnentempler gefunden worden.

Der Sonnentempel war in Quebec und Europa aktiv.

Es hatte Anrufe vom Haus in St. Jovite zu Dom Owens' Kommune auf St. Helena gegeben. Beide Anwesen waren im Besitz von Jacques Guillion, dem außerdem noch Land in Texas gehörte.

Jacques Guillion war Belgier.

Eins der Opfer in St. Jovite, Patrice Simonnet, stammte ebenfalls aus Belgien.

Heidi Schneider und Brian Gilbert stießen in Texas zu Dom Owens' Gruppe und kehrten zur Geburt ihrer Zwillinge dorthin zurück. Sie verließen Texas wieder und wurden ermordet. In St. Jovite.

Die Opfer in St. Jovite waren vor ungefähr drei Wochen umgekommen.

Jennifer Cannon und das unidentifizierte Opfer auf Murtry waren vor drei bis vier Wochen gestorben.

Carole Comptois war vor ungefähr drei Wochen gestorben.

Ich starrte das Blatt an. Zehn Tote. Wir hatten sie an verschiedenen Tagen gefunden, aber sie waren alle ungefähr zur selben Zeit gestorben. Wer würde der nächste sein? In welchen teuflischen Kreislauf waren wir da geraten?

Zu Hause angekommen, ging ich sofort zum Computer und schrieb meinen Bericht über die Murtry-Opfer um. Dann druckte ich den Text aus und las, was ich geschrieben hatte.

Als ich damit fertig war, stimmte meine Wanduhr die Westminster-Melodie an, gefolgt von sechs tiefen Schlägen. Mein Magen knurrte, was mich daran erinnerte, daß ich seit dem Kaffee und dem Bagel nichts gegessen hatte.

Ich ging auf die Terrasse und erntete eine Handvoll Basilikum und Schnittlauch. Dann schnitt ich Käse in kleine Würfel, nahm zwei Eier aus dem Kühlschrank, verquirlte alles und briet es in einer Pfanne. Ich toastete noch ein Bagel, goß mir ein Cola light ein und kehrte zu meinem Schreibtisch vor dem Panoramafenster zurück.

Als ich mir die Liste anschaute, die ich in der Uni zusammengestellt hatte, kam mir ein beunruhigender Gedanke.

Anna Goyette war ebenfalls vor gut drei Wochen verschwunden.

Mein Appetit war plötzlich wie weggeblasen. Ich stand auf und ging zur Couch. Ich legte mich hin, ließ meine Gedanken schweifen und hoffte auf Assoziationen.

Ich ging die Namen durch. Schneider. Gilbert. Comptois. Simonnet. Owens. Cannon. Goyette.

Nichts.

Das Alter der Toten. Vier Monate. Achtzehn. Neunundsiebzig. Fünfundzwanzig.

Kein Muster.

Orte. St. Jovite. St. Helena.

Eine Verbindung?

Die Namen von Heiligen. Konnte das ein Zusammenhang sein? Ich machte mir eine Notiz. Ryan fragen, in welchem Ort das Guillion-Grundstück in Texas liegt.

Ich kaute am Daumennagel. Warum brauchte Ryan nur so lange?

Mein Blick streifte über die Regale an sechs der acht Wände des Anbaus. Bücher vom Boden bis zur Decke. Sie sind das einzige, wovon ich mich nicht trennen kann. Ich sollte wirklich einmal einige aussortieren und wegwerfen. Ich hatte Dutzende von Bänden, die ich nie wieder aufschlagen würde, einige davon noch vom Beginn meines Studiums.

Universität.

Jennifer Cannon. Anna Goyette. Beide waren Studentinnen an der McGill.

Ich dachte an Daisy Jeannotte und ihre merkwürdigen Worte über ihre Assistentin.

Mein Blick wanderte zum Computer. Der Bildschirmschoner schickte eine sich windende Schlange aus Wirbeln über die Mattscheibe. Lange Knochen ersetzen das Rückgrat, dann Rippen, ein Becken, und schließlich wurde der Monitor dunkel. Dann begann das Programm mit einem langsam sich drehenden Schädel von vorne.

E-Mail. Als Jeannotte und ich Adressen ausgetauscht hatten, hatte ich sie gebeten, mir Bescheid zu geben, falls Anna zurückkehrte. Meine Mailbox hatte ich jedoch seit Tagen nicht mehr kontrolliert.

Ich loggte mich ein, lud die Nachrichten herunter und überflog die Namen der Absender. Nichts von Jeannotte. Mein Neffe, Kit, hatte mir drei Nachrichten geschickt. Zwei letzte Woche, eine heute morgen.

Kit schickte mir sonst nie E-Mails.

Ich holte mir die letzte Nachricht auf den Schirm.

Von: KHoward
An: TBrennan
Betreff: Harry

Tante Tempe,
ich habe dich angerufen, aber du warst anscheinend nicht zu Hause. Ich machte mir schreckliche Sorgen wegen Harry.
Bitte ruf an.

Kit

Von seinem zweiten Lebensjahr an hatte Kit seine Mutter beim Vornamen genannt. Obwohl es seinen Eltern nicht gefiel, weigerte sich der Junge, das zu ändern. Harry klang für ihn einfach besser.

Während ich mich rückwärts durch die Nachrichten meines Neffen las, durchlebte ich ein Wechselbad der Gefühle. Angst um Harrys Sicherheit. Verärgerung über ihre Unbekümmertheit. Mitleid mit Kit. Ein schlechtes Gewissen wegen meiner Gedankenlosigkeit. Wahrscheinlich war er es gewesen, der angerufen hatte, als ich mich mit Kathryn unterhielt.

Ich ging in die Diele und schaltete den Anrufbeantworter ein.

> *Hi, Tante Tempe. Kit hier. Es geht um Harry. Wenn ich in deiner Wohnung in Montreal anrufe, nimmt niemand ab, und ich habe keine Ahnung, wohin sie verschwunden ist. Ich weiß, daß sie bis vor ein paar Tagen noch dort war.* Eine Pause. *Als wir das letzte Mal telefonierten, klang sie sogar für ihre Verhältnisse komisch.* Ein nervöses Lachen. *Ist sie noch in Quebec? Wenn nicht, weißt du, wo sie ist? Ich mache mir Sorgen. So merkwürdig hat sie noch nie geklungen. Bitte ruf mich an. Bye.*

Ich sah meinen Neffen vor mir, mit seinen grünen Augen und den sandfarbenen Haaren. Es war schwer zu glauben, daß Howard Howard einen genetischen Beitrag zu Harrys Sohn geleistet hatte.

Einsfünfundachtzig groß und dünn wie eine Bohnenstange, war Kit ein Ebenbild meines Vaters.

Ich spielte die Nachricht noch einmal ab und überlegte mir, ob etwas nicht stimmte.

Nein, Brennan.

Aber warum war Kit dann so besorgt?

Ruf ihn an. Harry geht's gut.

Ich drückte die Kurzwahltaste. Niemand meldete sich.

Ich versuchte meine Nummer in Montreal. Dasselbe.

Pete. Er hatte nichts von Harry gehört.

Natürlich nicht. Er war von Harry so angetan wie von Fußpilz.

Genug, Brennan. Kümmere dich wieder um die Opfer. Sie brauchen dich.

Ich beschloß, nicht mehr an meine Schwester zu denken. Harry war schon öfters verschwunden. Ich mußte davon ausgehen, daß mit ihr alles in Ordnung war.

Ich ging zum Sofa zurück und legte mich hin. Als ich wieder aufwachte, war ich vollständig angezogen, auf meiner Brust klingelte das Schnurlostelefon.

»Danke für den Anruf, Tante Tempe. Ich – vielleicht bilde ich mir ja nur etwas ein, aber meine Mutter klang furchtbar deprimiert, als ich das letzte Mal mit ihr redete. Und jetzt ist sie verschwunden. Es paßt nicht zu Harry. Daß sie so down klingt, meine ich.«

»Kit, ich bin mir sicher, daß es ihr gutgeht.«

»Du hast wahrscheinlich recht, aber, na ja, wir hatten doch was ausgemacht. Sie beklagt sich immer, daß wir nie mehr was gemeinsam unternehmen, und deshalb habe ich ihr versprochen, daß ich nächste Woche mit ihr einen Bootsausflug mache. Mit dem Herrichten bin ich ziemlich fertig, und Harry und ich wollten für ein paar Tage im Golf herumsegeln. Wenn sie es sich anders überlegt hat, sollte sie mir zumindest Bescheid sagen.«

Wie immer stieg Ärger über die Gedankenlosigkeit meiner Schwester in mir hoch.

»Sie wird sich schon melden, Kit. Als ich wegfuhr, war sie ziemlich mit ihrem Workshop beschäftigt. Du weißt doch, wie deine Mutter ist.«

»Ja.« Er hielt inne. »Aber das ist es ja gerade. Sie klang so ...«, er suchte nach dem richtigen Wort, »... tonlos. Gar nicht wie Harry.«

Ich erinnerte mich an meinen letzten Abend mit Harry.

»Vielleicht ist das ein Teil ihrer neuen Persönlichkeit. Eine wunderbare Gelassenheit.« Das klang sogar in meinen Ohren falsch.

»Ja. Vielleicht. Hat sie gesagt, daß sie irgendwo hinfährt?«

»Nein. Warum?«

»Etwas, das sie sagte, brachte mich auf den Gedanken, daß sie vielleicht eine Reise plant. Aber irgendwie so, als wäre es nicht ihre Idee oder als wollte sie gar nicht. Ach verdammt, ich weiß auch nicht.«

Er seufzte auf. Ich stellte mir vor, wie mein Neffe sich durch die Haare fuhr und sich dann den Scheitel kratzte. Was er immer tat, wenn er frustriert war.

»Was hat sie denn gesagt?« Trotz meines Entschlusses bekam nun ich es auch mit der Angst zu tun.

»Ich kann mich nicht mehr genau erinnern, aber eins habe ich mir gemerkt. Es sei unwichtig, was sie anzieht oder wie sie aussieht. Klingt das nach meiner Mutter?«

Nein, das tat es nicht.

»Tante Tempe, weißt du irgendwas über den Laden, mit dem sie sich da eingelassen hat?«

»Nur den Namen. Inner Life Empowerment, glaube ich. Würde es dich beruhigen, wenn ich ein paar Nachforschungen anstelle?«

»Ja.«

»Und ich rufe meine Nachbarn in Montreal an und frage sie, ob sie sie gesehen habe. Okay?«

»Ja.«

»Kit? Weißt du noch, als sie Striker kennenlernte?«

Eine Pause. Dann: »Ja.«

»Was ist da passiert?«

»Sie war vier Tage lang verschwunden und ist dann verheiratet wieder aufgekreuzt.«

»Weißt du noch, wie durchgedreht du damals warst?«

»Schon. Aber damals hat sie ihren Lockenstab nicht zurückgelassen. Sie soll mich einfach anrufen. Ich habe ihr oben bei dir eine Nachricht aufs Band gesprochen, aber, mein Gott, vielleicht ist sie ja sauer wegen irgendwas. Wer weiß?«

Ich legte auf und sah auf die Uhr. Viertel nach zwölf. Ich versuchte es in Montreal. Harry meldete sich nicht, also hinterließ ich ihr noch eine Nachricht. Dann lag ich im Dunkeln und nahm mich selber ins Kreuzverhör.

Warum hatte ich dieses Inner Life Empowerment nicht überprüft?

Weil es keinen Grund dafür gegeben hatte. Sie hatte den Kurs über eine seriöse Institution gebucht, also gab es keinen Anlaß für Besorgnis. Außerdem wäre es ein Vollzeitjob, wollte man jedem von Harrys Plänen auf den Grund gehen.

Morgen. Morgen würde ich einige Leute anrufen. Heute nacht nicht mehr. Ich beendete das Verhör.

Dann ging ich nach oben, zog mich aus und schlüpfte unter die Decke. Ich brauchte Schlaf. Ich brauchte eine Pause von dem Aufruhr, der mein waches Denken beherrschte.

Der Deckenventilator summte leise. Ich dachte an Dom Owens' Wohnzimmer, und obwohl ich dagegen ankämpfte, kamen mir die Namen wieder ins Bewußtsein.

Brian. Heidi. Brian und Heidi waren Studenten.

Jennifer Cannon war Studentin.

Anna Goyette.

Mir drehte sich der Magen um.

Harry.

Harry hatte sich für ihr erstes Seminar am North Harris County Community College eingeschrieben. Harry war ebenfalls Studentin.

Die anderen waren in Quebec gewesen, als sie getötet wurden oder verschwanden.

Meine Schwester war in Quebec.

Oder nicht mehr?

Wo zum Teufel war nur Ryan?

Als er endlich anrief, wurde aus meiner Beklommenheit nackte Angst.

28

»Verschwunden? Was soll das heißen, verschwunden?«

Ich hatte unruhig geschlafen, und als Ryan mich bei Tagesanbruch weckte, hatte ich Kopfschmerzen und fühlte mich ganz und gar nicht auf der Höhe.

»Als wir mit dem Durchsuchungsbefehl ankamen, war das Anwesen verlassen.«

»Sechsundzwanzig Leute haben sich einfach in Luft aufgelöst?«

»Owens und eine Begleiterin haben gestern früh gegen sieben die Transporter aufgetankt. Der Tankwart erinnerte sich daran, weil es eine ungewöhnliche Zeit für sie war. Baker und ich kamen gegen fünf Uhr nachmittags bei der Kommune an. Irgendwann dazwischen sind der Padre samt Schäfchen verduftet. Baker hat eine Suchmeldung rausgegeben, aber bis jetzt wurden die Transporter noch nirgends gesehen.«

»Um Gottes willen.« Ich konnte es einfach nicht glauben.

»Es kommt noch schlimmer.«

Ich wartete.

»In Texas sind noch mal achtzehn Leute verschwunden.«

Mir wurde flau.

»Wie's aussieht, hat auch auf dem Guillion-Grundstück in Texas so eine kleine Truppe gehaust. Der Sheriff von Fort Bend County hatte die schon einige Jahre im Visier und war gar nicht abgeneigt, sich den Laden ein bißchen genauer anzusehen. Leider waren die Brüder schon weg, als sein Team dort auftauchte. Sie haben nur noch einen alten Mann gefunden, der sich mit seinem Cockerspaniel unter der Veranda versteckte.«

»Und was erzählt er?«

»Der Kerl ist zwar in Gewahrsam, aber er ist entweder senil oder schwachsinnig und hat nicht viel ausgeplaudert.«

»Oder sehr gerissen.«

Ich sah zu, wie das Grau vor meinem Fenster langsam heller wurde.

»Und jetzt?«

»Jetzt stellen wir Adler Lyons gründlich auf den Kopf und hoffen, daß die Staatspolizei rausfindet, wohin Owens seine Gläubigen führt.«

Ich sah auf die Uhr. Zehn nach sieben, und ich kaute schon wieder am Daumennagel.

»Wie sieht's bei Ihnen aus?«

Ich erzählte Ryan von den Zahnspuren an den Knochen und von meinem Verdacht in bezug auf Carole Comptois.

»Ist nicht die richtige Vorgehensweise.«

»Was heißt hier Vorgehensweise? Simonnet wurde erschossen, Heidi und ihre Familie wurden erstochen, und wir wissen nicht, wie die beiden im oberen Schlafzimmer ums Leben kamen. Cannon und Comptois wurden beide von Tieren und mit Messern angegriffen. Das ist nicht gerade alltäglich.«

»Comptois wurde in Montreal umgebracht. Cannon und Freundin wurden fast zweitausend Kilometer südlich davon gefunden. Ist dieser Hund geflogen?«

»Ich sage nicht, daß es derselbe Hund war. Es ist nur dasselbe Muster.«

»Warum?«

Diese Frage hatte ich mir schon die ganze Nacht über gestellt. Und wer?

»Jennifer Cannon war Studentin an der McGill. Anna Goyette ebenso. Heidi und Brian waren ebenfalls Studenten, als sie Owens' Gruppe beitraten. Können Sie herausfinden, ob Carole Comptois etwas mit einer Universität zu tun hatte? Hatte sie vielleicht einen Kurs belegt oder an einem College gearbeitet?«

»Sie war eine Nutte.«

»Vielleicht hat sie ja ein Stipendium bekommen«, blaffte ich. Ryans negative Haltung irritierte mich.

»Schon gut, schon gut. Nur nicht gleich in die Luft gehen.«

»Ryan...« Ich zögerte, weil ich meine Ängste nicht noch realer machen wollte, indem ich sie in Worte faßte. »Meine Schwester hat sich in einem Community College in Texas für ein Seminar eingeschrieben.«

Es blieb still in der Leitung.

»Ihr Sohn hat mich gestern angerufen, weil er sie nirgends erreichen kann. Und ich auch nicht.«

»Vielleicht hat sie sich ja als Teil der Ausbildung eingeigelt. Sie wissen schon, so eine Art Einkehr. Vielleicht hat sie ein Gitternetz über ihre Seele gelegt und kämmt es jetzt Kästchen um Kästchen durch. Aber wenn Sie sich wirklich Sorgen machen, sollten Sie in dem College anrufen.«

»Ja. Ich weiß, daß das Ganze absurd klingt, aber Kathryns Worte haben mir angst gemacht, und jetzt ist Dom Owens irgendwo da draußen und plant Gott weiß was.«

»Wir kriegen ihn schon.«

»Ich weiß.«

»Brennan, wie soll ich das jetzt sagen?« Er atmete tief ein und stieß die Luft wieder aus. »Ihre Schwester ist gerade in einem Übergangsstadium und im Augenblick sehr offen für neue Beziehungen. Vielleicht hat sie jemanden kennengelernt und ist einfach für ein paar Tage weggefahren.«

Ohne ihren Lockenstab? Angst breitete sich wie eine kalte, dichte Masse in meiner Brust aus.

Nach dem Auflegen versuchte ich es noch einmal bei Harry. Ich stellte mir vor, wie das Telefon in meiner leeren Wohnung klingelte. Wo konnte sie sonntags um sieben Uhr morgens sein?

Sonntag. Verdammt! In dem College konnte ich erst tags darauf anrufen.

Ich machte mir Kaffee und rief dann Kit an, obwohl es in Texas noch eine Stunde früher war.

Er war höflich, aber groggy, und er verstand meine Fragen nicht. Als ihm endlich dämmerte, worauf ich hinauswollte, war er nicht sicher, ob das Seminar seiner Mutter ein reguläres Angebot des College gewesen war. Er glaubte, sich an Literatur zu erinnern, und versprach, zu ihrem Haus zu fahren, um nachzusehen.

Ich konnte nicht stillsitzen. Ich schlug den *Observer* auf, dann die Bélanger-Tagebücher. Ich versuchte es sogar mit den Fernsehpredigern. Weder Louis-Philippe noch Jeee-sus konnte meine Aufmerksamkeit fesseln. Ich befand mich in einer mentalen Sackgasse ohne Fluchtweg.

Obwohl ich eigentlich gar keine Lust dazu hatte, zog ich mir Laufklamotten an und ging nach draußen. Der Himmel war klar und die Luft mild und lau, als ich über die Queens Road West und die Princeton Road zum Freedom Park lief. Aus Schweißtropfen wurden Bäche, während meine Nikes an der Lagune entlangstampften. Eine Schar Entenjunge schwamm in Reih und Glied hinter ihrer Mutter her, ihr Schnattern wehte durch die sonntagmorgendliche Stille.

Meine Gedanken blieben wirr und ziellos, Akteure und Ereignisse der letzten Wochen tanzten in meinem Hirn Ringelreihen. Ich versuchte, mich auf den Rhythmus meiner Laufschuhe zu konzentrieren, den Rhythmus meines Atems, aber Ryans Bemerkung ging mir einfach nicht aus dem Kopf. *Neue Beziehungen.* Würden er und Harry ihre Begegnung in Hurley's so nennen? War ich an jenem Abend auf der *Melanie Tess* in so etwas gestolpert?

Ich durchquerte den Park, lief an der Poliklinik vorbei nach Norden und dann durch die schmalen Straßen von Myers Park. Ich kam an makellosen Gärten und parkähnlichen Rasenflächen vorbei, die hier und dort von einem ebenso makellosen Hausbesitzer gepflegt wurden.

Ich hatte eben die Providence Road überquert, als ich beinahe mit einem Mann in Bundfaltenhose, einem pinkfarbenen Hemd und einem zerknitterten Leinensakko zusammengestoßen wäre. Er trug eine abgenutzte Aktentasche und eine Leinentüte voller Diamagazine. Es war Red Skyler.

»Auf Expedition im armen Südosten?« fragte ich atemlos. Red wohnte am anderen Ende von Charlotte, in der Nähe der Universität.

»Ich habe heute meinen Vortrag in der Myers Park Methodist Church.« Er deutete auf den grauen Steinbau auf der anderen Straßenseite. »Ich bin etwas früher dran, um meine Dias vorzubereiten.«

»Ah ja.« Ich war schweißnaß, meine Haare hingen in feuchten Strähnen herunter. Ich zupfte mit spitzen Fingern an meinem T-Shirt und fächelte mir damit Luft auf die Haut.

»Wie kommen Sie in Ihrem Fall voran?«

»Nicht gut. Owens und seine Gefolgsleute haben sich aus dem Staub gemacht.«

»Sie sind untergetaucht?«

»Sieht so aus. Red, darf ich noch einmal auf etwas zurückkommen, das Sie gesagt haben?«

»Natürlich.«

»Als wir über Kulte gesprochen haben, haben Sie im wesentlichen zwei Arten unterschieden. Wir haben so viel über die eine gesprochen, daß ich Sie gar nicht mehr nach der anderen gefragt habe.«

Ein Mann kam mit einem schwarzen Pudel vorbei. Beide hätten einen Haarschnitt nötig gehabt.

»Sie sagten, Sie würden auch einige der kommerziell orientierten Bewußtseinserweitungsprogramme zu den Kulten zählen.«

»Ja. Wenn sie Gedankenreform benutzen, um Mitglieder anzuwerben und zu halten.« Er stellte die Tüte auf den Boden und kratzte sich an der Nase.

»Haben Sie nicht gesagt, diese Gruppen überreden in erster Linie ihre Interessenten, immer mehr und mehr Kurse zu belegen?«

»Ja. Im Gegensatz zu den Kulten, die wir besprochen haben, haben diese Gruppen nicht die Absicht, die Leute für immer zu halten. Sie beuten Teilnehmer aus, solange die bereit sind, neue Kurse zu belegen. Und andere anzuwerben.«

»Warum betrachten Sie sie dann als Kulte?«

»Der Zwang, den diese sogenannten ›Selbsterkenntnis‹-Programme ausüben, ist erstaunlich. Es ist die alte Geschichte: Verhaltenskontrolle durch Gedankenreform.«

»Was passiert in diesen Bewußtseinstrainingsprogrammen?«

Red sah auf die Uhr.

»Ich bin um Viertel vor elf fertig. Treffen wir uns doch zum Frühstück, dann erzähle ich Ihnen, was ich weiß.«

»Man nennt das Großgruppen-Bewußtseinstraining.«

Während Red redete, löffelte er sich Schinkensoße auf seine Maisgrütze. Wir saßen im Anderson's, und durchs Fenster sah ich die Hecken und die Backsteinmauer des Presbyterian Hospital.

»Diese Kurse werden so angepriesen, daß sie klingen wie Seminare oder Collegekurse, tatsächlich sind die Sitzungen aber so konzipiert, daß sie die Teilnehmer emotional und psychologisch in Erregung versetzen. Das wird in den Broschüren allerdings nicht erwähnt. Ebensowenig wie die Tatsache, daß die Teilnehmer mittels Gehirnwäsche dazu gebracht werden, eine völlig neue Weltansicht zu akzeptieren.« Er spießte sich eine Scheibe Landschinken auf.

»Wie läuft das ab?«

»Die meisten Programme dauern vier oder fünf Tage. Der erste Tag ist nur dazu da, die Autorität des Führers zu etablieren. Mit Demütigungen und verbalen Schmähungen. Am nächsten Tag wird den Teilnehmern dann die neue Philosophie eingehämmert. Der Kursleiter redet den Teilnehmern ein, daß ihr Leben beschissen ist und daß sie einen Ausweg nur finden, wenn sie das neue Denken akzeptieren.«

Maisgrütze.

»Tag drei ist dann gewöhnlich diversen Übungen gewidmet. Tranceeinleitung. Das Hervorholen verschütteter Erinnerungen. Gesteuerte Assoziationsspiele. Der Trainer bringt die Leute dazu, Enttäuschungen hervorzukramen, Zurückweisungen, schlechte Erinnerungen. Die Leute stellen sich emotional bloß. Am folgenden Tag gibt's dann jede Menge warme, schnuckelige Gruppengefühle, und der Leiter verwandelt sich aus einem harten Zuchtmeister zum liebevollen Papa oder zur liebenden Mama. Zu diesem Zeitpunkt beginnt bereits die Werbung für die nächste Serie von Kursen. Der letzte Tag ist dann Spaß und Glückseligkeit, mit viel Umarmen und Tanzen und Musik und Spielen. Und aggressivem Verkaufen.«

Ein Paar in Khakihosen und identischen Golfhemden setzte sich in die Nische neben uns. Er war perlmutt, sie war schaumgrün.

»Das Gefährliche daran ist, daß diese Kurse unglaublich belastend sein können, sowohl physisch als auch psychisch. Die meisten Leute haben keine Ahnung, wie intensiv so etwas wird. Wenn sie es wüßten, würden sie sich nicht einschreiben.«

»Reden die Teilnehmer danach nicht über das Programm?«

»Man schärft ihnen ein, vage zu bleiben, weil Reden über diese Erfahrungen sie für andere verderben würde. Sie werden zwar ermutigt zu schwärmen, wie sehr sich ihr Leben verändert hat, aber zugleich sollen sie auch verheimlichen, wie selbstquälerisch und nervenaufreibend der ganze Prozeß war.«

»Wo rekrutieren diese Gruppen?«

»Überall. Auf der Straße. Von Haus zu Haus. In Schulen, Geschäften, Gesundheitszentren. Sie schalten Anzeigen in alternativen Zeitungen, New-Age-Magazinen –«

»Was ist mit Colleges und Universitäten?«

»Sehr fruchtbarer Boden. Auf Schwarzen Brettern, in Wohnheimen und Mensen, bei Aktionstagen. Einige Kulte schicken Mitglieder in Beratungszentren auf den Campus, damit sie sich nach Studenten umsehen, die allein kommen.«

»Aber das ist eine ganz andere Geschichte, nicht? Diese Bewußtseinsseminare haben mit den Kulten, über die wir das letzte Mal gesprochen haben, nichts zu tun?«

»Nicht unbedingt. Einige dieser Programme dienen dazu, Mitglieder für Organisationen zu werben, die im Hintergrund stehen. Man macht den Kurs, dann kriegt man gesagt, daß man sich so gut geschlagen hat, daß man für eine höhere Ebene in Frage kommt oder den Guru kennenlernen darf oder sonst was.«

Seine Worte trafen mich wie ein Schlag vor die Brust. Harrys Abendessen im Haus des Leiters.

»Red, was für Menschen fallen auf so etwa herein?« Ich hoffte, daß meine Stimme ruhiger klang, als ich mich fühlte.

»Meine Forschungen zeigen, daß es zwei wichtige Faktoren gibt.« Er zählte sie an fettigen Fingern ab. »Depressionen und zerbrochene Bindungen.«

»Und das heißt?«

»Jemand in einem Übergangsstadium ist oft einsam und verwirrt und deshalb anfällig.«

»In einem Übergangsstadium?«

»Zwischen High-School und College, College und Berufsleben. Nach dem Ende einer Beziehung. Nach einer Kündigung.«

Reds Sätze verschmolzen mit dem Stimmengewirr der Frühstücksgäste. Ich mußte mit Kit reden. Ich mußte Harry finden. Plötzlich schien alles so offensichtlich. Warum hatte ich es vorher nicht bemerkt?

Als ich mich wieder auf Red konzentrierte, sah der mich merkwürdig an. Ich wußte, daß ich etwas sagen mußte.

»Ich glaube, daß meine Schwester einen dieser Kurse absolviert hat. Bei einer Gruppe mit dem Namen Inner Life Empowerment.«

Er zuckte die Achseln. »Es gibt so viele. Die kenne ich nicht.«

»Jetzt ist sie auf Tauchstation gegangen. Niemand kann sie erreichen.«

»Tempe, die meisten dieser Programme sind ziemlich harmlos. Aber Sie sollten mit ihr reden. Bei gewissen Menschen können sie großen Schaden anrichten.«

Bei Harry zum Beispiel.

In mir brodelte die bekannte Mischung aus Angst und Verärgerung.

Ich dankte Red und bezahlte die Rechnung. Draußen auf dem Bürgersteig fiel mir noch eine Frage ein.

»Haben Sie je von einer Soziologin namens Jeannotte gehört? Sie beschäftigt sich mit religiösen Bewegungen.«

»Daisy Jeanotte?« Eine Augenbraue hob sich, was seine Stirn in schiefe Furchen legte.

»Ich habe sie vor ein paar Wochen an der McGill kennengelernt, und mich würde interessieren, was ihre Kollegen von ihr halten.«

Er zögerte. »Ja. Ich habe gehört, daß sie jetzt in Kanada ist.«

»Kennen Sie sie?«

»Ich hatte vor Jahren mal Kontakt mit ihr.« Seine Stimme war ausdruckslos geworden. »Jeannotte gehört nicht gerade zum Mainstream unseres Fachs.«

»Ach so?« Ich musterte sein Gesicht, aber seine Miene verriet nichts.

»Danke für das Frühstück, Tempe. Ich hoffe, ich konnte Ihnen was liefern, das Ihr Geld wert war.« Sein Lächeln wirkte gezwungen.

Ich berührte ihn am Arm. »Was verschweigen Sie mir, Red?«

Das Grinsen verschwand. »Ist Ihre Schwester eine Schülerin von Daisy Jeannotte?«

»Nein. Warum?«

»Jeannotte war vor einigen Jahren Gegenstand einer Kontroverse. Ich kenne die wahre Geschichte nicht, und ich will keine Gerüchte verbreiten. Aber seien Sie vorsichtig.«

Ich wollte noch mehr fragen, aber er nickte mir zu und ging zu seinem Auto.

Mit offenem Mund stand ich im Sonnenlicht. Was meinte er nur damit?

Als ich nach Hause kam, fand ich eine Nachricht von Kit auf dem Anrufbeantworter. Er hatte ein Vorlesungsverzeichnis des North Harris County Community College entdeckt, aber nichts darin klang wie Harrys Workshop. Allerdings hatte er auf dem Schreibtisch seiner Mutter einen Flugzettel des Inner Life Empowerment gefunden. Der Zettel hatte ein Loch wie von einer Reißzwecke, und er nahm an, daß er von einem Schwarzen Brett stammte. Er hatte die angegebene Nummer angerufen, doch der Anschluß existierte nicht mehr.

Harrys Kurs hatte nichts mit dem College zu tun!

Reds Worte vermischten sich mit denen von Ryan, und meine Befürchtungen verstärkten sich. Neue Beziehungen. In einem Übergangsstadium. Bindungslos. Anfällig.

Der Rest des Tages war ein Taumeln von einer Beschäftigung zur anderen, Sorge und Unentschlossenheit raubten mir die Konzentration. Schließlich, als die Schatten auf meiner Terrasse immer länger wurden, erhielt ich einen Anruf, der mich zu organsierterem Denken zwang. Schockiert hörte ich mir an, was mir berichtet wurde, und dann traf ich eine Entscheidung.

Ich rief meinen Fakultätsvorstand an, um ihm zu sagen, daß ich in der folgenden Woche nicht hiersein würde. Da ich für die Konferenz in Biologischer Anthropologie bereits einen Tag Abwesenheit eingeplant hatte, würden meine Studenten nur eine zusätzliche Stunde verlieren. Es tat mir zwar leid, aber es mußte sein.

Nach dem Anruf ging ich nach oben, um zu packen. Nicht für Oakland, sondern für Montreal.

Ich mußte meine Schwester finden.

Ich mußte den Wahnsinn stoppen, der heranrollte wie Donner über dem Piedmont Plateau.

29

Als das Flugzeug abhob, schloß ich die Augen und lehnte mich in meinem Sitz zurück, denn ich war zu erschöpft von einer weiteren ruhelosen Nacht, um offen zu sein für das, was um mich herum vorging. Normalerweise genieße ich das Gefühl der Beschleunigung, wenn ein Flugzeug steigt und ich die Welt unter mir kleiner werden sehe, doch nicht in diesem Augenblick. Die Worte eines verängstigten alten Mannes hallten mir durch den Kopf.

Ich streckte mich und stieß mit dem Fuß gegen das Päckchen, das ich unter den Vordersitz gestellt hatte. Mein Handgepäck. Das ich nie aus den Augen ließ. Eine lückenlose Überwachung konnte wichtig sein.

Ryan, der neben mir saß, blätterte in einem Magazin der US-Airways. Da er in Savannah keinen Flug mehr bekommen hatte, war er nach Charlotte gefahren, um dort den um sechs Uhr fünfunddreißig zu erwischen. Auf dem Flughafen hatte er mir ausführlich über die in Texas aufgenommene Aussage berichtet.

Der alte Mann war geflüchtet, um seinen Hund zu beschützen.

Wie Kathryn, dachte ich, die Angst um ihr Baby hat.

»Hat er gesagt, was sie genau vorhaben?« fragte ich Ryan flüsternd. Die Stewardeß erklärte eben die Sicherheitsgurte und die Atemmasken.

Ryan schüttelte den Kopf. »Der Kerl ist ein Zombie. Er war auf der Ranch, weil sie ihm und seinem Hund ein Dach über den Kopf gegeben haben. Mit ihrem Glauben hatte er wenig am Hut, aber er hat einiges mitbekommen.« Ryan ließ das Magazin auf seinen Schoß sinken. »Er hat irgendwas von kosmischer Energie und Schutzengeln geplappert. Und er sagt, die Leute, bei denen er wohnt, seien nicht von dieser Welt. Sie hätten mit den Mächten des Bösen gekämpft, und jetzt sei es Zeit zu gehen. Bloß Fido könne er nicht mitnehmen.«

»Deshalb hat er sich unter der Veranda versteckt.«

Ryan nickte.

»Wer sind diese Mächte des Bösen?«

»Das weiß er nicht so recht.«

»Und er kann auch nicht sagen, wohin die Rechtschaffenen gegangen sind?«

»Nach Norden. Aber Sie dürfen nicht vergessen, Opa ist nicht mehr der Hellste.«

»Von Dom Owens hat er noch nie was gehört?«

»Nein. Sein Anführer war ein Kerl namens Toby.«

»Kein Nachname?«

»Nachnamen sind nur von dieser Welt. Aber Schiß hat er nicht vor ihm. Anscheinend sind Toby und der Alte recht gut miteinander ausgekommen. Es ist irgendeine Frau, die ihm eine Heidenangst einjagt.«

Was hatte Kathryn gesagt? »Es ist nicht Dom. Sie ist es.« Ein Gesicht blitzte vor mir auf.

»Wer ist diese Frau?«

»Er kennt zwar keinen Namen, aber er sagt, diese Frau hätte Toby gesagt, daß der Antichrist vernichtet wurde und der Jüngste Tag bevorstehe. Deshalb der Aufbruch.«

»Und?«

»Der Hund durfte nicht mit.«

»Sonst nichts?«

»Er sagt, diese Lady ist eindeutig die Schwester Oberin.«

»Kathryn hat ebenfalls von einer Frau gesprochen.«

»Name?«

»Ich habe sie nicht gefragt. Erschien mir zu dem Zeitpunkt nicht so wichtig.«

»Was hat sie sonst noch gesagt?«

Ich wiederholte, woran ich mich noch erinnern konnte.

Ryan legte seine Hand auf meine.

»Tempe, eigentlich wissen wir nichts über diese Kathryn, außer daß sie ihr ganzes Leben in dieser Sekte verbracht hat. Sie taucht bei Ihnen zu Hause auf und behauptet, sie hätte Ihre Adresse über die Uni rausgefunden. Und Sie sagen, die steht gar nicht im Verzeichnis. Am selben Tag gehen vierundvierzig ihrer engsten Freunde in zwei Staaten auf Wanderschaft, und sie selber macht sich auch aus dem Staub.«

Das stimmte. Ryan hatte schon früher Vorbehalte gegen Kathryn geäußert.

»Haben Sie eigentlich rausgefunden, wer Ihnen den Streich mit der Katze gespielt hat?«

»Nein«. Ich zog meine Hand zurück und kaute am Daumennagel.

Eine Weile schwiegen wir beide. Dann fiel mir noch etwas ein.

»Kathryn hat ebenfalls den Antichrist erwähnt.«

»Inwiefern?«

»Sie meinte, daß Dom nicht an den Antichrist glaubt.«

Ryan schwieg lange. Dann: »Ich habe mit den Jungs gesprochen, die diesen Sonnentempler-Fall im letzten Herbst bearbeitet haben. Wissen Sie, was in Morin Heights wirklich vorgefallen ist?«

»Nur daß fünf Menschen ums Leben kamen. Ich war in Charlotte, und die amerikanischen Medien konzentrierten sich damals auf die Schweiz. Was in Kanada passiert war, fand kaum Beachtung.«

»Ich kann Ihnen sagen, was passiert ist. Joseph DiMambro hat einen Killertrupp losgeschickt, um ein Baby zu töten.« Er hielt kurz inne. »Morin Heights war der Auslöser für das Feuerwerk in Übersee. Anscheinend war dieses Baby ohne Big Daddys Zustimmung auf die Welt gekommen, und er betrachtete es deshalb als Antichrist. Sobald dieses Baby tot war, war für die Gläubigen der Weg frei für den Übertritt.«

»O Gott. Glauben Sie, daß Dom Owens wirklich einer dieser Sonnentempelfanatiker ist?«

»Könnte natürlich auch 'ne Nachahmungsmasche sein. Schwer zu sagen, was dieses Adler-Lyons-Gewäsch bedeutet, bevor die Psychologen es auseinanderklamüsert haben.«

Auf dem Grundstück auf St. Helena war eine Abhandlung gefunden worden. Und eine Karte der Provinz Quebec.

»Aber mir ist es auch scheißegal, welcher Spinner da an der Spitze steht, wenn Unschuldige in den Tod geführt werden. Ich werde diesen Mistkerl fangen und ihn höchstpersönlich ausnehmen und grillen.«

Seine Kiefermuskeln verkrampften sich, als er wieder nach dem Magazin griff.

Ich schloß die Augen und versuchte, mich zu entspannen, aber die Bilder ließen mir keine Ruhe.

Harry, schwungvoll und lebenslustig. Harry im Trainingsanzug und ohne Make-up.

Sam, bestürzt über die Invasion seiner Insel.

Malachy. Mathias. Jennifer Cannon. Carole Comptois. Eine verkohlte Katze. Der Inhalt des Päckchens zu meinen Füßen.

Kathryn, mit flehenden Augen. Als könnte ich ihr helfen. Als könnte ich ihr Leben nehmen und es irgendwie besser machen.

Oder hatte Ryan recht? Hatte man mich hereingelegt? Hatte

man Kathryn zu mir geschickt zu irgendeinem heimtückischen Zweck, von dem ich nichts wußte? War Owens verantwortlich für den Brandanschlag mit der Katze?

Harry hatte von Ordnung gesprochen. Daß ihr Leben sie anöde und die neue Ordnung ihr helfe, es zu ändern. Kathryn ebenfalls. Sie hatte gesagt, die neue Ordnung gelte für jeden. Brian und Heidi hätten dagegen verstoßen. Doch was war damit gemeint? Die kosmische Ordnung. Eine Anordnung von ganz oben? Oder vielleicht der Orden des Sonnentempels?

Brennan, hör auf, dich verrückt zu machen. In siebenunddreißigtausend Fuß Höhe kannst du nichts ausrichten.

Ich beschloß, diesen Teufelskreis zu durchbrechen, indem ich ein Jahrhundert zurückging.

Ich öffnete meine Aktentasche, zog das Bélanger-Tagebuch heraus und blätterte zum Dezember 1844, weil ich hoffte, daß die Festtage Louis-Philippe in bessere Stimmung versetzt hatten.

Dem guten Arzt schmeckte das Weihnachtsessen im Hause Nicolet, ebenso seine Pfeife, was ihm aber nicht schmeckte, waren die Pläne seiner Schwester für eine Rückkehr auf die Bühne. Eugénie war eingeladen worden, in Europa zu singen.

Was Louis-Philippe an Humor entbehrte, machte er mit Hartnäckigkeit wieder wett. In den ersten Monaten des Jahres 1845 tauchte der Name seiner Schwester häufig auf. Offensichtlich hielt er mit seiner Meinung nicht hinterm Berg. Aber Eugénie ließ sich, sehr zur Verärgerung ihres Bruders, nicht von ihren Plänen abbringen. Sie wollte im April abreisen, würde in Paris und Brüssel Konzerte geben, wollte dann den Sommer in Frankreich verbringen und Ende Juli nach Montreal zurückkehren.

Eine Stimme bat die Fluggäste, für die Landung in Pittsburgh die Sitzlehnen wieder in die aufrechte Position zu bringen und die Tische hochzuklappen.

Eine Stunde später waren wir wieder in der Luft, und ich befand mich im Frühling 1845. Louis-Philippe war sehr mit städtischen und Krankenhausangelegenheiten beschäftigt, besuchte jedoch seinen Schwager jede Woche. Allem Anschein nach reiste Alain Nicolet nicht mit seiner Frau nach Europa.

Ich fragte mich, wie Eugénies Tournee verlaufen war. Louis-Philippe hatte das offensichtlich nicht interessiert, denn in diesen Monaten wurde sie kaum erwähnt. Doch dann fiel mir ein Eintrag ins Auge.

17. Juli 1845. Aufgrund unvorhergesehener Umstände mußte Eugénies Aufenthalt verlängert werden. Es wurden entsprechende Arrangements gertroffen, Louis-Philippe ließ sich im einzelnen jedoch nicht darüber aus.

Ich starrte in die Helligkeit vor meinem Fenster. Welche ›unvorhergesehenen Umstände‹ hatten Eugénie in Frankreich festgehalten? Ich rechnete nach. Élisabeth war im Januar geboren worden. Oh Mann.

In den ganzen Sommer- und Herbstmonaten erwähnte Louis-Philippe seine Schwester nur höchst beiläufig. Briefe von Eugénie. Geht ihr gut.

Als unsere Räder den Asphalt des Dorval Airport berührten, tauchte Eugénie wieder auf. Auch sie war nach Montreal zurückgekehrt. Am 19. April 1846. Ihr Baby war drei Monate alt.

Das war es.

Élisabeth Nicolet wurde in Frankreich geboren. Alain konnte nicht ihr Vater sein. Aber wer war es dann?

Ryan und ich stiegen schweigend aus dem Flugzeug. Er rief seine Nachrichten ab, während ich aufs Gepäck wartete. Als er zurückkehrte, sagte mir sein Gesicht, daß es schlechte Nachrichten waren.

»Die Transporter wurden in der Nähe von Charleston gefunden.«

»Leer?«

Er nickte.

Eugénie und ihr Baby verschwanden wieder in ihrem Jahrhundert.

Der Himmel hatte die Farbe von Zinn, und ein feiner Regen wehte schräg durch die Scheinwerferkegel, als Ryan und ich in östlicher Richtung über den Highway 20 fuhren. Nach Angaben des Piloten herrschten in Montreal laue vier Grad.

Wir fuhren schweigend, da wir bereits besprochen hatten, wie wir vorgehen wollten. Eigentlich wollte ich nur schnell nach Hause fahren, meine Schwester finden und mich von einer immer bedrohlicher werdenden dunklen Vorahnung befreien. Doch ich würde tun, worum Ryan mich gebeten hatte. Erst dann würde ich meinen eigenen Plan verfolgen.

Wir stellten das Auto auf dem Parkplatz am Parthenais ab und gingen auf das Gebäude zu. Die Luft roch nach Malz aus der Molton-Brauerei. Öl glänzte auf den Pfützen, die sich auf dem unebenen Asphalt gesammelt hatten.

Ryan stieg im ersten Stock aus dem Aufzug, und ich fuhr weiter in den fünften zu meinem Büro. Nachdem ich meinen Mantel ausgezogen hatte, wählte ich einen Nebenanschluß im Haus. Man hatte meine Nachricht bekommen, und wir konnten anfangen, sobald ich soweit war. Ich ging sofort ins Labor.

Ich suchte mir ein Skalpell, ein Lineal, Kleber und eine sechzig Zentimeter lange Stange aus radiergummiähnlichem Material. Dann öffnete ich mein mitgebrachtes Paket, wickelte den Inhalt aus und untersuchte ihn.

Der Schädel und der Unterkiefer des unbekannten Murtry-Opfers hatten den Flug unbeschadet überstanden. Ich frage mich oft, was sich das Sicherheitspersonal am Flughafen denkt, wenn meine Skeletteile durch den Scanner wandern. Ich stellte den Schädel auf einen Korkring mitten auf den Tisch. Dann drückte ich Kleber in das Kiefergelenk und befestigte den Unterkiefer.

Während der Kleber trocknete, suchte ich mir eine Tabelle für die Gewebestärke im Gesicht weißer amerikanischer Frauen heraus. Als der Kiefer sich fest anfühlte, plazierte ich den Schädel auf einer Halterung, stellte die Höhe ein und befestigte ihn mit Klemmen. Die leeren Augenhöhlen starrten mir direkt ins Gesicht, während ich siebzehn winzige Gummizylinder zurechtschnitt und sie auf die Gesichtsknochen klebte.

Zwanzig Minuten später brachte ich den Schädel in ein kleines Zimmer am Ende des Korridors. Ein Schild bezeichnete die Abteilung als *Section Imagerie.* Ein Techniker begrüßte mich und sagte mir, daß das System betriebsbereit sei.

Ohne Umschweife plazierte ich den Schädel auf einem Ständer und filmte ihn mit einer Videokamera aus verschiedenen Blickwinkeln ab. Die Aufnahmen gab ich in einen PC ein. Ich studierte die digitalisierten Abbildungen und entschied mich für eine Frontalansicht. Mit Hilfe eines Stifts und eines mit dem Computer verbundenen Grafiktabletts verknüpfte ich die Gummimarker, die vom Schädel abstanden. Während ich den Fadenkreuz-Cursor über den Bildschirm dirigierte, enstand eine makabre Silhouette.

Als ich mit dem Gesichtsumriß zufrieden war, wandte ich mich anderen Aspekten zu. Mit der Knochenarchitektur als Leitfaden suchte ich Augen, Ohren, Nase und Lippen aus der Datenbank des Computers aus und fügte diese vorgefertigten Merkmale in das Bild ein.

Als nächstes testete ich Haare und fügte hinzu, was mir als eine am wenigsten verfälschende Frisur erschien. Da ich nichts über das Opfer wußte, blieb ich lieber unbestimmt, als mich zu irren. Als ich zufrieden war mit den Komponenten, mit denen ich meine Schädelabbildung versehen hatte, verwischte und schattierte ich die Rekonstruktion mit dem Stift, um sie so lebensecht wie möglich zu machen. Der ganze Prozeß dauerte weniger als zwei Stunden.

Ich lehnte mich zurück und betrachtete meine Arbeit.

Ein Gesicht starrte mich aus dem Monitor an. Es hatte leicht hängende Lider, eine zarte Nase und breite, hohe Wangenknochen. Es war hübsch, auf eine roboterhafte, ausdruckslose Art. Und irgendwie vertraut. Ich schluckte. Dann veränderte ich mit einigen Strichen des Stifts die Frisur. Ein stumpfer Schnitt. Ein Pony.

Ich hielt den Atem an. Ähnelte meine Konstruktion Anna Goyette? Oder hatte ich nur einen bestimmten Typ einer jungen Frau erzeugt und mit einem vertrauten Haarschnitt versehen?

Ich kehrte wieder zu der Originalfrisur zurück und bewertete die Ähnlichkeit. Ja? Nein? Ich hatte keine Ahnung.

Schließlich drückte ich einen Befehl auf der Menüzeile, und vier Fenster erschienen auf dem Bildschirm. Ich verglich die Abbildungen miteinander und suchte nach Nichtübereinstimmungen zwischen meinem rekonstruierten Bild und dem Schädel. Zuerst der unveränderte Schädel samt Kieferknochen. Dann eine Abbildung mit dem nackten Knochen auf der linken Seite und dem rekonstruierten Fleisch auf der rechten. Als drittes das Gesicht, das ich erzeugt hatte, in gespenstischer Transparenz über Knochen und Gewebemarkern. Als letztes die komplette Rekonstruktion. Ich schaltete das letzte Bild wieder auf maximale Größe und starrte es lange an. Ich war mir nicht sicher.

Ich druckte das Bild aus, speicherte die Rekonstruktion ab und lief in mein Büro. Bevor ich das Gebäude verließ, legte ich Ryan einige Kopien davon auf den Tisch. Die beigefügte Notiz bestand nur aus zwei Wörtern: Murtry, *Inconnue.* Unbekannt. Ich hatte jetzt andere Dinge im Kopf.

Als ich aus dem Taxi stieg, hatte der Regen nachgelassen, aber die Temperatur war deutlich gefallen. Dünne Eismembranen bildeten sich auf den Pfützen und kristallisierten auf Drähten und Ästen.

Die Wohnung war dunkel und still wie eine Krypta. Ich legte Mantel und Taschen in der Diele ab und ging direkt ins Gästezimmer. Harrys Make-up-Sachen lagen verstreut auf dem Toilettentisch. Hatte sie sie diesen Morgen oder letzte Woche benutzt? Kleider. Stiefel. Fön. Zeitschriften. Meine Suche ergab nichts, das darauf hätte hinweisen können, wohin oder wann Harry gegangen war.

Das hatte ich erwartet. Was ich nicht erwartet hatte, war die Panik, die mich erfaßte, als ich Zimmer um Zimmer durchstöberte.

Ich kontrollierte den Anrufbeantworter. Keine Nachrichten.

Beruhige dich. Vielleicht hat sie Kit schon angerufen.

Negativ.

Charlotte?

Kein Wort von Harry, aber Red Skyler hatte angerufen, um mir zu sagen, daß er sich mit dem Cult Awareness Network, einer Art Verein zur Beobachtung von Sekten, Kulten und ähnlichem, in Verbindung gesetzt hatte. Sie hatten nichts über Dom Owens, aber es gab eine Akte über Inner Life Empowerment. Nach CAN war es eine legale Organisation. ILE operierte in verschiedenen Staaten und bot Selbsterkenntnis-Seminare an, die zwar sinnlos, aber ungefährlich waren. Stelle dich dem Intimsten in dir und dem Intimsten in anderen. Unsinn, aber wahrscheinlich harmlos, und Red meinte, ich sollte mir keine zu großen Sorgen machen. Wenn ich noch mehr Informationen wollte, solle ich ihn oder CAN anrufen. Er hatte mir beide Nummern hinterlassen.

Die anderen Nachrichten rauschten an mir vorüber. Sam, der wissen wollte, was es Neues gab. Katy, die von ihrer Rückkehr nach Charlottesville berichtete.

ILE war also nicht gefährlich, und Ryan hatte wahrscheinlich recht. Harry war mal wieder auf Tour. Zorn rötete mir die Wangen.

Wie ein Roboter hängte ich meinen Mantel auf und rollte den Koffer ins Schlafzimmer. Dann setzte ich mich auf die Bettkante, massierte mir die Schläfen und ließ meinen Gedanken freien Lauf. Die Zeiger auf meinem Wecker zählten langsam die Minuten.

Diese letzten Wochen waren die schwierigsten meiner Karriere gewesen. Ich konnte mich nicht erinnern, wann ich je so viele Tote in so kurzer Zeit gehabt hatte. Konnte es sein, daß es zwischen all diesen Opfern eine Verbindung gab? Hingen die Toten auf Murtry mit denen in St. Jovite zusammen? War Carole Comptois von demselben Monster getötet worden? War das Gemetzel in St. Jovite nur der Anfang gewesen? Plante in diesem Augenblick irgendein Wahnsinniger ein Blutbad, das jede Vorstellung sprengte?

Harry würde selbst zurechtkommen müssen.

Ich wußte jetzt, was ich tun würde. Zumindest wußte ich, wo ich anfangen würde.

Es regnete, und der McGill-Campus war mit einer dünnen Eiskruste überzogen. Die Gebäude ragten als schwarze Silhouetten in die Höhe, ihre Fenster waren das einzige Licht in der tristen, feuchten Dämmerung. Hier und dort bewegte sich eine Gestalt in einem erhellten Rechteck, eine winzige Puppe in einem Schattenspiel.

Poröses Eis knirschte unter meinen Schritten, als ich die Treppe zu Birks Hall hinaufstieg. Das Gebäude war leer, alle waren wegen des drohenden Unwetters schon nach Hause gegangen. Keine Regenmäntel an den Haken, keine Stiefel, die an den Wänden trieften. Die Drucker und Kopiermaschinen waren stumm, das einzige

Geräusch war das Klicken von Regentropfen auf Bleiglas hoch über meinem Kopf.

Meine Schritte hallten, als ich die Treppe in den zweiten Stock hinaufstieg. Schon vom Hauptkorridor aus sah ich, daß Jeannottes Tür geschlossen war. Ich hatte nicht wirklich geglaubt, daß sie hiersein würde, aber einen Versuch war es mir wert gewesen. Sie erwartete mich nicht, und die Leute sagen die merkwürdigsten Dinge, wenn man sie aus der Routine reißt.

Als ich um die Ecke bog, sah ich gelbes Licht im Spalt unter der Tür. Ich klopfte, ohne zu wissen, was mich erwartete.

Als die Tür aufging, blieb mir vor Überraschung der Mund offenstehen.

30

Ihre Augen waren rot geründert, ihre Haut blaß, die Wangen eingefallen. Sie erschrak, als sie mich sah, sagte aber nichts.

»Wie geht es Ihnen, Anna?«

»Okay.« Sie blinzelte, und ihre Wimpern brachten den Pony zum Schwingen.

»Ich bin Dr. Brennan. Wir haben uns vor ein paar Wochen kennengelernt.«

»Ich weiß.«

»Als ich dann wiederkam, hieß es, Sie wären krank.«

»Mir geht's gut. Ich war nur ein paar Tage weg.«

»Ist Dr. Jeannotte hier?«

Anna schüttelte den Kopf. Sie schob sich abwesend und wie in Zeitlupe die Haare hinters Ohr.

»Ihre Mutter hat sich Sorgen um Sie gemacht.«

Sie zuckte die Achseln, eine schlaffe, kaum erkennbare Bewegung. Sie fragte nicht, woher ich über ihre Familie Bescheid wußte.

»Ich habe mit Ihrer Tante bei einem Projekt zusammengearbeitet. Sie war auch sehr besorgt.«

»Oh.« Sie hielt den Kopf gesenkt, deshalb konnte ich ihr Gesicht nicht erkennen.

Sag es ihr auf den Kopf zu.

»Ihre Freundin meinte, Sie könnten in etwas verwickelt sein, das Ihnen Kummer bereitet.«

Sie hob den Kopf und sah mich an. »Ich habe keine Freundin. Von wem reden Sie?« Ihre Stimme war dünn und ausdruckslos.

»Sandy O'Reilly. Sie hatte Sie an diesem Tag vertreten.«

»Sandy will nur meine Stunden. Warum sind Sie hier?«

Gute Frage.

»Ich wollte mit Ihnen und Dr. Jeannotte reden.«

»Sie ist nicht hier.«

»Können wir beide uns unterhalten?«

»Es gibt nichts, was Sie für mich tun könnten. Mein Leben geht nur mich etwas an.« Ihre Teilnahmslosigkeit jagte mir einen Schauer über den Rücken.

»Das kann ich verstehen. Aber eigentlich hatte ich mir gedacht, daß Sie mir weiterhelfen könnten.«

Sie schaute den Korridor entlang und dann wieder mich an.

»Ich Ihnen helfen?«

»Darf ich Sie auf einen Kaffee einladen?«

»Nein.«

»Können wir woanders hingehen?«

Sie sah mich lange an, mit einem matten, leeren Blick. Dann nickte sie, nahm einen Parka vom Garderobenständer und führte mich die Treppen hinunter und zu einer Hintertür hinaus. Tief gebückt gegen den Eisregen stapften wir den Hügel hoch ins Zentrum des Campus und gingen dann zur Rückseite des Redpath Museum. Anna zog einen Schlüssel aus der Tasche, schloß eine Tür auf und führte mich in einen düsteren Korridor. Die Luft roch schwach nach Moder und Verfall.

Wir stiegen in den ersten Stock und setzten uns auf eine Holzbank, umgeben von Skeletten längst ausgestorbener Kreaturen. Über uns hing ein Beluga-Wal, Opfer eines Unglücks im Pleistozän. Staubflusen wirbelten im Neonlicht.

»Ich arbeite zwar nicht mehr im Museum, aber ich komme immer noch hierher, um nachzudenken.« Sie starrte den Irischen Elch an. »Diese Tiere haben Millionen von Jahren und Tausende von Kilometern voneinander getrennt gelebt, und jetzt sitzen sie hier an diesem einen Punkt im Universum fest, fixiert auf alle Ewigkeit in Raum und Zeit. Mir gefällt das.«

»Ja.« Auch eine Möglichkeit, das Aussterben von Arten zu betrachten. »Stabilität ist in der heutigen Zeit etwas Seltenes.«

Sie sah mich merkwürdig an und wandte sich dann wieder den Skeletten zu. Ich musterte ihr Profil, während sie den Blick über die Sammlung schweifen ließ.

»Sandy hat von Ihnen erzählt, aber ich habe nicht richtig zugehört.« Sie redete, ohne sich mir zuzudrehen. »Ich weiß nicht so recht, wer Sie sind und was Sie wollen.«

»Ich bin eine gute Bekannte Ihrer Tante.«

»Meine Tante ist ein netter Mensch.«

»Ja. Ihre Mutter dachte, daß Sie vielleicht in Schwierigkeiten sind.«

Sie verzog das Gesicht zu einem gequälten Grinsen. Es war offensichtlich kein Thema, das sie froh machte.

»Was kümmert es Sie, was meine Mutter denkt?«

»Es kümmert mich, daß Schwester Julienne sich Sorgen macht wegen Ihres Verschwindens. Ihre Tante wußte nicht, daß Sie schon öfters abgehauen sind.«

Sie wandte sich von den Wirbeltieren ab und sah mich an. »Was wissen Sie sonst noch über mich?« Sie warf ihre Haare zurück. Vielleicht hatte die Kälte ihre Lebensgeister geweckt. Jedenfalls wirkte sie etwas lebhafter als zuvor in Birks Hall.

»Anna, Ihre Tante hatte mich angefleht, Sie zu suchen. Sie wollte sich nicht einmischen, sie wollte nur Ihre Mutter besänftigen.«

Sie sah verunsichert drein. »Da Sie mich offensichtlich zu Ihrem Lieblingsfall gemacht haben, sollten Sie auch wissen, daß meine Mutter verrückt ist. Wenn ich nur zehn Minuten zu spät komme, ruft sie die Bullen.«

»Nach Angaben der Polizei dauerten Ihre Abwesenheiten ein bißchen länger als zehn Minuten.«

Ihre Augen verengten sich leicht.

Gut, Brennan. Treib sie in die Enge.

»Hören Sie, Anna, ich will mich wirklich nicht einmischen. Aber wenn es irgend etwas gibt, das ich für Sie tun kann, bin ich mehr als bereit dazu.«

Ich wartete, aber sie erwiderte nichts.

Dreh es um. Vielleicht öffnet sie sich dann.

»Vielleicht können Sie mir helfen. Wie Sie wissen, arbeite ich für das Büro des Leichenbeschauers, und einige Fälle der letzten Zeit haben uns ziemlich verwirrt. Vor ein paar Jahren verschwand aus Montreal eine junge Frau namens Jennifer Cannon. Letzte Woche wurde ihre Leiche gefunden. Sie war Studentin an der McGill.«

Annas Gesichtsausdruck änderte sich nicht.

»Kannten Sie sie?«

Sie blieb so stumm wie die Knochen um uns herum.

»Am achtzehnten März wurde auf der Île des Sœurs eine Frau namens Carole Comptois ermordet aufgefunden. Sie war achtzehn.«

Sie fuhr sich mit der Hand an die Haare.

»Jennifer Cannon war nicht allein«, fuhr ich fort. Anna ließ die Hand sinken, hob sie dann wieder ans Ohr. »Wir haben die Person, die mit ihr vergraben wurde, noch nicht identifiziert.«

Ich zog die Kopie meiner Gesichtsrekonstruktion aus der Tasche und hielt sie ihr hin. Sie nahm sie, wich dabei jedoch meinem Blick aus. Ihre Hand zitterte leicht, als sie das Gesicht anstarrte.

»Ist das lebensecht?«

»Gesichtsrekonstruktion ist eine Kunst, keine Wissenschaft. Man kann nie genau sagen, wie realistisch das Ergebnis ist.«

»Sie haben das anhand eines Schädels gemacht?« Ihre Stimme zitterte leicht.

»Ja.«

»Die Haare stimmen nicht.«

»Sie erkennen das Gesicht wieder?«

»Amalie Provencher.«

»Sie kennen sie?«

»Sie arbeitet im Beratungszentrum.« Anna hielt den Blick abgewendet.

»Wann haben Sie sie das letzte Mal gesehen?«

»Das ist schon ein paar Wochen her. Vielleicht länger, ich bin mir nicht sicher. Ich war eine Zeitlang nicht da.«

»Ist sie eine Studentin?«

»Was haben sie mit ihr gemacht?«

Ich zögerte, weil ich nicht so recht wußte, was ich ihr sagen durfte. Annas Stimmungsschwankungen ließen in mir den Verdacht aufkommen, daß sie entweder sehr labil war oder Drogen nahm.

Sie wartete meine Antwort nicht ab.

»Haben sie sie ermordet?« fragte sie.

»Wer, Anna? Wer ist ›sie‹?«

Nun sah sie mich endlich an. Ihre Pupillen funkelten im Kunstlicht.

»Sandy hat mir von der Unterhaltung mit Ihnen erzählt. Sie hatte recht, und sie hatte unrecht. Es gibt eine Gruppe hier auf dem Campus, aber sie hat nichts mit Satan zu tun. Und ich habe nichts mit der Gruppe zu tun. Ich weiß nur, daß Amalie sich den Job im Beratungszentrum besorgt hat, weil die es ihr befohlen haben.«

»Und dort haben Sie sie kennengelernt.«

»Ja.« Sie fuhr sich mit den Fingerknöcheln unter den Augen entlang und wischte sie sich an der Jeans ab.

»Wann?«

»Vor ein paar Jahren. Ich war damals ziemlich fertig, und ich dachte mir, ich könnte es ja mal mit Beratung versuchen. Immer wenn ich ins Zentrum kam, kam sie auf mich zu und redete mit mir, als würde sie sich wirklich um mich kümmern. Von ihr selbst oder ihren Problemen hat sie nie gesprochen. Sie hörte mir nur sehr aufmerksam zu. Wir hatten eine Menge gemeinsam, und so wurden wir Freunde.«

Ich erinnerte mich an Reds Worte. Werber erhalten den Auftrag, potentielle Mitglieder auszuhorchen, ihnen einzureden, daß sie viel gemeinsam hätten, und ihr Vertrauen zu gewinnen.

»Sie erzählte von dieser Gruppe, zu der sie gehörte, und daß sie ihr Leben völlig verändert hätte. Schließlich ging ich zu einem dieser Treffen. Es war ganz okay.« Sie zuckte mit den Achseln. »Jemand hielt einen Vortrag, es gab was zu essen, und wir haben Atemübungen und so Zeug gemacht. Es hat mich nicht gerade vom Hocker gerissen, aber ich ging noch ein paarmal hin, weil alle so taten, als würden sie mich wirklich mögen.«

Mit Liebe bombardieren.

»Und eines Tages haben sie mich aufs Land eingeladen. Es klang ziemlich gut, deshalb bin ich hingefahren. Wir haben Spiele gespielt, Vorträge angehört, gesungen und Übungen gemacht. Amalie hat es gefallen, aber für mich war es eigentlich nichts. Ich hielt das für einen Riesenhokuspokus, aber man konnte ja nicht widersprechen. Außerdem wurde man nie allein gelassen. Ich hatte keine Minute für mich.

Sie wollten, daß ich für einen längeren Workshop bleibe, und als ich nein sagte, waren sie eingeschnappt. Ich mußte ziemlich zickig werden, bis sie mich in die Stadt zurückgefahren haben. Danach bin ich Amalie aus dem Weg gegangen, aber hin und wieder sehe ich sie noch.«

»Wie heißt diese Gruppe?«

»Ich bin mir nicht sicher.«

»Glauben Sie, daß diese Leute Amalie umgebracht haben?«

Sie wischte mit den Handflächen an den Außenseiten ihrer Jeans.

»Es gab einen Kerl, den ich da draußen kennengelernt habe. Er ist über einen Kurs irgendwo anders zu der Gruppe gekommen. Auf jeden Fall, als ich von dort wegfuhr, blieb er noch, und ich habe ihn lange nicht gesehen. Ein Jahr vielleicht. Dann habe ich ihn durch Zufall bei einem Konzert auf der Île Notre Dame wiedergetroffen. Wir waren eine Weile zusammen, aber es hat nicht funktioniert.« Wieder ein Achselzucken. »Damals hatte er die Gruppe schon verlassen, aber er hat einige ziemlich unheimliche Geschichten erzählt, die dort passiert sein sollen. Über das meiste wollte er allerdings gar nicht reden. Er war ziemlich durchgeknallt.«

»Wie hieß er?«

»John Irgendwas.«

»Wo ist er jetzt?«

»Keine Ahnung. Ich glaube, er ist weggezogen.« Sie wischte sich Tränen von den unteren Wimpern.

»Anna, hat Dr. Jeannotte etwas mit dieser Gruppe zu tun?«

»Warum fragen Sie das?« Beim letzten Wort versagte ihr die Stimme. Ich sah eine kleine blaue Ader an ihrem Hals pochen.

»Als ich Sie zum ersten Mal sah, in Dr. Jeannottes Büro, schienen Sie wegen ihr sehr nervös zu sein.«

»Sie ist ganz wunderbar zu mir. Für meinen Kopf ist sie viel besser als Meditation und Atemübungen.« Sie schnaubte. »Aber sie ist auch sehr anspruchsvoll, und ich habe die ganze Zeit Angst, daß ich etwas falsch mache.«

»Soweit ich weiß, verbringen Sie sehr viel Zeit mit ihr.«

Ihr Blick wanderte wieder zu den Skeletten. »Ich dachte, es geht Ihnen um Amalie und diese Toten.«

»Anna, wären Sie bereit, noch mit jemand anderem zu reden? Was Sie mir gesagt haben, ist sehr wichtig, und die Polizei wird das sicher weiterverfolgen wollen. Ein Detective namens Andrew Ryan untersucht all diese Fälle. Er ist sehr nett, und ich glaube, Sie werden ihn mögen.«

Sie sah mich verwirrt an und schob sich die Haare hinter beide Ohren.

»Es gibt nichts, was ich Ihnen sonst noch sagen könnte. John könnte es, aber ich weiß wirklich nicht, wo er ist.«

»Wissen Sie noch, wo dieses Gruppentreffen stattfand?«

»Auf so einer Art Farm. Ich bin mit einem Transporter gefahren und habe nicht sehr aufgepaßt, weil sie uns Spiele machen ließen. Auf dem Rückweg habe ich nur geschlafen. Sie haben uns immer lange wach gehalten, und ich war total fertig. Bis auf John und Amalie habe ich keinen von diesen Leuten mehr wiedergesehen. Und jetzt sagen Sie, daß sie –«

Unten öffnete sich eine Tür, dann dröhnte eine Stimme die Treppe herauf.

»Ist da jemand?«

»Na toll. Jetzt muß ich den Schlüssel abgeben«, flüsterte Anna.

»Dürfen wir denn nicht hier sein?«

»Eigentlich nicht. Als ich aufgehört habe, im Museum zu arbeiten, habe ich den Schlüssel einfach behalten.«

Großartig.

»Richten Sie sich ganz nach mir«, sagte ich und stand von der Bank auf.

»Hallo?« rief ich. »Wir sind hier.«

Schritte auf der Treppe, dann erschien ein Wachmann in der Tür. Seine Strickmütze reichte ihm bis knapp über die Augen, ein regenfeuchter Parka spannte sich über seinen Bauch. Er atmete schwer, und seine Zähne wirkten gelb in dem violetten Licht.

»O Gott, wir sind froh, Sie zu sehen«, sagte ich etwas übertrieben. »Wir haben *Odocoileus virginianus* gezeichnet und dabei die Zeit ganz vergessen. Alle sind früh gegangen wegen dem Eis, und da hat man uns wohl vergessen. Wir wurden eingesperrt.« Ich lächelte schuldbewußt. »Ich wollte eben den Sicherheitsdienst anrufen.«

»Sie dürfen jetzt nicht hier sein. Das Museum ist geschlossen«, krächzte er.

Anscheinend hatte meine Schauspielerei nicht gefruchtet.

»Natürlich. Wir müssen auch wirklich los. Ihr Mann wird sich schon fragen, wo sie geblieben ist.« Ich deutete auf Anna, die nickte wie ein Wackelhündchen.

Der Wachmann sah mit wäßrigen Augen von Anna zu mir und nickte dann in Richtung Treppe.

»Dann wollen wir mal.«

Das ließen wir uns nicht zweimal sagen.

Draußen regnete es noch immer. Die Tropfen waren dicker geworden, wie die Wassereisdrinks, die meine Schwester und ich als Kinder auf Jahrmärkten gekauft hatten. Ihr Gesicht tauchte plötzlich wieder vor mir auf. Wo bist du, Harry?

Vor Birks Hall warf Anna mir einen amüsierten Blick zu.

»Odocoileus virginianus?«

»Ist mir gerade so eingefallen.«

»Im Museum gibt's keinen Weißwedelhirsch.«

Kräuselten sich ihre Mundwinkel ein wenig, oder war es nur die Kälte? Ich zuckte die Achseln.

Widerwillig gab Anna mir ihre Telefonnummer und ihre Adresse. Wir trennten uns, und ich versicherte ihr, daß Ryan sich bald bei ihr melden würde. Als ich die Straße hinuntereilte, drehte ich mich aus irgendeinem Grund noch einmal um. Anna stand im Torbogen des neugotischen Gebäudes, bewegungslos wie ihre känozoischen Kameraden.

Zu Hause angekommen, wählte ich Ryans Pager. Minuten später klingelte das Telefon. Ich erzählte ihm, daß Anna wieder aufgetaucht sei, und umriß ihm unsere Unterhaltung. Er versprach, den Leichenbeschauer zu informieren, damit die Suche nach Amalie Provenchers medizinischen und zahnärztlichen Unterlagen beginnen konnte. Danach legte er schnell wieder auf, weil er Anna noch erreichen wollte, bevor sie Jeannottes Büro verließ. Er würde mich später noch einmal anrufen, um mir zu sagen, was er während des Tages herausgefunden hatte.

Ich aß einen Salat Niçoise und Croissants, badete dann lange und zog mir einen alten Trainingsanzug an. Mir war noch immer kalt, und ich beschloß deshalb, ein Feuer im Kamin zu machen. Da ich meine Feueranzünder aufgebraucht hatte, knüllte ich ein paar alte Zeitungen zusammen und schichtete Späne darüber. Eisblumen wuchsen am Fenster, als ich die Papierknäuel anzündete und zusah, wie der Holzstoß langsam Feuer fing.

Acht Uhr vierzig. Ich holte die Bélanger-Tagebücher hervor und schaltete *Seinfeld* an, weil ich hoffte, daß der Rhythmus der Dialoge und das Lachen aus der Konserve mich etwas entspannen würden. Ich wußte, wenn ich meinen Gedanken freien Lauf ließ, würden sie stöbernd und fauchend herumstreifen wie Katzen in der Nacht und meine Angst so steigern, daß Schlaf unmöglich wäre.

Es half nichts. Jerry und Kramer gaben sich zwar alle Mühe, aber ich konnte mich nicht konzentrieren.

Mein Blick wanderte zum Feuer. Die Flammen waren zu wenigen Züngelchen geschrumpft, die am untersten Scheit leckten. Ich ging zum Herd, zerriß und zerknüllte noch einige Zeitungsseiten und stopfte sie unter das Holz.

Ich schürte eben das Feuer, als die Erinnerung mich überfiel.

Zeitungen.

Ich hatte den Mikrofilm ganz vergessen!

Ich ging ins Schlafzimmer, suchte mir die Seiten heraus, die ich in der McGill kopiert hatte, und setzte mich damit wieder aufs Sofa. Es dauerte nur einen Augenblick, bis ich den Artikel in *La Presse* gefunden hatte.

Die Meldung war so knapp, wie ich sie in Erinnerung hatte. Eugénie Nicolet fuhr nach Frankreich. Sie sollte in Paris und Brüssel singen, den Frühsommer in Südfrankreich verbringen und im Juli nach Montreal zurückkehren. Ihre Entourage war aufgeführt, ebenso ihre Konzerttermine. Es gab auch eine kurze Zusammenfassung ihrer Karriere und Anmerkungen darüber, wie sehr man sie vermissen werde.

Mein Kleingeld hatte mich bis zum 26. April gebracht. Ich überflog alles, was ich ausgedruckt hatte, aber Eugénies Name tauchte nicht wieder auf. Dann begann ich noch einmal von vorne und ging Spalte um Spalte jede Meldung und jede Ankündigung durch.

Der Artikel erschien am 22. April.

Es würde noch jemand in Paris auftreten. Das Talent des Gentlemans lag nicht in der Musik, sondern in der Rhetorik. Er befand sich auf einer Vortragsreise, auf der er den Verkauf menschlicher Wesen anklagte, aber zum regulären Handel mit Westafrika aufforderte. Geboren an der Goldküste, war er in Deutschland ausgebildet worden und hatte eine Professur für Philosophie an der Universität Halle inne. Er hatte eben eine Vorlesungsreihe an der McGill School of Divinity abgeschlossen.

Ich versetzte mich in die Zeit zurück. 1845. In den Vereinigten Staaten war damals der Sklavenhandel noch in vollem Gange, aber in Frankreich und England war er bereits verboten. Kanada war noch britische Kolonie. Kirchen und Missionsgruppen flehten die Afrikaner an, endlich den Export ihrer Brüder und Schwestern zu beenden, und forderten die Europäer auf, als Alternative legale Geschäftsbeziehungen mit Westafrika aufzunehmen. Wie nannte man das? Den »rechtmäßigen Handel«.

Mit wachsender Aufregung las ich den Namen des Passagiers.

Und den Namen des Dampfers.

Eugénie Nicolet und Abo Gabassa hatten die Überfahrt auf demselben Schiff gemacht.

Ich stand auf, um das Feuer zu schüren.

War es das? War ich auf ein Geheimnis gestoßen, das eineinhalb Jahrhunderte verborgen gewesen war? Eugénie Nicolet und Abo Gabassa? Eine Affäre?

Ich zog Schuhe an, ging zur Terrassentür, drehte den Knauf und drückte. Die Tür war eingefroren. Ich stemmte mich mit der Hüfte dagegen, und das Eis brach.

Mein Holzvorrat war gefroren, und es dauerte eine Weile, bis ich ein Scheit mit einem Grabschäufelchen losgestemmt hatte. Ich zitterte, als ich endlich wieder im Haus war, und mein Sweatshirt war mit winzigen Eiskügelchen bedeckt. Auf dem Weg zum Kamin ließ mich plötzlich ein Geräusch erstarren.

Meine Klingel bimmelt nicht, sie zwitschert. Das tat sie auch jetzt und stoppte dann plötzlich, als hätte jemand den Versuch aufgegeben.

Ich ließ das Scheit fallen, rannte zum Sicherheitskasten und drückte auf den Videoknopf. Auf dem Monitor sah ich eine vertraute Gestalt durch die Haustür verschwinden.

Ich schnappte mir meine Schlüssel, rannte in die Eingangshalle und öffnete die Tür zum Windfang. Die äußere Tür fiel eben ins Schloß. Ich drückte auf die Klinke und zog sie auf.

Daisy Jeannotte lag ausgestreckt auf den Stufen meiner Eingangstreppe.

31

Bevor ich ganz bei ihr war, rührte sie sich wieder. Langsam zog sie die Arme an, rollte sich ab und setzte sich mit dem Rücken zu mir auf.

»Sind Sie verletzt?« Mein Mund war so trocken, daß es wie ein Krächzen klang.

Beim Klang meiner Stimme zuckte sie zusammen und drehte sich um.

»Das Eis ist tückisch. Ich bin ausgerutscht, aber okay.«

Ich streckte die Hand aus, und sie ließ sich von mir aufhelfen. Sie zitterte und sah alles andere als okay aus.

»Bitte kommen Sie doch rein, ich mache Ihnen eine Tasse Tee.«

»Nein, ich kann nicht bleiben. Ich werde erwartet. Man sollte an so einem furchtbaren Abend eigentlich gar nicht vor die Tür gehen, aber ich mußte mit Ihnen sprechen.«

»Bitte kommen Sie rein, da ist es wärmer.«

»Nein, danke.« Ihr Ton war so kalt wie die Luft.

Sie band ihren Schal neu um den Kopf und sah mir dann direkt in die Augen. Hinter ihr prasselten Eiskugeln durch den Lichtkegel einer Straßenlaterne. Die Baumstämme wirkten schwarz im Natriumdampf.

»Dr. Brennan, Sie müssen meine Studenten in Ruhe lassen. Ich habe versucht, Ihnen zu helfen, aber ich habe das Gefühl, daß Sie meine Freundlichkeit mißbrauchen. Sie können diese jungen Leute nicht auf diese Art verfolgen. Und daß Sie meine Nummer der Polizei gegeben haben, damit sie meine Assistentin belästigen kann, ist einfach unglaublich.«

Sie wischte sich mit dem Handschuh übers Auge, was einen schwarzen Streifen auf ihrer Wange hinterließ.

Zorn flammte in mir auf. Ich hatte die Arme vor dem Bauch verschränkt, und jetzt spürte ich, wie sich meine Nägel durch den Stoff in die Haut bohrten.

»Wovon reden Sie denn da? Ich *verfolge* Anna nicht.« Ich spuckte ihr das Wort förmlich entgegen. »Hier geht's doch nicht um irgendein Forschungsprojekt! Es hat Tote gegeben! Mindestens zehn, und wer weiß, wie viele noch dazukommen.«

Eiskügelchen prasselten mir auf Stirn und Unterarme. Ich spürte sie nicht. Ihre Worte machten mich wütend, und ich ließ jetzt all dem Schmerz und der Frustration, die sich in den letzten Wochen aufgestaut hatten, freien Lauf.

»Jennifer Cannon und Amalie Provencher waren McGill-Studentinnen. Sie wurden ermordet, Dr. Jeannotte. Aber nicht nur ermordet. Nein. Das reichte diesen Leuten nicht. Diese Wahnsinnigen haben sie Tieren vorgeworfen und dann zugesehen, wie sie ihnen das Fleisch von den Knochen rissen und den Schädel bis zum Gehirn durchbohrten.«

Jetzt hatte ich meine Stimme nicht mehr unter Kontrolle. Mir fiel auf, daß ein vorbeigehendes Paar trotz des vereisten Bürgersteigs seine Schritte beschleunigte.

»Keine zweihundert Kilometer von hier wurde eine Familie erstochen und verstümmelt und eine alte Frau mit einem Kopfschuß getötet. Es waren Säuglinge dabei! Säuglinge! Hier in dieser Stadt wurde ein achtzehn Jahre altes Mädchen zerfleischt und in eine Kiste gesteckt. Sie sind tot, Dr. Jeannotte, ermordet von einer Gruppe Verrückter, die sich für die Vorhut aller Moral hält.«

Mein Gesicht glühte, trotz der Kälte.

»Ich will Ihnen mal was sagen.« Ich zeigte mit zitterndem Finger auf sie. »Ich werde diese selbstgerechten, bösartigen Schweinehunde kriegen und sie aus dem Verkehr ziehen, egal wie viele Ministranten oder Studentenberater oder bibelschwingende Swamis ich dazu belästigen muß. Und das schließt auch Ihre Studenten ein. Und das kann auch Sie einschließen!«

Jeannottes Gesicht wirkte gespenstisch in der Dunkelheit, der verschmierte Lidschatten verwandelte es in eine makabre Maske. Über ihrem linken Auge hatte sich eine Beule gebildet, die einen Schatten darüberwarf und das rechte merkwürdig hell aussehen ließ.

Ich ließ die Hand sinken und drückte mir den Arm wieder an den Körper. Ich hatte zuviel gesagt. Jetzt, da mein erster Zorn verraucht war, zitterte ich vor Kälte.

Die Straße war verlassen und völlig still. Ich hörte meinen Atem rasseln.

Ich weiß nicht, was ich zu hören erwartete, aber auf jeden Fall nicht die Frage, die ihr jetzt über die Lippen kam.

»Warum benutzen Sie solche Vergleiche?«

»Was?« Was sollte das nun schon wieder? Stilkritik?

»Bibeln und Swamis und Ministranten. Warum stellen Sie diese Bezüge her?«

»Weil ich glaube, daß diese Morde von religiösen Fanatikern begangen wurden.«

Jeannotte stand absolut bewegungslos da. Als sie den Mund aufmachte, war ihre Stimme eisiger als die Nacht, und was sie sagte, ließ mich noch mehr frösteln als das Wetter.

»Das geht über Ihren Horizont, Dr. Brennan. Ich warne Sie, lassen Sie die Finger von dieser Sache.« Die farblosen Augen bohrten sich in meine. »Wenn Sie weitermachen, bin ich gezwungen, etwas zu unternehmen.«

Ein Auto fuhr langsam die Gasse gegenüber meinem Haus entlang und blieb stehen. Als es in die Straße einbog, beschrieben seine Scheinwerfer einen weiten Kreis, wanderten über den Block und erhellten kurzfristig Jeannottes Gesicht.

Ich erstarrte und grub mir die Nägel noch tiefer in die Haut.

O Gott.

Es war keine vom Schatten erzeugte Illusion. Jeannottes rechtes Auge war gespenstisch blaß. Ohne Make-up blitzten Braue und Wimpern im vorbeiziehenden Lichtstrahl weiß auf.

Vielleicht hatte sie meinem Gesicht etwas angemerkt, denn sie zog sich den Schal immer tiefer in die Stirn, drehte sich um und ging vorsichtig die Stufen hinunter. Sie sah sich nicht um.

Als ich wieder in die Wohnung kam, blinkte mein Anrufbeantworter. Ryan. Mit zitternden Händen wählte ich seine Nummer.

»Jeannotte ist in die Sache verwickelt«, sagte ich ohne Umschweife. »Sie war eben hier, um mir zu sagen, ich solle die Finger von der Geschichte lassen. Anscheinend hat Ihr Anruf bei Anna ihr überhaupt nicht gepaßt. Hören Sie, als wir das zweite Mal zur Adler Lyons fuhren, erinnern Sie sich noch an den Mann mit der weißen Strähne?«

»Ja. Dünner Kerl, ziemlich gebeugt. Kam rein, um mit Owens zu reden.« Ryan klang erschöpft.

»Jeannotte hat die gleiche Pigmentstörung, über dem gleichen Auge. Man sieht es nicht, weil sie es mit Make-up verdeckt.«

»Auch die gleiche Strähne in den Haaren?«

»Das konnte ich nicht sehen, aber wahrscheinlich färbt sie sie. Die beiden müssen einfach verwandt sein. Dieses Merkmal ist zu ungewöhnlich, um ein Zufall zu sein.«

»Geschwister?«

»Ich habe damals nicht sehr darauf geachtet, aber ich glaube, der Kerl auf St. Helena war zu jung, um ihr Vater zu sein, und zu alt, um ihr Sohn zu sein.«

»Falls sie aus den Tennessee-Bergen stammt, dort sind die genetischen Möglichkeiten ziemlich beschränkt.«

»Sehr komisch.« Ich war nicht in der Stimmung für reaktionäre Witze.

»Dort kann es ganze Clans mit diesem Gendefekt geben.«

»Ich meine es ernst, Ryan.«

Plötzlich fiel mir etwas ein. »Wissen Sie noch, was Heidis Vater über den Besucher sagte?«

Die Leitung blieb stumm.

»Er sagte, der Kerl habe ausgesehen wie ein Stinktier. Ein gottverdammtes Stinktier.«

»Scheiße. Dann war also Daddy vielleicht nicht nur poetisch.«

Im Hintergrund läutete und läutete das Telefon. Niemand hob ab.

»Glauben Sie, daß Owens den Typ mit der Strähne nach Texas geschickt hat?« fragte Ryan.

»Nein, nicht Owens. Kathryn und der alte Mann haben beide von einer Frau gesprochen. Wahrscheinlich dirigiert sie die ganze Sache von hier aus und hat Statthalter in ihren anderen Camps. Außerdem glaube ich, daß sie ihre Leute in Universitäten über eine Art Seminar-Netzwerk rekrutiert.«

»Was können Sie mir sonst noch über Jeannotte sagen?«

Ich berichtete ihm alles, was ich wußte, erwähnte auch ihr Verhalten gegenüber ihrer Assistentin und fragte ihn dann, was er in seinem Gespräch mit Anna erfahren habe.

»Nicht viel. Ich glaube, daß in der ein Vulkan brodelt. Sie als labil zu bezeichnen wäre die Untertreibung des Jahres.«

»Sie könnte auf Drogen sein.«

Wieder fing das Telefon an zu läuten.

»Sind Sie allein?« Bis auf das Geräusch der Telefone wirkte die Einsatzzentrale unnatürlich still.

»Alle sind wegen diesem verdammten Unwetter im Einsatz. Haben Sie irgendwelche Probleme?«

»Was für Probleme?«

»Hören Sie keine Nachrichten? Das Eis legt die ganze Stadt lahm. Der Flughafen ist schon geschlossen, ein paar von den Nebenstraßen sind unpassierbar. Stromleitungen brechen wie trockene Spaghetti, und ganze Viertel am Südufer sind kalt und dunkel. Die Stadtväter machen sich allmählich Sorgen um alte Leute. Und Obdachlose.

»Bei mir ist bis jetzt alles in Ordnung. Haben Bakers Männer schon irgendwas gefunden, das St. Helena mit der Gruppe in Texas in Verbindung bringt?«

»Eigentlich nicht. Der alte Mann redet 'ne Menge von seinem Schutzengel, den er bald treffen wird. Wie's aussieht, hatten Owens und seine Schüler die gleiche Idee. Ihre Tagebücher sind voll davon.«

»Tagebücher?«

»Ja. Anscheinend hatte einer aus der Schar eine kreative Ader.«

»Und?«

Ich hörte, wie er ein- und dann langsam wieder ausatmete.

»Reden Sie endlich, Mann.«

»Nach Ansicht eines Experten von da unten hat das alles eindeutig apokalyptische Züge, und es passiert jetzt. Sie sind unterwegs zum großen Letzten. Baker geht kein Risiko ein. Er hat das FBI eingeschaltet.«

»Aber man hat noch nichts über ihr Ziel herausgefunden? Ihr irdisches Ziel, meine ich.«

»Nur daß sie ihren Schutzengel treffen und den Übertritt in eine bessere Welt machen wollen. Das ist die Art von Schwachsinn, mit der wir es zu tun haben. Aber sie sind gut organisiert. Anscheinend war die Reise von langer Hand vorbereitet.«

»Jeannotte. Sie müssen Jeannotte finden! Sie ist es! Sie ist der Schutzengel.«

Ich wußte, daß ich klang, als wäre ich übergeschappt, aber ich konnte nicht anders.

»Okay. Einverstanden. Jetzt ist Schluß mit lustig. Wann ist sie von Ihnen weg?«

»Vor fünfzehn Minuten.«

»Wohin wollte Sie?«

»Weiß ich nicht. Sie sagte, daß sie erwartet wird.«

»Okay, ich finde sie. Brennan, wenn Sie recht haben, dann ist diese kleine Professorin eine sehr gefährliche Frau. Unternehmen Sie *nichts,* ich wiederhole, unternehmen Sie *nichts* auf eigene Faust. Ich weiß, daß Sie sich Sorgen um Harry machen, aber wenn sie in diese Sache verwickelt ist, sind Profis vonnöten, um sie da rauszuholen. Haben Sie verstanden?«

Seine bevormundende Art war meiner Stimmung nicht gerade förderlich.

»Darf ich mir die Zähne putzen? Oder ist das schon zu gefährlich?« blaffte ich.

»Sie wissen, was ich meine. Richten Sie sich ein paar Kerzen her. Ich rufe Sie wieder an, sobald ich was Neues weiß.«

Ich legte auf, ging zur Terrassentür und zog die Vorhänge auf. Der Hinterhof sah aus wie ein Zaubergarten, Bäume und Sträucher waren wie aus gesponnenem Glas. Eisige Gespinste hingen von Balkonen, Backsteinkaminen und -mauern.

Ich suchte mir Kerzen, Streichhölzer und eine Taschenlampe zusammen, holte dann mein Batterieradio und die Kopfhörer aus meiner Sporttasche und legte alles auf die Küchenanrichte. Dann setzte ich mich im Wohnzimmer auf die Couch und schaltete die CTV-Nachrichten ein.

Der Sturm war die Hauptnachricht. Überall in der Provinz waren Stromleitungen unterbrochen, und HydroQuebec konnte nicht sagen, wann die Schäden behoben sein würden. Die Temperatur fiel stetig, und weitere Niederschläge standen bevor.

Ich zog eine Jacke über und ging dreimal hinaus, um mir einen Holzvorrat ins Haus zu holen. Wenn der Strom ausfiel, würde ich es wenigstens warm haben. Als nächstes holte ich zusätzliche Dekken und legte sie aufs Bett. Als ich ins Wohnzimmer zurückkehrte, zählte der Nachrichtensprecher gerade mit ernster Miene Veranstaltungen auf, die nicht stattfinden konnten.

Es war ein vertrautes Ritual, und merkwürdig tröstend. Wenn im Süden Schnee droht, werden Schulen geschlossen, öffentliche Aktivitäten werden eingestellt, und hektische Hausbesitzer räumen Supermarktregale leer. Meistens kommen die Blizzards dann gar nicht, oder wenn wirklich Schnee fällt, ist er am nächsten Tag wieder verschwunden. In Montreal sind die Vorbereitungen auf ein Unwetter methodisch, nicht hektisch, und bestimmt von der Haltung »Wir schaffen das schon«.

Meine Vorbereitungen beschäftigten mich fünfzehn Minuten. Der Fernseher fesselte meine Aufmerksamkeit für weitere zehn. Als ich ihn ausschaltete, kehrte meine Erregung in voller Stärke zurück.

Ich kam mir vor wie festgenagelt, ein Käfer auf der Nadel. Ich konnte nichts tun, und meine Machtlosigkeit machte mich um so rastloser.

Ich absolvierte meine allabendliche Routine und hoffte, damit die schlimmen Gedanken noch ein wenig länger in Schach zu halten. Doch es half nichts. Als ich ins Bett ging, war ich mit den Nerven am Ende, alles drehte sich im Kreis.

Harry. Warum hatte ich ihr nur nicht besser zugehört? Wie hatte ich nur so egozentrisch sein können? Wohin war sie verschwunden? Warum hatte sie ihren Sohn nicht angerufen? Warum hatte sie mich nicht angerufen?

Daisy Jeannotte. Wer hatte auf sie gewartet? Was für einen verrückten Kurs steckte sie ab? Wie viele unschuldige Seelen wollten diese Leute mit sich nehmen?

Heidi Schneider. Wer hatte sich von Heidis Babys so bedroht gefühlt, daß er in dieser brutalen Kindstötung den einzigen Ausweg sah? Waren diese Morde nur Vorboten weiteren Blutvergießens?

Jennifer Cannon. Amalie Provencher. Carole Comptois. Waren diese Morde Teil des Wahnsinns? Welchen dämonischen Sittenkodex hatten sie verletzt? Waren ihre Tode die Choreographie eines höllischen Rituals? Hatte meine Schwester dasselbe Schicksal erlitten?

Als das Telefon klingelte, erschrak ich und stieß die Taschenlampe zu Boden.

Ryan, flehte ich. Es ist Ryan, und er hat Jeannotte.

Die Stimme meines Neffen kam durch die Leitung.

»O Mann, Tante Tempe, ich glaube, ich hab wirklich Mist gebaut. Sie hat angerufen. Ich habe ihre Nachricht auf der anderen Kassette gefunden.«

»Was für eine andere Kassette?«

»Ich habe einen dieser alten Anrufbeantworter mit den Minikassetten. Die eine ließ sich nicht mehr richtig zurückspulen, also habe ich eine neue eingelegt. Ich habe nicht mehr daran gedacht bis gerade eben, als eine Freundin vorbeigekommen ist. Ich war ziemlich sauer auf sie, weil wir letzte Woche miteinander ausgehen wollten, aber als ich sie abholen kam, war sie nicht zu Hause. Und als sie heute abend vorbeikam, sagte ich ihr, sie solle mich in Ruhe lassen, aber sie beharrte darauf, daß sie eine Nachricht hinterlassen hätte. Es gab Krach, und ich holte das alte Band heraus und spielte es ab. Ihre Nachricht war wirklich drauf, aber Harrys ebenso. Ganz am Ende.«

»Was hat deine Mutter gesagt?«

»Sie klang ziemlich wütend. Du weißt doch, wie Harry ist. Aber sie klang auch verängstigt. Sie war irgendwo auf einer Farm oder so und wollte weg, aber keiner wollte sie nach Montreal zurückfahren. Ich glaube deshalb, daß sie immer noch in Kanada ist.«

»Was hat sie sonst noch gesagt?« Mein Herz hämmert so stark, daß ich schon befürchtete, mein Neffe würde es hören.

»Sie meinte, daß die Sache allmählich unheimlich werde und daß sie wegwolle. Dann war das Band zu Ende, oder sie wurde abgewürgt. Ich bin mir nicht sicher. Die Nachricht brach einfach ab.«

»Wann war der Anruf?«

»Pam hat am Montag angerufen. Harrys Nachricht kam danach.«

»Hast du keine Datumsanzeige?«

»Die Maschine stammt noch aus der Truman-Zeit.«

»Wann hast du das Band gewechselt?«

»Ich glaube, am Mittwoch oder Donnerstag. Ich weiß es nicht mehr genau. Aber vor dem Wochenende, das weiß ich sicher.«

»Überleg, Kit.«

Die Leitung summte.

»Donnerstag. Als ich vom Boot nach Hause kam, war ich müde, und das Band ließ sich nicht zurückspulen, also habe ich die Kassette herausgenommen und in die Ecke geworfen. Dann habe ich die neue eingelegt. Scheiße, das heißt, sie hat mindesten vor vier Tagen angerufen, vielleicht sogar vor sechs. O Gott, hoffentlich ist alles in Ordnung mit ihr. Sie klang ziemlich panisch, sogar für ihre Verhältnisse.«

»Ich glaube, ich weiß, bei welchen Leuten sie ist. Es ist bestimmt alles in Ordnung mit ihr.« Ich glaubte meinen eigenen Worten nicht.

»Ruf mich an, sobald du mit ihr gesprochen hast. Sag ihr, daß ich ein schlechtes Gewissen habe. Ich war einfach gedankenlos.«

Ich ging zum Fenster und drückte das Gesicht an die Scheibe. Der Eisbezug verwandelte die Straßenlampen in Sonnen und die Fenster meines Nachbarn in schimmernde Rechtecke. Tränen liefen mir über die Wangen, als ich an meine Schwester dachte, irgendwo da draußen in diesem Sturm.

Ich schleppte mich wieder ins Bett, schaltete die Lampe an und wartete auf Ryans Anruf.

Ab und zu wurde das Licht schwächer, flackerte und kehrte dann wieder zu Normalstärke zurück. Ein Jahrtausend verging. Das Telefon blieb stumm.

Ich schlief ein.

Es war der Traum, der mir schließlich die Erleuchtung brachte.

32

Ich stehe da und starre die alte Kirche an. Es ist Winter, die Bäume sind kahl. Obwohl der Himmel bleigrau ist, werfen die Äste Spinnennetze über die verwitterten grauen Steinmauern. Die Luft riecht nach Schnee, und die Stille vor dem Sturm lastet schwer auf mir. In der Entfernung sehe ich einen gefrorenen See.

Eine Tür geht auf, und im sanft gelben Schein von drinnen erkenne ich die Silhouette einer Gestalt. Sie zögert und geht dann, den Kopf gegen den Wind gesenkt, in meine Richtung. Die Gestalt kommt näher, und ich sehe, daß es eine Frau ist. Ihr Gesicht ist verschleiert, und sie trägt ein langes schwarzes Kleid.

Als die Frau nur noch wenige Schritte entfernt ist, fallen die ersten pulverisierten Flocken. Sie trägt eine Kerze, und ich merke, daß sie gebeugt geht, um die Flamme zu schützen. Ich frage mich, warum die Flamme nicht verlöscht.

Die Frau bleibt stehen und nickt mir zu. Schon ist ihr Schleier mit Schnee gesprenkelt. Ich bemühe mich, ihr Gesicht zu erkennen, aber es verschwimmt immer wieder, wie Kiesel am Grund eines tiefen Tümpels.

Sie dreht sich um, und ich folge ihr.

Die Frau entfernt sich immer weiter von mir. Ich erschrecke und will sie einholen, aber mein Körper reagiert nicht. Meine Beine sind wie Blei, ich kann nicht laufen. Ich sehe, wie sie in der Tür verschwindet. Ich will rufen, bringe aber keinen Ton heraus.

Dann bin ich im Inneren der Kirche, alles ist düster. Die Wände sind aus Stein, der Boden aus Lehm. Riesige, geschnitzte Fenster verschwinden in der Dunkelheit hoch über meinem Kopf. Durch die Scheiben sehe ich winzige Flocken, die verwehen wie Rauch.

Ich kann mich nicht erinnern, warum ich in die Kirche gekommen bin. Ich fühle mich schuldig, weil ich weiß, daß es wichtig ist. Jemand hat mich geschickt, aber ich weiß nicht mehr, wer.

Während ich durch die schwärzliche Dunkelheit gehe, senke ich den Kopf und sehe, daß meine Füße nackt sind. Ich schäme mich, weil ich nicht weiß, wo ich meine Schuhe gelassen habe. Ich will weg, aber ich kenne den Weg nicht. Ich habe das Gefühl, wenn ich meine Aufgabe nicht erfülle, werde ich diesen Ort nie verlassen können.

Ich höre gedämpfte Stimmen und drehe mich in diese Richtung. Auf dem Boden ist etwas, aber es ist verschwommen, ein Bild, das ich nicht identifizieren kann. Ich gehe darauf zu, und die Schatten gerinnen zu verschiedenen Gegenständen.

Ein Kreis umhüllter Kokons. Ich starre sie an. Sie sind zu klein, um Menschenkörper zu sein, aber sie sehen aus wie Körper.

Ich gehe zu einem der Kokons und hebe eine Ecke an. Ein gedämpftes Summen dringt daraus hervor. Ich ziehe das Tuch zurück, Fliegen schwirren heraus und surren zum Fenster. Das Glas ist beschlagen, und ich sehe zu, wie sie sich darauf verteilen, obwohl ich weiß, daß es eigentlich zu kalt für sie ist.

Ich senke den Blick wieder zu dem Bündel. Ich beeile mich nicht, weil ich weiß, daß es keine Leiche ist. Tote werden nicht auf diese Art verpackt und angeordnet.

Aber es ist eine. Ich erkenne das Gesicht. Amalie Provencher starrt mich an, mit einem Gesicht wie eine Karikatur in Grautönen.

Dennoch kann ich mich nicht beeilen. Ich gehe von Bündel zu Bündel, wickle Gewebe auf und entlasse Fliegenschwärme in die Schatten. Die Gesichter sind weiß, die Augen starr, aber ich erkenne sie nicht. Bis auf eins.

Die Größe verrät es mir, bevor ich das Leichentuch öffne. Das Bündel ist so viel kleiner als die anderen. Ich will es nicht sehen, aber ich kann auch nicht aufhören.

Carlie liegt auf dem Bauch, die Händchen zu Fäustchen geballt.

Dann sehe ich zwei andere, nebeneinander im Kreis.

Ich schreie auf, aber wieder kommt kein Ton.

Eine Hand schließt sich um meinen Arm. Ich sehe meine Führerin. Sie ist verändert, oder einfach nur deutlicher sichtbar.

Es ist eine Nonne, ihre Kutte ausgefranst und mit Schimmel bedeckt. Wenn sie sich bewegt, höre ich das Klappern von Rosenkranzperlen und rieche feuchte Erde und Verwesung.

Ich stehe auf und sehe in ein kakaobraunes Gesicht voller eiternder, roter Wunden. Ich weiß, daß es Élisabeth Nicolet ist.

»Wer bist du?« Ich denke die Frage, aber sie antwortet.

»Umhüllt mit purpurdunklem Kleid.«

Ich verstehe nicht.

»Warum bist du hier?«

»Ich komme als Christi unwillige Braut.«

Dann sehe ich eine andere Gestalt. Sie steht in einer Nische, mattes Schneelicht trübt ihr Gesicht und färbt ihre Haare glanzlos grau. Ihr Blick trifft meinen, und sie spricht, aber ich verstehe ihre Worte nicht.

»Harry!« schreie ich, aber meine Stimme ist dünn und schwach.

Harry hört mich nicht. Sie streckt beide Arme aus, und ihr Mund bewegt sich, ein schwarzes Oval im Gespenst ihres Gesichts.

Wieder schreie ich, aber es kommt kein Ton hervor.

Sie spricht noch einmal, und ich höre sie, obwohl ihre Worte weit weg sind, wie Stimmen, die übers Wasser wehen.

»Hilf mir. Ich sterbe.«

»Nein!« Ich will laufen, aber meine Beine bewegen sich nicht.

Harry betritt einen Gang, der mir zuvor nicht aufgefallen ist. Darüber erkenne ich eine Inschrift. *Ange Gardien.* Schutzengel. Sie wird zum Schatten, verschmilzt mit der Dunkelheit.

Ich rufe, aber sie dreht sich nicht um. Ich versuche, zu ihr zu gehen, aber mein Körper ist erstarrt, nichts bewegt sich außer den Tränen, die mir über die Wangen rinnen.

Meine Begleiterin verwandelt sich. Dunkelgefiederte Flügel wachsen ihr aus dem Rücken, ihr Gesicht wird blaß und tief gefurcht. Ihre Augen erstarren zu Stein. Während ich in diese Augen starre, werden die Iriden klar, und die Farbe weicht aus Brauen und Wimpern. Eine weiße Strähne erscheint in ihren Haaren und wächst nach hinten, löst einen Streifen Kopfhaut ab und wirft ihn hoch in die Luft. Das Gewebe flattert zu Boden, die Fliegen kommen vom Fenster zurück und setzen sich darauf.

»Die neue Ordnung darf nicht mißachtet werden.« Die Stimme kommt von überall und nirgends.

Die Traumlandschaft verwandelt sich in südliches Tiefland. Lange Sonnenstrahlen sickern durch Louisiana-Moos, und riesige Schatten tanzen zwischen den Bäumen. Es ist heiß, und ich grabe. Ich schwitze, während ich Erde von der Farbe getrockneten Mooses auf die Schaufel lade und auf den Haufen hinter mir werfe.

Das Schaufelblatt trifft auf etwas, und ich schabe vorsichtig an der Oberfläche entlang, um den Umriß freizulegen. Weißer, mit ziegelrotem Lehm verklumpter Pelz. Ich folge der Krümmung des Rückens. Eine Hand mit langen, roten Nägeln. Ich arbeite mich am Arm entlang. Cowboyfransen. Alles flimmert in der starken Hitze.

Ich sehe Harrys Gesicht und schreie.

Schweißgebadet und mit pochendem Herzen setzte ich mich auf. Es dauerte einige Sekunden, bis ich wußte, wo ich war.

Montreal. Schlafzimmer. Eissturm.

Das Licht brannte noch, und es war still im Zimmer.

Beruhige dich. Ein Traum ist nur ein Traum. Er spiegelt Ängste und Befürchtungen wider, aber er ist nicht die Wirklichkeit.

Dann ein anderer Gedanke. Ryans Anruf. Hatte ich ihn verschlafen?

Ich warf die Decke zurück und ging ins Wohnzimmer. Der Anrufbeantworter blinkte nicht.

Wieder im Schlafzimmer, zog ich die schweißfeuchten Kleider aus. Als ich die Trainingshose auf den Boden warf, sah ich die Sicheln von Fingerabdrücken in der Haut meiner Handflächen. Ich zog Jeans und einen dicken Pullover an.

An Schlaf war wohl nicht mehr zu denken. Ich ging in die Küche und setzte Wasser auf, noch immer benommen von dem Traum. Ich wollte ihn nicht zurückholen, aber die Vision hatte in meinem Kopf etwas losgetreten, und ich mußte mir darüber klarwerden, was. Ich ging mit meinem Tee zum Sofa.

Meine Träume sind normalerweise nicht übermäßig phantastisch oder furchterregend oder grotesk. Eigentlich träume ich nur auf zwei Arten.

Am häufigsten kann ich eine Telefonnummer nicht wählen, die Straße nicht erkennen, ein Flugzeug nicht erreichen. Ich muß eine Prüfung schreiben, habe aber den Kurs nie besucht. Die Botschaft ist ganz einfach: Angst.

In selteneren Fällen ist die Botschaft verwirrender. Mein Unterbewußtes sichtet Informationen, die mein Bewußtsein angehäuft hat, und verwebt sie zu surrealen Tableaus. Mir bleibt es dann überlassen zu interpretieren, was meine Psyche mir sagen will.

Der eben erlebte Alptraum gehörte eindeutig zur kryptischen Variante. Ich schloß meine Augen, um herauszufinden, was ich dechiffrieren konnte. Bilder blitzten auf, wie flüchtige Blicke durch einen Staketenzaun.

Amalie Provenchers Computergesicht.

Die toten Babys.

Eine geflügelte Daisy Jeannotte. Mir fiel wieder ein, was ich zu Ryan gesagt hatte. War sie wirklich ein Engel des Todes?

Die Kirche. Sie ähnelte dem Konvent in Memphrémagog. Warum zeigte mir mein Hirn gerade diesen Ort?

Élisabeth Nicolet.

Harry, die mich um Hilfe anfleht, dann in einem dunklen Tunnel verschwindet. Harry, tot mit Birdie. War Harry in ernsthafter Gefahr?

Eine unwillige Braut. Was zum Teufel bedeutet das? Wurde Élisabeth gegen ihren Willen festgehalten? War das Teil ihrer heiligen Wahrheit?

Ich hatte keine Zeit, weiter darüber nachzudenken, denn in diesem Augenblick ging die Türglocke. Freund oder Feind? fragte ich mich, während ich zum Sicherheitskasten stolperte und den Hörer abnahm.

Ryans große, schlanke Gestalt füllte den Bildschirm. Ich ließ ihn ein und sah durch den Türspion zu, wie er den Korridor entlangkam. Er sah aus, als hätte er tausend Kilometer hinter sich.

»Sie sehen erschöpft aus.«

»Es war ein langer Tag, und wir schieben immer noch Überstunden. Dank des Sturms bin ich allein.«

Ryan klopfte sich die Stiefel ab und zog den Reißverschluß seines Parkas auf. Eis rieselte zu Boden, als er seine Wollmütze vom Kopf zog. Er fragte mich nicht, warum ich um vier Uhr morgens angezogen war, und ich fragte ihn nicht, warum er um diese Uhrzeit zu mir kam.

»Baker hat Kathryn gefunden. Sie hat es sich in letzter Minute anders überlegt und ist aus Owens' Gruppe ausgestiegen.«

»Und das Baby?« Mein Herz raste.

»Es ist auch dort.«

»Wo?«

»Haben Sie Kaffee?«

»Ja, klar.«

Ryan warf seine Mütze auf den Tisch in der Diele und folgte mir in die Küche. Während ich Bohnen mahlte und Wasser abmaß, berichtete er.

»Sie hat sich bei einem Kerl namens Espinoza versteckt. Erinnern Sie sich noch an die Nachbarin, die wegen Owens das Sozialamt gerufen hatte?«

»Ich dachte, die ist tot.«

»Ist sie auch. Das ist ihr Sohn. Er ist zwar einer der Gläubigen, aber er hat einen Job außerhalb und lebt im Haus der Mama.«

»Wie hat Kathryn Carlie zurückbekommen?«

»Er war bereits dort. Halten Sie sich fest. Jemand hat die Transporter nach Charleston gefahren, während die Gruppe sich in Espinozas Haus versteckte. Sie waren die ganze Zeit auf der Insel. Und als dann etwas Gras über die Sache gewachsen ist, haben sie sich aus dem Staub gemacht.«

»Wie?«

»Sie wurden aufgeteilt und auf verschiedenen Wegen weggebracht. Einige wurden von Booten abgeholt, andere in Pick-ups und PKW-Kofferräumen rausgeschmuggelt. Wie's aussieht verfügt Owens über einen beträchtlichen Apparat. Und wir Trottel haben uns nur auf die Transporter konzentriert.«

Ich gab ihm eine dampfende Tasse.

»Kathryn sollte mit Espinoza und noch einem anderen Kerl verschwinden, aber sie überredete ihn zum Bleiben.«

»Wo ist der andere?«

»Bei dem Thema wird Espinoza zu Stein.«

»Wo sind sie nur alle hin?« Ich hatte einen Kloß im Hals. Ich wußte die Antwort bereits.

»Ich glaube, sie sind hier.«

Ich sagte nichts.

»Kathryn ist sich nicht sicher, wohin genau sie wollten, aber sie glaubt, daß sie über eine Grenze mußten. Sie reisen in Zweier- und Dreiergruppen und haben Wegbeschreibungen über Straßen, die nicht kontrolliert werden.«

»Wohin?«

»Sie glaubt, etwas von Vermont gehört zu haben. Die Straßenpolizei und die INS wurden alarmiert, aber es ist wahrscheinlich zu spät. Sie haben fast drei Tage Vorsprung, und Kanada ist nicht gerade Libyen, was die Grenzsicherung angeht.«

Ryan nippte an seinem Kaffee.

»Kathryn behauptet, sie hätte nie richtig aufgepaßt, weil sie nicht glaubte, daß sie wirklich gehen würden. Aber in einer Sache ist sie sich ganz sicher. Wenn sie diesen Schutzengel finden, werden alle sterben.«

Ich fing an, die Anrichte abzuwischen, obwohl sie bereits sauber war.

Lange sagte niemand etwas. Dann: »Schon was Neues von Ihrer Schwester?«

Mein Magen verkrampfte sich wieder. »Nein.«

Als er weiterredete, klang seine Stimme sanfter.

»Bakers Jungs haben auf dem Adler-Grundstück etwas gefunden.«

»Was?« Angst durchfuhr mich.

»Einen Brief an Owens. Darin läßt sich einer namens Daniel über Inner Life Empowerment aus.« Ich spürte eine Hand auf meiner Schulter. »Es sieht so aus, als wäre diese Gruppe nur eine Tarnorganisation, oder als hätten Owens' Gefolgsleute die Kurse infiltriert. Das ist noch nicht ganz klar, aber klar ist, daß sie ILE zur Rekrutierung benutzt haben.«

»O mein Gott.«

»Der Brief ist ungefähr zwei Monate alt, aber es gibt keinen Hinweis, woher er kam. Die Formulierungen sind etwas vage, aber es klingt, als müßte irgendeine Quote erfüllt werden, und dieser Daniel verspricht, es zu tun.«

»Wie?« Ich brachte kaum ein Wort heraus.

»Das sagt er nicht. Und was anderes, das auf ILE hinweist, wurde nicht gefunden. Nur dieser eine Brief.«

Der Traum blitzte in lebendigen Bildern wieder vor mir auf, und ich spürte es wie Eis durch meine Adern rieseln.

»Sie haben Harry«, sagte ich mit zitternden Lippen. »Ich muß sie finden.«

»Wir werden sie finden.«

Ich erzählte ihm von Kits Anruf.

»Scheiße.«

»Wie können diese Leute jahrelang unsichtbar bleiben, und kaum drehen wir ihren Stein um, huschen sie davon und verschwinden?« Meine Stimme bebte.

Ryan stellte seine Tasse ab und drehte mich mit beiden Händen herum. Ich drückte den Schwamm so fest, daß er ein leises Zischen von sich gab.

»Es gibt keine Spuren, weil diese Leute über enorme heimliche Einkünfte verfügen. Sie bezahlen ausschließlich bar, scheinen aber in nichts Illegales verwickelt zu sein.«

»Bis auf Mord!« Ich wollte auf und ab gehen, aber Ryan hielt mich fest.

»Ich will damit nur sagen, daß wir diese Arschlöcher nicht mit Drogen oder Diebstahl oder Kreditkartenbetrügereien in Verbindung bringen können. Ihr Geld hinterläßt keine Spuren, es gibt keine Hinweise auf Verbrechen, und das sind die Punkte, bei denen wir normalerweise einhaken können.« Sein Blick wurde hart. »Aber sie haben einen schlimmen Fehler gemacht, als sie in meinem Hinterhof aufgekreuzt sind, weil ich mir diese elenden kleinen Scheißkerle nämlich schnappen werde.«

Ich riß mich von ihm los und warf den Schwamm durch die Küche.

»Was hat Jeannotte gesagt?«

»Ich habe es in ihrem Büro probiert und dann ihre Wohnung überwacht. Aber sie ist nirgendwo aufgetaucht. Vergessen Sie nicht, Brennan, ich bin auf mich allein gestellt. Der Sturm hat die ganze Provinz lahmgelegt.«

»Was haben Sie über Jennifer Cannon und Amalie Provencher herausgefunden?«

»Die Universität meint mal wieder, sie müsse die Vertraulichkeit studentischer Informationen wahren. Ohne Gerichtsbeschluß rücken die gar nichts raus.«

Das brachte bei mir das Faß zum Überlaufen. Ich schob mich an ihm vorbei und ging ins Schlafzimmer. Ich zog mir eben Wollsocken über, als er in der Tür erschien.

»Was haben Sie denn vor?«

»Ich werde mir Anna Goyette vorknöpfen, und danach suche ich meine Schwester.«

»Mutig, mutig. Da draußen liegt fingerdick Polareis.«

»Ich schaff das schon.«

»In einem fünf Jahre alten Mazda?«

Ich zitterte so sehr, daß ich meine Stiefel nicht binden konnte. Ich hielt inne, entwirrte den Knoten wieder und zog die Schnürsenkel sorgfältig kreuzweise durch die Haken. Nachdem ich dasselbe am anderen Fuß geschafft hatte, stand ich auf und drehte mich Ryan zu.

»Ich werde nicht hier herumsitzen und zulassen, daß diese Fanatiker meine Schwester umbringen. Was die in ihrem selbstmörderischen Wahn auch vorhaben, meine Schwester nehmen sie nicht mit. Ich werde sie finden, Ryan, mit oder ohne Ihre Hilfe. Und zwar jetzt sofort.«

Eine volle Minute starrte er mich nur an. Dann atmete er tief ein und durch die Nase wieder aus und öffnete den Mund, um etwas zu sagen.

In diesem Augenblick flackerte das Licht und verlöschte.

33

Der Boden von Ryans Jeep war naß von geschmolzenem Eis. Die Scheibenwischer zuckten hin und her und ruckelten über vereiste Stellen. Durch die Fächer freigewischter Windschutzscheibe sah ich Millionen silbriger Splitter durch die Lichtkegel der Scheinwerfer trudeln.

Das Stadtzentrum war dunkel und verlassen. Keine Straßen- oder Häuserbeleuchtung, keine funktionierenden Ampeln. Die einzigen Autos, die ich sah, waren Polizeifahrzeuge. Gelbe Bänder sperrten den Bürgersteig vor Wolkenkratzern ab, um Verletzungen durch herabfallendes Eis zu verhindern. Ich fragte mich, wie viele Leute heute ernsthaft versuchen würden, zur Arbeit zu gehen. Hin und wieder hörte ich ein Krachen, dann zersplitterte eine Eisplatte auf dem Asphalt. Die Szene ließ mich an Fernsehberichte aus Sarajewo denken, und ich stellte mir vor, wie meine Nachbarn in kalten, dunklen Zimmern kauerten.

Ryan fuhr im Unwetter-Modus, die Schultern angespannt, die Hände fest am Lenkrad. Er fuhr langsam und gleichmäßig, beschleunigte sehr vorsichtig und ging weit vor Kreuzungen wieder vom Gas. Trotzdem brach das Heck öfters aus. Ryan hatte sich völlig zu Recht für den Jeep entschieden. Die Limousinen, die wir sahen, rutschten mehr, als sie fuhren.

Wir krochen die Rue Guy hoch und bogen nach Osten in die Docteur Penfield ein. Über uns erstrahlte das Montreal General Hospital dank des Stroms seines eigenen Generators. Mit der rechten Hand klammerte ich mich am Türgriff fest, die linke war zur Faust geballt.

»Es ist arschkalt. Warum ist das eigentlich kein Schnee?« blaffte ich. Anspannung und Angst machten sich jetzt deutlich bemerkbar.

Ryans Augen wandten sich keine Sekunde von der Straße ab.

»Nach den Radiomeldungen haben wir eine Inversionswetterlage, das heißt, in den Wolken ist es wärmer als auf dem Boden. Es fängt oben als Regen an, aber wenn es runterkommt, gefriert es. Das Gewicht des Eises legt ganze Kraftwerke lahm.«

»Und wann hört das auf?«

»Der Wettermann sagt, die Front hängt hier fest und bewegt sich nirgendwohin.«

Ich schloß die Augen und konzentrierte mich auf die Geräusche. Heißluftgebläse. Wischer. Pfeifender Wind. Mein hämmerndes Herz.

Das Auto schleuderte, und ich riß die Augen auf. Ich nahm die Rechte vom Griff und schaltete das Radio ein.

Die Stimme war ernst, aber beruhigend. Ein Großteil der Provinz war ohne Elektrizität, und HydroQuebec setzte dreitausend Beschäftigte zur Behebung der Schäden ein. Die Mannschaften arbeiteten rund um die Uhr, aber niemand konnte sagen, wann die Versorgung wiederhergestellt sein würde.

Der Transformator für die Innenstadt war wegen Überlastung ausgefallen, erhielt aber oberste Priorität. Die Kläranlage funktionierte ebenfalls nicht mehr, und den Einwohnern wurde empfohlen, Trinkwasser abzukochen.

Ziemlich schwierig ohne Strom, dachte ich.

Notunterkünfte waren eingerichtet worden, und die Polizei ging von Tür zu Tür, um hilflose Senioren aufzuspüren. Viele Straßen waren gesperrt, und den Autofahrern wurde empfohlen, zu Hause zu bleiben.

Ich schaltete das Radio aus und wünschte mir sehnsüchtig, ich wäre zu Hause. Zusammen mit meiner Schwester. Bei dem Gedanken an Harry fing es hinter meinem linken Auge an zu pochen.

Vergiß den Kopfschmerz und denk nach, Brennan. Wenn du abgelenkt bist, bist du nutzlos.

Die Goyettes lebten in einer Gegend, die man als das Plateau kannte, wir fuhren deshalb erst nach Norden, dann auf der Avenue des Pins nach Osten. Vor mir auf der Hügelkuppe sah ich die Lichter des Royal Victoria Hospital. Unter uns lag McGill als schwarzes Relief, dahinter die City und der Uferbezirk, von dem nur die Place Ville Marie sichtbar war.

Ryan bog nach Norden in die St. Denis ab. Die Straße, auf der es sonst vor Einkaufsbummlern und Touristen wimmelte, gehörte allein dem Eis und dem Wind. Eine milchige Kristallschicht bedeckte alles und machte die Namen von Boutiquen und Bistros unleserlich. Ein einziges Café hatte geöffnet, und durch das vereiste Fenster konnte ich Kerzen und unförmige Menschengestalten erkennen.

An der Mont Royal fuhren wir wieder nach Osten, bogen dann an der Christophe Colomb nach Süden ab und hielten ein Jahrzehnt später vor der Adresse, die Anna mir gegeben hatte. Das Haus war ein typisches Montrealer Dreietagengebäude, mit Erkerfenstern auf der Vorderseite und einer schmalen Metalltreppe in den ersten Stock. Ryan steuerte den Jeep an den Bordstein und stellte ihn dort ab.

Beim Aussteigen brannte mir das Eis auf den Wangen wie Glut und trieb mir die Tränen in die Augen. Mit gesenkten Köpfen, auf den vereisten Stufen immer wieder ausgleitend, stiegen wir zur Wohnung der Goyettes hoch. Da die Klingel dick in graues Eis verpackt war, hämmerte ich gegen die Tür. Einen Augenblick später bewegte sich der Vorgang, und Annas Gesicht tauchte auf. Durch die Milchglasscheibe sah ich, daß sie den Kopf schüttelte.

»Machen Sie auf, Anna!« rief ich.

Das Kopfschütteln wurde stärker, aber ich war nicht in Stimmung für langwierige Verhandlungen.

»MACHEN SIE DIE GOTTVERDAMMTE TÜR AUF!«

Sie erstarrte und riß die Hand zum Ohr. Dann trat sie zurück, und fast glaubte ich, daß sie verschwinden würde. Aber plötzlich hörte ich das Geräusch eines Schlüssels, und die Tür ging einen Spalt auf.

Ich fackelte nicht lange. Ich warf mich gegen die Tür, und Ryan und ich waren drinnen, bevor sie reagieren konnte.

Anna wich zurück und stand mit verschränkten Armen, die Finger in die Ärmel ihrer Jacke verkrampft, da. Eine Öllampe flackerte auf einem kleinen Holztisch und schickte lange, zuckende Schatten die Wände des schmalen Korridors hoch.

»Warum können Sie mich nicht einfach in Ruhe lassen?« In dem unsteten Licht wirkten ihre Augen riesig.

»Ich brauche Ihre Hilfe, Anna.«

»Ich kann es nicht tun.«

»Doch, das können Sie.«

»Ich habe ihr dasselbe gesagt. Ich kann es nicht tun. Sie werden mich finden.« Ihre Stimme zitterte, und ich sah echte Angst in ihrem Gesicht. Ihr Blick traf mich wie ein Pfeil ins Herz. Ich hatte ihn schon einmal gesehen. Eine Freundin, die eine Heidenangst hatte, weil sie meinte, daß ein Fremder ihr auflauerte. Ich hatte ihr eingeredet, daß die Gefahr nicht real sei, und sie war deswegen ums Leben gekommen.

»Wem gesagt?«

»Dr. Jeannotte.«

»Sie war hier?«

Ein Nicken.

»Wann?«

»Vor ein paar Stunden. Ich hatte schon geschlafen.«

»Was wollte sie?«

Annas Blick schnellte zu Ryan, dann senkte sie den Kopf. »Sie hat mir komische Fragen gestellt. Ich glaube, sie wollte aufs Land, auf die Farm, wo ich diesen Workshop gemacht habe. Ich – sie hat mich geschlagen. Ich bin noch nie von einem Menschen so geschlagen worden. Sie war wie eine Verrückte. Ich hatte sie noch nie so gesehen.«

Ich hörte Angst und Scham in ihrer Stimme, als wäre sie irgendwie selbst schuld an dieser Attacke. Sie sah so klein aus, wie sie da im Dämmerlicht stand, daß ich zu ihr ging und sie in die Arme nahm.

»Sie haben sich nichts vorzuwerfen, Anna.«

Ihre Schultern bebten, und ich strich ihr über die Haare. Es schimmerte in dem flackernden Lampenlicht.

»Ich hätte ihr ja gern weitergeholfen, aber ehrlich gesagt, ich erinnere mich nicht mehr. Ich – mir ging es damals ziemlich schlecht.«

»Ich weiß, aber ich will, daß Sie sich in diese Zeit zurückversetzen und scharf nachdenken. Versuchen Sie, sich alles wieder ins Gedächtnis zu rufen.«

»Ich habe es probiert. Aber es ist einfach nichts mehr da.«

Am liebsten hätte ich sie geschüttelt, damit die Informationen herausrieselten, die meine Schwester retten könnten. Ich erinnerte mich an einen Kurs in Kinderpsychologie. Keine abstrakten Fragen, nur konkrete. Sanft schob ich sie auf Armeslänge von mir weg und hob ihr Kinn.

»Als man Sie zu diesem Workshop brachte, sind Sie da von der Uni losgefahren?«

»Nein. Sie haben mich hier abgeholt.«

»In welcher Richtung sind sie von Ihrer Straße aus abgebogen?«

»Ich weiß nicht.«

»Erinnern Sie sich, auf welchem Weg Sie die Stadt verlassen haben?«

»Nein.«

Zu abstrakt, Brennan.

»Sie sind über eine Brücke gefahren?«

Sie kniff die Augen zusammen, dann nickte sie.

»Über welche?«

»Ich weiß es nicht. Warten Sie, ich erinnere mich an eine Insel mit hohen Häusern.«

»Île des Sœurs«, sagte Ryan.

»Ja.« Sie riß die Augen auf. »Jemand hat einen Witz gerissen, daß Nonnen in diesen Eigentumswohnungsblöcken leben. Sie wissen schon, *sœurs.* Schwestern.«

»Die Champlain Bridge«, sagte Ryan.

»Wie weit war die Farm entfernt?«

»Ich –«

»Wie lange waren Sie in dem Transporter?«

»Ungefähr fünfundvierzig Minuten. Genau. Als wir ankamen, hat der Fahrer geprahlt, daß er es in weniger als einer Stunde geschafft hat.«

»Was haben Sie gesehen, als Sie aus dem Transporter ausstiegen?«

Wieder sah ich Zweifel in ihren Augen. Dann begann sie langsam zu erzählen, als würde sie einen Rorschach-Klecks beschreiben.

»Ich erinnere mich an einen hohen Turm mit vielen Drähten und Antennen und Schüsseln, kurz bevor wir ankamen. Und dann ein winziges Häuschen. Wahrscheinlich für Kinder, damit sie drinnen auf den Schulbus warten können. Ich weiß noch, daß ich mir dachte, es könnte auch aus Lebkuchen und Zuckerglasur bestehen.«

In diesem Augenblick tauchte hinter Anna ein Gesicht auf. Es trug kein Make-up und wirkte im flackernden Licht glänzend und bleich.

»Wer sind Sie? Was wollen Sie hier mitten in der Nacht?« Englisch mit starkem Akzent.

Ohne auf eine Antwort zu warten, packte die Frau Anna am Handgelenk und zog das Mädchen hinter sich.

»Lassen Sie meine Tochter in Frieden.«

»Mrs. Goyette, ich glaube, daß einige Leute in Lebensgefahr sind. Anna kann uns vielleicht helfen, sie zu retten.«

»Sie fühlt sich nicht gut. Jetzt gehen Sie.« Sie deutete zur Tür. »Ich befehle es Ihnen, sonst rufe ich die Polizei.«

Das gespenstische Gesicht. Das trübe Licht. Der tunnelgleiche Korridor. Ich war wieder in meinem Traum, und plötzlich erinnerte ich mich. Ich wußte Bescheid, und ich mußte dorthin.

Ryan wollte etwas sagen, aber ich schnitt ihm das Wort ab.

»Vielen Dank. Ihre Tochter hat uns sehr geholfen«, warf ich hastig ein.

Ryan starrte mich böse an, als ich an ihm vorbei und zur Tür hinauseilte. In meiner Hast wäre ich auf den Stufen beinahe gestolpert. Mir war nicht mehr kalt, als ich am Jeep stand und ungeduldig darauf wartete, daß Ryan sich von Mrs. Goyette verabschiedete, seine Mütze aufsetzte und auf die Straße herunterkam.

»Was zum Teufel –«

»Geben Sie mir eine Karte.«

»Diese kleine Spinnerin könnte –«

»Haben Sie eine Karte von dieser verdammten Provinz?« zischte ich.

Ohne ein Wort ging Ryan um den Jeep herum, und wir stiegen beide ein. Er zog eine Karte aus der Halterung an der Fahrertür, und ich holte meine Taschenlampe heraus. Als ich die Karte auffaltete, ließ er den Motor an und stieg dann noch einmal aus, um die Windschutzscheibe freizukratzen.

Ich fand Montreal, folgte dann der Champlain Bridge über den

St. Lawrence und auf den 10-East. Mit taubem Finger fuhr ich die Route nach, die mich nach Memphrémagog gebracht hatte. Ich sah die alte Kirche vor mir. Ich sah das Grab. Den halb vom Schnee verdeckten Wegweiser.

Ich fuhr mit dem Finger den Highway entlang und schätzte die Fahrzeit. Die Namen zitterten im Schein der Taschenlampe.

Marieville. St. Grégoire. Sainte Angèle de Monnoir.

Mein Herz setzte aus, als ich es sah.

Gott, bitte laß uns rechtzeitig dort sein.

Ich kurbelte das Fenster herunter und schrie in den Wind.

Das Kratzen stoppte, und die Tür ging auf. Ryan warf den Schaber auf den Rücksitz und setzte sich hinters Steuer. Er zog die Handschuhe aus, und ich gab ihm Karte und Taschenlampe. Wortlos deutete ich auf einen kleinen Punkt auf dem Kartenquadrat, das ich aufgefaltet hatte. Er starrte darauf, und sein Atem war wie Nebel in dem gelben Licht.

»Oh, Scheiße. Ein Eiskristall auf seinen Wimpern schmolz und tropfte herab. Er wischte sich das Auge.

»Das ergibt einen Sinn. Ange Gardien. Schutzengel. Es ist ein Ort, keine Person. Dort wollen sie sich treffen. Dürften von hier aus etwa fünfundvierzig Minuten sein. Wie sind Sie drauf gekommen?«

Von dem Traum wollte ich ihm nichts erzählen. »Mir ist eingefallen, daß ich das Schild auf der Fahrt nach Memphrémagog gesehen habe. Fahren wir.«

»Brennan –«

»Ryan, ich sage dies nur noch ein einziges Mal. Ich hole meine Schwester da raus.« Ich bemühte mich, meine Stimme unter Kontrolle zu halten. »Mit oder ohne Ihre Hilfe. Entweder Sie bringen mich heim, oder Sie fahren mich dorthin.«

Ein kurzes Zögern, dann: »Scheiße!« Er stieg aus, klappte den Sitz nach vorne und wühlte im Fond. Als er die Tür zuknallte, sah ich, daß er etwas in seine Tasche steckte und den Reißverschluß hochzog. Dann kratzte er weiter.

Kurz darauf saß er wieder im Auto. Ohne ein Wort schnallte er sich an, legte den Gang ein und gab Gas. Die Räder drehten sich, aber wir bewegten uns nicht. Er schaltete in den Rückwärtsgang, dann schnell wieder in den ersten. Das Auto schaukelte, während Ryan mehrmals so zwischen den Gängen hin- und hersprang. Schließlich bekam der Jeep Bodenhaftung, und wir zockelten den Block entlang.

Ich schwieg, als wir auf der Christophe Colomb nach Süden krochen, dann auf der Rachel nach Westen. An der St. Denis bog Ryan nach Süden ab und fuhr den Weg zurück, den wir gekommen waren.

Verdammt! Er brachte mich nach Hause. Mich schauderte, als ich an die Fahrt nach Ange Gardien dachte.

Ich schloß die Augen und lehnte mich zurück, um mich darauf vorzubereiten. Du hast Schneeketten, Brennan. Du montierst sie, und dann fährst du so, wie Ryan es jetzt tut. Dieser Mistkerl Ryan.

Stille drängte sich in mein Selbstgespräch. Als ich die Augen öffnete, war es pechschwarz um mich herum. Kein Eis prasselte mehr auf die Windschutzscheibe.

»Wo sind wir?«

»Im Ville-Marie-Tunnel.«

Ich sagte nichts, Ryan raste durch den Tunnel wie ein Raumschiff durch ein Wurmloch im All. Als er die Ausfahrt zur Champlain Bridge nahm, empfand ich sowohl Erleichterung als auch Angst.

Ja! Ange Gardien.

Eine Ewigkeit später überquerten wir den St. Lawrence. Der Fluß wirkte unnatürlich dicht, die Gebäude der Île des Sœurs ragten schwarz in den frühmorgendlichen Himmel. Die Anzeigentafeln der Konzerne waren abgeschaltet, aber ich kannte die Namen. Nortel. Kodak. Honeywell. So normal. So vertraut in meiner Welt am Ende des zweiten Jahrtausends. Ich wünschte mir, unser Ziel wäre eins ihrer wohlgeordneten Büros und nicht der Wahnsinn, der vor uns lag.

Die Atmosphäre im Jeep war gespannt. Ryan konzentrierte sich auf die Straße, und ich bearbeitete meinen Daumennagel. Ich starrte zum Fenster hinaus und versuchte nicht daran zu denken, was uns wohl erwartete.

Wir krochen durch eine kalte, abweisende Landschaft, ein Anblick wie von einem Eisplaneten auf die Erde gebeamt. Je weiter wir nach Osten kamen, um so dicker wurde das Eis, es raubte der Welt Struktur und Farbe. Kanten verschwammen, und Gegenstände schienen miteinander zu verschmelzen, wie Teile einer riesigen Gipsskulptur.

Wegweiser, Schilder und Reklametafeln waren verhüllt, Botschaften und Grenzen getilgt. Hier und dort sah man Rauch aus Kaminen in die Dunkelheit steigen, ansonsten wirkte alles erstarrt. Kurz hinter dem Richelieu River machte die Straße eine Kurve, und ich sah ein havariertes Auto, das auf dem Dach lag, bewegungsunfähig wie ein Käfer auf dem Rücken. Eiszapfen hingen von Stoßstangen und Reifen.

Wir waren schon fast zwei Stunden unterwegs, als ich das Schild entdeckte. Es dämmerte, aus dem Schwarz des Himmels wurde ein trübes Grau. Durch das Eis konnte ich einen Pfeil und die Buchstaben *nge Gardi* erkennen.

»Da.«

Ryan ging vom Gas und rollte auf die Ausfahrt. Als diese an einer T-Kreuzung endete, stieg er auf die Bremse, und der Jeep kam knirschend zum Stehen.

»Welche Richtung?«

Ich nahm den Eiskratzer, stieg aus und schlitterte auf das Schild zu, nicht ohne einmal auszurutschen und mir das Knie anzuschlagen. Während ich hackte und kratzte, fuhr mir der Wind in die Haare und trieb mir Eispartikel in die Augen. Über mir pfiff er durch Äste und riß an Stromleitungen, die merkwürdig knatternde Geräusche von sich gaben.

Wie eine Wahnsinnige hieb ich auf das Eis ein. Irgendwann zerbrach die Klinge, aber ich hackte und hackte, bis das Plastik völlig zersplittert war. Doch ich gab nicht auf, bis ich schließlich Buchstaben und einen Pfeil erkennen konnte.

Als ich zum Jeep zurückstolperte, fühlte sich mein rechtes Knie sehr merkwürdig an.

»Dorthin.« Ich zeigte Ryan die Richtung. Für den kaputten Schaber entschuldigte ich mich nicht.

Als Ryan das Steuer einschlug, brach das Heck aus, und wir

schlingerten. Ich stemmte die Beine gegen das Bodenblech und klammerte mich an den Armlehnen fest.

Ryan bekam den Jeep wieder unter Kontrolle, und ich entspannte meine Kiefermuskeln.

»Auf Ihrer Seite ist keine Bremse.«

»Danke.«

»In Rouville gibt's eine Dienststelle der SQ. Dort fahren wir zuerst hin.«

Obwohl ich mich über die verlorene Zeit ärgerte, widersprach ich ihm nicht. Ich wußte, wenn wir in einem Hornissennest stocherten, konnte es durchaus sein, daß wir Verstärkung brauchten. Und Ryans Jeep hielt sich zwar gut auf Eis, hatte aber kein Funkgerät.

Fünf Minuten später sah ich den Turm. Oder was davon übrig war. Die Metallkonstruktion war unter dem Gewicht des Eises zusammengebrochen. Träger und Streben lagen geborsten und verbogen auf der Erde verstreut wie Teile eines riesigen Metallbaukastens.

Kurz hinter dem eingestürzten Turm ging nach links eine Straße ab. In etwa zehn Metern Entfernung entdeckte ich Annas Lebkuchenhaus.

»Hier ist es, Ryan. Hier abbiegen!«

»Wir machen das auf meine Art oder gar nicht.« Ohne zu bremsen, fuhr er weiter.

Ich war verzweifelt. Jedes Argument war mir recht. »Es wird schon hell. Was, wenn sie beschlossen haben, es bei Tagesanbruch zu tun?« Ich dachte an Harry, wie sie betäubt und hilflos irgendwo lag, während diese Eiferer Feuer entzündeten und zu ihrem Gott beteten. Oder wilde Hunde auf ihre Opferlämmer hetzten.

»Zuerst melden wir uns in der Dienststelle.«

»Wir könnten zu spät kommen!« Meine Hände zitterten. Ich hielt es einfach nicht aus. Meine Schwester war möglicherweise nur zehn Meter entfernt. Ich spürte, wie mein Brustkorb anfing zu beben, und wandte mich von Ryan ab.

Ein Baum gab schließlich den Ausschlag.

Wir waren keine fünfhundert Meter gefahren, als plötzlich eine riesige Fichte uns den Weg abschnitt. Sie war umgestürzt und hatte Stromleitungen quer über die Straße gezerrt. Vier Meter ragte das Wurzelgeflecht in die Höhe. In dieser Richtung konnten wir nicht weiterfahren.

Ryan schlug mit dem Handballen aufs Lenkrad. »Himmel, Arsch und Wolkenbruch!«

»Es ist ein Eissturm, kein Wolkenbruch.« Mein Herz hämmerte.

Ryan starrte mich an, nicht einmal den Anflug eines Lächelns im Gesicht. Draußen heulte der Wind und warf Eis gegen unsere Scheiben.

»Wir machen das auf meine Art, Brennan. Wenn ich sage, bleiben Sie im Auto, dann rühren Sie sich nicht vom Fleck. Ist das klar?«

Ich nickte. Ich hätte allem zugestimmt.

Wir wendeten und bogen kurz vor dem eingestürzten Turm rechts ab. Die Straße war schmal und mit umgestürzten Bäumen übersät, einige entwurzelt, andere am Stamm abgebrochen. Ryan schlängelte sich zwischen ihnen hindurch. An den Straßenrändern bildeten Pappeln, Eschen und Birken umgedrehte Us, ihre Kronen bogen sich unter dem Gewicht des Eises der Erde zu.

Knapp hinter dem Lebkuchenhaus begann ein Holzzaun. Ryan bremste und rollte langsam daran entlang. An mehreren Stellen hatten umgestürzte Bäume die Querstangen eingerissen. Dann entdeckte ich das erste Lebewesen, seit wir Montreal verlassen hatten.

Das Auto steckte mit der Nase nach unten in einem Graben, Abgasschwaden umhüllten das Heck, die Hinterräder drehten sich. Die Fahrertür war offen, ich sah ein Bein mit einem gegen den Boden gestemmten Stiefel.

Ryan hielt an. »Sie bleiben hier.«

Ich wollte widersprechen, überlegte es mir dann aber anders.

Er stieg aus und ging zu dem Auto. Von meinem Platz aus konnte ich nicht erkennen, ob der Insasse männlich oder weiblich war. Als Ryan mit dem Fahrer redete, kurbelte ich das Fenster herunter, konnte aber nicht verstehen, was sie sagten. Ryans Atem spritzte in kleinen Dunststrahlen aus seinem Mund. In weniger als einer Minute saß er wieder im Jeep.

»Nicht gerade der hilfsbereiteste Mensch.«

»Was hat er gesagt?«

»*Oui* und *non*. Der Trottel würde es nicht mal merken, wenn Dschingis Khan in sein Nachbarhaus einzieht.«

Wir rollten weiter, bis der Zaun an einer Kiesauffahrt endete. Ryan fuhr hinein und stellte den Motor ab.

Zwei Transporter und ein halbes Dutzend PKWs standen vor einem baufälligen Holzhaus. Sie sahen aus wie abgerundete Hökker, eingefrorene Flußpferde in einem grauen Strom. Eis tropfte von den Dachtraufen und Fensterbänken des Gebäudes und machte die Scheiben so milchig, daß nicht zu erkennen war, was drinnen vor sich ging.

Ryan drehte sich mir zu.

»Hören Sie zu. Wenn das die richtige Adresse ist, sind wir hier ungefähr so willkommen wie eine Klapperschlange.« Er berührte meine Wange. »Versprechen Sie, daß Sie hierbleiben?«

»Ich –«

Seine Finger glitten zu meinen Lippen.

»Bleiben Sie hier.« Seine Augen waren blendend blau im trüben Morgenlicht.

»Das ist doch Blödsinn«, sagte ich auf seine Fingerspitzen.

Er zog die Hand zurück und zeigte mit dem Finger auf mich.

»Warten Sie im Auto.«

Er zog Handschuhe an und trat hinaus in den Sturm. Als er die Tür zuschlug, griff ich nach meinen Fäustlingen. Ich würde zwei Minuten warten.

Was dann passierte, hat sich mir als eine Reihe unzusammenhängender Bilder eingeprägt. Erinnerungssplitter ohne zeitliche Koordination. Ich sah alles, aber mein Verstand konnte es nicht als Ganzes begreifen. Er registrierte zwar den Vorgang, speicherte ihn aber in separaten Bildern ab.

Ryan hatte ein halbes Dutzend Schritte zurückgelegt, als ich einen Knall hörte und sein Körper zusammenzuckte. Seine Hände schossen in die Höhe, und er drehte sich langsam um. Dann noch ein Knall und noch ein Zucken, und er stürzte zu Boden und blieb bewegungslos liegen.

»Ryan!« schrie ich und stieß die Tür auf. Als ich heraussprang, schoß mir ein Schmerz durchs Bein, und das Knie knickte ein.

»Andy!«

Dann explodierte ein Blitz in meinem Schädel, und ich versank in Dunkelheit, dicker als das Eis.

34

Als ich wieder zu mir kam, war immer noch Schwärze um mich herum. Dunkelheit und Schmerz. Ich setzte mich auf, doch aus der Finsternis wuchsen keine Umrisse. Ein heftiger Schmerz schoß mir in den Kopf, und ich dachte schon, ich müßte mich übergeben. Noch mehr Schmerzen, als ich die Knie anzog und meinen Kopf dazwischensteckte.

Dann verschwand die Benommenheit. Ich lauschte. Nichts als das Pochen meines Herzens. Ich sah auf meine Hände, konnte sie aber in der Dunkelheit kaum erkennen. Ich atmete ein. Verfaultes Holz und feuchte Erde. Vorsichtig tastete ich meine Umgebung ab.

Ich saß auf gestampfter Erde. Hinter mir und zu beiden Seiten spürte ich Wände aus rauhen, runden Steinen. Fünfzehn Zentimeter über meinem Kopf stieß meine Hand an Holz.

Mein Atem ging stoßweise, während ich versuchte, gegen meine Panik anzukämpfen.

Ich war gefangen! Ich mußte raus.

Neeeiiiin!

Der Schrei war nur in meinem Kopf. Noch hatte ich nicht ganz die Selbstkontrolle verloren.

Ich schloß die Augen und kämpfte gegen das Hyperventilieren an. Ich faltete die Hände und konzentrierte mich.

Einatmen. Ausatmen. Ein. Aus.

Langsam verebbte die Panik. Ich kniete mich hin und streckte die Hand nach vorne. Nichts. Der Schmerz im rechten Knie trieb mir die Tränen in die Augen, trotzdem kroch ich langsam durch die tintige Leere. Einen halben Meter. Zwei Meter. Drei Meter.

Während ich mich vorwärts bewegte, ohne auf ein Hindernis zu stoßen, wich die Angst allmählich von mir. Ein Tunnel war besser als ein steinerner Käfig.

Ich hockte mich auf die Fersen und versuchte, eine Verbindung zu einem funktionierenden Teil meines Gehirns herzustellen. Ich hatte keine Ahnung, wo ich mich befand, wie lange ich schon hier war und wie ich hierhergekommen war.

Ich fing an zu rekonstruieren.

Harry. Das Holzhaus. Das Auto.

Ryan. Gott, mein Gott, o Gott!

Bitte nicht. Bitte nicht Ryan.

Mein Magen hob sich wieder, ein bitterer Geschmack stieg mir in den Mund. Ich schluckte.

Wer hatte auf Ryan geschossen? Wer hatte mich hierhergebracht? Wo war Harry?

Mein Schädel dröhnte, und allmählich wurde ich steif vor Kälte. So ging es nicht weiter. Ich mußte etwas unternehmen. Ich atmete tief ein und kniete mich wieder hin.

Stück um schmerzendes Stück kroch ich den Tunnel entlang. Ich hatte meine Handschuhe verloren, und der eiskalte Lehm machte mir die Hände taub und jagte Wellen von Schmerz durch meine verletzte Kniescheibe. Der Schmerz zwang mich zur Konzentration, bis ich den Fuß berührte.

Ich schrak hoch, mein Kopf krachte gegen Holz, und ein Schrei blieb mir in der Kehle stecken.

Verdammt noch mal, Brennan, reiß dich zusammen! Am Tatort bist du ein Profi, keine hysterische Zuschauerin.

Schon, aber nichts in meiner Ausbildung hat mich darauf vorbereitet, eine Leiche zu sein.

Ich kauerte da, noch immer starr vor Grauen. Nicht vor diesem grabähnlichen Raum, sondern vor dem Ding, mit dem ich ihn teilte. Generationen wurden geboren und starben, während ich auf ein Lebenszeichen wartete. Nichts gab einen Ton von sich, nichts bewegte sich. Ich atmete tief ein, rutschte dann ein Stückchen vor und berührte den Fuß noch einmal.

Der Fuß steckte in einem Lederstiefel, klein wie der meine. Ich fand den zweiten und tastete mich am Bein hoch. Der Körper lag auf der Seite. Vorsichtig drehte ich ihn auf den Rücken und setzte meine Untersuchung fort. Rocksaum. Knöpfe. Schal. Angst schnürte mir die Kehle zu, als meine Fingerspitzen die Kleidung erkannten. Bevor ich das Gesicht berührte, wußte ich schon, wer es war.

Aber das konnte doch nicht sein. Es ergab keinen Sinn.

Ich zog den Schal ab und berühte die Haare. Ja. Daisy Jeannotte.

Mein Gott. Was war geschehen?

Bleib in Bewegung! befahl ein Teil meines Gehirns.

Mich mit einer Hand an der Wand abstützend, schleppte ich mich auf der anderen Hand und einem Knie vorwärts. Meine Finger berührten Spinnweben und Sachen, über die ich lieber nicht genauer nachdachte. Mörtel bröckelte und rieselte zu Boden, während ich mich langsam durch den Tunnel arbeitete.

Ein Stückchen weiter vorne wurde es fast unmerklich heller. Meine Hand stieß auf etwas, und ich tastete es ab. Hölzerne Stangen. Gestelle. Als ich den Kopf hob, sah ich ein schwaches Lichtrechteck. Stufen, die nach oben führten.

Behutsam, um jedes Geräusch zu vermeiden, schlich ich die Treppe hoch. Nach drei Stufen war ich an der Decke. Meine Hände ertasteten die Ränder einer Abdeckung, aber als ich dagegendrückte, rührte sie sich nicht.

Ich preßte das Ohr ans Holz, und Hundegebell jagte mir Adrenalin durch jede Faser meines Körpers. Das Geräusch klang gedämpft und schien von weither zu kommen, aber man konnte hören, daß die Tiere aufgeregt waren. Eine menschliche Stimme rief einen Befehl, dann Stille, dann fing das Kläffen wieder an.

Direkt über mir keine Bewegungsgeräusche, keine Stimmen.

Ich drückte mit der Schulter gegen die Klappe, und sie bewegte sich leicht, ging aber nicht auf. Als ich die Lichtstreifen genauer untersuchte, erkannte ich genau in der Mitte des rechten Streifens einen Schatten. Ich versuchte mit den Fingern dranzukommen, aber die Lücke war zu schmal. Frustriert schob ich die Finger weiter hinten hinein und fuhr den Spalt entlang. Splitter stachen mir in die Haut und rissen an den Fingernägeln, aber ich konnte die Verriegelung nicht erreichen. Der Spalt war einfach nicht weit genug.

Verdammt!

Ich dachte an meine Schwester und Hunde und Jennifer Cannon. Ich dachte an mich und Hunde und Jennifer Cannon. Meine Finger waren so kalt, daß ich sie nicht mehr spürte, und ich steckte sie in die Tasche. Mein rechter Knöchel stieß gegen etwas Hartes und Flaches. Verwundert zog ich den Gegenstand heraus und hielt ihn vor den Spalt.

Die abgebrochene Kratzerklinge.

Bitte!

Mit einem stummen Gebet schob ich die Kante in den Spalt. Die Klinge paßte hinein. Mit zitternder Hand ruckelte ich damit auf die Verriegelung zu. Das Kratzen klang so laut, daß es kilometerweit zu hören sein mußte.

Ich hielt inne und lauschte. Über mir keine Bewegung. Kaum atmend, schob ich die Plastikscherbe ein Stückchen weiter. Wenige Zentimeter vor der Verriegelung blieb sie hängen, glitt mir aus der Hand und fiel in die Dunkelheit.

Verdammt! Verdammt! Scheißding!

Auf Hintern und Händen holperte ich die Treppe hinab und setzte mich auf den Boden. Meine Ungeschicklichkeit verfluchend, fing ich an, den feuchten Lehm systematisch abzutasten. Kurz darauf stießen meine Finger auf den zerbrochenen Kratzer.

Die Treppe wieder hoch. Inzwischen jagte mir jede Bewegung einen stechenden Schmerz durchs Bein. Mit beiden Händen steckte ich die Klinge wieder in den Spalt und schob sie in Richtung Verriegelung. Es ging nicht. Ich zog sie heraus, steckte sie an neuer Stelle wieder hinein und riß sie seitlich durch den Spalt.

Etwas klickte. Ich lauschte. Stille. Ich drückte mit der Schulter, und die Klappe ging auf. Die Ränder der Abdeckung mit beiden Händen packend, schob ich sie vorsichtig auf und ließ sie dann leise auf den Boden des darüberliegenden Raumes sinken. Mit rasendem Herzen stieg ich aus der Öffnung und sah mich um.

Der Raum wurde von einer nackten Glühbirne an einem durchgescheuerten Kabel erhellt. Es war eine Art Abstellkammer. Regale säumten drei Wände, in einigen standen Schachteln und Dosen. Als ich mich umdrehte, durchfuhr mich eine Kälte, die viel schlimmer war als die wetterbedingte.

Dutzende von Propangasflaschen stapelten sich an der vierten Wand, ihre Emaillierung glänzte im weichen Licht. Mir kam ein Bild in den Sinn, ein Propagandafoto aus Kriegszeiten von ordentlich aufgereihten Granaten. Mit zitternden Händen ließ ich mich wieder in das Loch hinab und setzte mich auf die oberste Stufe.

Was konnte ich nur tun, um sie aufzuhalten?

Ich spähte die Treppe hinunter. Ein Lichtquadrat fiel auf den Kellerboden und erreichte gerade noch Daisy Jeannottes Gesicht. Ich betrachtete ihre starren, kalten Züge.

»Wer bist du?« murmelte ich. »Ich dachte, das ist deine Show.«

Völlige Stille.

Ich atmete ein paarmal tief durch, um wieder zur Ruhe zu kommen, und stieg erneut in die Kammer hoch. Erleichterung über das Entkommen aus dem Tunnel wechselte sich ab mit der Angst vor dem, was mir bevorstand.

Aus der Abstellkammer gelangte ich in eine geräumige Küche. Ich humpelte zu einer Tür auf der gegenüberliegenden Seite, preßte den Rücken gegen die Wand und versuchte, die Geräusche von draußen zu identifizieren. Das Knarzen von Holz. Das Zischen von Wind und Eis. Das Knacken gefrorener Äste.

Kaum atmend drückte ich mich um den Türstock herum und trat in einen langen, dunklen Gang.

Die Geräusche des Sturms wurden schwächer. Ich roch Staub und Holzrauch und alte Teppiche. Mich an der Wand abstützend, humpelte ich vorwärts.

Wo bist du, Harry?

An einer Tür lauschte ich. Nichts. Mein Knie zitterte, und ich fragte mich, wie weit ich damit noch kommen würde. Dann hörte ich gedämpfte Stimmen.

Versteck dich!

Der Knauf drehte sich, und ich schlüpfte in ein Zimmer.

Die Luft roch schal und süßlich, wie nach verwelkten Blumen. Plötzlich stellten sich mir die Haare im Nacken und an den Armen auf. War das eine Bewegung? Ich hielt die Luft an.

Etwas atmete.

Mein Mund war trocken, ich schluckte und lauschte angestrengt.

Bis auf das stetige Ein- und Ausatmen war absolut nichts zu hören. Langsam kroch ich vorwärts, bis aus der dichten Dunkelheit Umrisse auftauchten. Ein Bett. Eine menschliche Gestalt. Ein Nachtkästchen mit einem Glas Wasser und einem Tablettenfläschchen.

Noch zwei Schritte, und ich erkannte lange blonde Haare auf einer Patchwork-Decke.

Konnte das sein?

Ich humpelte zum Bett und drehte den Kopf, damit ich das Gesicht sehen konnte.

»Harry!« O Gott, ja. Es war Harry.

Ihr Kopf kippte zur Seite, und sie gab ein leises Stöhnen von sich.

Gerade wollte ich nach dem Pillenfläschchen greifen, als mich von hinten ein Arm packte. Er legte sich mir um die Kehle und drückte mir die Luft ab. Eine Hand preßte sich mir auf den Mund.

Ich strampelte und schlug um mich. Irgendwie bekam ich das Handgelenk zu fassen und schaffte es, mir die Hand vom Gesicht zu zerren. Bevor sie zurückschnellte, sah ich den Ring. Ein schwarzes Rechteck mit geschnitztem Henkelkreuz und geriffeltem Rand. Während ich mich verzweifelt wehrte, erinnerte ich mich an eine Wunde in weichem, weißem Fleisch. Ich wußte, daß dies Hände waren, die nicht zögern würden, mein Leben zu beenden.

Ich versuchte zu schreien, doch Malachys Mörder hielt mich in einem Griff, der mir die Kehle abdrückte und den Mund verschloß. Eine Ewigkeit lang rang ich um Atem. Meine Lunge brannte, der Puls raste, und mir wurde immer wieder schwarz vor Augen.

Ich hörte Stimmen, aber die Welt verschwamm. Der Schmerz im Knie verschwand, während sich ein Schleier über mein Bewußtsein legte. Ich spürte, daß ich geschleift wurde. Meine Schulter stieß an etwas. Unter den Füßen etwas Weiches. Dann wieder Härte. Eine zweite Tür, der Arm noch immer wie ein Schraubstock um meine Luftröhre.

Hände packten mich, und etwas Rauhes wurde mir über die Handgelenke gestreift. Meine Arme wurden in die Höhe gerissen, aber der Druck um meinen Hals ließ nach, und ich konnte wieder atmen. Ich hörte, wie ich mit einem Aufkeuchen kostbare Luft in die Lungen saugte.

Während ich mit meinem Körper wieder Kontakt aufnahm, kehrte der Schmerz mit Macht zurück.

Meine Kehle brannte, das Atmen bereitete mir Mühe. Schultern und Ellbogen wurden durch den Zug nach oben überdehnt, meine Hände fühlten sich über meinem Kopf kalt und taub an.

Vergiß deinen Körper. Benutz dein Hirn.

Das Zimmer war geräumig, wie man es in Landgasthöfen und ähnlichem findet. Es hatte einen Dielenboden und dicke Balkenwände und wurde nur von Kerzenlicht erhellt. Ich hing an einem Seil von einem Deckenbalken, mein Schatten fiel wie eine Giacometti-Figur mit hochgereckten Armen auf den Boden.

Ich drehte den Kopf, und der eiförmige Schädelschatten verlängerte sich im flackernden Licht. Vor mir eine Flügeltür. Links der steinerne Kamin. Rechts ein Panoramafenster. Ich versuchte mir alles einzuprägen.

Als ich hinter mir Stimmen hörte, brachte ich eine Schulter nach vorne, zog die andere zurück und stieß mich mit den Zehen ab. Mein Körper drehte sich, und in dem Sekundenbruchteil, bevor die Seilspannung mich wieder zurückwirbelte, sah ich die beiden. Ich erkannte die Strähne über Haar und Auge. Aber wer war die andere Person?

Die Stimmen hielten inne und redeten dann leise weiter. Ich hörte Schritte, dann wieder Stille. Ich wußte, daß ich nicht allein war. Ich hielt den Atem an und wartete auf ihren Auftritt.

Als sie vor mich trat, war ich überrascht, aber nicht schockiert. Heute trug sie die Haare in Schnecken auf dem Kopf, nicht in Zöpfen wie damals, als ich sie zusammen mit Kathryn und Carlie in Beaufort auf der Straße getroffen hatte.

Sie streckte die Hand aus und wischte mir eine Träne von der Wange.

»Haben Sie Angst?« Ihr Blick war kalt und hart.

»Nein. Ellie, nicht vor Ihnen und Ihren Eiferern.« Der Schmerz im Hals machte mir das Sprechen schwer.

Sie strich mir mit dem Zeigefinger über Nase und Lippen. Er fühlte sich rauh auf meiner Haut an.

»Nicht Ellie. *Je suis Elle.* Ich bin Sie. Die weibliche Macht.«

Ich erkannte die tiefe, rauhe Stimme.

»Die Hohepriesterin des Todes!« blaffte ich.

»Sie hätten uns in Ruhe lassen sollen.«

»Sie hätten meine Schwester in Ruhe lassen sollen.«

»Wir brauchen sie.«

»Haben Sie denn nicht schon genügend andere? Oder erregt das Töten Sie so sehr?«

Halt sie am Reden. Schinde Zeit.

»Wir strafen die Unbelehrbaren.«

»Ist das der Grund, warum Sie Daisy Jeannotte getötet haben?«

»Jeannotte.« Ihre Stimme war barsch vor Verachtung. »Diese hinterhältige, aufdringliche alte Närrin. Jetzt wird sie ihn endlich in Ruhe lassen.«

Was sage ich am besten, um das Gespräch am Laufen zu halten?

»Sie wollte nicht, daß ihr Bruder stirbt.«

»Daniel wird ewig leben.«

»Wie Jennifer und Amalie?«

»Ihre Schwäche hätte uns zurückgehalten.«

»Sie nehmen also die Schwachen und sehen zu, wie sie zerfleischt werden?«

In ihren Augen stand ein Ausdruck, den ich nicht interpretieren konnte. Verbitterung? Bedauern? Erwartung?

»Ich habe sie aus dem Darben erlöst und ihnen gezeigt, wie sie überleben können. Sie haben sich für den Untergang entschieden.«

»Was war Heidi Schneiders Sünde? Die Liebe zu ihrem Mann und ihren Babys?«

Ihr Blick wurde hart.

»Ich habe ihr den rechten Weg aufgezeigt, und sie hat Gift in die Welt gebracht. Das Böse in zweifacher Gestalt!«

»Der Antichrist.«

»Ja!« zischte sie.

Denk nach. Was hatte sie in Beaufort gesagt?

»Sie sagen, daß der Tod nur ein Übergangsstadium im Wachstumsprozeß ist. Schaffen Sie Nahrung, indem Sie Babys und alte Frauen abschlachten?«

»Den Verdorbenen darf man nicht gestatten, die neue Ordnung zu besudeln.«

»Heidis Babys waren vier Monate alt!« Angst und Wut ließen meine Stimme überschlagen.

»Sie waren Perversion!«

»Es waren Säuglinge!« schrie ich und riß wütend an meinen Seilen, aber sie hielten.

Hinter der Tür hörte ich andere reden und herumgehen. Ich dachte an die Kinder auf St. Helena und spürte, wie mir der Atem stockte.

Wo war Daniel Jeannotte?

»Wie viele Kinder wollen Sie und Ihre Anhänger noch umbringen?«

Ihre Augen verengten sich fast unmerklich.

Weiter. Red weiter.

»Verlangen Sie von allen Ihren Anhängern, daß sie in den Tod gehen?«

Sie sagte immer noch nichts.

»Warum brauchen Sie meine Schwester? Können Sie keine neuen Anhänger mehr motivieren?« Meine Stimme klang zittrig und zwei Oktaven zu hoch.

»Sie wird die Stelle eines anderen einnehmen.«

»Sie glaubt nicht an Ihr Armageddon.«

»Eure Welt steht vor dem Ende.«

»Als ich sie das letzte Mal sah, ging es ihr noch recht gut.«

»Ihr tötet Bäume für Toilettenpapier und kippt Gift in die Flüsse und Meere. Heißt das Gutgehen?« Sie brachte ihr Gesicht so nah an meins, daß ich die Adern an ihren Schläfen pochen sah.

»Bringen Sie sich selber um, wenn Sie müssen, aber lassen Sie andere ihre eigenen Entscheidungen treffen.«

»Es muß ein vollkommenes Gleichgewicht geben. Die Anzahl wurde offenbart.«

»Wirklich? Und sind die anderen alle hier?«

Sie zog den Kopf zurück, sagte aber nichts. Ich sah in ihrem Auge etwas funkeln, wie Licht in zerbrochenem Glas.

»Es kommen nicht alle, Elle.«

Ihr Blick blieb unbeweglich.

»Kathryn wird nicht für Sie sterben. Sie ist mit ihrem Baby in Sicherheit, weit weg von hier.«

»Sie lügen!«

»Sie werden Ihre kosmische Quote nicht schaffen.«

»Die Zeichen wurden gesandt. Die Apokalypse ist jetzt, und wir werden auferstehen aus der Asche!«

In dem flackernden Licht waren ihre Augen schwarze Löcher. Ich sah, was der Blick wirklich bedeutete. Wahnsinn.

Ich wollte eben etwas erwidern, als ich Hunde jaulen und kläffen hörte.

Verzweifelt riß ich an dem Seil, aber der Knoten wurde nur noch enger. Plötzlich war mir klar, daß ich es nicht schaffen würde. Es war sinnlos. Ich konnte mich nicht befreien. Und wenn ich es schaffte? Ich war ja mitten unter ihnen.

»Bitte«, flehte ich.

Elle starrte mich mit erbarmungslosen Augen an.

Ein Schluchzen kam mir über die Lippen, als das Bellen lauter wurde. Ich strampelte weiter. Ich wollte mich nicht wehrlos ergeben, wie sinnlos der Widerstand auch sein mochte.

Was hatten die anderen getan? Ich sah zerfetztes Fleisch und durchbohrte Schädel. Aus dem Bellen wurde Knurren. Die Hunde waren sehr nahe. Unkontrollierbare Angst überkam mich.

Ich drehte mich, und mein Blick fiel auf das Panoramafenster. Mein Herz setzte aus. Hatte ich wirklich Gestalten gesehen, die sich draußen bewegten?

Lenk ihre Aufmerksamkeit nicht auf das Fenster!

Ich senkte den Blick und drehte mich wieder zu Elle. Noch strampelte ich und kämpfte, aber meine Gedanken waren jetzt draußen. Gab es noch Hoffnung auf Rettung?

Elle beobachtete mich stumm. Eine Sekunde verging. Zwei. Fünf. Ich drehte mich nach rechts und sah noch einmal verstohlen zum Fenster.

Durch Eis und Kondenswasser sah ich einen Schatten von links nach rechts huschen.

Lenk sie ab!

Ich richtete den Blick wieder auf Elle. Das Fenster war links von ihr.

Sag irgendwas!

»Harry glaubt nicht an –«

Die Tür sprang auf, dann hörte ich tiefe Stimmen.

»Polizei!«

Stiefel polterten auf Hartholz.

»Haut les mains!« Hände hoch.

Knurren und Jaulen. Rufe. Ein Schrei.

Elles Mund wurde ein dunkles Oval, dann ein dünner, dunkler Strich. Sie zog eine Pistole aus den Falten ihres Kleides und zielte auf einen Punkt hinter mir.

In dem Moment, wo sie den Blick von mir abwandte, schlang ich meine Finger fester um die Seile, stieß mich mit den Hüften von der Wand ab und trat zu, so fest ich konnte. Ein heftiger Schmerz raste mir durch Schultern und Handgelenke, als es meinen Körper nach vorne warf, aber mein Stiefelabsatz traf sie mit voller Wucht am Arm. Die Pistole flog quer durch den Raum und aus meinem Gesichtsfeld.

Als ich wieder aufblickte, stand Elle starr da, die Mündung einer Polizeipistole vor der Brust. Ein dunkler Zopf hatte sich gelöst und hing ihr wie eine Brokatschärpe vor der Stirn.

Ich spürte Hände auf meinem Rücken und hörte Stimmen, die zu mir sprachen. Dann war ich frei, und starke Arme schleiften mich zur Couch. Ich roch Winterluft und feuchte Wolle. Und English Leather.

»Calmez-vous, madame. Tout va bien.«

Meine Arme waren wie Blei, meine Knie Pudding. Ich wollte in die Polster sinken und ewig schlafen, aber ich zwang mich zum Aufstehen.

»Ma sœur. Ich muß zu meiner Schwester.«

»Tout est bien, madame.« Hände drückten mich wieder auf die Couch.

Noch mehr Stiefel. Türen. Laute Befehle. Ich sah, wie Elle und Daniel Jeannotte in Handschellen abgeführt wurden.

»Wo ist Ryan? Kennen Sie Andrew Ryan?«

»Ganz ruhig, es wird alles gut.« In Englisch.

Ich versuchte mich loszureißen.

»Ist Ryan in Ordnung?«

»Entspannen Sie sich.«

Dann war Harry neben mir, und ihre Augen waren riesig im traumgleichen Dämmerlicht.

»Ich habe Angst«, murmelte sie mit belegter, wie verwaschener Stimme.

»Alles okay.« Ich schlang die tauben Arme um sie. »Ich bring dich nach Hause.«

Sie ließ den Kopf auf meine Schulter sinken, und ich stützte meinen auf ihren. Einen Augenblick hielt ich sie so, dann ließ ich sie wieder los. Plötzlich war sie wieder da, die religiöse Erziehung meiner Kindheit, und ich schloß die Augen, faltete die Hände vor der Brust und bat Gott leise weinend um das Leben von Andrew Ryan.

35

Eine Woche später saß ich auf meiner Terrasse in Charlotte, sechsunddreißig Prüfungshefte rechts von mir und siebenunddreißig auf dem Tischchen vor mir. Der Himmel war von einem Carolina-Blau, der Garten ein saftiges, üppiges Grün. In einem nahen Magnolienstrauch trällerte eine Spottdrossel, als wollte sie einen Rekord brechen.

»Eine hervorragend durchschnittliche Leistung«, murmelte ich, schrieb eine 3+ auf den blauen Umschlag und umkringelte die Note ein paarmal. Birdie sah hoch, streckte sich und sprang von der Liege.

Mein Knie heilte gut. Der kleine Haarriß war nichts im Vergleich zu den Verletzungen an meiner Psyche. Nach dem Horror in Ange Gardien hatte ich noch zwei Tage in Quebec verbracht, war aber vor jedem Schatten und jedem Geräusch zurückgeschreckt, vor allem vor bellenden Hunden. Meine Tage füllte ich mit pausenloser Geschäftigkeit, aber die Nächte waren schwierig, weil mich die Ereignisse jener Nacht in Ange Gardien einfach nicht losließen. In einigen Nächten schlief ich bei Licht.

Das Telefon klingelte, und ich griff nach dem Hörer. Es war der Anruf, den ich erwartete.

»Bonjour, Docteur Brennan. Comment ça va?«

»Ça va bien, Schwester Julienne. Aber was viel wichtiger ist, wie geht es Anna?«

»Ich glaube, die Medikamente helfen ihr.« Sie senkte die Stimme. »Ich habe keine Ahnung von bipolaren Störungen, aber der Arzt hat mir eine Menge Material gegeben, und ich beschäftige mich viel damit. Eigentlich habe ich ihre Depressionen nie verstanden. Ich dachte, Anna wäre nur launisch, weil ihre Mutter es so nannte. Manchmal war sie niedergeschlagen, dann wieder voller Energie und Lebensfreude. Ich wußte nicht, daß das, wie nennt man das gleich wieder…?«

»Eine manische Phase war?«

»C'est ça. Es ging einfach immer so schnell auf und ab bei ihr.«

»Ich bin sehr froh, daß es ihr bessergeht.«

»Ja, Gott sei's gedankt. Professor Jeannottes Tod hat sie schwer getroffen. Bitte, Dr. Brennan, um Annas willen muß ich wissen, was mit dieser Frau passiert ist.«

Ich atmete tief durch. Was sollte ich sagen?

»Professor Jeannottes Probleme hatten ihren Ursprung in der Liebe zu ihrem Bruder. Daniel Jeannotte hat sein ganzes Leben lang einen Kult nach dem anderen organisiert. Daisy war überzeugt davon, daß er die besten Absichten hatte und vom Mainstream der Gesellschaft völlig zu Unrecht verachtet wurde. Ihre akademische Karriere in Amerika endete in einem Skandal, weil Eltern sich bei ihrer Universität darüber beschwerten, daß sie ihre Studenten in Daniels Konferenzen und Workshops lotse. Sie gab ihren Lehrstuhl auf, um zu forschen und zu schreiben, und tauchte schließlich in Kanada wieder auf. Ihren Bruder unterstützte sie weiter.

Als Daniel sich mit Elle zusammentat, wurde Daisy mißtrauisch. Sie hielt Elle für eine Psychopathin, und es entwickelte sich ein Kampf zwischen den beiden Frauen um Daniels Zuneigung. Daisy wollte ihren Bruder beschützen, aber sie hatte Angst, daß es zu einer Katastrophe kommen könnte.

Jeannotte wußte, daß Daniels und Elles Gruppe auf dem Campus aktiv war, und als Anna mit der Gruppe in Kontakt kam, wollte Daisy sie über Anna beobachten.

Daisy war nie Werberin für die Gruppe. Sie erfuhr, daß Mitglieder des Kults das Beratungszentrum infiltriert hatten, um sich mit Studenten anzufreunden. Meine Schwester wurde auf diese Art in einem Community College in Texas rekrutiert. Das regte Daisy um so mehr auf, weil sie befürchtete, daß man wegen der Episode in ihrer Vergangenheit ihr die Schuld zuschieben würde.«

»Wer ist diese Elle?«

»Ihr wirklicher Name ist Sylvie Boudrais. Was wir wissen, ist unvollständig. Sie ist vierundvierzig, geboren in Baie Comeau als Tochter einer Inuit-Mutter und eines Quebecer Vaters. Ihre Mutter starb, als sie vierzehn war, ihr Vater war Alkoholiker. Sylvie hat nie die High-School abgeschlossen, aber ihr IQ ist astronomisch.

Boudrais verschwand nach ihrem Abgang von der Schule, tauchte aber Mitte der Siebziger in Quebec City wieder auf und arbeitete für wenig Geld als Privat-Therapeutin. Sie scharte eine kleine Anhängerschaft um sich und wurde schließlich Anführerin einer Gruppe, die sich in einer Jagdhütte in der Nähe von Ste. Anne de Beaupré niederließ. Es herrschte ständiger Geldmangel, und Probleme gab es auch wegen einiger minderjähriger Anhänger. Als schließlich eine Vierzehnjährige schwanger wurde, gingen die Eltern zur Polizei.

Die Gruppe löste sich auf und Boudrais zog weiter. Sie gab ein kurzes Gastspiel bei einer Sekte namens Himmlischer Pfad in Montreal, verließ sie aber bald wieder. Wie Daniel Jeannotte wanderte sie von Gruppe zu Gruppe und tauchte schließlich 1980 in Belgien auf, wo sie eine Mischung aus Schamanismus und New-Age-Spiritualismus predigte. Wieder scharte sie eine Anhängerschaft um sich, darunter auch einen wohlhabenden Mann namens Jacques Guillion.

Boudrais hatte Guillion schon zuvor im Himmlischen Pfad kennengelernt und sah in ihm die Lösung ihrer finanziellen Probleme. Sie zog Guillion in ihren Bann und überredete ihn schließlich, ihr seine Immobilien und Vermögenswerte zu überlassen.«

»Und niemand protestierte?«

»Die Steuern wurden bezahlt, und Guillion hatte keine Familie, also entstanden keine Fragen.«

»Mon Dieu.«

»Mitte der Achtziger verließ die Gruppe Belgien und kam in die Vereinigten Staaten. In Fort Bend County, Texas, wurde eine Kommune gegründet, und Guillion reiste ein paar Jahre lang zwischen Europa und den USA hin und her, wahrscheinlich um Geld zu transferieren. Vor zwei Jahren reiste er zum letzten Mal in die Staaten ein.«

»Was ist mit ihm passiert?« Ihre Stimme klang dünn und zitterig.

»Die Polizei glaubt, daß er irgendwo auf der Ranch verscharrt ist.«

Ich hörte Stoff rascheln.

»Jeannottes Bruder traf Boudrais in Texas und war sofort von ihr fasziniert. Damals nannte sie sich bereits Elle. Zu dieser Zeit erschien auch Dom Owens auf der Bildfläche.«

»Das ist der Mann aus South Carolina?«

»Ja. Owens war Schmalspurmystiker und dilettierender ganzheitlicher Heiler. Als er die Ranch in Fort Bend besuchte, war es um ihn geschehen, er verfiel Elle, lud sie in seine Kommune auf St. Helena ein, und sie übernahm schließlich die Kontrolle über seine Gruppe.«

»Aber das klingt alles so harmlos. Kräuter und Zaubersprüche und ganzheitliche Medizin. Wie konnte es da zu Gewalt und Tod kommen?«

Wie erklärt man Wahnsinn? Ich wollte weder über das psychologische Gutachten reden, das auf meinem Tisch lag, noch über die Abschiedsbriefe, die man in Ange Gardien gefunden hatte.

»Boudrais las sehr viel, vor allem Philosophie und Ökologie. Sie war überzeugt, daß die Erde zerstört werden würde, und bevor das passierte, wollte sie ihre Anhänger wegbringen. Sie sah sich selbst als Schutzengel jener, die ihr ergeben waren, und das Haus in Ange Gardien betrachtete sie als Startrampe.«

Eine lange Pause entstand, dann fragte Schwester Julienne: »Haben sie wirklich daran geglaubt?«

»Ich weiß es nicht. Ich glaube nicht, daß Elle sich ausschließlich auf ihre rhetorischen Fähigkeiten verließ. Zum Teil nahm sie auch Drogen zu Hilfe.«

Wieder eine Pause.

»Meinen Sie, daß diese Leute genug glaubten, um freiwillig in den Tod zu gehen?«

Ich dachte an Kathryn. Und Harry.

»Nicht alle.«

»Es ist eine Todsünde, den Tod anderer zu inszenieren oder auch nur einen anderen Menschen gefangenzuhalten.«

Eine perfekte Überleitung.

»Schwester, haben Sie gelesen, was ich Ihnen in bezug auf Élisabeth Nicolet zugeschickt habe?«

»Ja.«

»Ich habe mich ausführlich über Abo Gabassa informiert. Er war ein hochangesehener Philosoph und öffentlicher Redner, der in Europa, Afrika und Nordamerika für sein leidenschaftliches Eintreten gegen den Sklavenhandel bekannt war.«

»Ich verstehe das.«

»Er und Eugénie Nicolet fuhren auf demselben Schiff nach Europa. Eugénie kehrte mit einer kleinen Tochter nach Kanada zurück.« Ich gestattete mir eine Atempause. »Die Knochen lügen nicht, Schwester Julienne. Und ihre Analyse ist keine Ansichtssache. Schon als ich Élisabeths Schädel zum ersten Mal sah, wußte ich, daß es sich um eine gemischtrassige Person handelte.«

»Aber das heißt nicht, daß sie eine Gefangene war.«

»Nein, das heißt es nicht.«

Wieder eine Pause. Dann sagte sie langsam: »Ich glaube auch, daß ein uneheliches Kind im Kreis der Nicolets nicht gut aufgenommen worden wäre. Und in diesen Tagen wäre ein gemischtrassiges Baby mit dunkler Haut wohl eine gesellschaftliche Unmöglichkeit gewesen. Vielleicht betrachtete Eugénie das Kloster als humanste Lösung.«

»Kann sein. Auch wenn Élisabeth ihr Schicksal vielleicht nicht selbst bestimmt hat, schmälert das ihre Leistungen nicht. Nach allen Berichten war ihre Arbeit während der Pockenepidemie heldenhaft. Tausende dürften ihr Leben Élisabeths Engagement verdanken.

Schwester, gibt es irgendwelche Heiligen aus Nordamerika, in deren Adern indianisches, afrikanisches oder asiatisches Blut floß?«

»Nun, ich bin mir nicht sicher.« Ich hörte einen neuen Unterton in ihrer Stimme.

»Was für ein außergewöhnliches Vorbild könnte Élisabeth doch für all jene Gläubigen sein, die unter Vorurteilen zu leiden haben, weil sie nicht kaukasischer Herkunft sind.«

»Ja. Ja, ich muß das mit Father Ménard besprechen.«

»Darf ich Ihnen eine Frage stellen, Schwester?«

»Bien sûr.«

»Élisabeth erschien mir in einem Traum und zitierte etwas, das ich nicht so recht unterbringen kann. Als ich sie fragte, wer sie sei, sagte sie: ›Umhüllt mit purpurdunklem Kleid‹.«

»›Komm, sinnend Schwester, ernst und keusch, fromm, unentwegt und scheu, umhüllt mit purpurdunklem Kleid, der Schleppe fließender Erhabenheit‹. John Miltons *Il Penseroso*.«

»Das Gehirn ist ein erstaunliches Archiv«, sagte ich lachend. »Es muß Jahre her sein, daß ich es gelesen habe.«

»Wollen Sie mein Lieblingszitat hören?«

»Natürlich.«

Es war ein wunderschöner Gedanke.

Nachdem wir das Gespräch beendet hatten, sah ich auf die Uhr. Zeit zum Aufbruch.

Während der Fahrt schaltete ich das Radio ein und aus, versuchte, ein Klappern im Armaturenbrett zu identifizieren, oder trommelte einfach mit den Fingern.

Die Ampel an der Kreuzung Woodlawn und Billy Graham Parkway schien nie mehr grün werden zu wollen.

Das war deine Idee, Brennan.

Richtig. Aber muß sie deswegen gut sein?

Als ich am Flughafen ankam, ging ich direkt zur Gepäckausgabe.

Ryan hatte sich einen Kleidersack über die linke Schulter gehängt. Den rechten Arm trug er in einer Schlinge, und seine Bewegungen wirkten unnatürlich steif. Aber er sah gut aus. Sehr gut.

Er ist hier, um sich zu erholen. Das ist alles.

Ich winkte und rief ihm zu. Er lächelte und deutete auf eine Sporttasche, die auf dem Förderband auf ihn zuzockelte.

Ich nickte und fing an, meine Schlüssel zu sortieren und die herauszusuchen, die ich zu einem zweiten Bund zusammenfassen wollte.

»Bonjour, y'all.«

Ich umarmte ihn flüchtig, wie Leute es tun, die ihre Schwiegereltern begrüßen. Er trat einen Schritt zurück, und die viel zu blauen Augen musterten mich von oben bis unten.

»Netter Aufzug.«

Ich trug Jeans und eine Bluse, die unter den Krücken nicht allzu sehr knitterte.

»Wie war der Flug?«

»Die Stewardeß hatte Mitleid und hat mich in die vordere Reihe gesetzt.«

Das konnte ich mir vorstellen.

Auf der Heimfahrt fragte ich ihn nach seinen Verletzungen.

»Drei gebrochene Rippen, eine hatte die Lunge perforiert. Die zweite Kugel ging nur in Muskelfleisch. Keine große Sache, bis auf den Blutverlust.«

Diese »keine große Sache« hatte eine vierstündige Operation erforderlich gemacht.

»Schmerzen?«

»Nur wenn ich atme.«

Als wir im Annex ankamen, zeigte ich Ryan das Gästezimmer und ging dann in die Küche, um Eistee in zwei Gläser zu gießen.

Minuten später kam er zu mir auf die Terrasse. Sonnenlicht fiel schräg durch die Magnolien, und ein Schwarm Singspatzen hatte die Spottdrossel ersetzt.

»Netter Aufzug«, sagte ich und gab ihm ein Glas.

Ryan hatte Shorts und ein T-Shirt angezogen. Seine Beine hatten die Farbe rohen Kabeljaus, Sportsocken schlabberten um seine Knöchel.

»Wohl in Neufundland überwintert?«

»Vom Sonnenbaden kriegt man Hautkrebs.«

»Dafür braucht man bei Ihnen eine Sonnenbrille gegen das blendende Weiß.«

Ryan und ich hatten bereits über die Ereignisse in Ange Gardien gesprochen. Zuerst im Krankenhaus, und später, als immer neue Informationen ans Tageslicht kamen, per Telefon.

Ryan hatte sein Handy benutzt, um die Dienststelle in Rouville anzurufen. Als wir dort nicht erschienen, schickte der diensthabende Beamte einen Streifenwagen nach Ange Gardien. Die Beamten fanden Ryan bewußtlos und riefen Verstärkung und einen Krankenwagen.

»Hat Ihre Schwester jetzt die Nase voll von kosmischer Heilung?«

»Ja.« Ich lächelte und schüttelte den Kopf. »Sie war ein paar Tage hier und ist dann nach Texas zurückgefahren. Es wird nicht lange dauern, bis sie sich in die nächste Sache verrennt.«

Wir tranken unseren Tee.

»Haben Sie das psychiatrische Gutachten gelesen?«

»›Delusionale Mißidentifikation mit deutlichen Anzeichen für Größenwahn und Paranoia‹. Was zum Teufel soll denn das heißen?«

Dieselbe Frage hatte mich in die psychiatrische Abteilung der Bibliothek getrieben.

»Der Antichrist-Wahn. Leute betrachten sich selbst oder andere als dämonisch. Boudrais projizierte diesen Wahn auf Heidis Babys. Sie hatte von Materie und Antimaterie gelesen und glaubte, daß alles im Gleichgewicht sein müsse. Sie sagte, eins der Babys sei der Antichrist, das andere eine Art kosmische Reserve. Redet sie eigentlich immer noch?«

»Wie ein DJ auf Speed. Sie gibt zu, ein Überfallkommando nach St. Jovite geschickt zu haben, um die Babys töten zu lassen. Simonnet versuchte, das zu verhindern, deshalb haben sie sie erschossen.«

Ich dachte an die alte Frau, deren Knochen ich untersucht hatte.

»Simonnet muß versucht haben, Heidi und Brian zu schützen. All diese Anrufe nach St. Helena, dann die Rettungsmission nach Texas, nachdem Daniel Jeannotte bei den Schneiders aufgetaucht war.« Meine Finger hinterließen ovale Abdrücke auf dem beschlagenen Teeglas. »Was meinen Sie, warum hat Simonnet weiter angerufen, nachdem Heidi und Brian St. Helena schon verlassen hatten?«

»Heidi blieb in Kontakt mit Jennifer Cannon, und Simonnet rief an, um auf dem laufenden zu bleiben. Als Elle es herausfand, ließ sie Cannon töten.«

»Derselbe Exorzismus mit Hunden, Messern und kochender Flüssigkeit, wie sie ihn befohlen hatte, als Carole Comptois schwanger wurde.«

Bei der Vorstellung lief es mir noch immer kalt den Rücken hinunter.

»Arbeitete Comptois immer noch als Prostituierte?«

»Sie hatte damit aufgehört. Ironischerweise war es ausgerechnet ein ehemaliger Freier, der sie Elle vorgestellt hat. Obwohl sich Comptois dann tatsächlich der Gruppe anschloß, hielt sie Kontakt zur Außenwelt, zumal der Vater ihres Babys kein Mitglied war und folglich auch nicht als Samenspender in Frage kam. Deshalb hat Elle schließlich den Exorzismus angeordnet.«

»Warum Amalie Provencher?«

»Das ist unklar. Vielleicht ist Amalie ihnen bei Jennifers Beseitigung in die Quere gekommen.«

»Elle glaubte, sie brauche die psychische Kraft von fünfundfünfzig Seelen, um die Energie für den Großen Übertritt zusammenzubekommen. Sie hatte nicht damit gerechnet, Comptois zu verlieren. Deshalb brauchte sie Harry.«

»Warum fünfundfünfzig?«

»Es hat etwas mit den fünfundfünfzig Aubrey-Löchern in Stonehenge zu tun.«

»Was sind Aubrey-Löcher?«

»Kleine Gruben, die ausgehoben und sofort wieder aufgefüllt wurden. Vermutlich wurden sie zur Voraussage von Mondfinsternissen benutzt. Elle hatte alle möglichen esoterischen Elemente in ihren Wahn verwoben.«

Ich trank einen Schluck Tee.

»Sie war besessen von der Idee des Gleichgewichts. Materie und Antimaterie. Kontrollierte Kopulation. Genau fünfundfünfzig

Leute. Ange Gardien wählte sie nicht nur wegen des Namens aus, sondern auch weil es von den Kommunen in Texas und South Carolina genau gleich entfernt ist.«

»Wie hat Ihr Freund Sam eigentlich die Nachricht aufgenommen, daß einer seiner Angestellten die Leichen auf seine Insel gebracht hat?«

»Er war nicht gerade begeistert.«

Ich erinnerte mich noch gut, wie nervös Joey gewesen war, als wir ihn in der Nähe des Leichenfundortes bei dem Wassertank getroffen hatten. »Joey hatte immerhin fast zwei Jahre für Sam gearbeitet.«

»Richtig. Er war Owens-Anhänger, lebte aber bei seiner Mutter. Sie war diejenige, die beim Sozialamt angerufen hat. Na ja, jedenfalls hat sich herausgestellt, daß er Carlies Vater ist. Deshalb ist auch Kathryn bei ihm untergetaucht, als es brenzlig wurde. Es sieht so aus, als hätte sie von den Morden keine Ahnung gehabt.«

»Wo sind sie jetzt?«

»Sie und das Baby sind bei einer Cousine von ihr. Joey stattet Sheriff Baker einen Bericht über die jüngste Vergangenheit ab.«

»Wer kommt vor Gericht?«

»Elle und Daniel kriegen eine Anklage wegen Mordes in drei Fällen, an Jennifer Cannon, Amalie Provencher und Carole Comptois.«

Ryan hob ein Magnolienblatt auf und fuhr sich damit über den Schenkel.

»Was stand sonst noch in dem Gutachten?«

»Nach Angaben des gerichtlich bestellten Seelenklempners leidet Elle an einer ausgedehnten multidelusionalen Psychose. Sie ist überzeugt, daß die Apokalypse bevorsteht, und zwar in Form einer gigantischen Umweltkatastrophe, und daß sie dazu auserwählt ist, die Menschheit zu retten, indem sie ihre Anhänger aus der Apokalypse herausführt.«

»Wohin wollten sie?«

»Das sagt sie nicht. Aber Sie stehen nicht auf ihrer Passagierliste.«

»Warum glauben Leute nur einen solchen Unsinn?« Ryan wiederholte die Frage, die ich schon Red Skyler gestellt hatte.

»Die Gruppe warb Leute an, die von ihrem Leben enttäuscht waren und Akzeptanz in einer Gruppe suchten, die ihnen ein Gefühl von Wert und Wichtigkeit vermittelte und einfache Antworten auf alle Fragen lieferte – mit einer kleinen Drogentherapie nebenbei.«

Eine Brise fuhr in die Äste der Magnolie und brachte den Geruch feuchten Grases mit sich.

»Elle mag verrückt sein, aber sie ist intelligent und außerordentlich überzeugend. Sogar jetzt halten ihre Anhänger noch zu ihr. Während sie sich wortreich über ihre Lehre ausläßt, sagen sie kein Wort.«

»Ja.« Er streckte sich, hob den bandagierten Arm und legte ihn sich wieder auf die Brust. »Gerissen ist sie wirklich. Sie wollte nie eine große Gefolgschaft, sondern eine kleine, loyale Gruppe. Deswegen und dank Guillions Geld konnte sie so lange unauffällig bleiben. Bis die ganze Sache aus dem Ruder lief, machte sie kaum Fehler.«

»Was war mit der Katze? Das war brutal, aber dumm.«

»Das war Dom Owens. Elle befahl ihm, Ihrer Schnüffelei ein Ende zu setzen. Er behauptet, er könne keiner Fliege etwas zuleide tun und habe deshalb ein paar von seinen Anhängern an der Uni damit beauftragt, Ihnen einen Schrecken einzujagen. Die haben sich dann die Sache mit der Katze ausgedacht. Angeblich hatten sie die Katze aus dem Tierheim.«

»Wie haben sie mich gefunden?«

»Eine von ihnen hat eine Rechnung oder so was aus Ihrem Büro mitgehen lassen. Da stand Ihre Privatadresse drauf.«

Ryan nahm einen Schluck Bier.

»Übrigens war auch Ihr kleines Abenteuer am St. Patrick's Day Produkt studentischen Einfallsreichtums.«

»Wie haben Sie davon erfahren?«

Er lächelte und wackelte mit seiner Bierflasche. »Man hat so seine Quellen. Na ja, jedenfalls scheint Dr. Jeannottes Beschützerinstinkt gegenüber ihren Studenten auf Gegenseitigkeit beruht zu haben. Einer von ihnen hat offenbar mitgekriegt, daß sie sich bei dem Gespräch mit Ihnen aufregte und daraus den Schluß gezogen, daß Sie der Grund dafür seien. Da hat er beschlossen, Ihnen einen kleinen Denkzettel zu verpassen.«

Ich wechselte das Thema.

»Glauben Sie, daß Owens etwas mit den Morden an Jennifer und Amalie zu tun hatte?«

»Er leugnet es. Behauptet, nachdem er Jennifer wegen der Anrufe zur Rede gestellt hatte, habe er Elle davon berichtet. Elle habe ihm gesagt, sie und Daniel würden Jennifer und Amalie nach Kanada zurückbringen.«

»Warum war Owens nicht in Ange Gardien?«

»Owens zog es vor, sich aus dem Staub zu machen. Entweder hatte er Angst davor, was Elle mit ihm tun würde, nachdem ihm Joey, Kathryn und Carlie abhanden gekommen waren, oder er setzte kein so rechtes Vertrauen in den kosmischen Übertritt. Wie auch immer, er hatte noch über 200 000 Dollar von Guillions Geld übrig, und das nahm er und ging nach Westen, während alle anderen nach Norden zogen. Das FBI spürte ihn schließlich in einer Naturalistenkommune in Arizona auf. Auch mit Harry hätte Elle ihre fünfundfünfzig Seelen nicht zusammengebracht.«

»Hunger?«

»Essen wir.«

Wir bereiteten Salat zu und schnitten dann Hähnchenfleisch und Gemüse für Shish Kebab. Draußen war die Sonne unter den Horizont gesunken, und die Dämmerung warf Schatten über Bäume und Grundstück. Wir aßen auf der Terrasse, redeten und sahen zu, wie die Nacht hereinbrach. Unweigerlich kehrte unsere Unterhaltung zu Elle und den Morden zurück.

»Ich schätze, Daisy Jeannotte war überzeugt, sie könnte ihren Bruder zur Rede stellen und ihn dazu bringen, den Wahnsinn zu stoppen.«

»Ja, aber Elle kam Daisy auf die Schliche und ließ sie von ihren Vollstreckern ermorden und in den Bunker werfen, in dem man auch Sie verstaut hat. Da man Sie als geringere Bedrohung betrachtete, bekamen Sie nur eins übergezogen und wurden ins Loch gesteckt. Als Sie aber darauf reagierten, indem Sie sich befreiten und noch mehr Unruhe stifteten, wurde Elle wütend und hat Ihnen denselben teuflischen Mord-Exorzismus zugedacht, den sie an Jennifer und Amalie hatte durchführen lassen.«

»Daniel half Elle, Jennifer und Amalie zu töten, und er ist der Hauptverdächtige für den Mord an Comptois. Wer bildete das Exekutionskommando in St. Jovite?«

»Das werden wir vielleicht nie erfahren. Bis jetzt hat noch keiner diese Geschichte erzählt.«

Ryan trank sein Amstel aus und lehnte sich zurück. Grillen hatten den Part der Vögel übernommen. In der Ferne heulte eine Sirene durch die Nacht. Eine lange Zeit sprach keiner von uns.

»Können Sie sich noch an die Exhumierung erinnern, die ich in Memphrémagog durchgeführt habe?«

»Die Heilige.«

»Eine der Nonnen in diesem Kloster ist Anna Goyettes Tante.«

»Nonnen sind schuld, daß ich meine Knöchel immer noch nur eingeschränkt benutzen kann.«

Ich lächelte. Noch eine geschlechtsspezifische Ungleichheit.

Ich erzählte ihm von Élisabeth Nicolet.

»Auf die eine oder andere Art waren sie alle Gefangene. Harry, Kathryn, Élisabeth.«

»Elle. Anna. Gefängnisse gibt es in den unterschiedlichsten Formen.«

»Schwester Julienne hat mir ihr Lieblingszitat verraten. In *Les Misérables* vergleicht Victor Hugo das Kloster mit einem optischen Gerät, das es dem Menschen ermöglicht, einen Blick auf die Unendlichkeit zu werfen.«

Die Grillen zirpten.

»Es geht nicht um die Unendlichkeit, Ryan, aber wir stürzen auf das Ende eines Jahrtausends zu. Glauben Sie, daß es da draußen noch andere gibt, die Armageddon predigen und Rituale gemeinschaftlichen Sterbens inszenieren?«

Einen Augenblick lang antwortete er nicht. Über unseren Köpfen raschelte die Magnolie.

»Es wird immer mystische Hochstapler geben, die mit der Enttäuschung, der Verzweiflung, der Selbstverachtung und der Angst anderer spielen, um ihre eigenen Interessen durchzusetzen. Aber wenn einer von diesen Psychoscharlatanen in meiner Stadt aus dem Bus steigt, wird ihm das Jüngste Gericht schneller blühen, als ihm lieb ist. Die Offenbarung des Ryan.«

Ich sah zu, wie ein Blatt über die Klinker taumelte.

»Was ist mit Ihnen, Brennan? Werden Sie hier sein, um mir zu helfen?«

Ryans Gestalt hob sich schwarz vom Nachthimmel ab. Ich konnte seine Augen nicht sehen, aber ich wußte, daß sie direkt in meine sahen.

Ich beugte mich vor und faßte seine Hand.

DANKSAGUNGEN

Mein besonderer Dank geht an Dr. Ronald Coulombe, *specialiste en incendies;* an Carole Péclet, *specialiste en chimie,* und an Dr. Robert Dorion, *Responsable d'Odontologie* am *Laboratoire de Sciences Judiciaires et de Médecine Légale;* sowie an Mr. Louis Metivier, *Bureau du Coroner de la Province de Quebec,* dafür, daß sie mir ihr Wissen zur Verfügung gestellt haben.

Von Dr. Walter Birkby, dem forensischen Anthropologen am *Office of the Medical Examiner* von Pima County, Arizona, habe ich wichtige Informationen über die Bergung von Brandopfern erhalten. Dr. Robert Brouillette, Leiter der Abteilung für Neugeborenenmedizin und Respirationsmedizin am Montreal Children's Hospital, hat mir mit Daten über das Wachstum von Kleinkindern weitergeholfen.

Mr. Curt Copeland, der Leichenbeschauer von Beaufort County, Mr. Carl McCleod, der dortige Sheriff, und Detective Neal Player vom Sheriff's Department waren äußerst hilfsbereit. Detective Mike Mannix von der Illinois State Police hat mir darüber hinaus viele Fragen zu den Ermittlungsmethoden in einem Mordfall beantwortet. Dr. James Tabor, Professor für Religiöse Studien an der University of North Carolina in Charlotte, half mir mit Informationen über Kulte und religiöse Bewegungen weiter.

Mr. Leon Simon und Mr. Paul Reichs haben mich über Charlotte und seine Geschichte informiert. Letzterem bin ich außerdem für seine Bemerkungen zum Manuskript zu Dank verpflichtet. Dr. James Woodward, Rektor der University of North Carolina in Charlotte, hat mich während der Entstehung dieses Buchs bedingungslos unterstützt.

Ein herzliches Dankeschön geht außerdem an drei Personen: Dr.

David Taub, Bürgermeister von Beaufort und herausragender Primatologe, war trotz des Sperrfeuers an Fragen, mit dem ich ihn eindeckte, von unermüdlicher Hilfsbereitschaft. Dr. Lee Goff, Professor für Entomologie an der University of Hawaii in Manoa, hat mich nie im Stich gelassen, obwohl ich ihn endlos mit meinen Fragen über Insekten belästigte. Dr. Michael Bisson, Professor für Anthropologie an der McGill University, war eine Quelle des Wissens über die McGill University, über Montreal und eigentlich alles, was ich wissen wollte.

Zwei Bücher waren mir beim Verfassen dieser Geschichte von besonderem Nutzen: *Plague: A Story of Smallpox in Montreal* (1991) von Michael Bliss und *Cults in Our Midst: The Hidden Menace in Our Everyday Lives* (1995) von Maragaret Thaler Singer mit Janja Lalich.

Ich bin dankbar für die liebevolle Fürsorge meiner Agentin Jennifer Rudolph Walsh und meiner Lektorinnen Susanne Kirk und Maria Rejt. Ohne sie könnte Tempe ihre Geschichten nicht erzählen.